1 Märchenmond

2 Die Priesterin von Avalon

3 Drohende Schatten

4 Der Magier der Erdsee

5 Die Herren von Winterfell

6 Der Drachenbeinthron

7 Das erste Gesetz der Magie

8 Wächter der Nacht

9 Die Farben der Magie

10 Vor der Elfendämmerung

Das erste Gesetz der Magie.

TERRY GOODKIND

Das erste Gesetz der Magie

Das Schwert der Wahrheit 1

Deutsch von Caspar Holz

Weltbild

Der Autor

Mit dem »Schwert der Wahrheit« legt Terry Goodkind eine Fantasy-Saga vor, die mit Witz und Spannung, Fantasie und Wirklichkeitsnähe neue Maßstäbe in diesem Genre setzt. Gleich der erste Roman »Das erste Gesetz der Magie« erzielte einen enormen Erfolg bei Lesern und Kritikern. Tatsächlich sind alle folgenden Bände seines Zyklus vom »Schwert der Wahrheit« international äußerst erfolgreich. Terry Goodkind lebt in seinem Haus in den Wäldern von Neuengland.

Besuchen Sie uns im Internet unter:
www.weltbild.de

Das Werk einschließlich aller seiner Teile ist urheberrechtlich geschützt. Jede Verwertung außerhalb des Urheberrechtsgesetzes ist ohne Zustimmung des Verlages unzulässig und strafbar. Dies gilt insbesondere für Vervielfältigungen, Übersetzungen, Mikroverfilmungen und die Einspeicherung und Verarbeitung in elektronischen Systemen.

Genehmigte Lizenzausgabe 2006
für Verlagsgruppe Weltbild GmbH
Steinerne Furt 67, 86167 Augsburg
Copyright der Originalausgabe © 1994 by Terry Goodkind
Copyright © der deutschsprachigen Ausgabe 1995 by Wilhelm Goldmann Verlag,
München, in der Verlagsgruppe Random House GmbH
Published in agreement with Baror International, Inc., Bedford Hills, New York,
U.S.A. in association with Scovil Chichak Galen Literary Agency
Alle Rechte vorbehalten

Projektleitung: Julia Kotzschmar
Übersetzung: Caspar Holz
Umschlaggestaltung: Veronika Illmer (BamS)
Umschlagabbildung: Copyright © Thomas Thiemeyer via Agentur Schlück GmbH
Innenteilillustrationen: Copyright © by AMY BURCH/Michael Whelan (157),
Mark Harrison (485), Jan Patrik Krasny (263), Thomas Thiemeyer (359),
GARY RUDDEL (27) via Agentur Schlück GmbH
Schmuckinitialen: Norbert Pautner, München
Satz: Uhl und Massopust GmbH
Druck und Bindung: GGP Media GmbH, Pößneck

Gedruckt auf chlorfrei gebleichtem Papier

ISBN 3-89897-527-4

Danksagung

Ich möchte auf diesem Wege einigen Leuten herzlich danken: meinem Vater Leo, der mich nie zum Lesen gezwungen hat, mich aber dadurch, dass er selbst las, mit seiner Neugier angesteckt hat,

meinen guten Freundinnen Rachel Kahlandt und Gloria Avner, die die Aufgabe übernommen haben, die Rohfassung zu lesen und mir wertvolle Einsichten geliefert haben, und die immer unerschütterlich an mich geglaubt haben, vor allem, wenn ich es am meisten brauchte,

meinem Agenten Russell Galen, der den Mut hatte, als Erster das Schwert zu ziehen und damit meine Träume Wirklichkeit werden ließ,

meinem Lektor James Frenkel, der mir mit seinem außergewöhnlichen Talent nicht nur mit Rat und Tat zur Seite stand, um dieses Buch zu verbessern, sondern mit seinem grenzenlosen Humor und seiner grenzenlosen Geduld nebenbei einen besseren Schriftsteller aus mir machte,

den netten Leuten bei Tor für ihre Begeisterung und ihren unermüdlichen Einsatz, und noch zwei besonderen Menschen, Richard und Kahlan, die mich ausgewählt haben, damit ich ihre Geschichte erzähle. Ihre Tränen und ihre Triumphe haben mein Herz angerührt. Ich werde nie wieder so sein wie vorher.

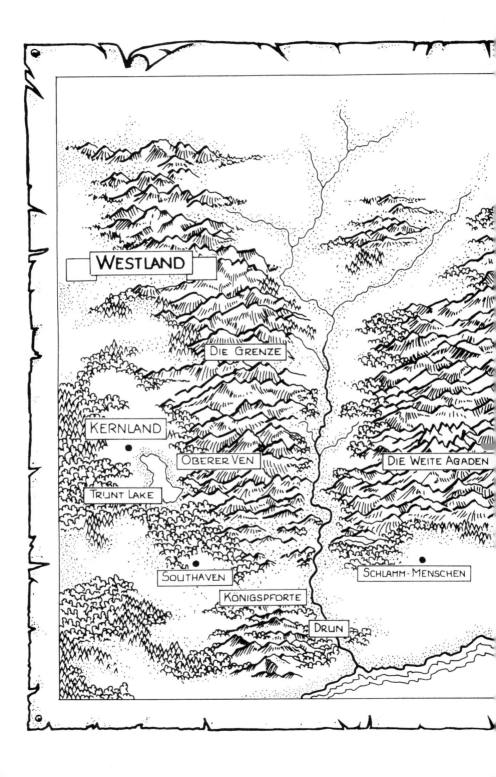

1. Kapitel

ie Schlingpflanze sah merkwürdig aus. Düstere, vielgestaltige Blätter wucherten um einen Stängel, der sich in einem Würgegriff um den glatten Stamm einer Balsamtanne wand. Harz sickerte aus der geschundenen Borke, und trockenes Geäst hing schlaff herab, sodass der Eindruck entstand, der Baum versuche, in der feuchtkühlen Morgenluft einen Klagelaut anzustimmen. Entlang der Schlingpflanze ragten hier und dort Schoten heraus, die beinahe argwöhnisch nach Zeugen Ausschau zu halten schienen.

Der Geruch war es, der zuerst seine Aufmerksamkeit erregt hatte, ein Geruch, als würde etwas verwesen, das selbst in lebendigem Zustand vollkommen ungenießbar gewesen wäre. Richard fuhr sich mit dem Fingerkamm durch sein dichtes Haar, während seine Gedanken aus dem Dunst der Verzweiflung aufstiegen und angesichts der Schlingpflanze an Schärfe gewannen. Er sah sich nach weiteren um, entdeckte jedoch keine. Alles andere sah normal aus. Die Ahornbäume des oberen Ven Forest hatten bereits den ersten Anflug von Karminrot angenommen und protzten im leichten Wind stolz mit ihrem neuen Kleid. Bei den kälter werdenden Nächten würde es nicht mehr lange dauern, bis ihre Vettern unten in den Wäldern Kernlands es ihnen gleichtun würden. Die Eichen, die als Letzte vor der Jahreszeit kapitulierten, trugen noch immer unerschütterlich ihr dunkelgrünes Blätterkleid.

Richard hatte den größten Teil seines Lebens in den Wäldern verbracht und kannte alle Pflanzen, wenn nicht beim Namen, so doch vom Aussehen her. Von Jugend an hatte sein

Freund Zedd ihn auf die Suche nach besonderen Kräutern mitgenommen. Er hatte Richard gezeigt, nach welchen man suchen musste, wo sie wuchsen und warum, und die beiden hatten allem, was sie sahen, Namen gegeben.

Oft hatten sie sich auf ihren Wanderungen nur unterhalten. Der Alte hatte ihn immer wie seinesgleichen behandelt und ebenso viele Fragen gestellt wie beantwortet. Zedd war es, der Richards Wissensdurst und Lerneifer geschürt hatte.

Diese Schlingpflanze hatte er jedoch erst ein einziges Mal zuvor gesehen, und das war nicht in den Wäldern gewesen. Einen Zweig davon hatte er im Haus seines Vaters gefunden, in der blauen Tonvase, die Richard ihm als kleiner Junge getöpfert hatte. Sein Vater war Händler gewesen und auf der Suche nach exotischen und seltenen Dingen viel gereist. Begüterte Leute hatten ihn oft aufgesucht, interessiert, was er zutage gefördert haben mochte. Es schien, als hätte ihm das Suchen mehr gelegen als das Finden, denn immer hatte er sich freudig von seiner neuesten Entdeckung getrennt und sich gleich auf die Suche nach der nächsten gemacht.

Von klein auf hatte Richard seine Zeit gerne in Zedds Gesellschaft verbracht, wenn sein Vater unterwegs war. Richards Bruder Michael war ein paar Jahre älter und zog es vor, seine Zeit mit den Reichen zu verbringen, da er sich weder für die Wälder noch für Zedds weitschweifige Vorträge interessierte. Vor ungefähr fünf Jahren war Richard fortgezogen, um allein zu leben. Dennoch besuchte er seinen Vater häufig zu Hause, im Gegensatz zu Michael, der ständig beschäftigt war und dem selten Zeit dafür blieb. War sein Vater fortgegangen, so hinterließ er Richard in der blauen Vase eine Nachricht, um ihm die neuesten Neuigkeiten und den neuesten Tratsch über irgendetwas mitzuteilen.

Auf den Tag vor drei Wochen war Michael gekommen und hatte ihm mitgeteilt, dass man ihren Vater ermordet hätte. Michael hatte beteuert, es gäbe keinen Grund, zum Hause seines Vaters zu gehen, er könne ohnehin nichts tun, trotzdem hatte Richard es getan. Er war längst aus dem Alter raus, in dem er machte, was sein Bruder sagte. Die Leute dort wollten ihm den

Anblick ersparen und weigerten sich, ihm die Leiche zu zeigen. Trotzdem sah er überall auf dem Dielenboden die großen, braunen, getrockneten und ekelerregenden Blutspritzer und -lachen. Als Richard hinzutrat, verstummten die Stimmen, es sei denn, um ihr Beileid auszusprechen, was den reißenden Schmerz nur noch vertiefte. Dennoch hatte er mitbekommen, wie sie sich mit gedämpfter Stimme die Geschichten und wilden Gerüchte über das erzählten, was aus dem Grenzgebiet kam.

Über Magie.

Richard war schockiert, als er sah, in welchem Zustand sich das kleine Haus seines Vaters befand, ganz so, als hätte drinnen ein Sturm getobt. Nur wenig war verschont geblieben, doch die blaue Nachrichtenvase stand immer noch auf dem Bord, und darin fand er den Zweig der Schlingpflanze. Er hatte ihn immer noch in der Tasche. Was sein Vater ihm damit hatte sagen wollen, wusste er nicht.

Gram und Niedergeschlagenheit überwältigten ihn, und er fühlte sich verlassen, obwohl er noch seinen Bruder hatte. Er war zwar zum Mann herangereift, aber auch das half ihm nicht gegen die Verlorenheit des Waisenkindes, das ganz allein auf der Welt war. Dieses Gefühl hatte er bereits als kleiner Junge beim Tod seiner Mutter kennengelernt. Auch wenn sein Vater häufig, manchmal wochenlang, unterwegs war, so wusste Richard doch immer, dass es ihn gab und dass er wiederkommen würde. Jetzt nicht mehr.

Auf keinen Fall wollte Michael, dass er sich in die Suche nach dem Mörder einmischte. Er sagte, er hätte die besten Spurenleser der Armee ausgeschickt, und es sei nur zu Richards Bestem, wenn er sich raushalte. Also hatte Richard Michael den Zweig einfach nicht gezeigt und war jeden Tag allein los gezogen, um die Schlingpflanze zu suchen. Drei Wochen lang war er die Pfade der Wälder Kernlands abgewandert, über jeden einzelnen, selbst die, von denen kaum jemand anders wusste. Aber gesehen hatte er sie nie.

Schließlich gab er wider besseres Wissen dem Raunen in seinem Kopf nach und stieg in den oberen Ven Forest nahe der

Grenze hinauf. Das Raunen verfolgte ihn mit dem Gefühl, dass er etwas über den Grund für die Ermordung seines Vaters wusste. Es lag ihm in den Ohren, quälte ihn mit Gedanken, die sich seinem Zugriff zu entziehen schienen, und verlachte ihn, weil er es nicht sah. Richard redete sich ein, es sei bloß sein Kummer, der ihm einen Streich spiele, und nichts Wirkliches.

Er hatte geglaubt, die Schlingpflanze würde ihm irgendeine Antwort bieten, wenn er sie fand. Jetzt hatte er sie gefunden und wusste auch nicht weiter. Das Raunen lag ihm nicht mehr in den Ohren, es lastete schwer auf ihm. Er wusste, es waren nur seine eigenen Gedanken, und er verbot sich, dem Raunen ein Eigenleben zuzugestehen. Zedd hatte ihn schließlich eines Besseren belehrt.

Richard blickte an der großen Fichte in ihrer Todesqual hinauf. Er musste wieder an den Tod seines Vaters denken. Die Schlingpflanze war dabei gewesen. Und jetzt tötete die Schlingpflanze diesen Baum. Sie konnte nichts Gutes bedeuten. Für seinen Vater konnte er zwar nichts mehr tun, trotzdem brauchte er nicht zuzulassen, dass die Schlingpflanze einen weiteren Mord beging. Er packte sie fest, riss mit seinen kräftigen Muskeln daran und zerrte die sehnigen Schlingen vom Stamm.

In diesem Augenblick biss die Schlingpflanze zu.

Eine der Hülsen schlug aus und traf ihn am linken Handrücken; vor Schmerz und Überraschung sprang er zurück. Er untersuchte die Wunde und entdeckte eine Art Dorn, tief im Fleisch des klaffenden Schnitts. Die Sache war entschieden. Die Schlingpflanze bedeutete Ärger. Er griff nach seinem Messer, um den Dorn herauszuschneiden, aber es war nicht da. Erst wunderte er sich, dann fiel ihm ein, warum. Er ärgerte sich, weil er wegen seiner Niedergeschlagenheit etwas so Wichtiges wie das Messer vergessen hatte. Er versuchte, den Dorn mit den Fingernägeln herauszuziehen. Zu seiner wachsenden Besorgnis bohrte sich der Dorn zappelnd tiefer, als wäre er lebendig. Er kratzte mit dem Daumennagel über die Wunde und versuchte, den Dorn herauszufischen. Je kräftiger er kratzte, desto tiefer bohrte er sich hinein. Als er an der Wunde riss, um sie zu weiten, durchflutete ihn eine heiße Welle der Übelkeit, und er ließ es sein. Der Dorn war im hervorsickernden Blut verschwunden.

Richard sah sich um und entdeckte die herbstlich violettroten Blätter eines kleinen Holunderbaumes, der schwer an der Last seiner dunkelblauen Beeren trug. Unter dem Baum, eingebettet in einer Wurzelhöhle, fand er, was er suchte: eine blutstillende Pflanze. Erleichtert rupfte er den zarten Stiel dicht über seinem unteren Ende ab und drückte vorsichtig die klebrige, klare Flüssigkeit auf den Einstich. Lächelnd dachte er an den alten Zedd, der ihm die Heilpflanze gezeigt hatte. Jedes Mal beim Anblick dieser weichen, pelzigen Blätter musste Richard an Zedd denken. Der Saft der Pflanze betäubte die Wunde, beruhigte jedoch nicht seine Besorgnis darüber, dass er den Stachel nicht herausziehen konnte. Er spürte, wie der sich immer tiefer in sein Fleisch arbeitete.

Richard hockte sich hin und bohrte mit dem Finger ein Loch in den Boden, steckte die Pflanze hinein und befestigte rings um den Stängel Moos, damit sie nachwachsen konnte.

Die Geräusche des Waldes wichen völliger Stille. Richard sah auf und zuckte zusammen. Ein dunkler Schatten huschte über den Boden, sprang über Blätter und Äste hinweg. Oben in der Luft ertönte ein pfeifendes Rauschen. Die Größe des Schattens war beängstigend. Vögel wurden aus dem Schutz der Bäume aufgeschreckt und stießen Warnschreie aus, während sie in alle Richtungen davonstoben. Richard hob den Kopf und versuchte, unter dem Himmel aus Grün und Gold den Ursprung des Schattens auszumachen. Einen Augenblick lang sah er etwas Großes. Etwas Großes und Rotes. Er hatte keine Vorstellung, was das sein mochte, doch dann erinnerte er sich an all die Gerüchte und Geschichten über das Grenzgebiet, und die ließen ihn bis ins Mark erstarren.

Wenn die Schlingpflanze Ärger bedeutete, dann erst recht dieses Ding am Himmel. Er musste an das Sprichwort denken: »Aller Ärger zeugt drei Kinder«, und augenblicklich wusste er, dem dritten wollte er auf keinen Fall begegnen.

Er schüttelte seine Angst ab und fing an zu rennen. Alles müßiges Geschwätz abergläubischer Menschen, redete er sich ein.

Er versuchte, sich vorzustellen, was so groß, so groß und rot sein konnte. Unmöglich; nichts, was flog, war so gewaltig. Vielleicht war es eine Wolke, oder das Licht spielte ihm einen Streich. Aber er konnte sich nichts weismachen. Das war keine Wolke. Im Laufen sah er hoch, wollte noch einen Blick darauf werfen. Er hielt auf den Pfad zu, der die Flanke des Hügels säumte. Auf der anderen Seite des Pfades fiel das Gelände schroff ab, und von dort hatte er einen ungehinderten Blick auf den Himmel. Äste, regennass vom Vorabend, peitschten ihm ins Gesicht, während er durch den Wald hastete, über gefallene Bäume und schmale, steinige Bäche hinweg. Gestrüpp zerrte an seinen Hosenbeinen. Das Sonnenlicht bildete scheckige Muster auf dem Boden, und er sah auf, doch das Blätterwerk versperrte ihm die Sicht. Sein Atem ging schnell, abgehackt, kalter Schweiß lief ihm übers Gesicht. Das Herz schlug ihm bis zum Hals, als er achtlos den Hügel hinabhastete. Endlich stolperte er zwischen den Bäumen hervor auf den Pfad und wäre beinahe gestürzt.

Er suchte den Himmel ab und entdeckte das Ding. Es war zu weit entfernt und zu klein. Unmöglich zu sagen, was es war, aber er meinte, Flügel zu erkennen. Er blinzelte in den strahlend blauen Himmel, schirmte die Augen mit der Hand ab und versuchte, sich zu vergewissern, ob sich dort tatsächlich Flügel bewegten. Es glitt hinter einen Hügel und war verschwunden. Er hatte nicht einmal feststellen können, ob es wirklich rot war.

Außer Atem ließ sich Richard auf einen Granitbrocken am Wegesrand fallen und japste nach Luft. Gedankenverloren brach er tote Zweige von einem jungen Bäumchen neben sich ab und starrte hinunter zum Trunt Lake. Vielleicht sollte er zu Michael gehen und ihm erzählen, was er gesehen hatte, von der Schlingpflanze und diesem roten Ding am Himmel. Über Letzteres würde Michael nur lachen, das wusste er. Er hatte selbst schon über diese Geschichten gelacht.

Nein, wahrscheinlich wäre Michael nur verärgert, weil er sich so nahe ans Grenzgebiet herangewagt und gegen die Anordnung verstoßen hatte, sich aus der Suche nach dem Mörder seines Vaters herauszuhalten. Sein Bruder sorgte sich um ihn, sonst hätte er nicht ständig etwas an ihm auszusetzen. Jetzt, als Erwachsener, konnte er die ständigen Ermahnungen mit einem Lachen abtun. Die missbilligenden Blicke ersparte ihm das allerdings nicht.

Richard brach einen weiteren Zweig ab und warf damit niedergeschlagen nach einem flachen Stein. Eigentlich brauchte er sich nicht ausgeschlossen zu fühlen. Schließlich sagte sein Bruder Michael ständig allen, was sie zu tun hatten, sogar seinem Vater.

Er verwarf das harte Urteil über seinen Bruder. Heute war Michaels großer Tag. Heute übernahm er das Amt als Oberster Rat. Damit übernahm er für alles die Verantwortung, nicht mehr nur über die Stadt Kernland, sondern über alle Orte und Dörfer in Westland und sogar die Menschen auf dem Land. Er war für alles und jeden verantwortlich. Michael hatte Richards Unterstützung verdient, er brauchte sie. Auch Michael hatte seinen Vater verloren.

An diesem Nachmittag sollten in Michaels Haus eine Zeremonie und ein großes Fest abgehalten werden. Wichtige Leute würden aus den entferntesten Winkeln Westlands angereist kommen. Auch Richard wurde erwartet. Wenigstens gab es dort reichlich und gut zu essen. Er merkte, wie ausgehungert er war.

Während er dasaß und nachdachte, ließ er seinen Blick über das andere Ufer des Trunt Lake weit unten schweifen. Im klaren Wasser konnte er aus dieser Höhe das Nebeneinander von felsigem Grund und grünem Unkraut rings um die tiefen Stellen sehen. Entlang des Ufers wand sich der Händlerpfad durch die Bäume, lag an manchen Stellen offen da, an anderen war er dem Auge verborgen. Richard war diesen Abschnitt des Pfades oft entlanggegangen. Im Frühjahr war es unten am See feucht und schlammig, aber so spät im Jahr dürfte es trocken sein. An bestimmten Stellen weiter südlich und nördlich führte der Weg auf seinem verschlungenen Pfad durch den Ven Forest unangenehm nah an der Grenze vorbei. Aus diesem Grund mieden ihn die meisten Reisenden und wählten stattdessen die Wege durch die Wälder Kernlands. Richard war

Waldführer und geleitete Reisende sicher durch diese Wälder. Meist handelte es sich um umherreisende Würdenträger, denen das Ansehen eines örtlichen Führers wichtiger war als dessen Arbeit.

Aus den Augenwinkeln bemerkte er eine Bewegung. Vielleicht sein Freund Chase. Wer außer einem Grenzposten sollte hier oben herumwandern?

Er sprang von dem Felsen, schleuderte die Äste zur Seite und trat ein paar Schritte vor. Das war nicht Chase, das war eine Frau. Eine Frau in einem Kleid. Welche Frau würde so weit ab von allem durch den Ven Forest laufen, noch dazu in einem Kleid? Richard beobachtete, wie sie am Seeufer entlanglief und immer wieder zwischen den Bäumen verschwand. Sie schien es nicht eilig zu haben, aber Schlendern konnte man das auch nicht gerade nennen. Eher bewegte sie sich im wohl bedachten Tempo eines erfahrenen Reisenden. Das machte Sinn. In der Nähe des Trunt Lake lebte niemand.

Eine weitere Bewegung erregte seine Aufmerksamkeit. Richard suchte die im Schatten liegenden Stellen ab. Hinter ihr folgte noch jemand. Drei, nein, vier Männer in Waldgewändern mit Kapuzen verfolgten sie, blieben jedoch auf Distanz. Sie bewegten sich verstohlen, sprangen von Fels zu Baum. Schauten. Warteten ab. Gingen weiter. Richard reckte den Hals, die Augen aufgerissen, seine Aufmerksamkeit gefesselt.

Die Männer verfolgten sie.

Sofort wusste er: Das war das dritte Kind des Ärgers.

2. Kapitel

uerst blieb Richard wie erstarrt stehen und wusste nicht, was er tun sollte. Er konnte nicht sicher sein, ob die vier Männer tatsächlich hinter der Frau her waren. Oder doch erst, wenn es zu spät war. Was ging es ihn überhaupt an? Außerdem hatte er sein Messer nicht bei sich. Welche Chance hatte ein Unbewaffneter gegen vier andere? Er beobachtete, wie die Frau den Pfad entlangging und die Männer ihr folgten.

Welche Chance hatte die Frau?

Er ging in die Hocke. Sein Herz klopfte, während er überlegte, was er tun konnte. Die Morgensonne brannte auf sein Gesicht, sein Atem raste vor Angst. Irgendwo vor der Frau zweigte eine kleine Abkürzung vom Händlerpfad ab. Gehetzt dachte er nach, wo genau. Der Hauptweg führte um den See herum und den Hügel zu seiner Linken hinauf, von wo aus er sie beobachtete. Blieb sie auf dem Hauptweg, konnte er auf sie warten und sie vor den Männern warnen. Und dann? Außerdem war der Weg zu weit. Die Männer hätten sie vorher eingeholt. In seinem Kopf nahm eine Idee Gestalt an. Er sprang auf und rannte den Hügel hinab.

Wenn er sie vor der Abkürzung abfing, konnte er mit ihr an der Gabelung rechts hinaufgehen. Dieser Pfad führte aus dem Wald hinaus auf offene Felsgesimse, fort von der Grenze und hin zum Ort Kernland, wo es Hilfe gab. Wenn sie sich beeilten, konnte er ihre Spuren verwischen. Die Männer würden nicht wissen, dass die beiden den Nebenweg genommen hatten. Sie würden glauben, die Frau befände sich noch immer auf dem Hauptweg, zumindest eine Zeit lang, lange genug, um sie in die Irre zu führen und die Frau schnellstens in Sicherheit zu bringen.

Immer noch außer Atem von seinem vorherigen Gehetze, rannte Richard keuchend, nach Luft ringend, den Pfad hinab, so schnell er konnte. Der Pfad war sofort wieder zwischen den Bäumen verschwunden, er brauchte sich also nicht zu sorgen, dass die Männer ihn sahen. Sonnenstrahlen blitzten durch das grüne Dach über ihm. Alte Fichten säumten den Pfad, deren Nadeln einen weichen, die Schritte dämpfenden Bodenbelag bildeten. Er hörte das Blut in seinen Ohren pochen.

Nachdem er eine Weile Hals über Kopf den Pfad hinuntergestürzt war, begann er nach der Gabelung zu suchen. Er war nicht sicher, wie weit er gelaufen war. Der Wald bot keine Anhaltspunkte, und er wusste nicht mehr, wo sich die Abzweigung genau befand. Sie war schmal und leicht zu verfehlen. Hinter jeder Biegung keimte neue Hoffnung auf, hier musste es sein. Er zwang sich, weiterzulaufen. Er überlegte, was er der Frau erzählen sollte, wenn er sie erreicht hatte. Seine Gedanken rasten ebenso schnell wie seine Beine. Vielleicht dachte sie, er gehörte zu den Männern, vielleicht hatte sie Angst vor ihm oder glaubte ihm nicht. Viel Zeit würde er nicht haben.

Er erreichte den Kamm einer kleinen Erhebung, suchte von Neuem nach der Abzweigung, fand sie nicht und rannte weiter. Er keuchte unregelmäßig. Wenn er die Gabelung nicht vor ihr erreichte, säßen sie in der Falle, und ihre einzige Alternative bestünde darin, den Männern davonzulaufen oder zu kämpfen. Für beides war er zu sehr außer Atem. Der Gedanke daran trieb ihn noch schneller voran. Schweiß rann ihm über den Rücken, das Hemd klebte an seiner Haut. Die Kühle des Morgens schien sich in stickige Hitze verwandelt zu haben, doch das lag nur an seiner Anstrengung. Der Wald rechts und links verschwamm undeutlich.

Kurz vor einem scharfen Knick nach rechts erreichte er endlich die Gabelung. Fast hätte er sie verfehlt. Rasch suchte er nach Spuren, um zu sehen, ob sie bereits da gewesen und den Seitenweg gegangen war. Es gab keine. Ein Gefühl der Erleichterung überkam ihn. Er ließ sich auf die Knie fallen, setzte sich erschöpft auf die Hacken und versuchte, wieder zu Atem zu kommen. Das hatte schon mal geklappt. Er war vor ihr hier. Jetzt musste er sie noch dazu bringen, ihm zu glauben, bevor es zu spät war.

Er rang immer noch nach Atem und stemmte seine Rechte in die schmerzhaften Seitenstiche, als ihn plötzlich die Sorge überkam, er könnte sich lächerlich machen. Was, wenn sie nur ein Spiel mit ihren Brüdern spielte? Er wäre blamiert. Alle außer ihm hätten was zu lachen.

Er betrachtete den Einstich auf seinem Handrücken. Er leuchtete rot und pochte schmerzhaft. Das Ding am Himmel fiel ihm wieder ein: Er musste an ihre Art zu gehen denken: zielstrebig, nicht wie ein Kind, das spielt. Er erinnerte sich an die nackte Angst, die er beim Anblick der Männer verspürt hatte. Vier Männer, die verstohlen eine Frau verfolgten: das dritte seltsame Geschehen dieses Morgens. Das dritte Kind des Ärgers. Nein. Er schüttelte den Kopf. Ein Spiel war das nicht. Er wusste, was er gesehen hatte. Ein Spiel war das nicht. Sie verfolgten die Frau.

Richard richtete sich halb auf. Sein Körper verströmte Hitzewellen. Die Hände auf die Knie gestützt, atmete er ein paarmal tief durch, bevor er sich wieder zur vollen Größe aufrichtete.

Sein Blick fiel auf die junge Frau, die vor ihm um die Biegung kam. Einen Augenblick lang stockte ihm der Atem. Ihr volles, braunes Haar, üppig und lang, betonte die Umrisse ihres Körpers. Sie war groß, fast so groß wie er, und ungefähr im gleichen Alter. Ihr Kleid glich nichts, was er je zuvor gesehen hatte. Es war fast weiß, am Hals viereckig ausgeschnitten. Der kleine, braune Lederbeutel, den sie trug, wirkte fast wie ein Fleck. Der Stoff des Kleides war fein und glatt gewebt, schimmerte beinahe. Es hatte keine Spitzen oder Rüschen, wie man es gewohnt war, keine Muster oder Farben, die davon ablenkten, wie es ihren Körper umschmeichelte. Es wirkte elegant in seiner Schlichtheit. Die langen, anmutigen Falten, die ihr wie einer Königin hinterherwehten, sammelten sich um ihre Beine, als sie stehen blieb.

Richard trat auf sie zu und blieb drei Schritte vor ihr stehen, um nicht bedrohlich zu wirken. Aufrecht und regungslos stand sie da, die Arme an den Seiten. Ihre Brauen schwangen sich anmutig wie ein Raubvogel im Flug. Sie sah ihn furchtlos aus ihren grünen Augen an. Das Zusammentreffen schien ihm jedes Selbstgefühl zu rauben. Es kam ihm vor, als hätte er sie schon immer gekannt, als sei sie immer ein Teil von ihm gewesen, als seien ihre Bedürfnisse die seinen. Sie hielt ihn mit ihrem Blick so fest wie mit eisenhartem Griff, schien in seinen Augen nach seiner Seele oder einer Antwort auf etwas zu suchen. In ihrer Gegenwart fühlte er sich einsamer als je zuvor. Ich bin hier, um dir zu helfen, sagte er in Gedanken. Er meinte es mehr als jeden anderen Gedanken, den er je gehabt hatte.

Die Spannung ihres Blickes löste sich und lockerte den Griff, mit dem sie ihn hielt. In ihren Augen entdeckte er etwas, das ihn mehr anzog als alles andere. Intelligenz. Er sah sie dort aufleuchten, in ihr glühen, und durch alles hindurch spürte er ein alles beherrschendes Gefühl der Wahrheit. Richard fühlte sich geborgen.

In seinen Gedanken blitzte eine Warnung auf, die ihn daran erinnerte, weshalb er hier war: Zeit war kostbar.

»Ich war dort oben«, damit zeigte er auf den Hügel, von dem aus er sie das erste Mal erblickt hatte, »und hab' dich gesehen.« Sie blickte in die angegebene Richtung. Er tat es ebenfalls und bemerkte, wie er auf ein Dickicht aus Ästen zeigte. Der Hügel war von hier aus nicht zu erkennen. Die Bäume versperrten die Sicht. Stumm senkte er den Arm und versuchte, den Fehler zu überspielen. Sie sah ihm in die Augen und wartete.

Richard setzte erneut an und hielt seine Stimme gesenkt. »Ich war dort oben auf dem Hügel oberhalb des Sees. Ich habe gesehen, wie du den Pfad am Seeufer entlanggegangen bist. Ein paar Männer verfolgen dich.«

Sie verriet keine Regung, sah ihm nur weiter in die Augen. »Wie viele?«

Er fand ihre Frage seltsam, beantwortete sie aber. »Vier.«
Sie wurde blass.

Sie drehte den Kopf, suchte den Wald hinter sich ab und ließ den Blick kurz über die Schatten gleiten, bevor sie ihn wieder ansah und seine Augen suchte. »Möchtest du mir helfen?« Abgesehen von der erschreckenden Blässe, verrieten ihre feinen Gesichtszüge keine Regung.

Bevor er einen klaren Gedanken fassen konnte, hörte er sich sagen: »Ja.«

Die Anspannung auf ihrem Gesicht löste sich. »Was sollen wir deiner Meinung nach tun?«

»Es gibt einen kleinen Pfad, der hier abzweigt. Wenn wir ihn nehmen und die Männer auf dem anderen bleiben, können wir entkommen.«

»Und wenn nicht? Wenn sie unserem Pfad folgen?«

»Ich werde unsere Spuren verwischen.« Er schüttelte den Kopf, um sie zu beruhigen. »Sie werden uns nicht folgen. Hör zu, wir haben keine Zeit…«

»Und wenn doch?«, schnitt sie ihm das Wort ab. »Was sollen wir deiner Meinung nach tun?«

Einen Augenblick lang betrachtete er ihr Gesicht. »Sind sie gefährlich?«

Sie erstarrte. »Sehr.«

So, wie sie das Wort aussprach, lief es ihm eiskalt den Rücken runter. Für einen kurzen Augenblick sah er einen Ausdruck blanken Entsetzens in ihren Augen.

Richard strich sich das Haar zurück. »Also schön, der kleine Pfad ist schmal und steil. Sie können uns nicht einkreisen.«

»Bist du bewaffnet?«

Er schüttelte nur den Kopf und ärgerte sich viel zu sehr über sich selbst, um es laut auszusprechen.

Sie nickte. »Dann sollten wir uns beeilen.«

Sie sprachen kein Wort mehr, nachdem der Entschluss gefallen war. Sie wollten ihren Standort nicht verraten. Richard verwischte hastig ihre Spuren und gab ihr ein Zeichen, sie solle vorgehen, damit er sich zwischen ihr und den Männern befand. Sie zögerte keinen Augenblick. Die Falten ihres Kleides wehten ihr nach, als sie auf seinen Wink in raschem Schritt losging. Das üppige, junge Immergrün des Ven Forest machte den Pfad zu einem schmalen, dunklen, aus Gestrüpp und Ästen gehauenen grünen Hohlweg. Ringsum war nichts zu erkennen.

Richard schaute sich im Gehen um, obwohl er nicht weit sehen konnte. Zumindest in dem Abschnitt, den er überblicken konnte, war die Luft rein. Sie ging zügig, auch ohne dass er sie dazu auffordern musste.

Nach einer Weile wurde das Gelände steiler und felsiger, der Baumbestand lichter und bot freiere Sicht. Der Pfad wand sich durch tiefe, schattige Einschnitte im Gelände und durch laubübersäte Schluchten. Trockenes Laub wirbelte unter ihren Schritten auf. Pinien und Fichten wichen Laubhölzern, größtenteils Birken, deren Geäst über ihren Köpfen schwankte und das karge Sonnenlicht auf dem Boden zum Tanzen brachte. Die dunklen Flecken auf den weißen Birkenstämmen erweckten den Eindruck, als verfolgten Hunderte von Augen den Vorbeimarsch der beiden. Bis auf zwei Raben war es an diesem Ort sehr still und friedlich.

Am Fuß einer Granitwand, der der Pfad folgte, gab er ihr ein Zeichen. Er legte die Finger an die Lippen und gab ihr zu verstehen, dass sie vorsichtig auftreten mussten, um Geräusche zu vermeiden, deren Echo ihren Standort verraten könnte. Jeder Schrei der Raben war als Widerhall zwischen den Hügeln zu hören. Richard kannte diesen Ort. Die Form der Felswand trug jedes Geräusch meilenweit. Er zeigte auf die moosbedeckten, runden Steine, die über den flachen Waldboden verstreut lagen. Er wollte, dass sie über diese Steine gingen, um auf keine unter dem Laub verborgenen Äste zu treten. Er wischte ein paar Blätter zur Seite, um ihr die dort verborgenen Äste zu zeigen, tat, als zerbreche er einen, hielt dann die hohle Hand an sein Ohr. Sie verstand und nickte, hob ihren Rock mit einer Hand und begann, auf die Steine zu steigen. Durch eine Berührung am Arm brachte er sie dazu, sich noch einmal umzudrehen, und tat, als gleite er aus und stürze, damit sie wusste, sie müsse auf das schlüpfrige Moos achtgeben. Lächelnd nickte sie und eilte weiter. Das Lächeln überraschte ihn. Es wärmte ihn, nahm seiner Angst die Schärfe. Richard schöpfte neue Hoffnung, was ihr Entkommen betraf, während er von einem moosbewachsenen Stein zum nächsten sprang.

Mit dem steten Ansteigen des Pfades lichtete sich zunehmend der Baumbestand. Der Wechsel von Waldboden zu Fels bot den Bäumen immer seltener Gelegenheit, Wurzeln zu schlagen. Bald wuchsen die einzigen Bäume in Felsspalten, knorrige, verdrehte kleine Dinger, als wollten sie dem Wind, der sie aus ihrer spärlichen Verankerung reißen konnte, keinen Halt bieten.

Geräuschlos traten sie zwischen den Bäumen hervor und gelangten auf die Felsvorsprünge. Nicht immer war der Pfad eindeutig gekennzeichnet, und es gab zahlreiche Möglichkeiten, sich zu verlaufen. Oft musste sie sich zu ihm umdrehen, damit er ihr durch einen Fingerzeig oder ein Nicken den Weg weisen konnte. Richard hätte gerne ihren Namen gewusst, doch aus Angst, die vier Männer könnten ihn hören, schwieg er. Obwohl der Pfad steil und schwierig war, brauchte er ihretwegen nicht langsamer zu gehen. Sie war eine kräftige Kletterin und schnell obendrein. Er bemerkte ihre guten Stiefel aus weichem Leder, wie sie von erfahrenen Reisenden getragen wurden.

Vor gut einer Stunde hatten sie die Bäume hinter sich gelassen, waren steil aufwärts gestiegen, der Sonne entgegen. Sie hielten sich östlich auf dem Felsvorsprung, erst später knickte der Pfad nach Westen ab. Wenn die Männer ihnen folgten, mussten sie in die Sonne blicken, um sie zu sehen. Sie gingen so geduckt wie möglich, und Richard sah während des Anstiegs oft über die Schulter, um nach den Männern Ausschau zu halten. In der Nähe des Trunt Lake waren sie gut verborgen gewesen, hier draußen jedoch war das Gelände zu offen, um sich zu verstecken. Er entdeckte nichts und fühlte sich allmählich besser. Niemand verfolgte sie. Die Männer waren nirgends zu sehen und befanden sich wahrscheinlich mittlerweile meilenweit entfernt auf dem Händlerpfad. Je weiter sie sich von der Grenze entfernten, je mehr sie sich der Stadt näherten, desto besser fühlte er sich. Sein Plan hatte funktioniert.

Richard hätte gerne angehalten und Rast gemacht. Nichts deutete darauf hin, dass sie verfolgt wurden, und seine Hand pochte. Die Frau schien jedoch eine Pause weder zu brauchen noch zu wollen. Sie drängte weiter, als wären ihnen die Männer dicht auf den Fersen. Richard musste an ihren Gesichtsausdruck denken, als er gefragt hatte, ob sie gefährlich seien, und verwarf jeden Gedanken an eine Rast.

Im Verlauf des Vormittages wurde es für die späte Jahreszeit recht warm. Im klaren, strahlenden Blau des Himmels zogen nur ein paar weiße Federwölkchen vorüber. Eine der Wolken hatte die Gestalt einer sich windenden Schlange angenommen, mit dem Kopf nach unten und dem Schwanz nach oben. Das war ungewöhnlich. Diese Wolke hatte Richard bereits früher am selben Tag gesehen – oder war es gestern gewesen? Er durfte nicht vergessen, Zedd davon zu berichten, wenn er ihn das nächste Mal sah. Zedd konnte Wolken lesen, und wenn Richard es versäumte, von seiner Beobachtung zu berichten, würde er einen stundenlangen Vortrag über die Bedeutung von Wolken über sich ergehen lassen müssen. Vermutlich sah Zedd sie jetzt auch, genau in diesem Augenblick, und fragte sich besorgt, ob Richard achtgab.

Der Pfad führte sie zur Südwand des kleinen Schartenbergs, wo er an einer nackten Felswand entlangging, nach der der Berg benannt worden war. Der Pfad verlief auf halber Höhe in der Wand und bot einen Panoramablick über den südlichen Ven Forest und zu ihrer Linken, in Wolken und Dunst halb verdeckt hinter der Felswand, auf die hohen, zerklüfteten Gipfel, die zum Grenzgebiet gehörten. Richard entdeckte braune, sterbende Bäume, die aus dem grünen Teppich herausragten. Weiter oben, dichter an der Grenze, standen die toten Bäume dicht an dicht. Die Schlingpflanze, wie er erkannte.

Die beiden kamen gut voran. Sie hatten allerdings im Moment keine Chance, sich zu verstecken, und jeder hätte sie leicht sehen können. Auf der anderen Seite der Felswand jedoch würde der Pfad sich in die Wälder Kernlands senken und später hinab in die Stadt. Selbst wenn die Männer ihren Fehler erkannten und ihnen noch folgten, hatten Richard und die Frau einen sicheren Vorsprung.

Als sie sich dem Ende der Felswand näherten, wurde der trügerische, schmale Pfad breiter, und man konnte nebeneinander gehen. Richard tastete zur Sicherheit mit der Rechten an der Felswand entlang, während er in den Abgrund blickte, auf das gut hundert Meter tiefer liegende Felsenmeer. Er sah sich um. Immer noch nichts.

Er drehte sich wieder nach vorn; die Frau erstarrte mitten im Schritt. Die Falten ihres Kleides wogten um ihre Beine.

Vor ihnen auf dem Pfad, der eben noch leer gewesen war, standen zwei Männer. Richard war größer als die meisten Männer, diese beiden jedoch überragten ihn noch um einiges. Ihre dunkelgrünen Kapuzengewänder ließen ihre Gesichter im Schatten verschwinden, ihre massigen, muskulösen Körper konnten sie nicht verhüllen. Richard war verwirrt, er konnte nicht begreifen, wie die Männer sie überholt haben konnten.

Er und die Frau wirbelten herum und wollten fliehen. Vom Felsen oben fielen zwei Seile. Die beiden anderen Männer ließen sich auf den Pfad herab. Sie versperrten den Rückzug. Sie waren ebenso groß wie die beiden ersten. An Schnallen und Lederriemen unter ihren Umhängen hing ein ganzes Arsenal Waffen, die in der Sonne blinkten.

Richard wirbelte zu den ersten beiden herum. In aller Ruhe schoben sie ihre Kapuzen zurück. Beide hatten dichtes, blondes Haar und einen kräftigen Nacken. Ihre Gesichter waren gerötet, gut aussehend.

»Du kannst passieren, Junge, uns interessiert nur das Mädchen.« Der Mann hatte eine tiefe, fast freundliche Stimme. Nichtsdestotrotz klang die Drohung scharf wie eine Klinge. Beim Sprechen zog er die Lederhandschuhe aus und stopfte sie in seinen Gürtel, ohne Richard auch nur eines Blickes zu würdigen. Richard stellte für ihn offenbar kein Hindernis dar. Der Kerl hatte eindeutig das Sagen, denn die drei anderen warteten still, während er sprach.

Noch nie war Richard in einer solchen Lage gewesen. Bislang hatte er Ärger immer aus dem Weg gehen können. Niemals verlor er die Beherrschung, und gewöhnlich gelang es ihm mit seiner lockeren Art, eine finstere Miene in ein Lächeln zu verwandeln. Wenn Reden nichts nutzte, war er flink und kräftig genug, um zu verhindern, dass jemand zu Schaden kam, und wenn nötig, machte er sich einfach davon. Er wusste, diese Männer hatten mit Reden nichts im Sinn und fürchteten sich ganz offensichtlich nicht vor ihm. Wenn er doch einfach nur gehen könnte.

Richard warf einen Blick in ihre grünen Augen und sah das Gesicht einer stolzen Frau, die ihn um Hilfe anflehte.

Er beugte sich zu ihr hinüber und sagte mit gesenkter, aber fester Stimme: »Ich werde dich nicht im Stich lassen.«

Ihre Miene wirkte erleichtert.

Sie nickte leicht und legte ihm die Hand auf den Unterarm. »Du musst sie trennen und verhindern, dass sie mich alle gleichzeitig angreifen«, flüsterte sie ihm zu. »Und fass mich auf keinen Fall an, wenn sie kommen.« Sie packte seinen Arm fester, blickte ihm in die Augen und wartete auf eine Bestätigung. Zwar verstand er ihre Beweggründe nicht, trotzdem nickte er. »Mögen die guten Seelen mit uns sein.«

Sie ließ ihre Hände an die Seiten fallen und wandte sich den beiden hinter ihr zu. Ihr Gesicht war tödlich ruhig, bar jeder Regung.

»Geh jetzt, Junge.« Die Stimme des Anführers hatte an Härte gewonnen. Seine wilden blauen Augen funkelten. Er knirschte mit den Zähnen. »Mein letztes Angebot.«

Richard schluckte trocken.

Er versuchte, selbstsicher zu klingen. »Wir werden beide passieren.« Sein Herz schien bis zum Hals hinauf zu schlagen.

»Heute nicht«, sagte der Anführer entschieden. Er zückte sein hässliches, gebogenes Messer.

Der Mann neben ihm zog ein Kurzschwert aus der Scheide, die auf seinem Rücken hing. Mit einem ekelerregenden Grinsen zog er es über die Innenseite seines muskulösen Unterarms und färbte die Klinge rot. Hinter sich hörte Richard das Geräusch von Stahl, der gezückt wird. Er war starr vor Angst. Das ging alles viel zu schnell. Sie hatten keine Chance. Keine.

Einen kurzen Augenblick lang rührte sich niemand. Dann zuckte Richard unter dem Schlachtgeheul der Männer zusammen, Männer, die bereit waren, im Kampf zu sterben. Sie griffen mit beängstigender Wucht an. Der mit dem Kurzschwert holte aus und ging auf Richard los. Währenddessen hörte er, wie einer der Männer hinter ihm die Frau packte.

Doch dann, kurz bevor der Mann ihn erreicht hatte, wirkte eine mächtige Kraft auf die Luft ein, ein Donner ohne Hall. Die gewaltige Wucht ließ jedes Gelenk in seinem Körper stechend schmerzen. Ringsum wurde Staub aufgewirbelt, der sich ringförmig ausbreitete.

Auch der Mann mit dem Schwert spürte den Schmerz, und für einen Augenblick wurde seine Aufmerksamkeit an Richard vorbei auf die Frau gelenkt. Richard ließ sich nach hinten gegen die Wand fallen und stieß dem voranpreschenden Mann beide Füße so fest er konnte vor die Brust. Es hob ihn glatt vom Pfad, in die Luft. Der Mann riss überrascht die Augen auf, als er rücklings auf die Felsen tief unten stürzte, das Schwert immer noch mit beiden Händen über den Kopf erhoben.

Schockiert verfolgte Richard, wie einer der beiden hinteren Männer mit aufgeschlitzter, blutender Brust ebenfalls ins Nichts stürzte.

Bevor er einen Gedanken daran verschwenden konnte, stürmte der Anführer zielstrebig mit dem Krummschwert an ihm vorbei auf die Frau los. Dabei hieb er Richard mit dem Ballen seiner freien Hand unter das Brustbein. Der Aufprall nahm dem Jungen die Luft und schleuderte ihn mit Wucht gegen die Wand, und sein Kopf prallte an die Felsen. Er kämpfte dagegen an, das Bewusstsein zu verlieren, und hatte nur einen Gedanken: Er musste den Mann daran hindern, sie anzugreifen. Kräfte sammelnd, von deren Existenz er nichts geahnt hatte, packte Richard den Anführer an seinem stämmigen Handgelenk und wirbelte ihn herum. Das Messer kam in weitem Bogen auf ihn zu. Die Klinge blitzte im Sonnenlicht. In den blauen Augen des Mannes herrschte wilde Gier. Noch nie in seinem Leben hatte Richard solche Angst gehabt.

In diesem Augenblick war er sich sicher, er müsse sterben.

Scheinbar aus dem Nichts tauchte der letzte Mann mit blutverschmiertem Schwert auf, hieb dem Anführer sein Metall in den Unterleib und rammte ihm den Atem aus dem Körper. Der Zusammenprall war derart grimmig, dass er beide über den Felsrand warf. Bis ganz nach unten stieß der letzte Mann ein Wutgeheul aus, das erst mit dem donnernden Aufprall auf den Felsen tief unten endete.

Richard blieb wie gelähmt stehen und starrte über den Felsrand. Widerstrebend wandte er sich der Frau zu. Er hatte Angst, hinzusehen, fürchtete, er würde sie aufgeschlitzt und leblos vorfinden. Stattdessen saß sie an die Felswand gelehnt auf dem Boden. Sie wirkte erschöpft, war aber unverletzt. Ihr Gesicht hatte etwas Abwesendes. Es war alles so schnell gegangen, und er begriff eigentlich nicht, was geschehen war, oder wie. Richard und die Frau waren in der plötzlichen Stille allein.

Er ließ sich neben ihr auf den von der Sonne warmen Felsen sacken. Vom Schlag gegen die Felswand hatte er heftige Kopfschmerzen. Es ging ihr gut, wie Richard sah, und er fragte nicht nach. Er war zu überwältigt, um etwas zu sagen, und spürte, dass es ihr ebenso ging. Sie bemerkte das Blut auf ihrem Handrücken und wischte es an der Felswand neben den dort bereits vorhandenen Spritzern ab. Richard meinte, sich übergeben zu müssen.

Unfassbar, sie lebten noch. Es schien nicht möglich. Was war dieser Donner ohne Hall gewesen? Und diese Schmerzen, die er dabei verspürt hatte? Nie hatte er etwas Ähnliches erlebt. Die Erinnerung ließ ihn erschaudern. Was es auch war, sie hatte etwas damit zu tun, und sie hatte ihm das Leben gerettet. Etwas Unerhörtes war geschehen, und er war alles andere als sicher, ob er wissen wollte, was.

Sie legte ihren Kopf nach hinten gegen den Fels und neigte ihn in seine Richtung zur Seite. »Ich weiß nicht einmal deinen Namen. Ich wollte dich schon vorher fragen, hatte aber Angst, etwas zu sagen.« Mit einer vagen Geste deutete sie auf den Abgrund. »Ich hatte solche Angst vor ihnen... ich wollte nicht, dass sie uns finden.«

Er dachte, sie würde anfangen zu weinen, und sah zu ihr hinüber. Noch nicht, aber möglicherweise gleich. Er nickte. Er hatte verstanden, was sie über die Männer gesagt hatte.

»Mein Name ist Richard Cypher.«

Sie betrachtete ihn mit ihren grünen Augen, während er zu ihr hinübersah. Die Brise wehte ihr einige Haarsträhnen ins Gesicht.

Sie lächelte. »Es gibt nicht viele, die mir so beigestanden hätten.« Er fand ihre Stimme ebenso attraktiv wie alles andere an ihr. Sie passte zu dem intelligenten Funkeln ihrer Augen. Fast raubte sie ihm den Atem. »Es gibt nicht viele wie dich, Richard Cypher.«

Zu seinem großen Unbehagen spürte Richard, wie er rot wurde. Sie sah weg, wischte sich die Haare aus dem Gesicht und tat, als bemerke sie sein Erröten nicht.

»Ich bin...« Es klang, als wollte sie etwas sagen und hätte es sich dann anders überlegt. Sie drehte ihm den Rücken zu. »Ich bin Kahlan. Mein Familienname lautet Amnell.«

Er sah ihr lange in die Augen. »Wie dich gibt es auch nicht viele, Kahlan Amnell. Nur wenige hätten so durchgehalten wie du.«

Sie wurde nicht rot, sondern lächelte ihn nur an. Ein seltsames Lächeln, ein besonderes, bei dem man die Zähne nicht sah, mit zusammen gepressten Lippen, wie man es tut, wenn man jemanden ins Vertrauen ziehen will. Gleichzeitig funkelten ihre Augen. Es war ein Lächeln voller Anteilnahme.

Richard befühlte die schmerzhafte Beule an seinem Hinterkopf und suchte seine Finger nach Blut ab. Es gab keins, dabei war er überzeugt, da hätte welches sein müssen. Er sah sie an und fragte sich, was geschehen war, was sie getan hatte und wie. Erst dieser Donner ohne Hall, dann hatte er einen Mann vom Felsvorsprung gestoßen, einer der beiden hinter ihnen hatte den anderen getötet und schließlich den Anführer und sich selbst.

»Also, Kahlan, meine Freundin, kannst du mir sagen, wie es kommt, dass wir leben und diese vier nicht?«

Sie sah ihn überrascht an. »Meinst du das im Ernst?«

»Meinen? Was?«

Sie zögerte. »Die ›Freundin‹.«

Richard zuckte mit den Achseln. »Klar. Du hast gerade selbst gesagt, ich hätte dir beigestanden. Das tut man doch als Freund, oder?« Er lächelte sie an.

Kahlan drehte sich weg. »Ich weiß es nicht.« Sie spielte mit dem Ärmel ihres Kleides und sah zu Boden. »Ich war noch nie mit jemandem befreundet. Außer vielleicht mit meiner Schwester..."

Er spürte, wie schwer ihr das Sprechen fiel. »Nun, jetzt bist du es jedenfalls«, sagte er so gut gelaunt es ging. »Schließlich haben wir gerade zusammen etwas ziemlich Beängstigendes durchgemacht. Wir haben einander geholfen und überlebt.«

Sie nickte stumm. Richard ließ den Blick über den Ven Forest schweifen, sein Zuhause. Im Sonnenlicht wirkte das Grün der Bäume lebendig, üppig. Sein Blick wurde nach links gezogen, hin zu den braunen Flecken, wo die toten und sterbenden Bäume inmitten ihrer gesunden Nachbarn standen. Bis heute Morgen, als er die Schlingpflanze gefunden und sie ihn gestochen hatte, hatte er keine Ahnung gehabt, dass sie hier oben an der Grenze gedieh und den ganzen Wald durchzog. Ältere Leute hielten sich meilenweit von ihr entfernt. Andere gingen näher heran, wenn sie auf dem Händlerpfad reisten oder um zu jagen, niemand jedoch kam ihr zu nahe. Die Grenze bedeutete den Tod. Es hieß, wer an die Grenze ging, starb nicht nur, sondern büßte auch seine Seele ein. Die Grenzer sorgten dafür, dass die Menschen sich von ihr fernhielten.

Er sah sie von der Seite her an. »Und was ist mit dem anderen? Wir haben überlebt. Wie kam das?«

Kahlan wich seinem Blick aus. »Ich glaube, die guten Seelen haben uns beschützt.«

Richard glaubte ihr kein Wort. Aber sosehr er auch die Antwort wissen wollte, es war nicht seine Art, Menschen zu zwingen, etwas zu sagen, was sie nicht sagen wollten. Sein Vater hatte ihn dazu erzogen, die Geheimnisse anderer zu respektieren. Wenn sie wollte, würde sie ihm ihre Geheimnisse schon noch verraten. Zwingen würde er sie nicht.

Jeder hatte Geheimnisse; er ganz bestimmt auch. Nach dem Tod seines Vaters und den Ereignissen des heutigen Tages spürte er, wie sie sich in seinem Hinterkopf regten.

»Kahlan«, sagte er und versuchte dabei, seiner Stimme einen beruhigenden Unterton zu verleihen, »Freundschaft bedeutet nicht, dass du etwas erzählen musst, wenn du nicht willst. Ich bin trotzdem dein Freund.«

Sie sah ihn nicht an, nickte aber. Sie war derselben Ansicht.

Richard stand auf. Sein Kopf schmerzte, seine Hand schmerzte, und jetzt stellte er auch noch fest, dass seine Brust wehtat, dort, wo ihn der Mann geschlagen hatte. Zu allem Überfluss fiel ihm auch noch ein, wie hungrig er war. Michael! Er hatte die Feier seines Bruders vollkommen vergessen. Er sah nach der Sonne und wusste, er würde zu spät kommen. Hoffentlich verpasste er Michaels Ansprache nicht. Er würde Kahlan mitnehmen, Michael von den Männern berichten und jemanden zu ihrem Schutz besorgen.

Er hielt ihr die Hand hin, um ihr aufzuhelfen. Sie sah ihn überrascht an. Er zog sie nicht zurück. Sie schaute in seine Augen und ergriff sie.

Richard lächelte. »Hat dir noch nie ein Freund die Hand gereicht, um dir aufzuhelfen?«

Sie wandte den Blick ab. »Nein.«

Richard spürte ihr Unbehagen und wechselte das Thema. »Wann hast du das letzte Mal etwas gegessen?«

»Vor zwei Tagen«, sagte sie tonlos.

Er sah sie erstaunt an. »Dann musst du noch hungriger sein als ich. Ich werde dich zu meinem Bruder mitnehmen.« Er warf einen vorsichtigen Blick über die Felskante. »Wir werden ihm von den Toten erzählen müssen. Er wird wissen, was zu tun ist.« Damit wandte er sich ihr wieder zu. »Kahlan, weißt du, wer diese Männer waren?«

Ihre grünen Augen bekamen etwas Hartes. »Man bezeichnet sie als Quadron. Sie sind, nun, so eine Art Mördertrupp. Man schickt sie aus, um zu töten...« Sie fing sich wieder. »Um Menschen zu töten.« Ihr Gesicht strahlte wieder dieselbe Ruhe aus wie in dem Augenblick, als sie sich zum ersten Mal begegnet waren. »Ich glaube, je weniger Menschen von mir wissen, desto sicherer bin ich.«

Richard war bestürzt. So etwas hatte er noch nie gehört. Er strich sich die Haare zurück und dachte nach. Wieder kreisten finstere, schattengleiche Gedanken. Aus irgendeinem Grund hatte er Angst vor ihrer Antwort. Fragen musste er trotzdem.

Er sah ihr fest in die Augen. Diesmal erwartete er die Wahrheit. »Kahlan, woher kam das Quadron?«

Einen Augenblick lang betrachtete sie sein Gesicht. »Sie müssen mich seit Verlassen der Midlands bis über die Grenze verfolgt haben.«

Richard fröstelte. Eine Gänsehaut kroch ihm den Nacken hinauf, und die feinen Haare standen ihm zu Berge. Tief in ihm regte sich Wut.

Sie musste gelogen haben. Niemand konnte die Grenze überqueren.

Niemand.

Niemand war je in die Midlands gegangen oder von dort gekommen. Die Grenze war seit der Zeit vor seiner Geburt abgeriegelt.

Die Midlands, das war ein Land der Magie.

3. Kapitel

ichaels Haus war ein massives Gebäude aus weißem Stein und stand ein ganzes Stück von der Straße entfernt. Schieferdächer in einer Vielfalt von Winkeln und Neigungen trafen sich kompliziert verschachtelt unter einem Bleiglasgiebel, durch den Licht in die zentrale Halle fiel. Hoch aufragende Weißeichen beschatteten den Zufahrtsweg zum Haus vor der strahlenden Nachmittagssonne, der durch ausladende Rasenflächen bis zu den symmetrisch zu beiden Seiten des Hauses angelegten Zierbeeten führte. Die Beete standen in voller Blüte. Die Blumen mussten wegen der späten Jahreszeit extra für diesen Anlass in Gewächshäusern gezüchtet worden sein.

Elegant gekleidete Menschen schlenderten über den Rasen und durch den Garten. Richard fühlte sich plötzlich fehl am Platz. Sicher, in seinem dreckigen, schweißbefleckten Waldgewand sah er bestimmt grässlich aus, aber er hatte den Umweg über sein Haus vermieden, wo er sich hätte frischmachen können. Außerdem war seine Stimmung finster, und es war ihm egal, wie er aussah. Er hatte Wichtigeres im Kopf.

Kahlan dagegen wirkte nicht so sehr fehl am Platz. Das ungewöhnliche und auffällige Kleid, das sie trug, strafte die Behauptung Lügen, sie sei gerade aus dem Wald gekommen. Angesichts des vielen Blutes, das vor Kurzem auf dem Kamm des Schartenbergs geflossen war, war überraschenderweise nichts davon an ihr hängengeblieben. Irgendwie hatte sie es geschafft, sich herauszuhalten, während die Männer sich gegenseitig umbrachten.

Sie hatte ihm erzählt, sie sei von jenseits der Grenze aus

den Midlands gekommen, hatte seine bestürzte Reaktion gesehen und anschließend zu dem Thema geschwiegen. Richard brauchte Zeit, um darüber nachzudenken, und hatte sie nicht weiter gedrängt. Stattdessen fragte sie ihn nach Westland, wie die Menschen dort waren und wo er lebte. Er erzählte ihr von seinem Haus im Wald, wo er das Leben fern der Stadt genoss und als Führer für Reisende durch den Kernland Forest arbeitete.

»Hat dein Haus eine Feuerstelle?«, hatte sie gefragt.

»Aber ja.«

»Benutzt du sie?«

»Aber ja, ich koche ständig darauf«, hatte er erwidert. »Warum?«

Sie hatte lediglich mit den Achseln gezuckt und in die Landschaft geschaut. »Ich vermisse es nur, vor einem offenen Feuer zu sitzen, das ist alles.«

Er erzählte ihr von der Ermordung seines Vaters. Sie hörte einfühlsam zu.

Die Ereignisse des Tages und seine Sorgen hatten Richard aufgewühlt, und es tat ihm gut, jemanden zu haben, mit dem er reden konnte, auch wenn sie es geschickt vermied, von ihren Geheimnissen zu sprechen.

»Ihre Einladung, Sir?«, rief jemand mit tiefer Stimme aus dem Schatten neben dem Eingang.

Einladung? Richard fuhr herum und wollte sehen, wer ihn angesprochen hatte; er blickte in ein schelmisches Grinsen. Richard musste selbst grinsen. Es war sein Freund Chase. Er schüttelte dem Grenzposten in einer herzlichen Begrüßung die Hand.

Chase war groß, glatt rasiert, hatte hellbraunes Haar, das noch keinerlei Anzeichen des Schütterwerdens zeigte, allerdings des Alters wegen an den Schläfen ergraute. Dichte Brauen warfen einen Schatten auf die eindringlichen, braunen Augen, die sich auch beim Sprechen langsam und listig umschauten und denen nichts entging. Diese Angewohnheit hinterließ bei vielen den – irrtümlichen – Eindruck, er höre nicht zu. Richard wusste, trotz seiner Größe konnte Chase im Notfall gefährlich schnell sein. Er trug an der Seite einen Gurt voller Messer, an dem auch eine Schlachtkeule hing. Das Heft eines Kurzschwerts ragte hinter seiner linken Schulter hervor, und seine Armbrust mit einer ganzen Anzahl mit Widerhaken und Stahlspitzen versehener Bolzen hing von einem Lederhalter an seiner Linken.

Richard zog eine Braue hoch. »Sieht aus, als wolltest du dir deinen Anteil am Festessen abholen.«

Das Grinsen verschwand aus Chases Gesicht. »Ich bin nicht als Gast hier.« Sein Blick ruhte auf Kahlan.

Richard spürte das Unbehagen. Er nahm Kahlan beim Arm und zog sie vor. Sie ließ es ohne Furcht mit sich geschehen.

»Chase, das ist meine Freundin Kahlan.« Er lächelte sie an. »Das ist Dell Brandstone. Alle nennen ihn Chase. Ein alter Freund von mir. Bei ihm sind wir sicher.« Er wandte sich wieder an Chase. »Du kannst ihr vertrauen.«

Sie betrachtete den großen Mann und nickte ihm lächelnd zu.

Chase verneigte sich, und die Angelegenheit war erledigt. Richards Wort genügte ihm. Er ließ den Blick über die Menschenmenge schweifen und ihn bei verschiedenen Leuten verweilen, um zu sehen, ob jemand Interesse an ihnen hatte. Er zog die beiden von der offenen, sonnenbeschienenen Treppe zur Seite.

»Dein Bruder hat sämtliche Grenzposten zusammengerufen.« Er wartete, sah sich erneut um. »Um sie zu seinen persönlichen Wachen zu machen.«

»Was? Das gibt doch keinen Sinn!« Richard konnte es nicht fassen. »Er hat die Hofwache und die Armee. Wozu braucht er dann noch die paar Grenzposten?«

Chase legte seine Linke auf einen der Messergriffe. »Genau. Wozu eigentlich.« Sein Gesicht verriet keine Regung. Tat es selten. »Vielleicht nur des Effekts wegen. Die Leute fürchten sich vor den Posten. Du warst seit der Ermordung deines Vaters im Wald. Nicht, dass ich an deiner Stelle nicht das Gleiche getan hätte. Ich will bloß sagen, du warst eben nicht hier. Hier sind seltsame Dinge passiert, Richard. Mitten in der Nacht kommen und gehen irgendwelche Leute. Michael bezeichnet sie als ›besorgte Bürger‹. Ständig redet er irgendwelchen Unsinn über Verschwörungen gegen die Regierung. Er hat auf dem gesamten Gelände Posten verteilt.«

Richard sah sich um, konnte aber keine entdecken. Das hatte nicht viel zu sagen. Wenn ein Grenzposten nicht gesehen werden wollte, konnte er einem auf den Füßen stehen, und man wäre nicht in der Lage, ihn zu entdecken.

Chase beobachtete Richard, wie er seinen Blick schweifen ließ, und trommelte mit den Fingern auf einen Messerknauf. »Meine Männer sind da draußen, glaube mir.«

»Schön. Und woher weißt du, dass Michael nicht recht hat? Schließlich wurden der Vater des neuen Obersten Rates und wer sonst noch alles ermordet.«

Chase setzte seine subtilste Miene des Ekels auf. »In Westland kenne ich jeden kleinen Schleimer. Es gibt keine Verschwörung. Vielleicht gäbe es ein bisschen Spaß, wenn es so wäre. Ich halte mich jedoch nur für einen Teil der Dekoration. Michael meinte, ich sollte mich ›ein bisschen zeigen‹.« Sein Gesicht nahm schärfere Züge an. »Und was den Mord an deinem Vater anbelangt, nun, George Cypher und ich kannten uns sehr lange, schon lange vor deiner Geburt und vor der Entstehung der Grenze. Er war ein guter Mann. Ich war stolz, ihn meinen Freund nennen zu dürfen.« In seinen Augen kochte Wut. »Ich bin ein paar Leuten auf die Füße getreten.« Er wechselte auf sein anderes Bein und sah sich noch einmal um, bevor er sein grimmiges Gesicht wieder Richard zuwandte. »Und zwar fest. Die hätten den Namen ihrer Mutter verraten, wenn ich das gewollt hätte. Kein Mensch weiß etwas. Und glaub mir, hätten sie etwas gewusst, sie wären froh gewesen, die Unterhaltung mit mir so kurz wie möglich zu gestalten. Zum ersten Mal bin ich hinter jemandem her und kann nicht die geringste Spur finden.« Er verschränkte die Arme und lächelte wieder, als er Richard von Kopf bis Fuß musterte. »Wo wir gerade von Schleimern sprechen, wo hast du dich eigentlich rumgetrieben? Du siehst aus, als könntest du einer meiner Kunden sein.«

Richard sah zu Kahlan hinüber, dann zurück zu Chase. »Wir waren oben im Ven Forest.« Richard senkte die Stimme. »Uns haben vier Männer angegriffen.«

Chase wirkte leicht überrascht. »Kenne ich die Männer?«

Richard schüttelte den Kopf.

Chase runzelte die Stirn. »Und wo sind die vier hin, nachdem sie euch überfallen haben?«

»Du kennst doch den Pfad über den Schartenbergfelsen?«

»Sicher.«

»Sie liegen tief unten auf den Felsen. Wir müssen darüber reden.«

Chase starrte die beiden an. »Ich werde es mir ansehen.« Er zog die Brauen ungläubig zusammen. »Wie habt ihr das angestellt?«

Richard und Kahlan wechselten einen kurzen Blick, dann sah Richard wieder den Grenzposten an. »Ich glaube, die guten Seelen haben uns beschützt.«

Chase sah argwöhnisch von einem zum anderen. »Tatsächlich? Nun, Michael solltest du im Augenblick besser nichts davon erzählen. Ich fürchte, er glaubt nicht an gute Seelen.« Er blickte den beiden fest in die Augen. »Wenn ihr meint, es sei nötig, könnt ihr bei mir bleiben. Dort seid ihr sicher.«

Richard musste an Chases viele Kinder denken. Er wollte sie auf keinen Fall gefährden. Darüber streiten wollte er aber auch nicht, also nickte er bloß.

»Wir gehen besser rein. Michael wird mich vermissen.«

»Noch eins«, meinte Chase. »Zedd will dich sehen. Er war ganz aufgebracht. Er meint, es sei wirklich wichtig.«

Richard warf einen Blick über die Schulter und sah die wimmelnde Menschenmenge. »Ich glaube, ich muss ihn ebenfalls treffen.« Er machte kehrt und wollte gehen.

»Richard«, sagte Chase mit einem Blick, der jeden anderen vernichtet hätte, »was hast du im oberen Ven Forest gemacht?«

Richard scheute sich nicht. »Das Gleiche wie du. Ich habe versucht, eine Spur aufzunehmen.«

Chases hartes Gesicht entspannte sich, und er lächelte wieder knapp. »Mit Erfolg?«

Richard nickte und hielt seine rote, entzündete Hand in die Höhe. »Sie beißt sogar.«

Kahlan und er drehten sich um und mischten sich unter die ins Haus strömende Menschenmenge, passierten den Eingang, überquerten den weißen Marmorboden und gingen zum eleganten, zentralen Versammlungssaal. Wo das von oben hereinfallende Sonnenlicht sie erfasste, bekamen die Marmorwände und -säulen einen unheimlichen, goldenen Glanz. Richard hatte immer die Wärme von Holz vorgezogen. Michael jedoch hatte gemeint, aus Holz könne jeder machen, was er wolle. Wenn man dagegen Marmor wollte, musste man eine Menge Leute anheuern, die in Holzhäusern lebten und die Arbeit für einen taten. Richard erinnerte sich an die Zeit vor dem Tod ihrer Mutter, als er und Michael im Sand gespielt und Häuser und Forts aus Stöckchen gebastelt hatten. Damals hatte Michael ihm geholfen. Hoffentlich tat er es auch jetzt.

Einige Leute erkannten Richard. Sie begrüßten ihn und erhielten dafür nur ein steifes Lächeln oder einen flüchtigen Händedruck. Richard war überrascht, wie wohl sich Kahlan zwischen all den wichtigen Leuten fühlte, obwohl sie aus einem fremden Land stammte. Er war längst auf die Idee gekommen, auch sie könnte jemand Wichtiges sein. Mordbanden verfolgen nicht irgendjemanden.

Es fiel Richard schwer, jedem zuzulächeln. Wenn die Gerüchte von der Grenze stimmten, war ganz Westland in Gefahr. Die Menschen in den an das Kernland angrenzenden Gebieten hatten bereits jetzt Angst, nachts das Haus zu verlassen; Geschichten von halb aufgefressenen Leichenfunden machten die Runde. Richard hatte gemeint, sie seien lediglich eines normalen Todes gestorben, und wilde Tiere hätten ihre Leichen gefunden. So was passierte ständig. Die Leute behaupteten, sie kämen aus der Luft. Er tat es als abergläubischen Unsinn ab.

Bis jetzt.

Selbst zwischen all diesen Menschen spürte Richard eine überwältigende Einsamkeit. Er wusste nicht, an wen er sich halten konnte. Kahlan war die Einzige, bei der er sich wohlfühlte, und doch fürchtete er sich vor ihr. Die Begegnung auf dem Felsen hatte ihm Angst gemacht. Am liebsten hätte er sie an die Hand genommen und wäre gegangen.

Vielleicht wusste Zedd, was zu tun war. Vor den Zeiten der Grenze hatte er in den Midlands gelebt, auch wenn er nie darüber sprechen wollte. Und dann dieses kalte Gefühl, das alles könnte etwas mit dem Tod seines Vaters zu tun haben, und der Tod seines Vaters mit seinen eigenen Geheimnissen, die sein Vater ihm, ganz allein ihm aufgebürdet hatte.

Richard fragte sich, wo Michael steckte. Seltsam, dass er noch nicht hier war.

Ihm war der Appetit zwar vergangen, aber Kahlan hatte schon seit zwei Tagen nichts mehr gegessen. Offenbar verfügte sie über eine bemerkenswerte Selbstbeherrschung bei all den verlockenden Köstlichkeiten ringsum. Die herrlichen Düfte begannen, seine Einstellung zu seinem Appetit zu verändern.

Er beugte sich zu ihr. »Hungrig?«

»Sehr.«

Er führte sie an einen langen Tisch voller Speisen und Getränke. Es gab riesige dampfende Tabletts voller Würste und Fleisch, verschiedene Sorten Trockenfisch, gegrillten Fisch, große Terrinen mit Kohl- und Wursteintopf, Zwiebelsuppe, Gewürzsuppe, Tabletts mit Brot, Käse, Obst, Pasteten und Kuchen, Krüge voller Wein und Bier. Bedienstete eilten hin und her und sorgten dafür, dass die Tabletts immer gefüllt waren.

Kahlan sah sie sich an. »Einige der Mädchen, die bedienen, tragen die Haare lang. Ist das erlaubt?«

Richard blickte sich ein wenig verwirrt um. »Ja. Jeder kann die Haare so tragen, wie er möchte. Sieh.« Er beugte sich vor und wies mit angelegtem Arm in eine bestimmte Richtung. »Die Frauen dort drüben sind Beraterinnen. Einige haben kurzes, andere langes Haar. Ganz wie es ihnen gefällt.« Er betrachtete sie aus den Augenwinkeln. »Hast du dir jemals die Haare abschneiden müssen?«

Sie sah ihn überrascht an. »Nein. Mich hat noch nie jemand gebeten, mir die Haare abzuschneiden. Wo ich herkomme, hat die Länge der Haare bei den Frauen eine gewisse soziale Bedeutung.«

»Heißt das, du bekleidest einen gewissen gesellschaftlichen Rang?« Mit einem beiläufigen Lächeln versuchte er, der Frage jede Aufdringlichkeit zu nehmen. »Bei deinen wundervollen, langen Haaren, meine ich.«

Sie erwiderte verlegen sein Lächeln, wenn auch ohne Freude. »Einige glauben das. Nach heute Morgen hätte ich mir denken können, dass du auf diese Idee kommst. Wir alle können nur das sein, was wir sind, nicht mehr und nicht weniger.«

»Also, schlag mich, wenn ich dir eine Frage stelle, die man einer Freundin nicht stellt.«

Ihre Miene erhellte sich, trotzdem blieb ihr Lächeln so dünn wie zuvor. Das teilnahmsvolle Lächeln. Er musste grinsen.

Er wandte sich dem Buffet zu und entdeckte eine seiner Lieblingsspeisen, Rippchen in würziger Soße, legte ein paar davon auf einen Teller und reichte sie ihr.

»Probier die zuerst, eine meiner Lieblingsspeisen.«

Kahlan hielt den Teller mit ausgestrecktem Arm von sich und betrachtete ihn argwöhnisch. »Von welchem Tier stammt das Fleisch?«

»Vom Schwein«, sagte er, ein wenig überrascht. »Probier es, das ist das Beste hier, bestimmt.«

Sie entspannte sich, zog den Teller heran und aß. Er verspeiste selbst mit Genuss ein halbes Dutzend Rippchen.

Er legte ihr einige Würstchen auf den Teller. »Hier, probier die auch mal.«

Wieder flammte ihr Argwohn auf. »Woraus sind die?«

»Aus Rind- und Schweinefleisch und Gewürzen, welche, weiß ich nicht. Warum? Gibt es Dinge, die du nicht isst?«

»Einiges«, sagte sie unbestimmt, bevor sie ein Würstchen verspeiste. »Könnte ich von der Gewürzsuppe kosten, bitte?«

Er schöpfte die Suppe in eine feine, weiße Schüssel mit Goldrand und nahm ihr den Teller ab. Sie hielt die Schale mit beiden Händen und probierte.

Ein Lächeln huschte über ihr Gesicht. »Sie ist gut, genau wie ich es mache. Ich denke, unsere beiden Heimatländer sind nicht so verschieden, wie du fürchtest.«

Während sie den Rest der Suppe austrank, nahm Richard,

der sich nach ihrer Bemerkung besser fühlte, ein großes Stück Brot, belegte es mit Hühnerfleischstreifen und gab es ihr, als sie mit der Suppe fertig war. Sie reichte ihm die leere Schale, nahm das Brot mit dem Hühnerfleisch und ging essend zum Rand des Saales. Er stellte die Suppenschale ab und folgte ihr, wobei er gelegentlich jemandem die Hand schüttelte. Alle beäugten kritisch ihre Kleidung. Als sie einen ruhigen Ort neben einer Säule erreicht hatte, drehte sie sich zu ihm um.

»Holst du mir bitte ein Stück Käse?«

»Sicher. Welche Sorte?«

Sie ließ den Blick über die Menge schweifen. »Egal.«

Richard arbeitete sich durch das Gedränge zurück zum Buffet, wählte zwei Stücke Käse aus, von denen er eins auf dem Rückweg zu Kahlan verspeiste. Er reichte ihr den Käse. Sie griff danach, doch statt ihn zu essen, ließ sie den Käse zu Boden fallen, als hätte sie vergessen, dass sie ihn in der Hand hielt.

»Die falsche Sorte?«

Ihre Stimme klang abwesend. »Ich kann Käse nicht ausstehen.« Sie starrte an ihm vorbei auf einen Punkt auf der anderen Seite des Raumes.

»Sieh mich an«, sagte sie und blickte ihm in die Augen. »Hinter dir, drüben, stehen zwei Männer. Sie beobachten uns schon die ganze Zeit. Als ich dich Essen holen geschickt habe, haben sie dich dabei beobachtet. Auf mich haben sie nicht geachtet. Du bist es, auf den sie ein Auge geworfen haben.«

Richard legte ihr die Hände auf die Schulter und wechselte den Platz mit ihr, damit er sich selbst ein Bild machen konnte. Er ließ den Blick über die Köpfe hinweg zur gegenüberliegenden Seite des Raumes schweifen. »Das sind nur zwei von Michaels Gehilfen. Sie kennen mich. Vermutlich fragen sie sich, wo ich gesteckt habe und warum ich so heruntergekommen aussehe.« Er sah ihr in die Augen und sprach so leise, dass niemand es hören konnte. »Alles in Ordnung, Kahlan, entspann dich. Die Männer von heute Morgen sind tot. Du bist in Sicherheit.«

Sie schüttelte den Kopf. »Es werden andere kommen. Ich sollte mich nicht bei dir aufhalten. Ich möchte dein Leben nicht mehr gefährden, als ich es bereits getan habe. Du bist mein Freund.«

»Kein Quadron kann dich aufspüren, nicht hier in Kernland, ausgeschlossen.« Er verstand vom Aufspüren genug und war von dem überzeugt, was er gesagt hatte.

Kahlan hakte ihren Finger in sein Hemd und zog sein Gesicht dicht heran. In ihren grünen Augen blitzten Ärger und Unduldsamkeit auf.

Im Flüsterton sagte sie scharf: »Als ich meine Heimat verließ, belegten fünf Magier meine Fährte mit einem Zauber, und niemand konnte wissen, wohin ich gegangen war. Anschließend haben sie sich umgebracht, damit man sie nicht zum Sprechen bringen konnte!« Sie biss wütend die Zähne aufeinander, und ihre Augen waren feucht. Sie begann zu zittern.

Zauberer! Richard erstarrte. Endlich nahm er sachte ihre Hand von seinem Hemd, hielt sie fest und sagte mit einer Stimme, die in dem Lärm kaum zu verstehen war. »Das tut mir leid.«

»Richard, ich habe eine Todesangst!« Ihr Zittern war heftiger geworden. »Wenn du heute nicht gewesen wärst, wer weiß, was dann aus mir geworden wäre. Der Tod wäre vielleicht noch das Beste gewesen. Du weißt nichts über diese Männer.« Sie schüttelte sich voller Entsetzen.

Er bekam eine Gänsehaut. Sachte schob er sie hinter die Säule zurück, wo sie niemand sehen konnte. »Tut mir leid, Kahlan. Ich weiß nicht, was das alles zu bedeuten hat. Du weißt wenigstens etwas, aber ich stehe völlig im Dunkeln. Ich habe auch Angst. Heute auf dem Felsen … Ich habe mich noch nie so gefürchtet. Außerdem habe ich nicht gerade viel zu unserer Rettung beigetragen.« Ihre Hilflosigkeit gab ihm die Kraft, sie zu beruhigen.

»Was du getan hast«, brachte sie mühsam hervor, »hat den Ausschlag gegeben. Es hat uns gerettet. Ganz gleich, wie gering du deinen Beitrag einschätzt, es hat gereicht. Hättest du mir nicht geholfen… ich will nicht, dass du durch mich Schwierigkeiten bekommst.«

Er drückte ihre Hand fester. »Bestimmt nicht. Ich habe

einen Freund. Zedd. Vielleicht kann er uns sagen, was wir zu deiner Sicherheit unternehmen können. Er ist ein bisschen seltsam, aber er ist der klügste Mensch, den ich kenne. Wenn irgendjemand weiß, was zu tun ist, dann er. Sobald Michael seine Rede gehalten hat, werden wir zu mir nach Hause gehen. Du kannst dich vor das offene Feuer setzen, und morgen früh bringe ich dich zu Zedd.« Lächelnd deutete er mit einem Nicken auf ein Fenster neben ihnen. »Sieh, dort drüben.«

Sie drehte sich um und sah Chase vor dem Fenster stehen. Der Grenzposten warf einen Blick über seine Schulter, zwinkerte ihr herzlich lächelnd zu, dann machte er sich wieder an die Beobachtung des Geländes.

»Für Chase wäre ein Quadron das reinste Vergnügen. Während er sie erledigt, könnte er dir eine Geschichte über echte Schwierigkeiten erzählen. Er passt auf dich auf, seit wir ihm von den Männern erzählt haben.«

Daraufhin lächelte sie dünn, doch das währte nicht lange.

»Es steckt noch mehr dahinter. Ich dachte, in Westland wäre ich sicher. So hätte es auch sein sollen. Nur durch Magie konnte ich die Grenze überqueren.« Sie zitterte immer noch, bekam sich aber allmählich wieder unter Kontrolle. Er gab ihr Kraft.

»Wie diese Männer herübergelangt sind, weiß ich nicht. Eigentlich hätten sie es nicht schaffen dürfen. Sie hätten nicht einmal wissen dürfen, dass ich die Midlands verlassen habe. Irgendwie müssen sich die Regeln verändert haben.«

»Darum kümmern wir uns morgen. Fürs Erste bist du sicher. Außerdem würde ein anderes Quadron Tage bis hierher brauchen, oder? Wir haben also Zeit, uns alles in Ruhe zu überlegen.«

Sie nickte. »Danke, Richard Cypher. Mein Freund. Aber du sollst wissen, wenn ich dich in Gefahr bringe, werde ich gehen, bevor dir etwas passiert.« Sie zog ihre Hand zurück und wischte sich über die unteren Lider. »Ich habe immer noch Hunger. Können wir noch etwas essen?«

Richard musste schmunzeln. »Gerne. Was möchtest du denn?«

»Noch etwas von deinen Lieblingsspeisen!«

Sie gingen zum Buffet zurück und aßen, während sie auf Michael warteten. Richard fühlte sich besser. Nicht wegen der Dinge, die sie ihm erzählt hatte, sondern weil er jetzt etwas mehr wusste und weil er ihr hatte Sicherheit geben können. Irgendjemand würde die Antwort auf ihre Probleme finden, und er würde herausfinden, was es mit der Grenze auf sich hatte. Er fürchtete sich vor den Antworten, aber er würde sie endlich erfahren.

Ein Raunen ging durch die Menge, während sich die Köpfe zum anderen Ende des Raumes wendeten. Michael. Richard nahm Kahlan an der Hand und ging zur Seite des Saales, damit sie zusehen konnten.

Als Michael auf das Podium trat, sah Richard, warum er solange gebraucht hatte, um zu erscheinen. Er hatte gewartet, bis das Sonnenlicht auf diese Stelle fiel, damit er im Licht stehen und für alle sichtbar in seinem Ruhm glänzen konnte.

Er war nicht nur kleiner, sondern auch schwerer und runder als Richard. Das Sonnenlicht brachte seine ungebändigte Mähne zum Leuchten. Auf seiner Oberlippe prangte stolz ein Schnauzer. Er trug weite, weiße Hosen, und sein weißes Hemd mit den lockeren Ärmeln wurde an der Hüfte von einem goldenen Gürtel zusammengerafft.

Dort im Sonnenlicht schien Michael den gleichen kalten, merkwürdigen Glanz auszustrahlen wie der Marmor. Er hob sich überdeutlich vor dem im Schatten liegenden Hintergrund ab.

Richard hob die Hand, um sich bemerkbar zu machen. Michael sah die Hand, lächelte seinem Bruder zu und sah ihm einen Augenblick lang in die Augen, bevor er zu sprechen begann und den Blick der Menge zuwandte.

»Ladies und Gentlemen, heute habe ich das Amt des Obersten Rates von Westland übernommen.« Im Saal erhob sich Gebrüll. Michael ließ es regungslos über sich ergehen, dann reckte er plötzlich die Arme in die Höhe und bat um Ruhe. Er wartete, bis auch der letzte Rufer verstummt war. »Die Räte aus ganz Westland haben mich erwählt, um uns durch diese Zeiten der Herausforderung zu führen, weil ich über den Mut und die

Visionen verfüge, uns in ein neues Zeitalter zu führen. Zu lange haben wir in die Vergangenheit geblickt statt in die Zukunft! Zu lange haben wir alte Geister bekämpft und waren blind für neue Herausforderungen! Zu lange haben wir auf jene gehört, die uns in den Krieg ziehen wollten, und jene ignoriert, die uns auf den Pfad des Friedens führen wollten!«

Die Menge raste. Richard war verblüfft. Was redete Michael da? Welchen Krieg meinte er? Es gab niemanden, gegen den man hätte Krieg führen können!

Wieder reckte Michael seine Arme in die Höhe und fuhr diesmal fort, ohne zu warten, bis alles ruhig war. »Ich werde nicht abwarten und zusehen, wie Westland von diesen Verrätern in Gefahr gebracht wird!« Sein Gesicht war rot vor Zorn.

Wieder grölten die Leute, doch diesmal reckten sie die Fäuste in die Höhe. Sie intonierten Michaels Namen. Richard und Kahlan sahen sich an.

»Besorgte Bürger sind vorgetreten und haben diese Feiglinge, diese Verräter, beim Namen genannt. Genau in diesem Augenblick, während wir unsere Herzen in einem gemeinsamen Ziel vereinen, beschützen uns die Grenzposten, während die Armee die Verräter zusammentreibt, die sich gegen die Regierung verschworen haben. Es sind keine gewöhnlichen Kriminellen, wie ihr vielleicht denken mögt, sondern geachtete Männer in hohen Ämtern!«

Ein Murmeln durchzog die Versammlung. Richard war wie gelähmt. War das möglich? Eine Verschwörung? Sein Bruder war nicht dahin gelangt, wo er jetzt stand, ohne zu wissen, was gespielt wurde. Männer in hohen Ämtern. Das erklärte sicher, warum Chase nichts davon wusste.

Michael stand in dem Kegel, den das hereinfallende Sonnenlicht bildete, und wartete, bis das Gemurmel verebbte. Als er wieder ansetzte, war seine Stimme freundlich und leise.

»Aber das ist Vergangenheit. Heute verkünden wir unseren neuen Kurs. Ein Grund, warum ich zum Obersten Rat erwählt wurde, besteht darin, dass ich als Kernländer im Schatten der Grenze lebe. Ein Schatten, der über unser aller Leben liegt. Aber auch das ist nur ein Blick in die Vergangenheit. Das Licht eines neuen Tages vertreibt die Schatten der vergangenen Nacht und macht uns deutlich, dass unsere Angst nichts anderes ist als ein Hirngespinst.

Wir müssen jenem Tag freudig entgegensehen, da die Grenze nicht mehr sein wird, denn nichts hält ewig, hab' ich recht? Und wenn der Tag kommt, müssen wir den anderen die Hand entgegenstrecken, und zwar nicht mit dem Schwert, wie einige es gerne sähen. Das führt nur zu sinnlosen Kriegen und unsinnigem Sterben.

Sollen wir unsere Kräfte darauf verschwenden, uns auf einen Kampf mit einem Volk vorzubereiten, von dem wir lange getrennt waren? Einem Volk, aus dem viele unserer Vorfahren stammen? Sollen wir bereitwillig unseren Schwestern und Brüdern Gewalt antun, nur weil wir sie nicht kennen? Was für eine Vergeudung! Unsere Kräfte sollten dafür verwendet werden, das wahre Elend ringsum auszumerzen. Wenn die Zeit kommt – vielleicht nicht mehr während unseres Lebens, aber kommen wird sie –, sollten wir bereit sein, unsere lange von uns getrennten Brüder und Schwestern willkommen zu heißen. Wir müssen nicht nur zwei Länder vereinigen, sondern alle drei! Denn wie eines Tages die Grenze zwischen Westland und den Midlands verschwinden wird, so wird auch die Grenze zwischen den Midlands und D'Hara fallen, und alle drei Länder werden eins sein! Voller Zuversicht erwarten wir den Tag, an dem wir die Freude über die Wiedervereinigung mit allen werden teilen können, vorausgesetzt, wir tragen sie in unseren Herzen! Und diese Freude wird heute von hier, von Kernland, ausgehen!

Aus diesem Grund habe ich all denen einen Riegel vorgeschoben, die uns bloß deswegen in einen Krieg mit unseren Brüdern und Schwestern stürzen wollen, weil eines Tages die Grenzen fallen werden. Eure Verantwortung als Räte des Westlandes ist es, diese Kunde im ganzen Land zu verbreiten! Bringt allen guten Menschen unsere Botschaft vom Frieden. Sie werden die Wahrheit in euren Herzen entdecken. Bitte, unterstützt mich. Ich will, dass das, wofür wir hier den Grundstein legen, unseren Kindern und Enkeln zugute kommt. Ich will, dass wir selbst den Weg in den Frieden und in die Zukunft beschreiten, damit zukünftige Generationen ihren Nutzen daraus ziehen können.«

Michael stand mit gebeugtem Kopf da und presste sich die geballten Fäuste auf die Brust. Das Sonnenlicht ließ ihn erglühen. Die Zuhörer schwiegen ergriffen. Richard entdeckte Männer mit Tränen in den Augen und Frauen, die offen weinten. Alle Augen waren auf Michael gerichtet, der so regungslos dastand, als sei er aus Stein.

Richard war verblüfft. Noch nie hatte er seinen Bruder so gewandt und mit solcher Überzeugung reden hören. Alles schien so sinnvoll. Denn schließlich stand er hier mit einer Frau von jenseits der Grenze, aus den Midlands, und schon heute war sie seine Freundin.

Andererseits hatten vier Männer versucht, sie beide umzubringen. Nein, ganz so war es nicht. Eigentlich wollten sie nur die Frau, und er hatte im Weg gestanden. Sie hatten angeboten, ihn ziehen zu lassen. Es war sein Entschluss gewesen, zu bleiben und zu kämpfen. Er hatte immer Angst vor den anderen jenseits der Grenze gehabt, und jetzt hatte er sich mit einer von ihnen angefreundet, genau wie Michael gesagt hatte.

Er begann, seinen Bruder in einem neuen Licht zu sehen. Michaels Worte hatten die Menschen bewegt. Auf eine Art, wie Richard es noch nicht gesehen hatte. Michael trat für Frieden und Freundschaft mit anderen Völkern ein. Was sollte daran verkehrt sein?

Warum war ihm so unbehaglich dabei zumute?

»Und nun zu dem anderen Problem«, fuhr Michael fort, »dem wahren Leiden, das uns umgibt. Während wir uns um die Grenzen gesorgt haben, die keinem von uns je ein Leid zugefügt haben, mussten viele aus unseren Familien, von unseren Freunden und Nachbarn leiden und sterben. Tragische und sinnlose Tote, die im Feuer ums Leben gekommen sind. Ja, genau das habe ich gesagt. Im Feuer.«

Einige murmelten verwirrt. Michael verlor seine Bindung zur Menge. Er schien es erwartet zu haben. Er blickte von Gesicht zu Gesicht, sah, wie die Verwirrung wuchs. Dann streckte er dramatisch seine große Hand aus und zeigte mit dem Finger auf jemanden.

Auf Richard.

»Seht!«, schrie er. Alles drehte sich um wie ein Mann. Hunderte von Augen sahen auf Richard. »Dort steht mein geliebter Bruder!«

Richard wäre am liebsten im Boden versunken. »Mein geliebter Bruder, der«, und dabei schlug er sich mit der Faust auf die Brust, »mit mir die Trauer um unsere Mutter teilt, die wir an das Feuer verloren haben! Das Feuer nahm uns unsere Mutter, als wir noch jung waren, und wir mussten alleine, ohne ihre Liebe und Fürsorge, aufwachsen, ohne ihre Hilfe. Nicht etwa irgendein eingebildeter Feind von jenseits der Grenze war es, der sie raubte, sondern ein anderer Feind: das Feuer! Sie war nicht da, um uns in unserem Schmerz zu trösten, wenn wir nachts weinten. Und am meisten schmerzt es mich, weil es nicht hätte sein müssen.«

Tränen, die im Licht der Sonne glitzerten, liefen Michael über die Wangen. »Tut mir leid, Freunde, bitte vergebt mir.« Er wischte sich die Tränen mit einem Taschentuch fort, das er in der Hand hatte. »Nur: Erst heute Morgen habe ich wieder von einem Feuer gehört, das prächtige junge Eltern geraubt und eine Tochter zum Waisenkind gemacht hat. Da spürte ich auf einmal meinen eigenen Schmerz wieder, und ich konnte nicht schweigen.« Jetzt hatte er die Menge abermals fest im Griff. Man ließ den Tränen freien Lauf. Eine Frau legte den Arm um Richard, der wie betäubt dastand. Flüsternd gestand sie ihm, wie leid es ihr täte.

»Ich frage mich, wie viele von euch den Schmerz teilen, mit dem mein Bruder und ich jeden Tag leben. Bitte, wer von euch einen seiner Lieben oder einen Freund hat, der vom Feuer verletzt oder gar getötet wurde, der hebe die Hand.« Eine ganze Menge Hände gingen in die Höhe, und manche in der Menge begannen zu klagen.

»Seht ihr, meine Freunde«, sagte er mit brechender Stimme, die Arme ausbreitend, »das Leid ist mitten unter uns. Wir brauchen nicht weiter zu suchen, es ist hier in diesem Raum.«

Richard schluckte, als die Erinnerung an das Entsetzen in ihm aufstieg. Ein Mann, der ihren Vater für einen Betrüger gehalten hatte, war in Wut geraten und hatte eine Lampe vom Tisch gestoßen: Richard und sein Bruder hatten im Hinterzimmer geschlafen. Während der Mann auf den Vater eindrosch und ihn nach draußen zerrte, schleppte seine Mutter Richard und seinen Bruder aus dem brennenden Haus und lief dann wieder nach drinnen, um noch etwas herauszuholen. Was, hatten sie nie erfahren. Dabei war sie bei lebendigem Leibe verbrannt. Ihre Schreie brachten den Mann wieder zur Vernunft, und er und ihr Vater versuchten vergeblich, sie zu retten. Voller Schuldgefühle und Abscheu vor dem, was er getan hatte, lief der Mann weinend davon, immer wieder beteuernd, wie leid es ihm täte.

Solche Dinge, das hatte ihr Vater ihnen tausendmal erzählt, passierten, wenn ein Mann außer sich vor Wut geriet. Michael hatte es auf die leichte Schulter, Richard hatte es sich zu Herzen genommen. Es hatte ihm die Angst vor seinem eigenen Zorn eingeimpft, und wann immer der auszubrechen drohte, würgte er ihn hinunter.

Michael irrte. Nicht Feuer hatte ihre Mutter getötet, sondern Zorn.

Michael senkte den Kopf, ließ die Arme schlaff an den Seiten hinunterhängen. Seine Stimme wurde sanfter. »Was können wir gegen die Gefahr unternehmen, die unseren Familien durch das Feuer droht?« Traurig schüttelte er den Kopf. »Ich weiß es nicht, meine Freunde.

Ich bilde gerade eine Kommission zu diesem Problem, und ich bitte jeden betroffenen Bürger eindringlich, seine Vorschläge zu unterbreiten. Meine Tür steht euch immer offen. Zusammen sind wir stark. Zusammen können wir etwas erreichen.

Und nun, meine Freunde, erlaubt mir bitte, meinen Bruder zu trösten. Ich fürchte, die Erwähnung dieser Tragödie kam überraschend für ihn, und ich möchte ihn um Vergebung bitten.«

Er sprang von dem Podest. Die Menge teilte sich, ließ ihn

durch. Einige streckten die Hände aus, um ihn im Vorübergehen zu berühren. Er ignorierte sie.

Richard verfolgte starren Blicks, wie sein Bruder auf ihn zukam. Die Menge rückte von ihm ab. Nur Kahlan blieb an seiner Seite und berührte ihn am Arm. Die Leute machten sich wieder über das Essen her und unterhielten sich aufgeregt. Er war vergessen. Richard richtete sich auf und würgte seinen Zorn hinunter.

Michael schlug ihm lächelnd auf die Schulter. »Großartige Rede!«, gratulierte er sich selbst. »Was meinst du?«

Richard senkte den Blick und betrachtete das Muster des Marmorbodens. »Warum hast du von Mutters Tod angefangen? Warum hast du das vor allen Leuten erzählen müssen? Wieso hast du sie so missbraucht?«

Michael legte Richard den Arm um die Schulter. »Ich weiß, es schmerzt, und es tut mir leid, aber es war für einen guten Zweck. Hast du die Tränen in ihren Augen gesehen? Was ich hier beginne, wird uns allen eine bessere Zukunft bringen. Ich glaube an das, was ich gesagt habe. Wir müssen den Herausforderungen der Zukunft mit Begeisterung entgegensehen, nicht mit Angst.«

»Und was hast du mit den Grenzen gemeint?«

»Die Dinge verändern sich, Richard. Ich muss ihnen immer ein Stück voraus sein.« Das Lächeln war verschwunden. »Mehr wollte ich damit nicht sagen. Die Grenzen werden nicht ewig bestehen. Dazu waren sie nie angelegt. Wir alle werden darauf gefasst sein müssen.«

Richard wechselte das Thema. »Was hast du über den Mord an Vater herausgefunden? Haben die Spurenleser irgendetwas entdeckt?«

Michael zog seinen Arm zurück. »Werde erwachsen, Richard. George war ein alter Narr. Wahrscheinlich ist er mit etwas erwischt worden, das dem Falschen gehörte. Jemandem mit einer üblen Laune und einem großen Messer.«

»Das ist nicht wahr! Und das weißt du!« Richard konnte es nicht ausstehen, wie Michael ihren Vater ›George‹ nannte. »Er hat sein Lebtag nichts gestohlen!«

»Nur weil der, dem du etwas abnimmst, schon lange tot ist, bedeutet das noch längst nicht, dass du ein Recht darauf hast. Offenbar wollte es jemand zurück.«
»Woher weißt du das alles?«, wollte Richard wissen. »Was hast du herausgefunden?«
»Nichts! Das sagt mir alles nur mein gesunder Menschenverstand. Jemand hat das Haus auseinandergenommen. Jemand hat etwas gesucht. Er hat es nicht gefunden, George wollte ihm nicht verraten, wo es ist, also hat er ihn umgebracht. Das ist alles. Die Spurenleser meinten, es gäbe keine Hinweise. Wahrscheinlich erfahren wir nie, wer es war.« Michael kniff die Augen zusammen, sein Gesicht wurde hart. »Du solltest lernen, mit dieser Tatsache zu leben.«
Richard stieß einen tiefen Seufzer aus. Das machte Sinn. Jemand hatte nach etwas gesucht. Er sollte Michael nicht dafür verantwortlich machen, wenn er nicht herausfand, wer. Michael hatte es versucht. Richard fragte sich, wieso es keine Spuren gab.
»Tut mir leid. Vielleicht hast du recht, Michael.« Ihm fiel noch etwas ein. »Es hatte also nichts mit dieser Verschwörung zu tun? Es waren nicht die Männer, die versuchten, dich abzusetzen?«
Michael winkte ab. »Nein, nein, nein. Damit hatte es gar nichts zu tun. Das Problem hat sich erledigt. Mach dir um mich keine Sorgen. Ich bin sicher, alles ist in Ordnung.«
Richard nickte. Michaels Gesicht wurde verdrießlich.
»Wie siehst du eigentlich aus, mein kleiner Bruder? Hättest du dich nicht wenigstens waschen können? Es ist ja nicht so, dass man dir nicht Bescheid gesagt hätte. Du wusstest doch schon seit Wochen von dieser Feier.«
Bevor er antworten konnte, meldete sich Kahlan zu Wort. Richard hatte ganz vergessen, dass sie noch immer neben ihm stand.
»Bitte, vergib deinem Bruder, es war nicht seine Schuld. Er war gekommen, um mich nach Kernland zu führen, ich hatte mich jedoch verspätet. Ich hoffe, er verliert deswegen nicht dein Vertrauen.«

Michael betrachtete sie von Kopf bis Fuß, dann sah er ihr wieder ins Gesicht. »Und wer bist du?«

Sie richtete sich auf. »Ich bin Kahlan Amnell.«

Michael lächelte zaghaft und nickte kurz. »Du bist also nicht die Begleitung meines Bruders, wie ich angenommen hatte. Und woher kommst du?«

»Aus einem kleinen Ort, weit weg. Ich bin sicher, du hast noch nie davon gehört.«

Michael fragte nicht weiter nach, sondern wandte sich wieder seinem Bruder zu. »Bleibst du über Nacht?«

»Nein. Ich muss zu Zedd. Er hat schon nach mir gesucht.«

Michaels Lächeln schwand. »Du solltest dir bessere Freunde suchen. Es kann nichts Vernünftiges dabei herauskommen, wenn du deine Zeit mit diesem eigensinnigen Alten verbringst.« Er wandte sich wieder Kahlan zu. »Und du, meine Liebe, bist heute Abend mein Gast.«

»Ich habe andere Pläne«, sagte sie vorsichtig.

Michael umfasste sie mit beiden Armen, legte ihr beide Hände auf das Gesäß und zog die untere Hälfte ihres Körpers fest an sich. Er drückte ihr ein Bein zwischen die Schenkel.

»Dann ändere sie.« Sein Lächeln war kalt wie eine Winternacht.

»Nimm... deine... Hände... weg!« Ihre Stimme klang hart und warnend. Die beiden starrten sich in die Augen.

Richard war entsetzt. Er konnte nicht fassen, was sein Bruder tat. »Michael! Hör auf!«

Die beiden ignorierten ihn und starrten sich unvermindert an. Sie waren gleich groß, standen sich von Gesicht zu Gesicht gegenüber und verhakten ihre Blicke wie Geweihe im Kampf. Richard stand hilflos daneben. Er spürte, beide wollten, dass er sich raushielt. Sein Körper spannte sich an, die Muskeln verhärteten sich, bereit, dieses Gefühl zu ignorieren.

»Du fühlst dich gut an«, flüsterte Michael. »Ich glaube, ich könnte mich in dich verlieben.«

Kahlan atmete schwer. »Du hast ja keine Ahnung.« Ihre Stimme war klar und kontrolliert. »Und jetzt nimm deine Hände weg.«

Als er keine Anstalten machte, legte sie ihm in aller Ruhe den Nagel ihres Zeigefingers auf die Brust, gleich unter die Vertiefung an seinem Halsansatz. Während sie sich anfunkelten, begann sie langsam, ganz langsam, ihren Nagel nach unten zu ziehen und seine Haut aufzuritzen.

In kleinen Rinnsalen lief das Blut über seine Haut. Einen winzigen Augenblick lang bewegte sich Michael nicht, aber dann konnten seine Augen den Schmerz nicht mehr verbergen, und er stieß sie heftig von sich.

Kahlan stürmte aus dem Haus, ohne sich umzusehen.

Richard warf seinem Bruder einen wütenden Blick zu und folgte ihr nach draußen.

4. Kapitel

ichard lief ihr den Fußweg hinunter nach. Kahlan marschierte entschlossen mit wehendem Haar und Kleid durch die Spätnachmittagssonne. An einem Baum blieb sie stehen und wartete. Zum zweiten Mal an diesem Tag musste sie sich Blut von der Hand wischen.

Sie drehte sich um, als er sie an der Schulter berührte. Ihr ruhiges Gesicht verriet keine Regung.

»Kahlan, es tut mir leid ...«

Sie schnitt ihm das Wort ab. »Du brauchst dich nicht zu entschuldigen. Was dein Bruder getan hat, war gegen dich gerichtet, nicht gegen mich.«

»Gegen mich? Was meinst du damit?«

»Dein Bruder ist eifersüchtig auf dich.« Ihr Gesicht entspannte sich. »Er ist nicht dumm, Richard. Er wusste, ich gehöre zu dir, und er war eifersüchtig.«

Richard nahm sie beim Arm und wollte den Weg weitergehen, fort von Michaels Haus. Er war wütend auf Michael, gleichzeitig schämte er sich wegen seines Zorns. Er kam sich vor, als verrate er seinen Vater.

»Das ist keine Entschuldigung. Er ist Oberster Rat und hat alles, was er sich nur wünschen kann. Tut mir leid, weil ich es nicht verhindert habe.«

»Das wollte ich nicht. Ich musste es selber tun. Er wird immer wollen, was du hast. Hättest du versucht, ihn aufzuhalten, wäre es zu einem Streit gekommen, den er hätte gewinnen müssen. So hat er kein Interesse mehr an mir. Außerdem war das, was er dir mit deiner Mutter angetan hat, schlimmer. Hätte ich mich da einmischen sollen?«

Richard richtete den Blick wieder auf die Straße. »Nein, das ging dich nichts an.«

Sie gingen weiter. Die Häuser wurden kleiner, rückten dichter zusammen, blieben jedoch sauber und gepflegt. Einige der Besitzer waren draußen und nutzten das gute Wetter, um die vor dem Winter notwendigen Reparaturen durchzuführen. Die Luft war klar und scharf, und Richard spürte an ihrer Trockenheit, dass die Nacht kalt werden würde. Es würde eine Nacht für ein Feuer aus Birkenscheiten werden, duftend, aber nicht zu heiß. Die weiß eingezäunten Vorgärten wichen größeren Nutzgärten, in denen kleine Häuser weiter entfernt von der Straße standen. Im Gehen pflückte Richard ein Eichenblatt von einem Ast, der dicht über dem Weg hing.

»Du scheinst eine Menge über Menschen zu wissen. Du bist sehr hellsichtig. Ich meine, was ihre Beweggründe anbetrifft.«

»Kann sein.« Sie zuckte mit den Achseln.

Er riss ein kleines Stück von dem Blatt ab. »Sind sie deswegen hinter dir her?«

Sie sah im Gehen zu ihm hinüber, und als er ihren Blick erwiderte, antwortete sie: »Sie sind hinter mir her, weil sie die Wahrheit fürchten. Du nicht. Das ist ein Grund, warum ich dir vertraue.«

Er lächelte über das Kompliment. Die Antwort gefiel ihm, auch wenn er sich nicht sicher war, was sie bedeutete. »Du hast doch nicht vor, mich zu benutzen, oder?«

Der Anflug eines Lächelns. »Du bist nahe dran.« Sie überlegte einen Augenblick, das Lächeln erlosch, dann fuhr sie fort. »Tut mir leid, Richard, aber fürs Erste musst du mir vertrauen. Je mehr ich dir erzähle, desto größer wird die Gefahr für uns beide. Sind wir trotzdem noch Freunde?«

»Aber ja.« Er warf das Gerippe des Blattes fort. »Aber eines Tages wirst du mir alles erzählen?«

Sie nickte. »Ich verspreche es dir. Wenn ich kann.«

»Gut«, sagte er. »Schließlich bin ich ein ›Sucher nach der Wahrheit‹.«

Kahlan blieb abrupt stehen, riss an seinem Ärmel, wirbelte

ihn herum und zwang ihn brutal, in ihre weit aufgerissenen Augen zu sehen.

»Warum hast du das gesagt?«, wollte sie wissen.

»Was? Meinst du den ›Sucher nach der Wahrheit‹? Zedd nennt mich so. Seit ich klein war. Er meint, ich bestehe immer darauf, die Wahrheit der Dinge zu erfahren, also nennt er mich ›Sucher nach der Wahrheit‹.« Ihre Aufgeregtheit überraschte ihn. Er kniff die Augen zusammen. »Wieso?«

Sie wollte weiter. »Schon gut.«

Irgendwie schien er einen wunden Punkt berührt zu haben. Sein Bedürfnis, die Wahrheit zu erfahren, begann sich einen Weg in seine Gedanken zu bahnen. Sie wurde verfolgt, weil jemand die Wahrheit fürchtete, überlegte er. Und dann reagierte sie bestürzt, als er sich als ›Sucher nach der Wahrheit‹ bezeichnete. Vielleicht hatte sie Angst vor ihm.

»Kannst du mir wenigstens verraten, wer diese Leute sind, die dich verfolgen?«

Sie blickte stur auf den Weg und ging weiter neben ihm her. Er wusste nicht, ob sie ihm antworten würde. Schließlich tat sie es doch.

»Es handelt sich um die Gefolgsleute eines sehr bösartigen Mannes. Sein Name ist Darken Rahl. Bitte, stell mir jetzt keine weiteren Fragen. Ich möchte nicht an ihn denken.«

Darken Rahl. Wenigstens wusste er jetzt den Namen.

Die Spätnachmittagssonne stand hinter den Hügeln der Wälder Kernlands. Es wurde kühler, als sie die sacht geschwungenen, mit Laubwald bestandenen Hügel des Kernlandwaldes passierten. Niemand sagte etwas. Ihm lag ohnehin nicht viel an der Unterhaltung, denn seine Hand schmerzte, außerdem war ihm ein wenig schwindelig. Ein Bad und ein warmes Bett waren alles, was er jetzt wollte. Das Bett überließ er besser ihr, dachte er. Er würde in seinem Lieblingssessel schlafen, dem, der immer knarrte. Es war ein langer Tag gewesen, und ihm tat jeder Knochen im Leibe weh.

An einem Birkenwäldchen bog er auf den schmalen Pfad ab, der zu seinem Haus hinaufführte. Er beobachtete sie, wie sie vor ihm auf dem schmalen Pfad herging und sich die Spinnennetze, die quer über den Weg gespannt waren, von Gesicht und Armen zupfte.

Richard hatte es eilig, nach Hause zu kommen. Außer seinem Messer und anderen Dingen, die er mitzunehmen vergessen hatte, gab es noch etwas anderes, das er unbedingt haben musste, etwas Wichtiges, das sein Vater ihm gegeben hatte.

Als sein Vater ihm das Geheimnis verraten und ihn zu dessen Hüter gemacht hatte, hatte er Richard etwas gegeben, das er immer aufbewahren sollte, als Beweis dafür, dass er der rechtmäßige Eigentümer des Geheimen Buches war und dass es nicht gestohlen, sondern gerettet worden war, um sicher verwahrt zu werden. Es war ein dreieckiger Zahn, drei Finger breit. Richard hatte ein Lederband daran befestigt, damit er ihn immer um seinen Hals tragen konnte. Doch törichterweise hatte er das Haus verlassen, ohne ihn, sein Messer oder seinen Rucksack mitzunehmen. Er brannte darauf, ihn um seinen Hals zu tragen. Ohne ihn wurde sein Vater zu einem Dieb, genau wie Michael gesagt hatte.

Weiter oben, nach einer freien Fläche blanken Felsens, machten Ahorne, Eichen und Birken den Rottannen Platz. Das Grün des Waldbodens wich einer weichen, braunen Schicht Nadeln. Während sie weitergingen, beschlich ihn eine unangenehme Vorahnung. Sachte zupfte er Kahlan am Ärmel und hielt sie zurück.

»Lass mich vorgehen«, sagte er mit gedämpfter Stimme. Sie blickte ihn an und gehorchte, ohne zu fragen. Während der nächsten halben Stunde ging er langsamer und betrachtete den Boden und jeden Ast in der Nähe des Pfades. Am Fuß des letzten Hügelkamms vor seinem Haus blieb Richard stehen und ging neben einem Farngestrüpp in die Hocke.

»Was ist?«, fragte sie.

Er schüttelte den Kopf. »Vielleicht gar nichts«, flüsterte er, »aber heute Nachmittag ist jemand den Pfad hinaufgegangen.« Er hob einen platt getretenen Fichtenzapfen auf und betrachtete ihn eine Weile, bevor er ihn fortwarf.

»Woher weißt du das?«

»Die Spinnweben.« Er sah den Hügel hinauf. »Jemand ist den Pfad hinaufgegangen und hat sie zerrissen. Die Spinnen hatten noch keine Zeit, neue zu spinnen, darum sind keine da.«

Kahlan runzelte verdutzt die Stirn. »Als ich vorging, waren überall Spinnweben. Alle zehn Schritte musste ich sie mir aus dem Gesicht zupfen.«

»Genau das meine ich«, flüsterte er. »Den Teil des Pfades ist den ganzen Tag über niemand hinaufgegangen, aber seit der freien Fläche, die wir überquert haben, waren keine mehr zu sehen.«

»Wie ist das möglich?«

Er schüttelte den Kopf. »Weiß ich nicht. Entweder ist hinten bei der Lichtung jemand aus dem Wald gekommen und den Pfad hinaufgegangen, was recht mühsam ist.« Er sah ihr in die Augen. »Oder er ist aus dem Himmel gefallen. Mein Haus liegt hinter diesem Hügel. Halten wir die Augen offen.«

Richard führte sie vorsichtig die Steigung hinauf, dabei behielten sie den Wald im Auge. Am liebsten wäre er in die andere Richtung davongerannt, fort von hier, aber das war unmöglich. Niemals würde er ohne den Zahn davonlaufen, den ihm sein Vater zur Aufbewahrung anvertraut hatte.

Auf dem Kamm des Hügels gingen sie hinter einer dicken Fichte in die Hocke und blickten hinunter zum Haus. Die Fenster waren eingeschlagen, und die Tür, die er immer verschloss, stand offen. Seine Besitztümer lagen auf dem Boden verstreut.

Richard richtete sich auf. »Man hat es geplündert, genau wie das meines Vaters.«

Sie riss ihn an seinem Hemd zurück nach unten.

»Richard!«, flüsterte sie alarmiert. »Vielleicht ist dein Vater ebenso nach Hause gekommen. Vielleicht ist er hineingegangen, wie du es eben tun wolltest, und sie haben nur auf ihn gewartet.«

Sie hatte natürlich recht. Er fuhr sich mit den Fingern durchs Haar und überlegte. Dann sah er wieder zum Haus. Die Rückseite war dicht am Waldrand, die Tür hingegen ging auf die Lichtung hinaus. Es war die einzige Tür. Jeder im Haus musste annehmen, dass er durch sie hineinkommen würde. Dort würden sie warten, wenn sie drinnen waren.

»Also gut«, erwiderte er. »Aber ich muss etwas von drinnen holen. Ohne das gehe ich nicht. Wir können uns von hinten anschleichen, ich hole es raus, und dann verschwinden wir von hier.«

Richard hätte sie lieber nicht mitgenommen, wollte sie aber auch nicht allein auf dem Pfad warten lassen. Sie bahnten sich ihren Weg durch den Wald, durch das dichte Gestrüpp, umrundeten das Haus in weitem Bogen. Als er die Stelle erreicht hatte, von wo aus er sich der Rückseite nähern konnte, gab er ihr ein Zeichen, zu warten. Er wollte nicht, dass sie erwischt wurde, falls jemand im Haus war.

Er ließ Kahlan unter einer Fichte zurück und näherte sich vorsichtig im Zickzack dem Haus, blieb auf Flächen mit weichen Nadeln, um nicht auf trockenes Laub zu treten. Endlich erblickte er das Schlafzimmerfenster. Er blieb still stehen und lauschte. Nicht das Geringste war zu hören. Vorsichtig schritt er vorwärts. Unter seinen Füßen bewegte sich etwas. Eine Schlange wand sich an seinem Fuß vorbei. Er wartete, bis sie weg war.

An der verwitterten Rückseite des Hauses angekommen, legte er seine Hand vorsichtig auf den nackten, hölzernen Fensterrahmen und hob den Kopf weit genug, um hineinspähen zu können. Das Glas war größtenteils herausgebrochen, und er konnte das heillose Durcheinander sehen, das in seinem Schlafzimmer herrschte. Das Bettzeug war aufgeschlitzt. Wertvolle Bücher waren auseinandergerissen, ihre Seiten lagen verstreut auf dem Fußboden. Die Tür zum Wohnzimmer an der gegenüberliegenden Seite des Zimmers stand ein Stück offen, aber nicht weit genug, um dahinter etwas erkennen zu können. Wenn man keinen Keil darunterschob, klemmte die Tür immer an dieser Stelle. Langsam steckte er den Kopf durch das Fenster und blickte auf sein Bett. Unter dem Fenster befand sich der Bettpfosten, an dem sein Rucksack und das Lederband mit dem Zahn hingen – genau dort, wo er sie gelassen hatte. Er hob den Arm und wollte durch das Fenster hineingreifen.

Aus dem Wohnzimmer ertönte ein Knarren, ein Knarren, das er gut kannte. Er erstarrte vor Schreck. Das Knarren seines Sessels. Er hatte die Federn nie geölt, weil es irgendwie zum Sessel dazuzugehören schien und er es nicht über sich brachte, etwas daran zu verändern. Geräuschlos ließ er sich zurückfallen. Es bestand kein Zweifel. Im Wohnzimmer war jemand, und dieser Jemand saß in seinem Sessel. Man wartete auf ihn.

Eine Bewegung im Augenwinkel erregte seine Aufmerksamkeit. Er sah nach rechts. Ein Eichhörnchen saß auf einem fauligen Baumstumpf und beobachtete ihn. Bitte, dachte er verzweifelt, bitte fang jetzt nicht laut an zu schnattern, ich soll dein Territorium verlassen. Das Eichhörnchen schien ihn eine Ewigkeit zu beobachten, dann hüpfte es von dem Baumstumpf auf einen Stamm, sprang hinauf und war verschwunden.

Richard atmete auf und kam hoch, um noch einmal durch das Fenster zu lugen. Die Tür klemmte immer noch an derselben Stelle. Rasch griff er hinein und lupfte den Rucksack und das Band mit dem Zahn vom Bettpfosten und lauschte dabei die ganze Zeit mit aufgerissenen Augen auf Geräusche aus dem anderen Zimmer. Sein Messer lag auf einem kleinen Tisch neben dem Bett. Keine Chance, es zu holen. Er hob den Sack durch das Fenster, darauf bedacht, nicht gegen die Reste der Fensterscheibe zu stoßen.

Richard hielt seine Beute in der Hand, widerstand jedoch dem Drang, einfach loszurennen. Stattdessen eilte er leise den Weg zurück, den er gekommen war. Er blickte über die Schulter, um sich zu vergewissern, dass ihm niemand folgte. Dann steckte er seinen Kopf durch den Lederriemen und versteckte den Zahn unter seinem Hemd. Den Zahn durfte niemand sehen, nur der Hüter des Geheimen Buches.

Kahlan wartete, wo er sie verlassen hatte. Man sah ihr an, dass sie erleichtert war, ihn zu sehen. Er legte den Finger auf die Lippen, um ihr zu sagen, sie solle sich ruhig verhalten. Er warf den Rucksack über seine linke Schulter und legte ihr die andere Hand sacht auf den Rücken, damit sie weiterging. Er wollte nicht denselben Weg zurückgehen, den sie gekommen waren, also führte er sie durch den Wald, wo der Pfad oberhalb seines Hauses weiterführte. Über den Pfad gespannte Spinnenweben glitzerten in den letzten Strahlen der untergehenden Sonne. Sie atmeten erleichtert auf. Dieser Pfad war länger und viel anstrengender, aber er führte sie zum Ziel. Zu Zedd.

Das Haus des Alten war zu weit entfernt, um es vor Einbruch der Dunkelheit zu erreichen, und der Pfad war nachts tückisch, trotzdem wollte Richard sich so weit wie möglich von denen entfernen, die in seinem Haus lauerten. Er wollte weitergehen, solange es noch etwas Licht gab.

Nüchtern überlegte er, ob die Leute in seinem Haus dieselben waren, die auch seinen Vater umgebracht hatten. Sein Haus war genauso durchwühlt worden wie das seines Vaters. Hatten sie auf ihn ebenso gewartet? Richard wünschte, er hätte sie stellen oder zumindest sehen können, aber irgendetwas in seinem Innern hatte ihm dringend zur Flucht geraten.

Er schüttelte innerlich den Kopf. Er ließ seiner Fantasie zu sehr die Zügel schießen. Sicher, irgendetwas hatte ihn vor einer Gefahr gewarnt, ihm geraten zu fliehen. Schon einmal an diesem Tag war er gegen jede Wahrscheinlichkeit mit dem Leben davongekommen. Töricht genug, sich einmal auf sein Glück zu verlassen, es zweimal zu tun, war Dummheit der übelsten Sorte. Am besten ging er einfach fort.

Trotzdem hätte er gerne gewusst, wer es war, um sicherzugehen, dass es keine Verbindung gab. Aber warum hätte jemand sein Haus wie das seines Vaters auseinandernehmen sollen? Und wenn es doch dieselben waren? Er wollte wissen, wer seinen Vater getötet hatte. Er brannte geradezu darauf.

Man hatte ihm zwar nicht gestattet, sich die Leiche seines Vaters anzusehen, trotzdem hatte er wissen wollen, wie man ihn umgebracht hatte. Chase hatte versucht, es ihm so behutsam wie möglich beizubringen, aber immerhin. Man hatte seinem Vater den Bauch aufgeschlitzt und seine Gedärme über den Fußboden verteilt. Wie konnte jemand so etwas tun? Und wozu? Bei dem Gedanken daran wurde ihm übel und schwindelig. Richard schluckte den Kloß in seinem Hals hinunter.

»Und?« Ihre Stimme riss ihn aus seinen Gedanken.

»Was? Was meinst du?«

»Und, hast du denn nun bekommen, was du so eilig und dringend holen wolltest?«

»Ja.«

»Und was war es?«

»Was es war? Mein Rucksack. Ich musste ihn holen.« Sie drehte sich mit einem finstern Ausdruck auf dem Gesicht zu ihm und stemmte die Hände in die Hüften. »Richard Cypher, soll ich vielleicht glauben, du riskierst dein Leben für einen Rucksack?«

»Kahlan, noch ein Wort, und ich werde böse.« Er brachte es nicht fertig, zu lächeln.

Sie legte den Kopf auf die Seite und sah ihn immer noch schief an, aber er hatte ihr den Wind aus den Segeln genommen. »Also schön, mein Freund«, sagte sie leise. »Wie du willst.«

Offenbar war Kahlan es gewohnt, Antworten auf ihre Fragen zu bekommen.

Mit dem Licht erloschen die Farben und verstummten zu Grau, und Richard begann über einen Schlafplatz für die Nacht nachzudenken. Er kannte mehrere Launenfichten, die er zu den verschiedensten Gelegenheiten benutzt hatte. Am Rande der Lichtung stand eine, gleich vorne neben dem Pfad. Der mächtige Stamm hob sich gegen das erblassende Rosa des Himmels ab und überragte alle anderen Bäume. Er führte Kahlan dorthin.

Er spürte den Zahn, der um seinen Hals hing. Er nagte an ihm wie seine Geheimnisse. Er wünschte, sein Vater hätte ihn nie zum Hüter des Geheimen Buches gemacht. Ein Gedanke, den er am Haus noch unterdrückt hatte, drängte sich jetzt in den Vordergrund. Die Bücher in seinem Haus sahen aus, als wären sie in einem Wutanfall zerfetzt worden. Vielleicht, weil keines das richtige gewesen war. Vielleicht suchten diese Leute nach dem Geheimen Buch? Aber das war ausgeschlossen. Außer dem rechtmäßigen Besitzer wusste niemand von dessen Existenz.

Und sein Vater. Und er selbst. Und dieses Etwas, von dem

der Zahn stammte. Der Gedanke war zu weit hergeholt. Er beschloss, nicht mehr daran zu denken. Versuchte es mit aller Kraft.

Nach dem, was auf dem Schartenberg passiert war und in seinem Haus auf ihn gewartet hatte, schien ihm Angst die Kräfte geraubt zu haben. Fast wurden ihm die Füße auf dem moosigen Untergrund zu schwer. Gerade, als er durch das Dickicht auf eine Lichtung treten wollte, musste er stehen bleiben, um eine Mücke totzuschlagen, die ihn in den Hals stach.

Mitten im Schlag packte Kahlan sein Handgelenk. Ihre andere Hand schloss sich über seinem Mund.

Er erstarrte.

Sie blickte ihm in die Augen und schüttelte den Kopf. Dann ließ sie sein Handgelenk los und legte ihm die Hand hinter den Kopf. Die andere blieb über seinem Mund. Ihrem Gesichtsausdruck nach hatte sie Angst, er könnte ein Geräusch machen. Langsam drückte sie ihn nach unten. Er gab ihr seine Bereitwilligkeit zu verstehen.

Ihr Blick hielt ihn so fest wie ihre Hände. Sie blickte ihm immer noch in die Augen und brachte ihr Gesicht so nah an seines, bis er den warmen Atem auf seiner Wange spürte.

»Hör zu.« Ihr Flüstern war sehr leise, und er musste sich konzentrieren, um sie zu verstehen. »Tu genau, was ich sage.« Er sah ihren Gesichtsausdruck und hatte Angst, mit den Augen zu zwinkern. »Beweg dich nicht. Egal, was geschieht, beweg dich nicht. Oder wir sind tot.« Sie wartete. Er nickte knapp. »Lass die Mücken stechen. Oder wir sind tot.« Wieder wartete sie. Wieder ein knappes Nicken.

Mit einem Zucken der Augen gab sie ihm zu verstehen, er solle auf die Lichtung blicken. Langsam drehte er den Kopf ein Stück: Nichts zu sehen. Ihre Hand lag immer noch über seinem Mund. Er hörte ein paar Grunzer, wie von einem Wildschwein.

Dann sah er es.

Er zuckte zusammen, ohne es zu wollen. Sie drückte ihm die Hand fester auf den Mund.

Auf der anderen Seite der Lichtung spiegelte sich das schwindende Abendlicht in zwei grünen funkelnden Augen, deren Blick in seine Richtung schwenkte. Es stand wie ein Mensch auf zwei Beinen und war ungefähr einen Kopf größer als er. Seiner Schätzung nach wog es vielleicht das Dreifache. Mücken zerstachen Richard den Hals, er versuchte jedoch, sie zu ignorieren.

Er sah ihr wieder in die Augen. Sie hatte das Monster nicht angeschaut. Sie wusste, was sie auf der anderen Seite der Lichtung erwartete. Stattdessen behielt sie ihn im Auge und wartete, ob er sie durch seine Reaktion verraten würde. Mit einem Nicken versuchte er, sie erneut zu beruhigen. Erst jetzt nahm sie ihre Hand von seinem Mund, legte sie ihm aufs Handgelenk und drückte es auf den Boden. Blut rann ihr über den Hals, während sie reglos im weichen Moos lag und die Mücken gewähren ließ. Er spürte jeden einzelnen Einstich. Dann hörte er wieder ein tiefes, kurzes Grunzen, und sie drehten den Kopf ein wenig, um etwas erkennen zu können.

Mit einer schlurfenden, seitwärtigen Bewegung und in überraschendem Tempo stürmte das Monster mitten auf die Lichtung. Grunzend und mit argwöhnischem Blick in den grünen Augen, ließ es den langen Schwanz durch die Luft schwirren. Es legte den Kopf schief, stellte die kurzen, runden Ohren nach vorn und lauschte. Fell bedeckte seinen ganzen massigen Körper bis auf Brust und Bauch, wo eine glatte, glänzende, rosige Haut kräftige Muskelstränge verdeckte. Mücken umschwirrten die gespannte Haut, die mit irgendetwas beschmiert war. Das Monster warf den Kopf zurück, öffnete das Maul und stieß ein Zischen in die nachtkalte Luft. Richard sah, wie der Atem zwischen fingergroßen Zähnen verdampfte.

Um nicht vor Entsetzen aufzuschreien, konzentrierte sich Richard auf die stechenden Mücken. Davonschleichen oder -rennen war ausgeschlossen, dafür war das Monster zu nahe und, wie er gesehen hatte, auch zu schnell.

Ein Schrei vom Boden genau vor ihnen. Richard zuckte zusammen. Augenblicklich schoss das Monster in einer seitwärtigen Bewegung auf sie zu. Kahlans Finger bohrten sich ihm ins Handgelenk, ansonsten rührte sie sich nicht. Richard verfolgte gebannt, wie es zuschlug. Ein Kaninchen, dessen Ohren von

Mücken übersät waren, schoss, erneut schreiend, genau vor ihnen davon und wurde im Nu gepackt und in zwei Stücke gerissen. Die Vorderhälfte verschwand mit einem einzigen Biss. Das Monster stand genau vor ihnen und machte sich über die Innereien des Kaninchens her. Dabei schmierte es sich ein wenig von dem Blut auf Brust und Bauch. Die Mücken, selbst die, die Richard und Kahlan gestochen hatten, kehrten zu dem Monster zurück und labten sich. Der Kaninchenrest wurde an den Beinen gepackt, auseinandergerissen und verschlungen.

Anschließend legte das Vieh erneut den Kopf auf die Seite und lauschte. Die beiden befanden sich genau vor ihm, hielten den Atem an. Richard schrie innerlich.

Auf seinem Rücken breiteten sich riesige Flügel aus. Im nachlassenden Licht erkannte Richard die pulsierenden Adern in den dünnen Membranen, aus denen die Flügel bestanden. Das Vieh sah sich ein letztes Mal um und schlurfte seitwärts über die Lichtung. Es richtete sich auf, hüpfte zweimal, hob ab und verschwand Richtung Grenze. Mit ihm verschwanden auch die Mücken.

Die beiden legten sich erschöpft auf den Rücken. Ihr Atem raste vor Angst. Richard musste an die Leute vom Land denken, die ihm von einem Monster aus dem Himmel erzählt hatten, das Menschen fraß. Er hatte ihnen nicht geglaubt. Jetzt glaubte er ihnen.

Etwas in seinem Rucksack bohrte sich ihm in den Rücken. Als er es nicht mehr aushielt, rollte er auf die Seite und stützte sich auf einen Ellenbogen. Er war schweißgebadet. In der frostigen Nachtluft war ihm eiskalt. Kahlan lag immer noch mit geschlossenen Augen da und atmete hastig. Ein paar Haarsträhnen klebten ihr im Gesicht, das meiste jedoch wallte auf den Boden. Rund um den Hals war es rot gefärbt. Trauer überwältigte ihn, als er an das Grauen in ihrem Leben dachte. Wenn ihr doch nur die Begegnungen mit diesen Monstern erspart blieben, die sie nur zu gut zu kennen schien.

»Kahlan, was war das?«

Sie setzte sich auf, atmete tief durch und schaute zu ihm

hinunter. Mit der Hand strich sie sich ein paar Haare hinter die Ohren. Die übrigen fielen ihr über die Schultern nach vorn. »Das war ein langschwänziger Gar.« Sie streckte die Hand aus und packte eine der Stechmücken bei den Flügeln. Sie musste sich irgendwie in einer Hemdfalte verfangen haben und war zerdrückt worden, als er sich auf den Rücken gerollt hatte.

»Das ist eine Blutmücke. Gars benutzen sie zur Jagd. Die Mücken scheuchen das Opfer auf, und der Gar schlägt zu. Sie beschmieren sich zum Teil mit Blut, für die Mücken. Wir haben sehr großes Glück gehabt.« Sie hielt ihm die Blutmücke unter die Nase, um ihre Aussage zu unterstreichen. »Langschwänzige Gars sind dumm. Wäre es ein kurzschwänziger gewesen, wären wir jetzt tot. Kurzschwänzige sind größer und erheblich gerissener.« Sie wartete, um sich zu vergewissern, ob er ihr genau zuhörte. »Die zählen ihre Mücken.«

Er hatte Angst, war erschöpft und verwirrt, hatte Schmerzen. Er sehnte das Ende dieses Albtraums herbei. Mit einem entmutigten Stöhnen ließ er sich auf seinen Rucksack fallen, ohne sich daran zu stören, dass sich ihm etwas in den Rücken bohrte.

»Kahlan, ich bin dein Freund. Ich habe dich nicht bedrängt, als du nach dem Überfall der Männer nicht erzählen wolltest, was eigentlich vorgeht.« Er hatte die Augen geschlossen. Er hielt ihrem prüfenden Blick nicht stand. »Und jetzt werde auch ich gejagt. Womöglich von denselben Leuten, die meinen Vater ermordet haben. Ich glaube, ich habe ein Recht, wenigstens teilweise eingeweiht zu werden. Schließlich bin ich dein Freund und nicht dein Feind.

Einmal, als ich klein war, bekam ich Fieber und wäre fast gestorben. Zedd fand eine Wurzel, die mich rettete. Da war ich das einzige Mal dem Tod nahe. Und heute ist es schon dreimal geschehen. Was soll ich ...«

Sie legte ihm den Zeigefinger auf die Lippen, um ihn zum Schweigen zu bringen.

»Du hast recht. Ich werde dir deine Fragen beantworten. Nur nicht über mich. Das kann ich jetzt noch nicht.«

Er setzte sich auf und sah sie an. Sie zitterte vor Kälte. Er ließ den Rucksack von den Schultern gleiten, zog eine Decke heraus und wickelte sie damit ein.

»Du hast mir ein Feuer versprochen«, sagte sie bibbernd. »Hast du vor, dein Versprechen zu halten?«

Er konnte nicht anders. Lachend erhob er sich. »Aber sicher. Dort drüben, auf der anderen Seite der Lichtung steht eine Launenfichte. Oder wenn du willst, ein Stück den Pfad hinauf stehen auch noch andere.«

Sie hob den Kopf und sah ihn mit einer Mischung aus Neugier und Zorn an.

»Also gut«, er lächelte, »suchen wir uns eine andere Launenfichte den Pfad hinauf.«

»Was ist eine Launenfichte?«, fragte sie.

5. Kapitel

ichard bog die Äste zurück. »Das hier ist eine Launenfichte«, verkündete er. »Der Freund eines jeden Reisenden.«

Drinnen war es dunkel. Kahlan hielt die Äste zur Seite, damit er im Mondlicht genug sehen konnte, um mit Hilfe seines Feuersteins ein Feuer anzuzünden. Wolken schoben sich vor den Mond, und sie konnten in der kalten Luft ihren Atem erkennen. Richard hatte hier auf dem Weg von und zu Zedd schon früher Halt gemacht und aus Steinen eine kleine Feuerstelle angelegt. Es war trockenes Holz da und ganz hinten ein Heuhaufen, den er als Lager benutzt hatte. Da er sein Messer nicht dabei hatte, war er froh, einen Vorrat an Zunder zurückgelassen zu haben. Das Feuer war schnell entfacht und füllte den Hohlraum unter dem Geäst mit flackerndem Licht.

Richard konnte unter den untersten Ästen nur knapp stehen. Die Äste hatten nur an den Enden Nadeln, waren an der Innenseite kahl und bildeten so einen Hohlraum. Die untersten Äste senkten sich bis auf den Boden. Wenn man aufpasste, hielt der Baum dem Feuer stand. Der Rauch des kleinen Feuers schraubte sich in der Mitte, nahe am Stamm, in die Höhe. Die Nadeln wuchsen dort sehr dicht, und selbst bei starkem Regen blieb es im Innern trocken. Richard hatte so manchen Regen unter einer solchen Fichte abgewartet. Auf seinen Reisen durch Kernland hatte er den Aufenthalt in den kleinen, aber gemütlichen Unterständen immer genossen.

Jetzt war er über das verborgene Obdach besonders froh. Auch vor ihrer Begegnung mit dem langschwänzigen Gar hatte er großen Respekt vor einigen Pflanzen und Tieren im Wald gehabt, aber gefürchtet hatte er sich im Wald vor nichts.

Kahlan schlug die Beine übereinander und setzte sich vor das Feuer. Sie zitterte noch immer, hatte die Decke wie eine Kapuze über den Kopf gestülpt und zog sie sich dicht unters Kinn. »Ich habe noch nie von Launenfichten gehört. Normalerweise bleibe ich auf Reisen nicht im Wald. Sie scheinen aber ein wunderbarer Ort zum Schlafen zu sein.« Sie wirkte noch müder als er.

»Wann hast du das letzte Mal geschlafen?«

»Vor zwei Tagen, glaube ich. Alles verschwimmt ein wenig.«

Richard war überrascht, dass sie die Augen noch offen halten konnte. Auf ihrer Flucht vor dem Quadron hatte er kaum mit ihr mithalten können. Offenbar hatte die Angst sie weitergetrieben.

»Warum ist es so lange her?«

»Es wäre sehr unklug«, erwiderte sie, »sich an der Grenze schlafen zu legen.« Kahlan sah ins Feuer, das sie mit seinem warmen Zauber einhüllte und dessen Licht über ihr Gesicht flackerte. Sie lockerte die Decke unter ihrem Kinn, nahm die Hände hervor und wärmte sie am Feuer.

Ein eisiger Schauder durchfuhr ihn, als er daran dachte, was es im Grenzgebiet gab, was geschehen konnte, wenn man sich dort schlafen legte.

»Hungrig?«

Sie nickte. Ja.

Richard grub in seinem Rucksack, förderte einen Topf zutage und ging hinaus, um ihn an dem Bach zu füllen, den sie ein kurzes Stück zuvor passiert hatten. Die Geräusche der Nacht füllten die klirrend kalte Luft. Er fluchte, weil er unter anderem auch seinen Umhang zu Hause gelassen hatte. Beim Gedanken an das, was zu Hause auf ihn gewartet hatte, fröstelte er noch mehr.

Bei jedem Insekt, das vorbeiirrte, zuckte er vor Angst zusammen, es könnte eine Blutmücke sein. Mehrere Male blieb er wie erstarrt stehen, um kurz darauf erleichtert aufzuatmen, als er sah, dass es nur eine Schneegrille, eine Motte oder ein Spitzenflügling war. Schatten verschmolzen miteinander und nahmen Gestalt an, sobald eine Wolke den Mond freigab. Er sah unwillkürlich nach oben. Sterne funkelten zwischen den Gazewolken, die stumm über den Himmel zogen. Alle, bis auf eine, die sich nicht bewegte.

Kalt bis auf die Knochen kam er zurück, stellte den Topf aufs Feuer und richtete ihn auf drei Steinen aus. Richard wollte sich ihr gegenüber niederlassen, aber dann überlegte er es sich anders, setzte sich neben sie und redete sich ein, es sei wegen der Kälte. Als sie hörte, wie seine Zähne klapperten, legte sie ihm eine Hälfte der Decke um die Schultern, bis ihre Hälfte ebenfalls vom Kopf auf die Schulter rutschte. Die Decke war warm von ihrem Körper und fühlte sich gut an. Schweigend saß er da und genoss die Wärme.

»So etwas wie einen Gar habe ich noch nie gesehen. Die Midlands müssen grauenhaft sein.«

»In den Midlands gibt es viele Gefahren.« Ein wehmütiges Lächeln huschte über ihr Gesicht. »Außerdem gibt es dort viel Fantastik und Magie. Es ist ein wunderschöner Ort voller Wunder. Aber die Gars sind nicht aus den Midlands. Sie stammen aus D'Hara.«

Er sah sie überrascht an. »Aus D'Hara! Von jenseits der zweiten Grenze?«

D'Hara. Vor der Rede seines Bruders hatte er den Namen nie anders als geflüstert aus dem Mund alter Leute gehört. Oder in einem Fluch. Kahlan blickte noch immer ins Feuer.

»Richard...« Sie zögerte, als hätte sie Angst, ihm den Rest zu erzählen, »es gibt keine zweite Grenze mehr. Die Grenze zwischen den Midlands und D'Hara ist gefallen. Seit dem Frühjahr.«

Das war ein Schock. Es war, als hätte das Schattenreich gerade einen beängstigenden, gewaltigen Schritt in seine Richtung getan. Er hatte Schwierigkeiten, zu begreifen, was er gerade hörte.

»Vielleicht ist mein Bruder ein größerer Prophet, als er selber weiß.«

»Vielleicht«, sagte sie unverbindlich.

»Es dürfte allerdings schwer sein, als Prophet mit der Vorhersage von Dingen Erfolg zu haben, die bereits geschehen sind.« Er warf ihr einen Seitenblick zu.

Kahlan spielte mit einer Haarlocke. »Als ich dich zum ersten Mal sah, wusste ich sofort, du bist kein Narr.« Der Feuerschein funkelte in ihren grünen Augen. »Danke. Du hast mich nicht enttäuscht.«

»Michael ist in der Lage, sich Kenntnisse zu verschaffen, von denen andere keine Ahnung haben. Vielleicht will er die Menschen an bestimmte Dinge gewöhnen, damit sie nicht in Panik geraten, wenn sie es dann später erfahren.«

Michael hatte oft davon gesprochen, Wissen sei die Währung der Macht, eine Währung, mit der man nicht leichtfertig umgehen dürfe. Als er Rat geworden war, hatte er die Leute dazu angehalten, alles immer zuerst ihm zu erzählen. Selbst einem Farmer mit einer Geschichte wurde Gehör geschenkt, und wenn sie sich als wahr herausstellte, half man ihm sogar.

Das Wasser kochte. Richard beugte sich vor, griff in die Schlaufe und zog den Rucksack zu sich: Nach einigem Suchen fand er den Beutel mit getrocknetem Gemüse und schüttete einiges davon in den Topf. Aus seiner Tasche zog er ein Tuch, das vier dicke Würste enthielt. Er zerbrach sie und warf sie in die Suppe.

Kahlan machte ein überraschtes Gesicht. »Woher hast du denn die? Hast du sie auf der Feier deines Bruders geklaut?« Es klang missbilligend.

»Ein guter Waldmann«, erklärte er, leckte sich die Finger und sah zu ihr auf, »plant immer voraus und denkt auch an seine nächste Mahlzeit.«

»Deine Manieren werden ihm nicht gefallen.«

»Seine mir auch nicht.« Das konnte sie kaum bestreiten. »Kahlan, ich will sein Benehmen nicht rechtfertigen. Seit dem Tod unserer Mutter ist es in seiner Nähe sehr schwierig. Aber ich weiß, er kümmert sich um die Menschen. Muss er auch, wenn er ein guter Rat sein will. Das bedeutet bestimmt eine Menge Druck. Ich möchte diese Verantwortung ganz bestimmt nicht haben. Aber genau das hat er immer gewollt, jemand

Wichtiges zu werden. Und jetzt, als Oberster Rat, hat er sein Ziel erreicht. Eigentlich sollte er zufrieden sein. Stattdessen ist er eher noch unnahbarer geworden. Immer hat er zu tun, ständig gibt er Befehle. In letzter Zeit hat er dauernd schlechte Laune. Ich wünschte, er wäre wieder so wie früher.«

Sie lächelte. »Wenigstens warst du schlau genug, die besten Würste auszusuchen.«

Die Spannung löste sich. Sie mussten beide lachen.

»Kahlan, eins verstehe ich nicht. Ich meine die Grenze. Ich weiß nicht einmal, was die Grenze ist, außer, na ja, sie trennt die Länder voneinander, damit Frieden herrscht. Und natürlich weiß jeder, der die Grenze betritt, dass er nicht lebend herauskommen wird. Chase und die Grenzposten patrouillieren dort und halten die Leute von dort fern. Zu deren eigenem Besten.«

»Die jungen Leute hier erfahren nichts über die Geschichte der drei Länder?«

»Nein. Ich finde das selbst komisch. Ich hätte es gerne erfahren, aber keiner wollte mir etwas erzählen. Viele Leute halten mich deswegen für seltsam, weil ich Fragen stelle. Ältere Leute reagieren argwöhnisch. Dann sage ich mir, es ist zu lange her, und niemand kann sich mehr daran erinnern, oder ich suche eine andere Entschuldigung.

Sowohl mein Vater als auch Zedd haben mir erzählt, sie hätten vor der Entstehung der Grenze in den Midlands gelebt. Sie sind kurz davor nach Westland gegangen. Dort haben sie sich kennen gelernt, bevor ich geboren wurde. Sie meinten, die Zeit damals, vor der Grenze, sei fürchterlich gewesen, und es habe viele Kämpfe gegeben. Beide meinten sie, es gäbe nichts, was ich wissen müsste, und diese grauenhafte Zeit sollte man am besten vergessen. Zedd schien immer sehr verbittert deswegen.«

Kahlan zerbrach einen trockenen Zweig und warf ihn ins Feuer, wo er leuchtend verglühte.

»Nun, das ist eine lange Geschichte. Wenn du willst, erzähle ich sie dir.« Als sie ihn ansah, nickte er, sie sollte weitersprechen.

»Vor langer Zeit, damals als unsere Eltern geboren wurden, war D'Hara nichts weiter als ein Bund von Königreichen, genau wie die Midlands. Der skrupelloseste Herrscher D'Haras war Panis Rahl. Er war rachsüchtig. Vom ersten Tag seiner Herrschaft ging er daran, sich ganz D'Hara Königreich um Königreich einzuverleiben. Oft noch bevor die Tinte auf dem Friedensvertrag trocken war. Am Ende herrschte er über ganz D'Hara. Doch damit war er nicht zufrieden. Es hatte lediglich seinen Appetit geweckt, und er richtete sein Augenmerk auf die Länder, die jetzt die Midlands bilden.

Mittlerweile hatten die Menschen aus den Midlands jedoch gemerkt, was er vorhatte, und waren nicht mehr so leicht zu täuschen. Sie wussten, die Unterzeichnung eines Friedensvertrags mit ihm kam der Unterzeichnung einer Kriegserklärung oder Kapitulation gleich. Sie beschlossen, frei zu bleiben. Panis Rahl warf die ganze Macht D'Haras gegen sie. Viele Jahre lang tobte der Krieg, in dessen Verlauf immer mehr Menschen aus den freien Ländern sich ihnen anschlossen, denn sie hatten begriffen: Panis Rahl würde sich nie mit dem Erreichten zufriedengeben. Sie hatten erkannt, wie unersättlich er war.«

Kahlan zerbrach den nächsten Ast und warf ihn ins Feuer. »Dann wurde sein Vormarsch gestoppt und kam schließlich zum Stillstand, und Rahl nahm Zuflucht zur Zauberei. Auch in D'Hara gibt es Zauberei, nicht nur in den Midlands. Damals gab es sie überall. Die Länder waren nicht voneinander getrennt, es gab keine Grenzen. Wie auch immer, Panis Rahl erwies sich in seinem Gebrauch von Zauberei gegen die freien Völker als skrupellos. Er war fürchterlich brutal.«

»Was für eine Art Zauber war das? Was hat er getan?«

»Zum Teil ging es um Gaunereien, Krankheiten, Fieber. Das Schlimmste jedoch waren die Schattenmenschen.«

Richard runzelte die Stirn. »Schattenmenschen? Was ist das?«

»Schatten in der Luft. Schattenmenschen haben keine feste Gestalt, keine exakten Umrisse. Sie leben nicht einmal in dem Sinne, wie wir es kennen. Es sind aus der Magie geborene Geschöpfe.« Sie machte eine ausholende Handbewegung. »Sie kamen über ein Feld oder durch den Wald herangeschwebt. Waffen haben gegen sie keine Wirkung. Schwerter und Pfeile gehen durch sie hindurch, als wären sie nicht mehr als Rauch. Verstecken kann man sich nicht. Schattenmenschen können einen überall sehen. Sie schweben an einen Menschen heran und berühren ihn. Durch die Berührung beginnt der ganze Körper Blasen zu werfen, anzuschwellen und schließlich zu platzen. Niemand, der von einem Schattenmenschen berührt wurde, hat es überlebt. Man hat ganze Bataillone gefunden, die bis auf den letzten Mann aufgerieben wurden.«

Sie zog ihre Hand unter die Decke zurück. »Als Panis Rahl dazu überging, die Magie auf diese Weise zu missbrauchen, stellte sich ein großer und ehrenvoller Magier auf die Seite der Midlands.«

»Wie lautete der Name dieses großen und ehrenvollen Magiers?«

»Das ist ein Teil der Geschichte. Nur Geduld.«

Richard rührte einige Gewürze in die Suppe und lauschte aufmerksam, während sie fortfuhr.

»In der Schlacht waren Tausende umgekommen, doch die Magie tötete noch mehr. Es war eine düstere Zeit. Furchtbar, als man nach all den Jahren des Kampfes so viele durch den von Rahl herbeibeschworenen Zauber sterben sehen musste. Doch mit Hilfe des großen Magiers, der Panis Rahls Zauber im Zaume hielt, wurden seine Legionen nach D'Hara zurückgetrieben.«

Richard legte einen Birkenast nach. »Wie hat dieser große und ehrenvolle Magier die Schattenmenschen aufgehalten?«

»Er beschwor Schlachthörner für die Truppen herbei. Als die Schattenmenschen vordrangen, bliesen unsere Männer in die Hörner, und der Zauber wehte die Schattenmenschen davon wie der Wind den Rauch. Dadurch neigte sich der Ausgang der Schlacht zu unseren Gunsten.«

Die Kriege waren verheerend gewesen. Dennoch kam man zu dem Schluss, ein Einmarsch nach D'Hara, um Rahl und seine Truppen zu zerstören, sei zu teuer. Aber man musste etwas unternehmen, um Panis Rahl an einem erneuten Versuch zu hindern, den er sicher unternehmen würde. Außerdem fürchteten sich viele mehr vor dem Zauber als vor den Horden aus D'Hara und wollten nie wieder etwas damit zu tun haben. Sie wollten einen Ort zum Leben, an dem es keine Magie mehr gab. Für diese Leute wurde Westland abgetrennt. So entstanden die drei Länder. Die Grenzen wurden mit Hilfe der Magie errichtet... sie selbst sind jedoch keine Magie.«

Richard sah sie an, während sie in die Ferne blickte. »Und was sind sie nun?«

Sie hatte den Kopf abgewendet, trotzdem sah er, wie sie kurz die Augen schloss. Sie nahm den Löffel und kostete die noch unfertige Suppe. Dann sah sie ihn an, als wollte sie fragen, ob er das wirklich wissen wollte. Richard wartete.

Kahlan blickte in das Feuer. »Die Grenzen sind Teil der Unterwelt. Des Totenreichs. Sie wurden durch Magie in unsere Welt heraufbeschworen, um die drei Länder zu teilen. Sie sind wie ein Vorhang, den man vor unsere Welt gezogen hat. Ein Riss durch die Welt der Lebenden.«

»Soll das heißen, wenn man die Grenze betritt, fällt man durch einen Spalt in eine andere Welt? In die Unterwelt?«

Sie schüttelte den Kopf. »Nein. Unsere Welt ist noch da. Gleichzeitig befindet sich die Unterwelt am selben Ort. Bis zur Grenze, der Unterwelt, sind es etwa zwei Tagesmärsche. Aber mit dem Grenzgebiet durchschreitet man gleichzeitig die Unterwelt. Es ist eine Wüste. Jedes Leben, das die Unterwelt berührt oder von ihr berührt wird, berührt den Tod. Aus diesem Grund kann niemand die Grenze überqueren. Sobald man sie betritt, betritt man das Reich der Toten. Aus diesem Reich kehrt niemand zurück.«

»Und wie hast du es geschafft?«

Sie schluckte und sah ins Feuer. »Durch Magie. Die Grenze wurde durch Magie hierhergebracht, daher meinten die Zauberer, sie könnten mich ebenfalls mit Hilfe und unter dem Schutz von Magie sicher hindurchbringen. Es war erschreckend schwer für sie, die Zauber auszusprechen. Sie hatten mit Dingen zu tun, die sie nicht vollständig verstanden, gefährlichen Dingen. Außerdem waren nicht sie es gewesen, die die Grenze in diese Welt heraufbeschworen hatten, daher waren sie nicht sicher, ob es gelingen würde. Keiner von uns wusste, was ihn erwartete.« Ihre Stimme schwand, wurde entrückt: »Ich bin zwar durchgekommen, doch ich fürchte, ich werde die Grenze nie mehr vollständig verlassen können.«

Richard war fasziniert. Der Gedanke, dass sie sich dem hatte aussetzen müssen und dass sie einen Teil der Unterwelt durchquert hatte, sei es auch mit Hilfe von Magie, bestürzte ihn. Unvorstellbar. Ihre verängstigten Augen begegneten seinen. Augen, die Dinge erblickt hatten, die kein anderer zuvor erfahren hatte.

»Erzähl mir, was du dort gesehen hast«, flüsterte er.

Ihre Haut wurde aschfahl. Sie sah wieder ins Feuer. Es knackte, sie fuhr zusammen.

Ihre Unterlippe begann zu beben, und ihre Augen füllten sich mit Tränen, in denen sich das Flackern des Feuers spiegelte. Sie starrte ins Leere.

»Zuerst«, sagte sie mit entrückter Stimme, »war es, als liefe man in Wände aus kaltem Feuer, wie man sie nachts am Nordhimmel sieht.« Ihr Atem wurde schwer. »Im Innern ist man jenseits der Finsternis.« Ihre Augen waren feucht. Beim Ausatmen stöhnte sie unfreiwillig. »Jemand… war… bei mir.«

Sie drehte sich verwirrt zu ihm um, schien nicht zu wissen, wo sie war. Ihr qualvoller Blick entsetzte ihn. Diese Qual hatte er mit seiner Frage ausgelöst.

Sie legte sich die Hand auf den Mund, während ihr die Tränen über die Wangen liefen. Mit geschlossenen Augen stieß sie einen schwachen Klagelaut aus. Richard bekam eine Gänsehaut.

»Meine… Mutter«, schluchzte sie. »Ich habe sie so viele Jahre nicht gesehen… und meine tote Schwester… Dennee… ich bin so allein… und voller Angst…«, weinend rang sie nach Luft.

Er schien sie an die mächtigen Geister zu verlieren, die sie in der Unterwelt gesehen hatte. Es war, als zögen sie sie zu sich herab. Verzweifelt legte Richard ihr die Hände auf die Schulter und riss sie zu sich herum.

»Kahlan, sieh mich an!«

»Dennee...«, schluchzte sie mit bebender Brust und versuchte, sich loszureißen.

»Kahlan!«

»Ich bin so allein... hab solche Angst...«

»Kahlan! Ich bin doch bei dir! Sieh mich an!« Sie weinte, von Krämpfen geschüttelt, weiter, rang nach Luft. Ihre Augen standen offen, nahmen ihn jedoch nicht wahr.

»Du bist nicht allein! Ich werde dich nicht verlassen!«

»Ich bin so allein«, klagte sie.

Er schüttelte sie, wollte sie dazu bringen, zuzuhören. Ihre Haut war bleich und totenkalt. Sie rang nach Luft. »Ich bin doch hier, du bist nicht allein!« Verzweifelt schüttelte er sie, doch es nutzte nichts. Er war dabei, sie zu verlieren.

Richard versuchte, seine aufkeimende Angst in den Griff zu bekommen, und tat das Einzige, was ihm einfiel. Er war in der Vergangenheit schon oft von solcher Angst überfallen worden und hatte gelernt, sie zu beherrschen. Diese Beherrschung gab ihm Kraft. Er schloss die Augen, verschloss sich vor der Angst, blockte sie ab und suchte in sich die Ruhe. Er lenkte seine Gedanken auf die Kraft in seiner Mitte. Ruhigen Geistes sperrte er Angst und Verwirrung aus und richtete seine Gedanken auf die Kraft dieses Friedens. Er würde sie nicht der Unterwelt überlassen.

Mit ruhiger Stimme sagte er ihren Namen. »Ich will dir helfen. Du bist nicht allein. Ich bin hier, bei dir. Lass mich dir helfen. Nimm meine Kraft.«

Er packte sie fest an den Schultern. Sie weinte und schluchzte. Er stellte sich vor, wie er ihr durch seine Hände, durch die Berührung, Kraft verlieh. Wie sich diese Berührung auf ihren Geist übertrug und er ihr seine ganze Kraft überließ, sie zurückriss aus der Finsternis, zum Licht- und Lebensfunken wurde, der sie zurückholte in diese Welt. Zu ihm.

»Kahlan. Ich bin doch da. Ich werde dich nicht verlassen. Du bist nicht allein. Ich bin dein Freund. Hab Vertrauen.« Er drückte ihre Schultern. »Komm zu mir zurück. Bitte.«

Er stellte sich das weiß glühende Licht in seinem Kopf vor und hoffte, es könnte ihr helfen. Bitte, geliebte Geister, flehte er, lasst sie hineinsehen. Damit es ihr wirklich hilft. Gebt ihr meine ganze Kraft.«

»Richard?« Sie rief den Namen, als wüsste sie nicht, wo er war.

Er packte sie an den Schultern. »Hier bin ich. Ich werde dich nicht verlassen. Komm zurück zu mir.«

Sie begann, wieder ruhig zu atmen. Ihre Augen nahmen sein Gesicht wieder wahr. Erleichtert entspannten sich ihre Züge, als sie ihn erkannte, und sie weinte einfach. Sie lehnte sich bei ihm an und umklammerte ihn wie einen Felsen in einem Sturzbach. Er drückte sie an sich, und sie konnte sich an seiner Schulter ausweinen, während er ihr beruhigend zuredete. Er hatte solche Angst gehabt, sie an die Unterwelt zu verlieren, dass auch er sie jetzt nicht loslassen wollte. Er zog die Decke wieder über sie und wickelte sie ein, so gut es ging. Es hatte ihn verstört, weil die Unterwelt sie so schnell zurückgefordert hatte. Er wollte nicht daran denken, was hätte geschehen können. Er wusste nicht, wie er sie zurückgeholt hatte, doch eins war klar: Es war keinen Augenblick zu früh gewesen.

Das Feuer verlieh dem Innern der Launenfichte einen warmen, roten Schein, und in der Stille erschien der Baum wieder als sicherer Zufluchtsort. Das täuschte. Er hielt sie fest, strich ihr übers Haar und wiegte sie lange Zeit. Die Art, wie sie sich an ihn klammerte, verriet ihm, wie lange Zeit sie niemand so gehalten und getröstet hatte.

Von Zauberern oder Magie verstand er wenig, doch hätte man Kahlan nicht ohne gewichtigen Grund durch die Grenze, die Unterwelt, geschickt. Er fragte sich, was so wichtig sein mochte.

Sie stieß sich von seiner Schulter ab und setzte sich verlegen auf. »Tut mir leid. Ich hätte dich nicht so berühren sollen. Ich war...«

»Schon gut, Kahlan. Eine Schulter zum Ausweinen ist die erste Pflicht eines Freundes.«

Sie nickte, ohne jedoch den Kopf zu heben. Richard spürte ihren Blick, als er die Suppe vom Feuer nahm, um sie ein wenig abkühlen zu lassen. Er legte den nächsten Scheit nach. Funken stoben mit dem Rauch in die Höhe.

»Wie machst du das denn nur?«, fragte sie mit leiser, kaum hörbarer Stimme.

»Machen? Was?«

»Wie kannst du diese Fragen stellen, die meine Gedanken mit Bildern füllen und mich zwingen zu antworten, obwohl ich eigentlich gar nicht will?«

Er zuckte ein wenig unsicher mit den Achseln. »Das fragt mich Zedd auch immer. Wahrscheinlich wurde ich einfach damit geboren. Manchmal denke ich, es ist ein Fluch.« Er wandte den Blick vom Feuer ab und sah sie an. »Tut mir leid, Kahlan, dass ich dich gefragt habe, was du dort gesehen hast. Das war gedankenlos. Manchmal eilt die Neugier meinem Verstand davon. Tut mir leid, ich wollte dir nicht wehtun. Aber eigentlich hättest du doch nicht in die Unterwelt zurückgezogen werden dürfen, oder?«

»Nein, eigentlich nicht. Fast war es, als wäre ich wieder dort und hätte gesehen, wie jemand darauf wartete, mich zurückzuholen. Ich fürchte, ohne dich wäre ich dort verloren gegangen. Ich habe ein Licht in der Finsternis gesehen. Du hast irgendetwas getan und mich zurückgeholt.«

Nachdenklich nahm Richard den Löffel in die Hand. »Vielleicht war es nur das Gefühl, nicht allein zu sein.«

Kahlan zuckte mit den Achseln. »Vielleicht.«

»Ich habe nur einen Löffel. Wir müssen ihn uns teilen.« Er nahm einen Löffel Suppe und pustete darauf, bevor er probierte. »Kein Meisterwerk, aber besser, als in die hohle Hand gehustet.« Das brachte die beabsichtigte Wirkung. Sie lächelte. Er gab ihr den Löffel.

»Wenn ich dir helfen soll, am Leben zu bleiben oder dem nächsten Quadron zu entkommen, muss ich schon etwas genauer Bescheid wissen. Außerdem haben wir, glaube ich, nicht viel Zeit.«

Sie nickte. »Verstehe. In Ordnung.«

Er ließ sie etwas Suppe essen, bevor er fortfuhr. »Was geschah also, nachdem die Grenzen errichtet worden waren? Was wurde aus dem großen Zauberer?«

Sie nahm noch ein Stück Wurst, bevor sie ihm den Löffel

reichte. »Bevor sie errichtet wurden, geschah noch etwas. Während der große Zauberer die Magie in Bann hielt, nahm Panis Rahl endgültig Rache. Er entsandte ein Quadron aus D'Hara... sie töteten die Frau des Zauberers und seine Tochter.«

Richard starrte sie an. »Und was tat der Zauberer mit Rahl?«

»Er hielt Rahls Magie zurück und verbannte ihn nach D'Hara, bis die Grenzen errichtet wurden. Dann, genau in diesem Augenblick, schickte er einen magischen Feuerball hindurch, der mit dem Tod in Berührung kam und dadurch die Kraft beider Welten in sich vereinte. Danach standen die Grenzen.«

Von dem magischen Feuerball hatte Richard noch nie gehört, aber eigentlich erklärte sich die Sache von selbst. »Und was geschah mit Panis Rahl?«

»Nun, die Grenzen standen, Genaues weiß also niemand. Aber ich denke nicht, dass irgendjemand mit Panis Rahl hätte tauschen wollen.«

Richard gab ihr den Löffel. Sie aß noch ein wenig, während er sich den gerechten Zorn des Magiers vorzustellen versuchte. Sie gab ihm den Löffel zurück und fuhr fort.

»Zuerst war alles wunderbar, aber dann begann der Rat der Midlands, Maßnahmen zu ergreifen, die nach Ansicht des Zauberers verräterisch waren. Es hatte irgendetwas mit dem Zauber zu tun. Er kam dahinter, dass der Rat Vereinbarungen über die Kontrolle des Zaubers gebrochen hatte. Er teilte ihnen mit, ihre Gier und ihre Untaten würden zu größeren Schrecken führen als jenen, die gerade in den Kriegen niedergerungen worden waren. Sie glaubten natürlich, sie wüssten es besser als er, wie der Zauber gelenkt werden sollte. Ein Amt wurde geschaffen, das eigentlich nur ein Zauberer besetzen durfte. Er war außer sich. Er erklärte ihnen, nur ein Zauberer könne entscheiden, wer der Richtige für ein solches Amt sei, und deshalb müsse auch ein Zauberer nach dem Richtigen suchen. Der große Zauberer hatte andere Zauberer ausgebildet, doch in ihrer Gier schlugen sie sich auf die Seite des Rates. Er war sehr zornig. Er erklärte, seine Frau und seine Tochter seien umsonst gestorben. Als Strafe versprach der Zauberer ihnen die denkbar schlimmste Vergeltung. Dann überließ er sie den Folgen ihres Handelns.«

Richard musste lächeln. Das hätte auch von Zedd stammen können.

»Er meinte, wenn sie so genau wüssten, wie alles zu erledigen sei, brauchten sie ihn wohl nicht. Er weigerte sich, ihnen weiter zu helfen, und verschwand. Als er ging, spannte er jedoch noch ein magisches Netz...«

»Was ist das, ein magisches Netz?«

»Das ist der Zauber, den ein Zauberer ausspricht. Man nennt ihn magisches Netz. Als er ging, spannte er ein solches Netz über jeden, und alle vergaßen seinen Namen, ja sogar sein Aussehen. Daher kennt ihn niemand mehr, und niemand weiß mehr, wo er ist.« Kahlan warf einen Ast ins Feuer. »Anfang letzten Winters entstand dann die Bewegung.«

Er setzte den Löffel Suppe wieder ab. »Welche Bewegung?«

»Die Darken-Rahl-Bewegung. Sie schien aus dem Nichts zu entspringen. Plötzlich riefen die Menschenmassen in den größeren Städten seinen Namen, nannten ihn ›Vater Rahl‹ und bezeichneten ihn als den größten Mann, der je gelebt hat. Das Seltsame ist, er ist der Sohn von Panis Rahl aus D'Hara, von jenseits der Grenze. Woher wusste also überhaupt jemand von ihm?« Sie ließ ihm Zeit, darüber nachzudenken.

»Wie auch immer, anschließend drängten die Gars über die Grenze. Sie brachten eine Menge Menschen um, bevor die Leute begriffen, dass sie nachts zu Hause bleiben mussten.«

»Aber wie sind sie über die Grenze gekommen?«

»Die Grenze wurde schwächer, nur wusste das niemand. Zuerst an ihrem oberen Ende, sodass die Gars darüber hinwegfliegen konnten. Im Frühjahr verschwand sie dann ganz. Anschließend marschierte die Friedensarmee des Volkes, Darken Rahls Truppen, in die größeren Städte ein. Anstatt ihn zu bekämpfen, bewarfen ihn die Midlander mit Blumen, wohin er auch kam. Wer keine Blumen warf, wurde gehängt.«

Richard riss die Augen auf und starrte sie an. »Die Armee hat sie umgebracht?«

Sie sah ihm fest in die Augen. »Nein. Die Blumenwerfer. Angeblich waren sie eine Bedrohung für den Frieden, also brachte man sie um. Die Friedensarmee des Volkes brauchte keinen Finger krumm zu machen. In der Bewegung hieß es daraufhin, das beweise Darken Rahls friedliche Absichten, schließlich hätte seine Armee die Abtrünnigen nicht getötet. Nach einer Weile schritt die Armee ein und unterband das Morden. Die Abtrünnigen wurden stattdessen in Schulen der Erleuchtung geschickt, wo sie von der Größe Vater Rahls erfahren sollten, und welch ein Mann des Friedens er sei.«

»Und? Haben sie auf diesen Schulen der Erleuchtung gelernt, wie groß Darken Rahl ist?«

»Niemand ist fanatischer als ein Konvertit. Die meisten sitzen den ganzen Tag herum und singen seinen Namen.«

»Die Midlands haben sich also nicht gewehrt?«

»Darken Rahl trat vor den Rat und bat ihn, sich seiner Friedensallianz anzuschließen. Wer es tat, wurde als Verfechter der Harmonie gefeiert. Wer es nicht tat, wurde als Verräter behandelt und von Darken Rahl höchstpersönlich auf der Stelle öffentlich hingerichtet.«

»Wie hat er…«

Sie brachte ihn mit einer Handbewegung zum Schweigen und schloss die Augen. »Darken Rahl trägt an seinem Gürtel ein gebogenes Messer. Es bereitet ihm großes Vergnügen, es zu benutzen. Bitte, Richard. Frag mich nicht, was er diesen Leuten angetan hat. Das hält mein Magen nicht aus.«

»Ich wollte eigentlich fragen, wie die Zauberer auf all das reagiert haben.«

»Ach so. Nun, es hat ihnen die Augen geöffnet.«

»Anschließend ächtete Rahl die Anwendung aller Magie und erklärte jeden zum Rebellen, der sich diesem Bann widersetzte. Du musst wissen, in den Midlands ist für viele Magie ein Teil ihres Lebens. Genauso könnte man jemanden zum Kriminellen erklären, weil er zwei Arme und zwei Beine hat, und ihn zwingen, sie abzuschneiden. Dann ächtete er das Feuer.«

Er hob die Augen. »Das Feuer? Warum?«

»Darken Rahl erklärt seine Befehle nicht. Ebenso wenig

fürchtet er Zauberer. Er verfügt über mehr Macht als sein Vater jemals hatte, mehr als jeder Zauberer. Seine Anhänger führen alle möglichen Gründe an. Meist behaupten sie, man hätte das Feuer gegen seinen Vater benutzt, und dadurch sei es zu einem Zeichen der Respektlosigkeit gegenüber dem Hause Rahl geworden.«
»Deswegen wolltest du vor einem Feuer sitzen.«
Sie nickte. »Ein Feuer am falschen Ort in den Midlands, ohne Darken Rahls Einwilligung, ist eine Einladung an den Tod.« Sie stocherte mit einem Stock in der Erde. »Vielleicht auch in Westland. Offenbar will dein Bruder das Feuer in Kürze ächten. Vielleicht...«
Er schnitt ihr das Wort ab. »Unsere Mutter ist bei einem Brand umgekommen.« Seine Stimme klang erregt, warnend. »Deswegen sorgt sich Michael wegen des Feuers. Das ist der einzige Grund. Außerdem hat er nie davon gesprochen, er wolle es ächten. Er will nur verhindern, dass andere wie sie verletzt werden. Es ist doch nicht verkehrt, wenn man niemanden verletzen will.«
Sie sah ihn von unten her an. »Es schien ihm nichts auszumachen, dich zu verletzen.«
Richards Ärger ließ nach. Er atmete tief durch. »Ich weiß, so sah es aus. Aber du verstehst ihn nicht. So ist er nun mal. Absichtlich würde er mich nie verletzen.« Richard zog die Knie vor die Brust und schlang die Arme darum. »Nach dem Tod unserer Mutter hat Michael immer mehr Zeit mit seinen Freunden verbracht. Er freundete sich mit jedem an, den er für wichtig hielt. Einige dieser Leute waren überheblich und arrogant. Vater missfielen einige seiner Freunde, was er ihm auch sagte. Darüber gab es Streit.
Einmal kam Vater mit einer Vase nach Hause, auf deren Rand kleine Figuren zu tanzen schienen. Er war sehr stolz auf sie. Er sagte, sie sei alt und er könne eine Goldkrone für sie bekommen. Michael meinte, sogar noch mehr. Sie stritten sich, bis Vater Michael die Vase zum Verkaufen überließ. Michael kehrte zurück und warf vier Goldkronen auf den Tisch. Mein Vater starrte sie nur unglaublich lange an. Dann sagte er, wirk-

lich vollkommen ruhig, die Vase sei keine vier Goldkronen wert, und er wolle wissen, was Michael den Leuten erzählt hätte. Michael meinte, er hätte ihnen erzählt, was sie hören wollten. Vater streckte die Hand aus, um die vier Goldkronen einzustecken, aber Michael hielt seine Hand auf die Münzen. Er nahm drei und sagte, für meinen Vater sei nur eine, denn mehr hätte er nicht erwartet. Dann fügte er hinzu: ›Das ist der Wert meiner Freunde, George.‹

Das war das erste Mal, dass Michael ihn ›George‹ nannte. Mein Vater gab ihm nie wieder etwas zum Verkaufen.

Und weißt du, was Michael mit dem Geld getan hat? Als Vater das nächste Mal auf Reisen ging, hat er damit den größten Teil der Familienschulden bezahlt. Für sich selbst hat er nichts gekauft.

Michael kann manchmal recht grob sein, wie zum Beispiel heute, als er allen von unserer Mutter erzählt und dabei auf mich gezeigt hat, aber... aber im Grunde seines Herzens will er nur das Beste für alle. Er möchte nicht, dass jemand durch Feuer verletzt wird. Das ist alles. Damit niemand das Gleiche durchmachen muss wie wir. Er versucht nur zu tun, was allen am meisten nutzt.«

Kahlan hielt den Blick gesenkt. Sie stocherte mit dem Stock in der Erde herum, dann warf sie ihn ins Feuer. »Tut mir leid, Richard. Ich sollte nicht so misstrauisch sein. Ich weiß, wie sehr es schmerzt, seine Mutter zu verlieren. Du hast sicher recht.« Endlich sah sie auf. »Vergibst du mir?«

Richard nickte und lächelte sie an. »Natürlich. Wenn ich das Gleiche erlebt hätte wie du, würde ich wahrscheinlich auch immer das Schlimmste vermuten. Tut mir leid, ich wollte dich nicht so anfahren. Iss erst zu Ende.«

Er hätte gerne den Rest ihrer Geschichte gehört, wartete jedoch ab und sah ihr eine Weile beim Essen zu, bevor er fragte: »Die Streitkräfte D'Haras haben also die gesamten Midlands erobert?«

»Die Midlands sind groß, und die Friedensarmee des Volkes hält nur einige der größeren Städte besetzt. In vielen Teilen des Landes missachten die Menschen den Bund. Rahl kümmert das eigentlich nicht. Er hält das für unbedeutend. Seine Aufmerksamkeit hat er auf etwas anderes gerichtet. Die Zauberer fanden heraus, sein eigentliches Ziel sei die Magie, vor der der große Zauberer den Rat gewarnt hatte, jene Magie also, die sie um ihrer eigenen Habgier willen missbraucht hatten. Bekommt Rahl den Zauber, nach dem es ihn gelüstet, ist er Herrscher über alles und braucht niemanden mehr zu bekämpfen. Fünf der Zauberer erkannten ihren Irrtum. Der große Zauberer hatte eben doch recht gehabt. Um seine Vergebung zu erlangen, setzen sie sich zum Ziel, die Midlands und Westland vor den Folgen dessen zu bewahren, was geschehen würde, falls Darken Rahl die Macht über den gesuchten Zauber gewinnen sollte. Also machten sie sich auf die Suche nach dem großen Zauberer. Doch den sucht Rahl ebenfalls.«

»Du hast von fünf Zauberern gesprochen. Wie viele gibt es denn?«

»Sie waren zu siebt, der große Zauberer und seine sechs Lehrlinge. Der Alte ist untergetaucht, und einer der anderen hat sich bei einer Königin verdungen, was für einen Zauberer eine sehr ehrenvolle Sache ist.« Sie hielt inne und dachte einen Augenblick darüber nach. »Und wie gesagt, die fünf anderen sind tot. Sie haben vor ihrem Tod die gesamten Midlands absuchen lassen, aber der Große Zauberer war nicht zu finden. In den Midlands ist er nicht.«

»Sie glaubten also, dass er sich in Westland aufhält?«

Kahlan ließ den Löffel in den leeren Topf fallen. »Ja. Er ist hier.«

»Und sie glaubten, dieser große Zauberer kann Darken Rahl stoppen, obwohl sie es nicht konnten?« Irgendetwas war faul an der Geschichte, und Richard war nicht sicher, ob er wissen wollte, was als Nächstes kam.

»Nein«, fuhr sie nach einer Weile fort, »auch er verfügt nicht über genug Macht, gegen Darken Rahl vorzugehen. Was sie wollten, was wir brauchen, um uns alle vor dieser Zukunft zu bewahren, ist Folgendes: Wir müssen den großen Zauberer dazu bringen, jenen Menschen zu benennen, den nur er benennen kann.«

Die Sorgfalt, mit der sie die Worte wählte, verriet ihm, dass sie um Geheimnisse herumredete, nach denen er sie nicht fragen durfte. Er ließ es und fragte stattdessen: »Wieso haben sie ihn nicht aufgesucht und ihn darum gebeten?«

»Weil sie Angst hatten, er könnte ablehnen. Sie hatten nicht die Macht, ihn zu zwingen.«

»Fünf Zauberer verfügen nicht über die gleiche Macht wie dieser eine?«

Sie schüttelte traurig lächelnd den Kopf. »Sie waren seine Lehrlinge, wollten selber Zauberer werden. Sie sind nicht als Zauberer mit der entsprechenden Begabung geboren worden. Der Große Zauberer war Sohn eines Zauberers und einer Magierin. Es lag ihm im Blut, nicht nur im Kopf. Sie hätten nie so werden können wie er. Sie verfügten einfach nicht über die Macht, ihn zu zwingen.« Sie schwieg.

»Und...« Er sprach nicht weiter. Sein Schweigen sollte ihr seine nächste Frage verraten. Und dass er auf einer Antwort bestand.

Endlich rückte sie leise flüsternd mit der Antwort heraus.

»Und sie schickten mich, denn ich verfüge über die nötige Macht.«

Das Feuer knackte und zischte. Ihre Anspannung war deutlich zu spüren. Sie war mit ihrer Antwort in diesem Punkt so weit gegangen, wie sie nur konnte. Er schwieg. Sie sollte sich sicher fühlen. Ohne hinüberzusehen, legte er ihr die Hand auf den Unterarm, und sie legte ihre Hand auf seine.

»Woran willst du den Zauberer erkennen?«

»Ich weiß nur, ich muss ihn finden, und zwar bald, sonst sind wir alle verloren.«

Richard schwieg und dachte nach. »Zedd wird uns helfen«, sagte er schließlich. »Er kann in den Wolken lesen. Das Auffinden Verschollener ist die Aufgabe eines Wolkenlesers.«

Kahlan sah ihn misstrauisch an. »Das klingt nach Zauberei. Die dürfte es in den Westlands eigentlich nicht geben.«

»Er meint, es sei keine. Jeder kann das lernen. Er versucht ständig, es mir beizubringen. Er zieht mich immer auf, wenn ich sage, es sieht nach Regen aus. Seine Augen werden ganz groß, und dann sagt er: ›Magie! Was dir fehlt, ist Magie, mein Junge. Dann kannst du aus den Wolken die Zukunft ablesen.‹«

Kahlan lachte. Das zu hören tat gut. Er wollte sie nicht weiter bedrängen, obwohl das Flechtwerk ihrer Geschichte einige lose Fäden aufwies. Genau genommen hatte sie ihm nicht viel erzählt. Wenigstens wusste er nun mehr als zuvor. Wichtig war jetzt, den Zauberer zu finden und dann zu fliehen. Bestimmt war ein weiteres Quadron hinter ihr her. Sie würden nach Westen fliehen müssen, während der Zauberer tat, was immer er tun musste.

Sie öffnete ihre Hüfttasche und holte etwas heraus. Sie löste die Bänder und faltete ein gewachstes Tuch auseinander, das eine bräunliche Substanz enthielt. Sie tauchte den Finger hinein und drehte sich zu ihm. »Damit der Stich besser verheilt. Dreh dich um.«

Die Salbe linderte den Schmerz. Er erkannte den Duft einiger Pflanzen und Kräuter, aus denen sie gemacht war. Zedd hatte ihm beigebracht, eine ähnliche Salbe herzustellen, allerdings unter Verwendung von Aum, das Fleischwunden den Schmerz nahm. Als sie bei ihm fertig war, rieb sie sich selbst ein. Er hielt ihr seine entzündete rote Hand hin.

»Hier, reib da auch etwas drauf.«

»Richard! Was ist das?«

»Ein Dorn hat mich gestochen. Heute Morgen.«

Vorsichtig tupfte sie die Salbe auf die Wunde. »Ich habe noch nie gesehen, dass ein Dorn so etwas anrichtet.«

»Es war ein großer Dorn. Ich bin sicher, morgen früh ist es wieder besser.«

Die Salbe linderte den Schmerz nicht wie erhofft, doch das erzählte er ihr nicht. Er wollte sie nicht beunruhigen. Seine Hand war nichts im Vergleich zu den Problemen, mit denen sie sich herumschlagen musste. Sie schnürte die Bänder wieder um das kleine Päckchen und steckte es zurück in ihren Hüftbeutel.

Nachdenklich legte sie die Stirn in Falten.

»Richard, fürchtest du dich vor Zauberei?«

Er dachte genau nach, bevor er antwortete. »Sie hat mich

immer fasziniert. Es klang aufregend, aber mittlerweile ist mir klar, es gibt Zauberei, die man fürchten muss. Aber ich nehme an, es ist wie mit den Menschen. Von einigen hält man sich fern, bei anderen freut man sich, wenn man sie kennen lernt.« Kahlan lächelte. Offenbar war sie mit seiner Antwort zufrieden. »Richard, bevor ich schlafen kann, muss ich mich noch um etwas kümmern. Es geht um ein Geschöpf der Magie. Wenn du keine Angst hast, zeige ich es dir. Es ist eine seltene Gelegenheit. Nur wenige haben es bislang gesehen, und nur wenige werden es noch zu Gesicht bekommen. Aber du musst mir versprechen zu gehen, wenn ich dich darum bitte, und mir bei deiner Rückkehr keine weiteren Fragen zu stellen. Ich bin sehr müde und muss schlafen.«

Richard freute sich über die Ehre. »Versprochen.«

Sie öffnete ihren Hüftbeutel und holte eine kleine runde Flasche mit einem Stöpsel heraus. Blaue und silberne Spiralen verzierten den bauchigen Teil. Im Innern war Licht.

Sie sah ihn mit ihren grünen Augen an. »Das Geschöpf ist ein Irrlicht. Es heißt Shar. Ein Irrlicht ist tagsüber unsichtbar, man kann es nur nachts sehen. Es ist ein Teil des Zaubers, der mir beim Überqueren der Grenze geholfen hat. Shar hat mich geführt. Ohne sie wäre ich verloren gewesen.«

Kahlans Augen füllten sich mit Tränen, doch ihre Stimme blieb fest und sicher. »Shar wird heute Abend sterben. Fern von ihrem Zuhause und getrennt von ihresgleichen, hält sie nicht lange durch, und für eine erneute Überquerung der Grenze fehlt ihr die Kraft. Shar hat ihr Leben geopfert, um mir zu helfen, weil sonst unter anderem auch alle ihrer Art zugrunde gehen, wenn Darken Rahl Erfolg hat.«

Sie zog den Stöpsel heraus, stellte das kleine Fläschchen auf ihre Handfläche und hielt sie zwischen sie.

Ein winziger Lichtschein stieg aus der Flasche auf, schwebte in das kühle Dämmerlicht der Launenfichte und überzog alles mit einem silbrigen Glanz. Das Licht wurde weicher, als das Irrlicht zwischen ihnen in der Luft schwebend zum Stillstand kam. Richard war verblüfft. Er starrte mit offenem Mund, wie versteinert.

»Guten Abend, Richard Cypher«, sagte es mit einem winzigen, dünnen Stimmchen.

»Guten Abend, Shar.« Seine Stimme kam kaum über ein Flüstern hinaus.

»Vielen Dank, dass du Kahlan heute geholfen hast. Dadurch hilfst du auch meiner Art. Solltest du je die Hilfe der Irrlichter benötigen, nenne meinen Namen, und sie werden dir helfen. Denn Feinde kennen ihn nicht.«

»Danke, Shar, aber die Midlands sind der letzte Ort, an den es mich zieht. Ich werde Kahlan helfen, den Zauberer zu finden. Aber danach will ich uns nach Westen bringen, fort von denen, die uns töten wollen.«

Das Irrlicht kreiste eine Weile nachdenklich in der Luft. Der silberne Lichtschein legte ein weiches Licht auf Richards Gesicht.

»Wenn du das willst, dann musst du es auch tun«, sagte Shar. Richard war erleichtert. Der winzige Lichtpunkt schwirrte vor ihnen herum.

Shar kam flirrend zum Stillstand. »Doch bedenke, Darken Rahl verfolgt euch beide. Er wird nicht ruhen. Er wird nicht aufhören. Läufst du fort, wird er dich finden. Daran besteht kein Zweifel. Du kannst dich gegen ihn nicht zur Wehr setzen. Er wird euch beide töten. Schon bald.«

Richards Mund war trocken. Er konnte kaum schlucken. Der Gar hätte es wenigstens rasch hinter sich gebracht, überlegte er. Dann wäre alles vorbei. »Shar, haben wir keine Möglichkeit zu fliehen?«

Das Licht schwirrte umher. Sein Gesicht und die Äste der Fichte leuchteten auf.

Shar hielt an. »Sobald du ihm den Rücken zukehrst, siehst du ihn nicht. Er wird dich erwischen. Er liebt das.«

Richard starrte. »Aber... können wir denn gar nichts tun?«

Der winzige Lichtpunkt schwirrte los und kam ihm diesmal näher, bevor er stehen blieb. »Die Frage ist schon besser, Richard Cypher. Die Antwort, die du suchst, liegt in dir. Du musst nur suchen. Du musst sie finden, oder er wird euch beide töten. Bald.«

»Wie bald?« Seine Stimme wurde lauter, er konnte nicht anders. Das Licht wirbelte herum und entfernte sich ein Stück. Er wollte die Gelegenheit nicht verstreichen lassen, ohne wenigstens etwas herauszufinden, an das er sich klammern konnte. Das Irrlicht stoppte. »Am ersten Tag des Winters, Richard Cypher. Wenn die Sonne am Himmel steht. Wenn Darken Rahl dich nicht vorher tötet, und wenn niemand ihn aufhält, werden alle meiner Art sterben. Ihr beide werdet sterben. Er wird es genießen.«

Richard überlegte, wie er einem wirbelnden Lichtpunkt am besten eine Frage stellte. »Shar, Kahlan versucht, die anderen deiner Art zu retten. Ich will sie dabei unterstützen. Du hast dein Leben gegeben, um ihr zu helfen. Scheitern wir, werden alle sterben, das hast du gerade selbst gesagt. Bitte, kannst du uns irgendetwas sagen, was uns gegen Darken Rahl von Nutzen sein könnte?«

Das winzige Licht kreiste im Innern der Launenfichte und leuchtete die Winkel aus, denen es sich näherte. Wieder blieb es vor ihm stehen.

»Hab' dir die Antwort bereits gegeben. Es liegt in dir. Finde es oder stirb. Tut mir leid, Richard Cypher. Möchte helfen. Kenne die Antwort nicht. Sie liegt in dir. Tut mir leid, so leid.«

Richard nickte und strich sich die Haare zurück. Er wusste nicht, wer niedergeschlagener war, Shar oder er. Mit einem Seitenblick stellte er fest, dass Kahlan ruhig dasaß und das Irrlicht beobachtete. Shar kreiste herum und wartete.

»Also schön. Kannst du mir sagen, weshalb er mich töten will? Weil ich Kahlan helfe, oder gibt es noch einen anderen Grund?«

Shar kam näher. »Andere Gründe? Geheimnisse vielleicht?«

»Was!« Richard sprang auf die Füße. Das Irrlicht folgte ihm nach oben.

»Ich weiß nicht, weshalb. Tut mir leid. Er wird es eben tun.«

»Wie lautet der Name des Zauberers?«

»Gute Frage, Richard Cypher. Tut mir leid. Ich weiß es nicht.«

Richard setzte sich wieder hin und vergrub sein Gesicht in

den Händen. Shar umkreiste wirbelnd seinen Kopf, offensichtlich wollte sie ihn trösten. Sie war ihrem Ende nah, doch noch im Sterben sorgte sie sich um ihn. Er musste den Kloß in seinem Hals hinunterschlucken, damit er sprechen konnte.
»Shar, danke, weil du Kahlan geholfen hast. Sie hat mein Leben, so kurz es scheinen mag, bereits jetzt verlängert, da sie mich heute vor einer großen Dummheit bewahrt hat. Außerdem ist mein Leben durch sie reicher geworden. Danke für deine Hilfe, meine Freundin sicher über die Grenze zu bringen.« Ihm verschwamm alles vor Augen.

Das Irrlicht schwebte heran und berührte seine Stirn. Shars Stimme schien sowohl in seinem Kopf als auch in seinen Ohren zu klingen.

»Tut mir leid, Richard Cypher. Ich kenne die Antworten nicht, die dich retten würden. Wüsste ich sie, glaube mir, ich würde sie dir nur zu gerne geben. Aber ich sehe das Gute in dir. Ich glaube an dich. Du hast alles, was du brauchst, um erfolgreich zu sein. Manchmal wirst du an dir zweifeln. Gib nicht auf. Denke immer daran, ich glaube an dich. Ich weiß, du kannst dein Ziel erreichen. Es gibt nicht viele wie dich, Richard Cypher. Glaube an dich. Und beschütze Kahlan.«

Er hatte die Augen geschlossen. Tränen liefen ihm über die Wangen, und der Kloß in seinem Hals machte ihm immer wieder das Atmen schwer.

»Es sind keine Gars in der Nähe. Bitte, lass mich jetzt mit Kahlan allein. Meine Zeit ist gekommen.«

Richard nickte. »Leb wohl, Shar. Es war mir eine große Ehre, dich kennen gelernt zu haben.«

Er ging, ohne eine der beiden anzusehen.

Als er gegangen war, schwebte das Irrlicht zu Kahlan und sprach sie standesgemäß an.

»Mutter Konfessor, meine Zeit ist bald abgelaufen. Warum habt Ihr ihm nicht gesagt, was Ihr wirklich seid?«

Kahlan ließ die Schultern hängen und legte die Hände in den Schoß, während sie in das Feuer starrte. »Ich kann es nicht, Shar. Noch nicht.«

»Konfessor Kahlan, das ist nicht fair. Richard Cypher ist doch Euer Freund.«

Tränen liefen ihr die Wangen hinab. »Verstehst du denn nicht? Deswegen kann ich es ihm ja nicht sagen. Wenn ich es ihm sage, ist er nicht mehr mein Freund, wird er mich nicht mehr mögen. Du hast keine Vorstellung, was es heißt, ein Konfessor zu sein, den jeder fürchtet. Er hat mir in die Augen geblickt, Shar. Das haben nicht viele gewagt. Aber keiner wird mir je in die Augen sehen, wie er es getan hat. Seine Augen geben mir Sicherheit. Er bringt mein Herz zum Lächeln.«

»Möglicherweise erfährt er es zuerst von jemand anderem, Konfessor Kahlan. Das wäre noch schlimmer.«

Sie blickte das Irrlicht aus feuchten Augen an. »Bevor das geschieht, werde ich es ihm sagen.«

»Ihr spielt ein gefährliches Spiel, Konfessor Kahlan«, warnte Shar. »Er könnte sich in Euch verlieben. Dann würde es ihn auf unverzeihliche Weise verletzen.«

»Dazu lasse ich es nicht kommen.«

»Wirst du ihn erwählen?«

»Nein!«

Kahlans Schrei ließ das Irrlicht zurückfahren. Dann näherte es sich langsam wieder ihrem Gesicht. »Konfessor Kahlan, Ihr seid die Letzte Eurer Art. All die anderen hat Darken Rahl umgebracht. Selbst Eure Schwester Dennee. Ihr seid die Mutter Konfessor. Ihr müsst einen Gefährten erwählen.«

»Das kann ich keinem zumuten, den ich mag. Das würde kein Konfessor tun«, schluchzte sie.

»Tut mir leid, Mutter Konfessor. Es liegt an dir zu wählen.«

Kahlan zog die Beine an, schlang die Arme darum und legte die Stirn auf die Knie. Sie zuckte mit den Achseln. Sie weinte. Ihr dichtes Haar floss an ihrem Körper herab. Shar umkreiste langsam ihren Kopf, strahlte ein silbernes Licht aus und tröstete ihre Gefährtin dadurch. Sie umkreiste Kahlan, bis sie schließlich aufhörte zu weinen. Shar kehrte an ihren alten Platz vor ihrem Gesicht zurück und stand in der Luft.

»Es ist hart, Mutter Konfessor zu sein. Es tut mir leid.«

»Sehr hart«, stimmte Kahlan zu.

»Viel Last auf Euren Schultern.« – »Sehr viel, fast zu viel, wenn ich ehrlich bin«, gab Kahlan ihr Recht. Sachte landete das Irrlicht auf der Schulter der Frau und verharrte dort ruhig, während Kahlan zusah, wie das Feuer mit kleinen, gemächlichen Flammen verglühte. Nach einer Weile stieg das Irrlicht von ihrer Schulter auf und schwebte zu einem Punkt in der Luft vor ihr.

»Möchte noch bei Euch bleiben. Viel Spaß. Möchte bei Richard Cypher bleiben. Stellt gute Fragen. Aber ich halte nicht länger aus. Tut mir leid. Ich sterbe.«

»Du hast mein Wort, Shar. Notfalls opfere ich mein Leben, um Darken Rahl zu stoppen. Und um dein Volk und alle anderen zu erhalten.«

»Ich glaube an Euch, Konfessor Kahlan. Helft Richard.« Shar kam näher. »Bitte. Bevor ich sterbe, berührst du mich?«

Kahlan rückte vom Irrlicht ab, bis sie mit dem Rücken gegen den Baumstamm stieß. »Nein ... bitte ... nein«, flehte sie, den Kopf schüttelnd. »Bitte mich nicht darum.« Ihre Augen füllten sich wieder mit Tränen. Sie legte ihre zitternden Finger an die Lippen und versuchte, das Schluchzen zu unterdrücken.

Shar schwebte vor. »Bitte, Mutter Konfessor. Das Alleinsein ist so schmerzlich. Es tut so weh. Ich gehe jetzt. Bitte. Gebraucht Eure Macht. Lasst mich in Liebe sterben. Berührt mich, und lasst mich in süßer Qual ertrinken. Ich habe mein Leben verloren, weil ich Euch geholfen habe. Sonst habe ich nichts von Euch verlangt. Bitte!«

Shars Licht wurde schwächer. Weinend hielt Kahlan ihre Linke über den Mund. Schließlich streckte sie ihre Rechte aus, bis sie das Irrlicht mit den Fingerspitzen berühren konnte.

Ringsum war nichts als Donner, ohne Hall. Die heftige Krafteinwirkung auf die Luft erschütterte den Baum und ließ eine Sturzflut toter Nadeln herabregnen. Einige davon gingen bei der Berührung mit dem Feuer in Flammen auf. Shars schwachsilberne Farbe verwandelte sich in ein rosiges Glimmen, das an Kraft gewann.

Shars Stimme klang schwach. »Danke, Kahlan. Leb wohl, meine Liebe.«

Der Funke aus Leben und Licht wurde schwächer und erlosch. Richard wartete nach dem Donner ohne Hall eine Weile, bevor er zu ihr zurückkehrte. Kahlan hatte die Arme um die Beine geschlungen, das Kinn auf die Knie gelegt und starrte ins Feuer.

»Shar?«, fragte er.

»Sie ist gegangen«, kam die Antwort mit entrückter Stimme.

Er nickte, nahm ihren Arm, geleitete sie zu dem Lager aus Heu und legte sie hin. Sie ließ es widerstandslos mit sich geschehen. Er deckte sie mit einer Decke zu und tat etwas von dem Heu darauf, um sie während der Nacht warm zu halten, dann legte er sich dazu und schmiegte sich an sie. Kahlan drehte sich auf die Seite, ihm abgewandt, und drückte ihren Rücken an ihn, wie sich ein Kind an seine Eltern kuschelt, wenn Gefahr droht. Er spürte es ebenfalls. Irgendetwas näherte sich ihnen. Mit tödlicher Absicht.

Sie schlief sofort ein. Eigentlich hätte er frieren müssen, tat es aber nicht. Seine Hand pochte. Ihm war warm. Richard lag da und dachte über den Donner ohne Hall nach. Er fragte sich, wie sie den großen Zauberer dazu bringen wollte, das zu tun, was sie wollte. Der Gedanke erschreckte ihn. Bevor er sich noch mehr Sorgen machen konnte, war auch er eingeschlafen.

6. Kapitel

egen Mittag des nächsten Tages wusste Richard, dass der Stich der Schlingpflanze Fieber hervorrufen würde. Er hatte keinen Appetit. Mal war ihm unerträglich heiß, und die Kleider klebten ihm schweißnass auf der Haut, dann wieder schüttelte er sich vor Kälte. In seinem Kopf hämmerte der Schmerz, und ihm wurde übel. Es gab nichts, was er hätte tun können, außer Zedd aufzusuchen. Und da sie fast dort waren, beschloss er, Kahlan nichts zu erzählen. Träume hatten seinen Schlaf gestört, ob wegen des Fiebers oder der Dinge, die er erfahren hatte, wusste er nicht. Am meisten beunruhigte ihn, was Shar erzählt hatte: Finde die Antwort oder stirb.

Der Himmel war leicht bewölkt. Das kalte, graue Licht kündigte den Einbruch des Winters an. Dicht stehende, hochgewachsene Bäume hielten den Wind und die Kälte fern und verwandelten den Pfad in eine stille, nach Balsamtannen duftende Oase. Ein Schutz vor dem Hauch des Winters, der über ihren Köpfen hinwegzog.

Sie überquerten einen kleinen Bach in der Nähe eines Biberbaus und stießen auf ein Feld mit späten Wildblumen, deren gelbe und blaue Blüten den Boden einer spärlich bewaldeten Senke bedeckten. Kahlan bückte sich, um einige zu pflücken. Sie fand ein schaufelförmiges Stück totes Holz und machte sich daran, die Blumen in der Vertiefung des Holzes zu arrangieren. Sie musste hungrig sein, dachte Richard. In der Nähe stand ein Apfelbaum. Er füllte seinen Rucksack zur Hälfte, während sie sich ihrer Aufgabe widmete. Es war nie verkehrt, Zedd etwas zum Essen mitzubringen.

Richard war eher fertig als Kahlan. An einen Stamm gelehnt, wartete er und fragte sich, was sie tat. Als das Gesteck ihre Zufriedenheit fand, hob sie den Saum ihres Rockes, kniete an dem vom Biberdamm gesteuerten Bach nieder und schob das Stück Holz hinaus aufs Wasser. Sie setzte sich auf die Fersen, legte die gefalteten Hände in den Schoß und verfolgte eine Zeit lang, wie das kleine Blumenfloß auf das stille Wasser hinaustrieb. Als sie sich umdrehte und ihn am Stamm lehnen sah, stand sie auf und kam zu ihm.

»Eine Gabe für die Seelen unserer Mütter«, erklärte sie. »Um sie um Schutz und Hilfe bei der Suche nach dem Zauberer zu bitten.« Kahlan schaute ihm ins Gesicht. Sie wurde besorgt. »Was ist, Richard?«

Er hielt ihr einen Apfel hin. »Nichts. Hier, iss.«

Sofort hatte sie seine Hand zur Seite geschlagen und ihn mit der anderen an der Kehle gepackt. Zorn blitzte in ihren grünen Augen auf. »Warum hast du das getan?«, wollte sie wissen.

Der Schock brachte seine Gedanken zum Rasen. Er erstarrte. Irgendetwas riet ihm, sich nicht zu bewegen. »Magst du keine Äpfel? Tut mir leid, ich werde etwas anderes zu essen suchen.«

Die Wut in ihren Augen ließ nach, verwandelte sich in Zweifel. »Wie hast du sie genannt?«

»Äpfel«, sagte er, immer noch, ohne sich zu bewegen. »Kennst du keine Äpfel? Sie schmecken gut, garantiert. Was dachtest du denn, was das ist?«

Sie lockerte ein wenig den Griff. »Du isst diese... diese Äpfel?«

Richard zwang sich, ruhig zu bleiben. »Ja. Oft.«

Aus Zorn wurde Verlegenheit. Sie ließ von seinem Hals ab und schlug die Hand vor den Mund. »Richard, es tut mir so leid. Ich wusste nicht, dass man diese Dinger essen kann. In den Midlands sind alle roten Früchte tödlich giftig. Ich dachte, du wolltest mich vergiften.«

Richard lachte, und die Anspannung löste sich. Kahlan lachte auch, obwohl sie beteuerte, es sei gar nicht komisch. Er nahm einen Bissen, um es ihr zu beweisen, und bot ihr einen anderen Apfel an. Diesmal nahm sie ihn, besah ihn jedoch lange, bevor sie hineinbiss.

»Hmm, schmeckt wirklich gut.« Kahlan machte ein besorgtes Gesicht und legte ihm die Hand auf die Stirn. »Mit dir stimmt doch was nicht. Du glühst vor Fieber.«

»Ich weiß. Aber wir können nichts unternehmen, bis wir bei Zedd sind. Wir haben es fast geschafft.«

Ein kurzes Stück weiter den Pfad hinauf kam Zedds gedrungenes Haus in Sicht. Ein einzelnes Brett aus dem mit Gras bedeckten Dach diente seiner alten Katze als Rampe, die besser im Hinauf- als im Hinabklettern war. Innen vor den Fenstern hingen weiße Spitzengardinen, davor Blumenkästen. Die Blumen waren vertrocknet und verwelkt. Die Holzwände waren mit der Zeit trist und grau geworden, doch den Besucher empfing eine leuchtend blaue Tür. Abgesehen von der Tür machte das Haus den Eindruck, als wolle es in den Gräsern ringsum versinken, unbemerkt bleiben. Groß war das Haus nicht, aber über die ganze Breite der Vorderseite zog sich eine Veranda.

Zedds »Denkstuhl« war leer. Zedd saß immer so lange in seinem Denkstuhl, bis er das Problem gelöst hatte, das ihn gerade beschäftigte. Einmal hatte er drei Tage hintereinander dort gesessen und dahinterzukommen versucht, warum die Menschen ständig über die Zahl der Sterne stritten. Ihm war das egal. Er fand das unwichtig und fragte sich nur, wieso die Menschen sich so lange bei diesem Thema aufhielten. Schließlich war er aufgestanden und hatte verkündet, der Grund sei der, dass jeder zu diesem Punkt seiner tiefsten Überzeugung Ausdruck verleihen könne, ohne befürchten zu müssen, man könne ihn widerlegen. Denn niemand konnte die Antwort wissen. Diese Narren brauchten keinen Widerspruch zu fürchten, wenn sie sich als Experten ausgaben. Die Frage war geklärt, und Zedd war anschließend ins Haus gegangen und hatte glatt drei Stunden lang gespeist.

Richard rief nach ihm, bekam aber keine Antwort. Er lächelte Kahlan an. »Ich wette, er steckt hinten auf seinem Wolkenstein, wo er die neuesten Wolkenformationen studiert.«

»Wolkenstein?«, fragte Kahlan.

»Dort steht er am liebsten, wenn er die Wolken beobachtet. Frag mich nicht, warum. Seit ich ihn kenne, läuft er los, sobald er eine interessante Wolke sieht, und beobachtet sie von diesem Felsen aus.« Richard war mit diesem Felsen aufgewachsen und fand das Verhalten nicht seltsam. Es gehörte einfach zu dem Alten dazu. Aber Zedd hatte auch seine Überspanntheiten.

Die beiden liefen durch das hohe, wilde Gras, das das Haus umgab, dann einen Hang hinauf zur Kuppe eines kleinen, kahlen Hügels, auf dem der Wolkenstein stand. Zedd stand, mit dem gekrümmten Rücken zu ihnen, auf dem flachen Felsen und streckte seine spindeldürren Arme aus. Sein welliges, weißes Haar fiel hinten herab, da er den Kopf mit prüfendem Blick in den Nacken gelegt hatte.

Zedd war splitternackt.

Richard verdrehte die Augen, Kahlan senkte den Blick. Seine blasse, ledrige Haut, die lose über die vorspringenden Knochen drapiert schien, verlieh ihm das Aussehen eines trockenen, spröden Ästchens. Aber wie Richard wusste, war er alles andere als spröde. Seine Hinterbacken ließen jede Polsterung vermissen, und die Haut dort hing schlaff herab.

Er hob einen knorrigen Finger und deutete in den Himmel. »Ich wusste, du würdest kommen, Richard.« Seine Stimme war so dünn wie alles an ihm.

Der schlichte, schmucklose Umhang, der seine einzige Kleidung bildete, lag hinter ihm. Richard bückte sich und hob ihn auf, während Kahlan sich umdrehte, um jede weitere Peinlichkeit zu vermeiden. »Zedd, wir sind nicht allein. Zieh dich an.«

»Weißt du, woher ich das wusste?« Noch immer rührte er sich nicht.

»Ich würde sagen, es hat etwas mit der Wolke zu tun, die mir die letzten paar Tage gefolgt ist. Hier, ich helfe dir beim Anziehen.«

Zedd fuchtelte aufgeregt mit den Armen herum. »Tage! Blödsinn! Richard, diese Wolke folgt dir schon seit drei Wochen, seit dem Tod deines Vaters! Ich habe dich seit Georges Tode nicht mehr gesehen. Wo hast du gesteckt? Ich habe überall nach dir gesucht. Wenn du es dir in den Kopf gesetzt hast, dich zu verstecken, findet man eher eine Nadel in einem Heuhaufen als dich!«

»Ich hatte zu tun. Halt die Arme hoch, damit ich dir das anziehen kann.« Richard stülpte den Umhang über Zedds ausgestreckte Arme und half ihm, den faltigen Stoff über den schmächtigen Körper zu ziehen, während der alte Mann sich in das Kleidungsstück wand.

»Du hattest zu tun! Und du konntest nicht einmal ab und an einen Blick in den Himmel werfen? Verdammt, Richard. Weißt du, woher diese Wolke kommt?« Zedd hatte die Augen besorgt aufgerissen, die Brauen hochgezogen und die Stirn in Falten gelegt.

»Lass das Fluchen«, sagte Richard. »Ich würde sagen, die Wolke kommt aus D'Hara.«

Zedd riss die Arme in die Höhe. »D'Hara! Eben! Sehr gut, mein Junge! Und jetzt verrate mir, woran du das siehst. An ihrer Substanz? Ihrer Dichte?« Zedd wurde immer aufgeregter, zappelte in seinem Umhang herum, der einfach nicht richtig sitzen wollte.

»Weder noch. Diese Vermutung beruht auf anderem Wissen. Wie schon gesagt, Zedd, wir haben Gesellschaft.«

»Ja, ja. Ich habe dich schon beim ersten Mal verstanden.« Die Angelegenheit war mit einer Handbewegung erledigt. »Anderes Wissen, sagst du.« Er strich über sein glattes Kinn. »Das ist gut! Wirklich ausgezeichnet! Hat dir dieses Wissen auch verraten, was für eine üble Geschichte dies ist? Ja, natürlich, das hat es«, beantwortete er die Frage gleich selbst. »Wieso schwitzt du so?« Er legte Richard seine astdürren Finger auf die Stirn. »Du hast Fieber«, verkündete er. »Hast du mir was zu essen mitgebracht?«

Richard hatte bereits einen Apfel in der Hand. Er hatte gewusst, Zedd würde Hunger haben. Zedd hatte immer Hunger. Wie besessen schlug der Alte seine Zähne in den Apfel.

»Zedd, bitte hör zu. Ich brauche deine Hilfe.«

Zedd legte Richard seine dürren Finger an die Schläfe und hob mit dem Daumen ein Lid, derweil er auf einem Apfelbissen herumkaute. Er beugte sein scharf geschnittenes Gesicht vor, linste Richard ins Auge, dann wiederholte er den Vorgang mit dem anderen. »Ich höre dir immer zu, Richard.« Er nahm Richards Handgelenk und fühlte seinen Puls. »Ich gebe dir recht, du steckst in Schwierigkeiten. In drei, vielleicht vier Stunden, mehr nicht, wirst du das Bewusstsein verlieren.«

Richard war bestürzt, und auch Kahlan wirkte besorgt. Zedd kannte sich mit Fieber aus und stellte nie solche präzisen Prognosen, wenn sie sich nicht erfüllten. Richards Beine hatten sich schwach angefühlt, seit er unter Frösteln aufgewacht war. Von allein würde es nicht besser werden. »Kannst du mir helfen?«

»Vielleicht. Kommt auf die Ursache an. Und jetzt benimm dich endlich und stell mich deiner Freundin vor.«

»Zedd, das ist Kahlan Amnell. Wir sind Freunde…«

Der Alte sah ihm tief in die Augen. »Ach? Dann habe ich mich also geirrt? Sie ist gar kein richtiges Mädchen?« Zedd lachte kehlig. Über seinen Scherz grinsend, schlurfte er zu Kahlan, verbeugte sich dramatisch bis zur Hüfte, hob ihre Hand ein winziges Stück, küsste sie ganz leicht und sagte »Zeddicus Zu'l Zorander, ganz Euer ergebener Diener, meine liebe junge Lady«.

Er richtete sich auf und sah ihr ins Gesicht. Als sich ihre Augen trafen, verdampfte sein Lächeln, und seine Augen weiteten sich. Sein lebhaftes Gesicht wurde wütend. Er ließ ihre Hand los, als hätte er versehentlich eine giftige Schlange berührt. Zedd wirbelte zu Richard herum.

»Was hast du mit diesem Wesen zu schaffen?«

Kahlan blieb gelassen. Richard war entsetzt. »Aber Zedd…«

»Hat sie dich berührt?«

»Na ja, ich…« Richard versuchte, sich zu erinnern, wie sie ihn berührt hatte, als Zedd ihn erneut unterbrach.

»Nein, natürlich nicht. Das hat sie nicht, das sehe ich. Richard, weißt du, was sie ist?« Er drehte sich zu ihr. »Sie ist eine…«

Kahlan warf Zedd einen kaltwütigen Blick zu, und er verstummte auf der Stelle.

Richard sprach ruhig, aber entschieden. »Ich weiß genau, was sie ist, sie ist eine Freundin von mir. Eine Freundin, die mich gestern davor bewahrt hat, ermordet zu werden wie mein Vater, und die mir dann noch einmal gegen ein Monster namens Gar das Leben gerettet hat.« Kahlans Gesicht entspannte sich. Der Alte starrte sie noch eine Weile an, bevor er sich wieder Richard zuwandte. »Zedd, Kahlan ist eine Freundin. Wir stecken beide tief in Schwierigkeiten und sind aufeinander angewiesen.«

Zedd stand da und schwieg, sah Richard suchend in die Augen.

Er nickte. »Schwierigkeiten, in der Tat.«

»Zedd, wir brauchen deine Hilfe. Bitte.« Kahlan trat vor und stellte sich neben ihn. »Wir haben nicht viel Zeit.« Zedd erweckte nicht den Eindruck, als wollte er etwas damit zu tun haben. Richard fuhr dennoch fort und beobachtete Zedds Augen. »Nachdem ich sie gestern gefunden hatte, wurde sie von einem Quadron attackiert. Bald wird das nächste kommen.« Er fand, wonach er gesucht hatte: ein rasches Aufblitzen von Hass, das sich in Mitgefühl verwandelte.

Zedd betrachtete Kahlan, als sähe er sie zum ersten Mal. Lange standen die beiden sich gegenüber. Als das Quadron erwähnt wurde, bekam ihr Gesichtsausdruck etwas Gequältes. Zedd trat zu ihr, legte seine spindeldürren Arme schützend um sie und drückte ihren Kopf sacht an seine Schulter. Sie umarmte ihn dankbar und vergrub ihren Kopf in seinem Gewand, um ihre Tränen zu verbergen. »Schon gut, meine Liebe, hier bist du sicher«, sagte er sanft. »Gehen wir hinunter zum Haus, dann kannst du mir von den Schwierigkeiten erzählen. Danach müssen wir uns um Richards Fieber kümmern.« Sie nickte, den Kopf noch immer an seiner Schulter.

Kahlan löste sich von ihm. »Zeddicus Zu'l Zorander. Einen solchen Namen habe ich noch nie gehört.«

Er lächelte stolz; seine schmalen Lippen legten seine Wangen in tiefe Falten. »Davon bin ich überzeugt, meine Liebe, davon bin ich überzeugt. Übrigens, kannst du kochen?« Er legte ihr den Arm um die Schulter und drückte sie an sich, während sie den Hang hinuntergingen. »Ich bin hungrig und habe schon seit Jahren nicht mehr vernünftig warm gegessen.« Er warf einen Blick hinter sich. »Komm, Richard. Solange du noch kannst.«

»Wenn du Richard gegen das Fieber hilfst, mache ich dir einen großen Topf Gewürzsuppe«, bot sie an.

»Gewürzsuppe!« Zedd war entzückt. »Seit Jahren hatte ich keine richtige Gewürzsuppe mehr. Richards ist katastrophal schlecht.«

Richard trottete hinterher. Die emotionale Anspannung hatte ihm die letzte Kraft geraubt. Zedds lässiger Umgang mit dem Fieber machte ihm Angst, auch wenn sein alter Freund ihm auf diese Weise die Furcht von der Ernsthaftigkeit der Angelegenheit nehmen wollte. Er spürte den Pulsschlag in seiner entzündeten Hand.

Zedd stammte aus den Midlands, daher hatte Richard angenommen, er könnte durch die Erwähnung des Quadrons sein Mitgefühl gewinnen.

Er war erleichtert, wenn auch ein wenig überrascht, dass die beiden plötzlich so freundlich zueinander waren. Im Gehen berührte er den Zahn, um sich zu vergewissern, dass er noch da war.

Trotz allem beunruhigte ihn, was er gerade erfahren hatte.

An einer der hinteren Ecken des Hauses stand ein Tisch, an dem Zedd bei gutem Wetter gerne seine Mahlzeiten zu sich nahm. Auf diese Weise konnte er beim Essen die Wolken im Auge behalten.

Zedd setzte die beiden nebeneinander auf eine Bank und ging ins Haus, um Karotten, Beeren, Käse und Apfelsaft zu holen. Er stellte alles auf den durch jahrelangen Gebrauch glatt geschliffenen Tisch und setzte sich ihnen gegenüber auf die Bank. Er reichte Richard einen Krug mit einer braunen, dicken, nach Mandeln riechenden Flüssigkeit und sagte ihm, er solle sie langsam trinken.

Er sah Richard an. »Erzähl mir von den Schwierigkeiten.«

Richard erzählte, wie er von der Schlingpflanze gestochen worden war, wie er Kahlan am Trunt Lake gesehen hatte, verfolgt von den vier Männern. Er erzählte die Geschichte in allen Einzelheiten, an die er sich erinnern konnte. Zedd wollte immer alle Einzelheiten wissen, ganz gleich, wie unbedeutend sie schienen. Gelegentlich unterbrach sich Richard, um einen Schluck aus dem Krug zu trinken. Kahlan aß ein paar Karotten und Beeren, trank den Apfelsaft, doch den Teller mit dem Käse schob sie von sich.

Sie nickte oder bot ihre Hilfe an, wenn er sich an ein bestimmtes Detail nicht mehr erinnern konnte. Nur was Kahlan ihm erzählt hatte, ließ er aus. Er hielt es für besser, wenn sie es mit ihren eigenen Worten erzählte. Am Schluss wollte Zedd wissen, was Richard überhaupt im Ven Forest zu suchen hatte.

»Als ich nach dem Mord zum Haus meines Vaters ging, habe ich in der Vase nach einer Nachricht gesucht. Sie war so ungefähr das Einzige, was nicht zerbrochen war. Darin steckte ein Stück Schlingpflanze. Und das habe ich die letzten drei Wochen gemacht. Ich habe nach der Schlingpflanze gesucht, um herauszufinden, was die letzte Nachricht meines Vaters bedeutet. Und als ich sie fand, nun, da hat sie mich gestochen.« Er war froh, dass er endlich fertig war. Seine Zunge fühlte sich geschwollen an.

Zedd biss nachdenklich ein Stück Karotte ab. »Wie sah die Schlingpflanze aus?«

»Sie war... warte, ich habe ein Stück in meiner Tasche.« Er holte den Zweig hervor und warf ihn auf den Tisch.

»Verdammt!«, flüsterte Zedd. »Das ist eine Schlangenpflanze!«

Richard wurde eiskalt. Er kannte den Namen aus dem Geheimen Buch. Hoffentlich erfüllten sich nicht seine schlimmsten Befürchtungen.

Zedd lehnte sich zurück. »Nun, das Gute ist, ich kenne die Wurzel, mit der man das Fieber heilen kann. Das Schlechte ist, ich muss sie erst finden.« Zedd bat Kahlan, ihren Teil der Geschichte zu erzählen, es aber kurz zu machen, da er einiges zu erledigen hatte und nicht viel Zeit blieb. Richard musste an die Geschichte denken, die sie ihm am Vorabend unter dem

Baum erzählt hatte, und fragte sich, wie viel kürzer sie sie wohl machen konnte.

»Darken Rahl, der Sohn von Panis Rahl, hat die drei Kästchen der Ordnung ins Spiel gebracht«, sagte Kahlan schlicht.

»Ich bin gekommen, um den großen Zauberer zu suchen.«

Richard war wie vom Donner gerührt.

Aus dem Geheimen Buch, dem Buch der Gezählten Schatten, jenem Buch, das sein Vater ihn hatte auswendig lernen lassen, bevor sie es zerstört hatten, sprang ihm die Zeile ins Gedächtnis: *Und wenn die drei Kästchen der Ordnung ins Spiel gebracht werden, wird die Schlangenpflanze wachsen.* Richards schlimmste Albträume schienen lebendig zu werden. Die schlimmsten Albträume, die man sich nur denken konnte.

7. Kapitel

Schmerz und ein vom Fieber hervorgerufenes Schwindelgefühl ließen Richard nur undeutlich erkennen, dass sein Kopf auf den Tisch gesunken war. Er stöhnte, während seine Gedanken um die Bedeutung dessen kreisten, was Kahlan Zedd erzählt hatte: Die Prophezeiung aus dem Geheimen Buch der Gezählten Schatten war zum Leben erwacht. Dann war Zedd neben ihm, hob ihn auf die Beine und bat Kahlan, ihn ins Haus zu schaffen. Als er mit ihrer Hilfe zu gehen versuchte, schwankte der Boden unter seinen Füßen. Es war schwierig, aufrecht zu gehen. Sie legten ihn auf ein Bett und deckten ihn zu. Er hörte, wie sie sich unterhielten, ihre Worte jedoch, in seinem Kopf nur Gelalle, ergaben für ihn keinen Sinn.

Dunkelheit saugte seinen Verstand auf. Dann ein Licht. Er schien an die Oberfläche zu treiben und gleich wieder in die Tiefe zu trudeln. Er fragte sich, wer er war und was mit ihm geschah. Die Zeit verging, während sich der Raum drehte, wankte und kippte. Er hielt sich am Bett fest, um nicht abgeworfen zu werden. Manchmal wusste er, wo er war, und versuchte, sich verzweifelt an sein Wissen zu klammern ... nur um wieder in Dunkelheit zu versinken.

Sein Bewusstsein regte sich. Er wusste, dass Zeit verstrichen war, hatte allerdings keine Ahnung, wie viel. War es dunkel? Vielleicht waren nur die Vorhänge vorgezogen. Er merkte, wie ihm jemand einen kühlen, feuchten Lappen auf die Stirn legte. Seine Mutter strich ihm die Haare glatt. Ihre Berührung hatte etwas Tröstliches, Wohltuendes. Beinahe konnte er ihr Gesicht erkennen. Sie war so gut, immer sorgte sie sich um ihn.

Bis zu ihrem Tod. Er wollte heulen. Sie war tot. Trotzdem

strich sie ihm die Haare glatt. Das war nicht möglich, es musste jemand anderes sein. Aber wer? Dann fiel es ihm ein. Es war Kahlan. Er rief ihren Namen. Kahlan strich ihm übers Haar. »Ich bin hier.«

Dann fiel es ihm wieder ein, die Erinnerung überflutete ihn wie ein Sturzbach: die Ermordung seines Vaters, die Schlingpflanze, die ihn gestochen hatte, die vier Männer auf den Klippen, die Ansprache seines Bruders; wie ihm jemand in seinem Haus aufgelauert hatte, der Gar, das Irrlicht, das ihm gesagt hatte, entweder fände er die Antwort, oder er müsse sterben, was Kahlan erzählt hatte, dass die drei Kästchen der Ordnung ins Spiel gebracht worden waren, und sein Geheimnis, das Buch der Gezählten Schatten ...

Er erinnerte sich; sein Vater hatte ihn zu einem geheimen Ort in den Wäldern mitgenommen und ihm erzählt, wie er das Buch der Gezählten Schatten aus den Klauen jenes Monsters gerettet hatte, dass es bewacht werden sollte, bis sein Meister kam. Wie er es nach Westland gebracht hatte, um es vor den gierigen Händen zu schützen, Hände, von denen der Hüter des Buches nicht wusste, wie bedrohlich sie waren. Nach Ansicht seines Vaters bestand die Gefahr, solange das Buch existierte. Das darin enthaltene Wissen könne er allerdings nicht vernichten. Dazu habe er kein Recht, es gehöre dem Hüter des Buches und müsse sicher verwahrt werden, bis es zurückgegeben werden könne. Die einzige Möglichkeit sei, das Buch auswendig zu lernen und dann zu verbrennen. Nur so könne das Wissen bewahrt bleiben, ohne gestohlen zu werden, was sonst nicht geschähe.

Sein Vater hatte Richard ausgewählt. Dass er Richard wählte und nicht Michael, dafür hatte er seine ganz eigenen Gründe. Niemand durfte von dem Buch wissen, nicht einmal Michael, nur sein Hüter, niemand sonst. Vielleicht meinte er, es käme nie dazu. In diesem Fall hatte Richard das Buch an sein Kind weiterzugeben, und dieses dann an seins und so weiter, solange es erforderlich war. Sein Vater konnte ihm nicht sagen, wer der Hüter des Buches war, denn er wusste es nicht. Richard fragte, wie er denn den Hüter erkennen solle. Doch sein Vater meinte, die Antwort darauf müsse er schon selbst finden. Und nie, niemals dürfe er außer dem Hüter jemandem davon erzählen. Auch Michael nicht. Nicht mal seinem besten Freund Zedd. Richard hatte es bei seinem Leben geschworen. Tag auf Tag, Woche auf Woche, mit Unterbrechungen nur, wenn er auf Reisen war, hatte sein Vater ihn an jenen geheimen Ort tief in den Wäldern gebracht, wo er dasaß und zusah, wie Richard wieder und wieder das Buch las. Michael war gewöhnlich mit seinen Freunden unterwegs und zeigte kein Interesse, in die Wälder zu ziehen, selbst, wenn er zu Hause war. Und Richard besuchte Zedd auch dann häufig, wenn sein Vater zu Hause war, daher hatten beide keinen Anlass, nach dem Grund seiner häufigen Ausflüge in die Wälder zu fragen.

Anschließend schrieb Richard auf, was er auswendig gelernt hatte und verglich es mit dem Buch. Sein Vater verbrannte dann jedes Mal die Seiten und bat ihn, es zu wiederholen. Jeden Tag entschuldigte sich Richards Vater für die Bürde, die er ihm auferlegt hatte. Am Ende eines jeden Tages in den Wäldern bat er seinen Sohn um Vergebung.

Richard grollte nie, weil er das Buch auswendig lernen musste. Er betrachtete es als eine Ehre, von seinem Vater ins Vertrauen gezogen zu werden. Hundertmal schrieb er das Buch von Anfang bis Ende fehlerlos auf, bevor er sicher war, kein einziges Wort je zu vergessen. Jedes ausgelassene Wort bedeutete Unheil.

Als sein Vater sicher sein konnte, dass er das Buch auswendig gelernt hatte, legten sie das Buch zurück in sein Versteck zwischen den Felsen und ließen es dort drei Jahre liegen. Nach dieser Zeit, Richard hatte die Fünfzehn überschritten, kehrten sie eines Herbstes zurück. Sein Vater meinte, wenn er das ganze Buch ohne einen einzigen Fehler niederschreiben könne, hätte er perfekt gelernt, und sie dürften es verbrennen. Richard schrieb ohne zu zögern von Anfang bis Ende. Es war perfekt. Zusammen machten sie ein Feuer, warfen mehr als genügend Holz hinein, bis die Hitze sie zurücktrieb. Sein Vater reichte ihm das Buch und meinte, wenn er sicher sei, könne er es ins Feuer werfen. Richard hielt das Buch der Gezählten Schatten in der Armbeuge und strich mit den Fingern über den ledernen Einband. Er hielt das Vertrauen seines Vaters in den Händen, das Vertrauen aller, und er spürte die Last der Verantwortung. Dann übergab er das Buch dem Feuer. Seit diesem Augenblick war er kein Kind mehr.

Die Flammen umzüngelten das Buch, liebkosten es zärtlich, verschlangen es. Farben und Formen stiegen spiralförmig auf, und ein dröhnender Schrei wurde ausgestoßen. Seltsame Lichtstrahlen schossen gen Himmel. Ein Wind ließ ihre Umhänge flattern, während das Feuer Blätter und Äste in sich hineinsog, hinein in die Flammen und die Hitze. Phantome erschienen, breiteten die Arme aus, als nährte sie die Glut; ihre Stimmen rasten mit dem Wind davon. Die beiden standen wie versteinert, unfähig, sich zu bewegen, unfähig, sich von diesem Anblick abzuwenden. Glühende Hitze verwandelte sich in einen Wind, so kalt wie die tiefste Winternacht, ließ ihnen das Mark gefrieren, raubte ihnen den Atem. Dann war die Kälte verschwunden, und das Feuer verwandelte sich in weißes Licht, das alles mit seiner Helligkeit verschlang, so als stünden sie mitten in der Sonne. Und plötzlich war es vorbei. Stille trat ein. Das Feuer war aus. Rauchkringel stiegen langsam von dem geschwärzten Holz in die Herbstluft. Das Buch war verschwunden.

Richard wusste, was er gesehen hatte: Magie.

Richard spürte eine Hand auf seiner Schulter und öffnete die Augen. Es war Kahlan. Im Licht des Feuers, das durch die Tür hereinschien, sah er sie auf einem Stuhl sitzen, den sie dicht an sein Bett gezogen hatte. Zedds dicker, alter Kater lag schlafend zusammengerollt auf ihrem Schoß.

»Wo ist Zedd?«, fragte er mit schläfrigen Augen.

»Er ist unterwegs und sucht die Wurzel, die du brauchst.«

Ihre Stimme klang zart und beruhigend. »Es ist schon seit Stunden dunkel, er meinte aber, wir sollten uns keine Sorgen machen. Du würdest immer wieder mal aufwachen, wärst aber bis zu seiner Rückkehr sicher.«

Zum ersten Mal bemerkte Richard, dass sie die schönste Frau war, der er je begegnet war. Ihr Haar fiel wirr um Gesicht und Schultern, und sehr gern hätte er es berührt. Aber er tat es nicht. Es genügte, ihre Hand auf seiner Schulter zu spüren, zu wissen, sie war da und er nicht allein.

»Wie fühlst du dich?« Ihre Stimme war so sanft, so zart. Er konnte sich nicht vorstellen, wieso Zedd Angst vor ihr gehabt hatte.

»Ich würde lieber gegen das nächste Quadron kämpfen, als mich noch mal mit dieser Schlingpflanze einzulassen.«

Sie schenkte ihm dieses Lächeln, das eine intime Verbundenheit mit ihm auszudrücken schien, und tupfte ihm die Stirn mit dem Lappen ab. Er hob die Hand und ergriff ihr Handgelenk. Sie hielt inne und sah ihm in die Augen.

»Kahlan, Zedd ist seit vielen Jahren mein Freund. Er ist für mich wie ein zweiter Vater. Versprich mir, dass du nichts tust, was ihn verletzen könnte. Das könnte ich nicht ertragen.«

Sie blickte ihm beruhigend in die Augen. »Ich mag ihn auch. Sehr sogar. Er ist ein guter Mensch, genau wie du gesagt hast. Ich habe nicht die Absicht, ihm weh zu tun. Ich brauche nur seine Hilfe bei der Suche nach dem Zauberer.«

Er packte ihr Handgelenk fester. »Versprich es mir.«

»Alles wird gut werden, Richard. Er wird uns helfen.«

Er musste daran denken, wie sie seine Kehle gepackt und ihn angesehen hatte, als sie dachte, er wolle sie mit einem Apfel vergiften. »Versprich es mir.«

»Ich habe bereits mein Wort gegeben, anderen, von denen einige ihr Leben gelassen haben. Ich bin dem Leben anderer verpflichtet. Vieler anderer.«

»Versprich es mir.«

Mit der anderen Hand berührte sie seine Wange. »Tut mir leid, Richard, aber ich kann nicht.«

Er ließ ihr Handgelenk los, wandte sich ab und schloss die Augen. Sie nahm die Hand von seinem Gesicht. Er dachte an das Buch, an seine ganze Bedeutung, und merkte, wie egoistisch sein Wunsch war. Sollte er sie hereinlegen, um Zedd zu retten, nur damit er zusammen mit ihnen starb? Sollte er alle anderen zu Tod oder Sklaverei verdammen, nur damit sein Freund ein paar Monate länger lebte? Konnte er sogar sie, für nichts, dem Tod überlassen? Er schämte sich wegen seiner Dummheit. Er hatte kein Recht, ein solches Versprechen von ihr zu verlangen. Es wäre falsch, wenn sie sich darauf einließe. Glücklicherweise hatte sie ihm nichts vorgemacht. Zedd hatte sich zwar nach ihren Schwierigkeiten erkundigt, aber deshalb würde er ihr noch lange nicht gegen eine Gefahr von jenseits der Grenze helfen.

»Kahlan, das Fieber macht mich zum Narren. Verzeih mir bitte. Ich kenne niemanden, der so mutig wäre wie du. Ich weiß, du versuchst, uns alle zu retten. Zedd wird uns helfen, dafür werde ich sorgen. Versprich mir zu warten, bis es mir besser geht. Gib mir Gelegenheit, ihn zu überzeugen.«

Sie drückte seine Schulter. »Das Versprechen kann ich dir geben. Ich weiß, wie viel dir an deinem Freund liegt. Ich würde verzweifeln, wenn es anders wäre. Das macht dich nicht zum Narren. Ruh dich jetzt aus.«

Er versuchte, die Augen offen zu halten, denn sobald er sie schloss, begann sich alles zu drehen. Doch das Reden hatte an seiner Kraft gezehrt, und kurz darauf umschloss ihn wieder Dunkelheit. Wieder einmal wurden seine Gedanken ins Nichts gesogen. Gelegentlich näherte er sich der Schwelle des Wachseins, und durchlebte beunruhigende Träume; manchmal war die Dunkelheit so dicht, dass nicht einmal mehr Platz für Trugbilder war.

Der Kater erwachte und stellte die Ohren auf. Richard schlief weiter. Geräusche, die nur eine Katze hören konnte, ließen sie von Kahlans Schoß springen, zur Tür traben, wo sie sich abwartend auf die Hinterbeine setzte. Kahlan wartete ebenfalls, und da sich das Fell des Katers nicht sträubte, blieb sie bei Richard. Von draußen war eine dünne Stimme zu hören.

»Kater? Kater! Wo steckst du? Na, von mir aus bleib einfach draußen.« Knarrend öffnete sich die Tür. »Da steckst du.« Der Kater lief zur Tür hinaus. »Ganz wie du willst!«, rief Zedd ihm nach. »Wie geht es Richard?«, fragte er.

Kahlan blieb sitzen, als er den Raum betrat. »Er ist ein paarmal aufgewacht, aber jetzt schläft er. Hast du die Wurzel gefunden, die du brauchst?«

»Sonst wäre ich nicht hier. Hat er etwas gesagt, als er aufgewacht ist?«

Kahlan lächelte den alten Mann von unten herauf an. »Nur, dass er sich um dich sorgt.«

Er kehrte um und verschwand brummend im Vorderzimmer. »Und zwar nicht ohne guten Grund.«

Er setzte sich an den Tisch, schälte die Wurzeln und schnitt sie in hauchdünne Scheiben, die er mit etwas Wasser in einen Topf gab. Dann hängte er den Topf übers Feuer. Bevor er zum Regal ging, um einige verschieden große Gläser herunterzunehmen, warf er die Schalen und zwei Scheite ins Feuer. Ohne Zögern wählte er erst ein Glas, dann ein zweites aus und schüttete die verschiedenfarbigen Pulver in einen schwarzen Mörser aus Stein. Mit einem weißen Stößel zerrieb er das Rot, Blau, Gelb, Braun und Grün, bis alles zusammen die Farbe trockenen Schlamms hatte. Er befeuchtete eine Fingerspitze und stippte sie zum Probieren in den Mörser. Er schmeckte ab, machte ein überraschtes Gesicht, schnalzte mit den Lippen und überlegte. Schließlich lächelte er und nickte zufrieden. Er schüttete das Pulver in den Topf und nahm eine Kelle von einem Haken neben dem Kamin. Langsam rührend beobachtete er, wie das Gebräu köchelte. Fast zwei Stunden saß er so da. Endlich entschied er, das Werk sei vollbracht, und setzte den schweren Topf zum Abkühlen auf den Tisch.

Zedd suchte eine Schale und ein Tuch und bat Kahlan nach einer Weile, ihm zu helfen. Sie eilte an seine Seite, und er erklärte ihr, wie sie das Tuch über der Schale halten musste, während er die Mixtur durchseihte.

Er machte eine wirbelnde Bewegung mit dem Finger. »Und jetzt wringe das Tuch aus, um die Flüssigkeit herauszupressen. Wenn alles herausgepresst ist, wirf das Tuch und was darin hängen geblieben ist, ins Feuer.« Sie sah ihn verwirrt an. »Was im Tuch bleibt, ist Gift. Richard müsste jetzt jeden Augenblick aufwachen, dann geben wir ihm die Flüssigkeit in der Schale. Drück du weiter das Tuch aus, ich sehe inzwischen nach ihm.«

Zedd ging ins Schlafzimmer, beugte sich über Richard und stellte fest, dass er in tiefer Bewusstlosigkeit lag. Er drehte sich um und sah Kahlan, die ihm den Rücken zuwandte und ihre

Arbeit erledigte. Er beugte sich vor und legte Richard den Mittelfinger auf die Stirn. Richard riss die Augen auf.

»Wir haben Glück, meine Liebe!«, rief er hinüber in den anderen Raum, »er ist gerade aufgewacht. Jetzt bring die Schale.« Richard zwinkerte mit den Augen. »Zedd? Alles in Ordnung? Auch mit dir?«

»Ja, ja, alles bestens.«

Kahlan kam herein und hielt die Schale vorsichtig, um nichts zu verschütten. Zedd half Richard auf, damit er trinken konnte. Als er fertig war, half er ihm wieder beim Hinlegen.

»Das wird dich schläfrig machen und das Fieber senken. Wenn du das nächste Mal aufwachst, bist du wieder gesund, mein Wort darauf. Mach dir also keine Sorgen mehr und ruh dich aus.«

»Danke, Zedd...« Richard war eingeschlafen, bevor er noch mehr sagen konnte.

Zedd ging und kehrte mit einem Blechteller zurück. Er bestand darauf, dass Kahlan sich auf den Stuhl setzte. »Der Dorn verträgt die Wurzel nicht«, erklärte er. »Er wird seinen Körper verlassen müssen.« Er schob den Teller unter Richards Hand, setzte sich auf die Bettkante und wartete. Sie lauschten auf Richards tiefen Atem und das Knacken des Feuers aus dem Nebenzimmer. Ansonsten war es still im Haus. Zedd war es, der als Erster das Schweigen brach.

»Für einen Konfessor ist es gefährlich, allein zu reisen, meine Liebe. Wo ist dein Zauberer?«

Sie sah ihn mit müden Augen an. »Mein Zauberer hat sich bei einer Königin verdingt.«

Zedd runzelte ungläubig die Stirn. »Er hat seine Pflichten gegenüber den Konfessoren aufgegeben? Wie lautet sein Name?«

»Giller.«

»Giller«, wiederholte er den Namen mit säuerlicher Miene. Er beugte sich zu ihr vor. »Und warum hat dich kein anderer begleitet?«

Sie sah ihm fest ins Gesicht. »Weil sie alle tot sind, gestorben durch ihre eigene Hand. Sie sind vor ihrem Tod alle zusammengekommen und haben ein Netz gesponnen, um mich un-

ter der Führung eines Irrlichts sicher durch die Grenze zu bringen.« Zedd erhob sich, als er das hörte. Trauer und Sorge gruben sich in sein Gesicht. Er strich sich übers Kinn.
»Du hast die Zauberer gekannt?«, wollte sie wissen.
»Aber ja. Ich habe lange in den Midlands gelebt.«
»Und den großen Zauberer? Kennst du den auch?«
Zedd lächelte, ordnete sein Gewand und setzte sich wieder.
»Du bist hartnäckig, meine Liebe. Ja, ich habe den alten Zauberer einmal getroffen. Aber selbst wenn du ihn fändest, glaube ich nicht, dass er etwas mit dieser Geschichte zu tun haben möchte. Ich glaube, er würde den Midlands nicht helfen.«
Kahlan beugte sich vor und ergriff seine Hand. Ihre Stimme war sanft, aber nachdrücklich.

»Zedd, es gibt viele in den Midlands, die mit dem Hohen Rat und seiner Gier alles andere als einverstanden sind. Sie hätten es gern anders, aber es sind nur einfache Menschen, die nichts zu sagen haben. Sie wollen nur in Frieden leben. Darken Rahl hat die Lebensmittel beschlagnahmt, die für den kommenden Winter eingelagert worden waren, und sie an die Armee verteilt. Sie schmeißen sie weg oder lassen sie verfaulen. Oder sie verkaufen sie den Leuten, denen sie sie gestohlen haben. Schon jetzt hungern viele, und diesen Winter wird es Tote geben. Das Feuer wurde geächtet. Die Menschen frieren. Rahl behauptet, dies alles sei der Fehler des großen Zauberers, weil er sich nicht als Volksfeind vor Gericht hat stellen lassen. Er behauptet, sie hätten all dies dem Zauberer zu verdanken, er sei an allem schuld. Wieso, erklärt er nicht. Viele glauben es trotzdem. Viele glauben alles, was Rahl sagt, obwohl sie nur die Augen zu öffnen brauchten, um zu sehen, dass es nicht stimmt.

Die Zauberer waren ständig in Gefahr. Man hatte ihnen per Erlass die Anwendung von Magie verboten. Sie wussten, früher oder später würde sie gegen die Menschen ausgespielt werden. Vielleicht haben sie in der Vergangenheit Fehler begangen und ihren Lehrer enttäuscht, aber das Wichtigste, was sie gelernt hatten, war, die Menschen zu schützen und ihnen keinen Schaden zuzufügen. In einem Akt reiner Liebe für die

Menschen haben sie ihr Leben geopfert, um Darken Rahl aufzuhalten. Ich glaube, ihr Lehrer wäre stolz auf sie gewesen. Aber es geht nicht um die Midlands. Die Grenze zwischen D'Hara und den Midlands ist gefallen, die Grenze zwischen den Midlands und Westland wird schwächer, und bald wird auch sie fallen. Die Menschen werden von dem beherrscht werden, was sie am meisten fürchten: Magie. Entsetzliche, grauenerregende Magie, wie niemand von ihnen sie sich vorstellen kann.«

Zedd zeigte keine Rührung, erhob weder Einwand noch Einwurf. Er hörte nur zu. Er überließ ihr auch weiterhin seine Hand.

»Gegen all das könnte der große Zauberer Einwände vorbringen, doch dass Darken Rahl die Drei Kästchen der Ordnung ins Spiel gebracht hat, ist etwas völlig anderes. Wenn ihm das gelingt, wird es am ersten Tag des Winters für alle zu spät sein. Auch für den Zauberer. Rahl ist bereits auf der Suche nach ihm, er will sich persönlich an ihm rächen. Viele sind bereits gestorben, weil sie seinen Namen nicht preisgeben konnten. Öffnet Rahl jedoch das richtige Kästchen, wird er uneingeschränkte Macht über alles Leben besitzen, und dann ist auch der Zauberer in seiner Hand. Er kann sich in Westland verstecken, so lange er will, am ersten Tag des Winters ist es vorbei. Dann hat Darken Rahl ihn in der Hand.«

Sie wirkte verbittert. »Zedd, Darken Rahl hat mit Hilfe der Quadrone alle anderen Konfessoren getötet. Ich habe meine Schwester gefunden, nachdem sie mit ihr fertig waren. Sie starb in meinen Armen. Jetzt, wo all die anderen tot sind, bin nur noch ich übrig. Die Zauberer hatten gewusst, dass ihr Lehrer ihnen nicht helfen wollte, also haben sie mich geschickt, als letzte Hoffnung. Er hilft sich selbst, wenn er mich unterstützt, und sollte er zu töricht sein, um das einzusehen, dann muss ich meine Macht gegen ihn richten und ihn dazu zwingen.«

Zedd zog eine Braue hoch. »Und was soll ein alter, vertrockneter Zauberer gegen die Macht eines Darken Rahl ausrichten?« Jetzt war er es, der ihre Hand hielt.

»Er muss einen Sucher ernennen.«

»Was?« Zedd sprang auf. »Meine Liebe, du weißt nicht, was du da sagst.«

Kahlan lehnte sich ein wenig verwirrt zurück. »Was meinst du?«

»Sucher ernennen sich selbst. Der Zauberer bestätigt in gewisser Weise nur das Geschehene und macht es amtlich.«

»Ich verstehe nicht. Ich dachte, der Zauberer sucht den Richtigen aus.«

Zedd lehnte sich zurück und strich sich übers Kinn. »In gewisser Weise stimmt das auch, aber andersherum. Ein wahrer Sucher, jemand, der den Ausschlag geben kann, muss sich selbst als Sucher zu erkennen geben. Der Zauberer zeigt nicht mit dem Finger auf irgendjemanden und sagt: ›Hier ist das Schwert der Wahrheit, jetzt bist du der Sucher.‹ Eigentlich hat er in dieser Angelegenheit gar keine Wahl. Man kann nicht Sucher werden. Man muss einfach Sucher sein und dies durch seine Taten unter Beweis stellen. Um sicherzugehen, muss ein Zauberer jemanden über Jahre beobachten. Ein Sucher muss nicht der Gerissenste sein, nur eben der Richtige. Es muss einfach in ihm stecken. Ein wahrer Sucher ist selten.

Der Sucher stellt einen Scheitelpunkt der Macht dar. Seine Ernennung ist durch den Rat eine politische Sache geworden, ein Knochen, den sie einem der seibernden Köter zu ihren Füßen vorwerfen können. Es ist ein gefragter Posten, wegen der Macht, über die ein Sucher verfügt. Aber der Rat hat nichts begriffen. Nicht das Amt verleiht dieser Person Macht, sondern umgekehrt.«

Er rückte näher. »Kahlan, du wurdest geboren, nachdem der Rat sich diese Macht angeeignet hatte, also hast du vielleicht in jungen Jahren einen Sucher gesehen. Doch zu jener Zeit haben die Sucher sich nur den Anschein gegeben; einen echten hast du nie zu Gesicht bekommen.« Er riss die Augen auf, als er das erzählte. Seine Stimme war leise und voller Leidenschaft. »Ich habe gesehen, wie ein wahrer Sucher durch eine schlichte Frage einen König in seinen Stiefeln erzittern ließ. Wenn ein wahrer Sucher das Schwert der Wahrheit zieht...«

Er reckte die Arme empor und rollte verzückt die Augen. »Der

Anblick gerechten Zorns kann etwas sehr Erhabenes sein.« Kahlan musste angesichts seiner Erregung lächeln. »Die Guten kann er vor Freude erbeben lassen, die Schlechten vor Furcht.« Sein Gesicht wurde wieder ernst. »Aber die meisten glauben die Wahrheit selbst dann nicht, wenn sie sie sehen, und schon gar nicht, wenn sie nicht wollen. Dadurch bekommt die Stellung eines Suchers etwas Gefährliches. Er ist allen im Weg, die die Macht untergraben. Er zieht Blitze von vielen Seiten an. Meist ist er auf sich allein gestellt und oft nicht mal für lange.«

»Das Gefühl kenne ich gut«, sagte sie mit einem Anflug von Lächeln.

Zedd beugte sich weiter vor. »Ich glaube, sogar ein Sucher wird gegen Darken Rahl nicht lange durchhalten. Außerdem, was kommt danach?«

Sie ergriff wieder seine Hand. »Wir müssen es versuchen, Zedd. Es ist unsere einzige Chance. Wenn wir sie nicht nutzen, ist es aus.«

Er setzte sich auf, rückte von ihr ab. »Wen immer der Zauberer aussucht, er wird sich in den Midlands nicht auskennen. Er hätte dort keine Chance. Es wäre ein Todesurteil für denjenigen.«

»Das ist ein weiterer Grund, weshalb man mich geschickt hat. Ich soll ihm als Führer dienen, ihm zur Seite stehen, und wenn es sein muss, mein Leben opfern und helfen, ihn zu beschützen. Konfessoren verbringen ihr Leben damit, in den Ländern herumzureisen. Ich war fast überall in den Midlands. Ein Konfessor wird von Geburt an in Sprachen unterrichtet. Das muss auch so sein, weil er nie weiß, wohin er geschickt wird. Ich spreche alle großen und die meisten kleinen Sprachen. Und was das Auf-sich-Ziehen von Blitzen anbelangt, bekommt ein Konfessor durchaus seinen Teil ab. Wären wir leicht zu töten, würde Darken Rahl keine Quadrone losschicken, die das erledigen sollen. Viele sind dabei schon draufgegangen. Ich kann dabei helfen, den Sucher zu beschützen. Mit meinem Leben, wenn es sein muss.«

»Dein Vorschlag würde einen Sucher nur in fürchterliche Lebensgefahr bringen, meine Liebe. Und dich auch.«

Sie zog eine Braue hoch. »Ich werde bereits verfolgt. Wenn du einen besseren Vorschlag hast, sag es.«

Zedd atmete erschöpft durch. Richard stöhnte. Der alte Mann stand auf. »Es ist so weit.«

Kahlan stand neben ihm, als er Richards Arm am Handgelenk hochhob und die verwundete Hand über den Blechteller hielt. Blut tropfte auf den Teller. Der Dorn fiel mit einem leisen, feuchten Platschen heraus. Kahlan wollte danach greifen.

Zedd packte ihr Handgelenk. »Tu das nicht, meine Liebe. Jetzt, wo er aus seinem Wirt vertrieben ist, wird der Dorn versuchen, einen neuen zu finden. Pass auf.«

Sie zog ihre Hand zurück, als er seinen knochigen Finger ein paar Zentimeter von dem Dorn entfernt auf den Teller legte. Zappelnd krabbelte der Dorn, eine dünne Blutspur hinter sich herziehend, auf den Finger zu. Er zog seinen Finger zurück und reichte ihr den Teller. »Halte ihn von unten und bring ihn zum Kamin. Leg ihn mit der Oberseite nach unten auf das Feuer und lass ihn dort.«

Während sie tat, worum Zedd sie gebeten hatte, säuberte er die Wunde und behandelte sie mit einer Salbe. Als Kahlan zurückkehrte, hielt er Richards Hand und sie verband sie. Zedd beobachtete ihre Hände.

»Warum hast du ihm nicht gesagt, dass du ein Konfessor bist?« Seine Stimme klang hart.

Ihre Antwort klang ebenso hart. »Wegen deines Benehmens, als du erkannt hast, dass ich ein Konfessor bin.« Sie wartete und fuhr freundlicher fort: »Irgendwie sind wir Freunde geworden. Das war mir neu. Mein ganzes Leben habe ich solche Reaktionen wie deine erlebt. Sobald ich mit dem Sucher aufbreche, werde ich es ihm erzählen. Bis dahin würde ich gerne seine Freundschaft gewinnen. Ist das zu viel verlangt, das ganz menschliche Bedürfnis nach Freundschaft? Sie wird früh genug enden, wenn ich es ihm erzähle.«

Als sie fertig war, legte Zedd ihr einen Finger unters Kinn, hob ihren Kopf und lächelte sie gütig an. »Ich habe mich dumm benommen, als ich dich zum ersten Mal sah. Hauptsächlich deswegen, weil ich überrascht war, einen Konfessor zu sehen. Ich hatte nicht damit gerechnet, jemals wieder einem zu begegnen. Ich habe die Midlands verlassen, weil ich mich von der Magie lösen wollte. Du bist in meine Einsamkeit eingedrungen. Ich möchte mich für mein Benehmen und den unfreundlichen Empfang entschuldigen. Ich hoffe, ich habe es wiedergutgemacht. Ich habe Respekt vor Konfessoren, vielleicht mehr als du ahnst. Du bist eine gute Frau. Sei willkommen in meinem Haus.«

Kahlan blickte ihm lange in die Augen. »Danke, Zeddicus Zu'l Zorander.«

Zedd machte ein Gesicht, noch bedrohlicher als ihres bei ihrer ersten Begegnung. Wie erstarrt stand sie da, und er hielt seinen Finger immer noch unter ihr Kinn. Sie hatte Angst, sich zu bewegen, die Augen weit aufgerissen.

»Du sollst allerdings wissen, Mutter Konfessor«, seine Stimme war wenig mehr als ein Flüstern und tödlich, »dieser Junge ist seit sehr langer Zeit schon mein Freund. Wenn du ihn mit deiner Macht berührst oder ihn erwählst, wirst du mir Rede und Antwort stehen müssen. Und das wird dir nicht gefallen. Hast du verstanden?«

Sie schluckte heftig und brachte ein schwaches Nicken zustande. »Ja.«

»Gut.« Das Bedrohliche wich aus seinem Gesicht, Gelassenheit trat wieder an seine Stelle. Er nahm den Finger von ihrem Kinn und wandte sich Richard zu.

Kahlan atmete durch. Sie war nicht bereit, sich einschüchtern zu lassen. Sie packte ihn am Arm und riss ihn herum. »Zedd, das würde ich ihm niemals antun. Nicht, weil du mir gedroht hast, sondern weil ich ihn mag. Ich möchte, dass du das begreifst.«

Sie sahen sich lange in die Augen. Dann kehrte, entwaffnend wie immer, Zedds schelmisches Grinsen zurück.

»Ich habe dir die Wahl gelassen, meine Liebe. So wäre es mir am liebsten.«

Sie entspannte sich. Sie war zufrieden, weil sie ihren Standpunkt klargestellt hatte, und nahm ihn kurz in den Arm. Er erwiderte die Geste aufrichtig.

»Eins hast du bislang noch nicht erwähnt. Du hast mich nicht um Hilfe bei der Suche nach dem Zauberer gebeten.«
»Nein, und das möchte ich auch jetzt noch nicht. Richard hat Angst davor, was ich tue, wenn du ablehnst. Ich habe versprochen, dich erst zu fragen, wenn er selbst Gelegenheit dazu gehabt hat. Ich habe ihm mein Wort gegeben.«
Zedd legte einen knochigen Finger an sein Kinn. »Wie interessant.« Er legte ihr die Hand verschwörerisch auf die Schulter und wechselte das Thema. »Weißt du, meine Liebe, du würdest dich auch gut als Sucher machen.«
»Ich? Kann eine Frau Sucher sein?«
Er zeigte ein überraschtes Gesicht. »Natürlich. Einige der besten Sucher waren Frauen.«
»Ich habe bereits eine unlösbare Aufgabe«, sagte sie stirnrunzelnd. »Eine zweite kann ich nicht brauchen.«
Zedd lachte, seine Augen funkelten. »Vielleicht hast du recht. Es ist spät, meine Liebe. Leg dich nebenan in mein Bett und hol dir den Schlaf, den du brauchst. Ich bleibe bei Richard.«
»Nein!« Sie schüttelte den Kopf und ließ sich auf den Stuhl fallen. »Ich möchte ihn noch nicht allein lassen.«
Zedd zuckte mit den Schultern. »Wie du willst.« Er trat hinter sie und klopfte ihr beruhigend auf die Schultern. »Wie du willst.« Sachte legte er ihr die Mittelfinger rechts und links an die Schläfen und begann, sie in kleinen Kreisen zu massieren. Mit einem leisen Stöhnen schloss sie die Augen. »Schlafe, meine Liebe«, flüsterte er. »Schlafe.« Sie legte die Arme auf die Bettkante und ließ den Kopf darauf sinken. Sie war fest eingeschlafen. Nachdem er ihr eine Decke übergelegt hatte, ging Zedd ins Vorderzimmer, zog die Tür auf und blickte hinaus in die Nacht.
»Kater! Komm her, ich brauche dich.« Der Kater lief herein und rieb sich mit aufgestelltem Schwanz an seinen Beinen. Er bückte sich und kraulte ihn hinter den Ohren. »Geh und schlafe im Schoß der jungen Frau. Halte sie warm.« Der Kater trottete ins Schlafzimmer, während der alte Mann in die nachtkalte Luft hinaustrat.

Der Wind fuhr Zedd in die Kleider, als er den schmalen Pfad durch das hohe Gras entlangging. Die Wolken waren dünn und ließen genug Licht durch, um sehen zu können, obwohl er das nicht nötig hatte. Er war diesen Weg Tausende Male gegangen.
»Nichts ist jemals einfach«, murmelte er im Gehen.
In der Nähe einer Baumgruppe blieb er stehen und lauschte. Langsam drehte er sich im Kreis, linste in die Schatten, beobachtete, wie sich die Zweige im Wind wiegten, und sog die Luft prüfend durch die Nase. Er hielt Ausschau nach einer unvertrauten Bewegung.
Eine Mücke stach ihn in den Nacken. Ärgerlich schlug er danach, pickte den Quälgeist vom Hals und sah ihn wütend an. »Blutmücke. Verdammt. Das habe ich mir gedacht«, murmelte er.
Aus einem Gebüsch ganz in der Nähe ging etwas in furchterregendem Tempo auf ihn los. Flügel, Pelz und Zähne griffen an. Zedd wartete, die Hände in die Hüften gestemmt. Kurz bevor es ihn erreicht hatte, hielt er eine Hand in die Höhe und brachte den kurzschwänzigen Gar schlingernd zum Stehen. Er war anderthalbmal so groß wie er, voll ausgewachsen und doppelt so bösartig wie ein langschwänziger Gar. Das Monster kniff knurrend die Augen zusammen und spannte die Muskeln an, als wollte es gegen jene Kraft ankämpfen, die es daran hinderte, sich den Alten zu greifen – wütend, dass es ihn nicht schon längst getötet hatte.
Zedd hob die Hand und forderte es mit einem lockend gekrümmten Finger auf, sich vorzubeugen. Keuchend vor Wut, tat der Gar wie ihm geheißen. Zedd rammte ihm den Finger hart unters Kinn.
»Wie lautet dein Name?«, zischte er. Das Monster grunzte zweimal und machte tief in einer Kehle ein Geräusch. Zedd nickte. »Ich werde ihn nicht vergessen. Sag mir, willst du leben oder sterben?« Der Gar wollte zurückweichen, konnte es aber nicht. »Gut. Dann wirst du genau tun, was ich sage. Irgendwo zwischen hier und D'Hara ist ein Quadron auf dem Weg hierher. Spür es auf und töte sie alle. Wenn das erledigt ist, gehe zurück nach D'Hara, woher du gekommen bist. Tu es,

und ich werde dich leben lassen. Ich werde mich jedoch immer an deinen Namen erinnern. Doch wenn es dir nicht gelingt, das Quadron zu töten, oder du nach Erledigung deiner Aufgabe zurückkommen solltest, werde ich dich töten und deinen Fliegen zum Fraß vorwerfen. Bist du mit meinen Bedingungen einverstanden?« Der Gar fügte sich mit einem Grunzen. »Gut. Dann mache dich auf den Weg.« Zedd nahm seinen Finger von seinem Kinn. Das Monster hatte es eilig, zu verschwinden, schlug wild mit den Schwingen und zertrampelte stolpernd das Gras. Endlich war der Gar in der Luft. Zedd verfolgte, wie er auf der Suche nach dem Quadron kreiste. Die Suche führte ihn immer weiter nach Osten, die Kreise schienen kleiner zu werden, bis der alte Mann das Monster nicht mehr sehen konnte. Erst dann setzte er den Weg zum höchsten Punkt des Hügels fort.

Zedd stellte sich neben seinen Wolkenstein und machte mit seinem knochigen Finger eine kreisende Bewegung, als rührte er in einem Topf. Knirschend versuchte der massige Stein, Zedds Fingerbewegung zu folgen. Der Stein vibrierte, versuchte, seine Masse zu drehen. Er zerbrach knallend und krachend, feine Haarrisse zuckten über seine Oberfläche. Zitternd wehrte sich der massige Stein gegen die auf ihn einwirkende Kraft. Er konnte seinen Zustand nicht länger aufrechterhalten und verflüssigte sich, bis seine Masse synchron mit dem darübergehaltenen Finger kreisen konnte. Langsam beschleunigte Zedd seine Rührbewegung, bis aus dem kreisenden, flüssigen Gestein Licht hervorbrach. Das Licht gewann mit dem Tempo von Zedds Hand an Intensität. Farben und Lichtfunken wirbelten im Kreis, Schatten und Gestalten erschienen inmitten des Lichts und verschwanden, während die diffuse Helligkeit zunahm. Sie drohte, die Luft ringsum in Brand zu setzen. Es entstand ein dumpfes Rauschen, wie das Geräusch des Windes, der durch einen feinen Riss strömt. Die herbstlichen Düfte wichen der Klarheit des Winters, dann dem Aroma frisch gepflügten Frühjahrsbodens, von Sommerblumen. Dann roch es wieder nach Herbst. Eine reine, klare Helligkeit verscheuchte Farben und Funken.

Plötzlich wurde der Fels fest, und Zedd stellte sich auf ihn, ins Licht. Die Helligkeit schwand zu einem schwachen Glühen, das sich kräuselte wie Rauch. Vor ihm standen zwei Erscheinungen, bloße Schatten einer Gestalt.

Die Stimme seiner Mutter ertönte hohl und wie aus der Ferne. »Was bedrückt dich, Sohn? Warum hast du uns gerufen, nach so vielen Jahren?« Sie streckte die Arme nach ihm aus. Zedd wollte sie berühren, doch seine Arme reichten nicht bis zu ihr. »Mich bedrückt, was Mutter Konfessor mir erzählt.«

»Sie spricht die Wahrheit.«

Er schloss die Augen und nickte. Die beiden senkten die Arme. »Dann stimmt es also. Alle meine Lehrlinge sind tot, bis auf Giller.«

»Du bist der Einzige, der noch übrig ist, um Mutter Konfessor zu beschützen.« Sie glitt näher. »Du musst einen Sucher ernennen.«

»Der Oberste Rat hat diese Saat gesät«, warf er stirnrunzelnd ein. »Und jetzt willst du, dass ich sie ernte? Sie haben meinen Rat abgelehnt. Sollen sie ihrer Gier frönen und sterben.«

Zedds Vater schwebte dichter heran. »Mein Sohn, warum hast du dich über deine Lehrlinge geärgert?«

Zedd machte ein finsteres Gesicht. »Weil sie sich über die Pflicht gestellt haben, ihrem Volk zu helfen.«

»Verstehe. Und wie unterscheidet sich das von dem, was du jetzt tust?« Seine Stimme hallte durch die Luft.

Zedd ballte die Fäuste. »Ich habe meine Hilfe angeboten, aber sie wurde abgelehnt.«

»Wann hat es keine Blinden, Törichten oder Gierige gegeben? Lässt du dich so leicht von ihnen unterkriegen? Lässt du dich so einfach daran hindern, denen zu helfen, die sich helfen lassen wollen? Dein Volk zu verlassen mag dir, im Gegensatz zu dem, was deine Lehrlinge taten, aus irgendwelchen Gründen gerecht erscheinen. Das Ergebnis ist jedoch das gleiche. Sie haben am Ende ihren Fehler erkannt und das Richtige getan, wie du es ihnen beigebracht hast. Lerne von deinen Lehrlingen, Sohn.«

»Zeddicus«, sagte seine Mutter. »Willst du Richard sterben lassen wie all die anderen Unschuldigen? Ernenne den Sucher.«
»Er ist zu jung.«
Sie schüttelte nachsichtig lächelnd den Kopf. »Er wird keine Gelegenheit haben, älter zu werden.«
»Noch hat er meinen abschließenden Test nicht bestanden.«
»Darken Rahl macht Jagd auf Richard. Die Wolke, deren Schatten auf ihn fällt, wurde von Darken Rahl auf ihn angesetzt. Darken Rahl hat die Schlangenpflanze für ihn in die Vase gestellt, damit Richard nach ihr suchen und sie ihn stechen würde. Sie hat ihn nicht töten sollen; Rahl wollte ihn durch das Fieber einschläfern, bis er Gelegenheit hatte, ihn zu holen.« Ihre Gestalt schwebte näher, ihre Stimme wurde liebevoller. »In deinem Herzen hast du die Hoffnung gehegt, er würde sich als der Erwählte zeigen.«
»Wem sollte das nutzen?« Zedd schloss die Augen und ließ das Kinn auf die Brust sinken. »Darken Rahl verfügt über die drei Kästchen der Ordnung.«
»Nein«, sagte sein Vater. »Er hat nur zwei. Das dritte sucht er noch.«
Zedd riss die Augen auf, sein Kopf schnellte hoch. »Was! Er hat sie nicht alle?«
»Nein«, meinte seine Mutter. »Aber lange wird es nicht mehr dauern.«
»Und das Buch? Gewiss hat er doch das Buch der Gezählten Schatten?«
»Nein. Er sucht noch danach.«
Zedd legte seinen Finger ans Kinn und dachte nach. »Dann besteht eine Chance«, flüsterte em. »Welcher Narr würde die Kästchen der Ordnung ins Spiel bringen, bevor er nicht alle drei und auch das Buch besitzt?«
Seine Mutter blickte ihn eiskalt an. »Jemand, der sehr gefährlich ist. Er hat Zutritt zur Unterwelt.« Zedd erstarrte, der Atem stockte ihm in der Kehle. Seine Mutter schien ihn mit ihrem Blick zu durchbohren. »So konnte er die Grenze überwinden und das erste Kästchen zurückbekommen: durch sei-

nen Zutritt zur Unterwelt. So konnte er auch die Auflösung der Grenze in Gang setzen: aus der Unterwelt. Er hat dort Macht über einige, und jedes Mal wenn er kommt, werden es mehr. Sei gewarnt, solltest du dich entschließen zu helfen. Gehe nicht durch die Grenze, und schicke auch den Sucher nicht hindurch. Rahl erwartet genau das. Betrittst du sie, bist du in seiner Gewalt. Mutter Konfessor ist nur deswegen durchgekommen, weil er das nicht erwartet hatte. Denselben Fehler wird er nicht noch einmal machen.«

»Aber wie soll ich dann in die Midlands gelangen? Wenn ich nicht in die Midlands komme, kann ich nicht helfen.« Zedds Stimme war vor Enttäuschung gespannt.

»Es tut uns leid, doch das wissen wir nicht. Es wird wohl einen Weg geben, aber wir kennen ihn nicht. Deswegen musst du einen Sucher ernennen. Wenn es der Richtige ist, wird er einen Weg finden!« Ihre Gestalten begannen zu flimmern, zu verblassen.

»Wartet! Erst muss ich die Antwort auf meine Frage haben! Bitte verlasst mich nicht!«

»Es tut uns leid, aber diese Entscheidung liegt nicht bei uns. Wir werden hinter den Schleier zurückgerufen.«

»Warum ist Rahl hinter Richard her? So helft mir doch.«

Die Stimme seines Vaters war schwach und kam aus weiter Ferne. »Wir wissen es nicht. Du musst selbst nach den Antworten suchen. Wir haben dich gut vorbereitet. Du bist begabter, als wir es je waren. Gebrauche, was du gelernt hast und was du fühlst. Wir lieben dich, Sohn. Bis dies erledigt ist, so oder so, werden wir nicht mehr zu dir kommen können. Nachdem die Ordnung ins Spiel gebracht wurde, könnte dies den Schleier zerreißen.«

Seine Mutter warf ihm einen Handkuss zu. Er tat es ihr nach, dann waren die beiden verschwunden.

Zeddicus Zu'l Zorander, der große ehrenvolle Zauberer, stand allein auf dem Zaubererfelsen, den sein Vater ihm vermacht hatte, starrte hinaus in die Nacht und hing den Gedanken eines Zauberers nach.

»Nichts ist jemals einfach«, flüsterte er.

8. Kapitel

ichard schreckte aus dem Schlaf hoch. Das warme Licht der Mittagssonne füllte das Zimmer, und der wundervoll scharfe Duft der Gewürzsuppe zog ihm in die Nase. Er befand sich in seinem Zimmer in Zedds Haus. Er betrachtete die vertrauten Astlöcher in den Wänden aus Holz, und die Gesichter, zu denen er sie immer in Gedanken machte, starrten zurück. Die Tür zum Vorderzimmer war geschlossen. Neben dem Bett wartete ein leerer Stuhl. Er setzte sich auf, schob die Decken von sich und merkte, dass er noch immer seine schmutzigen Kleider trug. Er tastete nach dem Zahn unter seinem Hemd und atmete erleichtert auf, als er ihn noch sicher dort fand. Ein kurzes Stöckchen hielt das Fenster ein paar Zentimeter weit geöffnet und ließ Luft und Kahlans erfrischendes Lachen herein. Bestimmt erzählte Zedd ihr irgendwelche Geschichten. Richard betrachtete seine linke Hand. Sie war verbunden, fühlte sich aber nicht mehr entzündet an, als er die Finger streckte. Auch sein Kopf schmerzte nicht mehr. Eigentlich fühlte er sich wunderbar. Hungrig, aber wunderbar. Er berichtigte sich: schmutzig, in dreckigen Kleidern und hungrig. Trotzdem wunderbar.

In der Mitte des kleinen Zimmers stand eine Wanne mit Badewasser, Seife und sauberen Handtüchern. Saubere Waldkleider lagen ordentlich gefaltet auf dem Stuhl oder hingen über der Lehne. Das Badewasser sah einfach einladend aus. Er steckte die Hand hinein: Es war warm. Zedd musste gewusst haben, wann er aufwachen würde. So gut wie er Zedd kannte, überraschte ihn das nicht.

Richard zog sich aus und stieg ins Wasser. Die Seife roch fast so gut wie die Suppe. Gewöhnlich blieb er gerne lange in der Wanne und ließ sich einweichen, doch dafür fühlte er sich jetzt zu wach, außerdem wollte er unbedingt zu den beiden nach draußen. Er wickelte die Hand aus dem Verband und war überrascht, wie weit die Wunde über Nacht verheilt war.

Als er aus dem Zimmer kam, saßen Kahlan und Zedd am Tisch und erwarteten ihn. Kahlans Kleid war frisch gewaschen, und auch sie sah frisch gebadet aus. Ihr Haar war sauber und glänzte im Sonnenlicht. Grüne Augen funkelten ihn an. Neben ihr auf dem Tisch wartete eine große Schale mit Suppe auf ihn, zusammen mit Käse und frischem Brot.

»Ich hätte nie gedacht, dass ich bis Mittag schlafe«, sagte er und schwang ein Bein über die Bank. Sie lachten. Richard sah sie fragend an.

Kahlans Gesicht wurde ernst. »Dies ist schon der zweite Mittag, Richard.«

»Stimmt«, fügte Zedd hinzu. »Den ersten hast du glatt verschlafen. Wie fühlst du dich? Wie geht es deiner Hand?«

»Gut. Danke, Zedd, für die Hilfe. Danke, euch beiden.« Er öffnete und schloss seine Faust, um ihnen die Besserung zu demonstrieren. »Die Hand fühlt sich viel besser an, nur juckt sie jetzt.«

»Meine Mutter meinte immer, wenn es juckt, dann heilt es.«

Richard grinste sie an. »Meine auch.« Er angelte sich mit seinem Löffel ein Stück Kartoffel und einen Pilz und kostete. »Genauso gut wie meine«, meinte er ernst zu ihr.

Sie saß rittlings mit dem Gesicht zu ihm auf der Bank, den Ellenbogen auf den Tisch, und das Kinn auf die Hand gestützt. Sie lächelte ihn wissend an. »Zedd ist da anderer Meinung.«

Richard warf Zedd einen vorwurfsvollen Blick zu, der übertrieben in den Himmel blickte. »Ach, wirklich? Ich werde ihn daran erinnern, wenn er mich das nächste Mal bittet, sie für ihn zu kochen.«

»Um offen zu sein«, sagte sie leise, wenn auch nicht so leise, dass Zedd es nicht hören konnte, »nach dem, was ich gesehen habe, würde er Erde verspeisen, wenn man sie ihm vorsetzt.«

Richard lachte. »Wie ich sehe, hast du ihn schon sehr gut kennengelernt.«

»Ich sag's dir, Richard«, meinte der alte Mann, der nicht die Absicht hatte, sich von den beiden auf den Arm nehmen zu lassen, und drohte mit seinem knochigen Zeigefinger, »bei ihr würde sogar das schmecken. Du tätest gut daran, Unterricht bei ihr zu nehmen.«

Richard brach ein Stück Brot ab und stippte es in die Suppe. Die Scherze sollten seine Anspannung lockern und den beiden die Zeit vertreiben, bis er fertig war. Kahlan hatte Richard versprochen, noch zu warten, bevor sie Zedd um Hilfe bat. Offenbar hatte sie Wort gehalten. Zedd spielte gerne den Unwissenden und wartete ab, bis jemand ihn zuerst fragte. So konnte er besser einschätzen, was man bereits wusste. Heute jedoch durfte Richard keines seiner Spielchen zulassen. Heute war alles anders.

»In einem Punkt jedoch traue ich ihr nicht.« Zedds Stimme klang leise und bedrohlich.

Richard hielt mitten im Kauen inne. Er schluckte und wartete ab. Zedd zögerte und wagte nicht, einen der beiden anzusehen.

»Sie mag keinen Käse! Ich glaube, ich werde nie jemandem trauen können, der keinen Käse mag. Das ist einfach nicht normal.«

Richards Spannung löste sich. Zedd ließ bloß seinen verrückten Gedanken freien Lauf, wie er es immer nannte. Sein alter Freund wusste, wie er ihn verunsichern konnte, und schien das zu genießen. Richard warf Zedd einen verstohlenen Blick zu und sah ihn mit unschuldiger Miene dasitzen. Richard musste gegen seinen Willen schmunzeln. Während er sich seine Suppe schmecken ließ, knabberte Zedd an einem Stück Käse, als wollte er seinen Standpunkt verdeutlichen. Kahlan verdeutlichte ihren und knabberte an einem Stück Brot. Das Brot schmeckte köstlich. Kahlan war geschmeichelt, als er ihr das sagte.

Richard war fast mit Essen fertig und beschloss, es sei an der Zeit, sich wieder ernsteren Dingen zuzuwenden. »Das nächste Quadron? Schon irgendwelche Anzeichen?«

»Nein. Ich hatte mir Sorgen gemacht, doch Zedd hat für mich in den Wolken gelesen und meinte, es müsste in Schwierigkeiten geraten sein, weil es nirgends zu sehen ist.«

Er sah Zedd von der Seite an. »Stimmt das?«

»So wahr wie wehrlose Wunderheiler.« Den Ausdruck hatte Zedd gebraucht, seit Richard klein war, um ihn mit Humor für sich zu gewinnen und ihm zu zeigen, dass er dem alten Mann immer trauen könnte. Es war Zedds Wahrheitsschwur. Richard fragte sich, in welche Schwierigkeiten ein Quadron wohl geraten könne.

Wie auch immer, es war ihm gelungen, die Stimmung am Tisch zu verändern. Kahlan drängte ihn insgeheim, fortzufahren, und auch bei Zedd spürte er so etwas wie Ungeduld. Kahlan drehte sich wieder zum Tisch und legte wartend beide Hände in den Schoß. Richard befürchtete, sie würde tun, was immer sie hergeführt hatte, ohne dass er einen Einfluss darauf hatte. Es sei denn, er machte alles richtig.

Richard beendete sein Mahl, schob die Schale mit den Daumen von sich und sah Zedd in die Augen. Zedds Humor war verschwunden, aber ansonsten ließ er sich nicht anmerken, was er dachte. Er wartete einfach ab. Jetzt war Richard an der Reihe. Hatte er erst mal angefangen, gab es kein Zurück mehr.

»Zedd, mein Freund, wir brauchen deine Hilfe, um Darken Rahl zu stoppen.«

»Ich weiß. Ihr wollt, dass ich den Zauberer für euch finde.«

»Nein, das wird nicht nötig sein. Ich habe ihn bereits gefunden.« Richard spürte Kahlans fragende Blicke, hielt aber den Blick auf Zedd geheftet. »Der große Zauberer bist du.«

Kahlan wollte aufstehen. Richard griff, ohne den Blick von Zedd zu lassen, unter den Tisch, packte ihren Unterarm und zwang sie, sich wieder zu setzen. Zedd zeigte noch immer keine Regung. Seine Stimme klang gleichmütig und sanft.

»Und wie kommst du darauf, Richard?«

Richard atmete tief durch, legte die Hände auf den Tisch, und sagte: »Als Kahlan mir das erste Mal von der Geschichte der drei Länder erzählte, meinte sie, der Rat hätte Schritte eingeleitet, die den Tod von Frau und Tochter des Zauberers durch die Hände eines Quadrons bedeutungslos erscheinen ließen, und als Strafe hätte der Zauberer ihnen das für sie denkbar Schlimmste angetan: Er ließ sie die Konsequenzen ihres Tuns erleiden.

Das klang ganz nach dir, doch da konnte ich noch nicht sicher sein. Ich musste einen Weg suchen, es herauszufinden. Als du Kahlan gesehen hast, warst du verärgert, weil sie aus den Midlands stammt. Ich habe deine Augen beobachtet, als ich dir erzählte, sie sei von einem Quadron angegriffen worden. Sie haben mir verraten, dass ich recht hatte. Nur jemand, der wie du einen solchen Verlust erlitten hat, hätte einen solchen Blick in den Augen gehabt. Außerdem hast du danach dein Verhalten ihr gegenüber verändert. Vollkommen. Nur jemand, der persönlich dieses Entsetzen kennen gelernt hat, wäre zu solchem Mitleid fähig. Ich habe mich trotzdem nicht auf meine Gefühle verlassen, sondern abgewartet.«

Er sah Zedd an und hielt seinem Blick stand, während er weitersprach. »Dein größter Fehler war, Kahlan zu sagen, sie sei hier sicher. Du lügst nicht, schon gar nicht bei einer solchen Angelegenheit, außerdem weißt du, was ein Quadron ist. Wie könnte ein alter Mann hier gegen ein Quadron für Sicherheit sorgen, wenn nicht durch Magie? Das ist ausgeschlossen, das könnte nur ein alter Zauberer. Das nächste Quadron ist nirgends zu entdecken, das hast du selber gesagt. Sie sind in irgendwelche Schwierigkeiten geraten. Ich vermute, sie haben es mit Magie zu tun bekommen. Du hast Wort gehalten. Wie immer.«

Richards Stimme wurde sanfter. »Ich habe schon immer gewusst – wegen tausend kleiner Dinge –, dass du mehr bist, als du zu sein vorgibst. Du bist etwas ganz Besonderes. Ich habe mich immer geehrt gefühlt, dich zum Freund zu haben. Als Freund würdest du alles Mögliche tun, um mir zu helfen, wenn mein Leben in Gefahr ist. Genau wie ich alles für dich tun würde. Ich vertraue dir mein Leben an. Es liegt jetzt in deinen Händen.« Es widerstrebte Richard, die Falle auf diese Weise zuschnappen zu lassen, aber schließlich war ihrer aller Leben in Gefahr. Für Spiele war jetzt nicht die Zeit.

Zedd legte die Hände auf den Tisch und beugte sich vor. »Ich war noch nie so stolz auf dich wie jetzt, Richard.« Seine Augen verrieten, wie ernst er das meinte. »Du hast richtig vermutet.« Er stand auf und kam um den Tisch. Richard stand ebenfalls auf, und sie umarmten sich. »Und noch nie hast du mich so traurig gemacht.« Zedd hielt Richard noch einen Augenblick länger fest. »Setz dich. Ich bin gleich zurück. Ich habe etwas für dich. Setzt euch beide und wartet einen Augenblick.«

Zedd räumte den Tisch ab, stellte sich die Teller auf den Unterarm und schlenderte zum Haus. Kahlan sah ihm besorgt nach. Richard hatte gedacht, sie wäre froh, den Zauberer gefunden zu haben. Jetzt jedoch wirkte sie mehr verängstigt als alles andere. Die Dinge entwickelten sich anders, als er erwartet hatte.

Zedd kehrte zurück und hatte etwas Längliches in der Hand. Kahlan erhob sich. Zedd hielt die Scheide eines Schwertes in der Hand. Kahlan versperrte ihm den Weg, bevor er den Tisch erreicht hatte, und packte ihn mit beiden Händen an seinen Kleidern.

»Tu das nicht, Zedd.« Ihre Stimme klang verzweifelt.

»Die Entscheidung liegt nicht bei mir.«

»Zedd, bitte, erwähle jemand anderen. Nicht Richard...«

Zedd schnitt ihr das Wort ab. »Kahlan! Ich habe dich gewarnt. Ich habe dir gesagt, er erwählt sich selbst. Wenn ich jemand anderen als den Rechten erwähle, werden wir alle sterben. Solltest du einen besseren Weg wissen... dann sag es uns!«

Er schob sie zur Seite, stellte sich Richard gegenüber an den Tisch und knallte das Schwert vor ihn hin. Richard fuhr auf. Er blickte vom Schwert ins Zedds wilde Augen. Zedd beugte sich über den Tisch.

»Es gehört dir«, sagte den Zauberer. Kahlan wandte ihnen den Rücken zu.

Richard blickte auf das Schwert hinunter. Auf dem silbernen Heft blinkten goldene Ranken, die es schwungvoll verzierten. Der stählerne Handschutz bog sich in weitem Schwung bedrohlich nach unten. Fein gedrehter Silberdraht bedeckte den

Griff, und ein Goldfaden, seitlich mit dem geflochtenen Silber verwoben, bildete das Wort WAHRHEIT. Dies, dachte Richard, war das Schwert eines Königs. Es war die eleganteste Waffe, die er je gesehen hatte.

Langsam erhob er sich. Zedd ergriff die Scheide und hielt Richard das Heft hin. »Zieh es heraus.«

Wie in Trance schloss Richard die Finger um das Heft und zog das Schwert heraus. Die Klinge klirrte metallisch, ein Geräusch, das in der Luft nachzuhallen schien. Noch nie hatte Richard ein Schwert ein vergleichbares Geräusch machen hören. Er schloss die Hand fest um den Griff und spürte mit Handfläche und Fingern, wie sich der Golddraht, der das Wort WAHRHEIT bildete, fast schmerzhaft in sein Fleisch drückte. Das Schwert fühlte sich auf unerklärbare Weise richtig an. Das Gewicht stimmte. Er hatte den Eindruck, als sei es ein Teil von ihm.

Tief in seinem Innern spürte er, wie sich Wut regte und sich, einmal zum Leben erweckt, auf die Suche nach einem Gegenstand machte. Plötzlich wurde er sich des Zahnes auf seiner Brust bewusst.

Mit der aufsteigenden Wut erwachte in ihm eine Kraft, die vom Schwert auf ihn überging: der Zwillingsbruder seines eigenen Zorns. Seine eigenen Gefühle hatten immer etwas Unabhängiges, Eigenständiges gehabt. Es war, als wäre ein Spiegelbild zum Leben erwacht. Eine erschreckende Erscheinung. Sein Zorn nährte sich von der Kraft aus dem Schwert, und umgekehrt nährte der Zorn des Schwertes seine eigene Stärke. Wie ein Zwillingswirbel durchströmte ihn die Kraft. Er kam sich vor wie ein hilfloser Zuschauer, der mitgerissen wurde. Es war ein beängstigendes und gleichzeitig verführerisches Gefühl, das an Entweihung grenzte. Furchteinflößende Erkenntnis seiner Wut vermischte sich mit quälender Verheißung. Die behexenden Gefühle schossen ungestüm durch seinen Körper, ergriffen seinen Zorn und schwangen sich mit ihm empor. Richard musste kämpfen, um seine Wut zu bändigen. Er stand kurz davor, in Panik zu geraten. Kurz vor hemmungsloser Hingabe.

Zeddicus Zu'l Zorander warf den Kopf nach hinten und breitete die Arme aus. Dem Himmel schleuderte er entgegen: »Als deutliche Warnung an alle Lebenden und Toten! Der Sucher ist ernannt!«

Donner aus heiterem Himmel erschütterte den Boden und rollte grollend Richtung Grenze davon.

Kahlan kam und fiel vor Richard auf die Knie, die Hände hinter dem Rücken. »Bei meinem Leben, ich gelobe, den Sucher zu schützen.«

Zedd trat heran und kniete sich mit gesenktem Kopf neben sie. »Bei meinem Leben, ich gelobe, den Sucher zu schützen!«

Richard stand da mit dem Schwert der Wahrheit in der Hand, die Augen vor Verblüffung aufgerissen.

»Zedd«, flüsterte er, »was, im Namen alles Guten, ist ein Sucher?«

9. Kapitel

edd stützte sich mit einer Hand auf dem Knie ab, kam auf die Beine und ordnete den Umhang um seinen knochigen Körper. Er bot der auf den Boden starrenden Kahlan die Hand. Sie bemerkte sie, ergriff sie und stand auf. Der Kummer stand ihr ins Gesicht geschrieben. Zedd betrachtete sie einen Augenblick lang. Nickend gab sie ihm zu verstehen, dass alles in Ordnung sei.

Zedd wandte sich an Richard. »Was ein Sucher ist? Eine weise erste Frage in deiner neuen Stellung, doch keine, die sich so schnell beantworten lässt.«

Richard starrte verwundert auf das funkelnde Schwert in seiner Hand. Er war überhaupt nicht sicher, ob er etwas damit zu tun haben wollte. Froh darüber, von den Gefühlen, die es hervorrief, befreit zu sein, ließ er es zurück in seine Scheide gleiten und hielt es mit beiden Händen vor seinen Körper. »Zedd, ich habe das hier noch nie zuvor gesehen. Wo hast du es aufbewahrt?«

Zedd lächelte stolz. »In der Kammer, im Haus.«

Richard sah ihn argwöhnisch an. »In der Kammer befinden sich doch nur Teller und Töpfe und deine Pülverchen.«

»Die Kammer meine ich nicht«, sagte er und senkte die Stimme, als wollte er jedem einen Strich durch die Rechnung machen, der vielleicht lauschte, »sondern meine Zaubererkammer!«

Richard richtete sich stirnrunzelnd auf. »Ich habe nie eine andere Kammer gesehen.«

»Verdammt, Richard. Du hast sie auch nicht sehen sollen. Es ist eine Zaubererkammer, und sie ist unsichtbar!«

Richard kam sich mehr als ein wenig blöde vor. »Und wie lange hast du es schon?«
»Oh, das weiß ich nicht. Vielleicht ein Dutzend Jahre oder so.« Zedd wedelte mit seiner schmächtigen Hand durch die Luft. Offenbar maß er der Frage keine große Bedeutung bei.
»Und wie kommt es, dass du es hast?«
Zedds Ton wurde schärfer. »Es ist die Aufgabe eines Zauberers, einen Sucher zu ernennen. Der Oberste Rat hat es unberechtigterweise übernommen, diese Person selbst zu ernennen. Es war ihnen egal, ob sie den Richtigen finden. Sie vergaben den Posten an irgendjemanden, der ihnen zur entsprechenden Zeit gerade passte. Oder an den, der gerade am meisten bot. Das Schwert gehört dem Sucher so lange er lebt, oder so lange er beschließt, Sucher zu bleiben. Während der Zeit, in der ein neuer Sucher gesucht wird, gehört das Schwert der Wahrheit den Zauberern. Oder, um genauer zu sein, es gehört mir, denn das Ernennen eines Suchers ist meine Aufgabe. Der Letzte, dem es gehörte«, er richtete die Augen gen Himmel, als suche er dort nach dem rechten Wort, »bekam es mit einer Hexe zu tun. Während er also abgelenkt war, ging ich in die Midlands und holte mir zurück, was mir gehörte. Jetzt ist es deins.«
Richard hatte das Gefühl, gegen seinen Willen in etwas hineingezogen zu werden. Er sah Kahlan an. Sie schien ihre Angst überwunden zu haben und war wieder undurchschaubar. »Deswegen bist du hergekommen? Das war es, was du von dem Zauberer gewollt hast?«
»Richard, der Zauberer sollte einen Sucher benennen. Ich wusste nicht, dass du es sein würdest.«
Er blickte vom einen zum anderen und hatte das Gefühl, in der Falle zu sitzen. »Glaubt ihr zwei wirklich, ich könnte uns irgendwie retten? Ich könnte Darken Rahl irgendwie aufhalten? Ein Zauberer kann es nicht, und ich soll es versuchen?« Vor Schreck schlug ihm das Herz bis zum Hals hinauf.
Zedd kam herbei und legte ihm beschwichtigend einen Arm um die Schulter. »Schau in den Himmel, Richard. Sag mir, was du siehst.« Richard schaute hoch und sah die Schlangenwolke. Er brauchte die Frage nicht zu beantworten. Zedd drückte ihm

seine kräftigen, knochigen Finger ins Fleisch.»Setz dich, und ich erzähle dir, was du wissen musst. Danach entscheidest du allein, was du tun willst. Komm.« Er legte den anderen Arm um Kahlans Schulter und geleitete die beiden zur Bank am Tisch. Er nahm ihnen gegenüber Platz. Als Zeichen, dass die Sache noch nicht entschieden war, legte Richard das Schwert zwischen ihnen auf den Tisch.

Zedd schob sich die Ärmel hoch.»Es gibt einen Zauber«, begann er,»einen alten, gefährlichen Zauber von ungeheurer Kraft. Es ist ein Zauber, den die Erde, das Leben selbst hervorgebracht hat. Er wird in drei Gefäßen verwahrt, die die drei Kästchen der Ordnung genannt werden. Der Zauber ruht, bis, wie es genannt wird, die Kästchen ins Spiel gebracht werden. Das ist nicht einfach. Dazu braucht es einen Menschen, der sein Wissen durch langes Studium erworben hat, und der selbst eine beträchtliche Macht erzeugen kann. Sobald jemand wenigstens eines dieser Kästchen hat, kann der Zauber der Ordnung ins Spiel gebracht werden. Von da an hat er ein Jahr Zeit, ein Kästchen zu öffnen, jedoch muss er im Besitz aller drei Kästchen sein, damit sie sich öffnen. Sie funktionieren nur zusammen. Man kann nicht einfach nur eins besitzen und es öffnen. Gelingt es dem, der sie ins Spiel bringt, nicht, alle drei zu beschaffen und eines in der angesetzten Zeit zu öffnen, verliert er sein Leben an den Zauber. Ein Zurück gibt es nicht. Darken Rahl muss eines der Kästchen öffnen, oder er stirbt. Am ersten Tag des Winters läuft sein Jahr ab.«

Zedds Gesicht war hart, faltig und angespannt vor Entschlossenheit. Er beugte sich ein Stück vor.»Jedes enthält einen anderen Zauber, der bei seiner Öffnung freigesetzt wird. Öffnet Rahl das richtige, gewinnt er die Kraft der Ordnung, den Zauber des Lebens selbst, die Macht über alles Lebendige und Tote. Er wird über uneingeschränkte Macht und Autorität verfügen. Er wird zu einem Herrscher mit unabänderlicher Gewalt über alle Menschen werden. Alle werden seine Sklaven sein. Ganz gleich, was sie wollen, er wird sie seinem Willen und Geheiß unterwerfen. Wer ihm nicht behagt, den wird er ohne einen Gedanken töten können, wie immer es ihm beliebt, wo immer diese jeweilige Person sich aufhält, ganz gleich wie weit entfernt.«

»Klingt nach einem entsetzlich üblen Zauber«, meinte Richard.

Zedd lehnte sich zurück, nahm die Hände vom Tisch. Er schüttelte den Kopf. »Nein, eigentlich nicht. Der Zauber der Ordnung ist die Kraft allen Lebens. Wie alle Kraft existiert sie einfach. Erst wer sie gebraucht, entscheidet, welchem Zweck sie dient. Der Zauber der Ordnung kann ebenso gut dazu benutzt werden, das Getreide wachsen zu lassen, die Kranken zu heilen, einen Streit beizulegen. Alles hängt vom Willen des Benutzers ab. Der Zauber selbst ist weder gut noch schlecht. Er existiert einfach. Des Menschen Wille ist es, der über seinen Zweck entscheidet. Ich glaube, wir alle wissen, welchen Zweck Darken Rahl wählen würde.«

Zedd unterbrach sich, wie es seine Art war, damit Richard über die Bedeutung des gerade Gehörten nachdenken konnte. Sein Gesicht erstarrte entschlossen. Auch Kahlans Blick verriet ihm, wie entschlossen sie darauf bedacht war, dass er die ganze verhängnisvolle Tragweite dessen begriff, was Zedd erzählte. Natürlich brauchte Richard gar nicht darüber nachzudenken, denn er kannte dies alles aus dem Buch der Gezählten Schatten. Das Buch war eindeutig. Aus dem Buch wusste er, dass Zedd die Umwälzungen nur ansatzweise beschrieben hatte, die das Land überkommen würden, sollte Darken Rahl das richtige Kästchen öffnen. Er wusste auch, was geschah, sollte eines der anderen Kästchen geöffnet werden. Doch er durfte sich dieses Wissen nicht anmerken lassen und musste fragen. »Und wenn er eines der anderen öffnet?«

Im Nu war Zedd wieder ganz nah am Tisch. Er hatte genau diese Frage erwartet. »Öffnet er das falsche Kästchen, erhebt der Zauber seinen Anspruch auf ihn. Er ist tot.« Zedd schnippte mit den Fingern. »Einfach so. Wir sind alle sicher, und die Bedrohung ist beseitigt.« Er runzelte die Stirn, beugte sich vor und blickte Richard scharf an. »Öffnet er das andere falsche Kästchen, dann verbrennt jeder Käfer, jeder Grashalm, jeder Baum, jeder Mann und jede Frau, alles Lebendige zu völligem

Nichts. Es wäre das Ende allen Lebens, und da der Tod Teil alles Lebendigen ist, ist auch der Zauber der Ordnung sowohl mit dem Tod als auch mit dem Leben verbunden.«

Zedd lehnte sich zurück. Das Aufzählen der katastrophalen anderen Möglichkeiten hatte ihn offensichtlich überwältigt. Obwohl Richard alles bereits wusste, musste er heftig schlucken, als er es erzählt bekam. Irgendwie erschien es ihm wirklicher, wenn man es beim Namen nannte. Beim Auswendiglernen des Buches war alles so unwirklich gewesen, so unwahrscheinlich, dass er nie einen Gedanken daran verschwendet hatte, es könnte tatsächlich geschehen. Nur so konnte es seinem Hüter zurückgegeben werden. Gerne hätte er Zedd erzählt, was er wusste, doch der Schwur seinem Vater gegenüber hinderte ihn daran. Er zwang ihn auch, den Schein zu wahren und eine weitere Frage zu stellen, deren Antwort er bereits kannte.

»Woher wird Rahl wissen, welches Kästchen er zu öffnen hat?«

Zedd ordnete die Ärmel seiner Kleider, senkte den Blick und betrachtete seine Hände auf dem Tisch. Dann sprach er weiter. »Bringt jemand die Kästchen ins Spiel, so verschafft ihm das ein bestimmtes geheimes Wissen. Vermutlich kann er dank dieses Wissens herausfinden, welches Kästchen welches ist.«

Das machte Sinn. Niemand außer seinem Hüter und offenbar dem, der die Kästchen ins Spiel brachte, kannte das Buch. Im Buch gab es darauf keinen Hinweis. Doch es erschien logisch. Plötzlich durchfuhr es ihn. Darken Rahl war wegen des Buches hinter ihm her. Fast hätte er nicht mitbekommen, wie Zedd fortfuhr.

»Rahl jedoch hat etwas Außergewöhnliches getan. Er hat die Kästchen ins Spiel gebracht, bevor er alle drei hatte.«

Richards Aufmerksamkeit wurde sofort wieder geweckt. »Er hat nicht alle drei erhalten, bevor er sie ins Spiel brachte?«

Zedd schüttelte den Kopf. »Dann muss er entweder dumm oder seiner Sache sehr sicher sein.«

»Er ist seiner Sache sicher«, sagte der Zauberer. »Ich habe die Midlands im Wesentlichen aus zwei Gründen verlassen. Erstens, weil der Oberste Rat die Benennung des Suchers an sich gerissen hat. Zweitens, weil sie die Kästchen der Ordnung falsch behandelt haben. Die Menschen waren zu der Überzeugung gelangt, die Macht der Kästchen sei nur eine Legende, eine Geschichte alter Männer wie mir. Sie hielten mich für einen alten Narren, weil ich ihnen erzählte, es sei keine Legende, sondern die Wahrheit. Sie haben meine Warnungen in den Wind geschlagen.«

Er schlug mit der Faust auf den Tisch, sodass Kahlan aufschreckte. »Ausgelacht haben sie mich!« Sein Gesicht war rot vor Zorn und hob sich so noch deutlicher von der Masse seiner weißen Haare ab. »Ich wollte sie weit entfernt voneinander und mit Hilfe von Magie aufbewahrt wissen, versteckt und unter Verschluss, damit sie unauffindbar bleiben. Der Rat dagegen wollte sie wichtigen Leuten überlassen, als Trophäe, mit der man angeben kann. Sie wurden als Gegenleistung für Gefälligkeiten oder Versprechungen verschenkt. Dadurch fielen die Kästchen in gierige Hände. Ich weiß nicht, was in der Zwischenzeit mit ihnen geschehen ist. Rahl besitzt wenigstens eines, auf keinen Fall jedoch alle drei. Zumindest noch nicht.« Zedds Augen blitzten voller Inbrunst auf. »Verstehst du jetzt, Richard? Wir brauchen nicht gegen Darken Rahl vorzugehen, wir müssen eines der Kästchen finden, bevor er es tut.«

»Und es vor ihm schützen, was möglicherweise schwieriger wird, als es zu finden«, merkte Richard an und ließ den Gedanken einen Augenblick in der Schwebe. Plötzlich fiel ihm etwas ein. »Zedd, meinst du, eines der Kästchen könnte hier in Westland sein?«

»Unwahrscheinlich.«

»Warum?«

Zedd zögerte. »Richard, ich habe dir nie erzählt, dass ich Zauberer bin, aber du hast zuvor auch nie gefragt, also habe ich diesbezüglich nicht wirklich gelogen. Eine Lüge jedoch habe ich dir erzählt. Ich habe dir erzählt, ich sei hierher gekommen, bevor die Grenze entstand. In Wirklichkeit bin ich nicht hergekommen, bevor sie entstand, denn das war unmöglich. Siehst du, um ein von Magie befreites Westland zu schaffen, durfte bei der Entstehung der Grenze kein Zauberer hier sein. Magie durfte es

hier erst nach Errichtung der Grenze geben, aber nicht davor. Da ich über Zauberkraft verfüge, hätte meine Anwesenheit das verhindert, also musste ich bis zu dem Zeitpunkt in den Midlands bleiben. Erst dann konnte ich hindurchgelangen.«
»Jeder hat seine kleinen Geheimnisse. Ich nehme dir deines nicht übel. Aber worauf willst du hinaus?«
»Worauf ich hinaus will, ist Folgendes. Wir wissen, dass keines der Kästchen vor der Entstehung der Grenze hier gewesen sein kann, sonst hätte dessen Zauberkraft die Grenze unmöglich gemacht. Wenn sie also aufgrund der Magie vor Entstehung der Grenze alle in den Midlands waren, und ich keines mitgebracht habe, müssen sie folglich noch immer in den Midlands sein.«
Richard dachte eine Weile darüber nach und spürte, wie sein Funken Hoffnung erlosch. Er wandte sich wieder den unmittelbaren Problemen zu.
»Du hast mir noch immer nicht verraten, was ein Sucher ist. Oder welche Rolle ich hierbei spiele.«
Zedd faltete die Hände. »Ein Sucher ist jemand, der ausschließlich sich selbst verpflichtet ist. Er ist sich selbst Gesetz. Es steht ihm zu, das Schwert der Wahrheit so zu schwingen, wie er will. In den Grenzen seiner eigenen Kraft kann er jeden dazu zwingen, ihm jede Frage zu beantworten.« Zedd hob die Hand, um Richards Einwürfen und Fragen zuvorzukommen. »Ich weiß, das klingt vage. Es ist so schwer zu erklären, weil es sich verhält wie mit jeder Macht. Wie schon gesagt, Macht wird erst durch ihre Anwendung zu dem, was sie ist. Aus diesem Grund ist es auch so wichtig, den Richtigen zu finden. Einen Menschen, der seine Macht weise einsetzt. Du siehst, ein Sucher tut genau das, was sein Name vermuten lässt: Er sucht. Er sucht die Antwort auf Dinge. Dinge seiner Wahl. Ist er der Richtige, wird er die Antworten suchen, die anderen helfen, nicht nur ihm. Der ganze Zweck eines Suchers besteht darin, zu gehen, wohin er will, zu fragen, was immer er will, zu lernen, was er will, und, wenn nötig, zu tun, was immer die Antworten verlangen.«
Richard richtete sich auf und hob die Stimme. »Willst du mir erzählen, ein Sucher sei ein Mörder?«

»Ich werde dich nicht anlügen, Richard. Es hat Zeiten gegeben, in denen es darauf hinauslief.«

Richards Gesicht war tiefrot. »Ich werde nicht zum Mörder werden!«

Zedd zuckte mit den Achseln. »Wie gesagt, ein Sucher ist, was immer er will. Im Idealfall ist ein Sucher der Träger der Gerechtigkeit. Viel mehr kann ich dir nicht erzählen, denn ich war nie einer. Ich weiß nicht, was in ihren Köpfen vor sich geht, doch ich erkenne die Sorte Mensch, die dafür geeignet ist.«

Zedd schob sich die Ärmel wieder hoch und beobachtete Richard. »Aber ich wähle keinen Sucher aus, Richard. Ein wahrer Sucher erwählt sich selbst. Ich benenne ihn nur. Du warst seit Jahren einer, ohne es zu wissen. Ich habe dich beobachtet, genau das hast du getan. Du bist immer auf der Suche nach der Wahrheit gewesen. Was glaubst du, hast du im oberen Ven Forest getan? Du hast die Antwort auf die Schlingpflanze gesucht, auf den Mord an deinem Vater. Du hättest es anderen, geeigneteren überlassen können, und vielleicht hättest du es sogar tun sollen, aber es hätte deinem Wesen als Sucher widersprochen. Der überlässt nichts anderen, weil er es selbst herausfinden will. Als Kahlan dir erzählte, sie sei auf der Suche nach einem Zauberer, der seit vor ihrer Geburt verschwunden war, musstest du herausfinden, wer das war. Und du hast ihn gefunden.«

»Aber das war doch nur, weil…«

Zedd unterbrach ihn. »Spielt keine Rolle. Das ist unwichtig. Nur eins zählt: Du hast es getan. Ich habe dich mit der Wurzel gerettet, die ich gefunden habe. Spielt es eine Rolle, dass es mir leicht fiel, sie zu finden? Wärst du jetzt lebendiger, hätte ich die Wurzel unter größten Schwierigkeiten gefunden? Nein. Ich fand die Wurzel, du bist gesund. Das allein zählt. Mit dem Sucher ist es das Gleiche. Es ist nicht von Belang, wie er seine Antworten findet, nur, er muss sie eben finden. Regeln gibt es nicht. Doch gerade jetzt gibt es Antworten, die du finden musst. Ich weiß nicht, wie du das tun wirst, und es ist mir auch egal. Aber ich weiß, du wirst es tun. Sagst du ›Oh, das ist leicht‹, nun, umso besser, denn wir haben nicht viel Zeit.«

Richard war natürlich vorsichtig und auf der Hut. »Welche Antworten?«

Zedd lächelte. »Ich habe einen Plan. Aber zuerst musst du einen Weg finden, uns über die Grenze zu bringen.«

»Was?« Richard fuhr sich aufgebracht mit den Fingern durchs Haar, murmelte fassungslos leise vor sich hin. Er sah wieder zu Zedd. »Du bist Zauberer. Du warst irgendwie an der Errichtung der Grenze beteiligt. Du hast selbst gesagt, du hättest sie durchquert, um das Schwert zurückzuholen. Kahlan hat, von Zauberern entsandt, die Grenze durchschritten. Ich weiß nichts über die Grenze! Wenn du glaubst, ich finde die Antwort, nun, hier ist sie: Zedd, du bist der Zauberer. Bring du uns durch die Grenze!«

Zedd schüttelte den Kopf. »Nein. Ich sagte, über die Grenze, nicht durch sie hindurch. Wie man hindurchgelangt, weiß ich. Aber das können wir nicht tun. Rahl wartet nur darauf. Wenn wir versuchen, hindurchzugelangen, hat er uns. Stattdessen müssen wir sie überqueren, ohne sie zu durchqueren. Das ist ein großer Unterschied.«

»Tut mir leid, Zedd. Aber das ist ausgeschlossen. Ich habe keine Ahnung, wie ich uns hinüberbringen soll. Ich wüsste nicht, wie man das schaffen könnte. Die Grenze ist die Unterwelt. Wenn wir nicht hindurchkönnen, sitzen wir hier fest. Der ganze Zweck der Grenze besteht darin, eben das zu verhindern, was du gerade von mir verlangt hast.« Richard kam sich hilflos vor. Sie verließen sich auf ihn, und er wusste keinen Rat.

Zedds Stimme war freundlich und zart. »Richard, du gibst zu schnell auf. Was sagst du immer, wenn ich dich bitte, ein schwieriges Problem zu lösen?«

Richard wusste, was Zedd meinte, wollte jedoch nicht gleich antworten, denn er spürte, eine Antwort würde ihn noch tiefer hineinziehen. Zedd zog eine Braue hoch und wartete. Richard senkte den Blick auf den Tisch und bohrte mit dem Daumennagel im Holz. »Denk an die Lösung, nicht an das Problem.«

»Und im Augenblick tust du genau das Gegenteil. Du konzentrierst dich auf die Frage, warum das Problem nicht lösbar ist. Du denkst nicht über die Lösung nach.«

Richard wusste, Zedd hatte recht. Doch es war mehr dabei.
»Zedd, ich glaube, ich bin als Sucher nicht geeignet. Ich weiß nichts über die Midlands.«

»Manchmal fällt es leichter, eine Entscheidung zu fällen, wenn einen das Wissen um die Vorgeschichte nicht belastet«, sagte der Zauberer dunkel.

Richard seufzte. »Ich kenne diesen Ort nicht. Ich wäre dort verloren.«

Kahlan legte ihm die Hand auf den Arm. »Nein, wärst du nicht. Ich kenne die Midlands besser als fast jeder andere. Ich werde dich führen. Du wirst nicht verloren sein. Das kann ich dir versprechen.«

Richard wich ihren grünen Augen aus und starrte auf den Tisch.

Der Gedanke, sie zu enttäuschen, schmerzte, doch ihre und Zedds Zuversicht schienen ungerechtfertigt. Er wusste weder etwas über die Midlands noch über Magie oder wie er die Kästchen finden oder Darken Rahl aufhalten sollte. Überhaupt nichts wusste er! Und dann sollte er sie gleich auch noch über die Grenze führen!

»Richard! Ich weiß, du hältst es für unklug, dir diese Verantwortung aufzubürden. Aber ich bin es nicht, der dich erwählt. Du hast dich selbst als Sucher zu erkennen gegeben. Ich habe das lediglich gesehen. Ich bin seit langer Zeit Zauberer. Du weißt nicht, was das bedeutet, doch du musst mir vertrauen, wenn ich sage, ich bin befähigt, den Richtigen zu erkennen.« Zedd langte über den Tisch und das Schwert hinweg und legte seine Hand auf Richards. Sein Blick war voller Melancholie. »Darken Rahl verfolgt dich. Persönlich. Ich kann nur einen Grund dafür erkennen. Durch den Einblick, den er durch die Magie der Ordnung gewonnen hat, weiß er, dass du der Richtige bist. Also sucht er dich, um diese Bedrohung auszuschalten.«

Richard kniff überrascht die Augen zusammen. Vielleicht hatte Zedd recht. Vielleicht verfolgte Darken Rahl ihn aus diesem Grund. Vielleicht aber auch nicht. Zedd wusste nichts von dem Buch. Sein Verstand drohte unter dem Druck der Dinge zu explodieren, die seinen Kopf füllten, und plötzlich konnte er nicht mehr sitzen. Er stand auf und begann nachdenklich auf und ab zu gehen. Zedd verschränkte die Arme vor der Brust. Kahlan stützte den Ellenbogen auf den Tisch. Beide sahen ihn schweigend an.

Das Irrlicht hatte gesagt, er müsse die Antwort suchen oder sterben. Davon, dass er ›Sucher‹ werden musste, war nicht die Rede gewesen. Er konnte die Antworten auf seine Art finden. Das hatte er immer getan. Er hatte das Schwert nicht gebraucht, um sich auszurechnen, wer der Zauberer war. Doch so schwer war es auch wieder nicht gewesen.

Aber was war verkehrt daran, das Schwert anzunehmen? Was konnte es schaden, sich seiner Hilfe zu bedienen? Wäre es nicht töricht, diese Hilfe abzulehnen? Offenbar konnte das Schwert ganz nach Gutdünken des Besitzers eingesetzt werden. Wieso sollte also nicht er es einsetzen? Niemand zwang ihn, Mörder oder sonst etwas zu werden. Er konnte es benutzen, damit es ihnen half, das war alles. Das war alles, was sie brauchten oder wollten. Mehr nicht.

Aber Richard wusste, warum er es nicht wollte. Das Gefühl beim Ziehen des Schwertes hatte ihm nicht gefallen. Das Gefühl war gut gewesen, und hatte ihn nachdenklich gemacht. Es hatte seinen Zorn auf beängstigende Weise geschürt, ihm ein bislang unbekanntes Gefühl gegeben. Das Beunruhigendste war, das Gefühl schien richtig. Er wollte nicht, dass Zorn sich richtig anfühlte, wollte nicht die Beherrschung darüber verlieren. Zorn war verkehrt. Das hatte ihm sein Vater beigebracht. Zorn war die Ursache für den Tod seiner Mutter. Er hielt seinen Zorn hinter verschlossenen Türen, und dort sollte er bleiben. Nein, er würde dies auf seine Weise tun, ohne das Schwert. Er brauchte es nicht. Auf dieses Problem konnte er verzichten.

Richard drehte sich zu Zedd um, der noch immer mit vor der Brust verschränkten Armen dasaß und ihn beobachtete. Im Sonnenlicht bildeten sich tiefe Schatten zwischen Zedds Falten. Die Züge und scharfen Kanten seines vertrauten Gesichts wirkten irgendwie verändert. Er wirkte düster, entschlossen. Irgendwie eher wie ein Zauberer. Ihre Blicke trafen sich. Keiner wich aus. Richard hatte sich entschlossen. Er würde seinem Freund sagen, er könne es nicht tun. Er würde helfen, ihnen zur Seite stehen, schließlich hing auch sein Leben davon ab. Aber der Sucher wollte er nicht sein. Doch Zedd kam ihm zuvor, bevor er etwas sagen konnte.

»Kahlan, erzähl Richard, wie Darken Rahl Menschen befragt.« Seine Stimme klang leise, ruhig. Er sah sie nicht an, sondern blickte Richard immer noch in die Augen.

Ihre Stimme war kaum hörbar. »Zedd, bitte.«

»Sag es ihm.« Diesmal klang seine Stimme härter, nachdrücklicher. »Erzähl ihm, was er mit dem gekrümmten Messer macht, das er an seinem Gürtel trägt.«

Richard wandte sich von Zedd ab und blickte in Kahlans blasses Gesicht. Nach einer Weile streckte sie die Hand aus und blickte ihn aus traurigen, grünen Augen an. Sie wollte, dass er zu ihr kam. Einen Augenblick lang blieb er unentschlossen stehen, dann kam er und nahm ihre Hand. Sie zog ihn zu sich herab. Er setzte sich rittlings auf die Bank, sah sie an und wartete darauf, ob sie ihm erzählen würde, was es mit dem gekrümmten Messer auf sich hatte. Es machte ihm Angst. Kahlan rückte näher, schob eine Strähne hinter ihr Ohr, blickte auf seine Rechte, die sie mit beiden Händen gefasst hielt und strich ihm mit dem Daumen über den Handrücken. Ihre Finger lagen sanft, weich und warm auf seiner Hand. Die Winzigkeit ihrer Hände ließen seine peinlich groß erscheinen. Sie sprach ruhig, ohne aufzublicken.

»Darken Rahl praktiziert eine uralte Form der Magie, genannt Antropomanzie. Er prophezeit die Antworten auf Fragen durch die Untersuchung lebender menschlicher Innereien.«

Richard spürte, wie sein Zorn auflodert.

»Die Anwendungsmöglichkeiten sind begrenzt. Er kann auf eine einzelne Frage bestenfalls ein Nein oder ein Ja und gelegentlich einen Namen erhalten. Nichtsdestotrotz benutzt er sie immer noch gerne. Tut mir leid, Richard. Bitte verzeih. Ich wollte dir das nicht erzählen.«

Erinnerungen an die Güte seines Vaters, sein Lachen, seine Liebe, seine Freundschaft, ihre gemeinsame Zeit mit dem Geheimen Buch und tausend andere flüchtige Erinnerungen zerrissen ihn mit peinvoller Qual. Diese Bilder und Geräusche verschmolzen in Richards Gedanken zu düsteren Schatten und hohlem Widerhall und erloschen dann ganz. An ihre Stelle traten Erinnerungen an die Blutflecken auf dem Fußboden, an die blassen Gesichter der Anwesenden, an die Bilder der Qual und des Entsetzens seines Vaters. Dinge, die Chase ihm erzählt hatte, blitzten bruchstückhaft in seinen Gedanken auf. Er versuchte nicht, sie zurückzudrängen. Stattdessen riss er sie hervor, gierte nach ihnen. Er badete in der Flut der Einzelheiten, genoss die quälende Pein. Aus einer Grube tief in seinem Innern flammte ein Schmerz auf. Achtlos herbeigerufen, wuchs er brüllend heran. In Gedanken fügte er die Schattengestalt von Darken Rahl hinzu, der mit rot blinkender Klinge in den bluttriefenden Händen über seinen Vater gebeugt stand. Er hielt das Bild vor sein inneres Auge, betrachtete es von allen Seiten, sog es mit seiner Seele auf. Jetzt war das Bild komplett. Jetzt wusste er, wie es gewesen war. Wie sein Vater umgekommen war. Bislang hatte er nichts weiter gesucht als – Antworten. Sein ganzes Leben lang war er nie über dieses schlichte Ziel hinausgelangt.

In einem einzigen, glühenden Augenblick hatte sich das verändert.

Die Pforte, die seinen Zorn aussperrte, und die Mauer aus Vernunft, hinter der seine Wut verschlossen war, verglühten in einem Moment brennenden Verlangens. Ein Leben geordneter Überlegungen verdampfte angesichts sengender Wut. Klarheit erstarrte in einem Kessel geschmolzener Notwendigkeit zu schmutziger Schlacke.

Richard griff nach dem Schwert der Wahrheit, schloss die Finger um die Scheide und umklammerte sie fester und fester, bis seine Knöchel weiß waren. Seine Kiefermuskeln spannten sich. Sein Atem ging schnell und scharf. Was sonst noch um ihn war, sah er nicht.

Die Hitze des Zorns stieg kochend aus dem Schwert, nicht aus eigenem Antrieb, sondern weil der Sucher sie rief. Sie überfiel ihn wie eine Flutwelle, drang bis in die tiefsten Zellen und brannte sich in seinen siedenden Zorn. Seine Brust schwoll an.

Gedanken, die er nie zugelassen hatte, wurden zum Antrieb seines einzigen Verlangens. Vorsicht und Folgen verschwanden angesichts seiner Gier nach Rache. Richard ließ seinem Zorn freien Lauf.

In diesem Augenblick war es sein einziges Bedürfnis, sein einziger Wunsch, Darken Rahl zu töten. Nichts sonst hatte Bedeutung.

Mit der anderen Hand packte er den Griff des Schwertes, um es herauszuziehen. Zedd ergriff seine Hand. Der Sucher fuhr auf, wütend über die Störung.

»Richard«, sagte Zedd sanft. »Beruhige dich.«

Der Sucher ließ die kräftigen Muskeln spielen und blickte seinem Gegenüber funkelnd in die ruhigen Augen. Ein Teil von ihm, tief in seinem Hinterkopf, warnte ihn, versuchte, die Kontrolle wiederzugewinnen. Er ignorierte die Warnung. Zähneknirschend beugte er sich über den Tisch zu dem Zauberer.

»Ich nehme die Rolle als Sucher an.«

»Richard«, wiederholte Zedd ruhig. »Es ist alles in Ordnung. Entspann dich. Setz dich hin.«

Die Welt flutete in seine Gedanken zurück. Er nahm seine Bereitschaft zu töten eine Spur zurück, nicht jedoch seinen Zorn. Nicht nur die Tür, sondern auch die Mauer, hinter der der Zorn versperrt gewesen war, gab es nicht mehr. Auch wenn die Welt ringsum zurückgekehrt war, jetzt sah er sie mit anderen Augen; Augen, die er immer schon gehabt, die zu gebrauchen er sich nie getraut hatte: die Augen eines Suchers.

Richard merkte, dass er aufgestanden war. Er konnte sich nicht daran erinnern. Er setzte sich neben Kahlan und nahm die Hände vom Schwert. Etwas in seinem Innern gewann die Beherrschung über seinen Zorn zurück. Es war aber nicht mehr wie vorher. Er schloss ihn nicht hinter einer Tür weg, sondern hielt ihn ohne Furcht zurück. Der Zorn wartete, bis er wieder gebraucht wurde.

Ein Teil seines alten Selbst drängte zurück in seine Gedanken, beruhigte ihn, hielt ihn zur Vernunft an. Er fühlte sich befreit, ohne Angst und Scham – zum ersten Mal. Er gestattete sich, sich hinzusetzen, sich zurückzulehnen und zu entspannen.

Er blickte in Zedds ruhiges, unbeeindrucktes Gesicht. Der alte Mann, dessen weißes Haar das kantige Gesicht einrahmte, beobachtete ihn, studierte ihn und musterte ihn mit der winzigen Andeutung eines Lächelns in den Winkeln seines dünnen Mundes.

»Meinen Glückwunsch«, sagte der Zauberer. »Du hast soeben die letzte Prüfung eines Suchers bestanden.«

Richard fuhr verwirrt zurück. »Was soll das heißen? Du hast mich doch schon zum Sucher ernannt.«

Zedd schüttelte langsam den Kopf. »Ich habe es dir schon einmal gesagt. Hast du nicht zugehört? Ein Sucher ernennt sich selbst. Bevor du zum Sucher wurdest, musstest du eine entscheidende Prüfung bestehen. Du musstest mir beweisen, dass du in der Lage bist, deinen gesamten Verstand zu gebrauchen. Viele Jahre lang, Richard, hast du einen Teil davon unter Verschluss gehalten. Deinen Zorn. Ich musste herausfinden, ob du in der Lage bist, ihn freizulassen. Ich habe dich wütend gesehen, aber du warst nicht in der Lage, dir deine Wut selber einzugestehen. Ein Sucher, der sich nicht traut, von seinem Zorn Gebrauch zu machen, wäre hoffnungslos schwach. Es ist die Kraft des Zorns, der den Unachtsamen die Kraft gibt, sich durchzusetzen. Ohne diesen Zorn hättest du das Schwert abgelehnt. Und ich hätte es zugelassen, denn dir hätte das Notwendige gefehlt. Aber das ist jetzt nicht wichtig. Du bist nicht länger Gefangener deiner Ängste. Doch sei gewarnt. Wie wichtig es auch sein mag, seinen Zorn zu nutzen, es ist ebenso wichtig, ihn zu beherrschen. Diese Fähigkeit hast du immer besessen, also verliere sie jetzt nicht. Du solltest weise genug sein zu wissen, welchen Pfad du einschlägst. Seine Wut herauszulassen, ist manchmal ein noch schmerzlicherer Fehler, als sie zurückzuhalten.«

Richard nickte ernst. Er dachte daran, wie sich das Schwert angefühlt hatte, als er es voller Wut in den Händen hielt, wie er die Macht gespürt hatte, das befreiende Gefühl, dem urzeitlichen Drang aus seinem Innern und dem Schwert nachzugeben.

»Das Schwert verfügt über Zauberkraft«, sagte er vorsichtig. »Ich habe sie gespürt.«

»Das stimmt. Aber Richard, Magie ist nur ein Werkzeug wie jedes andere. Wenn du einen Schleifstein zum Schleifen eines Messers benutzt, verbesserst du lediglich die Wirksamkeit dessen, für das es erdacht wurde. Das Gleiche gilt für die Magie. Sie dient lediglich dem Schärfen einer Absicht.« Zedds Augen waren klar und stechend. »Manche fürchten mehr, durch Magie zu sterben, als durch, sagen wir, eine Klinge. Ganz so, als sei man weniger tot, wenn man durch einen Hieb oder Stich getötet wird als durch das Unsichtbare. Aber hör gut zu. Tot ist tot. Die Angst vor der Magie jedoch kann eine mächtige Waffe sein. Denk immer daran.«

Richard nickte. Die Spätnachmittagssonne wärmte sein Gesicht und aus den Augenwinkeln konnte er die Wolke sehen. Auch Rahl würde sie beobachten. Richard musste an den Mann aus dem Quadron oben auf dem Schartenberg denken, der sich das Schwert vor dem Angriff über den Arm gezogen hatte, bis das Blut kam. Er erinnerte sich an den Blick in den Augen des Mannes. Damals hatte er ihn nicht verstanden, jetzt schon. Richard hungerte nach Kampf.

Die Blätter eines nahen Baumes raschelten im leichten Herbstwind und funkelten rot und golden. Der Winter stand vor der Tür. Der erste Tag des Winters würde bald kommen. Er überlegte, wie er sie über die Grenze bringen konnte. Sie mussten eines der Kästchen der Ordnung finden. Und wenn sie es gefunden hatten, würden sie auch Rahl finden.

»Zedd, keine Spiele mehr. Ich bin jetzt Sucher, keine weiteren Prüfungen. Richtig?«

»Vollkommen richtig.«

»Dann wollen wir unsere Zeit nicht vergeuden. Ich bin sicher, Rahl vergeudet seine auch nicht.« Er wandte sich an Kahlan. »Ich nehme dich beim Wort. Du sollst in den Midlands meine Führerin werden.«

Sie lächelte über seine Ungeduld und nickte. Richard wandte sich an Zedd.

»Zeig mir, wie die Magie wirkt, Zauberer.«

10. Kapitel

Auf Zedds Gesicht machte sich ein schelmisches Grinsen breit. Er reichte Richard das Gehenk. Das fein gearbeitete Leder war alt und geschmeidig. Die goldene und silberne Schnalle passte zur Scheide. Sie war zu knapp eingestellt, ihr letzter Besitzer musste kleiner gewesen sein als Richard. Zedd half ihm, als Richard sich die Scheide über die rechte Schulter schnallte.

Zedd führte sie zwischen langen Schatten von den Bäumen in der Nähe hindurch zum Rand der Wiese, wo zwei kleine Felsahornbäume wuchsen, einer so dick wie Richards Handgelenk, der andere so dick wie Kahlans.

Er wandte sich an Richard. »Zieh das Schwert.« Als das Schwert herausgezogen wurde, füllte das einzigartige Klingen die Luft des späten Nachmittags. Zedd beugte sich vor. »Und jetzt werde ich dir das Wichtigste an dem Schwert zeigen, aber dazu musst du kurz dein Amt als Sucher niederlegen und mir gestatten, dass ich Kahlan dazu ernenne.«

Kahlan sah Zedd misstrauisch an. »Ich will kein Sucher sein.«

»Nur um es zu zeigen, meine Liebe.« Er machte Richard ein Zeichen, er solle ihr das Schwert geben. Sie zögerte, dann ergriff sie es mit beiden Händen. Das Gewicht war unangenehm, und sie ließ die Spitze auf den grasbewachsenen Boden sinken. Zedd machte eine ausladende Handbewegung über ihrem Kopf. »Kahlan Amnell, ich ernenne dich zum Sucher.« Sie sah ihn noch immer argwöhnisch an. Zedd legte ihr einen Finger unters Kinn und hob ihren Kopf. Seine Augen hatten etwas Wildes, Stechendes. Er beugte sich zu ihr vor und sprach mit leiser Stimme.

»Als ich die Midlands mit diesem Schwert verließ, benutzte Darken Rahl seine Magie, um den größeren der beiden Bäume hier einzupflanzen – um mich zu zeichnen, damit er zu einem Zeitpunkt seiner Wahl über mich herfallen konnte. Um mich zu töten. Derselbe Darken Rahl, der auch Dennee hat töten lassen.« Ihr Gesicht verdunkelte sich. »Derselbe Darken Rahl, der dich jagt, damit er dich wie deine Schwester töten kann.« Hass flackerte in ihren Augen auf. Sie biss die Zähne aufeinander, bis ihre kräftigen Kiefermuskeln hervortraten. »Dies ist sein Baum. Du musst ihn stoppen.«

Richard konnte kaum fassen, mit welcher Kraft und Schnelligkeit die Klinge durch die Herbstluft blitzte. Der schwungvolle Schlag durchtrennte den größeren Baum mit einem lauten Krachen, so als brachen tausend Zweige auf einmal. Überall flogen Splitter. Der Baum schien einen Augenblick lang in der Luft zu hängen, dann kippte er krachend, bevor er dicht neben dem zersplitterten Stumpf zu Boden sackte. Richard hätte mindestens zehn Hiebe mit einer guten Axt gebraucht, um den Ahorn zu fällen.

Zedd nahm Kahlan das Schwert aus den Händen. Sie sank auf die Knie, setzte sich auf die Hacken und verbarg das Gesicht mit einem Stöhnen in den Händen. Richard ging sofort neben ihr in die Hocke und stützte sie.

»Kahlan, was ist?«

»Es geht schon.« Sie legte ihm eine Hand auf die Schulter, und er half ihr auf die Beine. Sie war blass und rang sich ein Lächeln ab. »Aber meinen Posten als Sucher gebe ich auf.«

Richard wirbelte zu dem Zauberer herum. »Zedd, was soll dieser Unsinn? Darken Rahl hat den Baum nicht gepflanzt. Ich habe gesehen, wie du die Bäume gehegt und gepflegt hast. Und wenn du mir die Klinge an den Hals setzt, ich behaupte, du hast sie zum Andenken an deine Frau und deine Tochter dorthin gepflanzt.«

Zedd lächelte nur. »Sehr schön, Richard. Hier ist dein Schwert. Jetzt bist du wieder der Sucher. Und nun, mein Junge, fälle den kleinen Baum, dann werde ich das erklären.«

Unwirsch packte Richard das Schwert mit beiden Händen

und spürte, wie ihn der Zorn durchströmte. Er holte mächtig aus und zielte auf den stehen gebliebenen Baum. Die Klingenspitze zerschnitt sirrend die Luft. Kurz bevor die Klinge gegen den Baum prallte, blieb sie einfach stehen, als wäre die Luft zu dicht, sie durchzulassen. Richard trat überrascht einen Schritt zurück. Er betrachtete das Schwert und versuchte es erneut. Dasselbe. Der Baum blieb unversehrt. Wütend sah er zu Zedd hinüber. Der stand grinsend da und hielt die Arme verschränkt. Richard ließ das Schwert zurück in die Scheide gleiten.
»Also schön, was geht hier vor?«
Zedd hob seine Brauen und machte ein unschuldiges Gesicht.
»Hast du gesehen, mit welcher Leichtigkeit Kahlan den dickeren Baum durchtrennt hat?« Richard runzelte die Stirn. Zedd lächelte. »Es hätte ebenso gut Eisen sein können. Die Klinge hätte es genauso durchtrennt. Aber du bist stärker als sie, und du konntest den kleinen Baum nicht einmal ankratzen.«
»Ja. Das habe ich gesehen.«
Zedd runzelte in gespielter Überraschung die Stirn. »Und warum ist das so, was meinst du?«
Richards Gereiztheit war verflogen. Zedd erteilte einem häufig auf diese Weise eine Lektion, indem er einen selber auf die Antwort kommen ließ. »Ich nehme an, es geht um die Absicht. Sie war überzeugt, der Baum sei böse, ich nicht.«
Zedd reckte einen knochigen Finger in die Höhe. »Sehr gut, mein Junge!«
Kahlan faltete die Hände. »Zedd, ich verstehe das nicht. Ich habe den Baum zerstört, aber er war gar nicht böse. Er war unschuldig.«
»Genau das, meine Liebe, hatte ich zeigen wollen. Die Wirklichkeit ist nicht von Belang. Die Wahrnehmung ist alles. Wenn du glaubst, dies ist der Feind, kannst du ihn zerstören, egal ob es stimmt oder nicht. Die Magie legt deine Wahrnehmung lediglich aus. Sie wird nicht zulassen, dass du jemanden verletzt, den du für unschuldig hältst, aber sie wird, innerhalb gewisser Grenzen, denjenigen vernichten, den du als Feind ansiehst. Das Entscheidende ist das, was du glaubst, und nicht etwa die Wahrheit deiner Gedanken.«

Richard war überwältigt. »Das lässt keinen Raum für Irrtümer. Aber was ist, wenn man nicht sicher ist?«

Zedd zog eine Braue hoch. »Das solltest du aber sein, mein Junge, sonst könntest du in jede Menge Schwierigkeiten geraten. Die Magie liest Dinge in deinen Gedanken, von denen du nicht einmal etwas weißt. Es könnte in beide Richtungen danebengehen. Du könntest einen Freund töten oder einen Feind verschonen.«

Richard trommelte mit den Fingern gegen den Griff des Schwertes und dachte nach. Er beobachtete, wie die Sonne golden funkelnd zwischen den Bäumen im Westen unterging. Die Schlangenwolke über ihren Köpfen hatte sich auf einer Seite dunkelrot verfärbt und wurde auf der anderen bereits tiefviolett. Eigentlich spielte es keine Rolle. Er wusste, hinter wem er her war, und es bestand überhaupt kein Zweifel daran, wer der Feind war. Absolut keiner.

»Noch etwas. Etwas Wichtiges«, sagte der Zauberer. »Wenn du das Schwert gegen einen Feind erhebst, musst du einen Preis bezahlen. Nicht wahr, meine Liebe?« Er sah zu ihr hinüber. Kahlan nickte und senkte den Blick. »Je mächtiger der Feind, desto höher ist der Preis. Tut mir leid, dass ich dir das antun musste, Kahlan, aber dies ist die wichtigste Lektion, die Richard lernen muss.« Sie lächelte ihn kurz an. Ihr war die Notwendigkeit bewusst. Er wandte sich wieder Richard zu.

»Wir beide wissen, manchmal haben wir keine andere Wahl, als zu töten. Ich weiß, niemand braucht dir zu sagen, wie fürchterlich es ist, wenn man jemanden tötet. Du musst damit leben, und ist es einmal passiert, kann man es nicht ungeschehen machen. Du zahlst einen Preis, und die Tat setzt dich herab.«

Richard nickte. Der Gedanke, den Mann auf dem Schartenberg getötet zu haben, bereitete ihm noch immer Unbehagen. Keinesfalls tat es ihm leid. Er hatte weder Zeit noch eine andere Wahl gehabt.

Trotzdem sah er immer noch das Gesicht des Mannes vor sich, als er in die Tiefe fiel.

Zedds Blick wurde stechend. »Etwas anderes ist es, wenn du

mit dem Schwert der Wahrheit tötest, denn das ist Magie. Die Magie erfüllt dir deinen Wunsch und verlangt dann ihren Preis. Nichts ist ausschließlich gut oder böse, schon gar nicht, wenn es um Menschen geht. Die besten von uns tragen sich mit bösen Gedanken oder Taten, und die Schlimmsten verfügen über ein gewisses Maß an Tugend. Kein Gegner begeht verabscheuungswürdige Taten um ihrer selbst willen. Er hat immer einen Grund, der ihm als Rechtfertigung dient. Mein Kater frisst Mäuse. Ist er deswegen schlecht? Ich glaube das nicht, und der Kater wird ebenfalls nicht so denken, aber ich würde wetten, die Mäuse sind da anderer Ansicht. Jeder Mörder ist von der Notwendigkeit überzeugt, sein Opfer töten zu müssen.

Ich weiß, du willst das nicht wahrhaben, Richard, aber du musst zuhören. Darken Rahl tut, was er tut, weil er es für richtig hält. Genau wie du die Dinge tust, die du tust, weil du sie für richtig hältst. In dieser Hinsicht gleicht ihr beiden euch mehr, als du glaubst. Du willst dich an ihm rächen, weil er deinen Vater umgebracht hat, und er will sich an mir rächen, weil ich seinen getötet habe. In deinen Augen ist er böse, in seinen Augen jedoch bist du es, der böse ist. Es ist alles nur eine Frage des Standpunktes. Wer gewinnt, glaubt, er sei im Recht. Der Verlierer wird immer denken, ihm sei Unrecht angetan worden. Mit dem Zauber der Ordnung ist es das Gleiche. Die Macht ist einfach da, eine mögliche Anwendung obsiegt über die andere.«

»Das Gleiche? Hast du vollkommen den Verstand verloren? Wie kannst du glauben, wir seien in irgendwelcher Weise gleich? Er giert nach Macht! Er würde das Ende der Welt riskieren, um sie zu erlangen. Ich will keine Macht, ich wollte nur in Ruhe gelassen werden! Er hat meinen Vater ermordet! Ihm die Gedärme herausgerissen! Er versucht, uns alle umzubringen! Wie kannst du sagen, wir gleichen uns? Aus deinem Mund hört sich das an, als sei er nicht einmal gefährlich!«

»Hast du nicht gehört, was ich dir gerade beibringen wollte? Ich sagte, ihr gleicht euch, indem ihr beide denkt, ihr seid im Recht. Und das macht ihn gefährlicher, als du dir vorstellen kannst.« Er zeigte nach hinten auf Kahlan. »Hast du nicht auf-

gepasst? Hast du nicht gesehen, zu was sie mit dem Schwert fähig war? Und getan hat, was du nicht konntest? Hmm?«
»Der Standpunkt«, sagte Richard mit viel ruhigerer Stimme. »Sie konnte es tun, weil sie überzeugt war, im Recht zu sein.« Zedd reckte einen Finger in die Luft. »Aha! Der Standpunkt macht die Bedrohung also noch gefährlicher.« Der Zauberer senkte den Finger und bohrte ihn mit jedem Wort in Richards Brust. »Genau... wie... das... Schwert.«
Richard hakte den Daumen unter den Gurt und atmete schwer. Er kam sich vor, als stände er im Treibsand. Immerhin kannte er Zedd schon zu lange, um die Dinge, die er sagte, bloß deswegen abzutun, weil sie schwer zu ergründen waren. Trotzdem, er sehnte sich nach Einfachheit. »Du meinst, nicht nur was er tut, macht ihn gefährlich, sondern auch das, wozu er sich berechtigt fühlt?«
Zedd zuckte mit den Achseln. »Lass es mich anders ausdrücken. Vor wem hättest du mehr Angst: vor einem hundert Kilo schweren Mann, der dir einen Laib Brot wegnehmen will und weiß, dass er im Unrecht ist, oder einer fünfzig Kilo schweren Frau, die fälschlicherweise, doch von ganzem Herzen, davon überzeugt ist, du hättest ihr das Kind gestohlen?«
Richard verschränkte die Arme über der Brust. »Ich würde vor der Frau weglaufen. Sie würde nicht aufgeben. Für vernünftige Argumente hätte sie kein Ohr. Sie wäre zu allem fähig.«
Zedds Blick glühte. »Genau so ist Darken Rahl. Je mehr er überzeugt ist, im Recht zu sein, desto gefährlicher ist er.«
Richard erwiderte den glühenden Blick. »Aber ich bin im Recht.«
Zedds Blick wurde sanfter. »Auch die Maus glaubt, im Recht zu sein, mein Kater frisst sie trotzdem. Ich versuche, dir etwas klarzumachen, Richard. Du sollst nicht in seine Fänge geraten.«
Richard löste die Arme und seufzte. »Ich verstehe, auch wenn es mir nicht gefällt. Wie du immer sagst, nichts ist jemals einfach. Das ist zwar alles interessant, trotzdem kann es mich nicht davon abhalten, das zu tun, was ich tun muss und was ich für rechtens halte. Was also hat es mit dem Preis auf sich, den es kostet, das Schwert der Wahrheit zu benutzen?«

Zedd bohrte Richard seinen dünnen Finger in die Brust. »Bezahlt wird mit der Qual, das Böse in dir selbst zu erkennen, mit all deinen Unzulänglichkeiten, mit allem, was wir in uns nicht gerne sehen oder abstreiten wollen. Darüber hinaus erkennst du das Gute in dem, was du getötet hast, und büßt die Schuld deiner Tat.« Zedd schüttelte traurig den Kopf. »Bitte glaub mir, Richard, der Schmerz kommt nicht nur aus deinem Innern, sondern, was noch wichtiger ist, aus dem Zauber. Ein sehr mächtiger Zauber, ein gewaltiger Schmerz. Unterschätze ihn nicht. Er ist wirklich und straft deinen Körper ebenso wie deine Seele. Du hast ihn bei Kahlan gesehen, dabei hat sie nur einen Baum getötet. Bei einem Mann wäre er heftiger gewesen. Deswegen ist Wut so wichtig. Zorn ist die einzige Waffe gegen diesen Schmerz, nur so kannst du dich angemessen schützen. Je stärker der Feind, desto größer die Qual. Doch je größer die Qual, umso stärker auch der Schutz. Er nimmt dir ein wenig die Sorge um die Aufrichtigkeit deiner Tat. In manchen Fällen wirst du den Schmerz nicht spüren. Deswegen habe ich auch Kahlan diese fürchterlichen Dinge erzählt, schmerzhafte Dinge, die sie mit Zorn erfüllt haben. Das war zu ihrem Schutz, wenn sie das Schwert gebrauchte. Verstehst du nun, warum ich nicht zugelassen habe, dass du das Schwert benutzt, ohne deinen Zorn benutzen zu können? Du hättest dem Zauber schutzlos gegenübergestanden. Er hätte dich zerrissen.«

Richard machte das ein wenig Angst, genau wie der Blick, der in Kahlans Augen gestanden hatte, als sie das Schwert benutzt hatte, doch es änderte nichts an seinem Entschluss. Er sah hinauf zu den Bergen der Grenze. Sie ragten empor und leuchteten blassrosa im Licht der untergehenden Sonne. Hinter ihnen, von Osten her, zog Dunkelheit herauf. Dunkelheit, die auf sie zuhielt. Er musste einen Weg über die Grenze finden, hinein in diese Dunkelheit. Das Schwert würde ihm dabei helfen. Das war es, was zählte. Es stand so viel auf dem Spiel. Für alles im Leben musste ein Preis gezahlt werden. Und er würde ihn ebenfalls zahlen.

Sein alter Freund legte ihm die Hände auf die Schultern und

blickte ihm fest in die Augen. Zedds Miene bestärkte die Meinung, die er eben ausgesprochen hatte.

»Ich muss dir etwas verraten, was dir nicht gefallen wird.« Sein Griff wurde fester, fast schmerzhaft. »Gegen Darken Rahl kannst du das Schwert der Wahrheit nicht einsetzen.«

»Was?!«

Zedd rüttelte ihn. »Er ist zu mächtig. Der Zauber der Ordnung schützt ihn während des Jahres seiner Suche. Wenn du versuchst, das Schwert einzusetzen, bist du tot, bevor es ihn trifft.«

»Das ist verrückt! Erst willst du, ich solle der Sucher werden und das Schwert annehmen, und nun erzählst du mir, ich könnte es nicht benutzen.« Richard war außer sich. Er fühlte sich betrogen.

»Nur gegen Darken Rahl nicht, gegen ihn wirkt es nicht! Ich habe den Zauber nicht gemacht, Richard, ich weiß nur, wie er wirkt. Und Darken Rahl weiß es auch. Vielleicht versucht er, dich dazu zu bringen, das Schwert gegen ihn zu erheben. Er weiß, dass dich das tötet. Wenn du deiner Wut nachgibst und das Schwert gegen ihn erhebst, wird er gewinnen. Dann bist du tot, und er hat die Kästchen.«

Kahlan runzelte verzweifelt die Stirn. »Zedd, Richard hat recht. Das macht es unmöglich. Wenn er seine wichtigste Waffe nicht benutzen darf, dann...«

Zedd schnitt ihr das Wort ab. »Nein! Das hier...«, er klopfte Richard mit den Knöcheln auf den Kopf, »das hier ist des Suchers wichtigste Waffe.« Er bohrte Richard seinen langen Finger mitten in die Brust. »Und dies.«

Sie standen einen Augenblick lang da und schwiegen.

»Der Sucher selbst ist die Waffe«, sagte Zedd mit Nachdruck. »Das Schwert ist nur ein Mittel. Du wirst einen anderen Weg finden. Du musst.«

Eigentlich, dachte Richard, hätte er verärgert sein müssen, wütend, enttäuscht, überwältigt, doch so war es nicht. Er fühlte sich seltsam ruhig und entschlossen.

»Tut mir leid, mein Junge. Ich wünschte, ich könnte den Zauber ändern, aber...«

Richard legte Zedd die Hand auf die Schulter. »Schon gut, mein Freund. Du hast recht. Wir müssen Rahl Einhalt gebieten. Das ist es, was zählt. Um Erfolg zu haben, muss ich die Wahrheit kennen, und du hast sie mir anvertraut. Jetzt ist es an mir, daraus das Beste zu machen. Bekommen wir eines der Kästchen, wird Rahl Gerechtigkeit widerfahren. Ich muss es nicht sehen. Ich muss es nur erledigt wissen. Ich habe gesagt, ich will nicht zum Mörder werden, und ich werde keiner sein. Das Schwert ist von unschätzbarem Wert, dessen bin ich sicher. Aber wie du gesagt hast, es ist nur ein Werkzeug, und in diesem Sinne will ich es verwenden. Der Zauber des Schwertes ist kein Selbstzweck. Diesem Fehler darf ich nicht verfallen, sonst wäre ich nur zum Schein ein Sucher.«

Es begann zu dämmern. Zedd schlug Richard liebevoll auf die Schulter. »Du hast alles verstanden, mein Junge. Alles.« Er brach in ein breites Grinsen aus. »Ich habe den Sucher gut gewählt. Ich bin stolz auf mich.« Richard und Kahlan mussten über Zedds Eigenlob lachen.

Kahlans Lächeln erstarrte. »Zedd, ich habe den Baum gefällt, den du zum Gedenken an deine Frau gepflanzt hast. Das macht mir Sorge. Es tut mir aufrichtig leid.«

»Das muss es nicht, meine Liebe. Ihr Angedenken hat uns geholfen. Sie hat geholfen, dem Sucher die Wahrheit zu zeigen. Eine angemessenere Anerkennung könnte ihr nicht widerfahren.«

Richard hörte sie nicht. Er blickte nach Osten, zu der massiven Wand der Berge hin, und dachte über Lösungen nach. Die Grenze überschreiten, überlegte er, die Grenze überschreiten, ohne sie zu durchqueren. Wie? Was, wenn es unmöglich war? Oder es keinen Weg über die Grenze gab? Saßen sie hier fest, während Darken Rahl nach den Kästchen suchte? Mussten sie sterben, ohne eine Chance zu bekommen? Er wünschte, sie hätten mehr Zeit und mehr Möglichkeiten. Richard verwünschte sich, weil er die Zeit mit Wünschen vergeudete.

Wenn er nur wüsste, es könnte gelingen, dann würde er auch herausfinden, wie. Etwas in seinem Hinterkopf ließ ihm keine Ruhe, beharrte darauf, dass es eine Möglichkeit gab und er die

Wahrheit kannte. Es gab einen Weg, es musste einen geben. Wenn er es nur wüsste.

Ringsum erwachte die Nacht geräuschvoll zum Leben. Frösche quakten an Teichen und Bächen, Nachtvögel riefen von den Bäumen, Insekten aus dem Gras. Von den fernen Hügeln wehte traurig und klagend das Geheul der Wölfe herüber. Irgendwie mussten sie über diese Berge, das Unbekannte, gelangen.

Die Berge waren wie die Grenze, überlegte er. Man konnte nicht hindurch, aber überqueren konnte man sie. Man brauchte bloß einen Pass zu finden. Einen Pass. War es möglich? Gab es so etwas?

Dann traf es ihn wie ein Blitzschlag.

Das Buch.

Richard wirbelte aufgeregt auf dem Absatz herum. Zu seiner Überraschung standen Zedd und Kahlan ruhig da und beobachteten ihn, so als warteten sie auf seine Entscheidung.

»Zedd, hast du jemals einem anderen als dir selbst beim Durchqueren der Grenze geholfen?«

»Wem denn?«

»Irgendwem! Ja oder nein?«

»Nein. Niemandem.«

»Kann außer einem Zauberer jemand einen Menschen durch die Grenze schicken?«

Zedd schüttelte voller Nachdruck den Kopf. »Außer einem Zauberer niemand. Und natürlich Darken Rahl.«

Richard sah ihn stirnrunzelnd an. »Unser Leben hängt davon ab, Zedd. Schwöre. Du hast niemals jemanden außer dir selbst durch die Grenze geschickt? Ist das wahr?«

»So wahr ich hier stehe. Warum? Was hast du dir ausgedacht? Hast du eine Lösung gefunden?«

Richard überging die Frage. Er steckte zu tief in einem Gedankenfluss, um zu antworten. Stattdessen drehte er sich wieder zu den Bergen um. Natürlich, es gab einen Pass über die Berge! Sein Vater hatte ihn gefunden und auch benutzt! Nur so konnte das Buch der Gezählten Schatten nach Westland gelangt sein. Bei seinem Umzug hierher konnte er es nicht mitgebracht haben, und er konnte es nicht in Westland gefunden haben. Das Buch verfügte über einen Zauber, und die Grenze hätte nicht funktioniert, wenn es damals hier Zauberei gegeben hätte. Zauberei konnte nur nach Errichten der Grenze nach Westland gelangt sein.

Sein Vater hatte einen Pass gefunden, war in die Midlands gereist und hatte das Buch zurückgeholt. Richard war gleichzeitig schockiert und aufgeregt. Sein Vater war es gewesen! Er hatte die Grenze überquert! Richard geriet in Hochstimmung. Jetzt wusste er, es gab einen Weg hinüber; es war möglich. Zwar musste er den Pass noch immer finden, aber das spielte im Augenblick keine Rolle. Es gab einen Pass. Nur das zählte.

Richard drehte sich wieder zu den beiden anderen um. »Gehen wir essen.«

»Ich habe einen Eintopf aufgesetzt, kurz bevor du aufgewacht bist, und es gibt frisches Brot«, bot Kahlan an.

»Verdammt!« Zedd warf seine Vogelscheuchenarme in die Luft. »Wird auch Zeit, dass jemand ans Essen denkt!«

Richard lächelte in die Dunkelheit hinein. »Nach dem Essen werden wir Vorbereitungen treffen. Wir müssen überlegen, was wir mitnehmen, was wir tragen können, unsere Vorräte zusammensuchen und noch heute Abend packen. Wir müssen ausgeschlafen sein. Beim ersten Licht brechen wir auf.« Er drehte sich um und ging zum Haus. Der schwache Schein des Feuers aus den Fenstern bot Wärme und Licht.

Zedd reckte einen Arm in die Höhe. »Wohin soll's denn gehen, mein Junge?«

»In die Midlands!«, rief Richard über die Schulter.

Zedd hatte die zweite Schale mit Eintopf halb geleert, bevor er es schaffte, lange genug mit dem Essen auszusetzen, um etwas zu sagen. »Und was hast du dir nun überlegt? Gibt es tatsächlich einen Weg über die Grenze?«

»Ja.«

»Bist du sicher? Wie ist das möglich? Wie können wir sie überqueren, ohne sie zu durchschreiten?«

Richard rührte in seiner Suppe und lächelte.»Man muss nicht nass werden, wenn man einen Fluss überquert.«

Kahlan und Zedd runzelten verwirrt die Stirn. Das Licht der Lampe flackerte auf ihren Gesichtern. Kahlan drehte sich um und warf der Katze ein kleines Stückchen Fleisch zu, die, auf den Hinterpfoten sitzend, auf eine milde Gabe wartete. Zedd verdrückte eine weitere Scheibe Brot, bevor er seine nächste Frage stellte.

»Und woher weißt du, dass es einen Weg hinüber gibt?«

»Es gibt einen. Nur das zählt.«

Zedd machte ein unschuldiges Gesicht.»Richard«, er verspeiste noch zwei Löffel Suppe,»wir sind deine Freunde. Zwischen uns gibt es keine Geheimnisse. Du kannst es uns erzählen.«

Richard blickte von einem großen Augenpaar zum anderen und musste laut lachen.»Ich kenne Fremde, die sich gegenseitig mehr voneinander erzählen.«

Zedd und Kahlan blickten sich angesichts der Abfuhr ein wenig empört an, doch wagte keiner, nochmals zu fragen.

Beim Essen unterhielten sie sich weiter darüber, was ihnen zum Mitnehmen zur Verfügung stand, was sich in der kurzen Zeit vorbereiten ließ, und was am wichtigsten war. Sie schrieben alles auf, was ihnen einfiel, und jeder schlug etwas vor, was mitgenommen werden sollte. Es gab viel zu tun und wenig Zeit. Richard fragte Kahlan, ob sie oft durch die Midlands reiste. Sie erwiderte, sie täte praktisch kaum etwas anderes.

»Und beim Reisen trägst du dieses Kleid?«

»Ja.« Sie zögerte.»Die Leute erkennen mich daran. Ich bleibe nicht in den Wäldern. Wohin ich auch komme, überall gibt man mir zu essen, einen Platz zum Bleiben und alles, um was ich sonst noch bitte.«

Richard fragte sich, wieso. Er hakte nicht nach, doch er wusste, das Kleid hatte sie nicht einfach in einem Geschäft gekauft.»Jetzt, wo wir alle drei gejagt werden, halte ich es nicht für wünschenswert, dass man dich erkennt. Ich denke, wir sollten uns so weit als möglich von den Menschen fernhalten und in den Wäldern bleiben.« Zedd und Kahlan nickten. Sie wa-

ren derselben Meinung. »Wir müssen Reisekleidung auftreiben, und Kleidung für den Wald. Hier jedoch gibt es nichts, was dir passen würde. Wir werden unterwegs etwas finden müssen. Ich habe einen Umhang mit Kapuze hier. Der wird dich fürs Erste warm halten.«
»Gut«, sagte sie. »Ich bin das Frieren leid. Eins sag ich dir, für den Wald ist ein Kleid nicht das Richtige.«
Kahlan war vor den beiden Männern fertig und stellte ihre noch halb volle Schale dem Kater hin. Der Kater schien den gleichen Appetit zu haben wie Zedd und fing bereits mit dem Fressen an, bevor die Schale noch auf dem Boden stand.
Sie sprachen über jeden Gegenstand, den sie mitnehmen wollten. Über einige wurde sich geeinigt, auf andere wurde verzichtet. Unmöglich zu sagen, wie lange sie fort sein würden. Westland war groß, und die Midlands noch größer. Richard wäre gerne bei seinem Haus vorbeigegangen. Er ging oft auf lange Wanderungen und besaß die richtigen Gerätschaften, doch das Risiko war zu groß. Lieber wollte er ohne die Dinge, die sie brauchten, losziehen und sie anderswo auftreiben, als dorthin zurückzukehren, wo sie irgendein Unheil erwartete. Noch wusste er nicht, wo sie die Grenze überqueren würden, aber das machte ihm keine Sorgen. Er hatte noch bis zum Morgen Zeit, darüber nachzudenken. Er war einfach erleichtert zu wissen, dass es einen Weg gab.
Der Kater hob den Kopf. Er lief zur Tür, blieb auf halbem Weg stehen und stellte die Nackenhaare auf. Alle bemerkten es und wurden still. Im vorderen Fenster war ein Flackern zu erkennen, doch es war kein Widerschein vom Kamin. Es kam von draußen.
»Ich rieche brennendes Pech«, sagte Kahlan.
Im Nu waren die drei auf den Beinen. Richard griff das Schwert von der Stuhllehne und hatte es umgeschnallt, noch bevor er auf den Füßen stand. Er ging zum Fenster, um hinauszusehen. Zedd vergeudete keine Zeit und schoss mit Kahlan im Schlepptau durch die Tür. Richard sah die Fackeln nur kurz, bevor er hinter den beiden hinaus eilte.
Vor dem Haus stand ein wilder Haufen von ungefähr fünfzig

Männern, im hohen Gras verteilt; einige der Leute trugen Fackeln, die meisten jedoch derbe Waffen, Äxte, Heugabeln, Sicheln oder Axtgriffe. Sie hatten die Kleidung an, in der sie sonst arbeiteten. Richard kannte viele der Gesichter, gute Männer, ehrliche, hart schuftende Männer mit Familien. In dieser Nacht machten sie jedoch keinen friedlichen Eindruck. Sie schienen in übler Laune zu sein, ihre Gesichter waren verbissen und wütend. Zedd stand in der Mitte der Veranda, die Hände in die knochigen Hüften gestemmt, und lächelte sie an. Der rote Schein der Fackeln färbte sein weißes Haar rosa.

»Was gibt es, Leute?«, fragte Zedd.

Gemurmel erhob sich, und mehrere Männer in vorderster Reihe traten ein oder zwei Schritte vor. Richard kannte den einen, der für die anderen sprach. John.

»Es hat Ärger gegeben. Ärger, hervorgerufen durch Zauberei! Und der Grund dafür bist du, alter Mann! Du bist eine Hexe!«

»Eine Hexe«, fragte Zedd verwirrt. »Eine Hexe?«

»Genau das habe ich gesagt, eine Hexe!« Johns finsterer Blick wanderte zu Richard und Kahlan. »Euch beide betrifft das nicht. Wir haben mit dem alten Mann zu schaffen. Geht jetzt, oder euch passiert das Gleiche wie ihm.« Richard konnte nicht glauben, dass die Männer, die er kannte, dies sagten.

Kahlan trat vor, stellte sich vor Zedd. Die Falten ihres Kleides wirbelten ihr um die Beine, als sie stehen blieb. Sie stemmte die Fäuste in die Seite. »Geht jetzt«, drohte sie, »bevor ihr euren Entschluss bedauert.«

Die Männer sahen sich an. Einige feixten, andere machten leise rüde Bemerkungen, wieder andere lachten. Kahlan setzte sich durch und starrte sie nieder. Das Lachen erstarb.

»So«, meinte John voller Hohn, »wir haben es also mit zwei Hexen zu tun.« Die Männer johlten und grölten, schwenkten ihre Waffen. John mit seinem runden, derben Gesicht grinste trotzig.

Richard stellte sich langsam und entschlossen vor Kahlan und schob sie und Zedd mit einer Handbewegung in den Hintergrund. Seine Stimme blieb ruhig, freundlich. »John. Wie geht es Sara? Ich habe euch beide schon eine Weile nicht mehr gesehen.« John antwortete nicht. Richard betrachtete die anderen Gesichter. »Ich kenne viele von euch, und ich weiß, ihr seid gute Männer. Das ist nicht eure Art.« Er blickte wieder zu John. »Nimm deine Männer und geht zurück zu euren Familien. Bitte, John.«

John zeigte mit seinem Axtgriff auf Zedd. »Dieser Alte ist eine Hexe! Wir werden ihm ein Ende machen.« Er zeigte auf Kahlan. »Und du auch! Wenn du nicht dasselbe willst, Richard, dann verschwinde!« Die Meute johlte. Die Fackeln knisterten und knackten, die Luft stank nach brennendem Pech und Schweiß. Als ihnen klar wurde, dass Richard nicht weichen würde, drängte der Pöbel vorwärts.

Im Nu war das Schwert blank. Die Männer wichen einen Schritt zurück, als das metallische Klirren die Nachtluft füllte. Das Klirren verhallte, und übrig blieb das Knistern brennender Fackeln. Es entstand ein Murren, weil Richard sich zu den beiden der Hexerei Beschuldigten stellte.

John ging zum Angriff über und holte mit dem Axtgriff zum Schlag gegen Richard aus. Das Schwert blitzte in der Luft, zersplitterte Johns Axt mit einem lauten Krachen. Gerade fünf Zentimeter zersplitterten Griffs blieben in seiner Faust. Das abgetrennte Stück wirbelte davon und landete mit einem dumpfen Aufprall irgendwo in der Dunkelheit.

John blieb wie erstarrt stehen, einen Fuß auf der Erde, einen auf der Veranda. Die Spitze des Schwertes der Wahrheit drückte sich ihm unters Kinn. Die polierte Klinge funkelte im Schein der Fackeln. Richard, dessen Muskeln angespannt waren, weil er sich mühsam zurückhalten musste, beugte sich langsam vor und hob Johns Gesicht mit der Schwertspitze an. Mit einer Stimme, die kaum mehr als ein Flüstern und doch so tödlich kalt war, dass John der Atem stockte, sagte er: »Noch einen Schritt, John, und deinem Kopf geht es genauso.« John rührte sich nicht, atmete nicht. »Zurück«, fauchte Richard.

Der Mann tat, was man von ihm verlangte, fasste aber wieder Mut, als er zwischen seinen Kumpanen stand. »Du kannst uns nicht aufhalten, Richard. Wir sind hier, um unsere Familien zu retten.«

»Vor was denn?«, schrie Richard. Er richtete das Schwert auf einen der anderen Männer. »Frank! Als deine Frau krank war, hat Zedd ihr da nicht einen Trank gebracht, durch den sie wieder gesund wurde?« Er zeigte mit dem Schwert auf einen anderen. »Und Bill, bist du nicht gekommen und hast Zedd gefragt, wann der Regen einsetzt, damit ihr eure Ernte einfahren könnt?« Peitschenschnell richtete er die Schwertspitze wieder auf den voreiligsten Angreifer. »Und John, als dein kleines Mädchen sich im Wald verlaufen hatte, war es da nicht Zedd, der die ganze Nacht in den Wolken gelesen hat und dann selber losgezogen ist, sie gefunden und sicher zu dir und Sara zurückgebracht hat?« John und ein paar andere sahen beschämt zu Boden. Verärgert schob Richard das Schwert zurück in die Scheide. »Zedd hat den meisten hier geholfen. Er hat geholfen, das Fieber zu heilen, er hat die verloren gegangenen Lieben wiedergefunden und freimütig seinen ganzen Besitz mit euch geteilt.«

Aus dem Hintergrund schrie jemand: »Das alles kann nur eine Hexe!«

»Er hat keinem Einzigen etwas zuleide getan!« Richard lief auf der Veranda auf und ab und starrte die Männer nieder. »Nie hat er einem von euch etwas getan! Er hat den meisten geholfen! Warum wollt ihr einem Freund etwas tun?«

Ein paar Minuten lang herrschte verwirrtes Gemurmel, dann hatten sie zu ihrer Überzeugung zurückgefunden. »Das meiste, was er getan hat, war Zauberei!«, schrie John. »Zauberei einer Hexe! Von unseren Familien ist niemand sicher, solange er in der Nähe ist!«

Bevor Richard antworten konnte, zog Zedd ihn am Arm zurück. Er drehte sich um und blickte in das lächelnde Gesicht des Alten. Zedd schien nicht im Geringsten besorgt zu sein. Wenn überhaupt, wirkte er amüsiert.

»Sehr eindrucksvoll, ihr beide«, flüsterte er. »Sehr eindrucksvoll. Doch überlasst dies von jetzt an mir, wenn ihr nichts dagegen habt.« Er zog eine Braue hoch und wandte sich dann an die Männer. »Guten Abend, Gentlemen. Wie nett, euch alle zu sehen.« Einige der Männer erwiderten den Gruß. Ein paar nahmen unsicher die Hüte ab. »Seid doch bitte so nett und lasst mich einen Augenblick mit meinen beiden Freunden hier sprechen, bevor ihr mich fertigmacht.« Alles nickte. Zedd zog Kahlan und Richard ein Stück zurück zum Haus, fort von der Menge, und beugte sich dicht zu ihnen.

»Eine Lektion in Macht, meine Freunde.« Er legte Kahlan seinen knochigen Finger auf die Nase. »Zu wenig.« Als nächstes legte er den Finger Richard auf die Nase. »Zu viel.« Dann legte er ihn sich selber auf die Nase und sagte mit einem Augenzwinkern: »Genau richtig.« Er umfasste Kahlans Kinn mit der Hand. »Wenn ich dir dies überlassen würde, meine Liebe, wären heute Nacht einige Gräber auszuheben. Unsere drei würden dazugehören. Dennoch, sehr nobel. Vielen Dank für deine Sorge um mich.« Er legte Richard die Hand auf die Schulter. »Überließe ich es dir, wären sehr viele auszuheben, und all das Graben bliebe an uns dreien hängen. Ich bin zu alt, um viele Löcher in die Erde zu graben, außerdem haben wir Wichtigeres zu tun. Aber auch du warst sehr nobel. Du hast dich ehrenhaft verhalten.« Er tätschelte Richards Schulter und legte dann einen Finger unter das Kinn eines jeden.

»Und jetzt möchte ich, dass ihr mich die Angelegenheit regeln lasst. Das Problem ist nicht, was ihr diesen Männern erzählt. Das Problem ist, sie hören nicht zu. Man muss ihre Aufmerksamkeit gewinnen, bevor sie einen anhören.« Er zog eine Braue hoch und sah die beiden abwechselnd an. »Gebt acht, und lernt, was ihr könnt. Hört auf meine Worte, doch sie werden keine Wirkung auf euch haben.« Er nahm seine Finger fort, schlurfte an ihnen vorbei und winkte den Männern lächelnd zu.

»Gentlemen. Ach, John. Wie geht es deiner Kleinen?«

»Es geht ihr gut«, brummte er, »aber eine meiner Kühe hat ein Kalb mit zwei Köpfen.«

»Tatsächlich? Und wie meinst du, ist das passiert?«

»Ich denke, es ist passiert, weil du eine Hexe bist.«

»Da, jetzt sagst du es wieder.« Zedd schüttelte verwirrt den

Kopf. »Das verstehe ich nicht. Wollt ihr Gentlemen mich töten, weil ihr glaubt, ich würde über Zauberkraft verfügen, oder wollt ihr mich einfach nur herabwürdigen, indem ihr mich als Frau bezeichnet?«

Das gab einige Verwirrung. »Wir haben keine Ahnung, wovon du sprichst«, meinte jemand.

»Nun, das ist ganz einfach. Mädchen sind Hexen. Jungen werden Hexenmeister genannt. Versteht ihr, was ich meine? Wenn ihr mich eine Hexe nennt, wollt ihr mich offenbar ein Mädchen schimpfen. Wenn ihr aber glaubt, ich sei ein Hexenmeister, nun, das ist eine vollkommen andere Beleidigung. Also, was meint ihr nun, Hexe oder Hexenmeister?«

Es entstand eine weitere verwirrte Diskussion, dann ergriff John wütend das Wort. »Wir haben gemeint, dass du ein Hexenmeister bist, und deshalb wollen wir deine Haut!«

»Na, na, na«, sagte Zedd und tippte sich nachdenklich mit dem Finger gegen die Unterlippe. »Nun, ich hatte ja keine Ahnung, was für mutige Männer ihr seid. Wirklich, ihr seid sehr mutig.«

»Wie meinst du das?«, wollte John wissen.

Zedd zuckte mit den Achseln. »Nun, was meint ihr, wozu ein Hexenmeister fähig ist?«

Wieder entstand Gerede unter ihnen, Vorschläge wurden gerufen. Er konnte zweiköpfige Kühe machen, es regnen lassen, Leute wiederfinden, die sich verlaufen hatten, Starke schwach machen und dafür sorgen, dass ihre Frauen sie verließen. Irgendwie schien dies noch nicht zu genügen, also wurden weitere Ideen laut. Er konnte Wasser zum Brennen bringen, Leute zu Krüppeln werden lassen, einen Mann in eine Kröte verwandeln, mit einem Blick töten, Dämonen herbeirufen und überhaupt eigentlich alles.

Zedd wartete, bis sie fertig waren, dann streckte er ihnen die Arme entgegen. »Da habt ihr es. Wie ich gesagt habe, ihr Männer seid die mutigsten, die ich je gesehen habe! Man stelle sich vor, bewaffnet nur mit Heugabeln und Axtgriffen kommt ihr, um gegen einen Hexenmeister zu kämpfen, der über solche Kräfte verfügt. Sehr mutig!« Seine Stimme verhallte. Zedd schüttelte verwundert den Kopf. In der Menge machte sich Besorgnis breit.

Zedd fuhr fort, erklärte in monotonem Tonfall die Dinge, die ein Hexenmeister tun konnte, beschrieb in genauesten Einzelheiten verschiedenste Taten, von nicht ganz ernst zu nehmenden bis hin zu fürchterlichen. Die Männer lauschten mit gebannter Aufmerksamkeit. Weiter und weiter redete er, gut eine halbe Stunde lang. Richard und Kahlan hörten zu, traten von einem Fuß auf den anderen, langweilten sich und wurden müde. Die Leute hatten die Augen aufgerissen, keiner zuckte mit den Wimpern. Wie Statuen standen sie da, und die tanzenden Flammen ihrer Fackeln waren das Einzige, was sich an den Männern bewegte.

Die Stimmung war umgeschlagen. Der Ärger war längst verflogen. Jetzt regierte Angst. Auch die Stimme des Zauberers hatte sich gewandelt. Sie war nicht mehr nett und freundlich, oder gar langweilig, sondern hart und bedrohlich.

»Was glaubt ihr, Männer, sollen wir nun tun?«

»Wir meinen, du solltest uns ungestraft nach Hause ziehen lassen«, erklang die klägliche Antwort. Die anderen bekundeten nickend ihre Zustimmung.

Der Zauberer drohte ihnen mit seinem langen Finger. »Nein. Das denke ich nicht. Wisst ihr, ihr seid erschienen, um mich zu töten. Mein Leben ist mein kostbarster Besitz, und ihr hattet vor, es mir zu nehmen. Ich kann euch nicht ungestraft gehen lassen.« Angstvolles Zittern ging durch die Menge. Zedd trat an den Rand der Veranda. Die Männer wichen einen Schritt zurück. »Als Strafe für den Versuch, mir das Leben zu nehmen, nehme ich euch nicht euer Leben, sondern das, was euch am kostbarsten, am wertvollsten, am liebsten ist!« Mit großer Geste schwenkte er seine Hand über ihre Köpfe hinweg. Den Männern stockte der Atem. »So. Es ist vollbracht«, verkündete er. Richard und Kahlan, die sich an die Hauswand gelehnt hatten, richteten sich auf.

Einen Augenblick lang rührte sich niemand, dann rammte ein Bursche inmitten der Menge seine Hand in die Tasche und tastete herum. »Mein Gold. Es ist weg.«

Zedd rollte die Augen. »Nein, nein, nein. Ich sagte, das Wertvollste, Liebste. Das, mit dem ihr euch vor allen anderen brüstet.«

Alles stand einen Augenblick lang wie entgeistert da. Dann hoben die ersten bestürzt die Brauen. Der nächste rammte die Hand in die Tasche, fühlte herum, die Augen angstvoll aufgerissen. Er stöhnte auf und sank in Ohnmacht. Die Umstehenden wichen zurück. Kurz darauf steckten andere die Hände in die Taschen und fühlten vorsichtig nach. Immer mehr Stöhnen und Wehklagen, und bald griffen sich alle Männer panikartig in den Schritt. Zedd lächelte zufrieden. Im Pöbel brach ein Höllenlärm aus. Männer sprangen schreiend auf und ab, befühlten sich, rannten im Kreis herum, flehten um Hilfe und fielen schluchzend zu Boden.

»Und nun verschwindet von hier, Männer! Geht!«, schrie Zedd. Er drehte sich zu Richard und Kahlan, und ein schelmisches Grinsen kräuselte seine Nase. Er zwinkerte den beiden zu.

»Bitte, Zedd!«, riefen ein paar der Männer. »Bitte lass uns nicht in diesem Zustand! Hilf uns, bitte!« Wehklagen ringsum. Zedd wartete ein paar Augenblicke, dann drehte er sich wieder zu ihnen um.

»Was soll das? Meint ihr, ich sei zu hart gewesen?«, fragte er mit gespielter Verwunderung. Man war sich rasch einig, genauso sei es. »Und wieso glaubt ihr das? Habt ihr etwas gelernt?«

»Ja!«, gellte John. »Jetzt sehen wir, dass Richard recht hatte. Du warst unser Freund. Nie hast du einem von uns Leid zugefügt.« Die Meute stimmte brüllend zu. »Du hast uns lediglich geholfen, und wir haben uns dumm benommen. Wir möchten dich um Verzeihung bitten. Es ist genau, wie Richard gesagt hat. Wir haben uns geirrt. Wir wissen, Zauberei ist nicht immer gleich schlecht. Bitte Zedd, sei auch weiterhin unser Freund. Lass uns jetzt nicht im Stich.« Auch andere flehten lautstark um Gnade.

Zedd tippte sich mit dem Finger gegen die Unterlippe. »Nun.« Er hob nachdenklich den Kopf. »Ich denke, ich könnte alles wieder in den ursprünglichen Zustand zurückversetzen.«

Die Männer rückten näher. »Aber nur, wenn ihr alle mit meinen Bedingungen einverstanden seid. Ich halte sie allerdings für sehr gerecht.« Sie waren mit allem einverstanden. »Also gut. Wenn ihr einverstanden seid, von nun an jedem zu sagen, der die Stimme erhebt, dass Zauberei niemanden schlecht macht, dass nur zählt, was einer tut, und wenn ihr dann zu euren Familien nach Hause geht und ihnen erzählt, dass ihr heute beinahe einen fürchterlichen Fehler gemacht habt, und weshalb ihr euch geirrt habt, dann werdet ihr alle wiederhergestellt. Ist das gerecht?«

Alles nickte. »Mehr als gerecht«, meinte John. »Danke, Zedd.« Die Männer wandten sich um und eilten davon. Zedd wartete.

»Oh, Gentlemen, und noch etwas.« Sie erstarrten. »Bitte nehmt euer Werkzeug mit. Ich bin ein alter Mann. Ich könnte leicht stolpern und mich verletzen.« Ihn nicht aus den Augen lassend, schnappten sie sich hektisch ihre Waffen, machten kehrt und gingen ein Stück, bevor sie anfingen zu rennen.

Richard trat auf der einen Seite neben Zedd, Kahlan auf der anderen. Zedd stand da, die Hände in die knochigen Hüften gestemmt, und verfolgte, wie die Männer abzogen. »Narren«, murmelte er kaum hörbar. Es war dunkel. Das einzige Licht fiel aus dem vorderen Fenster des Hauses hinter ihnen. Richard konnte Zedds Gesicht kaum erkennen, aber immer noch gut genug, um zu sehen, dass er nicht lächelte. »Meine Freunde«, sagte der alte Mann, »diese Suppe wurde uns von verborgener Hand eingebrockt.«

»Zedd«, fragte Kahlan und wendete den Blick von seinem Gesicht, »hast du sie tatsächlich ... du weißt schon, ihrer Manneskraft beraubt?«

Zedd lachte in sich hinein. »Das wäre echte Zauberei! Mir zu schwierig, fürchte ich. Nein, meine Liebe, ich habe sie nur dazu gebracht, das zu glauben. Ich habe sie einfach überzeugt, es sei wahr, und den Rest ihrer Fantasie überlassen.«

Richard drehte sich zu dem Zauberer um. »Ein Trick? Es war bloß ein Trick? Ich dachte, du hättest echte Zauberei vollbracht.« Er wirkte irgendwie enttäuscht.

Zedd zuckte mit den Achseln. »Wenn man einen Trick ordentlich ausführt, wirkt er manchmal besser als Zauberei. Ich würde sogar so weit gehen und behaupten, ein guter Trick ist echte Zauberei.«
»Trotzdem, es war bloß ein Trick.«
Der Zauberer hob den Finger. »Ergebnisse, Richard. Das ist es, was zählt. Auf deine Art hätten alle Männer ihre Köpfe verloren.«
Richard musste grinsen. »Zedd, ich glaube, einigen wäre das lieber gewesen als das, was du ihnen angetan hast.« Zedd lachte. »Das war es also, was wir uns ansehen und von dem wir etwas lernen sollten? Dass ein Trick ebenso wirksam sein kann wie Zauberei?«
»Ja, aber auch noch etwas Wichtigeres. Wie gesagt, diese Suppe wurde uns von verborgener Hand eingebrockt, von Darken Rahls Hand. Aber er hat heute Abend einen Fehler gemacht. Es ist falsch, Gewalt nur unzureichend anzuwenden. Damit gibt man seinem Feind eine zweite Chance. Das war die Lektion, die ihr lernen solltet. Lernt sie gut. Wenn eure Zeit kommt, bekommt ihr vielleicht keine zweite Chance.«
Richard runzelte die Stirn. »Dann frage ich mich, warum er es getan hat.«
Zedd zuckte mit den Achseln. »Ich weiß es nicht. Vielleicht verfügt er in diesem Land noch nicht über genügend Macht. Aber auch dann war der Versuch ein Fehler, denn er hat uns nur gewarnt.«
Sie wollten zur Tür. Es gab noch reichlich Arbeit, bevor sie schlafen konnten. Richard ging im Kopf die Liste durch, doch ein seltsames Gefühl lenkte ihn ab.
Die Erkenntnis überkam ihn wie ein kalter Guss. Ihm stockte der Atem. Er wirbelte herum, die Augen aufgerissen, und packte eine Handvoll von Zedds Gewand.
»Wir müssen fort von hier! Jetzt gleich!«
»Was?«
»Zedd! Darken Rahl ist nicht dumm! Er will, dass wir uns sicher fühlen, uns in Zuversicht wiegen! Er wusste, wir wären gerissen genug, um diese Männer auf die eine oder andere Art

zu besiegen. Genau das wollte er sogar, damit wir anschließend herumsitzen, uns auf die Schulter klopfen, während er uns holt. Er hat keine Angst vor dir. Du hast selbst gesagt, er sei stärker als ein Zauberer, er habe keine Angst vor dem Schwert und auch vor Kahlan nicht. Er ist in diesem Augenblick auf dem Weg hierher! Er will uns alle, hier und jetzt, in dieser Nacht schnappen! Er hat einen Fehler gemacht, dies war sein Plan. Du hast es selber gesagt, ein Trick wirkt manchmal besser als Zauberei. Und genau das hat er getan. All dies war ein Trick, um uns abzulenken!«

Kahlan wurde bleich. »Zedd, Richard hat recht. Das ist genau seine Denkweise, daran erkennt man ihn. Er erledigt die Dinge gerne auf die Art, die man nicht erwartet. Wir müssen augenblicklich fort von hier.«

»Verdammt! Ich war ein alter Narr! Ihr habt recht. Wir müssen sofort aufbrechen, doch ohne meinen Felsen kann ich nicht fort.« Er schoss los, ums Haus herum.

»Zedd, wir haben keine Zeit!«

Der Alte lief bereits mit fliegendem Gewand und Haaren den Hügel hinauf, hinein in die Dunkelheit. Kahlan folgte Richard ins Haus. Sie hatten sich bis zur Trägheit einlullen lassen. Er konnte kaum glauben, wie dumm er gewesen war, Rahl zu unterschätzen. Er riss seinen Rucksack aus der Ecke neben dem Kamin, eilte ins Zimmer und tastete unter seinem Hemd nach dem Zahn. Er fand ihn und kehrte mit seinem Waldgewand zurück. Er warf es Kahlan um die Schultern und sah sich rasch um, ob er noch etwas anderes mitnehmen könnte. Doch es gab weder Zeit zum Nachdenken noch irgendetwas, für das es sich gelohnt hätte, das Leben zu riskieren. Er packte sie am Arm und schoss zur Tür. Zedd war bereits wieder da und stand keuchend draußen im Gras vor dem Haus.

»Und der Felsen?«, wollte Richard wissen. Ausgeschlossen, dass Zedd ihn heben, geschweige denn tragen konnte.

»In meiner Tasche«, erwiderte der Zauberer mit einem Lächeln. Richard hatte keine Zeit, sich darüber zu wundern. Plötzlich war der Kater da. Irgendwie hatte er ihre Hektik mitbekommen und strich ihnen um die Beine. Zedd nahm ihn auf den Arm. »Ich kann dich nicht hierlassen, Kater. Uns steht Ärger ins Haus.« Zedd hob die Klappe von Richards Rucksack hoch und stopfte den Kater hinein.

Richard hatte ein ungutes Gefühl. Er sah sich um, ließ den Blick durch die Dunkelheit schweifen, auf der Suche nach etwas, das nicht an seinem Ort oder im Verborgenen war. Er entdeckte nichts, spürte jedoch, dass er beobachtet wurde.

Kahlan bemerkte, wie er die Gegend absuchte. »Was ist?« Er konnte zwar nichts sehen, fühlte aber die Blicke. Es musste die Angst sein. »Nichts. Gehen wir.«

Richard führte sie durch ein lichtes Waldgebiet, das er gut genug kannte, um es blind zu durchqueren, bis zu dem Pfad, den er suchte. Dort bogen sie nach Süden ab. Schweigend gingen sie rasch weiter, nur Zedd murmelte gelegentlich, wie dumm er gewesen war. Nach einer Weile sagte ihm Kahlan, er mache sich zu viele Vorwürfe. Sie alle seien getäuscht worden, und jeder Einzelne spüre den Dorn der Schuld, aber sie seien sicher entkommen, und das sei alles, was zähle.

Der Pfad war gut begehbar, fast eine Straße, und die Dreiergruppe ging Seite an Seite, Richard in der Mitte, Zedd zu seiner Linken, Kahlan zu seiner Rechten. Der Kater steckte seinen Kopf aus Richards Rucksack heraus und sah sich um. Diese Art zu reisen hatte er schon als kleines Kätzchen genossen. Der Mond war hell und beleuchtete den Weg. Richard entdeckte einige vor dem Nachthimmel aufragende Launenfichten, aber anhalten kam nicht infrage. Sie mussten fort von hier. Es war kalt, doch weil sie so schnell gingen, wurde ihm bald warm. Kahlan zog ihren Umhang fest um sich.

Nach ungefähr einer halben Stunde ließ Zedd sie anhalten. Er griff in sein Gewand und holte eine kleine Handvoll Pulver hervor. Er warf es nach hinten auf den Pfad, den sie gekommen waren. Silbrige Funken stoben aus seiner Hand und folgten ihrem Pfad zurück in die Dunkelheit. Leise klingelnd verschwanden sie um eine Biegung.

Richard wollte zurück. »Was war das?«

»Nur ein wenig Zauberstaub. Er wird unsere Spur verdecken, damit Rahl nicht weiß, wo wir entlanggegangen sind.«

»Er kann uns immer noch mit der Wolke verfolgen.« – »Ja, aber die verrät ihm nur grob die Gegend. Solange wir uns bewegen, wird sie ihm wenig nutzen. Nur wenn man irgendwo bleibt, wie du in meinem Haus, kann er einen jagen.«

Sie liefen weiter Richtung Süden. Der Pfad führte sie durch süß duftende Fichten und höher hinauf in das hügelige Land. Auf einer Anhöhe ließ sie ein Donner hinter ihnen plötzlich herumfahren. Hinter dem weiten Dunkel des Waldes sahen sie in der Ferne eine gewaltige Feuersäule gen Himmel schießen, rotes und gelbes Licht erhellte die Dunkelheit.

»Das ist mein Haus. Darken Rahl ist dort.« Zedd lächelte. »Sieht aus, als sei er verärgert.«

Kahlan berührte ihn an der Schulter. »Tut mir leid, Zedd.«

»Lass nur, meine Liebe. Es ist bloß ein altes Haus. Das hätten wir sein können.«

Kahlan drehte sich zu Richard, als sie weitergingen. »Weißt du, wohin wir gehen?«

Plötzlich wurde Richard klar, dass er es tatsächlich wusste. »Ja.« Er lächelte innerlich, war froh, die Wahrheit auszusprechen.

Die drei Gestalten flohen in die dunklen Schatten des Pfades, hinein in die Nacht.

Hoch über ihren Köpfen sahen zwei riesige, geflügelte Monster mit grün glühenden Augen zu. Sie warfen sich in einen steilen, geräuschlosen Sturzflug. Die Flügel des Tempos wegen eingezogen, stürzten sie hinab auf ihre Opfer.

11. Kapitel

er Kater war es, der ihn rettete. Er jaulte und sprang vor Entsetzen über Richards Kopf. Er musste sich ducken. Nicht tief genug, dass der Gar ihn verfehlte, doch ausreichend, dass er nicht die volle Wucht abbekam. Trotzdem rissen die Krallen schmerzhaft über seinen Rücken und stießen ihn, alle viere von sich gestreckt, mit dem Gesicht nach unten in den Staub. Die Luft wurde ihm geräuschvoll aus den Lungen gepresst. Bevor er Atem schöpfen konnte, stürzte sich der Gar auf seinen Rücken. Sein Gewicht hinderte ihn daran, Luft zu holen oder nach seinem Schwert zu greifen. Vor seinem Sturz hatte er gesehen, wie Zedd von einem zweiten Gar, der den alten Zauberer jetzt durchs Unterholz brechend verfolgte, zwischen die Bäume geschleudert wurde.

Richard machte sich auf die Krallen gefasst, die folgen würden. Bevor der Gar ihn aufreißen konnte, bewarf Kahlan ihn mit Steinen vom Wegesrand her. Sie prallten harmlos vom Schädel des Monsters ab, aber es wurde für einen Augenblick abgelenkt. Der Gar röhrte mit klaffendem Maul, schien die Nachtluft mit dem Geräusch zerteilen zu wollen und nagelte Richard wie eine Maus unter der Pfote einer Katze am Erdboden fest. Richard versuchte, sich mit aller Kraft aufzurichten, seine Lungen rangen nach Luft. Blutmücken zerstachen ihm den Hals. Er griff hinter sich, riss im Versuch, den mächtigen Arm von seinem Rücken zu zerren, büschelweise Fell heraus. Nach der Größe zu urteilen, musste es ein kurzschwänziger Gar sein. Er war viel größer als der langschwänzige, den er auf dem Weg zu Zedd gesehen hatte. Das Schwert lag unter ihm, bohrte sich schmerzhaft in seinen Unterleib. Er kam nicht dran. Seine Halsadern schienen zu bersten.

Richard wurde schwarz vor Augen. Das Gellen und Röhren des Gars wurde schwächer, während er sich weiter abmühte. Kahlan geriet dem Untier zu nahe. Mit beängstigender Geschwindigkeit holte der Gar aus und packte sie am Haar. Dabei musste das Monster sein Gewicht so weit verlagern, dass Richard verzweifelt nach Luft schnappen konnte, doch bewegen konnte er sich immer noch nicht. Kahlan schrie auf.

Aus dem Nichts sprang der Kater, ein wütendes Fellknäuel aus Fängen und Krallen, dem Gar ins Gesicht. Jaulend schlug der Kater dem Gar die Krallen wild in die Augen. Im einen Arm Kahlan haltend, hob er den anderen, um den Kater fortzuwischen.

In diesem Augenblick rollte Richard zur Seite, sprang auf die Füße und zog sein Schwert. Kahlan schrie auf. Richard holte wie rasend aus und schlug den Arm, der sie hielt, durch. Sie torkelte zurück und war frei. Aufheulend verpasste ihm der Gar eine Rückhand, bevor er das Schwert hochreißen konnte. Der gewaltige Hieb warf ihn rücklings durch die Luft. Er landete auf dem Rücken.

Richard setzte sich auf. Alles drehte sich und schwankte. Das Schwert war verschwunden, lag irgendwo im Gestrüpp. Der Gar stand in der Mitte des Pfades, heulte vor Wut und Schmerz, während das Blut aus dem Stumpf schoss. Mit grün funkelnden Augen suchte er das Ziel seines Hasses. Die Augen erfassten Richard. Kahlan war nirgendwo zu sehen.

Ein Stück weiter rechts, zwischen den Bäumen, leuchtete plötzlich ein blendender Blitz auf und erhellte alles mit grellem, weißem Licht. Das brutale Geräusch einer Explosion dröhnte ihm qualvoll in den Ohren. Der Druck des Knalls riss ihn von den Beinen, schleuderte ihn gegen einen Baum und holte den Gar von den Füßen. Feuerwolken quollen zwischen den Bäumen hervor. Riesige Splitter und andere Trümmer zischten rauchend vorbei.

Der Gar rappelte sich heulend auf. Richard suchte hektisch nach dem Schwert. Verzweifelt tastete er den Boden ab, vom

Blitz der Explosion geblendet. Er konnte den Gar gerade noch kommen sehen.

Sein Zorn flammte auf. Er spürte die Kraft des Schwertes, das seinen Meister herbeizurufen schien. Er gierte danach. Dort musste es liegen, auf der anderen Seite des Pfades. Er war so sicher, als könnte er es sehen. Er wusste genau, wo es lag. Fast so, als könnte er es berühren. Er kroch über den Pfad.

Auf halbem Weg verpasste ihm der Gar einen harten Tritt. Er sah Dinge vorbeihuschen, ohne zu begreifen, was sie darstellten. Sicher war nur eins: Jeder Atemzug rief einen heftigen Schmerz in seiner linken Seite hervor. Er hatte keine Ahnung, wo der Pfad sein mochte, oben oder unten, rechts oder links. Blutmücken schwirrten vor seinem Gesicht herum. Er fand keinen Halt. Doch wo das Schwert der Wahrheit lag, wusste er. Er stürzte sich darauf.

Einen Augenblick lang berührte er es mit den Fingern. Einen Augenblick lang glaubte er, Zedd zu sehen. Dann hatte ihn der Gar. Er packte ihn mit seiner Rechten und hüllte seine ekelhaften, warmen Flügel um ihn, drückte ihn fest an sich, bis seine Beine in der Luft zappelten. Der stechende Schmerz in seiner linken Brust ließ ihn aufschreien. Ein grün funkelnder Blick brannte sich in seine Augen, das riesige Maul klappte auf und zeigte ihm sein Schicksal. Der gewaltige Rachen öffnete sich für ihn, hauchte ihm den fauligen Atem ins Gesicht, der schwarze Schlund wartete. Feuchte Reißzähne glänzten im Mondschein.

Mit all seiner Kraft trat Richard dem Gar mit dem Stiefel in den Stumpf seines Armes. Der warf den Kopf zurück, heulte vor Schmerz auf und ließ ihn fallen.

Zedd tauchte am Waldrand auf, fünf Meter hinter dem Gar. Richard ging in die Knie und griff nach dem Schwert. Zedd warf die Hände nach vorn, die Finger ausgestreckt. Feuer, Zaubererfeuer, schoss aus seinen Fingern und kreischte durch die Luft. Das Feuer wuchs und kugelte sich, erhellte im Vorbeiziehen alles ringsum, wurde zu einem blaugelben Ball aus flüssigen Flammen, die jaulend und sich ausbreitend zum Angriff übergingen. Ein lebendiges Wesen. Mit dumpfem Schlag trafen sie den Gar im Rücken und verwandelten das Monster in eine schwarze Silhouette. Innerhalb eines Atemzugs überspülten die blaugelben Flammen den Gar, hüllten ihn ein, brandeten durch ihn hindurch. Blutmücken verglühten zu Nichts. Flammen zischten und züngelten überall auf dem Wesen und fraßen es auf. Der Gar verschwand in blauer Feuerglut und war nicht mehr. Das Feuer bildete kurz einen Wirbel, dann war es ebenfalls verschwunden. Der Geruch nach verbranntem Fell und ein nebliger Rauch hingen in der Luft. Die Nacht war plötzlich still.

Richard brach erschöpft und unter Schmerzen zusammen. In die Striemen auf seinem Rücken hatten sich Schmutz und Schotter gerieben, und die Schmerzen in seiner linken Seite fraßen sich mit jedem Atemzug in ihn hinein. Er wollte nur daliegen, sonst nichts. Das Schwert lag immer noch in seiner Hand. Er ließ sich von der Kraft durchfluten, von ihr aufrichten. Der Zorn sollte ihn von den Schmerzen ablenken.

Mit seiner rauen Zunge leckte ihm der Kater das Gesicht und drückte seinen Kopf gegen Richards Wange. »Danke, Kater«, brachte er hervor. Über ihm tauchten Zedd und Kahlan auf. Die beiden beugten sich über ihn, nahmen seine Arme und halfen ihm auf.

»Nein! So tut ihr mir weh. Lasst mich allein aufstehen.«

»Was ist?«, fragte Zedd.

»Der Gar hat mich in die linke Seite getreten. Es tut weh.«

»Lass mich mal sehen.« Der alte Mann bückte sich und betastete vorsichtig Richards Rippen. Richard zuckte vor Schmerzen zusammen. »Nun, ich sehe keine hervorstehenden Knochen, so schlimm kann es nicht sein.«

Richard versuchte, nicht zu lachen, denn er ahnte den Schmerz. Er hatte recht. »Zedd, das war kein Trick. Diesmal war es Zauberei.«

»Diesmal war es Zauberei«, bestätigte der Zauberer. »Aber möglicherweise hat Darken Rahl es auch gesehen, wenn er hingeschaut hat. Wir müssen fort von hier. Lieg still und lass mich sehen, ob ich helfen kann.«

Kahlan kniete an seiner anderen Seite und hielt ihre Hand

über seine, über jene Hand, die das Schwert, die Zauberkraft hielt. Als sie seine Hand berührte, spürte er eine Woge von Kraft aus dem Schwert, die ihn auffahren ließ und ihm fast den Atem raubte. Irgendwie hatte er das Gefühl, die Magie wolle ihn warnen und versuche, ihn zu beschützen.

Kahlan lächelte ihn an. Sie hatte nichts bemerkt.

Zedd legte eine Hand auf Richards Rippen und einen Finger unter sein Kinn, während er mit leiser, ruhiger Stimme auf ihn einsprach. Richard überließ Kahlan das Schwert und hörte Zedd zu. Sein alter Freund erklärte ihm, drei seiner Rippen seien verletzt, und er wolle sie in Zauberkraft hüllen, um sie zu stärken, bis sie verheilt seien. Er fuhr in seiner ganz eigenen Art fort und erzählte Richard, wie die Schmerzen gelindert werden, ohne ganz zu verschwinden, bis die Rippen wieder in Ordnung sein würden. Er sagte noch mehr, doch die Worte schienen keine Rolle zu spielen. Als Zedd schließlich fertig war, fühlte sich Richard, als erwache er aus tiefem Schlaf.

Er setzte sich auf. Der Schmerz hatte stark nachgelassen. Er dankte dem Alten und stand auf. Er steckte das Schwert ein, hob den Kater hoch und bedankte sich noch einmal. Dann gab er Kahlan den Kater, damit sie ihn hielt, während er nach seinem Rucksack suchte. Er fand ihn am Wegesrand, wo er während des Kampfes gelandet war. Die Striemen auf seinem Rücken waren schmerzhaft; aber darum wollte er sich kümmern, wenn sie am Ziel ihres Weges waren. Als die beiden anderen wegsahen, nahm er den Zahn von seinem Hals und steckte ihn in die Tasche.

Richard fragte die beiden anderen, ob sie verletzt seien. Zedd schien die Frage zu beleidigen. Er versicherte, er sei nicht so gebrechlich, wie er aussehe. Kahlan meinte, es ginge ihr gut, und das hätte sie ihm zu verdanken. Richard meinte, nie mit ihr um die Wette Steine schmeißen zu wollen. Sie strahlte ihn an und packte den Kater in seinen Rucksack. Er sah, wie sie den Umhang aufhob und sich um die Schultern legte, und musste daran denken, wie die Zauberkraft des Schwertes reagiert hatte, als sie seine Hand berührte.

»Wir brechen besser auf«, erinnerte Zedd sie.

Nach ungefähr einer Meile kreuzten sich verschiedene kleinere Pfade. Richard führte sie den gesuchten Weg hinab. Der Zauberer verstreute noch etwas von seinem Zauberstaub und verwischte so ihre Spur. Ihr Pfad war jetzt schmaler. Richard ging voraus, Kahlan in der Mitte, und Zedd bildete den Schluss. Alle drei hielten beim Gehen ein waches Auge auf den Himmel. Obwohl es unbequem war, lief Richard mit der Hand am Schwertgriff.

Schatten huschten im Mondlicht über die schwere Eichentür und ihre Angeln aus Bandeisen, sobald der Wind die Äste dicht an das Haus neigte. Kahlan und Zedd wollten nicht über den spitzenbewehrten Zaun klettern, daher hatte Richard sie auf der anderen Seite warten lassen. Er hatte gerade die Hand gehoben, um an die Tür zu klopfen, als eine große Faust seine Haare packte, und ein Messer gegen seine Kehle gedrückt wurde. Er erstarrte.

»Chase?«, flüsterte er hoffnungsvoll.

Die Hand ließ sein Haar los. »Richard! Was schleichst du denn mitten in der Nacht herum? Du solltest nicht so dumm sein, dich an mein Haus heranzuschleichen.«

»Ich habe mich nicht angeschlichen. Ich wollte nur nicht das ganze Haus aufwecken.«

»Du bist ja voller Blut. Wie viel davon ist deins?«

»Das meiste, wie ich leider gestehen muss. Chase, geh und schließ dein Tor auf. Draußen warten Kahlan und Zedd. Wir brauchen dich.«

Chase trat mit seinen nackten Füßen in irgendetwas hinein, schloss fluchend das Tor auf und führte alle ins Haus.

Emma Brandstone, Chases Frau, war eine nette, freundliche Frau, die immer ein Lächeln in ihrem strahlenden Gesicht hatte.

Emma wäre lieber gestorben, als zu glauben, sie hätte jemandem Angst gemacht, während für Chase ohne Letzteres ein Tag nicht gut gelaufen war. In einer Hinsicht war Emma jedoch genau wie Chase. Nichts schien sie je zu überraschen oder durcheinanderzubringen. Ihre Gelassenheit zu dieser späten Stunde war typisch. Sie stand da in ihrem langen, weißen Kleid, ihr strähnig graues Haar zurückgebunden, und setzte Tee auf, während die anderen am Tisch Platz nahmen. Sie lächelte, als wäre es normal, mitten in der Nacht blutverschmierte Gäste zu empfangen. Bei Chase war es das gelegentlich sogar.

Richard hängte seinen Rucksack über seine Stuhllehne, nahm den Kater heraus und reichte ihn Kahlan. Sie setzte ihn auf ihren Schoß. Er begann sofort zu schnurren, als sie ihm den Rücken kraulte. Zedd setzte sich auf die andere Seite. Chase zog ein Hemd über seinen kräftigen Körper und zündete mehrere Lampen an, die an schweren Eichenbalken hingen. Chase hatte die Bäume selbst gefällt, die Balken herausgeschlagen und sie selber eingesetzt. In den einen waren die Namen der Kinder eingeschnitzt. Hinter seinem Stuhl befand sich eine Feuerstelle aus Steinen, die er im Laufe der Jahre auf seinen Reisen gesammelt hatte. Jeder war einzigartig in Form, Farbe und Beschaffenheit. Jedem, der zuhörte, erzählte Chase, woher die einzelnen Steine stammten und welchen Schwierigkeiten er beim Sammeln begegnet war. Eine einfache Holzschale mit Äpfeln stand mitten auf dem groben Fichtentisch.

Emma nahm die Schale mit Äpfeln vom Tisch und stellte stattdessen eine Kanne mit Tee und einen Topf mit Honig darauf, dann verteilte sie Becher. Sie sagte Richard, er solle sein Hemd ausziehen und seinen Stuhl herumdrehen, damit sie seine Wunden säubern konnte, eine Aufgabe, die ihr nicht unvertraut war. Mit einer harten Bürste und heißem Seifenwasser schrubbte sie seinen Rücken, als reinige sie einen verkrusteten Kessel.

Richard biss die Zähne zusammen, während sie ihn bearbeitete. Sie entschuldigte sich bei ihm für die Schmerzen, die sie ihm bereitete, meinte aber, sie müsse sämtlichen Schmutz entfernen, sonst wäre es hinterher noch schlimmer. Als sie fertig war, tupfte sie ihm den Rücken mit einem Handtuch trocken und trug eine kühlende Salbe auf, während Chase ihm ein sauberes Hemd besorgte. Richard war glücklich, das Hemd überstreifen zu können, bot es doch wenigstens symbolischen Schutz vor ihrer weiteren Pflege.

Emma lächelte die drei Gäste an. »Möchte jemand etwas zu essen oder etwas zu trinken?«

Zedd hob seine Hand. »Nun, ich hätte nichts dagegen...« Richard und Kahlan warfen ihm einen vernichtenden Blick zu. Er sank auf seinen Stuhl zurück. »Nein, danke. Für uns nichts.« Emma stand hinter Chase und fuhr ihm zärtlich mit den Fingern durch die Haare. Der durchlitt dabei unverhohlene Qualen, konnte die öffentliche Zurschaustellung von Gefühlen kaum ertragen. Schließlich beugte er sich vor und benutzte den Vorwand, Tee einzuschenken, um den Zärtlichkeiten ein Ende zu machen.

Chase legte die Stirn in Falten und schob den Honig über den Tisch. »Richard, solange ich dich kenne, hattest du ein Talent, Ärger aus dem Weg zu gehen. In der letzten Zeit jedoch scheinst du ein wenig den Halt zu verlieren.«

Richard wollte gerade antworten, als Lee, eine der Töchter, in der Tür erschien und sich mit den Fäusten den Schlaf aus den Augen rieb. Chase warf ihr einen zornigen Blick zu. Als Antwort zog sie einen Schmollmund.

Chase seufzte. »Du bist bestimmt das hässlichste Kind, das ich je gesehen habe.«

Ihr Schmollmund verzog sich zu einem breiten Grinsen. Lee rannte zu ihm, schlang ihm die Arme ums Bein, legte ihm den Kopf aufs Knie und drückte ihn fest. Er strich ihr durchs Haar.

»Zurück ins Bett, Kleines.«

»Warte«, warf Zedd ein. »Lee, komm her.« Sie lief um den Tisch. »Mein alter Kater hat sich beschwert, dass er keine Kinder als Spielkameraden hat.« Lee riskierte einen Blick auf Kahlans Schoß. »Kennst du vielleicht irgendwelche Kinder, die er besuchen könnte?«

Das Mädchen bekam große Augen. »Er kann doch hierbleiben, Zedd! Bei uns hätte er Spaß!«

»Wirklich? Nun, dann soll er hierbleiben und euch besuchen.«

»Also gut, Lee«, meinte Emma, »und jetzt ab ins Bett mit dir.«

Richard sah auf. »Könntest du mir einen Gefallen tun, Emma?

Hast du bitte irgendwelche Kleidung, die du Kahlan borgen könntest?«

Emma betrachtete Kahlan und nahm Maß. »Nun, ihre Schultern sind zu breit für meine Kleider, und ihre Beine zu lang, aber die älteren Mädchen haben Sachen, die, glaube ich, ganz gut passen werden.« Sie lächelte Kahlan freundlich zu und reichte ihr eine Hand, »Komm, meine Liebe, sehen wir, was sich finden lässt.«

Kahlan reichte Lee den Kater und nahm sie bei der Hand. »Hoffentlich macht der Kater keinen Ärger. Er besteht darauf, mit dir in einem Bett zu schlafen.«

»Ach was«, meinte Lee voller Ernst, »das ist schon in Ordnung.«

Die beiden verließen das Zimmer. Emma schloss augenzwinkernd die Tür.

Chase nippte an seinem Tee. »Nun?«

»Nun, du weißt, dass mein Bruder von einer Verschwörung gesprochen hat? Es ist schlimmer als er vermutet.«

»Tatsächlich?«, meinte Chase nichtssagend.

Richard zog das Schwert der Wahrheit aus seiner Scheide und legte es zwischen sie auf den Tisch. Die polierte Klinge funkelte. Chase beugte sich vor, stützte die Ellenbogen auf den Tisch und nahm das Schwert in die nach oben offene Hand. Er ließ es in seine Handflächen rollen, betrachtete es von Nahem, strich mit dem Finger über das Wort WAHRHEIT auf dem Heft und entlang der Vertiefung zu beiden Seiten der Klinge, probierte ihre Schärfe. Außer einer gewissen Neugier ließ er sich nichts anmerken.

»Nicht ungewöhnlich für ein Schwert, einen Namen zu tragen. Normalerweise wird der Name jedoch in die Klinge graviert. Auf dem Heft habe ich den Namen noch nie gesehen.« Chase wartete auf Antwort.

»Du hast das Schwert schon einmal gesehen, Chase«, erinnerte ihn Richard. »Du weißt, um was es sich handelt.«

»Stimmt. Aber nicht von so nah.« Er hob den Kopf. Seine Augen waren dunkel und stechend. »Das Entscheidende ist, was tust du damit, Richard?«

Richard erwiderte den Blick mit gleicher Eindringlichkeit. »Ein großer und nobler Zauberer hat es mir gegeben.«

Chase runzelte die Stirn und fragte Zedd sachlich: »Welche Rolle spielst du dabei, Zedd?«

Zedd beugte sich vor, die dünnen Lippen zu einem kleinen Lächeln verzogen. »Ich war es, der es ihm gegeben hat.«

Chase lehnte sich auf seinem Stuhl zurück, schüttelte langsam den Kopf. »Gelobt seien die Seelen«, flüsterte er. »Ein echter Sucher. Endlich.«

»Wir haben nicht viel Zeit«, sagte Richard. »Ich muss einige Dinge über die Grenze wissen.«

Chase stieß einen tiefen Seufzer aus, stand auf und ging zum Kamin. Er stützte seinen Arm auf den Sims und starrte in die Flammen. Die beiden anderen warteten, während der kräftige Mann auf der Suche nach den richtigen Worten am derben Holz des Simses bohrte.

»Richard, ist dir klar, worin meine Aufgabe besteht?«

Richard zuckte mit den Achseln. »Die Leute zu ihrem eigenen Besten von der Grenze fernzuhalten.«

Chase schüttelte den Kopf. »Weißt du, wie man Wölfe loswird?«

»Man zieht los und jagt sie, nehme ich an.«

Wiederum schüttelte der Grenzposten seinen Kopf. »Damit erwischt man vielleicht ein paar, aber es würden immer weitere geboren, und am Ende wären es genauso viele wie zuvor. Wenn du Wölfe wirklich loswerden willst, musst du Jagd auf ihre Nahrung machen. Du fängst Kaninchen, sozusagen. Das ist einfacher. Gibt es weniger Nahrung, werden weniger Jungtiere geboren. Am Ende hast du weniger Wölfe. Genau das tue ich. Ich mache Jagd auf Kaninchen.«

Richard spürte, wie ihn eine Woge der Angst durchflutete.

»Die meisten Leute verstehen weder die Grenze noch unsere Aufgabe. Sie glauben, wir sind irgendeine dämliche Truppe, die für die Einhaltung bestimmter Gesetze sorgen soll. Viele fürchten sich vor der Grenze, meist ältere Menschen. Wieder andere glauben zu wissen, was für sie am besten ist und gehen dorthin, um zu wildern. Sie haben keine Angst vor der Grenze, also machen wir ihnen wenigstens Angst vor den Posten. Das ist für sie etwas Wirkliches. Wir sorgen dafür, dass es so bleibt. Es gefällt ihnen nicht, aber aus Angst vor uns bleiben sie fort. Ein paar betrachten es als Spiel. Sie wollen herausfinden, ob sie damit durchkommen. Wir fangen wohl kaum alle. Genau genommen ist es uns egal. Aber uns ist nicht egal, ob wir genügend fangen, damit die Wölfe an der Grenze nicht ausreichend Kaninchen haben, um immer stärker zu werden. Wir schützen die Leute, aber nicht indem wir sie daran hindern, ins Grenzgebiet zu gehen. Wer so dumm ist, dem können wir auch nicht mehr helfen. Unsere Aufgabe ist es, die Mehrheit von der Grenze fernzuhalten, und dafür zu sorgen, dass sie selbst undurchlässig bleibt, damit die Wesen innerhalb des Gebietes nicht herauskommen und sich über alle anderen hermachen. Sämtliche Posten haben Wesen gesehen, die sich hatten befreien können. Wir verstehen das, andere nicht. In der letzten Zeit konnten sich immer mehr Wesen befreien. Die Regierung deines Bruders bezahlt uns vielleicht, aber begreifen tut sie fast nichts. Unsere Loyalität gilt weder ihr noch irgendwelchen Gesetzen. Unsere einzige Pflicht ist es, die Menschen vor den Wesen aus der Finsternis zu schützen. Wir betrachten uns als unabhängig. Befehle nehmen wir nur entgegen, wenn sie uns nicht an unserer Arbeit hindern. Dadurch bleibt alles im freundlichen Rahmen. Doch wenn die Zeit kommt, werden wir nur noch unsere eigenen Ziele verfolgen und unseren eigenen Befehlen gehorchen.«

Er setzte sich wieder an den Tisch und stützte die Ellenbogen auf. »Letzten Endes gibt es nur einen, dessen Befehlen wir gehorchen werden, weil unsere Sache ein Teil seiner größeren Sache ist. Und dieser eine ist der echte Sucher.« Er ergriff das Schwert mit seinen großen Händen, blickte Richard in die Augen und hielt es ihm hin. »Mein Leben und meine Loyalität gehören dem Sucher.«

Richard lehnte sich bewegt zurück. »Ich danke dir, Chase.« Er sah kurz zum Zauberer hinüber, dann wieder zum Grenzposten. »Wir werden dir jetzt erzählen, was bisher geschehen ist, und dann sage ich dir, was ich tun möchte.«

Richard und Zedd teilten sich die Erzählung. Chase sollte alles erfahren. Er sollte begreifen, dass halbherzige Bemühungen keinen Sinn hatten, dass es um Sieg ging oder Tod, und zwar auf Darken Rahls und nicht ihr Betreiben hin. Während sie erzählten, blickte Chase vom einen zum anderen. Er begriff, wie ernst es ihnen war. Als von der Magie der Ordnung die Rede war, wirkte er verbittert. Sie brauchten ihn nicht zu überzeugen; er hatte bereits mehr gesehen, als sie vielleicht je erfahren würden. Er stellte einige Fragen und hörte aufmerksam zu.

Die Geschichte, wie Zedd mit dem Pöbel umgesprungen war, gefiel ihm dagegen. Sein donnerndes Lachen füllte den Raum und ihm kamen die Tränen.

Die Tür ging auf, und Kahlan und Emma traten ins Licht. Kahlan war in feine Waldkleider gehüllt, in dunkelgrüne Hosen mit weitem Gürtel, ein hellbraunes Hemd, einen dunklen Umhang. Dazu trug sie einen guten Rucksack. Stiefel und Hüfttasche waren ihre eigenen. Sie schien wie geschaffen für ein Leben im Wald. Dennoch, ihr Haar, ihr Gesicht, ihr Körper und mehr noch ihre Haltung verrieten, wie viel mehr als das sie war.

Richard stellte sie Chase vor. »Meine Führerin.«

Chase zog die Augenbrauen hoch.

Emma erblickte das Schwert. An ihrem Gesichtsausdruck erkannte Richard, dass sie verstand. Sie stellte sich wieder hinter ihren Gatten, berührte jedoch nicht sein Haar, sondern legte ihm schlicht eine Hand auf die Schulter. Sie wollte in seiner Nähe sein. Dieser nächtliche Besuch bedeutete Ärger. Richard schob das Schwert in die Scheide, und Kahlan setzte sich zu ihm, während er die Erzählung über die Ereignisse der Nacht beendete. Als er fertig war, saßen sie alle einige Minuten schweigend da.

»Wie kann ich dir helfen, Richard?«, fragte Chase schließlich.

Richard sprach leise, aber bestimmt. »Verrate mir, wo der Pass ist.«

Chase hob scharf den Blick. »Welcher Pass?«

»Der Pass über die Grenze. Ich weiß, es gibt ihn, nur nicht

genau wo, und zum Suchen habe ich keine Zeit.« Richard konnte auf diese Spielereien verzichten und spürte, wie sein Zorn wuchs.

»Wer hat dir das erzählt?«

»Beantworte die Frage, Chase!«

Sein Gegenüber lächelte verhalten. »Unter einer Bedingung: Ihr nehmt mich als Führer.«

Richard musste an die Kinder denken. Chase war Gefahr gewohnt, aber dies war etwas anderes. »Das ist nicht nötig.«

Chase warf Richard einen abschätzenden Blick zu. »Für mich schon. Der Ort ist gefährlich. Ihr drei wisst nicht, worauf ihr euch einlasst. Ich werde euch nicht allein dorthin lassen. Und die Grenze fällt in meine Verantwortung. Wenn du es wissen willst, musst du mich mitnehmen.«

Alles wartete, während Richard einen Augenblick überlegte. Chase bluffte nicht, und Zeit war kostbar. Richard blieb keine andere Wahl. »Chase, es wäre uns eine Ehre, dich bei uns zu haben.«

»Gut.« Er schlug mit der Hand auf den Tisch. »Der Pass wird Königspforte genannt. Er befindet sich in einer üblen Gegend mit dem Namen Southaven. Zu Pferd vier, vielleicht fünf Tage, wenn wir den Händlerpfad nehmen. Du hast es eilig, also wirst du ihn nehmen wollen. In wenigen Stunden wird es hell. Ihr drei schlaft jetzt etwas. Emma und ich werden Vorräte zusammenpacken.«

12. Kapitel

r schien gerade erst eingeschlafen zu sein, als Emma ihn weckte und zum Frühstück hinunterholte. Die Sonne war noch nicht aufgegangen, und im Haus regte sich noch nichts, aber die Hähne begrüßten das Heraufziehen des neuen Tages bereits mit lautem Krähen. Der Geruch von Essen machte ihn sofort hungrig. Emma, die nicht mehr ganz so strahlend lächelte wie am vergangenen Abend, tischte ein opulentes Frühstück auf und sagte, Chase habe bereits gegessen und bepacke die Pferde. Richard hatte Kahlan in ihrem ungewöhnlichen Kleid bezaubernd gefunden, doch ihre neue Kleidung änderte daran nicht das Geringste. Während Kahlan und Emma über Kinder sprachen, und Zedd ein Kompliment über das Essen nach dem anderen von sich gab, nahm Richard in Gedanken die bevorstehende Aufgabe in Angriff.

Plötzlich verdunkelte sich der Raum. Chases Gestalt füllte den Türrahmen. Kahlan erschrak, als sie ihn sah. Er trug ein Kettenhemd über einem hellbraunen Gewand, derbe, schwarze Hosen, Stiefel und einen schwarzen Gürtel mit einer großen Silberschnalle, die mit dem Wappen der Grenzposten verziert war. Er hatte so viele Waffen bei sich, dass er eine kleine Armee hätte ausrüsten können. Bei einem gewöhnlichen Mann hätte das lächerlich gewirkt, bei Chase wirkte es furchterregend. Er war ein Bild offenkundiger Bedrohung. Chase wählte meist zwischen zwei Gesichtsausdrücken. Entweder setzte er eine Miene geheuchelten Desinteresses auf, oder aber er sah so aus, als wollte er sich ins Schlachtgetümmel stürzen. Heute hatte er sich für die zweite Miene entschieden.

Sie waren schon auf dem Weg nach draußen, als Emma Zedd

ein Bündel reichte. »Gebratenes Huhn«, sagte sie. Er strahlte sie an und gab ihr einen Kuss auf die Stirn. Dann umarmte Kahlan Emma und versprach, die Kleider zurückzubringen. Richard beugte sich vor und drückte Emma ebenfalls herzlich an sich. »Seid vorsichtig«, flüsterte sie ihm ins Ohr. Ihrem Gatten gab sie einen Kuss auf die Wange, den der großzügig über sich ergehen ließ.

Chase gab Kahlan ein langes, in einer Scheide steckendes Messer und trug ihr auf, es immer zu tragen. Richard fragte, ob er sich ebenfalls ein Messer ausleihen könne, da er seins zu Hause gelassen habe. Geschickt tastete sich Chase durch das Gewirr, zog ein Messer heraus und reichte es Richard.

Kahlan betrachtete die Waffen. »Meinst du, die brauchst du alle?«

Er lächelte sie schief an. »Wenn ich sie nicht mitnähme, ganz bestimmt.«

Die kleine Gruppe, geführt von Chase, dann Zedd, Kahlan und schließlich Richard als Nachhut, schlug auf dem Weg durch die Wälder Kernlands ein angenehmes Tempo an. Es war ein strahlender Herbstmorgen, und leichter Frost hing in der Luft. Ein Habicht kreiste in der Luft über ihren Köpfen. Am Anfang einer Reise ein Zeichen der Warnung. Im Stillen hielt Richard das Zeichen für völlig überflüssig. Am späten Vormittag verließen sie das Kernlandtal und erreichten den oberen Ven Forest, stießen unterhalb des Trunt Lake auf den Händlerpfad und bogen nach Süden ab. Die Schlangenwolke verfolgte sie gemächlich. Richard war froh, sie von Chases Haus und seinen Kindern fortzuführen. Er machte sich lediglich Sorgen, weil sie für die Überquerung der Grenze so weit nach Süden reiten mussten. Zeit war kostbar. Chase war jedoch der Ansicht, es gäbe keinen anderen Pass.

Der Laubwald wich einem uralten Fichtenbestand. Der Pfad wurde zwischen den Bäumen zu einem regelrechten Hohlweg. Die Stämme ragten zu schwindelerregender Höhe auf, bevor sich die Äste verzweigten, und Richard kam sich im Schatten der alten Bäume winzig vor. Reisen hatte ihm immer gefallen. Er war oft unterwegs. Und jetzt passierten sie vertraute Orte, die der

Reise alles Ungewöhnliche zu nehmen schienen. Und dennoch war diese Reise anders. Sie gelangten an Orte, an denen er noch nie gewesen war. Gefährliche Orte. Chase war besorgt und hatte sie gewarnt. Das allein gab Richard zu denken. Chase machte sich nicht grundlos Sorgen. Eher viel zu selten, wie Richard fand.

Richard beobachtete die drei anderen während des Ritts: Chase, ein schwarzer Umhang auf einem Pferd, bis an die Zähne bewaffnet, gefürchtet sowohl von denen, die er beschützte, wie von denen, die er jagte, doch seltsamerweise nicht von Kindern; der kleine, schmächtige Kerl von einem Zauberer, der dürre Zedd, bescheiden und kaum mehr als ein Lächeln, weißes Haar und seine schlichte Kleidung, zufrieden, nicht mehr als ein Bündel mit gebratenem Huhn bei sich zu haben, gleichzeitig jedoch Herrscher über das Feuer des Zauberers und wer weiß was noch; und Kahlan, mutig, entschlossen, Hüterin irgendeiner geheimen Kraft, entsandt, einen Zauberer zu erpressen, damit er den Sucher benennt. Alle drei waren seine Freunde, und trotzdem löste jeder auf seine Weise Unbehagen in ihm aus. Er fragte sich, wer gefährlicher war. Sie folgten ihm, ohne zu fragen, aber gleichzeitig führten sie ihn auch. Alle drei hatten geschworen, den Sucher mit ihrem Leben zu schützen. Und dennoch war die kleine Gruppe, jeder für sich oder alle zusammen, Darken Rahl keinesfalls ebenbürtig. Alles erschien so hoffnungslos.

Zedd hatte sich bereits über das Huhn hergemacht. In regelmäßigen Abständen warf er einen Knochen über seine Schulter. Nach einer Weile kam ihm der Gedanke, er könnte den anderen ein Stück anbieten. Chase lehnte ab. Er beobachtete unablässig die Umgebung. Der linken Seite des Pfades, zur Grenze hin, schenkte er besonderes Augenmerk. Die beiden anderen nahmen an. An dem Huhn war mehr dran, als Richard gedacht hatte. Als der Pfad breiter wurde, brachte er sein Pferd auf gleiche Höhe mit Kahlans und ritt neben ihr. Sie nahm ihren Umhang ab, da es wärmer geworden war, und lächelte ihn mit diesem besonderen Lächeln an, das sie nie jemand anderem schenkte.

Richard hatte eine Idee. »Zedd, kann ein Zauberer irgendetwas gegen diese Wolke unternehmen?«

Der alte Mann blinzelte nach oben, dann sah er wieder zu Richard hinüber. »Daran habe ich auch schon gedacht. Vielleicht, aber ich will noch ein wenig warten, bis wir weiter von Chases Familie entfernt sind. Ich möchte die Verfolger nicht auf sie lenken.«
Am späten Nachmittag stießen sie auf ein altes Ehepaar. Waldleute, die Chase kannte. Die vier hielten ihre Pferde an, und der Grenzer sprach mit ihnen. Er saß entspannt auf seinem Roß, das Leder knarzte, und er hörte sich die Gerüchte über die Wesen an, die aus dem Grenzgebiet vordrangen. Richard wusste, das waren mehr als nur Gerüchte. Chase behandelte das Paar wie die meisten Leute mit Respekt, trotzdem hatten sie Angst vor ihm. Er versprach ihnen, sich um die Angelegenheit zu kümmern und riet ihnen, nachts im Haus zu bleiben.

Sie ritten bis lange nach Einbruch der Dunkelheit, bevor sie in einem Fichtenwäldchen ihr Nachtlager aufschlugen. Am nächsten Morgen waren sie schon unterwegs, als der Himmel hinter dem Grenzgebiet gerade erst hell wurde. Stellenweise gab es offene Wiesen, süß duftend in der Sonne. Ihre Reise führte sie nach Süden durch hügeliges Land. Ab und an entfernte sich die Straße von den Bergen der Grenze. Manchmal kamen sie an kleinen Höfen vorbei, deren Besitzer sich davonmachten, sobald sie Chase erblickten.

Das Land wurde weniger vertraut. Richard war nur selten so weit im Süden gewesen. Er hielt Ausschau und merkte sich im Vorbeireiten Orientierungspunkte. Nach einem kalten Mittagessen in der warmen Sonne schwenkten sie die Straße in Richtung der Berge ab, bis sie am Spätnachmittag der Grenze so nahe waren, dass sie immer wieder auf die grauen Skelette von Bäumen stießen, die die Schlingpflanze getötet hatte. Die Sonne erhellte den dichten Tann kaum. Chases Verhalten wurde abweisend, unnachgiebiger. Er beobachtete alles noch sorgfältiger. Mehrere Male stieg er ab, studierte, sein Pferd am Zügel führend, den Boden, las Spuren.

Sie überquerten einen Bach, der aus den Bergen strömte. Das Wasser floss träge dahin, war kalt und voller Schlamm. Chase hielt an, setzte sich und starrte angestrengt in die Schatten. Die anderen warteten, sahen sich an und blickten zur Grenze. Richard erkannte den Verwesungsgeruch wieder, der in der Luft hing: die Schlingpflanze. Der Grenzer führte sie noch ein Stück weiter, dann stieg er ab, ging in die Hocke und begutachtete den Boden. Als er sich erhob, reichte er Zedd die Zügel seines Pferdes. Er drehte sich zu ihnen um und sagte schlicht: »Wartet.« Sie sahen zu, wie er zwischen den Bäumen verschwand, und blieben still sitzen. Kahlans großes Pferd graste und schüttelte dabei Fliegen von seinem Fell.

Chase kehrte zurück, streifte die schwarzen Handschuhe über, und nahm Zedd die Zügel ab. »Ich möchte, dass ihr drei weiterreitet. Wartet nicht auf mich und haltet nicht an. Bleibt auf der Straße.«

»Was ist? Was hast du gefunden?«, fragte Richard.

Chase drehte sich um und warf ihm einen finsteren Blick zu. »Die Wölfe haben ein Tier geschlagen. Ich werde die Reste vergraben und anschließend das Land zwischen euch dreien und der Grenze durchstreifen. Ich muss etwas überprüfen. Denkt daran, was ich gesagt habe. Haltet nicht an. Lasst eure Pferde nicht galoppieren, aber legt ein gutes Tempo vor und haltet die Augen offen. Kommt bloß nicht auf die Idee, umzukehren und nach mir zu suchen, falls ihr glaubt, ich sei schon zu lange fort. Ich weiß, was ich tue. Ihr würdet mich ohnehin nicht finden. Sobald ich kann, bin ich wieder bei euch. Bis dahin reitet ihr weiter. Und bleibt auf der Straße.«

Er stieg auf, riss sein Pferd herum und gab ihm die Sporen. Die Hufe warfen Klumpen feuchter Erde auf. »Reitet los!«, rief Chase über die Schulter. Als er zwischen den Bäumen verschwand, sah Richard, wie er nach einem über seine Schulter geschnallten Kurzschwert griff. Er wusste, dass Chase log. Er hatte nicht vor, irgendetwas zu begraben. Richard gefiel der Gedanke nicht, seinen Freund so allein losreiten zu lassen, andererseits verbrachte Chase den größten Teil seines Lebens hier draußen an der Grenze und wusste, was er zu tun hatte und wie man sich schützen konnte. Richard blieb nichts anderes übrig, als sich auf sein Urteil zu verlassen.

»Ihr habt gehört, was er gesagt hat«, sagte der Sucher, »brechen wir umgehend auf.«

Die drei durchritten die Grenzwälder. Die nackten Felsen wurden größer und zwangen ihren Pfad mal hier-, mal dorthin. Die Bäume wurden stämmiger und höher und verbannten fast das ganze Sonnenlicht aus dem stillen Wald. Die Straße verwandelte sich in einen Tunnel durch das Dickicht. Richard gefiel nicht, wie nahe alles zu rücken schien. Er behielt die tiefen Schatten zu ihrer Linken im Auge, während sie eilig weiterritten. Zweige hingen über den Weg, und sie mussten sich beim Hindurchreiten ducken. Er konnte sich nicht vorstellen, wie Chase durch einen derart dichten Wald reiten konnte. Als der Weg breit genug war, ritt Richard an Kahlans Linke, um sich zwischen sie und die Grenze schieben. Er hielt die Zügel mit links, um die Schwerthand frei zu haben. Sie hielt den Umhang eng um sich gerafft. Er sah trotzdem, dass sie eine Hand immer am Messer hatte.

Von links, noch weit entfernt, näherte sich heulend ein Rudel wolfsähnlicher Tiere – nur waren es keine Wölfe. Es waren irgendwelche Untiere aus dem Grenzgebiet.

Die drei rissen die Köpfe in die Richtung, aus der das Geräusch gekommen war. Die Pferde begannen zu scheuen und wollten fliehen. Sie mussten die Zügel raffen und ihnen gleichzeitig genügend Spielraum zum Traben lassen. Richard wusste, wie den Pferden zumute war. Er verspürte den Drang, sie laufen zu lassen, aber genau das hatte Chase ausdrücklich untersagt. Er muss einen Grund dafür gehabt haben, also hielt er sie zurück. Dann mischten sich Schreie unter das Geheul, die einem das Blut gerinnen und die Nackenhaare sich sträuben ließen. Es wurde schwieriger, sich zusammenzureißen und die Pferde zu zügeln. Das Gekreische bestand aus wilden, mordlustigen Schreien, gierig, verzweifelt. Die drei ritten fast eine Stunde im Trab, doch die Schreie schienen ihnen zu folgen. Es blieb ihnen nichts anderes übrig, als weiterzureiten und sich dabei das Geheul der wilden Ungetüme aus dem Grenzgebiet anzuhören.

Als er es nicht mehr aushielt, brachte Richard sein Pferd zum Stehen und blickte in den Wald. Chase war dort alleine mit diesen Viechern. Er konnte seinen Freund nicht länger damit alleine lassen, er musste helfen.

Zedd drehte sich um. »Wir müssen weiterreiten, Richard.«

»Vielleicht steckt er in Schwierigkeiten. Wir dürfen ihn nicht im Stich lassen.«

»Das ist seine Aufgabe. Überlass das ihm.«

»Im Augenblick soll er nicht den Grenzposten spielen, sondern uns zum Pass bringen!«

Der Zauberer kam zurückgeritten und redete leise auf ihn ein. »Genau das tut er gerade, Richard. Er hat geschworen, dich mit seinem Leben zu schützen. Und genau das tut er jetzt. Er sorgt dafür, dass du zum Pass kommst. Das musst du einfach in deinen Kopf kriegen. Was du tust, ist wichtiger als das Leben eines einzelnen Mannes. Chase weiß das. Deswegen sollst du nicht umkehren und nach ihm suchen.«

Richard war fassungslos. »Ich soll einen Freund in den Tod ziehen lassen, wenn ich es verhindern kann?« Das Heulen kam näher.

»Du sollst ihn nicht umsonst sterben lassen.«

Richard starrte seinen alten Freund an. »Aber vielleicht können wir helfen.«

»Vielleicht auch nicht.« Die Pferde stampften nervös mit den Hufen.

»Zedd hat recht«, sagte Kahlan. »Chase hinterherzureiten, beweist keinen Mut. Weiterreiten schon, wenn du ihm helfen willst.«

Richard wusste, sie hatten recht, gab es aber nur widerwillig zu. Er blickte Kahlan verärgert an. »Vielleicht kommst du eines Tages in seine Lage! Was soll ich dann deiner Meinung nach tun?«

Sie sah ihn gelassen an. »Weiterreiten!«

Er funkelte sie wütend an, wusste nicht, was er sagen sollte. Das Kreischen aus dem Wald war immer näher gekommen. Ihr Gesicht zeigte keinerlei Regung.

»Richard, Chase macht das ständig, er wird schon zurechtkommen«, versuchte Zedd ihn zu beruhigen. »Ich wäre nicht überrascht, wenn er gerade eine Menge Spaß hat. Und nach-

her hat er etwas zu erzählen. Du kennst Chase. Vielleicht ist sogar ein Körnchen Wahrheit an seiner Geschichte.«
Richard war böse auf die beiden und auf sich selbst. Er gab seinem Pferd die Sporen und übernahm die Führung. Er wollte nicht mehr reden. Sie überließen ihn seinen Gedanken, ließen sein Pferd vorneweg traben. Es machte ihn wütend, dass Kahlan dachte, er könne sie einfach so alleine lassen. Sie war kein Grenzer. Warum sollten andere sterben, um sie selbst zu retten. Es ergab keinen Sinn. Zumindest wollte er den Sinn nicht sehen.

Er versuchte, nicht auf das Kreischen und Heulen hinten im Wald zu achten. Nach einer Weile entfernten sich die Schreie wieder. Aus dem Wald schien alles Leben gewichen. Es gab weder Vögel noch Kaninchen und nicht einmal Mäuse, nur die verschlungenen Bäume, Gestrüpp und Schatten. Er lauschte aufmerksam, um sich zu vergewissern, dass die beiden anderen folgten. Er wollte sich nicht umdrehen, wollte nicht in ihre Augen blicken müssen. Nach einer Weile hatte das Heulen aufgehört. Er fragte sich, ob dies ein gutes Zeichen war oder nicht.

Er wollte ihnen sagen, es täte ihm leid, er habe lediglich Angst um seinen Freund gehabt, brachte es aber nicht fertig. Er fühlte sich hilflos. Chase würde schon zurechtkommen, redete er sich ein. Er war der Anführer der Grenzposten und kein Narr, außerdem würde er sich auf nichts einlassen, das ihn überforderte. Er fragte sich, ob es überhaupt etwas gab, mit dem Chase nicht zurechtkam. Er fragte sich, ob er es fertigbrachte, Emma zu sagen, ihrem Mann sei etwas zugestoßen.

Er ließ seine Fantasie mit sich durchgehen. Chase ging es gut. Es ging ihm nicht nur gut, sondern er wäre sogar wütend auf Richard, weil er diese Gedanken dachte, ihn anzweifelte.

Der Nachmittag ging zur Neige. Hoffentlich kehrte Chase bald zurück. Richard fragte sich, ob er noch vor Einbruch der Dunkelheit eintreffen würde. Sollten sie ein Nachtlager aufschlagen, wenn nicht? Nein. Chase hatte ihnen verboten, Halt zu machen. Sie mussten weiterreiten, wenn nötig die ganze Nacht, bis er wieder zu ihnen stieß. Es schien, als beugten sich die Berge über sie, bereit, über sie herzufallen. So nahe war er der Grenze noch nie gewesen.

Trotz seiner Sorge um Chase verflog sein Ärger allmählich. Richard drehte sich um und sah zu Kahlan. Sie schenkte ihm ein warmes Lächeln. Er fühlte sich besser und lächelte zurück. Er versuchte, sich vorzustellen, wie die Wälder hier vor dem großen Waldsterben ausgesehen haben mochten. Möglicherweise war es ein wunderbarer Ort gewesen, grün, traulich, sicher. Vielleicht war sein Vater hier auf seinem Weg über die Grenze vorbeigekommen, war mit dem Buch im Gepäck über genau diese Straße zurückgekehrt.

Er fragte sich, ob alle Bäume in der Nähe der anderen Grenze sterben mussten, bevor sie fiel. Vielleicht konnten sie einfach abwarten, bis auch diese fiel, um sie dann einfach zu überqueren. Vielleicht brauchten sie keinen so großen Umweg nach Süden zu machen, zur Königspforte. Aber wie kam er auf den Gedanken, der Weg nach Süden sei ein Umweg? Er kannte sich in den Midlands nicht aus. Warum sollte ein Ort dann besser sein als ein anderer? Das gesuchte Kästchen konnte sich ebenso gut im Süden wie auch weiter im Norden befinden.

Der Wald wurde dunkler. Richard hatte die Sonne schon seit ein paar Stunden nicht mehr gesehen, doch bestand kein Zweifel daran, dass sie unterging. Der Gedanke, nachts durch diesen Wald zu reiten, behagte ihm überhaupt nicht, aber hier zu übernachten, schien noch übler. Er vergewisserte sich, dass die beiden anderen dicht auf seinen Fersen blieben.

Das Geräusch fließenden Wassers drang schwach durch die Stille des Abends, und ein kurzes Stück später stießen sie auf einen kleinen Fluss, über den eine Holzbrücke führte. Sie wollten gerade hinüber, als Richard hielt. Die Brücke gefiel ihm nicht. Irgendetwas stimmte da nicht. Er führte sein Pferd die Böschung hinab und warf einen Blick darunter. Die Stützbalken waren mit Hilfe von Eisenringen in Granitblöcken verankert. Die Bolzen fehlten.

»Jemand hat sich an der Brücke zu schaffen gemacht. Sie trägt einen Mann, aber kein Pferd. Sieht aus, als würden wir nass werden.«

Zedd zog ein mürrisches Gesicht. »Will ich aber nicht.«

»Na schön. Hast du eine bessere Idee?«, wollte Richard wissen.

»Ja«, verkündete Zedd. »Ihr zwei geht hinüber, während ich die Brücke stütze.« Richard sah ihn an, als hätte der Zauberer den Verstand verloren. »Macht schon, es wird gehen.«

Zedd richtete sich im Sattel auf, streckte die Arme mit den Handflächen nach oben zur Seite, warf den Kopf zurück, holte tief Luft und schloss die Augen. Widerstrebend und vorsichtig überquerten die beiden die Brücke. Auf der anderen Seite wendeten sie ihre Pferde und sahen sich um. Das Pferd des Zauberers trat freiwillig auf die Brücke, während Zedd weiter die Arme ausstreckte, den Kopf in den Nacken warf und die Augen geschlossen hielt. Als er bei den beiden angekommen war, senkte er die Arme und sah sie an. Richard und Kahlan waren verblüfft.

»Vielleicht habe ich mich geirrt«, meinte Richard. »Vielleicht trägt die Brücke doch das Gewicht.«

Zedd grinste. »Vielleicht.« Er schnippte mit den Fingern, ohne sich umzusehen. Die Brücke stürzte krachend ins Wasser. Die Balken ächzten, als sie von der Strömung auseinandergezerrt und den reißenden Sturzbach hinuntergespült wurden. »Vielleicht aber auch nicht. Auf jeden Fall konnte ich sie nicht so lassen. Jemand hätte kommen und sich verletzen können.«

Richard schüttelte den Kopf. »Eines Tages, mein Freund, werden wir uns zusammensetzen und lange miteinander reden.« Er riss sein Pferd herum und ritt weiter. Zedd warf Kahlan achselzuckend einen Blick zu. Sie zwinkerte ihm mit einem Lächeln zu, machte kehrt und folgte Richard.

Sie folgten weiter dem unheimlichen Pfad und behielten den Wald im Auge. Richard fragte sich, was Zedd sonst noch alles konnte. Mit zunehmender Dunkelheit überließ er seinem Pferd die Führung und fragte sich, wie lange diese tote Welt noch weitergehen mochte, oder ob die Straße sie je wieder hinausführen würde. Nachts erwachte die Gegend zum Leben. Seltsame Rufe und scharrende Geräusche. Sein Pferd scheute vor Dingen, die niemand sah. Er tätschelte ihm beruhigend den Hals und suchte den Himmel nach Gars ab. Es war aussichtslos. Der Himmel war nirgends zu erkennen. Sollten tatsächlich Gars auftauchen, es würde ihnen schwerfallen, sie zu überraschen. Der Baldachin aus toten Zweigen und Geäst verhinderte jede geräuschlose Annäherung. Vielleicht stellten die Wesen in den Bäumen eine noch größere Bedrohung als die Gars dar. Er wusste nichts über sie und war nicht sicher, ob er das überhaupt wollte. Sein Herz klopfte heftig.

Nach ungefähr einer Stunde hörte er weit links von ihnen, wie etwas durchs Unterholz brach. Er spornte sein Pferd zu einem leichten Trab an und vergewisserte sich, dass Kahlan und Zedd hinter ihm blieben. Was es auch war, es blieb auf gleicher Höhe. Jemand wollte ihnen den Weg abschneiden. Vielleicht war es Chase. Vielleicht aber auch nicht.

Richard zog das Schwert der Wahrheit, presste seine Schenkel um den Leib des Pferdes und trieb es zum Galopp an. Seine Muskeln spannten sich. Das Pferd raste die Straße entlang. Er wusste nicht, ob Kahlan oder Zedd ihm folgten. Im Grunde dachte er nicht einmal daran. Er versuchte, die Dunkelheit vor ihm zu durchdringen und zu erkennen, was ihn anfallen könnte. Sein Zorn schwappte über, Ungestüm und Gier brachen vor. Mit zusammengebissenen Zähnen ging er in tödlicher Absicht zum Angriff über. Wegen des Lärms der Hufe seines Pferdes hörte er das Wesen aus dem Wald nicht, aber er wusste, es war da und kam näher.

Dann erblickte er die dunklen Umrisse vor den kaum erkennbaren Schatten der Bäume. Ein Dutzend Meter vor ihm brach es aus dem Wald hinaus auf den Weg. Er hob das Schwert und griff an. In Gedanken malte er sich aus, wie es reagieren würde. Es wartete regungslos.

Im letzten Augenblick erkannte er Chase, der ihn mit erhobenem Arm stoppte, in der Faust die Umrisse einer Keule.

»Freut mich, zu sehen, dass du auf der Hut bist«, meinte der Grenzposten.

»Chase! Du hast mich fast um den Verstand gebracht.«

»Ich hatte mir einen Augenblick lang auch Sorgen gemacht.« Kahlan und Zedd schlossen auf. »Folgt mir, bleibt dicht hinter mir. Richard, du bildest den Schluss. Lass dein Schwert draußen.«

Chase wendete sein Pferd und stob im Galopp davon. Die

anderen folgten. Richard wusste nicht, ob sie verfolgt wurden. Chase erweckte nicht den Anschein, als stünde ihnen ein Kampf bevor, andererseits hatte er ihm geraten, sein Schwert gezückt zu lassen. Alle hielten den Kopf gesenkt, für den Fall, dass niedrige Äste in den Weg hingen. Es war gefährlich, die Pferde in der Dunkelheit so rennen zu lassen. Doch das wusste Chase.

Sie kamen zu einer Weggabelung, der ersten seit langer Zeit. Ohne Zögern hielt der Grenzposten nach rechts, fort von der Grenze. Kurz darauf hatten sie den Wald hinter sich, das Mondlicht beschien ein offenes Gelände aus rollenden Hügeln und vereinzelten Bäumen. Nach einer Weile verlangsamte Chase das Tempo und ließ die Pferde im Schritt gehen.

Richard schob das Schwert in die Scheide und ritt zu den anderen.»Und was sollte das?«

Chase hakte die Keule zurück in den Gürtel.»Wesen aus dem Grenzgebiet verfolgen uns. Als sie euch angreifen wollten, bin ich dazwischengegangen und habe ihnen den Appetit verdorben. Einige sind zurück in das Grenzgebiet. Die übrigen verfolgen uns weiter innerhalb der Grenze, wo ich ihnen nicht nachsetzen kann. Deswegen wollte ich nicht, dass ihr zu schnell reitet. Ich hätte im Wald nicht mithalten können, sie hätten mich abgehängt und euch erwischt. Ich habe uns von der Grenze fortgeführt, weil ich ihnen für die Nacht unsere Witterung nehmen wollte. Es ist zu gefährlich, nachts derart dicht an der Grenze zu reiten. Wir werden auf einem der Hügel dort oben unser Lager aufschlagen.« Er sah Richard über die Schulter an.»Übrigens, wieso hast du da hinten angehalten? Ich hatte es euch doch verboten.«

»Ich habe das Geheul gehört und mir Sorgen um dich gemacht. Ich wollte kommen und dir helfen. Zedd und Kahlan haben es mir ausgeredet.« Richard hatte angenommen, Chase würde verärgert reagieren, aber das tat er nicht.

»Danke, aber mach das nicht noch mal. Während du dagestanden und nachgedacht hast, hätten sie dich fast erwischt. Zedd und Kahlan hatten recht. Beim nächsten Mal widersprich ihnen nicht.«

Richard spürte, wie seine Ohren brannten. Er wusste, sie hatten recht. Aber er fühlte sich trotzdem nicht besser, denn er hatte einem Freund nicht helfen dürfen.

»Chase«, fragte Kahlan. »Du hast gesagt, sie hätten einen erwischt. Stimmt das?«

Er betrachtete sie im Mondlicht. »Ja. Einen meiner Männer. Welchen, weiß ich nicht.« Er ritt schweigend weiter.

Sie schlugen ihr Nachtlager auf einem Hügel auf, von dem sie einen ungehinderten Blick auf alles hatten, was sich näherte. Chase und Zedd kümmerten sich um die Pferde, während Richard und Kahlan das Feuer anfachten, Brot, Käse und Trockenfrüchte auspackten und eine einfache Suppe kochten. Sie zog mit ihm los, machte sich zwischen den lichten Bäumen mit ihm auf die Suche nach Feuerholz und half ihm beim Tragen. Er meinte, sie beide wären ein gutes Team. Sie lächelte und wandte ihm dann den Rücken zu. Er fasste sie am Arm und drehte sie um.

»Kahlan, wärst du es gewesen, ich wäre losgeritten«, sagte er, und meinte mehr, als die Worte sagten.

Sie sah ihm in die Augen. »Bitte, Richard. Das darfst du nicht einmal denken.« Sachte zog sie ihren Arm zurück und ging zurück ins Lager.

Als die anderen nach der Versorgung der Pferde in den Feuerschein traten, sah Richard, dass die Scheide über Chases Schulter leer war und das Kurzschwert fehlte. Einige seiner Streitäxte und mehrere Langmesser fehlten ebenfalls. Dennoch war er jetzt keinesfalls hilflos, eher alles andere als das.

Die Keule an seinem Gürtel war von oben bis unten mit Blut verschmiert, seine Handschuhe damit durchtränkt, und er war überall damit besprizt. Kommentarlos zog er ein Messer, hebelte einen zehn Zentimeter langen Zahn aus der Keule, der zwischen zwei der Klingen klemmte, und warf den Hauer über seine Schulter in die Dunkelheit. Nachdem er sich das Blut von Händen und Gesicht gewaschen hatte, setzte er sich zu den anderen ans Feuer.

Richard warf einen Ast ins Feuer. »Chase, was waren das für Kreaturen, die hinter uns her waren? Und wie ist es mög-

lich, dass irgendetwas die Grenze einfach so nach Belieben verlassen kann?«
Chase nahm einen Laib Brot und brach ein großes Stück ab. Er sah Richard in die Augen. »Man nennt sie Herzhunde. Sie sind etwa doppelt so groß wie Wölfe, haben eine riesige Brust, die Köpfe sind eher flach, ihre Schnauze ist voller scharfer Zähne. Ziemlich wild. Ich bin nicht sicher, welche Farbe sie haben. Sie gehen nur nachts auf Jagd, wenigstens bis heute. Aber im Wald war es zu dunkel, um etwas zu erkennen, außerdem war ich beschäftigt. Es waren mehr, als ich je zuvor gesehen habe.«

»Warum werden sie Herzhunde genannt?«

Chase kaute ein Stück Brot und warf ihm einen stechenden Blick zu. »Da gehen die Meinungen auseinander. Herzhunde haben große, runde Ohren, ein sehr gutes Gehör. Manche behaupten, sie könnten jemanden an seinem Herzschlag erkennen.« Richard riss die Augen auf. »Andere meinen, sie heißen so, weil sie auf diese Weise töten. Sie springen dir auf die Brust. Die meisten Raubtiere gehen einem an die Kehle, die Herzhunde nicht. Sie gehen dir direkt ans Herz, und ihre Zähne sind groß genug dafür. Es ist auch das Erste, was sie fressen. Ist es mehr als einer, streiten sie sich darum.«

Zedd schöpfte sich einen Teller Suppe und reichte Kahlan die Kelle.

Richard war der Appetit vergangen, trotzdem musste er fragen. »Und was meinst du?«

Chase zuckte mit den Achseln. »Na ja, ich habe in der Nähe der Grenze im Dunkeln nie so lange still gesessen, bis ich wusste, ob sie meinen Herzschlag hören.« Er nahm noch einen Bissen von dem Brot und sah sich beim Kauen auf die Brust. Er zog den schweren Kettenpanzer aus. In den Ketten waren zwei lange, ausgefranste Risse. In den verdrehten Gliedern klemmten Splitter eines gelben Gebisses. Das Lederhemd darunter war mit Hundeblut durchtränkt. »Dem hier ist die Klinge meines Kurzschwerts in der Brust abgebrochen, und dabei saß ich immer noch auf meinem Pferd.« Er sah zu Richard hinüber und zog eine Augenbraue hoch. »Beantwortet das deine Frage?«

Richard bekam eine Gänsehaut. »Und wieso können sie nach Belieben die Grenze überschreiten?«

Chase nahm Kahlan den Teller Suppe aus der Hand. »Das hat etwas mit dem Zauber der Grenze zu tun. Sie wurden zusammen mit ihr geschaffen. Sie sind sozusagen die Wachhunde der Grenze. Sie können sie verlassen und wieder zurück. Die Grenze hat keinen Einfluss mehr auf sie. Trotzdem sind sie an sie gebunden, weit können sie sich nicht von ihr entfernen. Als die Grenze schwächer wurde, konnten sie in immer größerem Umkreis jagen. Das macht das Reisen auf dem Händlerpfad gefährlich, aber jeder andere Weg nach King's Port würde mindestens eine Woche länger dauern. Die Abkürzung, die wir genommen haben, ist die einzige, die sich von der Grenze entfernt, bis wir Southaven erreichen. Ich wusste, dass ich zu euch stoßen musste, bevor ihr sie passiert hattet, sonst hätten wir die Nacht dort verbringen müssen, zusammen mit den Hunden. Morgen, bei Tageslicht, wenn es sicherer ist, zeige ich euch, wie die Grenze immer schwächer wird.«

Richard nickte. Alle hingen wieder ihren eigenen Gedanken nach.

»Sie sind hellbraun«, sagte Kahlan leise. Alles drehte sich zu ihr um. Sie saß da und starrte ins Feuer. »Die Herzhunde sind hellbraun, ihr Fell ist kurz, wie auf dem Rücken eines Rehs. Mittlerweile kann man sie überall in den Midlands sehen, da sie mit dem Fall der anderen Grenze aus ihrer Bindung entlassen worden sind. Das Fehlen einer Aufgabe macht sie völlig hemmungslos, jetzt kriechen sie schon bei Tag aus ihren Löchern hervor.«

Die drei Männer saßen regungslos und dachten über ihre Worte nach. Selbst Zedd hatte aufgehört zu essen.

»Großartig«, sagte Richard kaum hörbar. »Und was gibt es sonst noch in den Midlands? Womöglich noch Schlimmeres!«

Es war keine Frage, eher ein verzweifelter Fluch. Das Feuer knackte, wärmte ihre Gesichter.

Kahlans Blick war in die Ferne geschweift. »Darken Rahl«, flüsterte sie.

13. Kapitel

ichard saß gegen einen Fels gelehnt ein Stück vom Lager entfernt, hatte seinen Umhang fest um sich gerafft und hielt Ausschau in Richtung Grenze. Der schwache Wind trug einen eisigen Hauch mit sich. Chase hatte ihm die erste Wache gegeben, Zedd sollte die zweite übernehmen, und der Grenzer selbst die dritte. Kahlan hatte protestiert, als man ihr keine Wache zuteilte, fügte sich am Ende jedoch Chases Wunsch. Das Mondlicht schien über das offene Land zwischen seinem Platz und der Grenze. Es bestand aus ausgedehnten Hügeln, einigen Bäumen und ein paar Bachläufen. Ein gemütlicher Ort, wenn man bedachte, wie nahe er den Grenzwäldern war. Natürlich waren auch die Wälder zu irgendeiner Zeit, bevor Darken Rahl die Kästchen ins Spiel gebracht und mit der Zerstörung der Grenze begonnen hatte, einmal gemütlich gewesen. Chase hatte gemeint, er glaube nicht, die Herzhunde könnten so weit herumstreunen. Für den Fall, dass er sich irrte, hatte Richard die Absicht, sie kommen zu sehen. Er ließ die Hand über den Griff des Schwertes gleiten, ertastete das Wort WAHRHEIT und fuhr gedankenverloren mit den Fingern über die erhabenen Buchstaben, während er den Nachthimmel absuchte und schwor, sich nicht noch einmal von den Gars überraschen zu lassen. Er war froh, die erste Wache zugeteilt bekommen zu haben, denn er war nicht schläfrig. Erschöpft ja, aber nicht schläfrig. Trotzdem musste er gähnen.

Die Berge, die einen Teil der Grenze bildeten, lagen entfernt am Rande der Dunkelheit, hinter dem verfilzten Geäst des Waldes, und ragten in die Höhe wie das Rückgrat eines Monsters, das zu groß war, sich zu verstecken. Richard fragte sich, was ihn wohl aus diesem schwarzen Schlund anstarren mochte. Chase hatte gemeint, das Grenzgebirge würde niedriger, sobald sie nach Süden kämen, und sei an ihrem Ziel so gut wie verschwunden. Unerwartet glitt Kahlan, ebenfalls dicht in ihren Umhang gehüllt, in der Dunkelheit leise an seine Seite und drückte sich wegen der Wärme dicht an ihn heran. Sie sagte nichts, schmiegte sich nur an. Verirrte Strähnen ihres Haares berührten sein Gesicht. Der Griff ihres Messers bohrte sich ihm in die Seite, doch er sagte nichts, aus Angst, sie könne wieder gehen.

»Schlafen die anderen?«, fragte er ruhig und warf einen Blick über seine Schulter. Sie nickte. »Woher weißt du das?« Er lächelte. »Zedd schläft mit offenen Augen.«

Sie erwiderte sein Lächeln. »Das tun alle Zauberer.«

»Wirklich? Ich dachte, nur Zedd.«

Er suchte das Tal nach irgendeiner Bewegung ab und spürte dabei ihren Blick. Er sah sie an. »Kannst du nicht schlafen?« Sie war so nah, dass er nur zu flüstern brauchte.

Sie zuckte mit den Achseln. Die leichte Brise wehte ein paar ihrer langen Haare über sein Gesicht. Sie wischte sie fort. Ihr Blick fand seine Augen. »Ich wollte dir sagen, es tut mir leid.«

Er wünschte, sie würde ihren Kopf an seine Schulter legen, doch sie tat es nicht. »Weswegen?«

»Du sollst mir nicht nachreiten. Du sollst nicht meinen, ich wüsste deine Freundschaft nicht zu schätzen. So ist es nicht. Nur, was wir tun, ist wichtiger als ein einzelner Mensch.«

Er hörte sich ihre Entschuldigung an und spürte, was sie ihm sagen wollte. Doch darüber sprachen sie gar nicht. Sie hatte an ganz etwas anderes gedacht, genau wie er. Er sah ihr in die Augen, spürte ihren Atem auf seinem Gesicht.

»Kahlan, hast du jemanden?« Er spürte den Pfeil in seinem Herzen, fragen musste er trotzdem. »Jemanden, der zu Hause auf dich wartet, meine ich. Einen Geliebten?«

Er hielt dem Blick aus ihren grünen Augen lange stand. Sie sah nicht fort, doch ihre Augen füllten sich mit Tränen. Lieber als alles andere hätte er gerne die Arme um sie geschlungen und sie geküsst.

Sie strich ihm sachte mit der Rückseite der Finger übers Gesicht. Und räusperte sich. »So einfach ist das nicht, Richard.«
»Doch, ist es. Entweder du hast jemanden, oder nicht.«
»Ich habe Verpflichtungen.«
Eine Weile schien es, als wolle sie ihm etwas sagen, ihm ihr Geheimnis verraten.
Sie sah im Mondlicht so wunderschön aus, doch war es nicht nur ihr Anblick, es war ihr Inneres, angefangen von ihrer Intelligenz bis hin zu ihrem Mut, ihrem Witz, dem besonderen Lächeln, das sie nur ihm schenkte. Falls es so etwas gäbe, er würde einen Drachen töten, nur um dieses Lächeln zu sehen. Sein Leben lang wollte er keine andere mehr. Lieber verbrächte er den Rest seines Lebens allein als mit einer anderen. Es gab keine andere mehr. Ausgeschlossen.
Er sehnte sich verzweifelt danach, sie an sich zu drücken. Er verlangte nach ihren weichen Lippen. Aber stattdessen beschlich ihn unerklärlicherweise dasselbe Gefühl wie beim Überqueren der Brücke. Das Gefühl einer deutlichen Warnung, deutlicher als sein Verlangen, sie zu küssen. Irgendetwas verriet ihm, dass er eine Brücke zu viel überqueren würde, wenn er es trotzdem tat. Er musste daran denken, wie die Zauberkraft entflammt war, als sie seine Schwerthand berührt hatte. Bei der Brücke hatte er sich nicht getäuscht, also riss er sich zusammen.
Sie wich seinem Blick aus und sah zu Boden. »Chase meint, die nächsten beiden Tage werden hart. Ich denke, ich schlafe besser ein wenig.«
Er hatte keinen Einfluss darauf, was in ihrem Kopf vorging. Das wusste er. Zwingen konnte er sie nicht. Damit musste sie allein fertig werden.
»Du hast mir gegenüber auch eine Verpflichtung«, sagte er. Sie sah ihn fragend an und runzelte die Stirn. Er lächelte. »Du hast versprochen, mein Führer zu sein. Ich habe vor, dich beim Wort zu nehmen.«
Sie lächelte und konnte nur nicken. Sie war den Tränen zu nahe, um etwas zu sagen Sie berührte ihre Fingerspitzen mit dem Mund und legte sie ihm anschließend auf die Wange, dann verschwand sie in der Nacht.

Richard saß in der Dunkelheit und schluckte heftig an dem Kloß in seinem Hals. Lange, nachdem sie gegangen war, spürte er noch die Stelle auf seiner Wange, wo sie ihn berührt hatte. Ihren Kuss.

Die Nacht war so still, und Richard kam sich vor, als sei er der einzig Wache auf der ganzen Welt. Sterne funkelten und sahen aus wie Zedds Zauberstaub, während der Mond stumm auf ihn herabblickte. Nicht einmal die Wölfe heulten in dieser Nacht. Die Einsamkeit drohte, ihn zu zerdrücken.

Plötzlich wünschte er sich, irgendetwas würde angreifen, nur damit er auf andere Gedanken kam. Er zog sein Schwert und polierte es, um sich zu beschäftigen, obwohl die Klinge bereits funkelte. Das Schwert gehörte ihm, er konnte es benutzen, wie er es für richtig hielt. Das hatte Zedd ihm gesagt. Ob es Kahlan gefiel oder nicht, er würde es gebrauchen, um sie zu beschützen. Sie wurde gejagt. Was immer an sie heranwollte, musste erst sein Schwert überwinden. Der Gedanke an ihre Häscher, die Quadrone und Darken Rahl, ließ seinen Zorn aufflammen. Jetzt sollten sie angreifen, damit er der Bedrohung ein Ende bereiten konnte. Er sehnte sich geradezu danach. Sein Herz klopfte. Er biss die Zähne zusammen.

Plötzlich wurde ihm klar, dass der Zorn des Schwertes seinen eigenen Zorn geweckt hatte. Das Schwert war aus seiner Scheide gezogen, und der bloße Gedanke, irgendetwas könnte Kahlan bedrohen, stimmte ihn wütend. Er war erschrocken, wie die Wut ihn so unmerklich und verführerisch durchdrungen hatte. Nur die Wahrnehmung zählt, hatte der Zauberer gesagt. Was sah die Magie des Schwertes in ihm?

Richard ließ das Schwert zurück in die Scheide gleiten, unterdrückte seine Wut, und spürte, wie ihn erneut die Schwermut befiel, als er Landschaft und Himmel wieder absuchte. Er stand auf und lief ein Stück, um die Krämpfe in seinen Beinen zu lösen, dann lehnte er sich wieder untröstlich gegen den Fels.

Eine Stunde vor Ende seiner Wache hörte er leise, vertraute Schritte. Es war Zedd, der in jeder Hand ein Stück Käse hielt und nur das einfache Gewand, aber keinen Umhang trug.

»Was tust du denn schon auf den Beinen? Es ist noch zu früh für deine Wache.«

»Ich dachte, vielleicht wäre dir die Gesellschaft eines Freundes recht. Hier, ich habe dir ein Stück Käse mitgebracht.«

»Nein, danke. Jedenfalls, was den Käse anbelangt. Den Freund könnte ich allerdings gut brauchen.«

Zedd setzte sich neben ihn, zog die Knie an die Brust, deckte das Gewand darüber und machte sich so zum Mittelpunkt eines kleinen Zeltes. »Was ist das Problem?«

Richard zuckte mit den Achseln. »Kahlan, glaube ich.« Zedd sagte nichts. Richard sah ihn an. »Sie ist morgens der erste Gedanke beim Aufwachen und abends der letzte vor dem Einschlafen. So habe ich mich noch nie gefühlt, Zedd. Noch nie habe ich mich so allein gefühlt.«

»Verstehe.« Zedd legte den Käse auf einen Stein.

»Ich weiß, sie mag mich. Trotzdem habe ich das Gefühl, sie lässt mich am ausgestreckten Arm verhungern. Als wir heute Abend das Lager aufschlugen, habe ich ihr erzählt, wäre sie es anstelle von Chase gewesen, wäre ich ihr gefolgt. Vor einer Weile kam sie hierher. Sie sagte, sie wolle nicht, dass ich ihr folge, aber gemeint hat sie etwas ganz anderes. Sie will nicht, dass ich ihr nachstelle.«

»Ein gutes Mädchen«, sagte Zedd kaum hörbar.

»Was?«

»Ich sagte, sie ist ein gutes Mädchen. Wir alle mögen sie. Doch sie ist mehr als das, Richard. Sie hat Verpflichtungen.«

Richard sah den Alten stirnrunzelnd an. »Und worin sollen die bestehen?«

Zedd lehnte sich ein Stück zurück. »Das darf ich dir nicht erzählen. Das muss sie dir selber sagen. Ich dachte, sie hätte es mittlerweile getan.« Der alte Mann legte Richard den Arm um die breiten Schultern. »Wenn du dich damit besser fühlst: Der einzige Grund, warum sie es noch nicht getan hat, ist der, dass sie dich lieber mag, als sie sollte. Sie hat Angst, dich als Freund zu verlieren.«

»Du weißt um ihre Geheimnisse, und Chase weiß auch Bescheid, das sehe ich seinen Augen an. Alle wissen Bescheid, bloß

ich nicht. Heute Abend hat sie versucht, es mir zu sagen, aber sie konnte nicht. Sie sollte sich keine Sorgen darum machen, mich als Freund zu verlieren. Dazu wird es nicht kommen.«
»Richard, sie ist ein wunderbarer Mensch, aber sie ist nicht die Richtige für dich. Das kann sie nicht sein.«
»Warum nicht?«
Zedd zupfte sich etwas vom Ärmel, während er sprach, und wich Richards Blick aus. »Ich habe ihr versprochen zu schweigen. Sie will es dir selbst verraten. Du wirst mir einfach vertrauen müssen. Sie kann nicht das sein, was du gerne in ihr sähst. Such dir ein anderes Mädchen. Das Land ist voll von ihnen. Die halbe Bevölkerung besteht aus Frauen, es gibt genügend zur Auswahl. Such dir eine andere.«
Richard zog die Knie an die Brust, schlang die Arme darum und starrte in die Ferne. »Na schön.«
Zedd sah überrascht auf, lächelte dann und schlug seinem jungen Freund dann aufmunternd auf den Rücken.
»Na schön. Aber nur unter einer Bedingung«, fügte Richard hinzu, während er den Blick über die Grenzwälder schweifen ließ. »Beantworte mir eine Frage, aber ehrlich, bei deinen wehrlosen Wunderheilern – ehrlich. Wenn du mit ja antworten kannst, werde ich tun, was du sagst.«
»Eine? Nur eine Frage?«, fragte Zedd vorsichtig und legte einen knochigen Finger an seine dünne Unterlippe.
»Eine Frage.«
Zedd ließ sich das durch den Kopf gehen. »Eine Frage.«
Richard blickte den alten Mann aus seinen wilden Augen an. »Bevor du deine Frau geheiratet hast, wenn dir da jemand – weißt du was, ich mach's dir noch einfacher ›ja‹ zu sagen – wäre jemand, dem du vertraust, ein Freund, jemand, den du liebst wie deinen Vater, wäre dieser jemand zu dir gekommen und hätte gesagt, such dir eine andere, hättest du es getan?«
Zedd wich Richards Blick aus und atmete tief durch. »Mist. Man sollte meinen, ich hätte inzwischen gelernt, mir von einem Sucher keine Fragen stellen zu lassen.« Er nahm den Käse und biss ein Stück ab.
»Das dachte ich mir.«

Zedd pfefferte den Käse in die Dunkelheit.»Das ändert nichts an den Tatsachen, Richard! Es wird mit euch beiden nicht hinhauen. Ich sage das nicht, um dir wehzutun. Ich liebe dich wie einen Sohn. Könnte ich den Lauf der Dinge ändern, ich würde es tun. Deinetwegen wünschte ich, es wäre anders. Trotzdem, es kann unmöglich klappen. Kahlan weiß das, und wenn du es versuchst, wirst du ihr nur wehtun. Und das willst du doch nicht, oder?«

Richards Stimme klang ruhig, gefasst.»Du hast es selbst gesagt, ich bin der Sucher. Es gibt einen Weg, und ich werde ihn finden.«

Zedd schüttelte den Kopf.»Ich wünschte, es wäre so, mein Junge. Ist es aber nicht.«

»Was soll ich denn dann tun?«, flüsterte Richard mit gebrochener Stimme.

Sein alter Freund legte die schmächtigen Arme um ihn und zog ihn in der Dunkelheit fest an sich.

Richard war wie betäubt.

»Sei einfach ihr Freund, Richard. Das braucht sie jetzt. Aber mehr kannst du nicht sein.«

Richard lag in Zedds Armen und nickte.

Nach ein paar Minuten löste sich der Sucher mit einem argwöhnischen Blick in den Augen aus der Umarmung und schob den Zauberer auf Armeslänge von sich.

»Weshalb bist du hergekommen?«

»Um einem Freund Gesellschaft zu leisten.«

Richard schüttelte den Kopf.»Du bist hier, um dem Sucher einen Rat zu erteilen, und die anderen sollten es nicht mitbekommen. Und jetzt sag mir, weshalb du hier bist.«

»Also schön. Ich bin in meiner Eigenschaft als Zauberer hierher gekommen, um dem Sucher mitzuteilen, dass er heute beinahe einen schweren Fehler begangen hätte.«

Richard nahm die Hände von Zedds Schultern, sah ihm aber weiter in die Augen.»Das weiß ich. Ein Sucher darf sich nicht in Gefahr bringen, wenn er damit alle anderen in Gefahr bringt.«

»Trotzdem hättest du es getan«, hakte Zedd nach.

»Als du mich als Sucher benannt hast, hast du mich mit allen Vor- und Nachteilen genommen. Manches ist mir noch neu. Mir fällt es schwer, einen Freund in Not zu sehen, ohne ihm zu helfen. Ich weiß, diesen Luxus kann ich mir nicht mehr leisten. Betrachte mich als geläutert.«

Zedd lächelte. »Na ja, das war ja gar nicht so schwer.« Er blieb noch einen Augenblick sitzen, und sein Lächeln verblasste. »Aber Richard, es geht um mehr als das, was heute geschehen ist. Als Sucher kannst du für den Tod Unschuldiger verantwortlich sein, und möglicherweise musst du ihren Tod um des Erfolges des Ganzen willen in Kauf nehmen. Wenn du gewinnen willst, musst du dazu in der Lage sein, möglicherweise ist es der einzige Weg. Dafür musst du dich stählen. Dies ist kein Spiel, und es gibt weder Helden noch Schurken. Dies ist ein Überlebenskampf. Beide Seiten glauben, sie seien im Recht. Um zu gewinnen, wird Darken Rahl jeden töten, denn er meint, für ein größeres allgemeines Wohl zu kämpfen. Du wirst das Gleiche tun müssen. Der Angreifer bestimmt die Regeln, ob es dir gefällt oder nicht. Du musst dich an sie halten, oder du wirst an ihnen zugrunde gehen.«

»Wie ist das möglich? Wie kann er oder sonst jemand denken, er kämpft für ein größeres Allgemeinwohl? Darken Rahl will jeden beherrschen, um sich über alle zu stellen. Wie kann jemand darin ein übergeordnetes Ziel sehen?«

Der Zauberer lehnte sich gegen den Felsen und blickte über die Hügel, so als sähe er mehr, als tatsächlich vorhanden war. »Weil manche Menschen beherrscht werden müssen, damit sie sich entwickeln. In ihrer Einfalt betrachten sie freie Menschen als ihre Unterdrücker. Sie wollen einen Führer, der die größeren Gewächse beschneidet, damit die Sonne sie selbst erreichen kann. Sie glauben, keine Pflanze dürfte höher wachsen als die kleinste, damit alle ans Licht kommen. Lieber hätten sie ein Licht, das sie führt, egal, woraus es sich nährt, als selbst eine Kerze anzuzünden.«

Richard schüttelte den Kopf. »Das ergibt keinen Sinn.«

»Darken Rahl verspricht ihnen ein Überleben ohne Kampf.« Der Zauberer legte die Stirn in Falten, seine intelli-

genten Augen wurden scharf. »Das ist vielleicht eine Verdrehung jeder Logik, doch das macht es nicht weniger bedrohlich. Rahls Gefolgsleute brauchen uns nur zu vernichten, etwas anderes brauchen sie nicht zu verstehen. Du dagegen musst deinen Kopf benutzen, wenn du gewinnen willst.«
Richard fuhr sich mit den Fingern durchs Haar. »Damit sitze ich in einer gewaltigen Klemme. Möglicherweise verursache ich den Tod unschuldiger Menschen, doch Darken Rahl kann ich nicht töten.«
Zedd warf ihm einen vielsagenden Blick zu. »Nein. Ich habe gesagt, wenn du Darken Rahl tötest, kannst du das Schwert nicht benutzen, ich habe niemals behauptet, du könntest ihn nicht töten.«
Richard sah entschlossen zu seinem alten Freund hinüber, auf dessen kantigem Gesicht fahl das Mondlicht lag. Dann hatte er eine Idee, und seine finstere Stimmung hellte sich auf.
»Zedd«, fragte er ruhig, »hast du das jemals tun müssen? Hast du jemals Unschuldige sterben lassen?«
Zedds Gesicht wurde hart und nachdenklich. »Im letzten Krieg, ja. Und jetzt wieder, während wir miteinander sprechen. Kahlan hat mir erzählt, dass Rahl Menschen tötet, um meinen Namen zu erfahren. Niemand kann ihm den verraten, trotzdem macht er mit dem Abschlachten weiter, in der Hoffnung, dass ihm irgendjemand den Namen schließlich doch verraten wird. Ich könnte mich ihm stellen, um dem Morden ein Ende zu machen. Aber dann könnte ich ihn nicht mehr besiegen, und noch mehr Menschen würden sterben. Die Wahl ist schmerzlich. Lässt man ein paar auf grauenhafte Weise sterben, müssen es sogar noch mehr auf ebenso grauenhafte Art.«
»Tut mir leid, mein Freund.« Richard zog den Umhang fester um sich, ihn fröstelte von außen wie von innen. Er sah sich um und betrachtete die stille Landschaft, dann wieder Zedd. »Ich habe das Irrlicht Shar kennen gelernt, kurz bevor es starb. Es hat sein Leben gegeben, um Kahlan hierher zu führen und damit andere leben können. Auch Kahlan leidet, weil sie den Tod anderer in Kauf nehmen muss.«
»Das ist richtig«, sagte Zedd leise. »Mir tut das Herz weh,

wenn ich daran denke, was die Augen dieses Mädchens bereits erblickt haben. Und was deine Augen wohl noch erblicken werden.«

»Damit wird das Problem mit uns beiden ziemlich unbedeutend.«

Zedds Gesichtsausdruck schmolz vor Mitgefühl. »Trotzdem tut es nicht weniger weh.«

Richard ließ den Blick erneut über die Landschaft schweifen. »Noch etwas, Zedd. Bevor wir zu deinem Haus kamen, habe ich Kahlan einen Apfel angeboten.«

Zedd lachte überrascht auf. »Du hast jemandem aus den Midlands eine rote Frucht angeboten? Das kommt einer Todesdrohung gleich, mein Junge. In den Midlands sind alle roten Früchte tödlich giftig.«

»Ja. Jetzt weiß ich das. Aber damals noch nicht.«

Zedd beugte sich herüber, zog eine Braue hoch. »Was hat sie dazu gesagt?«

Richard sah ihn von der Seite her an. »Nicht, was sie gesagt hat, ist wichtig, sondern was sie getan hat. Sie hat mich an der Kehle gepackt. Einen Augenblick lang habe ich ihren Augen angesehen, dass sie mich töten wird. Ich weiß nicht wieso, aber ich war sicher, sie würde es tun. Sie zögerte jedoch einen Moment, und so hatte ich Zeit, es ihr zu erklären. Entscheidend ist, sie war mein Freund, hatte mir mehrmals das Leben gerettet, doch in diesem Augenblick stand sie kurz davor, mich zu töten.« Richard wartete. »Das hast du doch auch damit sagen wollen, oder?«

Zedd atmete lange aus und nickte. »Stimmt, Richard. Angenommen, du hättest den Verdacht, ich sei ein Verräter, du wärst nicht sicher, sondern nähmst es nur an und wüsstest, wenn es stimmt, wäre unsere Sache verloren, wärst du dann imstande, mich zu töten? Vorausgesetzt, du hättest nicht die Zeit für Fragen und nur du wüsstest davon – könntest du mich auf der Stelle töten? Könntest du auf mich, deinen alten Freund, in tödlicher Absicht losgehen? Mit aller Brutalität, damit es auch sicher klappt?«

Zedds Blick brannte. Richard war wie betäubt. »Ich... ich weiß es nicht.«

»Nun, du solltest sicher sein, dass du es könntest, denn sonst hast du im Kampf gegen Rahl nichts verloren. Du hättest nicht die Entschlossenheit, zu überleben, zu gewinnen. Keines unserer Leben ist es wert, Rahl siegen zu lassen. Vielleicht stehst du plötzlich vor einer Entscheidung auf Leben und Tod. Kahlan weiß das. Und sie kennt die Folgen, wenn sie versagt. Sie hat die nötige Entschlossenheit.«

»Trotzdem, sie hat gezögert. Nach deinen Worten hätte sie somit einen Fehler gemacht. Ich hätte sie überwältigen können. Sie hätte mich töten müssen, bevor ich Gelegenheit dazu hatte.« Richard runzelte die Stirn. »Und sie hätte sich geirrt.«

Zedd schüttelte langsam den Kopf. »Bilde dir nichts ein, Richard. Sie hatte dich in der Hand. Was du auch hättest tun können, nichts wäre schnell genug gewesen. Ein Gedanke von ihr hätte bereits genügt. Sie hatte die Macht und konnte es sich erlauben, dir die Gelegenheit für eine Erklärung zu geben. Sie hat keinen Fehler gemacht.«

Richard war noch nicht bereit, nachzugeben. »Aber du könntest ebenso unmöglich ein Verräter sein, wie ich sie je verletzen würde. Ich verstehe das nicht.«

»Worum es geht, ist Folgendes: Auch wenn ich keiner bin, du müsstest bereit sein zu handeln, wenn ich einer wäre. Falls erforderlich, müsstest du sogar dafür die Kraft haben. Du bist Kahlans Freund und würdest ihr nichts tun, davon durfte sie ausgehen. Trotzdem war sie bereit zu handeln. Darum geht es. Hättest du sie nicht schnell überzeugt, hätte sie es getan.«

Richard saß einen Augenblick schweigend da und sah seinen Freund an. »Zedd, wenn es andersherum wäre, wenn du annehmen müsstest, ich sei eine Gefahr für unsere Sache, du weißt schon, könntest du es?«

Der Zauberer lehnte sich zurück und sagte, ohne einen Hauch von Gefühl in der Stimme: »Ohne mit der Wimper zu zucken.«

Die Antwort entsetzte Richard. Aber er begriff, was ihm sein Freund hatte sagen wollen, auch wenn das alles weit hergeholt erschien. Jede andere Entscheidung könnte ihr Scheitern bedeuten. Rahl würde jedes Zögern gnadenlos bestrafen. Und sie würden sterben. So einfach war das.

»Willst du denn wirklich immer noch Sucher sein?«, fragte Zedd mit ungläubigen Augen.

Richard starrte ins Nichts. »Ja.«

»Angst?«

»Bis zum Gehtnichtmehr.«

Zedd tätschelte sein Knie. »Gut. Ich würde mir Sorgen machen, wenn du keine hättest.«

Der Sucher warf dem Zauberer einen eisig starren Blick zu.

»Ich habe die Absicht, Darken Rahl ebenfalls Angst zu machen.«

Zedd nickte lächelnd. »Du wirst einen guten Sucher abgeben, mein Junge. Hab Vertrauen.«

Die beiden Freunde saßen schweigend da, teilten die Stille der Nacht, ihr stillschweigendes Verständnis, und dachten an das, was sie nicht wissen konnten: ihre Zukunft.

»Du musst uns helfen, Zedd. Ich glaube, es wird Zeit, dass wir untertauchen. Rahl ist uns lange genug gefolgt. Was kannst du gegen die Wolke unternehmen?«

»Ich denke, du hast recht. Wenn ich nur wüsste, wie sie mit dir verbunden ist, damit ich die Verbindung lösen kann, aber ich komme einfach nicht darauf. Ich werde mir also etwas anderes einfallen lassen müssen.« Er rieb sich mit Daumen und Zeigefinger das kantige Kinn und dachte nach. »Hat es geregnet, seit sie dir folgt, oder war es bedeckt?«

Richard dachte zurück und versuchte, sich an jeden einzelnen Tag zu erinnern. Die meiste Zeit hatte die Ermordung seines Vaters seine Gedanken vernebelt. Es schien so lange her.

»Am Abend bevor ich die Schlingpflanze fand, hat es im Ven Forest geregnet. Aber als ich hierher kam, war es bereits wieder aufgeklart. Nein, geregnet hat es nicht. Ich kann mich nicht erinnern, dass es seit der Ermordung meines Vaters bewölkt gewesen wäre. Wieso?«

»Nun, vielleicht weiß ich dann einen Weg, wie man die Wolke täuschen könnte. Auch wenn ich sie nicht von dir lösen kann. Der Himmel war in der ganzen Zeit klar. Das könnte durchaus Rahls Werk sein. Er hat die anderen Wolken fortgeschafft, damit er diese eine leicht finden kann. Einfach, aber wirksam.«

»Wie hätte er die Wolken fortschaffen können?« – »Er hat sie mit einem Fluch belegt, um die anderen Wolken abzustoßen, und dann hat er sie dir irgendwie angehängt.«

»Warum belegst du sie dann nicht mit einem stärkeren Zauber, um andere Wolken anzulocken? Sie wäre verloren, bevor er etwas merkt, und er könnte sie nicht mehr rechtzeitig finden, um deinen Zauber zu übertreffen. Sollte er einen noch stärkeren Zauber benutzen, um die Wolken zu vertreiben und diese wiederzufinden, wird er nicht herausfinden können, was du getan hast, und der stärkere Zauber, der die Wolken vertreibt, würde die Bindung lösen.«

Zedd sah ihn ungläubig an, zwinkerte mit den Augen. »Donnerwetter, Richard, du hast es verstanden! Mein Junge, ich denke, du würdest einen ausgezeichneten Zauberer abgeben.«

»Nein danke, eine unerfüllbare Aufgabe reicht mir.«

Zedd wich ein wenig zurück und legte die Stirn in Falten, sagte jedoch nichts. Mit seiner dürren Hand griff er unter sein Gewand und zog einen Stein hervor, den er vor ihnen auf den Boden warf. Dann stand er auf und ließ seine Finger in der Luft über dem Stein kreisen, bis er sich plötzlich in einen großen Felsen verwandelte.

»Zedd! Das ist ja dein Wolkenstein!«

»Genau genommen, mein Junge, handelt es sich um einen Zaubererfelsen. Mein Vater hat ihn mir vor langer Zeit geschenkt.«

Der Zauberer rührte mit seinen Fingern schneller und schneller, bis Licht hervorbrach, ein Wirbel aus Funken und Farben. Er rührte weiter, mischte und vermengte das Licht. Es gab kein Geräusch, nur den angenehmen Duft eines Frühlingsschauers. Endlich schien der Zauberer zufrieden.

»Stell dich auf den Felsen, mein Junge.«

Anfangs noch unsicher, stieg Richard ins Licht. Es kribbelte und fühlte sich warm an, so als läge man nach dem Schwimmen ohne Kleider in der heißen Sonne. Er genoss das warme Gefühl der Geborgenheit. Er ließ die Hände seitlich davon schweben, bis sie waagerecht in der Luft standen. Er warf den Kopf zurück, atmete tief durch und schloss die Augen. Ein seltsames Gefühl, so als treibe man im Wasser, nur, dass es Licht war. Heiterkeit durchströmte ihn. In Gedanken fühlte er sich treibend und zeitlos verbunden mit allem, was ihn umgab. Er war eins mit den Bäumen, den Vögeln, den Tieren ringsum, dem Wasser, selbst mit der Luft. Er war kein einzelnes Wesen mehr, sondern Teil eines Ganzen. Er sah die Verbindung der Dinge in einem neuen Licht, hielt sich gleichzeitig für unbedeutend und allmächtig. Er sah die Welt mit den Augen aller Wesen ringsum. Eine schockierende, wunderbare Erkenntnis. Er ließ sich in einen Vogel hineintreiben, der über ihren Köpfen flog, sah die Welt durch seine Augen, jagte nach Mäusen, hungrig und bedürftig, betrachtete das Lagerfeuer unten, die schlafenden Menschen.

Richard verstreute sein Wesen in alle vier Winde. Er wurde niemand und jedermann, spürte das brennende Verlangen von allen Geschöpfen, witterte ihre Angst, schmeckte ihre Freude, verstand ihre Bedürfnisse. Dann ließ er alles zu Nichts zusammenschmelzen, bis an dem Ort, an dem er stand, eine Leere vorhanden war, bis er allein im Universum war, das einzig Lebendige, überhaupt das einzig Existierende; er ließ sich vom Licht durchfluten, Licht, das all die anderen hervorbrachte, die eben diesen Fels benutzt hatten, Zedd, sein Vater und die Zauberer vor ihnen, unzählige Jahre lang, Jahrtausende, jeden Einzelnen von ihnen. Ihr Geist durchwehte ihn, teilte sich ihm mit, während ihm angesichts des Wunders die Tränen die Wangen hinabliefen.

Zedds Hände schnellten vor und verteilten magischen Staub. Er fuhr flüssig blinkend um Richard herum, bis der in der Mitte des Wirbels stand. Das Glitzern kreiste immer enger, bis es sich auf seiner Brust sammelte. Mit einem klingenden Geräusch, wie von einem Kristallüster im Wind, stieg es empor in den Himmel wie ein Drachen an einer Leine, nahm dabei das Geräusch mit sich, höher und höher, bis es die Wolke erreicht hatte. Die Wolke sog den magischen Staub in sich auf und wurde von innen in wilden Farben erleuchtet. Ringsum am Horizont kam Wetterleuchten auf, gezackte Blitze zuckten ungehemmt und erwartungsvoll mal hierhin, mal dorthin.

Urplötzlich hörte das Wetterleuchten auf, das Leuchten in der Wolke wurde schwächer und verschwand, und das Licht aus dem Felsen des Zauberers wurde nach innen gesogen, bis es erloschen war. Plötzlich herrschte Stille. Richard war wieder da. Er stand auf einem einfachen Stein. Mit aufgerissenen Augen sah er zu Zedd hinüber, der ihn anlächelte.

»Zedd«, sagte er tonlos, »jetzt weiß ich, warum du ständig auf diesem Felsen stehst. In meinem ganzen Leben habe ich noch nichts Ähnliches gefühlt. Ich hatte ja keine Ahnung.«

Zedd lächelte wissend. »Du bist ein Naturtalent, mein Junge. Du hast deine Arme genau richtig gehalten, dein Kopf hatte die richtige Neigung, sogar den Rücken hast du richtig gekrümmt. Du hast dich hineingestürzt wie ein Entenküken in den Teich. Du hast alles, was ein guter Zauberer braucht.« Er beugte sich in bester Laune vor. »Jetzt stell dir vor, wie es ist, wenn man nackt ist.«

»Das macht etwas aus?«, fragte Richard verwundert.

»Natürlich. Die Kleider stören.« Zedd legte Richard den Arm um die Schulter. »Eines Tages werde ich dich es ausprobieren lassen.«

»Zedd, warum hast du mich das tun lassen? Es war überflüssig. Du hättest es selber tun können.«

»Wie fühlst du dich jetzt?«

»Ich weiß nicht. Anders. Entspannt. Mein Kopf ist klarer. Nicht mehr so angespannt, nicht mehr so niedergeschlagen.«

»Genau deswegen, mein Freund. Weil du es gebraucht hast. Du hast einen harten Tag hinter dir. Ich kann dir deine Last nicht abnehmen, aber ich kann dafür sorgen, dass du dich besser fühlst.«

»Danke, Zedd.«

»Schlaf jetzt etwas. Ich bin mit der Wache dran.« Er zwinkerte Richard zu. »Solltest du dich jemals anders entscheiden und Zauberer werden wollen, würde ich dich voller Stolz in die Bruderschaft aufnehmen.«

Zedd hob die Hand. Aus der Dunkelheit kam das Stück Käse herangeschwebt, das er fortgeworfen hatte.

14. Kapitel

Chase zügelte sein Pferd. »Hier. Der Platz ist gut.« Er führte die übrigen drei vom Pfad herunter, durch einen ausgedehnten, mit toten Fichten bestandenen Wald; die silbergrauen Skelette der Bäume waren bis auf ein paar Äste und gelegentlichen, mattgrünen Moosbewuchs kahl. Der weiche Grund war mit den Leichen verwesender Falter bedeckt. Braunes Sumpfgras, dessen breite, flache Blätter von früheren Stürmen kreuz und quer auf den Boden gedrückt worden waren, sah aus wie ein Meer ineinander verflochtener, toter Schlangen. Die Pferde suchten sich vorsichtig ihren Weg durch das Gewirr. Die Luft war warm, schwer von Feuchtigkeit und trug den fauligen Geruch der Verwesung. Eine Moskitowolke folgte ihnen. Das einzig Lebendige hier, soweit Richard es beurteilen konnte. So offen das Gelände auch war, der Himmel bot wenig Helligkeit, da eine dichte Wolkendecke drückend tief über dem Boden hing. Nebelfetzen zogen zwischen den Silberdornen der stehen gebliebenen Bäume hindurch und machten sie feucht und glitschig.

Chase ritt voran, es folgten Zedd, Kahlan und zum Schluss Richard, und der Grenzer hielt ein Auge auf sie, während sie ihrem verschlungenen Weg folgten. Die Sicht war auf wenige Dutzend Meter beschränkt. Richard hielt die Augen offen, obwohl Chase einen unbesorgten Eindruck machte. Hier konnte sich alles dicht heranschleichen, bevor man es merkte. Alle vier hatten mit den Moskitos zu kämpfen und sich bis auf Zedd dicht in ihre Umhänge gehüllt. Zedd verzichtete auf einen Umhang, tat sich an den Resten des Mittagessens gütlich und schaute sich um, als sei er auf einer Vergnügungsreise. Richard hatte einen ausgezeichneten Orientierungssinn, trotzdem war er froh, dass sie Chase als Führer hatten. Hier im Sumpf sah alles gleich aus, und aus Erfahrung wusste er, wie leicht es war, sich zu verlaufen.

Seit Richard am vergangenen Abend auf dem Zaubererfelsen gestanden hatte, empfand er das Gewicht seiner Verantwortung weniger als Last, sondern eher als Gelegenheit, etwas Wichtiges zu tun. Das Gefühl für die Gefahr war nicht geschwunden, aber er wollte unbedingt dabei sein, wenn Rahl besiegt wurde. Er sah seine Rolle dabei als Chance, denen zu helfen, die keine Chance hatten. Ein Zurück gab es nicht mehr. Das wäre sein Ende und das vieler anderer auch.

Richard beobachtete, wie Kahlans Körper beim Reiten hin und her schaukelte, wie sich ihre Schultern im Rhythmus des Pferdes wiegten. Gerne hätte er sie zu Orten in Kernland gebracht, die er kannte, unbekannte Orte voller Schönheit und Frieden, oben in den Bergen. Er hätte ihr den Wasserfall mit der dahinter liegenden Höhle gezeigt, den er entdeckt hatte, mit ihr an einem stillen Waldsee gepicknickt, sie in die Stadt begleitet, ihr etwas Schönes gekauft, sie einfach irgendwohin gebracht, wo sie sicher war. Sie sollte lächeln können, ohne sich jeden Augenblick darum sorgen zu müssen, ob ihre Feinde näher rückten. Nach dem gestrigen Abend kam ihm das vor wie ein vergeblicher Wunsch.

Chase gab das Zeichen zum Stehenbleiben. »Hier ist es.«

Richard sah sich um. Sie befanden sich noch immer in dem endlosen, toten, ausgetrockneten Sumpf. Er konnte keine Grenze entdecken. In allen Richtungen sah es gleich aus. Sie banden ihre Pferde an einen umgestürzten Stamm und folgten Chase ein kurzes Stück zu Fuß.

»Die Grenze«, verkündete Chase und streckte den Arm aus.

»Ich sehe nichts«, meinte Richard.

Chase lächelte. »Pass auf.« Er ging weiter, stetig, langsam. Während er vorwärts ging, bildete sich rings um ihn ein grüner Schimmer. Anfangs kaum sichtbar, wurde er stärker und stärker, bis er zwanzig Schritte weiter zu einem grünen Lichtschild wurde, der ihn am Voranschreiten zu hindern schien. In seiner

Nähe war er dichter, drei Meter seitlich und über ihm wurde er schwächer. Der Lichtschild wuchs mit jedem Schritt. Er war wie grünes Glas, gewellt und verzerrend, doch Richard konnte die toten Bäume dahinter sehen. Chase blieb stehen und machte kehrt. Der grüne Schild und dann auch der grüne Schimmer wurden schwächer und verblassten, als er zurückkam. Richard hatte immer geglaubt, die Grenze sei eine Art Wall, etwas, das man sehen konnte.

»Das ist sie?« Richard fühlte sich ein wenig enttäuscht.

»Was willst du mehr? Pass auf.« Chase suchte den Boden ab, hob Äste auf und untersuchte jeden einzelnen auf seine Stärke. Die meisten waren faulig und brachen schnell. Schließlich fand er einen, ungefähr vier Meter lang, der stark genug war und ihm zusagte. Er schleppte ihn in den Lichtschein, bis er den grünen Lichtschild erreicht hatte. Er hielt den Ast am dicken Ende und schob das andere Ende durch die Lichtwand. Während er ihn vorschob, verschwand das zwei Meter entfernte Ende, bis er nur noch einen zwei Meter langen Stock anstelle des vier Meter langen Astes in den Händen zu halten schien. Richard war verblüfft. Er konnte sehen, was hinter der Lichtwand lag, nicht jedoch das andere Ende des Astes. Es schien unmöglich.

Als Chase den Stock soweit hineingeschoben hatte, wie er es wagte, begann er wild zu zucken. Es war vollkommen still. Er riss ihn wieder heraus und kehrte zu den anderen zurück. Er hielt ihnen das zersplitterte Ende des jetzt noch vielleicht drei Meter langen Stockes entgegen. Das Ende war mit Geifer beschmiert.

»Herzhunde«, meinte er mit einem Grinsen.

Zedd wirkte gelangweilt. Kahlan war alles andere als amüsiert. Richard war verblüfft. Da sein Publikum offenbar auf einen einzigen geschrumpft war, packte er Richard am Hemd und zerrte ihn mit sich. »Komm, ich zeige dir, wie es ist.« Chase hakte sich im Gehen bei Richard unter und warnte ihn: »Langsam, ich sage dir, wenn wir weit genug sind. Halte dich an meinem Arm fest.« Sie gingen langsam weiter.

Grünes Licht begann zu leuchten. Mit jedem Schritt wurde

es intensiver, doch als Richard Chase hatte allein hineingehen sehen, hatte es anders ausgesehen. Es hatte Chase an den Seiten und oben eingehüllt, jetzt jedoch war es überall. Es gab ein Summen wie von tausend Hummeln. Mit jedem Schritt wurde der Ton tiefer, aber nicht lauter. Auch das grüne Licht wurde dunkler, wie auch der Wald ringsum, so als würde es Nacht. Überall sonst war das grüne Leuchten zu sehen. Richard konnte den Wald fast nicht mehr erkennen, und als er sich umdrehte, waren Zedd und Kahlan nicht mehr zu sehen.

»Langsam jetzt«, warnte ihn Chase. Sie gingen langsam weiter, gegen den Widerstand des grünen Lichtschilds. Richard spürte den Druck auf seinem Körper.

Dann wurde es ringsum schwarz, so als befände er sich nachts in einer Höhle, zusammen mit Chase, umhüllt von einem grünen Lichtschein. Richard klammerte sich fester an Chases Arm. Das Summen vibrierte in seiner Brust.

Mit dem nächsten Schritt veränderte sich der grüne Lichtschild plötzlich. »Das ist weit genug«, sagte Chase mit hallender Stimme. Die Mauer war plötzlich dunkel transparent geworden, so als blicke Richard mitten in einem dunklen Wald in einen spiegelglatten Teich. Chase stand regungslos da und beobachtete ihn.

Auf der anderen Seite bewegte sich etwas.

Tintenschwarze Schatten waberten durch die Finsternis auf der anderen Seite des Walls, Geister, die in der Tiefe schwebten.

Die Toten in ihrem Reich.

Dichter bei ihnen bewegte sich etwas noch schneller, kam näher. »Die Hunde«, meinte Chase.

Richard überkam eine seltsame Sehnsucht. Sehnsucht nach Dunkelheit. Das Summen war kein Geräusch, wie er erkannte, sondern Stimmen.

Stimmen, die seinen Namen murmelten.

Tausend ferne Stimmen, die nach ihm riefen. Die schwarzen Gestalten sammelten sich, riefen nach ihm, streckten ihre Arme nach ihm aus.

Plötzlich verspürte er eine stechende Einsamkeit, die Einsam-

keit seines Lebens, seines ganzen Lebens. Wozu dieser Schmerz, wo sie doch auf ihn warteten, darauf warteten, ihn willkommen zu heißen? Die schwarzen Gestalten trieben in der Finsternis näher herbei, und allmählich erkannte er ihre Gesichet Es war, als blicke er durch trübes Wasser. Sie kamen näher. Er sehnte sich danach, durch den Wall zu treten. Um bei ihnen zu sein.
Und dann erblickte er seinen Vater.
Richards Herz klopfte. Sein Vater rief mit traurig sorgenvoller Stimme nach ihm. Verzweifelt versuchte er, mit ausgestreckten Armen nach seinem Sohn zu greifen. Er befand sich genau auf der anderen Seite des Walls. Richards Herz wollte vor Sehnsucht zerreißen. So lange hatte er seinen Vater nicht gesehen. Trauer überfiel ihn, er sehnte sich danach, ihn zu berühren. Niemals mehr würde er Angst haben müssen. Er brauchte seinen Vater nur anzufassen. Dann wäre er in Sicherheit.
In Sicherheit. Für immer.
Richard versuchte, nach seinem Vater zu greifen, zu ihm zu gehen, durch den Wall zu treten. Jemand hielt ihn am Arm. Gereizt zog er fester. Wer immer ihn hielt, er brüllte ihn an, er solle loslassen. Seine Stimme klang hohl, leer.
Dann wurde er von seinem Vater fortgerissen.
Seine Wut erwachte brüllend zum Leben. Jemand versuchte, ihn am Arm zurückzuzerren. Wütend griff er nach seinem Schwert. Eine riesige Hand schloss sich mit eisernem Griff um seine. Er mühte sich mächtig ab, das Schwert zu ziehen, schrie in zügelloser Raserei, doch die große Hand hielt ihn fest, riss ihn stolpernd von seinem Vater fort. Richard kämpfte, doch er wurde fortgezogen.
Plötzlich tauchte anstelle der Dunkelheit der grüne Lichtschild wieder auf. Chase zerrte ihn durch das grünliche Licht fort. Ein ekelerregender Ruck, und die Welt kehrte zurück. Vor ihm lag wieder der tote, trockene Sumpf.
Plötzlich merkte Richard zu seinem Entsetzen, was er beinahe getan hätte. Chase ließ seine Schwerthand los. Zitternd legte Richard sie dem kräftigen Mann auf die Schulter, um sich abzustützen. Er hatte Mühe, wieder zu Atem zu kommen, als sie

aus dem grünen Licht traten. Mit einem Gefühl der Erleichterung kehrte er zurück in seine Welt.

Chase beugte sich vor und sah ihm in die Augen. »Alles in Ordnung?«

Richard nickte. Er war zu überwältigt, um etwas zu sagen. Der Anblick seines Vaters hatte seinen verheerenden Kummer aufleben lassen. Er musste sich konzentrieren, um atmen zu können, auf den Beinen zu bleiben. Sein Hals schmerzte. Fast wäre er erstickt. Er hatte es überhaupt nicht bemerkt.

Eine entsetzliche Angst brachte seine Gedanken zum Rasen, als er merkte, wie dicht er davor gewesen war, durch den Wall in den Tod zu treten. Er war auf diese Begegnung nicht vorbereitet gewesen. Hätte Chase ihn nicht zurückgehalten, wäre er jetzt tot. Er hatte sich der Unterwelt ergeben wollen. Er war sich selber völlig fremd. Wie konnte er gewollt haben, sich der Unterwelt hinzugeben? War er so schwach? So zerbrechlich?

Richard schwirrte vor Schmerz der Kopf. Er wurde das Bild seines Vaters nicht mehr los, der sich verzweifelt nach ihm gesehnt hatte. Es wäre so einfach gewesen. Das Bild verfolgte ihn, ließ nicht locker. Er wollte nicht, dass es verschwand, er wollte zurück. Noch immer spürte er den Sog, trotz seines Widerstandes.

Kahlan erwartete sie am Rand des grünen Lichtscheins. Sie legte ihm schützend den Arm um die Hüfte und zog ihn von Chase fort. Mit der anderen Hand fasste sie sein Kinn, drehte seinen Kopf und zwang ihn, sie anzusehen.

»Richard. Hör zu. Denk an etwas anderes. Lenk dich ab. Du musst an etwas anderes denken. Erinnere dich an jede Abzweigung auf sämtlichen Pfaden Kernlands. Kannst du das für mich tun? Bitte. Jetzt sofort. Erinnere dich an jede einzelne. Für mich.«

Er nickte und begann, sich die Pfade ins Gedächtnis zu rufen.

Kahlan ging wütend auf Chase los und schlug ihm ins Gesicht, so fest sie konnte.

»Du Bastard!«, kreischte sie. »Warum hast du ihm das angetan?« Sie legte ihr ganzes Gewicht hinein und schlug ihn erneut mit solcher Wucht, dass ihr die Haare ins Gesicht flogen.

Chase versuchte nicht, sie daran zu hindern. »Das hast du absichtlich getan! Wie konntest du das tun?« Sie holte zum dritten Mal aus, doch diesmal packte er sie am Handgelenk.

»Soll ich es dir verraten, oder willst du weiter auf mich einprügeln?«

Sie riss ihre Hand los, und blickte ihn wutschnaubend an. Einige ihrer Haare klebten ihr schräg übers Gesicht.

»Das Durchschreiten der Königspforte ist gefährlich. Der Durchgang ist nicht gerade, sondern voller Biegungen und Kurven. An manchen Stellen, wo sich die beiden Wälle der Grenze fast berühren, ist sie sehr eng. Ein Schritt nach rechts oder links, und du bist dahin. Du hast die Grenze überquert, Zedd ebenfalls. Ihr beide versteht das. Man sieht sie erst, wenn man sich hineinbegibt, ansonsten weiß man nicht mal, wo sie ist. Ich weiß es nur deswegen, weil ich mein Leben hier draußen verbracht habe. Jetzt ist sie sogar noch gefährlicher, weil sie schwächer wird, und es noch leichter fällt, in sie hineinzulaufen. Wenn Richard auf dem Pass angefallen wird, könnte es sein, dass er in die Unterwelt rennt und es nicht einmal merkt.«

»Das ist keine Entschuldigung! Du hättest ihn warnen können!«

»Ich kenne kein Kind, das gebührenden Respekt vor dem Feuer hätte, wenn es nicht wenigstens einmal die Hand hineingehalten hätte. Das ist immer noch der beste Weg, ansonsten kann man reden, so viel man will. Ohne eine Vorstellung von der Königspforte käme Richard auf der anderen Seite nicht heil heraus. Ja, ich habe ihn absichtlich hineingenommen. Um es ihm zu zeigen. Um ihm das Leben zu retten.«

»Du hättest es ihm sagen können!«

Chase schüttelte den Kopf. »Nein. Er musste es mit eigenen Augen sehen.«

»Genug!«, sagte Richard. Endlich hatte er wieder einen klaren Kopf. Alle drehten sich zu ihm um. »Den Tag will ich noch erleben, an dem mich nicht wenigstens einer von euch fast um den Verstand bringt, auch wenn ihr von ganzem Herzen nur mein Bestes wollt. Im Augenblick haben wir jedoch wichtigere

Sorgen. Chase, woher weißt du, dass die Grenze schwächer wird? Was hat sich verändert?«

»Der Wall bröckelt. Man konnte früher nicht durch das Grün in die Finsternis blicken. Auf der anderen Seite war nichts zu erkennen.«

»Chase hat recht«, brachte Zedd vor. »Ich konnte es sogar von hier aus sehen.«

»Wie lange wird es dauern, bis sie zusammenbricht?«, fragte Richard den Zauberer.

Zedd zuckte mit den Achseln. »Schwer zu sagen.«

»Dann rate!«, fuhr Richard ihn an. »Gib mir irgendeine Vorstellung. So gut es geht.«

»Sie wird wenigstens noch zwei Wochen halten. Aber nicht länger als sechs oder sieben.«

Richard dachte einen Augenblick lang nach. »Kannst du deinen Zauber benutzen, um sie zu stabilisieren?«

»Über diese Art von Macht verfüge ich nicht.«

»Chase, weißt du, ob Darken Rahl die Königspforte kennt?«

»Woher soll ich das wissen?«

»Nun, ist jemand über den Pass gekommen?«

Chase überlegte. »Ich glaube nicht.«

»Ich bezweifle es«, meinte Zedd. »Rahl kann durch die Unterwelt reisen, er braucht den Pass gar nicht. Außerdem bringt er die Grenze ohnehin zum Einsturz. Ich glaube, er wird sich kaum um einen kleinen Pass scheren.«

»Sich um etwas scheren ist etwas anderes, als von etwas wissen«, sagte Richard. »Ich glaube, wir sollten nicht hier rumstehen. Außerdem macht mir Sorge, er könnte wissen, wohin wir gehen.«

Kahlan wischte sich das Haar aus dem Gesicht. »Was meinst du damit?«

Richard sah sie verständnisvoll an. »Meinst du, du hast deine Schwester und deine Mutter gesehen, als du dort drinnen warst?«

»Ich glaube schon. Bist du anderer Ansicht?«

»Ich glaube, es war nicht mein Vater.« Er sah zum Zauberer hinüber. »Was meinst du?«

»Unmöglich zu sagen. Kein Mensch weiß wirklich etwas über die Unterwelt.«

»Darken Rahl schon«, meinte Richard bitter. »Mein Vater würde mich nicht auf diese Weise holen wollen. Aber Darken Rahl. Meine Augen sagen mir etwas anderes. Aber vermutlich waren es doch Darken Rahls Jünger, die nach mir gegriffen haben. Du hast gesagt, wir könnten nicht durch die Grenze, weil sie nur darauf warten. So wollen sie uns kriegen. Ich denke, was ich gesehen habe, waren seine Gefolgsleute aus der Unterwelt. Sie wissen genau, wo ich den Wall berührt habe. Wenn ich mich nicht irre, wird Darken Rahl also bald wissen, wo wir uns befinden. Ich möchte nicht hierbleiben, um herauszufinden, ob ich recht habe.«

»Richard hat recht«, meinte Chase. »Und wir müssen vor Einbruch der Nacht den Skowsumpf erreichen, bevor die Herzhunde ausbrechen. Das ist der einzige sichere Ort zwischen hier und Southaven. Southaven werden wir vor morgen Abend erreicht haben. Dort sind wir vor den Hunden sicher. Und übermorgen werden wir eine Freundin von mir aufsuchen, Adie, die Knochenfrau. Sie lebt in der Nähe des Passes. Um hindurchzukommen, brauchen wir ihre Hilfe. Heute Abend jedoch ist der Sumpf unsere einzige Chance.«

Richard wollte gerade fragen, was eine Knochenfrau ist und wieso sie ihre Hilfe zum Überqueren der Grenze brauchten, da schlug aus der Luft ein dunkler Schatten wie eine Peitsche zu und traf Chase mit solcher Wucht, dass er über mehrere gefällte Bäume hinweggeschleudert wurde. In erschreckendem Tempo wickelte sich die schwarze Gestalt peitschengleich um Kahlans Beine und riss ihr die Füße weg. Sie schrie Richards Namen. Er warf sich auf sie, versuchte, nach ihr zu greifen. Sie packten sich an den Handgelenken. Zusammen wurden sie über den Boden Richtung Grenze geschleift.

Zedd schleuderte aus seinen Fingern Feuer über ihre Köpfe hinweg. Es schoss kreischend vorbei und war verschwunden. Ein weiterer Tentakel hieb schnell wie das Licht auf den Zauberer ein und schleuderte den alten Mann durch die Luft. Richard hakte sich mit einem Fuß am Ast eines Stammes fest.

Faulig wie das Holz war, brach er von dem Stumpf ab. Er warf sich herum und versuchte, die Hacken in den Boden zu stemmen. Seine Stiefel glitten auf dem feuchten Sumpffarn aus. Er rammte die Hacken in die Erde, doch er war nicht kräftig genug, zu verhindern, dass die beiden über den Boden geschleift wurden. Er musste seine Hände freibekommen.

»Halt dich an mir fest!«, schrie er.

Kahlan warf sich nach vorn, schlang die Arme um ihn und packte zu. Das sehnige schwarze Etwas, das sich um ihre Beine geschlungen hatte, schloss sich in einer wellenförmigen Bewegung fester um sie. Sie schrie auf, als es zupackte. Richard riss das Schwert heraus. Die Luft füllte sich mit einem Klirren. Der grüne Lichtschein begann sie einzuhüllen, während sie hineingezerrt wurden.

Wut erfüllte ihn. Richards schlimmste Befürchtungen schienen wahr zu werden. Irgendetwas versuchte, ihm Kahlan wegzunehmen. Der grüne Schein wurde heller. Richard wurde über den Boden geschleift und kam nicht heran an das, was sie zog. Kahlan klammerte sich an seine Hüfte. Ihre Beine waren zu weit entfernt, und das Untier, das ihre Beine gepackt hielt, noch weiter.

»Kahlan, lass los!«

Sie hatte zu viel Angst. Sie klammerte sich verzweifelt noch fester, keuchte vor Schmerz. Der grüne Schild kam immer näher. Das Summen dröhnte ihm in den Ohren.

»Lass los!«, brüllte er.

Er versuchte, ihre Hände von seiner Hüfte zu lösen. Die Bäume des Sumpfes schienen in der Dämmerung zu versinken. Richard spürte den Druck des Walls. Unglaublich, wie fest sie ihn hielt. Auf dem Rücken über den Boden rutschend, versuchte er, hinter sich zu greifen und ihre Handgelenke zu lösen. Unmöglich. Sie hatten nur eine Chance. Er musste auf die Beine kommen.

»Kahlan! Du musst loslassen, oder wir sind tot! Ich werde nicht zulassen, dass sie dich kriegen! Vertrau mir! Lass los!« Er wusste nicht, ob er die Wahrheit sagte, er wusste nur, dies war ihre einzige Chance.

Sie presste den Kopf gegen seinen Bauch und klammerte sich an seinen Körper. Kahlan sah mit schmerzverzerrtem Gesicht zu ihm hoch, während das Untier zudrückte. Sie schrie auf – und ließ los.

Im Nu war Richard auf den Beinen. Plötzlich nahm der dunkle Wall direkt vor ihm Gestalt an. Sein Vater griff nach ihm. Er machte seiner Wut Luft und schwang das Schwert mit allem Ungestüm, das in ihm steckte. Die Klinge fegte durch das Hindernis, durch dieses Etwas, das nicht sein Vater sein konnte. Die finstere Gestalt heulte auf und explodierte zu einer Wolke aus Nichts.

Kahlan war mit den Füßen am Wall. Das schwarze Etwas legte sich fest um ihre Beine, drückte zu und zog. Er hob das Schwert. Seine Sinne wurden von Mordlust beherrscht.

»Richard, nein! Das ist meine Schwester!«

Er wusste, das stimmte nicht, genauso wenig, wie es sein Vater gewesen war. Er überließ sich völlig seiner heißen Gier und schlug so fest zu, wie er konnte. Wieder fegte er durch den Wall und schlitzte das ekelerregende Etwas auf, das Kahlan gepackt hielt. Wirres Blitzen, ein schauerliches Heulen und Wehklagen. Kahlans Beine waren frei. Sie lag auf dem Bauch, alle viere von sich gestreckt.

Ohne sich darum zu kümmern, was ringsum geschah, schob Richard ihr den Arm unter die Hüfte und hob sie in einem Schwung vom Boden. Mit der Linken hielt er sie an sich gedrückt, mit der Rechten richtete er das Schwert auf den Wall, während er sich von der Grenze zurückzog. Dabei hielt er Ausschau nach der geringsten Bewegung, dem geringsten Zeichen eines neuerlichen Angriffs. Sie verließen den grünen Lichtschein.

Er ging weiter, bis sie ein gutes Stück heraus waren, hinter den Pferden. Als er endlich stehen blieb und sie losließ, drehte Kahlan sich um und schlang zitternd die Arme um ihn. Er musste sich beherrschen, damit er nicht wieder hineinging und angriff. Eigentlich hätte er das Schwert wegstecken müssen, um seine Wut und die Gier zu ersticken, doch das wagte er nicht.

»Wo sind die anderen?«, fragte sie in panischer Angst. »Wir müssen sie finden.«

Kahlan stieß ihn von sich und wollte zurück. Richard bekam sie am Handgelenk zu fassen und hätte sie fast von den Füßen gerissen.

»Bleib hier!«, brüllte er, viel aufgebrachter als nötig, und drückte sie zu Boden.

Richard entdeckte Zedd, der bewusstlos zu Boden gesunken war. Als er sich über den alten Mann beugte, zischte etwas über seinen Kopf hinweg. Ihm platzte der Kragen. Er schlug mit dem Schwert um sich, die Klinge fetzte durch das finstere Etwas. Der Stumpf zog sich mit schrillem Kreischen in die Grenze zurück, der abgetrennte Teil verdampfte mitten in der Luft. Richard hob Zedd mit einer Hand auf, warf ihn über die Schulter wie einen Sack Korn und trug ihn zu Kahlan, wo er ihn sanft auf den Boden legte. Sie nahm den Kopf des Zauberers auf den Schoß und untersuchte ihn nach Verletzungen. Geduckt rannte Richard zurück, doch der erwartete Angriff kam nicht. Schade, er sehnte sich nach dem Kampf; gierte danach, zuzuschlagen. Er entdeckte Chase halb unter einen Stamm geklemmt. Er packte den Kettenpanzer und zog ihn unter dem Baum hervor. Aus einer klaffenden, mit Dreck verklebten Wunde am Kopf sickerte Blut.

Richards Gedanken rasten, er wusste nicht, was er tun sollte. Chase konnte er nicht mit einem Arm anheben, und das Schwert wegzustecken wagte er nicht. Auf keinen Fall wollte er, dass Kahlan ihm half, sie sollte in sicherer Entfernung bleiben. Er griff in die Lederbluse des Grenzers und machte sich daran, ihn wegzuschleppen. Der schlüpfrige Farn half ihm ein wenig dabei, trotzdem war es mühselig, weil er einige gestürzte Baumstämme umgehen musste. Überraschenderweise wurde er nicht angegriffen. Vielleicht hatte er das Biest verletzt oder getötet. War es möglich, etwas zu töten, was bereits tot war? Das Schwert besaß Zauberkraft. Richard wusste nicht genau, zu was es fähig war, er war nicht einmal sicher, ob die Wesen im Grenzgebiet tot waren. Endlich erreichte er Kahlan und Zedd und zog Chase heran. Der Zauberer war immer noch bewusstlos.

Kahlans Gesicht war blass vor Angst und Sorge. »Was sollen wir jetzt tun?«

Richard sah sich um. »Hier können wir nicht bleiben, und liegen lassen können wir sie auch nicht. Wir legen sie über die Pferde und brechen auf. Sobald wir in sicherer Entfernung sind, kümmern wir uns um ihre Wunden.«

Die Wolken waren dichter als zuvor, und Nebel überzog alles mit einem feuchten Glanz. Richard sah sich nach allen Seiten um, steckte das Schwert weg und hob Zedd mühelos auf sein Pferd. Chase war schwieriger. Er war groß, und seine Waffen waren schwer. Blut strömte aus der Wunde an der Schläfe und durchtränkte sein Haar, was durch seine Seitenlage auf dem Pferd noch verstärkt wurde. Richard entschied, dass er ihn nicht unbehandelt lassen konnte. Rasch zupfte er ein Aumblatt und einen Stoffstreifen aus einem Beutel. Er zerrieb das Blatt, presste die heilende Flüssigkeit heraus, drückte es auf die Wunde und bat Kahlan, mit dem Stoffstreifen einen Verband anzulegen. Der Stoff war fast augenblicklich blutdurchtränkt, doch das Aumblatt würde die Blutung in Kürze zum Stillstand bringen.

Richard half Kahlan aufs Pferd. Ihre Beine schienen heftiger zu schmerzen, als sie zugeben wollte. Er gab ihr die Zügel von Zedds Pferd, stieg auf, nahm Chases Pferd, und versuchte, sich zu orientieren. Es würde schwer werden, den Pfad wiederzufinden. Der Nebel wurde dichter, die Sicht ließ nach. Aus allen Richtungen schienen Gespenster sie zu beobachten. Er wusste nicht, ob er zu Kahlans Schutz voran reiten oder ihr folgen sollte, also ritt er neben ihr. Weder Zedd noch Chase waren angebunden und konnten daher leicht von den Pferden rutschen, sie konnten also nicht so schnell reiten. Der tote Nadelwald sah in allen Richtungen gleich aus, und immer wieder zwangen umgestürzte Stämme sie zum Ausweichen. Richard spuckte Moskitos aus, die ihm ständig in den Mund flogen.

Der Himmel war überall gleich dunkel und stählern grau. Unmöglich zu sagen, wo die Sonne stand. Nach einer Weile war Richard alles andere als sicher, dass sie in die richtige Richtung ritten. Eigentlich hätten sie den Pfad längst erreicht haben müssen. Er versuchte, sich an auffälligen Bäumen zu orientieren. Sobald sie einen erreicht hatten, suchte er sich den nächsten weiter vorne, in der Hoffnung, auf diese Weise auf einer geraden Linie zu reiten. Um sicherzugehen, hätte er mindestens drei Bäume in einer Reihe finden müssen, doch so weit konnte er im Nebel nicht sehen. Er wusste nicht einmal, ob er sie nicht im Kreis führte. Ob der Weg geradeaus zum Pfad ging, war alles andere als sicher.

»Bist du sicher, dass wir auf dem richtigen Weg sind?«, fragte Kahlan. »Es sieht alles gleich aus.«

»Nein. Aber wenigstens sind wir nicht auf die Grenze gestoßen.«

»Meinst du, wir sollten haltmachen und uns um sie kümmern?«

»Zu riskant. Vielleicht sind wir gerade nur drei Meter von der Unterwelt entfernt.«

Kahlan sah sich besorgt um. Richard überlegte, ob er sie nicht bei den beiden anderen warten lassen sollte, während er sich auf die Suche nach dem Pfad begab, verwarf den Gedanken jedoch. Er hatte Angst, sie nicht wiederzufinden. Sie mussten zusammenbleiben. Was sollten sie bloß tun, wenn es ihnen nicht gelang, vor Einbruch der Dunkelheit einen Ausweg zu finden? Wie sollten sie sich gegen die Herzhunde schützen? Wenn es zu viele waren, konnten man sie sich nicht mal mit dem Schwert alle gleichzeitig vom Leib halten. Chase hatte gesagt, sie müssten den Sumpf vor Einbruch der Dunkelheit erreicht haben. Er hatte weder gesagt warum, noch inwiefern der Sumpf sie schützen würde. Das braune Sumpfgras erstreckte sich endlos wie ein Meer in alle Richtungen, aus dem überall mächtige Stämme ragten.

Ein Stück weiter links tauchte erst eine Eiche auf, dann immer mehr, einige von ihnen mit Blättern, die grün und feucht im Nebel glänzten. Dies war nicht der Weg, den sie gekommen waren. Richard führte sie ein wenig nach rechts und folgte dem Rand des toten Sumpfes in der Hoffnung, er würde sie zum Pfad zurückführen. Aus dem Gestrüpp zwischen den Eichen beobachteten sie Schatten. Er redete sich ein, er würde sich nur einbilden, dass die Schatten Augen hatten. Es ging kein Wind, nichts bewegte sich, alles war totenstill. Er ärgerte sich über sich selbst, weil er sich verlaufen hatte, obwohl das in dieser Gegend wirklich kein Kunststück war. Doch er war Führer; sich zu verlaufen, war unverzeihlich.

Endlich entdeckte er den Pfad. Richard atmete erleichtert auf. Rasch stiegen sie ab und sahen nach ihrer Last. Zedds Zustand war unverändert, aber wenigstens hatte Chases Wunde aufgehört zu bluten. Richard hatte keine Ahnung, was er für sie tun sollte. Er wusste nicht, ob sie durch einen Schlag bewusstlos geworden waren oder durch einen Zauber der Grenze. Kahlan wusste es ebenso wenig.

»Was, meinst du, sollen wir tun?«, fragte sie ihn.

Richard versuchte, sich seine Besorgnis nicht anmerken zu lassen. »Chase meinte, wir müssen den Sumpf erreichen, sonst würden uns die Herzhunde anfallen. Es wird ihnen wenig nutzen, wenn wir sie hier ablegen und darauf warten, dass sie aufwachen, damit uns die Hunde alle erwischen. Wie ich es sehe, haben wir nur zwei Möglichkeiten: Wir können sie hier lassen oder mitnehmen. Hier lassen kommt für mich nicht infrage. Binden wir sie also fest, damit sie nicht herunterfallen, und dann brechen wir zum Sumpf auf.«

Kahlan war einverstanden. Sie beeilten sich und zurrten ihre Freunde auf den Pferden fest. Richard wechselte Chases Verband und säuberte die Wunde ein wenig. Aus dem feuchten Nebel wurde Nieselregen. Richard durchwühlte das Gepäck, fand die Decken und entfernte das Öltuch, in das sie gewickelt waren. Richard und Kahlan deckten die beiden Verwundeten jeweils mit einer Decke zu, dann legten sie das Öltuch darüber, damit sie nicht nass wurden, und verschnürten alles zu einem Paket, so dass es nicht verrutschte.

Als sie fertig waren, legte Kahlan überraschend die Arme um ihn, drückte ihn einen kurzen Augenblick fest an sich und hatte wieder losgelassen, bevor er reagieren konnte.

»Danke. Du hast mich gerettet«, sagte sie sanft. »Die Grenze macht mir schreckliche Angst.« Sie sah schüchtern zu ihm auf.

»Und wenn du jetzt sagst, ich hätte behauptet, du sollst mich nicht retten, setzt es etwas.« Lächelnd blickte sie ihn mit schief gelegtem Kopf an.

»Kein Wort davon. Ich verspreche es.«

Er erwiderte ihr Lächeln, zog ihr die Kapuze des Umhangs über den Kopf und stopfte ihr Haar darunter, um es vor dem Regen zu schützen. Dann zog er seine Kapuze über den Kopf und sie ritten los, den Pfad hinab.

Der Wald war ein düsterer und bedrückender Ort, einsam, menschenleer, unfreundlich. Regen tropfte durch das dichte Blätterdach über ihren Köpfen. Äste schienen ihre Finger nach dem Pfad auszustrecken, als warteten sie nur darauf, sie zu greifen. Das Dickicht zu beiden Seiten war so dicht, dass sie im Notfall nicht zwischen die Bäume hätten fliehen können. Weiterreiten oder umkehren war die Devise. Doch ein Zurück gab es nicht. Den Rest des Nachmittags und Abends gaben sie den Pferden kräftig die Sporen.

Als der dahinscheidende Tag das mattgraue Licht zu stehlen begann, hatten sie den Sumpf noch immer nicht erreicht. Unmöglich zu sagen, wie weit es noch war. Durch den Wald, aus der Ferne, hörten sie Geheul. Ihnen stockte der Atem.

Die Herzhunde kamen.

15. Kapitel

ie Pferde mussten zum Rennen nicht getrieben werden. Sie flohen im Galopp über den Weg, ihre Reiter unternahmen keinerlei Versuche, sie daran zu hindern. Die Herzhunde verliehen ihnen die nötige Kraft. Wasser und Schlamm spritzten auf, während die Hufe über die Straße donnerten, Regen lief ihnen in Sturzbächen über das Fell, doch letztlich behielt der Schlamm die Oberhand, legte sich in Schichten um Beine und Bäuche und trocknete dort an. Als die Hunde zu heulen begannen, antworteten die Pferde mit verängstigtem Schnauben.

Richard überließ Kahlan die Führung. Er wollte zwischen ihr und den Verfolgern bleiben. Die Geräusche der Herzhunde waren immer noch fern, doch sie rückten von links, von der Grenze, immer näher, und es war nur eine Frage der Zeit, bis sie sie eingeholt haben würden. Könnten sie nach rechts schwenken und sich von der Grenze entfernen, hätten sie eine Chance, die Hunde abzuhängen. Doch der Wald war dicht, undurchdringlich. Selbst wenn sie einen Durchgang fänden, würden sie nur langsam vorankommen. Allein der Versuch bedeutete den sicheren Tod. Sie hatten nur eine Chance. Sie mussten auf dem Weg bleiben und den Sumpf erreichen, bevor sie eingeholt wurden. Richard hatte keine Ahnung, wie weit es war, noch was zu tun war, wenn sie ihn erst erreicht hatten – er wusste nur, dass sie dorthin mussten.

Mit Einbruch der Dämmerung verwuschen die Farben des Tages zu einem tristen Grau. Der Regen prasselte in feinen, kalten Tröpfchen auf sein Gesicht, erhitzte und vermischte sich mit Schweiß und rann seinen Hals hinunter. Richard beobachtete, wie die Körper seiner beiden Freunde auf den Pferden hüpften und hoffte, dass sie fest genug gezurrt und nicht zu schwer verletzt waren und bald wieder aufwachen würden. Der Ritt konnte ihnen nicht guttun. Kahlan drehte sich nicht um, sah nicht nach hinten. Sie war ganz in ihre Aufgabe versunken und hatte ihren Körper weit nach vorn über das galoppierende Pferd gebeugt.

Die Straße wand sich in Schlangenlinien und fädelte sich zwischen beeindruckenden, missgestalteten Eichen und blanken Felsen hindurch. Abgestorbene Bäume wurden seltener. Das Blattwerk der Eichen, Eschen und Ahornbäume verbarg die letzten Spuren des Himmels vor den Reitern und verdunkelte den Weg zusätzlich. Die Hunde rückten näher, als die Straße in einen triefnassen Zedernwald hinunterführte. Ein gutes Zeichen, dachte Richard. Zedern wuchsen häufig auf feuchtem Boden.

Kahlans Pferd verschwand hinter einer Kuppe. Richard erreichte den Rand des steilen Abhangs und sah sie in einer Bodenvertiefung verschwinden. Die verzweigten Baumkronen erstreckten sich in die Ferne, zumindest, soweit er es in dem Nebel und dem trüben Licht erkennen konnte. Der Skowsumpf, endlich. Der Geruch nach Feuchtigkeit und Verwesung schlug ihm entgegen, als er ihr hinterherritt, hinunter durch Nebelschwaden, die sie im Vorüberreiten aufwirbelten. Aus der dichten Vegetation schallten ihm scharfe Rufe und Pfiffe entgegen. Von hinten ertönte das Geheul der Herzhunde, näher jetzt. Verholzte Schlingpflanzen hingen von glatten, verdrehten Stämmen herab, die im Wasser auf den Zehenspitzen ihrer Wurzeln zu stehen schienen, und kleinere, blättrige Kletterpflanzen überzogen spiralförmig alles, was kräftig genug war, sie zu halten. Alles schien übereinander zu wachsen und sich so einen Vorteil verschaffen zu wollen. Stehendes Wasser bedeckte schwarz und träge weite Flächen, schlich sich unter dichtes Gebüsch, kreiste kleine Wälder dickbäuchiger Stämme ein. Entengrütze trieb in dichten Matten auf der Oberfläche und sah aus wie gepflegter Rasen. Der üppige Bewuchs schien das Geräusch ihrer Hufe zu schlucken, und nur die Rufe der Sumpfbewohner hallten über das Wasser.

Die Straße verengte sich zu einem Pfad, der sich im schwarzen Wasser nur mühsam behauptete. Aus Angst, sie könnten sich zwischen den Wurzeln ein Bein brechen, mussten sie die Pferde langsamer laufen lassen. Als Kahlans Pferd passierte, sah Richard, wie sich die Wasseroberfläche durch die Bewegungen der darunter lebenden Wesen träge kräuselte. Jetzt hörte er die Hunde am oberen Rand des Kessels. Kahlan drehte sich um, als sie das Geheul vernahm. Wenn sie auf der Straße blieben, hätten die Hunde sie in wenigen Minuten eingeholt. Richard drehte sich um und zog das Schwert. Das unverwechselbare Klirren hallte über das trübe Wasser. Kahlan blieb stehen und drehte sich um.

»Da.« Er zeigte mit dem Schwert über das Wasser nach rechts. »Die Insel. Sie sieht hoch genug aus, um trocken zu sein. Vielleicht können die Herzhunde nicht schwimmen.«

Er hielt es für eine vage Hoffnung, doch etwas Besseres fiel ihm nicht ein. Chase hatte geglaubt, im Sumpf wären sie vor den Hunden sicher. Aber warum, das hatte er ihnen nicht verraten. Etwas anderes fiel ihm nicht ein. Kahlan zögerte keinen Augenblick. Sie lenkte ihr Pferd schnurstracks hinein, Zedds hinter sich herziehend. Richard folgte dichtauf mit Chase und behielt den Pfad nach oben im Blick. In den Lücken zwischen den Bäumen entdeckte er eine Bewegung. Das Wasser schien nicht tiefer als drei oder vier Fuß zu sein, der Untergrund schlammig, Unkraut riss aus seiner Verankerung und trieb an die Oberfläche, als Kahlans Pferd vor ihm hindurchwatete und sich langsam der Insel näherte.

Dann sah er die Schlangen.

Ihre dunklen Körper schlängelten sich dicht unter der Oberfläche durchs Wasser und glitten von allen Seiten auf sie zu. Einige hoben die Köpfe und schnellten ihre roten Zungen in die feuchte Luft. Ihre dunkelbraunen Körper hatten kupferfarbene Flecken, und sie waren in dem trüben Wasser kaum zu erkennen. Beim Schwimmen kräuselten sie kaum die Wasseroberfläche. Richard hatte noch nie so große Schlangen gesehen. Kahlan hatte die Insel im Blick und sie noch nicht bemerkt. Das trockene Land war zu weit entfernt. Unmöglich, es noch zu erreichen, bevor die entsetzlichen Schlangen sie eingeholt hatten.

Richard drehte sich um und blickte nach hinten. Vielleicht konnten sie es zurück zu dem höher gelegenen Gelände schaffen. Wo sie den Pfad verlassen hatten, zeichneten sich knurrend und klaffend die dunklen Silhouetten der Herzhunde ab. Den Kopf gesenkt, rannten die großen schwarzen Körper auf und ab. Sie wollten ins Wasser, ihrer Beute nach, taten es aber nicht. Stattdessen jaulten sie.

Richard senkte die Schwertspitze ins Wasser, und um sie herum bildete sich ein kleiner Strudel; er machte sich bereit, auf die erste Schlange einzuschlagen, die nahe genug kam. Dann geschah etwas Überraschendes. Als er das Schwert ins Wasser hielt, drehten die Schlangen plötzlich ab und wimmelten, so schnell sie konnten, davon. Irgendwie hatte die Zauberkraft des Schwertes sie vertrieben. Er hatte keine Ahnung, wie der Zauber wirkte. Aber er war verdammt froh darüber.

Sie arbeiteten sich zwischen den riesigen Baumstämmen hindurch, die wie Säulen aus dem Sumpf herausragten. Abwechselnd wischten sie im Vorüberreiten Kletterpflanzen und Moosstreifen zur Seite. Als sie in flacheres Wasser gelangten, reichte das Schwert nicht mehr bis hinein. Sofort kehrten die Schlangen um. Er beugte sich vor, tauchte die Schwertspitze wieder ein, und wieder schwammen die Schlangen davon und wollten nichts mit ihnen zu tun haben. Was würde geschehen, wenn sie trockenes Gelände erreicht hatten? Würden die Schlangen ihnen dorthin folgen? Konnte die Zauberkraft des Schwertes sie fernhalten, wenn es nicht im Wasser war? Möglicherweise bedeuteten die Schlangen ebenso viel Ärger wie die Herzhunde.

Wasser troff von der Unterseite von Kahlans Pferd, als es auf die Insel kletterte. Auf einer höher gelegenen Stelle in der Mitte standen einige Pappeln, und am gegenüberliegenden Ende, auf einem kleinen Flecken trockenen Bodens, erhoben sich einige Zedern, größtenteils jedoch war sie mit Schilf und einem lichten Bewuchs aus Iris bedeckt. Um zu sehen, was passierte, zog Richard das Schwert aus dem Wasser, bevor er musste. Die Schlangen gingen wieder auf ihn los. Als er das Wasser verließ, drehten einige ab und verschwanden, andere schwammen am Ufer entlang, doch auf das trockene Land folgte keine.

In fast völliger Finsternis legte Richard Zedd und Chase neben den Pappeln auf den Boden. Er holte eine Plane hervor und spannte sie zwischen den Bäumen auf, als Schutzdach. Alles war feucht, doch da kein Wind ging, hielt es wenigstens den Regen ab. Im Augenblick bestand keine Aussicht, ein Feuer entzünden zu können, da alles auffindbare Holz völlig durchnässt war. Zum Glück war die Nacht nicht kalt. Frösche quakten unablässig in der schwülen Nacht. Richard stellte zwei dicke Kerzen auf ein Stück Holz, damit sie etwas Licht unter der Plane hatten.

Zusammen untersuchten sie Zedd. Nichts deutete auf eine Verletzung hin, aber er war immer noch bewusstlos. Auch Chases Zustand hatte sich nicht verändert. Zum Glück blutete seine Wunde nicht mehr.

Kahlan strich Zedd über die Stirn. »Es ist kein gutes Zeichen, wenn die Augen eines Zauberers so geschlossen sind. Ich weiß nicht, was ich mit den beiden tun soll.«

Richard schüttelte den Kopf. »Ich auch nicht. Wir können uns glücklich schätzen, wenn sie kein Fieber bekommen. Vielleicht gibt es in Southaven einen Heiler. Ich werde Bahren bauen, die die Pferde ziehen können. Ich denke, das ist besser, als sie wie heute auf dem Rücken der Pferde zu transportieren.«

Kahlan holte zwei weitere Decken hervor und deckte sie über ihre Freunde, dann setzten sie und Richard sich zusammen neben die Kerzen. Ringsum tropfte der Regen. Gelbglühende Augenpaare warteten oben auf dem Pfad weit hinten in der Dunkelheit zwischen den Bäumen. Mit dem Hin- und Hergerenne der Herzhunde bewegten sich auch die Augen. Gelegentlich heulten sie verärgert auf.

Die beiden behielten ihre Häscher jenseits des schwarzen Wassers im Auge.

Kahlan starrte auf die glühenden Augen. »Ich frage mich, warum sie uns nicht folgen.«

Richard sah sie von der Seite her an. »Ich glaube, sie haben Angst vor den Schlangen.«

Kahlan sprang auf, sah sich rasch um und stieß mit dem Kopf gegen die Plane. »Schlangen? Was für Schlangen? Ich kann Schlangen nicht ausstehen«, stieß sie in einem Atemzug hervor.

Er sah auf. »Eine Art großer Wasserschlangen. Sie sind fortgeschwommen, als ich das Schwert ins Wasser gehalten habe. Ich glaube, wir brauchen uns keine Sorgen zu machen. Sie sind uns nicht auf trockenen Grund gefolgt. Ich glaube, wir sind sicher.«

Sie sah sich vorsichtig um, zog den Umhang fester um sich und setzte sich wieder hin. Diesmal etwas dichter bei ihm. »Du hättest mich vor ihnen warnen können«, sagte sie mit einem Stirnrunzeln.

»Ich wusste selber nichts davon, bis ich sie gesehen habe. Und da waren uns die Hunde dicht auf den Fersen. Ich glaube, wir hatten keine andere Wahl, und ich wollte dir keinen Schrecken einjagen.«

Sie sagte nichts. Richard holte eine Wurst und einen Laib harten Brotes hervor, ihren letzten. Er brach das Brot in zwei Hälften, schnitt die Wurst in Scheiben und reichte ihr ein paar. Sie hielten jeder eine Blechtasse unter das Regenwasser, das von der Plane tropfte. Schweigend aßen sie, hielten Ausschau nach irgendeinem Anzeichen von Gefahr und lauschten dem gleichförmigen Plätschern des Regens.

»Richard«, fragte sie endlich, »hast du meine Schwester gesehen, in der Grenze?«

»Nein. Was immer es war, das dich gepackt hielt, es sah mir nicht nach einem Menschen aus. Und ich würde wetten, das Ding, das ich anfangs niedergestreckt habe, ist dir auch nicht vorgekommen wie mein Vater.« Sie schüttelte den Kopf. »Ich glaube«, sagte er, »sie wollten dich täuschen, indem sie auftraten wie jemand, den du sehen wolltest.«

»Ich glaube, du hast recht«, sagte sie und biss ein Stück Wurst ab. »Ich bin froh. Die Vorstellung, meiner Schwester wehzutun, hätte mir gar nicht gefallen.«

Er nickte und sah sie an. Ihr Haar war feucht, klebte ihr teilweise an der Wange. »Da ist noch etwas, was ich seltsam fand. Als dieses Ding aus der Grenze, was immer es war, auf Chase losging, war es schnell und hat ihn gleich beim ersten Mal voll getroffen, und dich hatte es gepackt, bevor wir etwas unternehmen konnten. Mit Zedd war es das Gleiche. Ihn hat es auch beim ersten Mal erwischt. Aber als ich zurückging, um sie zu holen, wollte es dich angreifen, hat dich aber verfehlt und es nicht noch einmal versucht.«

»Ist mir auch aufgefallen«, sagte sie. »Es hat dich um ein gutes Stück verfehlt. Es war, als wüsste es nicht, wo du bist. Uns drei hat es sofort entdeckt, aber dich schien es nicht finden zu können.«

Richard dachte einen Augenblick lang nach. »Vielleicht lag es am Schwert.«

Kahlan zuckte mit den Achseln. »Was auch immer es war, Hauptsache, es hat gewirkt.«

Es musste nicht unbedingt am Schwert gelegen haben. Die Schlangen hatten Angst vor dem Schwert gehabt und waren davongeschwommen. Das Ding in der Grenze hatte jedoch keine Angst gezeigt. Es schien, als könnte es ihn einfach nicht sehen. Noch etwas gab ihm zu denken. Als er das Wesen in der Grenze, das aussah wie sein Vater, niedergestreckt hatte, hatte er keinerlei Schmerzen verspürt. Zedd hatte ihm gesagt, jedes Töten mit dem Schwert hätte seinen Preis, und er würde den Schmerz seiner Tat zu spüren bekommen. Vielleicht fehlte der Schmerz, weil das Ding bereits tot war. Vielleicht war es nur in seinem Kopf und nichts davon real. Ausgeschlossen. Es war wirklich genug, um seine Freunde niederzustrecken. Die Gewissheit, dass es nicht sein Vater gewesen war, den er erschlagen hatte, geriet ins Schwanken.

Schweigend aßen sie weiter. Richard dachte darüber nach, was er für Zedd und Chase tun konnte. Eigentlich nichts. Zedd hatte Medizin dabei, doch nur er wusste, wie man sie anwendete. Vielleicht hatte sie auch die Magie der Grenze niedergestreckt. Zedd hatte ebenfalls Magie mitgebracht, doch damit konnte auch nur er allein umgehen.

Richard holte einen Apfel heraus und schnitt ihn in Viertel, entfernte das Gehäuse und reichte Kahlan die Hälfte der Frucht. Während sie aß, rückte sie näher und legte ihren Kopf auf seinen Arm.

»Müde?«, fragte er.

Sie nickte, dann lächelte sie. »Ich hab Schmerzen, ich kann aber nicht sagen, wo.« Sie aß ein Stück Apfel. »Weißt du etwas über Southaven?«

»Ich habe gehört, wie andere Führer im Kernland darüber sprachen. Nach ihren Worten handelt es sich um ein Kaff voller Diebe und Schurken.«

»Klingt nicht, als gäbe es dort einen Heiler.« Richard antwortete nicht. »Was sollen wir tun?«

»Ich weiß es nicht. Aber sie werden sich erholen, sie kommen schon wieder in Ordnung.«

»Und wenn nicht?«, hakte sie nach.

Er legte den Apfel weg und sah sie an. »Kahlan, was willst du damit sagen?«

»Ich will damit sagen, wir müssen uns mit dem Gedanken abfinden, sie hier zu lassen. Und weiterzuziehen.«

»Ausgeschlossen«, sagte er fest. »Wir brauchen sie beide. Weißt du noch, als Zedd mir das Schwert gegeben hat? Er sagte, er möchte, dass ich uns über die Grenze führe. Er sagte, er hätte einen Plan. Er hat mir nicht verraten, wie dieser Plan lautet.« Er blickte über das Wasser zu den Hunden hinüber. »Wir brauchen sie«, wiederholte er.

Sie knabberte an der Schale ihres Apfelstücks. »Und wenn sie heute Nacht sterben? Was bliebe uns dann übrig? Wir müssten weiterziehen.«

Richard wusste, sie sah ihn an, aber er wich ihrem Blick aus. Er wusste, wie viel ihr daran lag, Rahl zu besiegen. Er verspürte den gleichen Drang und würde sich durch nichts aufhalten lassen, auch wenn sie dabei ihre Freunde verlassen müssten. Doch so weit war es noch nicht. Sie wollte sich nur davon überzeugen, dass er noch über den nötigen Willen verfügte, die nötige Entschlossenheit. Sie hatte für ihren Auftrag viel aufgegeben, viel an Rahl verloren, genau wie er. Sie wollte wissen, ob er über die Fähigkeit verfügte, um jeden Preis weiterzumachen, zu führen.

Die Kerzen tauchten ihr Gesicht in weiches Licht, ein winziger Schimmer in der Dunkelheit. Die Flammen spiegelten sich tanzend in ihren Augen. Sie fragte ihn dies bestimmt nicht gern.

»Kahlan, ich bin der Sucher, ich weiß, wie schwer diese Verantwortung wiegt. Ich werde alles Nötige tun, um Darken Rahl zu besiegen. Alles. Du kannst deinen Glauben darauf verwetten. Doch das Leben meiner Freunde werde ich nicht leichtfertig aufs Spiel setzen. Im Augenblick haben wir schon genug Sorgen.«

Regen tropfte von den Bäumen ins Wasser. Das hohle Echo hallte durch die Dunkelheit. Sie legte ihm die Hand auf den Arm, so als wollte sie sagen, es täte ihr leid. Doch ihr brauchte nichts leidzutun. Sie versuchte lediglich, der Wirklichkeit ins Auge zu sehen, einer möglichen Wirklichkeit zumindest. Er wollte sie beruhigen.

»Wenn es ihnen nicht bald besser geht«, sagte er und blickte ihr in die Augen, »und es einen sicheren Ort gibt, wo wir sie lassen können, bei jemandem, dem wir vertrauen, dann werden wir das tun und weiterziehen.«

Sie nickte. »Genau das habe ich gemeint.«

»Ich weiß.« Er aß den Apfel zu Ende. »Warum schläfst du nicht ein bisschen? Ich halte Wache.«

»Ich kann unmöglich schlafen«, sagte sie und deutete mit dem Kopf auf die Herzhunde, »nicht solange sie auf uns lauern. Und mit all den Schlangen in der Nähe.«

Richard lächelte, »Also gut. Wie wär's, wenn du mir hilfst, die Tragen für die Pferde zu bauen? Dann können wir morgen früh aufbrechen, sobald die Hunde verschwunden sind.«

Sie stand auf. Richard besorgte sich von Chase eine gefährlich aussehende Axt und stellte fest, dass sie bei Holz ebenso gut funktionierte wie bei Fleisch und Knochen. Chase wäre bestimmt entsetzt, wenn er eine seiner geschätzten Waffen auf diese Weise zweckentfremdet sähe, eigentlich war sich Richard dessen sogar sicher. Er sah den missbilligenden Gesichtsausdruck seines großen Freundes geradezu vor sich. Natürlich würde Chase die Geschichte mit jedem Mal, wenn er sie erzählte, weiter ausschmücken. Eine Geschichte ohne Ausschmückung war für Chase wie Fleisch ohne Soße; schlicht und einfach zu trocken.

Es dauerte mehrere Stunden, bis sie fertig waren. Kahlan blieb ganz in seiner Nähe. Sie hatte Angst vor den Schlangen, außerdem beobachteten die Herzhunde sie die ganze Zeit. Richard hatte eine Zeit lang mit dem Gedanken gespielt, ein paar von ihnen mit Chases Armbrust zu erledigen, entschied sich schließlich aber dagegen. Chase würde sich über die sinnlose Vergeudung von Bolzen nur ärgern. Die Hunde kamen nicht an sie heran und würden bei Tagesanbruch verschwunden sein.

Als sie fertig waren, sahen sie nach den beiden anderen, dann setzten sie sich zusammen neben die Kerzen. Kahlan war mit Sicherheit müde. Er konnte selber die Augen kaum offen halten. Trotzdem wollte sie sich nicht hinlegen und schlafen, also gestattete er ihr, sich an ihn zu lehnen. Im Nu hatte sich ihr Atem verlangsamt, und sie war eingeschlafen. Sie schlief unruhig; er sah, dass sie heftig träumte. Als sie anfing, zu wimmern und zu zucken, weckte er sie. Ihr Atem ging schnell, sie war den Tränen nahe.

»Albträume?« fragte er und strich ihr beruhigend mit dem Handrücken übers Haar. Kahlan nickte, an ihn gelehnt. »Ich habe von dem Ding aus der Grenze geträumt, das sich um meine Beine gewickelt hat. Ich habe geträumt, es sei eine große Schlange.«

Richard legte ihr den Arm um die Schultern und zog sie fest an sich. Sie hatte nichts dagegen, zog jedoch die Knie vor die Brust und schlang die Arme darum, als sie sich an ihn schmiegte. Er hatte Angst, sie könnte hören, wie sein Herz klopfte. Sie sagte jedoch nichts und war bald darauf wieder fest eingeschlafen. Er lauschte ihrem Atem. Frösche quakten, der Regen prasselte herunter. Sie schlief friedlich. Er nahm den Zahn unter seinem Hemd fest in die Hand. Beobachtete die Herzhunde. Sie erwiderten den Blick.

Irgendwann am nächsten Morgen wachte sie auf; es war noch dunkel. Richard hatte Kopfschmerzen vor Müdigkeit. Kahlan bestand darauf, er solle sich hinlegen und schlafen, während sie Wache hielt. Er wollte es nicht, wollte sie weiter im Arm halten, war jedoch zu schläfrig, um zu widersprechen.

Als sie ihn sanft wachrüttelte, war es hell. Fahles, graues Licht sickerte durch den dichten Nebel und machte die Welt klein und erdrückend. Das Wasser ringsum sah aus, als sei es von fauliger Vegetation durchwuchert, eine Brühe, deren Oberfläche sich kräuselte, wenn sich das unsichtbare Leben darunter tummelte. Starre, schwarze Augen schoben sich durch die Entengrütze und beobachteten sie.

»Die Herzhunde sind verschwunden«, sagte sie. Sie sah trockener aus als am Abend zuvor.

»Wie lange schon?«, wollte er wissen, als er sich die Steifheit aus den Armen rieb.

»Zwanzig, vielleicht dreißig Minuten. Als es hell wurde, sind sie plötzlich davongerannt.«

Kahlan reichte ihm eine Blechtasse heißen Tees. Richard sah sie fragend an.

Sie lächelte. »Ich habe ihn über die Kerze gehalten, bis er heiß war.«

Ihr Einfallsreichtum überraschte ihn. Sie reichte ihm etwas Trockenobst und aß selber auch etwas. Er bemerkte die Streitaxt, die an ihrem Bein lehnte. Offenbar wusste sie, wie man Wache stand. Es regnete immer noch leicht. Fremdartige Vögel stießen auf der anderen Seite des Sumpfes ihre schnellen, krächzenden Rufe aus, während andere aus der Ferne antworteten. Käfer schwebten Zentimeter über dem Wasser, und gelegentlich plätscherte etwas, ohne dass man sah, was es war.

»Irgendwelche Veränderungen bei Zedd oder Chase?«, fragte er.

Die Antwort schien ihr schwerzufallen. »Zedds Atem geht langsamer.«

Richard sah rasch nach. Zedd schien kaum noch zu leben. Sein Gesicht wirkte eingefallen, aschfahl. Er legte ein Ohr auf die Brust des alten Mannes und stellte fest, dass sein Herz normal schlug, nur sein Atem ging langsamer, und er fühlte sich kalt und klamm an.

»Ich glaube, vor den Hunden sind wir jetzt sicher. Wir brechen besser auf und sehen, ob wir Hilfe finden können«, sagte er.

Richard wusste, welche Angst sie vor den Schlangen hatte. Ihm ging es ebenso, was er ihr auch sagte, trotzdem ließen sie sich dadurch nicht von dem abhalten, was sie zu tun hatten.

Sie vertraute auf seine Worte, die Schlangen würden sich nicht in die Nähe des Schwertes trauen, und durchquerte ohne Zögern das Wasser, als er sie darum bat. Zweimal mussten sie das Wasser durchqueren, einmal mit Zedd und Chase, und ein zweites Mal, um die Teile für die Bahren zu holen, da man sie nur auf dem Trockenen gebrauchen konnte.

Sie schnallten die Langhölzer an die Pferde. Benutzen konnten sie sie noch nicht, da das Wurzelgeflecht auf dem Sumpfpfad zu holprig war. Sie mussten warten, bis sie nach Verlassen des Sumpfes eine bessere Straße erreicht hatten.

Es war mitten am Vormittag, als die Straße besser wurde. Sie verhielten, um ihre beiden verletzten Freunde auf die Bahren zu legen und mit Decken und Öltuch zu bedecken. Zu seiner Freude stellte Richard fest, dass die Balkenkonstruktion gut funktionierte. Sie hielt sie überhaupt nicht auf, und der rutschig-matschige Boden vereinfachte das Vorwärtskommen noch. Er und Kahlan aßen auf den Pferden zu Mittag, ritten nebeneinander und reichten sich gegenseitig das Essen. Sie hielten nur an, um nach Zedd und Chase zu sehen. Danach ging es weiter durch den Regen.

Vor Einbruch der Nacht erreichten sie Southaven. Der Ort bestand aus wenig mehr als einigen baufälligen Gebäuden und Häusern, die verstohlen zwischen Eichen und Buchen standen, fast, als wollten sie sich der Straße, allen Nachfragen und Blicken ehrlicher Leute entziehen. Nicht eins sah so aus, als hätte es je Farbe gesehen. Einige hatten Blechdächer, auf die unaufhörlich der Regen trommelte. Mitten in dem Durcheinander gab es einen Kräuterladen, daneben ein zweistöckiges Gebäude. Ein unbeholfen geschnitztes Schild verkündete, es handele sich um eine Gaststätte, nannte jedoch keinen Namen. Der gelbe Schein der Lampen aus den Fenstern im unteren Stockwerk stach als einziger Farbfleck aus dem Grau des Tages und des Gebäudes heraus. Abfallhaufen lehnten trunken an der Seite des Hauses, und das Nachbarhaus neigte sich mitleidig im selben Winkel.

»Bleib dicht bei mir«, sagte Richard beim Absteigen. »Die Männer hier sind gefährlich.«

Kahlan lächelte schief. »Die Sorte kenne ich.«

Richard überlegte, was sie damit meinte, fragte aber nicht nach.

Die Gespräche verstummten, als sie durch die Tür traten. Alles drehte sich um. Das Lokal war ungefähr so, wie Richard es sich vorgestellt hatte. Öllampen erleuchteten einen Raum, der mit stinkendem Pfeifenrauch erfüllt war. Die planlos aufgestellten Tische waren derb, manche bestanden nur aus Planken, die auf Fässer genagelt waren. Stühle gab es nicht, nur Bänke. Die Tür zur Linken war verschlossen, vermutlich führte sie in die Küche. Im Dunkeln zur Rechten gab es eine Treppe, die ohne Geländer zu den Zimmern hinaufführte. Der Fußboden, durch dessen Müllschicht sich eine Reihe von Pfaden zogen, war übersät mit Flecken und verschütteten Resten.

Die Männer waren eine derbe Mischung aus Waldleuten, Reisenden und Ärger. Die meisten hatten ungepflegte Bärte. Die meisten waren groß und kräftig. Der Laden stank nach Bier, Rauch und Schweiß.

Kahlan richtete sich neben ihm zu stolzer Größe auf. Sie war nicht leicht zu beeindrucken. Sollte sie aber vielleicht, überlegte Richard. Mitten in diesem Pack wirkte sie wie ein Goldring am Finger eines Bettlers. Ihre Haltung ließ den Raum noch peinlicher erscheinen. Als sie die Kapuze ihres Umhangs zurückschob, brach ein allgemeines Grinsen aus, und man konnte eine Ansammlung verfaulter oder fehlender Zähne sehen. Der geile Ausdruck in den Blicken der Männer passte nicht zu ihrem Lächeln. Richard wünschte sich, Chase wäre wach.

Mit sinkendem Mut erkannte er, dass es Ärger geben würde.

Ein kräftiger Kerl kam herüber und blieb stehen. Er trug ein Hemd ohne Ärmel und eine Schürze, die aussah, als hätte sie unmöglich jemals weiß gewesen sein können. Das Licht der Lampe spiegelte sich auf seinem glänzenden, rasierten Schädel, und die schwarzen Haare auf seinen kräftigen Armen schienen mit seinem Bart um die Wette zu wachsen. Er wischte sich die Hände an einem schmierigen Lumpen ab, den er sich daraufhin über die Schulter warf.

»Kann ich was für euch tun?«, fragte er trocken. Er wartete und schob mit der Zunge einen Zahnstocher von der einen Seite auf die andere.

Richard versuchte, dem Mann durch Blick und Augen zu sagen, dass er keinen Ärger dulden würde. »Gibt es einen Heiler im Ort?«

Der Besitzer sah Kahlan an, dann wieder Richard. »Nein.«

Richard fiel auf, dass der Mann, im Gegensatz zu anderen, wenn sie Kahlan ansahen, seine Augen dort behielt, wo sie hingehörten. Es verriet ihm etwas sehr Wichtiges. »Wir wollen ein Zimmer.« Er senkte die Stimme. »Draußen haben wir noch zwei Freunde. Sie sind verletzt.«

Der Mann nahm den Zahnstocher aus dem Mund und verschränkte die Arme. »Ich brauche keinen Ärger.«

»Ich auch nicht«, sagte Richard und ließ es wie eine Drohung klingen.

Der Kahlkopf betrachtete Richard von oben bis unten. Sein Blick schien einen kurzen Augenblick am Schwert hängen zu bleiben. Immer noch mit verschränkten Armen taxierte er Richards Augen. »Wie viele Zimmer wollt ihr? Ich bin ziemlich belegt.«

»Eins reicht vollkommen.«

In der Mitte des Raumes erhob sich ein großer Kerl. Unter einem Schopf aus langen roten Strähnen blickten bösartige Augen hervor, die zu eng beieinanderstanden. Sein Bart war vorne nass von Bier. Über einer Schulter trug er einen Wolfspelz. Seine Hand ruhte auf dem Griff eines langen Messers.

»Die Hure, die du da neben dir hast, sieht teuer aus, Kleiner«, meinte der Rothaarige. »Ich denke, du hast nichts dagegen, wenn wir kurz einmal raufkommen und sie ein wenig rumreichen, oder?«

Richard starrte den Mann wutentbrannt an. Diese Art der Herausforderung ließ sich nur mit Blut bereinigen. Seine Augen bewegten sich nicht. Seine Hand glitt langsam zum Schwert. Die Wut schoss ihm in den Kopf und war voll erwacht, noch bevor seine Finger das Heft erreicht hatten.

Dies war der Tag, an dem er andere würde töten müssen. Eine Menge.

Richards Griff schloss sich fester um den mit Draht umwickelten Griff, bis seine Knöchel weiß waren. Kahlan zog immer noch am Ärmel seines Schwertarmes. Leise sprach sie seinen Namen und hob gegen Ende die Stimme, genau wie seine Mutter, wenn sie ihn warnen wollte, sich herauszuhalten. Er warf ihr einen Seitenblick zu. Sie sah den Rothaarigen mit einem lasziven Lächeln an.

»Ihr seht das völlig falsch«, sagte sie mit kehliger Stimme. »Seht ihr, dies ist mein freier Tag. Ich habe ihn für die Nacht angeheuert.« Sie gab Richard einen Klaps aufs Hinterteil. Einen festen. Er war so überrascht, dass er erstarrte. Sie sah den Rothaarigen an und fuhr sich mit der Zunge über die Oberlippe. »Aber wenn er sein Geld nicht wert ist, bist du der Erste, der einspringen darf.« Dabei lächelte sie lasziv.

Einen Augenblick lang lag schwere Stille über dem Raum. Richard musste sich schwer zusammenreißen, das Schwert nicht zu ziehen. Er hielt den Atem an und harrte der Dinge, die da kamen. Kahlan lächelte die Männer noch immer auf eine Weise an, die seinen Ärger nur noch vergrößerte.

In den Augen des Rothaarigen rangen Lust und Tod miteinander. Niemand rührte sich. Dann riss er die Zähne zu einem breiten Grinsen auseinander und grölte vor Lachen. Alles buhte, jaulte, lachte. Der Mann setzte sich, und die Männer unterhielten sich weiter und achteten nicht mehr auf Richard und Kahlan. Richard atmete erleichtert auf. Der Besitzer führte die beiden ein Stück nach hinten. Er lächelte Kahlan respektvoll zu.

»Danke, Ma'am. Glücklicherweise bist du mit dem Kopf schneller als dein Freund mit der Hand. Das Lokal sagt dir vielleicht nicht besonders zu, aber es ist meins, und du hast dafür gesorgt, dass es mir erhalten bleibt.«

»Gern geschehen«, sagte Kahlan. »Hast du ein Zimmer für uns?«

Der Besitzer steckte den Zahnstocher zurück in den Mundwinkel. »Oben ist eins, rechts, am Ende des Ganges. Das mit dem Riegel davor.«

Mit einer Kopfbewegung deutete der Mann auf den Raum voller Leute.

»Es wäre nicht gut, wenn diese Typen sehen, dass eure Begleiter verletzt sind. Ihr zwei geht nach oben aufs Zimmer, genau wie sie es erwarten. Mein Sohn ist in der Küche. Wir bringen eure Freunde über die Hintertreppe hinauf, damit keiner sie sieht.« Richard gefiel die Idee nicht. »Hab ein klein wenig Vertrauen, mein Freund«, raunte ihm sein Gegenüber zu, »sonst schadest du deinen Freunden nur. Übrigens, mein Name ist Bill.«

Richard sah Kahlan an. Ihr Gesicht verriet kein Gefühl. Er sah wieder zum Besitzer. Der Mann war zäh, verhärmt, schien aber nicht tückisch zu sein. Immerhin, das Leben seiner Freunde stand auf dem Spiel. Er versuchte, nicht so bedrohlich zu klingen, wie er sich vorkam.

»Also gut, Bill. Wir tun, was du verlangst.«

Bill lächelte dünn, nickte und schob den Zahnstocher auf die andere Seite.

Richard und Kahlan gingen auf das Zimmer und warteten. Die Decke war unangenehm niedrig. Die Wand neben dem einzigen Bett war mit jahrealtem Dreck verschmiert. In der gegenüberliegenden Ecke standen ein dreibeiniger Tisch und eine kurze Bank.

Eine einzige Öllampe stand auf dem Tisch, verbreitete jedoch nicht viel Licht. Ansonsten war das fensterlose Zimmer leer und wirkte kahl. Es roch ranzig. Richard lief auf und ab, während Kahlan sich aufs Bett setzte, und ihn mit leichtem Unbehagen beobachtete. Schließlich ging er zu ihr.

»Ich kann nicht glauben, was du da unten getan hast.«

Sie stand auf und sah ihm in die Augen. »Das Ergebnis zählt,

Richard. Hätte ich dich gewähren lassen, wäre dein Leben in großer Gefahr gewesen. Für nichts.«
»Aber jetzt glauben diese Leute...«
»Dich interessiert, was diese Männer denken?«
»Nein... aber...« Er spürte, wie er rot wurde.
»Ich habe geschworen, das Leben des Suchers unter Einsatz meines Lebens zu schützen. Ich würde alles tun, was nötig ist, dich zu beschützen.« Sie sah ihn bedeutungsvoll an, zog eine Braue hoch. »Alles.«
Enttäuscht versuchte er, seine Wut in Worte zu fassen, ohne dass sie den Eindruck bekam, er wäre verärgert über sie. Er hatte am Rande einer tödlichen Auseinandersetzung gestanden. Ein einziges falsches Wort, und es wäre passiert. Es quälte ihn, sich zurückhalten zu müssen. Er spürte noch immer, wie die Gier nach Gewalt sein Herz schneller schlagen ließ. Schwer zu verstehen, wie der Zorn seine kühle Urteilskraft mit heißem Verlangen vermischte, schwerer noch, es ihr zu erklären. Beim Blick in ihre Augen wurde er ruhiger, und sein Ärger verflog.
»Richard, du musst mit deinen Gedanken bei der Sache bleiben.«
»Wie meinst du das?«
»Darken Rahl. Um ihn solltest du dir Gedanken machen. Diese Männer dort unten gehen uns nichts an. Wir müssen nur an ihnen vorbei, das ist alles. Verschwende keinen Gedanken an sie. Es wäre sinnlos. Richte deine Kraft auf unsere Aufgabe.«
Er nickte. »Du hast recht. Tut mir leid. Das war mutig von dir vorhin. Auch wenn es mir nicht gefallen hat.«
Sie umarmte ihn, legte den Kopf an seine Brust und drückte ihn sachte. An der Tür klopfte es leise. Nachdem er sich versichert hatte, dass es Bill war, machte er auf. Der Besitzer und sein Sohn trugen Chase herein und legten ihn vorsichtig auf den Boden. Als der Sohn, ein schlaksiger junger Mann, Kahlan erblickte, verliebte er sich sofort hoffnungslos in sie. Richard kannte das Gefühl. Deshalb mochte er den jungen Mann jedoch nicht lieber.
Bill zeigte mit dem Daumen auf ihn. »Das ist mein Sohn: Randy.« Randy starrte Kahlan wie gebannt an. Bill wandte sich

an Richard und wischte sich den Regen mit dem Lumpen vom Kopf, den er über der Schulter trug. Den Zahnstocher hatte er noch immer im Mund.

»Du hast mir nicht verraten, dass dein Freund Dell Brandstone ist.«

Richard wurde hellhörig. »Ist das etwa ein Problem?«

Bill grinste. »Nicht für mich. Der Posten und ich, wir sind nicht immer einer Meinung, aber er ist fair. Er macht mir keine Schwierigkeiten. Er steigt hier ab, wenn er in offiziellem Auftrag der Regierung in der Gegend ist. Aber die Männer unten würden ihn in Stücke reißen, wenn sie wüssten, dass er hier oben ist.«

»Sie würden es vielleicht versuchen«, korrigierte ihn Richard.

Bill verzog die Mundwinkel zu einem dünnen Grinsen. »Wir holen jetzt den anderen.«

Als sie gingen, gab Richard Kahlan zwei Silbermünzen. »Wenn sie zurückkommen, gibt dem Jungen eine davon. Er soll die Pferde in den Stall bringen und sich um sie kümmern. Sag ihm, wenn er die Nacht über auf sie aufpasst und sie bei Sonnenaufgang für uns bereithält, erhält er auch die andere.«

»Wie kommst du darauf, dass er das tut?«

Richard lachte kurz auf. »Keine Sorge, er tut es, wenn du ihn bittest. Du brauchst nur zu lächeln.«

Bill kehrte zurück und hatte Zedd in seinen kräftigen Armen. Randy folgte und trug den größten Teil ihres Gepäcks. Bill legte den alten Mann vorsichtig neben Chase auf den Boden. Stirnrunzelnd sah er Richard an. Dann wandte er sich an seinen Sohn.

»Randy, hol der jungen Lady eine Schüssel und einen Krug mit Wasser. Und ein Handtuch. Ein sauberes. Vielleicht möchte sie sich waschen.«

Randy verließ grinsend rückwärts das Zimmer und stolperte dabei über seine eigenen Füße. Bill sah ihm nach, dann sah er Richard eindringlich an. Er nahm den Zahnstocher aus dem Mund.

»Die beiden sind in schlechter Verfassung. Ich werde dich nicht fragen, was ihnen zugestoßen ist, weil du es mir nicht verraten wirst, wenn du klug bist. Und ich denke, das bist du. Wir haben hier keinen Heiler, aber es gibt jemanden, der dir vielleicht helfen kann. Eine Frau namens Adie. Die meisten Leute haben Angst vor ihr. Dieser Haufen da unten wagt sich nicht in die Nähe ihres Hauses.«

Richard runzelte die Stirn. »Wieso nicht?«

Bill sah zu Kahlan hinüber, sein Blick verengte sich. »Weil sie abergläubisch sind. Sie glauben, sie bringt Unglück. Außerdem lebt sie in der Nähe der Grenze. Es heißt, Leute, die sie nicht mag, neigen dazu, tot umzufallen. Wie gesagt, ich behaupte nicht, es sei wahr. Ich selber halte nichts davon. Ich denke, das haben diese Dickschädel ausgebrütet. Sie ist keine Heilerin, aber ich kenne Leute, denen sie geholfen hat. Du solltest wenigstens hoffen, dass sie es kann, denn ohne Hilfe werden sie nicht länger durchhalten.«

Richard strich sich die Haare zurück. »Und wie finden wir diese Knochenfrau?«

»Nimm den Weg, der vor den Ställen links abbiegt. Man reitet ungefähr eine Stunde.«

»Und warum hilfst du uns?«, wollte Richard wissen.

Bill lächelte und verschränkte die muskulösen Arme vor der Brust. »Sagen wir, ich helfe dem Posten. Er hält ein paar meiner anderen Kunden in Schach, und er verschafft mir mit seinen Geschäften ein Einkommen von der Regierung, hier und über mein Vorratslager nebenan. Wenn er durchkommt, erzähl ihm, wer geholfen hat, ihm das Leben zu retten.« Er lachte in sich hinein. »Das wird ihn ganz schön ärgern.«

Richard lächelte. Er wusste, wie Bill das meinte. Chase konnte es nicht ausstehen, wenn jemand ihm half. »Das werde ich ganz bestimmt.« Der andere machte ein zufriedenes Gesicht. »Ich glaube, es wäre eine gute Idee, dieser Knochenfrau ein paar Dinge mitzubringen, schließlich will ich sie um Hilfe bitten, und sie lebt da draußen an der Grenze ganz allein. Kannst du mir ein paar Vorräte für sie zusammenpacken?«

»Sicher. Wenn es eine offizielle Angelegenheit ist, kann ich es sogar auf die Rechnung der Regierung setzen.«

»Ist es.«

Randy brachte den Zuber, Wasser und Handtücher. Kahlan drückte ihm eine Silbermünze in die Hand und bat ihn, sich um die Pferde zu kümmern. Er sah seinen Vater an, ob der einverstanden war. Bill nickte.

»Sag mir einfach, welches dein Pferd ist, dann werde ich mich darum ganz besonders kümmern«, meinte Randy mit einem breiten Grinsen.

Kahlan lächelte zurück. »Sie gehören alle mir. Kümmere dich um sie, mein Leben hängt davon ab.«

Randys Gesicht wurde ernst. »Du kannst auf mich zählen.« Er wusste nicht, was er mit seinen Händen anfangen sollte und schob sie schließlich in seine Hosentaschen. »Ich werde niemanden in ihre Nähe lassen.« Er ging wieder rückwärts zur Tür und fügte hinzu, als alles bis auf seinen Kopf hindurch war: »Ich glaube kein Wort von dem, was sich die Männer da unten über dich erzählen. Und das habe ich ihnen auch gesagt.«

Kahlan musste gegen ihren Willen lächeln. »Danke. Aber begib dich meinetwegen nicht in Gefahr. Bitte, bleib diesen Männern fern. Und sag nicht, dass du mit mir gesprochen hast, das wird sie nur noch weiter ermutigen.«

Randy grinste und verschwand mit einem Nicken. Bill verdrehte die Augen und schüttelte den Kopf. Lächelnd wandte er sich Kahlan zu.

»Ich nehme an, du hast nicht gerade vor, hierzubleiben und den Jungen zu heiraten? Eine Frau täte ihm gut.«

Ein seltsam gequälter Ausdruck voller Panik huschte über Kahlans Gesicht. Sie setzte sich aufs Bett und blickte zu Boden.

»War nur Spaß, Mädchen«, entschuldigte sich Bill. Er wandte sich wieder an Richard. »Ich bringe jedem von euch einen Teller Essen. Gekochte Kartoffeln und Fleisch.«

»Fleisch?«, fragte Richard voller Argwohn.

Bill lachte. »Keine Sorge. Ich würde nicht wagen, diesen Männern schlechtes Fleisch aufzutischen. Es könnte mich den Kopf kosten.«

Wenige Minuten später kehrte er zurück und stellte zwei Teller mit dampfenden Speisen auf den Tisch.

»Vielen Dank für deine Hilfe«, sagte Richard.

Bill hob eine Braue. »Keine Sorge, das erscheint alles auf der Rechnung. Ich werde sie dir morgen früh zum Unterschreiben geben. Gibt es in der Regierung jemanden, der deine Unterschrift kennt?«

Richard musste lächeln. »Ich denke schon. Mein Name ist Richard Cypher. Mein Bruder ist Oberster Rat.«

Bill zuckte zusammen, war plötzlich erschüttert. »Tut mir leid. Nicht, weil dein Bruder Oberster Rat ist. Ich meine, weil ich es nicht gewusst habe. Ich hätte dich besser untergebracht. Du kannst in meinem Haus wohnen. Es ist nichts Besonderes, aber besser als das hier. Ich werde deine Sachen gleich ...«

»Schon gut, Bill.« Richard ging zu dem Mann und legte ihm eine Hand auf den Rücken, um ihn zu beruhigen. Der Besitzer wirkte plötzlich weniger grimmig. »Mein Bruder ist Oberster Rat, nicht ich. Das Zimmer ist in Ordnung. Alles ist in Ordnung.«

»Bist du sicher? Alles? Du wirst doch nicht die Armee herschicken, oder?«

»Du warst uns eine große Hilfe, bestimmt. Mit der Armee habe ich nichts zu schaffen.«

Bill wirkte nicht überzeugt. »Du bist mit dem Anführer der Grenzposten zusammen.«

Richard lächelte freundlich. »Er ist ein Freund von mir. Schon seit vielen Jahren. Der alte Mann ebenfalls. Sie sind meine Freunde, das ist alles.«

Bills Augen strahlten. »Nun, wenn das so ist, wie wär's, wenn ich dann ein paar Zimmer zusätzlich auf deine Rechnung setze? Damit sie nicht erfahren, dass ihr alle zusammen hier übernachtet habt?«

Immer noch lächelnd, schlug Richard dem Mann auf den Rücken. »Das wäre nicht ehrlich. Unter so etwas setze ich meinen Namen nicht.«

Bill seufzte und konnte sich ein breites Grinsen nicht verkneifen. »Du bist tatsächlich ein Freund von Chase.« Er nickte vor sich hin. »Jetzt glaube ich dir. Seit ich ihn kenne, habe ich den Mann noch nicht dazu bringen können, eine Rechnung aufzustocken.«

Richard drückte dem Mann etwas Silber in die Hand. »Aber

das hier ist nicht Unrecht. Ich weiß zu schätzen, was du für uns tust. Mir wäre es auch sehr lieb, wenn du das Bier heute Abend ein wenig verdünnen würdest. Betrunkene sterben zu schnell.«
Bill sah ihn wissend an. Richard fügte hinzu: »Du hast gefährliche Kundschaft.«
Der Mann blickte Richard in die Augen, sah zu Kahlan hinüber, und wieder zurück. »Heute Abend ja«, stimmte er zu.
Richard sah ihm fest in die Augen. »Sollte heute Nacht jemand durch diese Tür treten, werde ich ihn töten. Ohne Fragen zu stellen.«
Bill starrte ihn eine ganze Weile an. »Ich tue, was ich kann, um das zu verhindern. Und wenn ich ein paar Köpfe zusammenschlagen muss.«
Er ging zur Tür. »Esst euer Abendbrot, bevor es kalt wird. Und kümmere dich um deine Lady, sie trägt einen klugen Kopf auf ihren Schultern.« Er zwinkerte Kahlan zu. »Und einen hübschen dazu.«
»Noch etwas, Bill. Die Grenze wird schwächer. In wenigen Wochen wird sie gefallen sein. Pass auf dich auf.«
Die Brust des Mannes hob sich, als er tief durchatmete. Den Türknauf in der Hand, blickte er Richard lange in die Augen. »Ich glaube, die Versammlung hat den falschen Bruder zum Obersten Rat gewählt. Ich hole euch morgen früh, wenn die Sonne aufgegangen und die Luft rein ist.«
Nachdem er gegangen war, setzten sich Richard und Kahlan nebeneinander auf das Bett und aßen ihre Mahlzeit. Ihr Zimmer befand sich an der Hinterseite des Gebäudes, die Männer dagegen einen Stock tiefer und vorne. Es war ruhiger, als Richard angenommen hatte.
Von den Leuten war bestenfalls gedämpfter Lärm zu hören. Das Essen war besser, als Richard erwartet hatte. Vielleicht lag es auch nur daran, weil er völlig ausgehungert war. Auch das Bett kam ihm herrlich vor, denn er war todmüde. Kahlan bemerkte es.
»Du hast letzte Nacht nur ein oder zwei Stunden geschlafen. Ich werde die erste Wache übernehmen. Es wird noch eine Weile dauern, bis die Männer den Mut aufbringen, hier herauf-

zukommen, sollten sie das tatsächlich vorhaben. Wenn es so weit ist, wäre es besser, du bist ausgeruht.«

»Ist es leichter, Menschen umzubringen, wenn man ausgeruht ist?« Sofort nachdem es heraus war, tat es ihm leid, er hatte nicht barsch werden wollen. Die Anspannung machte ihn immer noch nervös.

»Tut mir leid, Richard. So hatte ich das nicht gemeint. Ich wollte nur nicht, dass dir etwas zustößt. Wenn du zu müde bist, kannst du dich nicht so gut verteidigen. Ich habe Angst um dich.« Mit der Gabel schob sie eine Kartoffel auf dem Teller hin und her. Es tat ihm in der Seele weh, als er den gequälten Ausdruck auf ihrem Gesicht sah. Er stupste sie scherzhaft mit der Schulter an.

»Diese Reise hätte ich um nichts missen wollen. Endlich habe ich Zeit für meine Freundin.« Sie sah ihn aus den Augenwinkeln an. Er lächelte.

Sie erwiderte sein Lächeln und legte ihm für einen Augenblick den Kopf an die Schulter, bevor sie die Kartoffel aß. Ihr Lächeln tat ihm gut.

»Warum wolltest du, dass ich den Jungen bitte, er soll sich um unsere Pferde kümmern?«

»Ergebnisse. Das ist das Wichtigste, hast du gesagt. Der arme Kerl ist hoffnungslos in dich verliebt. Da du ihn gefragt hast, wird er sich besser um die Pferde kümmern, als wir es selber hätten tun können.«

Sie sah ihn an, als könnte sie es nicht fassen. »So wirkst du eben auf Männer«, versicherte er ihr.

Ihr Lächeln bekam etwas Gequältes. Richard wusste, dass er ihren Geheimnissen zu nahe geraten war, und sagte nichts mehr.

Als sie mit dem Essen fertig waren, ging sie zum Zuber, tauchte das Ende des Handtuchs ins kalte Wasser und ging zu Zedd. Sie wischte ihm vorsichtig übers Gesicht und sah Richard an.

»Alles beim Alten. Seine Lage hat sich nicht verschlechtert. Bitte, Richard, überlass mir die erste Wache und schlaf ein wenig, ja?«

Er nickte, rollte sich ins Bett und war Sekunden später eingeschlafen. Irgendwann früh am Morgen weckte sie ihn für seine Wache. Als sie sich schlafen legte, wusch er sich, um wach zu werden, das Gesicht mit kaltem Wasser, setzte sich auf die Bank, lehnte sich an die Wand und wartete auf das erste Anzeichen von Ärger. Er lutschte ein Stück Trockenobst und versuchte, den üblen Geschmack des Schlafes aus dem Mund zu bekommen.

Eine Stunde vor Sonnenaufgang klopfte es hartnäckig an der Tür.

»Richard?«, rief eine gedämpfte Stimme. »Hier ist Bill. Schließ die Tür auf. Es gibt Ärger.«

16. Kapitel

ahlan sprang aus dem Bett und rieb sich den Schlaf aus den Augen, als Richard die Tür entriegelte. Sie zog ihr Messer. Bill zwängte sich schwer atmend durch die Tür und drückte sie mit dem Rücken zu. Schweißperlen standen ihm auf der Stirn.

»Was gibt's? Was ist passiert?«, wollte Richard wissen.

»Alles war ziemlich ruhig.« Bill schluckte, versuchte zu Atem zu kommen. »Und dann sind vor einer Weile diese zwei Kerle aufgetaucht. Wie aus dem Nichts. Große Männer mit kräftigem Hals, blonden Haaren. Gut aussehend. Bis an die Zähne bewaffnet. Die Sorte Männer, denen man besser nicht in die Augen sieht.« Er holte ein paarmal tief Luft.

Richard blickte Kahlan kurz in die Augen. Sie hatte keinen Zweifel, wer die Männer waren. Offenbar hatte ihnen der Ärger, den ihnen der Zauberer bereitet hatte, nicht gereicht.

»Zwei?«, fragte Richard. »Bist du sicher, es waren nicht mehr?«

»Ich hab nur zwei reinkommen sehen, aber das hat mir gereicht.« Bill sah mit aufgerissenen Augen unter den buschigen Brauen hervor. »Der eine war ziemlich abgerissen, trug einen Arm in der Schlinge und hatte große Krallenspuren an seinem anderen Arm. Schien ihm aber nichts auszumachen. Wie auch immer, sie fingen an, sich nach einer Frau zu erkundigen, die sich sehr nach deiner Lady hier anhörte. Aber sie trägt eben kein weißes Kleid, wie die Kerle es beschrieben haben. Sie wollten gerade die Treppe hoch, als sie sich zu streiten begannen, wer was mit ihr anstellen wollte. Dein rothaariger Freund hat sich auf den mit der Armschlinge gestürzt und ihm die

Kehle von einem Ohr zum anderen aufgeschlitzt. Der andere hat innerhalb eines Herzschlages ein paar meiner Gäste niedergemäht. So etwas habe ich noch nie gesehen. Dann war er auf einmal einfach nicht mehr da. Verschwunden im Nichts. Überall ist Blut. Der Rest der Meute steht jetzt unten und streitet sich, wer der Erste sein darf, der...« Er sah zu Kahlan hinüber und sparte sich den Rest. Er wischte sich mit dem Handrücken übers Gesicht. »Randy bringt die Pferde nach hinten, ihr müsst sofort raus hier. Reitet zu Adie. Eine Stunde bis Sonnenaufgang, zwei, bis die Hunde kommen, ihr habt also genug Zeit. Aber nicht, wenn ihr zögert.«

Richard packte Chase an den Beinen, Bill an den Schultern. Kahlan sagte er, sie solle die Tür verriegeln und ihre Sachen zusammenpacken. Mit Chase in ihren Armen stapften sie die Hintertreppe hinunter, dann hinaus in die Dunkelheit und in den Regen. Der gelbe Lichtschein aus den Fenstern spiegelte sich in den Pfützen und erhellte die nassen, schwarzen Umrisse der Pferde. Randy wartete und machte ein besorgtes Gesicht. Er hielt die Pferde. Sie ließen Chase auf eine Bahre fallen und liefen so leise wie möglich die Treppe wieder hinauf. Bill nahm Zedd in die Arme, während Richard und Kahlan ihre Umhänge umwarfen und sich ihr Gepäck schnappten. Zu dritt rannten sie die Treppe hinunter und zur Tür.

Als sie aus der Tür herausplatzten, wären sie beinahe über Randy gestolpert. Er lag ausgestreckt auf dem Boden. Richard riss den Kopf hoch und sah, wie der Rothaarige ausholte. Er sprang zurück und entging nur knapp dem langen Messer. Der Mann landete mit dem Gesicht zuerst im Matsch. Überraschend schnell war er wieder auf den Beinen, außer sich vor Wut – um sofort zu erstarren. Das Klirren von Stahl erfüllte die Luft. Die Schwertspitze befand sich einen Zentimeter von seiner Nase. Der Mann blickte aus wilden, schwarzen Augen nach oben. Wasser und Matsch tropften ihm von den Haarsträhnen. Mit einer kurzen Bewegung hatte Richard das Schwert um ein Viertel gedreht und hämmerte ihm die flache Seite der Klinge über den Schädel. Er sackte zu einem schlaffen Haufen zusammen.

Bill legte Zedd vorsichtig auf die Bahre, während Kahlan Randy umdrehte.

Ein Auge war zugeschwollen. Regen trommelte auf sein Gesicht. Er stöhnte. Als er mit seinem guten Auge Kahlan erblickte, fing er an zu grinsen. Sie umarmte ihn erleichtert und half ihm auf.

»Er hat mich angesprungen«, sagte Randy zur Entschuldigung. »Tut mir leid.«

»Du bist ein tapferer junger Mann, du brauchst dich für nichts zu entschuldigen. Danke für die Hilfe!« Sie drehte sich zu Bill. »Auch an dich.«

Bill lächelte und nickte ihr zu. Zedd und Chase wurden rasch mit Decken und Öltuch zugedeckt, und das Gepäck aufgeladen. Bill erklärte, die Vorräte für Adie befänden sich bereits auf Chases Pferd. Richard und Kahlan stiegen auf. Sie schnippte Randy die Silbermünze zu.

»Bezahlt wird bei Lieferung, wie versprochen«, meinte sie zu ihm. Er fing die Münze mit einem Grinsen auf.

Richard beugte sich vor, bedankte sich aufrichtig mit einem Handschlag bei Randy und zeigte dann verärgert auf Bill.

»Du! Stell mir eine genaue Rechnung auf. Berechne auch sämtliche Schäden, deine Zeit, deinen Aufwand, selbst die Totengräber. Ich möchte, dass du einen angemessenen Betrag hinzufügst, weil du uns das Leben gerettet hast. Und dann möchte ich, dass du sie einreichst. Wenn sie nicht zahlen wollen, sagst du ihnen, du hättest dem Bruder des Obersten Rates das Leben gerettet, und Richard Cypher hätte gesagt, wenn sie nicht zahlen, wolle er den Verantwortlichen persönlich köpfen und ihn im Garten vor dem Haus seines Bruders auf einer Lanze aufspießen.«

Bill nickte. Sein Lachen war lauter als der strömende Regen. Richard riss die Zügel zurück, um sein herumtänzelndes Pferd zu halten. Es wollte los. Wütend zeigte er auf den bewusstlosen Kerl im Matsch.

»Ich habe ihn nur deshalb nicht getötet, weil er jemanden umgebracht hat, der übler war als er selbst, und er dadurch vielleicht, ohne es zu wissen, Kahlan das Leben gerettet hat. Aber

er ist des Mordes schuldig, des versuchten Mordes und der versuchten Vergewaltigung. Ich schlage vor, du hängst ihn auf, bevor er wieder zu sich kommt.«
Bill sah ihn mit harter Miene an. »Erledigt.«
»Vergiss nicht, was ich über die Grenze gesagt habe. Es wird Ärger geben. Pass auf dich auf.«
Bill sah Richard in die Augen und legte seinem Sohn den Arm um die Schultern. »Wir werden es nicht vergessen.« Seine Mundwinkel verzogen sich zu einem vorsichtigen Lächeln. »Lang lebe der Sucher.«
Richard sah ihn überrascht an und musste grinsen. Es löschte ein wenig die Glut seines Zorns. »Als ich dich zum ersten Mal sah, habe ich dich für einen unaufrichtigen Menschen gehalten. Wie ich sehe, habe ich mich geirrt.«
Richard und Kahlan zogen ihre Kapuzen über und trieben ihre Pferde hinein in den Regen, zur Knochenfrau.

Schnell hatte der Regen die Lichter Southavens geschluckt, und die Reisenden mussten sich durch die Dunkelheit tasten. Chases Pferde hatten sich vorsichtig ihren Weg den Pfad hinab gesucht. Sie waren von den Posten auf diese Aufgaben vorbereitet und fanden sich gut unter diesen widrigen Umständen zurecht. Seit geraumer Zeit bemühte sich die Dämmerung bereits, den neuen Tag ans Licht zu bringen. Selbst als Richard wusste, dass die Sonne schon aufgegangen war, verharrte die Welt noch im Zwielicht zwischen Tag und Traum; es war ein gespenstischer Morgen. Der Regen hatte geholfen, die Wut des Suchers abzukühlen.

Irgendwo lief der letzte Mann des Quadrons noch frei herum. Hinter jeder Bewegung lauerte möglicherweise Gefahr. Früher oder später würde er angreifen. Die Ungewissheit über den genauen Zeitpunkt nagte an ihnen. Und Bills Worte, nach denen Zedd und Chase nicht mehr lange durchhalten würden, raubten ihm den Mut. Wenn diese Frau, Adie, nicht helfen konnte, wusste er nicht, was er tun sollte. Ohne ihre Hilfe würden seine beiden Freunde sterben. Eine Welt ohne Zedd war für ihn unvorstellbar. Eine Welt ohne seine Tricks, seine Hilfe und sei-

nen Trost wäre eine tote Welt. Schon beim Gedanken daran schnürte sich ihm die Kehle zu. Zedd würde sagen, er sollte sich keine Gedanken über die Zukunft machen, sondern über die Gegenwart. Aber die schien fast ebenso trostlos. Sein Vater war ermordet worden. Darken Rahl stand kurz davor, alle drei Kästchen in seine Gewalt zu bringen. Er war allein mit einer Frau, die ihm viel bedeutete, aber auch das durfte nicht sein. Immer noch hütete sie ihre Geheimnisse vor ihm. Irgendwann würde der Zeitpunkt kommen, da diese Geheimnisse offenbart werden würden. Er wollte sie erfahren. Doch ihr Schweigen bedeutete nichts Gutes. Irgendwie mussten sie ihn verletzen, sonst hätte sie sie ihm längst verraten. Ständig rang sie in Gedanken damit. Manchmal, wenn er glaubte ihr näherzukommen, sah er die Qual und die Angst in ihren Augen. Bald waren sie in den Midlands, wo die Menschen sie kannten. Er wollte es von ihr erfahren, und nicht von einem Fremden. Wenn sie es ihm nicht bald erzählte, würde er sie fragen müssen. Auch wenn es seiner Natur widersprach.

Vier Stunden waren sie schon geritten, tief in seine Gedanken versunken, hatte Richard das gar nicht bemerkt. Der Wald sog den Regen auf. Bäume ragten finster und geduckt in den Nebel, das Moos auf ihren Stämmen wuchs kraftvoll und üppig. Grün und schwammig quoll es aus der Rinde der Bäume hervor oder in rundlichen Erhebungen aus dem Boden. Die Flechten auf den Felsen leuchteten strahlend gelb und rostfarben in der Feuchtigkeit. An einigen Stellen lief das Wasser den Pfad hinab und verwandelte ihn vorübergehend in einen reißenden Bach. Die Stangen von Zedds Bahre klatschten hindurch, wurden über Stock und Stein gerissen, und der Kopf des alten Mannes wurde an den unwegsameren Stellen von einer Seite zur anderen geworfen. Seine Füße hingen fast im Wasser, wenn sie diese Sturzbäche überquerten.

Richard witterte den süßlichen Rauch eines Holzfeuers in der stillen Luft. Birkenholz. Die Gegend, die sie erreichten, sah schon seit Stunden so aus wie jetzt, und doch hatte sich etwas verändert. Ehrfurchtsvoll strömte der Regen auf den Wald herab. Die Gegend strahlte etwas Heiliges aus. Er wollte Kahlan etwas sagen, doch Reden erschien ihm wie ein Frevel. Er begriff, warum die Männer aus dem Gasthof nicht hier heraufkamen. Ihr übles Auftreten gliche einer Schändung.

Sie erreichten ein Haus, das mit seiner Umgebung fast verschmolz, und selbst direkt neben dem Pfad kaum zu erkennen war. Eine Rauchfahne kräuselte sich über dem Kamin in die diesige Luft. Die Stämme der Wände waren verwittert und alt und passten zur Farbe der Bäume ringsum. Das Haus schien aus dem Waldboden hervorzuwachsen, ringsum ragten Bäume auf wie zum Schutz. Das Dach war mit einem Farndickicht überwuchert. Ein kleines Schrägdach schützte eine Tür und eine kleine Veranda, gerade groß genug, dass zwei oder drei Leute gleichzeitig darauf stehen konnten. Vorn gab es ein viergeteiltes Fenster, und, soweit Richard erkennen konnte, in der Seitenwand ein weiteres. Keines davon hatte Vorhänge.

Eine Stelle vor dem Haus war mit Farnen bewachsen, die sich unter dem von den Bäumen herabtropfenden Regen beugten und nickten. Der Nebel brachte ihre charakteristische blassgrüne Farbe zum Leuchten. Mitten hindurch führte ein schmaler Pfad. Zwischen den Farnen, mitten auf dem Pfad, stand eine große Frau, größer als Kahlan, doch nicht größer als Richard. Sie trug einen schlichten, braunen Umhang aus grobem Garn mit roten und gelben Symbolen und Verzierungen am Kragen. Ihr Haar war fein und glatt, eine Mischung aus Schwarz und Grau, in der Mitte geteilt und auf der Höhe ihres kräftigen Kinns abgeschnitten. Das Alter hatte dieses verwitterte Gesicht noch nicht seiner angenehmen Züge beraubt. Die Frau stützte sich auf eine Krücke. Sie hatte nur einen Fuß. Richard brachte die Pferde vor ihr langsam zum Stehen.

Die Augen der Frau waren weiß.

»Ich bin Adie. Wer seid ihr?« Adies Stimme hatte etwas Raues, Kehliges, Reibeisenartiges. Richard lief es eiskalt den Rücken runter.

»Vier Freunde«, erwiderte Richard mit Respekt in der Stimme. Der leichte Regen verursachte ein ruhiges, sanftes Plätschern. Er wartete.

Feine Fältchen bedeckten jede Stelle ihres Gesichts. Sie holte die Krücke unter ihrem Arm hervor und stützte sich mit gefalteten Händen darauf. Adies dünne Lippen verzogen sich zu einem verhaltenen Lächeln.

»Ein Freund«, sagte sie mit rauer Stimme. »Drei gefährliche Leute. Ich werde entscheiden, ob es Freunde sind.« Sie nickte bedächtig.

Richard und Kahlan warfen sich einen verstohlenen Seitenblick zu. Er wurde vorsichtig. Irgendwie fühlte er sich auf seinem Pferd unwohl, so als wäre das Sprechen von oben herab eine Respektlosigkeit. Er stieg ab, und Kahlan tat es ihm nach. Mit den Zügeln in der Hand stellte er sich vorn neben das Tier, Kahlan dicht neben sich.

»Ich bin Richard Cypher. Das ist eine Freundin von mir, Kahlan Amnell.«

Die Frau betrachtete sein Gesicht aus ihren weißen Augen. Er hatte keine Ahnung, ob sie etwas sehen konnte, wusste nicht, ob es überhaupt möglich war. Sie wandte ihr Gesicht Kahlan zu. Mit rauer Stimme sagte sie ihr ein paar Worte in einer Sprache, die er nicht verstand. Kahlan hielt dem Blick der Frau stand, dann nickte sie Adie kurz zu.

Es war eine Begrüßung. Eine Begrüßung voller Respekt. Richard hatte weder die Worte ›Kahlan‹ noch ›Amnell‹ heraushören können. Seine Nackenhaare richteten sich auf.

Er war lange genug mit Kahlan zusammengewesen, um aus der Art, wie sie aufrecht und mit erhobenem Haupt dastand, schließen zu können, dass sie auf der Hut war. Und zwar sehr. Wäre sie eine Katze, sie hätte einen Buckel gemacht und ihr Fell hätte sich gesträubt. Die beiden Frauen standen sich gegenüber, das Alter war für beide im Augenblick ohne Bedeutung. Sie maßen sich an Eigenschaften, die ihm verborgen blieben. Diese Frau konnte ihnen schaden. Das Schwert würde sie davor nicht schützen.

Adie wandte sich wieder an Richard. »Was willst du, sprich, Richard Cypher.«

»Wir brauchen deine Hilfe.«

Adies Kopf schwankte. »Stimmt.«

»Unsere beiden Freunde sind verletzt. Der eine, Dell Brandstone, meinte, er sei dein Freund.«

»Stimmt«, sagte Adie mit ihrer rauen Stimme.

»Ein anderer Mann in Southaven meinte, du könntest ihnen helfen. Als Gegenleistung haben wir dir Vorräte mitgebracht. Wir hielten es für angemessen, dir etwas für deine Hilfe anzubieten.«

Adie beugte sich näher. »Lüge!« Sie stampfte mit ihrer Krücke auf den Boden. Sowohl Richard als auch Kahlan fuhren ein Stück zurück.

Richard wusste nicht, was er sagen sollte. Adie wartete. »Aber es stimmt. Die Vorräte sind gleich hier.« Er drehte sich ein wenig und deutete auf Chases Pferd. »Wir hielten es für angemessen ...«

»Lüge!« Wieder stampfte sie mit der Krücke auf den Boden. Richard verschränkte die Arme. Er wurde wütend. Seine Freunde lagen im Sterben, und er spielte Spielchen mit dieser Alten. »Was ist eine Lüge?«

»Das ›wir‹.« Und wieder stampfte sie ihre Krücke auf. »Du warst es, der daran gedacht hat, die Vorräte anzubieten. Du hast beschlossen, sie mitzubringen. Nicht du und Kahlan. Du. ›Wir‹ ist gelogen. ›Ich‹ ist die Wahrheit.«

Richard breitete fragend die Arme aus. »Was für einen Unterschied macht das? ›Ich‹, ›wir‹, was spielt das für eine Rolle?«

Sie starrte ihn an. »Das eine ist die Wahrheit, das andere gelogen. Wie viel größer könnte der Unterschied sein?«

Richard verschränkte seine Arme wieder vor der Brust und runzelte die Stirn. »Es ist bestimmt sehr anstrengend für Chase, dir seine Abenteuer zu erzählen.«

Adies dünnes Lächeln kam zurück. »Stimmt«, sie nickte. Sie beugte sich ein wenig vor und machte eine Handbewegung. »Bring deine Freunde nach drinnen.«

Damit drehte sie sich um, stemmte die Krücke wieder unter ihren Arm und schleppte sich zum Haus. Richard und Kahlan sahen sich an, gingen zu Chase und zogen ihm die Decke weg. Richard überließ Kahlan die Füße und nahm selbst den schweren Oberkörper. Sie hatten Chase gerade durch die Tür gewuchtet, als Richard entdeckte, warum sie die Knochenfrau genannt wurde.

Knochen jeder Art waren wie ein irres Relief an den dunklen Wänden befestigt, und zwar über und über. An einer der Wände lehnten mit Schädeln gefüllte Regale. Schädel von wilden Tieren, die Richard nicht kannte. Die meisten sahen mit ihren langen, gebogenen Zähnen furchterregend aus. Wenigstens sind keine menschlichen dabei, dachte Richard bei sich. Einige der Knochen waren zu Halsketten verarbeitet. Einige zierten rituelle Gegenstände mit Federn und Perlen, um die an der Wand ein Kreidekreis gezogen war. In einer Ecke befand sich ein Knochenstapel, der in der Menge von Gebeinen harmlos wirkte. Andere wurden sorgfältig an der Wand zur Schau gestellt, mit Platz ringsum, um ihre Bedeutung zu unterstreichen. Über dem Kaminsims hing ein Rippenknochen, so dick wie Richards Arm und so groß wie er selbst, der Länge nach mit dunkel symbolischen Schnitzereien verziert, die Richard nichts sagten. Zwischen so vielen ausgebleichten Gebeinen kam sich Richard wie im Bauch eines toten Raubtieres vor.

Sie legten Chase ab, und Richard sah sich um. Alle drei waren triefnass vom Regen. Adie beugte sich über ihn. Sie war so trocken wie die Knochen ringsum. Sie hatte draußen im Regen gestanden, und dennoch war sie trocken. Richard überlegte sich, ob es schlau gewesen war, hierher zu reiten. Hätte Chase ihm nicht gesagt, Adie sei mit ihm befreundet, wäre er jetzt nicht hier.

Er sah Kahlan an. »Ich gehe Zedd holen.« Es war mehr eine Frage als eine Feststellung.

»Ich helfe dir, die Vorräte reinzutragen«, erbot sie sich mit einem kurzen Blick auf Adie.

Richard legte Zedd vorsichtig zu Füßen der Knochenfrau ab. Zusammen mit Kahlan stapelte er die Vorräte auf dem Tisch. Als sie damit fertig waren, stellten sie sich vor Adie neben ihre Freunde und betrachteten die Knochen. Adie ließ sie nicht aus den Augen.

»Wer ist das?«, fragte sie und zeigte auf Zedd.

»Zeddicus Zu'l Zorander. Mein Freund«, sagte er.

»Ein Zauberer!«, fuhr Adie ihn an. »Mein Freund!«, brüllte Richard, dem die Geduld riss.

Adie blickte ihn ruhig aus ihren weißen Augen an, während seine vor Erregung unter den aggressiven Brauen flackerten. Zedd würde sterben, wenn er keine Hilfe bekam, und Richard war nicht gewillt, das geschehen zu lassen. Adie beugte sich vor und presste Richard ihre runzlige Hand flach auf den Bauch. Er war ein wenig überrascht und verhielt sich ruhig, während sie ihre Hand langsam kreisen ließ, so, als könne sie auf diese Weise etwas erkennen. Die Frau mit den weißen Augen zog die Hand zurück und faltete ihre Hände auf der Krücke. Sie verzog die dünnen Lippen, deutete ein Lächeln an und sah auf.

»Der gerechte Zorn eines wahren Suchers. Gut.« Sie sah zu Kahlan hinüber. »Du hast nichts von ihm zu fürchten, mein Kind. Es ist der Zorn der Wahrheit. Der Zorn der Zähne. Die Guten brauchen ihn nicht zu fürchten.« Gestützt auf ihre Krücke ging sie ein paar Schritte auf Kahlan zu. Sie legte Kahlan die Hand auf den Bauch und wiederholte die Prozedur. Als sie fertig war, stützte sie die Hand auf die Krücke und nickte. Sie blickte zu Richard hinüber.

»Sie hat das nötige Feuer. Auch in ihr brennt der Zorn. Aber es ist der Zorn der Zunge. Davor musst du dich hüten. Davor müssen sich alle hüten. Es wird gefährlich, wenn sie ihn je herauslässt.«

Richard warf Adie einen bösen Blick zu. »Ich mag keine Rätsel. Sie lassen zu viel Raum für Fehldeutungen. Wenn du mir etwas sagen willst, dann sprich dich aus.«

»Sprich dich aus«, äffte sie ihn nach. Sie kniff die Augen zusammen. »Was ist stärker, Zahn oder Zunge?«

Richard holte tief Luft. »Zahn wäre die offensichtliche Antwort. Also wähle ich Zunge.«

Adie warf ihm einen missbilligenden Blick zu. »Manchmal rührt sich deine Zunge, wenn sie es besser nicht täte. Hüte sie. Halte sie im Zaum«, befahl sie mit trockenem Krächzen.

Richard schwieg verlegen.

Adie nickte mit einem Lächeln. »Verstehst du jetzt?«

Richard runzelte die Stirn. »Nein.«

»Der Zorn der Zähne entwickelt seine Kraft erst beim Kontakt. Gewalt durch Berührung. Kampf. Die Magie des Schwertes der Wahrheit ist die Magie des Zorns der Zähne. Reißen. Zerfetzen. Der Zorn der Zunge braucht keine Berührung, doch die Kraft ist die gleiche. Sie schneidet ebenso schnell.«

»Ich glaube, ich verstehe nicht ganz«, sagte Richard.

Adie streckte ihren langen Finger nach ihm aus und berührte ihn leicht an der Schulter. Plötzlich füllte eine Vision seinen Kopf, die Vision einer Erinnerung. Der Erinnerung an die vergangene Nacht. Er sah die Männer im Gasthaus. Er stand mit Kahlan vor ihnen, die Männer bereit zum Angriff. Er griff bereits nach dem Schwert der Wahrheit, bereit, sie mit aller Gewalt aufzuhalten. Blut musste fließen. Dann sah er Kahlan neben sich, die auf den Pöbel einredete, die Männer aufhielt, sie mit ihren Worten fesselte, sich mit ihrer Zunge über die Lippen fuhr und so etwas sagte, ohne zu sprechen. Ihnen ihr Feuer nahm. Die verrohten Kerle entwaffnete, ohne sie zu berühren. Und etwas tat, was das Schwert nicht konnte. Er begann zu begreifen, was Adie gemeint hatte.

Mit einer heftigen Bewegung packte Kahlan Adie am Handgelenk und riss die Hand von Richard fort. In ihrem Blick lag etwas Gefährliches, das Adie nicht verborgen blieb.

»Ich habe geschworen, das Leben des Suchers zu schützen. Ich weiß nicht, was du tust. Vergib mir, wenn ich zu heftig reagiere, es ist nicht respektlos gemeint. Aber ich würde es mir nie verzeihen, sollte ich versagen. Zu viel steht auf dem Spiel.«

Adie betrachtete die Hand auf ihrem Handgelenk. »Ich verstehe, Kind. Entschuldige, wenn ich dir gedankenlos Grund zur Besorgnis gegeben habe.«

Kahlan hielt Adies Handgelenk noch einen kurzen Augenblick fest, um das Gesagte zu unterstreichen, dann ließ sie los. Adie faltete ihre Hände über der Krücke. Sie schaute zu Richard auf.

»Zahn und Zunge arbeiten Hand in Hand. Mit der Zauberei ist es das Gleiche. Du beherrschst den Zauber des Schwertes, den Zauber der Zähne. Aber dadurch verfügst du auch über die Magie der Zunge. Die Magie der Zunge funktioniert, weil du sie mit dem Schwert unterstützt.« Sie drehte ihren Kopf langsam zu Kahlan. »Du verfügst über beides, Kind. Zahn und Zunge. Wenn du sie zusammen gebrauchst, unterstützen sie sich gegenseitig.«

»Und worin besteht die Magie des Zauberers?«, fragte Richard.

Adie sah ihn an und wog die Frage ab. »Es gibt viele Arten von Magie, Zunge und Zahn sind nur zwei davon. Zauberer kennen sie alle, bis auf jene aus der Unterwelt. Zauberer machen sich den größten Teil ihres Wissens zunutze.« Sie sah auf Zedd hinunter. »Ein sehr gefährlicher Mann.«

»Mir gegenüber hat er sich nie anders als freundlich und verständnisvoll gezeigt. Er ist ein sanftmütiger Mensch.«

»Stimmt. Und doch kann er auch gefährlich sein«, wiederholte Adie.

Richard überging die Bemerkung. »Und Darken Rahl? Weißt du, welche Magie er benutzen kann?«

Adies Blick verengte sich. »O ja«, zischte sie. »Ich kenne ihn. Er kann all die Zauberkräfte eines Zauberers benutzen, dazu die, die ein Zauberer nicht nutzen kann. Darken Rahl kann sich der Unterwelt bedienen.«

Richard erstarrte. Er wollte fragen, welche Zauberkraft Adie benutzen konnte, besann sich jedoch eines Besseren. Sie wandte sich wieder Kahlan zu.

»Sei gewarnt, Kind. Du verfügst über die wahre Macht der Zunge. Du hast sie noch nie gesehen. Es wird fürchterlich, solltest du ihr je freien Lauf lassen.«

»Ich weiß nicht, wovon du sprichst«, sagte Kahlan stirnrunzelnd.

»Das stimmt«, Adie nickte. »Das stimmt.« Sie streckte die Hand aus, legte sie Kahlan sacht auf die Schulter und zog sie ein wenig zu sich. »Deine Mutter starb, bevor du zur Frau wurdest, bevor du das Alter erreicht hattest, dass sie dich darin hätte unterrichten können.«

Kahlan schluckte. »Was kannst du mir darüber beibringen?«

»Nichts. Tut mir leid, ich verstehe nicht, wie es geht. Das kann einem nur die eigene Mutter beibringen, wenn ihre Toch-

ter zur Frau wird. Da deine Mutter es dir nicht gezeigt hat, ging die Lehre verloren. Aber die Kraft ist immer noch da. Sei gewarnt. Nur weil man es dir nicht beigebracht hat, heißt das nicht, es könnte nicht hervorbrechen.«
»Hast du meine Mutter gekannt?«, flüsterte Kahlan gequält.
Adie sah Kahlan an, und ihr Gesicht entspannte sich. Langsam nickte sie. »Ich erinnere mich an deinen Familiennamen. Und ich erinnere mich an ihre grünen Augen, die vergisst man nicht leicht. Du hast ihre Augen. Ich habe sie gekannt, als sie mit dir schwanger ging.«
Eine Träne lief Kahlan über die Wange. »Meine Mutter hat eine Halskette mit einem kleinen Knochen daran getragen. Die hat sie mir als Kind geschenkt. Ich habe sie immer getragen, bis – bis Dennee, das Mädchen, das ich meine Schwester genannt habe ... als sie starb, habe ich sie mit ihr begraben. Sie hat ihr immer gefallen. Die Halskette hast du meiner Mutter geschenkt, stimmt's?«
Adie schloss die Augen und nickte. »Ja. Ich habe sie ihr gegeben, damit sie ihr ungeborenes Kind schützt, ihre Tochter sicher bewahrt, damit sie heranwächst und stark wird wie ihre Mutter. Wie ich sehe, ist es wirklich geschehen.«
Kahlan schlang ihre Arme um die alte Frau. »Danke, Adie«, sagte sie unter Tränen, »weil du meiner Mutter geholfen hast.«
Adie hielt die Krücke in einer Hand und strich Kahlan mit aufrichtigem Mitgefühl über den Rücken. Nach einer Weile löste sich Kahlan von der alten Frau und wischte sich die Tränen aus den Augen.
Richard erkannte die Chance und nutzte sie entschlossen und zielbewusst.
»Adie«, sagte er leise, »du hast Kahlan geholfen, bevor sie geboren wurde. Hilf ihr auch jetzt. Vielleicht steht ihr Leben und das vieler anderer auf dem Spiel. Wir brauchen die Unterstützung dieser beiden Männer. Bitte, hilf ihnen. Hilf Kahlan.«
Adie lächelte ihn dünn an. »Der Zauberer hat seinen Sucher gut gewählt. Zum Glück für dich gehört Geduld nicht zu den Anforderungen dieses Postens. Sei beruhigt, ich hätte sie nicht

hereinbringen lassen, wenn ich nicht vorgehabt hätte, ihnen zu helfen.«

»Nun, vielleicht siehst du es nicht«, drängte er, »aber besonders Zedd ist in einem üblen Zustand, er atmet kaum noch.«

Adie betrachtete ihn aus ihren weißen Augen. »Sag«, meinte sie mit ihrem trockenen Krächzen, »kennst du das Geheimnis, das Kahlan vor dir verbirgt?«

Richard sagte nichts und versuchte, sich kein Gefühl anmerken zu lassen. Adie wandte sich an Kahlan.

»Sag mir, Kind, kennst du das Geheimnis, das er vor dir verbirgt?« Kahlan erwiderte nichts. Adie sah wieder zu Richard. »Kennt der Zauberer das Geheimnis, das ihr vor ihm verbergt? Nein. Drei Blinde. Hm? Wie es aussieht, sehe ich besser als du.«

Richard fragte sich, welches Geheimnis Zedd vor ihm verbarg. Er zog eine Braue hoch. »Und welches dieser Geheimnisse kennst du, Adie?«

Sie zeigte mit dem Finger auf Kahlan. »Ihrs. Nur das eine.«

Richard war erleichtert, versuchte aber, sich nichts anmerken zu lassen. Er wäre fast in Panik geraten. »Jeder hat seine Geheimnisse, meine Gute, und das Recht, sie wenn nötig zu verschweigen.«

Ihr Lächeln wurde breiter. »Das stimmt, Richard Cypher.«

»Was ist nun mit den beiden hier?«

»Weißt du, wie man sie heilt?«, fragte sie.

»Nein. Wenn, dann hätte ich es doch wohl schon getan.«

»Deine Ungeduld sei dir verziehen. Es ist nur recht, wenn du um das Leben deiner Freunde bangst. Doch sei unbesorgt, sie erhalten bereits Hilfe, seit ihr sie hereingebracht habt.«

Richard sah sie verwirrt an. »Wirklich?«

Sie nickte. »Sie sind von Monstern aus der Unterwelt niedergeschlagen worden. Sie werden Zeit brauchen, um wieder aufzuwachen, Tage vielleicht. Wie viele, vermag ich nicht zu sagen. Aber sie werden ausgetrocknet sein. Wassermangel wird ihr Tod sein, deswegen muss man sie wecken, damit sie trinken, oder sie werden sterben. Der Zauberer atmet langsam, aber nicht, weil es ihm schlechter ginge, sondern weil Zauberer auf diese Weise in schwierigen Zeiten Kraft sparen. Sie fallen in einen tiefen Schlaf. Ich muss sie beide wecken, damit sie trinken. Hab keine Angst. Geh in die Ecke und hol den Wassereimer.«

Richard holte Wasser, dann half er Adie, sich mit untergeschlagenem Bein neben die Köpfe von Zedd und Chase zu setzen. Sie bat Richard, ihr das Knochenwerkzeug vom Regal zu bringen.

Teils sah es aus wie ein menschlicher Hüftknochen. Der Gegenstand war ganz mit dunkelbrauner Patina überzogen und sah uralt aus. Längs des Schafts waren Symbole eingeritzt, die Richard nicht kannte. An einem Ende waren zwei Schädeldecken befestigt worden. Sie waren zu glatten Halbkugeln geschnitten und mit Häuten bespannt. In beiden Häuten befand sich ein Knoten, der wie ein Nabel aussah. Die Häute waren über den Schädelrand gespannt und wurden in gleichmäßigen Abständen von derben, schwarzen Haarsträngen gehalten, die mit perlenbesetzten Schnüren zusammengebunden waren – diese glichen jenen, die Adie um den Hals trug. Die Schädeldecken sahen aus, als könnten sie von einem Menschen stammen. Im Innern rasselte etwas.

Richard reichte ihn Adie. »Woher kommt das Rasseln?«

Ohne aufzusehen, sagte sie: »Getrocknete Augen.«

Adie schwenkte die Knochenrassel sachte über die Köpfe von Chase und Zedd hinweg und murmelte dabei einen Gesang in jener fremden Sprache, in der sie auch zu Kahlan gesprochen hatte. Die Rassel gab einen hohlen, hölzernen Ton von sich. Kahlan setzte sich mit untergeschlagenen Beinen neben sie, und da man Richard nicht hinzugebeten hatte, blieb er im Hintergrund und sah zu.

Nach zehn oder fünfzehn Minuten winkte ihn Adie zu sich. Zedd setzte sich plötzlich auf und öffnete die Augen. Richard sollte ihm Wasser geben. Sie fuhr mit ihrem Singsang fort, während er die Kelle eintauchte und sie Zedd an den Mund hielt. Er trank gierig. Richard war sichtlich erleichtert, als er sah, wie der alte Mann die Augen aufschlug, auch wenn er weder sprechen konnte noch wusste, wo er war. Zedd trank einen halben Eimer Wasser. Als er fertig war, legte er sich wieder hin und schloss die Augen. Als Nächstes kam Chase an die Reihe und trank die andere Hälfte des Wassers.

Adie reichte Richard die Knochenrassel und bat ihn, sie ins Regal zurückzustellen. Nun musste er den Knochenhaufen herbeitragen und ihn zur Hälfte über Zedd, zur Hälfte über Chase verteilen. Für jeden Knochen gab sie ihm genaue Positionsanweisungen. Zum Schluss musste er Rippenknochen in einem Wagenradmuster mit der Nabe genau über der Brust eines jeden Mannes zusammenlegen. Als er fertig war, gratulierte sie ihm zu dem gelungenen Werk. Er war allerdings nicht gerade stolz, da sie ihn bei jedem Handgriff angeleitet hatte. Adie schaute mit ihren weißen Augen hoch.

»Kannst du kochen?«

Richard musste daran denken, wie Kahlan gemeint hatte, seine Gewürzsuppe sei genau wie ihre, und dass ihre beiden Länder sich so ähnlich seien. Adie war aus den Midlands, vielleicht mochte auch sie etwas aus ihrer Heimat. Er lächelte sie an.

»Es wäre mir eine Ehre, dir eine Gewürzsuppe zu kochen.«

Sie schlug die Hände zusammen. »Das wäre wunderbar. Ich habe schon seit Jahren keine gute Gewürzsuppe mehr gegessen.«

Richard zog sich in die gegenüberliegende Ecke des Raumes zurück, setzte sich an den Tisch, schnitt Gemüse und mischte die Gewürze. Über eine Stunde arbeitete er und beobachtete dabei die beiden auf dem Boden sitzenden Frauen, die sich in einer fremden Sprache unterhielten. Die beiden Frauen tauschten Neuigkeiten aus der Heimat aus, dachte er glücklich. Er war bei guter Laune. Endlich tat jemand etwas für Zedd und Chase. Jemand, der wusste, worum es ging. Als er fertig war und die Suppe über dem Feuer hing, wollte er sie nicht stören. Sie sahen aus, als hätten sie Spaß miteinander, daher bat er Adie, ob er ein wenig Feuerholz für sie hacken könnte. Der Vorschlag schien ihr zu gefallen.

Er ging nach draußen und entfernte den Zahn von seinem Hals, steckte ihn in die Tasche und ließ sein Hemd auf der

Veranda, damit es trocknen konnte. Das Schwert nahm er mit hinters Haus, wo er den Stapel Feuerholz finden würde, wie Adie ihm gesagt hatte. Er legte die Scheite auf den Sägebock und schnitt die Stücke der Länge nach zu. Das meiste war Birkenholz, für eine alte Frau am einfachsten zu sägen. Er wählte den Steinahorn aus, ausgezeichnetes Feuerholz, doch schwer zu sägen. Der Wald ringsum war dunkel, dicht, wirkte aber nicht bedrohlich. Eher einladend, schützend und sicher. Dennoch, irgendwo dort draußen befand sich der letzte Mann des Quadrons und machte Jagd auf Kahlan.

Er musste an Michael denken. Hoffentlich war er in Sicherheit. Michael wusste nicht, was Richard gerade tat, und fragte sich wahrscheinlich, wo er steckte. Vermutlich machte er sich Sorgen. Richard hatte vorgehabt, nach seinem Besuch bei Zedd zu Michaels Haus zu gehen. Doch dafür war keine Zeit gewesen. Rahl hätte sie beinahe erwischt. Er wünschte, er wäre in der Lage gewesen, Michael zu benachrichtigen. Michael war in großer Gefahr, wenn die Grenze fiel.

Als er müde vom Sägen war, begann er mit dem Hacken. Es fühlte sich gut an, seine Muskeln zu gebrauchen, vor Anstrengung zu schwitzen, etwas zu tun, bei dem er nicht nachzudenken brauchte. Der Regen war angenehm kühl auf seiner Haut. Wenn er die Axt herabsausen ließ, stellte er sich vor, das Holz wäre Darken Rahls Kopf. Hin und wieder stellte er sich zur Abwechslung vor, es sei ein Gar. War ein Stück besonders hart, stellte er sich vor, es sei der Kopf des Rothaarigen.

Kahlan erschien draußen und fragte ihn, ob er zum Essen kommen wollte. Er hatte nicht einmal bemerkt, wie es dunkel geworden war. Als sie weg war, ging er zum Brunnen und kippte sich einen Eimer Wasser über, um den Schweiß abzuwaschen. Kahlan und Adie saßen am Tisch, und da es nur zwei Stühle gab, holte er einen Holzklotz herein, um sich darauf zu setzen. Kahlan reichte ihm einen Teller Suppe und einen Löffel.

»Du hast mir eine große Freude gemacht, Richard«, sagte Adie.

»Und wie das?« Er pustete, um die Suppe abzukühlen.

Sie sah ihn aus ihren weißen Augen an. »Du hast mir Zeit

gelassen, mich mit Kahlan in meiner Muttersprache zu unterhalten, ohne dich gekränkt zu fühlen. Du kannst dir nicht vorstellen, was für ein Geschenk das für mich ist. Es ist so viele Jahre her. Du bist ein sehr scharfsichtiger Mann. Ein wahrer Sucher.«

Richard strahlte sie an. »Du hast mir auch etwas sehr Wertvolles gegeben. Das Leben meiner Freunde. Ich danke dir, Adie.«

»Und deine Gewürzsuppe ist ausgezeichnet«, fügte sie etwas überrascht hinzu.

»Ja«, Kahlan zwinkerte ihm zu. »Sie ist genauso gut wie meine.«

»Kahlan hat mir von Darken Rahl erzählt, und vom Schwächerwerden der Grenze«, sagte Adie. »Das erklärt einiges. Sie hat mir erzählt, dass du den Pass kennst und in die Midlands willst. Nun musst du entscheiden, was du tun willst.« Sie nahm einen Löffel Suppe.

»Wie meinst du das?«

»Die beiden müssen jeden Tag zum Trinken geweckt und mit Haferschleim gefüttert werden. Deine Freunde werden vielleicht noch fünf Tage schlafen, vielleicht auch zehn. Als Sucher musst du entscheiden, ob du auf sie warten oder weiterziehen willst. Wir können dir dabei nicht helfen, entscheiden musst du.«

»Für dich allein wäre das eine Menge Arbeit.«

Adie nickte. »Ja. Aber nicht so viel wie die Suche nach den Kästchen oder der Kampf gegen Darken Rahl.« Sie aß noch etwas Suppe und beobachtete ihn.

Richard rührte gedankenverloren in seiner Schale. Lange Zeit sagte niemand etwas. Er sah zu Kahlan hinüber, aber sie erwiderte den Blick nicht. Er blickte wieder in seine Suppe.

»Mit jedem Tag, der verstreicht«, sagte er schließlich ruhig, »kommt Rahl dem dritten Kästchen näher. Zedd hat mir gesagt, er hätte einen Plan. Das heißt nicht, dass der Plan gut ist. Und vielleicht ist keine Zeit mehr, wenn er wieder aufwacht. Wir könnten verloren haben, bevor wir anfangen.« Er blickte Kahlan in ihre grünen Augen. »Wir können nicht warten. Die-

ses Risiko können wir nicht eingehen, es steht zu viel auf dem Spiel. Wir müssen ohne ihn aufbrechen.« Kahlan lächelte ihm beruhigend zu. »Chase wollte ich ohnehin nicht mitnehmen. Für ihn habe ich eine wichtigere Aufgabe.«
Adie streckte den Arm über den Tisch aus und legte ihre Hand auf seine. Sie fühlte sich weich an und warm. »Die Entscheidung ist nicht einfach. Es ist nicht leicht, Sucher zu sein. Was vor dir liegt, wird deine schlimmsten Erwartungen übertreffen.«
Er zwang sich zu einem Lächeln. »Wenigstens habe ich meine Führerin noch.«
Die drei saßen schweigend da und überlegten, was zu tun sei.
»Ihr beide werdet heute Nacht ordentlich ausschlafen«, sagte Adie. »Ihr werdet es brauchen. Nach dem Abendessen werde ich euch erzählen, was ihr wissen müsst, um über den Pass zu kommen.« Ihr Blick schwenkte von einem zum anderen, ihre Stimme schien noch mehr zu schnarren. »Und ich werde euch erzählen, wie ich meinen Fuß verloren habe.«

17. Kapitel

ichard stellte die Lampe an den Rand des Tisches, in die Nähe der Wand, und zündete sie mit einem Fidibus an. Die Geräusche des sanften Regens und der Geschöpfe der Nacht drangen durch das Fenster herein. Das Zirpen und die Rufe der kleinen Tiere, die ihrem nächtlichen Dasein frönten, waren ihm vertraut: tröstliche Geräusche von zu Hause. Zu Hause. Es war die letzte Nacht in seiner Heimat, dann würde er in die Midlands hinübergehen. Wie sein Vater. Er musste angesichts der Ironie lächeln. Sein Vater hatte das Buch der Gezählten Schatten aus den Midlands geschafft, und nun brachte er es zurück.

Er setzte sich Kahlan und Adie gegenüber auf den Holzklotz. »Nun erzähl mir, wie wir den Pass finden.«

Adie lehnte sich auf ihrem Stuhl zurück und machte eine ausladende Bewegung mit der Hand. »Das habt ihr bereits. Ihr seid auf dem Pass. Am Anfang jedenfalls.«

»Und was müssen wir wissen, um hinüberzukommen?«

»Der Pass ist eine Lücke in der Unterwelt, dennoch befindet er sich noch im Land der Toten. Ihr lebt. Die Monster machen Jagd auf die Lebenden, wenn diese groß genug sind, um ihre Aufmerksamkeit zu erregen.« Richard betrachtete Kahlans regungsloses Gesicht, sah dann wieder zu Adie hinüber. »Was für Monster?«

Adie zeigte mit ihrem langen Finger nacheinander auf alle vier Wände. »Dies sind die Knochen der Monster. Eure Freunde sind von Wesen aus der Unterwelt berührt worden. Die Knochen verwirren ihre Kräfte. Deswegen meinte ich, euern Freunden sei von dem Augenblick an geholfen worden, als

ihr sie hier hereingebracht habt. Die Knochen treiben das Zaubergift aus dem Körper. Mich können die Monster nicht entdecken, weil sie das Gegengift der Knochen spüren. Es blendet sie und lässt sie in dem Glauben, ich sei eine der ihren.«
Richard beugte sich vor. »Wenn wir einige der Knochen mitnähmen, würde das uns beschützen?«
Adie lächelte dünn, und die Haut um die Augen legte sich in Fältchen. »Sehr gut. Genau das müsst ihr tun. Die Knochen der Toten besitzen Zauberkraft, die euch schützt. Aber da ist noch mehr. Hört genau zu, was ich euch jetzt sage.«
Richard faltete die Hände und nickte.
»Eure Pferde könnt ihr nicht mitnehmen, der Pfad ist zu schmal für sie. Es gibt Stellen, durch die sie nicht hindurchkommen. Ihr dürft den Pfad nicht verlassen – das wäre sehr gefährlich. Und ihr dürft nicht anhalten, um zu schlafen. Es wird einen Tag, eine Nacht und den größten Teil des nächsten Tages dauern.«
»Warum können wir nicht anhalten, um zu schlafen?«, fragte Richard.
Adie betrachtete die beiden aus ihren weißen Augen. »Außer den Monstern gibt es noch andere Wesen auf dem Pass. Sie werden euch anfallen, wenn ihr lange genug rastet.«
»Wesen?«, wollte Kahlan wissen.
Adie nickte. »Ich gehe oft in den Pass. Wenn man vorsichtig ist, ist es dort recht sicher. Wenn nicht, kann man leicht angefallen werden.« Sie senkte erbittert die Stimme. »Ich hatte mich zu sicher gefühlt. Eines Tages war ich lange zu Fuß unterwegs und wurde sehr müde. Ich war überzeugt, mit den Gefahren vertraut zu sein, lehnte mich also an einen Baum und hielt ein kleines Nickerchen. Nur für ein paar Minuten.« Sie legte die Hand auf ihr Bein und rieb es langsam. »Während ich schlief, hat sich ein Greifer auf meinem Knöchel festgesetzt.«
Kahlan legte ihr Gesicht in Falten. »Was ist ein Greifer?«
Adie betrachtete sie schweigend eine Minute lang. »Ein Greifer ist ein Tier mit einem Panzer über den ganzen Rücken und Stacheln am Rand. Mit vielen Beinen darunter, jedes mit

einer scharfen, gebogenen Kralle am Ende, und einem Maul wie ein Blutsauger mit Zähnen ringsum. Er wickelt sich um einen herum, und dann kann man nur noch den Panzer sehen. Mit den Krallen bohrt er sich in das Fleisch, damit man ihn nicht herunterziehen kann, und dann saugt er sich mit dem Maul fest, saugt einem das Blut aus, wobei er sich die ganze Zeit über mit seinen Klauen immer fester krallt.«

Kahlan legte Adie beruhigend die Hand auf den Arm. Das Licht der Lampe verlieh den weißen Augen der alten Frau einen blassorangefarbenen Schimmer. Richard rührte sich nicht. Seine Muskeln waren angespannt.

»Ich hatte meine Axt dabei.« Kahlan senkte den Kopf und schloss die Augen. Adie fuhr fort. »Ich versuchte, den Greifer zu töten oder ihn mir wenigstens vom Leib zu schaffen. Ich wusste, wenn mir das nicht gelingt, saugt er mir bei lebendigem Leib das Blut aus dem Körper. Sein Panzer war härter als die Axt. Ich war sehr wütend über mich. Der Greifer mag eines der langsamsten Geschöpfe im Pass sein, schneller als ein schlafender Narr ist er allemal.« Sie blickte Richard in die Augen. »Es gab nur eine Möglichkeit, mein Leben zu retten. Ich hielt den Schmerz nicht länger aus. Er bohrte seine Zähne bereits in die Knochen. Ich band mir ein Stück Stoff um den Schenkel und legte meinen Unterschenkel quer über einen Baumstamm, Mit der Axt habe ich mir selber Fuß und Knöchel abgehackt.«

Gespanntes Schweigen hatte sich im Haus ausgebreitet. Richard bewegte nur die Augen, wollte zu Kahlan hinübersehen. Er sah, wie sich sein Mitgefühl in ihren Augen spiegelte. Unvorstellbar, welche Entschlossenheit man brauchte, um sich selber das Bein mit einer Axt abzutrennen. Er spürte ein übles Gefühl in der Magengegend. Adies dünne Lippen verzogen sich zu einem bitteren Lächeln. Sie langte mit beiden Armen über den Tisch, ergriff Richards und Kahlans Hand und drückte sie fest.

»Ich habe euch diese Geschichte nicht erzählt, damit ihr Mitleid mit mir habt. Ich habe sie erzählt, damit ihr zwei nicht irgendeinem Wesen im Pass zum Opfer fallt. Überheblichkeit kann gefährlich sein. Angst dagegen kann einen manchmal auch schützen.«

»Ich denke, dann werden wir sehr sicher sein«, meinte Richard.

Adie lächelte immer noch, nickte einmal. »Gut. Noch etwas. Auf halber Strecke durch den Pass, dort, wo die beiden Wälle der Grenze sehr nahe zusammenkommen und sich fast berühren, gibt es einen Ort, genannt der Schlund. Wenn ihr zu einem Felsen kommt, der so groß ist wie dieses Haus und in der Mitte gespalten, dann seid ihr da. Ihr müsst durch diesen Felsen hindurch. Geht nicht um den Felsen herum! Dort lauert der Tod. Gleich dahinter müsst ihr zwischen den Wällen der Grenze hindurch. Es ist die gefährlichste Stelle des Passes.« Sie legte Kahlan eine Hand auf die Schulter, drückte Richards Hand fester, sah die beiden abwechselnd an. »Sie werden euch aus der Grenze rufen. Ihr werdet zu ihnen wollen.«

»Wer?«, fragte Kahlan.

Adie beugte sich vor. »Die Toten. Es könnte jeder sein. Deine Mutter.«

Kahlan biss sich auf die Unterlippe. »Sind sie es wirklich?«

Adie schüttelte den Kopf. »Ich weiß es nicht, mein Kind. Aber ich glaube nicht.«

»Ich glaube es auch nicht«, meinte Richard, fast, als wolle er sich selbst beruhigen.

»Gut«, krächzte Adie. »Glaubt nicht daran. Es wird euch helfen, zu widerstehen. Ihr werdet versucht sein, zu ihnen zu gehen. Tut ihr es, seid ihr verloren. Und denkt daran, das Wichtigste im Schlund ist, dass man die ganze Strecke über auf dem Weg bleibt. Ein oder zwei Schritte zur Seite, und ihr seid zu weit gegangen, so dicht stehen dort die Wälle der Grenze. Ein Zurück gibt es dann nicht mehr. Niemals.«

Richard atmete tief durch. »Adie, die Grenze wird schwächer. Bevor wir niedergeschlagen wurden, meinte Zedd, er könne die Veränderung erkennen. Chase meinte, früher hätte man nicht in sie hineinsehen können, und jetzt gelangen bereits Wesen aus der Unterwelt hindurch. Meinst du, der Weg durch den Schlund ist immer noch sicher?«

»Sicher? Das habe ich nie behauptet. Der Weg durch den Schlund war nie sicher. Männer voller Habgier, aber mit schwachem Willen haben es versucht und sind nie auf der anderen Seite angelangt.« Sie beugte sich dichter zu ihm vor. »Solange die Grenze existiert, muss zwangsläufig auch der Pass existieren. Bleibt auf dem Pfad. Behaltet euer Ziel im Auge. Helft euch, wenn nötig, gegenseitig. Dann kommt ihr hindurch.«

Adie betrachtete sein Gesicht. Richard blickte in Kahlans grüne Augen. Er fragte sich, ob Kahlan und er der Grenze widerstehen könnten. Er musste daran denken, wie es gewesen war, als er hatte hineingehen wollen. Im Schlund hätten sie das zu beiden Seiten. Er wusste, wie sehr sich Kahlan vor der Unterwelt fürchtete, und das aus gutem Grund, schließlich war sie dort gewesen. Er hatte nicht die geringste Absicht, ebenfalls dort zu landen.

Richard legte nachdenklich die Stirn in Falten. »Du hast gesagt, der Schlund befände sich auf halbem Weg durch den Pass. Wird es dann nicht Nacht sein? Wie sollen wir erkennen, ob wir noch auf dem Pfad sind?«

Adie stützte sich bei Kahlan ab und stand auf. »Kommt«, sagte sie und schob die Krücke unter ihren Arm. Langsam folgten sie ihr, als sie sich zu den Regalen schleppte. Mit ihren dürren Fingern ergriff sie einen Lederbeutel. Sie löste die Schnur und ließ etwas in ihre Hand fallen.

Sie wandte sich an Richard. »Halte die Hand auf.«

Er hielt ihr seine geöffnete Hand hin. Sie legte ihre Hand darüber, und er spürte etwas Glattes, Schweres. Kaum hörbar sagte sie ein paar Worte in ihrer Muttersprache.

»Die Worte bedeuten, dass ich dir dies überlasse.«

Richard fand in seiner Hand einen Stein von der Größe eines Moorhuhneies. Er war so glatt poliert, dass er das Licht im Raum aufzusaugen schien. Nicht einmal eine Oberfläche konnte er erkennen, nur eine Art Glasur. Darunter befand sich die Leere völliger Finsternis.

»Dies ist der Stein der Nacht«, sagte sie in gemessenem Krächzen.

»Und was mache ich damit?«

Adie zögerte, ihr Blick fiel kurz aufs Fenster.»Wenn es dunkel und deine Not groß genug ist, dann nimm den Stein der Nacht heraus, und er wird genug Licht spenden, damit du deinen Weg findest. Er funktioniert nur bei seinem Besitzer, und auch dann nur, wenn der vorige ihn ihm aus freien Stücken überlassen hat. Ich werde dem Zauberer sagen, dass du ihn mithast. Er besitzt die Zauberkraft, ihn aufzuspüren, also wird er auch dich finden können.«

Richard zögerte.»Adie, der Stein ist bestimmt sehr wertvoll. Ich weiß nicht, ob ich ihn annehmen kann.«

»Unter den richtigen Umständen ist alles sehr wertvoll. Für einen Verdurstenden wird Wasser wertvoller als Gold. Einem Ertrinkenden dagegen bereitet Wasser die größten Schwierigkeiten. Zurzeit bist du ein sehr durstiger Mann. Mich dürstet danach, dass Darken Rahl in die Schranken gewiesen wird. Nimm den Stein der Nacht. Solltest du dich irgendwann einmal dazu verpflichtet fühlen, kannst du ihn mir ja eines Tages zurückgeben.«

Mit einem Nicken ließ Richard den Stein erst in den Beutel und dann in seine Tasche gleiten. Adie machte sich ein weiteres Mal an ihrem Regal zu schaffen, kramte eine fein gearbeitete Halskette hervor und hielt sie in die Höhe, damit Kahlan sie betrachten konnte. Ein paar rote und gelbe Perlen waren zu beiden Seiten eines kleinen, runden Knochens angebracht.

Kahlans Augen begannen zu strahlen, überrascht öffnete sie den Mund.

»Genau wie die von meiner Mutter«, sagte sie entzückt.

Kahlan raffte ihr üppiges, dunkles Haar zusammen, und Adie legte sie ihr um. Kahlan nahm die Kette zwischen Daumen und Zeigefinger und betrachtete sie lächelnd.

»Im Augenblick wird sie dich vor den Monstern aus dem Pass verbergen, eines Tages jedoch, wenn du dein eigenes Kind in dir trägst, wird sie es beschützen, damit es so stark wird wie du.«

Kahlan nahm die alte Frau in die Arme und drückte sie lange. Als sie sich voneinander lösten, hatte Kahlan einen gequälten Ausdruck auf dem Gesicht und sprach in einer Sprache, die Richard nicht verstand. Adie lächelte nur und tätschelte ihr beruhigend die Schulter.

»Ihr zwei solltet jetzt schlafen.«

»Und ich? Sollte ich nicht auch einen Knochen bekommen, der mich vor den Monstern schützt?«

Adie betrachtete sein Gesicht, senkte dann den Blick auf seine Brust. Langsam streckte sie die Hand aus. Tastend reckten sich ihre Finger vor, berührten sein Hemd und den Zahn darunter. Dann zog sie die Hand zurück und sah ihm erneut in die Augen. Etwas hatte ihr verraten, dass sich dort der Zahn befand. Ihm stockte der Atem.

»Du brauchst keinen Knochen, Kernländer. Die Monster können dich nicht sehen.«

Sein Vater hatte ihm erzählt, das Buch sei von einem bösen Monster bewacht worden. Jetzt erkannte er, dass der Zahn der Grund dafür gewesen war, dass die Monster der Grenze ihn nicht wie die anderen hatten finden können. Ohne den Zahn wäre er niedergeschlagen worden wie Zedd und Chase, und Kahlan befände sich jetzt in der Unterwelt. Richard versuchte, sich nichts anmerken zu lassen. Adie schien den Wink zu verstehen und sagte nichts. Kahlan schien verwirrt, stellte jedoch keine Fragen.

»Schlaft jetzt«, meinte Adie.

Kahlan schlug Adies Angebot aus, in ihrem Bett zu schlafen. Sie und Richard rollten ihre Decken neben dem Feuer aus, und Adie zog sich in ihr Zimmer zurück. Richard legte noch einige Scheite nach und musste daran denken, wie gerne Kahlan vor einem Feuer saß. Er setzte sich noch ein paar Minuten zu Zedd und Chase, strich dem Alten über das weiße Haar und lauschte auf seinen Atem. Er ließ seine Freunde nur äußerst ungern zurück. Was vor ihm lag, machte ihm Angst. Gerne hätte Richard Zedds Plan gekannt.

Kahlan saß im Schneidersitz auf dem Boden vor dem Feuer und beobachtete ihn. Als er zu seiner Decke zurückkehrte, legte sie sich auf den Rücken und zog die Decke bis zur Hüfte hoch. Im Haus war es still und wohl auch sicher. Draußen fiel

immer noch Regen. Die Nähe des Feuers war angenehm. Er war müde. Richard drehte sich zu Kahlan um, stützte den Ellenbogen auf den Boden und den Kopf in die Hand. Sie starrte an die Decke und drehte den Knochen an der Halskette zwischen Daumen und Zeigefinger.
»Richard«, flüsterte sie, ohne den Blick von der Decke zu nehmen. »Tut mir leid, dass wir die beiden zurücklassen müssen.«
»Ich weiß«, antwortete er flüsternd. »Mir auch.«
»Hoffentlich meinst du nicht, ich hätte dich dazu gezwungen, als ich das im Sumpf gesagt habe.«
»Nein. Die Entscheidung war richtig. Der Winter rückt mit jedem Tag näher. Es nutzt uns nichts, wenn wir bei ihnen warten, und Darken Rahl die Kästchen in die Finger bekommt. Dann sind wir alle tot. Wahrheit bleibt Wahrheit. Ich kann dir nicht böse sein, nur weil du sie ausgesprochen hast.«
Er lauschte auf das Knacken und Zischen des Feuers und beobachtete ihr Gesicht und das Haar, das sich auf dem Boden ausbreitete. Eine Ader in ihrem Hals zeigte ihm ihren Herzschlag. Sie hatte den schönsten Hals, den er je bei einer Frau gesehen hatte. Manchmal sah sie so schön aus, dass er es kaum ertragen konnte, sie anzusehen, und doch konnte er gleichzeitig den Blick nicht von ihr abwenden. Sie hielt noch immer die Halskette zwischen den Fingern.
»Kahlan?« Sie drehte sich um und sah ihm in die Augen. »Was hast du gesagt, als Adie meinte, die Kette würde dich und eines Tages auch dein Kind beschützen?«
Sie sah ihn lange an. »Ich habe mich bedankt. Aber ich habe ihr auch gesagt, dass ich nicht glaube, lange genug zu leben, um ein Kind zu haben.«
Richard spürte, wie er eine Gänsehaut bekam. »Wieso?«
Ihre Augen huschten über verschiedene Stellen seines Gesichtes. »Richard«, fuhr sie ruhig fort, »in meiner Heimat ist der Wahnsinn ausgebrochen, ein Wahnsinn, wie du ihn dir nicht vorstellen kannst. Ich bin allein. Die anderen sind so viele. Ich habe gesehen, wie Bessere als ich sich dagegen gewehrt haben. Man hat sie hingemetzelt. Damit will ich nicht

sagen, wir werden scheitern. Ich glaube nur, ich werde kaum lange genug leben, um es zu erfahren.«

Auch wenn sie es nicht offen aussprach, Richard wusste, dass sie überzeugt war, es nicht mehr zu erleben. Sie wollte ihm keine Angst einjagen, aber sie war überzeugt, auch er würde dabei sterben. Deswegen hatte sie nicht gewollt, dass Zedd ihm das Schwert der Wahrheit gab und ihn zum Sucher ernannte. Das Herz schlug ihm bis zum Hals. Sie war überzeugt, sie beide in den Tod zu führen.

Vielleicht hatte sie recht. Schließlich kannte sie ihre Gegner besser als er. Sie musste entsetzliche Angst haben, in die Midlands zurückzukehren. Dennoch, es gab kein Versteck. Das Irrlicht hatte es gesagt: Weglaufen bedeutete den sicheren Tod.

Richard küsste seine Fingerspitze und legte sie langsam auf den Knochen an der Halskette. Danach sah er in ihre sanften, fast zärtlichen Augen.

»Ich füge dem Knochen meinen Schutzschwur hinzu«, sagte er flüsternd. »Dir gegenüber, und jedem Kind, das du künftig in dir tragen wirst. Keinen Tag, den ich mit dir verbringe, würde ich gegen ein ganzes Leben in Sklaverei eintauschen. Ich habe den Posten als Sucher aus freien Stücken angenommen. Und wenn Darken Rahl die ganze Welt in den Wahnsinn stürzen sollte, dann werden wir mit einem Schwert in den Händen sterben, ohne Ketten an unseren Füßen. Wir werden es ihm nicht leicht machen, uns zu töten. Er wird einen hohen Preis bezahlen. Wenn nötig, werden wir bis zum letzten Atemzug kämpfen und ihm noch im Sterben eine so gemeine Wunde zufügen, die schwären wird, bis sie ihn schließlich schmerzvoll dahinrafft.«

Ihr Gesicht erstrahlte zu einem Lächeln, das auch ihre Augen erfasste. »Würde Darken Rahl dich kennen wie ich, hätte er allen Grund, schlecht zu schlafen. Ich danke den guten Seelen, dass der Sucher keinen Grund hat, mich mit seinem Zorn zu verfolgen.«

Sie legte ihm den Kopf auf den Arm. »Du hast es dir zur seltsamen Angewohnheit gemacht, mich zum Lachen zu bringen und aufzuheitern, Richard Cypher. Selbst wenn du mir von meinem Tod erzählst.«

Er lächelte. »Dazu sind Freunde da.«

Nachdem sie die Augen geschlossen hatte, beobachtete Richard sie noch eine Weile, bis der Schlaf ihn sacht übermannte. Sein letzter Gedanke vor dem Einschlafen galt ihr.

Das erste Zeichen des Morgens war feucht und trüb, doch der Regen hatte aufgehört. Kahlan umarmte Adie zum Abschied. Richard sah der alten Frau in die weißen Augen.

»Ich muss dich um etwas Wichtiges bitten. Du musst Chase eine Nachricht vom Sucher überbringen. Sag ihm, er soll nach Kernland zurückkehren und den Obersten Rat vor dem bevorstehenden Fall der Grenze warnen. Sag ihm, Michael soll die Armee mobilisieren, um Westland vor Rahls Streitkräften zu schützen. Sie müssen sich auf eine Invasion vorbereiten. Auf keinen Fall dürfen sie Westland wie die Midlands fallen lassen. Wer immer die Grenze überschreitet, muss als Eindringling angesehen werden. Er soll Michael sagen, dass Rahl es war, der unseren Vater getötet hat, und dass die, die kommen, nicht in Frieden kommen werden. Wir befinden uns im Krieg, und ich befinde mich bereits im Kampf. Sollten mein Bruder oder die Armee meine Warnung nicht beachten, dann soll Chase die Dienste der Regierung verlassen, die Grenzposten zusammenrufen und sie gegen Rahls Truppen aufstellen. Bei der Übernahme der Midlands ist seine Armee praktisch auf keinen Widerstand gestoßen. Wenn sie beim Angriff auf Westland viel Blut vergießen müssen, verlieren sie vielleicht den Mut. Sag ihm, er darf dem Feind gegenüber keine Gnade zeigen, keine Gefangenen machen. Es bereitet mir nicht etwa Spaß, diese Befehle zu erteilen, aber das ist Rahls Art, zu kämpfen. Entweder wir bekämpfen ihn auf seine Art, oder wir gehen an ihr zugrunde. Sollte Westland fallen, erwarte ich, dass die Grenzposten vor ihrem Tod einen hohen Blutzoll fordern.

Sobald Chase Armee und Posten in ihren Stellungen hat, steht es ihm frei, mir zu Hilfe zu kommen. Vor allem darf Rahl nicht das dritte Kästchen bekommen.« Richard senkte den

Blick. »Er soll meinem Bruder sagen, ich liebe und vermisse ihn.« Er sah Adie abschätzend an. »Wirst du das alles behalten?«

»Ich könnte es nicht einmal vergessen, wenn ich wollte. Ich werde dem Posten deine Worte überbringen. Was soll ich dem Zauberer sagen?«

Richard musste lächeln. »Sag ihm, es tue mir leid, aber wir könnten nicht warten. Ich weiß, er wird es verstehen. Wenn er kann, wird er uns mit Hilfe des Steins der Nacht finden. Bis dahin hoffe ich, eines der Kästchen aufgespürt zu haben.«

»Alle Kraft dem Sucher«, sagte Adie mit ihrem Krächzen, »und dir ebenfalls, Kind. Euch stehen harte Zeiten bevor.«

18. Kapitel

er Pfad war breit genug, und Richard und Kahlan konnten nebeneinandergehen. Wolken hingen tief und bedrohlich über ihnen, doch der Regen blieb aus. Die beiden zogen ihre Umhänge fest um sich. Feuchte, braune Fichtennadeln bedeckten den Pfad durch den Wald. Zwischen den hohen Bäumen wuchs wenig Gestrüpp, sodass man ein gutes Stück freie Sicht hatte. Farne bedeckten mit ihren federgleichen Schwingen die Fläche zwischen den Stämmen, und abgestorbenes Holz lag wie schlafend dazwischen. Eichhörnchen beäugten die beiden argwöhnisch im Vorübergehen, während die Vögel mit gewohnter Entschlossenheit zwitscherten. Richard hatte im Vorübergehen den Ast einer Balsamtanne gepackt, ihn zwischen Daumen und Zeigefinger hindurchgezogen und so alle Nadeln abgerissen.

»Adie ist mehr, als sie scheint«, sagte er endlich.

Kahlan sah ihn an. »Sie ist eine Hexenmeisterin.«

Richard sah sie überrascht von der Seite her an. »Tatsächlich? Ich weiß nicht genau, was eine Hexenmeisterin ist.«

»Nun, sie ist mehr als wir, aber weniger als ein Zauberer.«

Richard roch an den duftenden Fichtennadeln, dann warf er sie fort. Vielleicht war sie mehr als er, dachte Richard, aber ob sie mehr war als Kahlan, schien alles andere als sicher. Er musste an Adies Gesichtsausdruck denken, als Kahlan sie am Handgelenk gepackt hatte. Er hatte Angst gehabt. Er musste an den Ausdruck auf Zedds Gesicht denken, als er sie zum ersten Mal gesehen hatte. Welche Kräfte mochte sie besitzen, die eine Hexenmeisterin und einen Zauberer einschüchterten? Wie hatte sie den Donner ohne Hall erzeugt?

Soweit er wusste, hatte sie es zweimal gemacht, einmal bei dem Quadron, einmal bei Shar, dem Irrlicht, Richard erinnerte sich an die Schmerzen. Eine Hexenmeisterin sollte mehr sein als Kahlan? Er hatte seine Zweifel.
»Wieso lebt Adie hier am Pass?«
Kahlan schob ihre Haare über die Schulter nach hinten. »Sie war es leid, dass ständig Leute zu ihr kamen und sie um einen Zauber oder Trank baten. Sie wollte ihre Ruhe, um sich ihren Studien widmen zu können, was immer die Studien einer Hexenmeisterin sein mögen. Sie nannte es ›irgendeine Art höherer Berufung‹.«
»Glaubst du, sie ist in Sicherheit, wenn die Grenze fällt?«
»Ich hoffe es. Ich mag sie.«
»Ich auch«, fügte er lächelnd hinzu.
An manchen Stellen stieg der Pfad steil an und zwang sie gelegentlich, hintereinander zu gehen, wenn er sich an steilen Felshängen und Bergkämmen entlangwand. Richard ließ Kahlan vorgehen, damit er sie im Auge behalten und sicher sein konnte, dass sie nicht vom Weg abkam. Gelegentlich musste er ihr den Pfad zeigen. Dank seiner Erfahrung als Führer war er für ihn deutlich zu erkennen, nicht jedoch für ihr unerfahrenes Auge. Ansonsten war der Pfad meist eine deutlich ausgetretene Spur. Der Wald war dicht. Bäume wuchsen aus Felsspalten, die hoch über das Blattwerk hinausragten. Nebel hing zwischen den Bäumen. Aus Spalten hervorbrechende Wurzeln boten an den steilen Hängen Halt. Die Beine schmerzten ihn von der Anstrengung, die extrem steilen Abstiege auf dem dunklen Pfad hinunterzuklettern.

Richard fragte sich, was sie tun sollten, wenn sie die Midlands erreicht hatten. Er hatte sich bislang darauf verlassen, dass Zedd ihm nach Überqueren des Passes seinen Plan unterbreiten würde. Jetzt war Zedd nicht bei ihnen, und sie hatten keinen Plan. Er kam sich irgendwie dumm vor, einfach so in die Midlands einzudringen. Was sollte er tun, wenn sie auf der anderen Seite waren? Stehen bleiben und sich umschauen, feststellen, wo das Kästchen war, um ihm dann nachzujagen? Der Plan erschien ihm nicht gerade gelungen. Sie hatten keine

Zeit, ziellos herumzuwandern und darauf zu hoffen, irgendetwas zu finden. Nirgendwo wartete jemand auf ihn, um ihm zu sagen, wo er als Nächstes suchen sollte.

Sie erreichten einen steilen, mit Felsbrocken übersäten Hang. Der Pfad führte geradewegs hinauf. Es wäre einfacher, ihn zu umgehen, als den Vorsprung hinaufzuklettern. Schließlich entschied er sich doch dagegen. Überall konnte die Grenze sein, und der Gedanke daran nahm ihm die Entscheidung ab. Es musste einen Grund geben, weshalb der Pfad hier entlangführte. Er ging vor, nahm Kahlan bei der Hand und zog sie hinauf.

Die düsteren Gedanken quälten ihn weiterhin. Jemand hatte eines der Kästchen versteckt, sonst hätte Rahl es längst gefunden. Wenn Rahl es nicht fand, wie dann er? Er kannte sich in den Midlands nicht aus, wusste nicht, wo er suchen sollte. Doch irgendjemand wusste, wo das letzte Kästchen war. Sie mussten also jemanden finden, der ihnen sagen konnte, wo es sich befand.

Magie, dachte er plötzlich. Die Midlands waren ein Land der Magie. Vielleicht konnte ihnen jemand, der über Zauberkraft verfügte, sagen, wo es war. Adie wusste Dinge über ihn, ohne ihn jemals vorher gesehen zu haben. Es musste also auch jemanden geben, der ihm den Fundort des Kästchens verraten konnte, ohne es je gesehen zu haben. Dann mussten sie den Betreffenden natürlich noch davon überzeugen, ihnen zu helfen. Verbarg der Betreffende sein Wissen vor Darken Rahl, war er vielleicht sogar froh, ihnen helfen zu können, Rahl ein Ende zu bereiten. Aber wurden seine Gedanken nicht gar zu sehr von Wünschen und Hoffnungen beherrscht?

Auch wenn Rahl alle Kästchen hatte, ohne das Buch wusste er nicht, welches Kästchen welches war. Im Gehen rezitierte Richard das Buch der Gezählten Schatten und versuchte, einen Weg zu finden, wie man Rahl aufhalten konnte. Das Buch beschrieb, wie man die Kästchen zu verwenden hatte, also sollte es auch eine Möglichkeit enthalten, ihren Einsatz zu unterbinden. Doch im Buch gab es darauf keinen Hinweis. Die eigentliche Erläuterung der Funktion der Kästchen, Anleitungen zum Bestimmen und Öffnen nahmen nur einen relativ kleinen Teil am Ende des Buches ein. Diesen Teil verstand Richard gut, denn er war klar und eindeutig. Der größte Teil des Buches beschäftigte sich jedoch mit Anweisungen, was im Falle unvorhergesehener Zwischenfälle zu tun war, mit Problemen, die den Inhaber der Kästchen am Erfolg hindern konnten. Das Buch begann sogar mit der Überprüfung der Richtigkeit der Anweisungen.

Ließ sich eines dieser Probleme erzeugen, dann konnte er auch Darken Rahl aufhalten, denn Rahl musste auf die Hilfe des Buches verzichten. Die meisten Schwierigkeiten entzogen sich jedoch seinem Einfluss. Dort ging es um Sonnenwinkel und um Wolken am Tage des Öffnens. Vieles ergab für ihn keinen Sinn. Es war die Rede von Dingen, von denen er nie gehört hatte. Richard wollte nicht länger über das Problem nachdenken und sich stattdessen der Lösung widmen. Er nahm sich vor, das Buch noch einmal durchzugehen, und fing ganz von vorne an.

Die Überprüfung der Richtigkeit der Worte des Buches der Gezählten Schatten, so sie von einem anderen gesprochen werden als jenem, der über die Kästchen gebietet, kann nur durch den Einsatz eines Konfessors gewährleistet werden...

Am späten Nachmittag waren Kahlan und Richard von der Anstrengung des Marsches in Schweiß gebadet. Als sie einen kleinen Bach überquerten, hielt Kahlan an und tauchte ein Tuch ins Wasser, um sich das Gesicht abzuwischen. Richard fand die Idee gut. Am nächsten Bach hielt er und wollte das Gleiche tun. Das klare und flache Wasser strömte in einem Bett runder Steine. Er balancierte auf einem flachen Felsen und ging in die Hocke, um das Tuch ins kalte Wasser zu tauchen.

Als er sich wieder erhob, sah Richard das Schattenwesen. Er erstarrte augenblicklich.

Hinten im Wald stand etwas, halb verborgen hinter einem Stamm. Ein Mensch war es nicht, doch von ungefähr gleicher Größe und ohne eindeutige Form. Es sah aus wie der Schatten eines Menschen, der in der Luft steht. Das Schattenwesen rührte sich nicht. Richard kniff die Augen zusammen, um herauszufinden, ob er wirklich sah, was er zu sehen glaubte. Vielleicht war es nur eine Täuschung des trüben Lichts am Spätnachmittag, der Schatten eines Baumes, den er mit etwas anderem verwechselte.

Kahlan war den Pfad weitergegangen. Richard holte sie rasch ein und legte ihr eine Hand unterhalb ihres Rucksacks auf den Rücken, damit sie nicht stehen blieb. Er beugte sich über ihre Schulter und flüsterte ihr etwas ins Ohr.

»Schau nach links, hinten, zwischen den Bäumen. Sag mir, was du siehst.«

Er hielt seine Hand auf ihrem Rücken, ließ sie weitergehen, während sie den Kopf drehte, um zu den Bäumen hinüberzusehen. Sie hielt sich die Haare zur Seite, ihre Augen suchten. Da sah sie es.

»Was ist das?«, flüsterte sie und sah ihm ins Gesicht.

Er war ein wenig überrascht. »Weiß ich nicht. Ich dachte, du könntest es mir vielleicht sagen.«

Sie schüttelte den Kopf. Der Schatten rührte sich noch immer nicht. Vielleicht war es nichts, nur eine Täuschung des Lichts, wie er sich einzureden versuchte. Er wusste, das stimmte nicht.

»Vielleicht ist es eines der Monster, von denen Adie uns erzählt hat«, brachte er vor.

Sie sah ihn von der Seite an. »Monster haben Knochen.«

Kahlan hatte natürlich recht, er hatte jedoch darauf gehofft, sie würde sich seinem Gedanken anschließen. Das Schattenwesen blieb wo es war, während sie rasch weiter den Pfad hinunterliefen, und bald waren sie außer Sichtweite. Richard atmete auf. Offenbar hatten Kahlans Knochenhalskette und sein Zahn sie unsichtbar gemacht. Im Gehen aßen sie ein Mittagsmahl aus Brot, Karotten und Rauchfleisch. Beim Essen suchten sie die Tiefe des Waldes ab. Keinem schmeckte es. Obwohl es nicht den ganzen Tag geregnet hatte, war alles noch feucht, und gelegentlich tropfte Wasser von den Bäumen. Das Felsgestein war an manchen Stellen glatt von Schlamm und konnte nur mit Vorsicht überquert werden. Die beiden suchten den Wald ringsum nach Anzeichen von Gefahren ab. Sie entdeckten nichts.

Genau das begann, Richard Sorgen zu bereiten. Es gab keine Eichhörnchen, Backenhörnchen, keine Vögel, überhaupt keine Tiere. Es war zu still. Das Tageslicht schwand. Bald würden sie den Schlund erreicht haben. Auch das bereitete ihm Sorgen. Die Vorstellung, erneut den Wesen der Grenze zu begegnen, war angsteinflößend. Mit Schrecken dachte er an Adies Worte, die Wesen aus der Grenze würden sie zu sich rufen. Er musste daran denken, wie verführerisch ihre Rufe waren. Er musste darauf vorbereitet sein, ihnen zu widerstehen, sich gegen sie abhärten. Um ein Haar wäre Kahlan in ihrer ersten gemeinsamen Nacht in die Unterwelt gezogen worden. Als sie mit Zedd und Chase zusammen waren, hatte man wieder versucht, sie hineinzuzerren. Hoffentlich konnte der Knochen sie auch so dicht an der Grenze beschützen.

Der Pfad wurde flacher und breiter, und sie konnten wieder nebeneinandergehen. Der Tagesmarsch hatte sie ermüdet, und es würde noch eine Nacht und einen Tag dauern, bis sie rasten konnten. Ein Durchqueren des Schlundes im Dunkeln und im erschöpften Zustand schien keine gute Idee zu sein, doch Adie hatte sie gedrängt, nicht anzuhalten. Er konnte unmöglich an den Anweisungen von jemandem zweifeln, der den Pass so gut kannte wie sie. Die Geschichte mit dem Greifer würde sie schon wach halten.

Kahlan sah sich um, suchte den Wald ab und warf einen Blick nach hinten. Plötzlich blieb sie stehen und packte ihn am Arm. Mitten auf dem Pfad, keine zehn Meter hinter ihnen, stand ein Schattenwesen.

Es bewegte sich ebenso wenig wie das andere. Er konnte hindurchsehen, den Wald dahinter erkennen, als wäre es aus Rauch. Kahlan packte ihn fest am Arm. Sie liefen seitwärts weiter und behielten das Schattenwesen im Auge. Nach einer Biegung hatten sie es abgehängt. Sie gingen schneller.

»Kahlan, erinnerst du dich noch, wie du mir von den Schattenwesen erzählt hast, die Panis Rahl ausgesandt hat? Sind das möglicherweise diese Schattenwesen?«

Sie sah ihn besorgt an. »Ich weiß es nicht. Ich habe nie eins zu Gesicht bekommen. Das war damals im Krieg, bevor ich geboren wurde. Aber die Geschichten klangen immer gleich. Sie schienen sich schwebend zu bewegen. Ich habe nie jemanden sagen hören, dass sie so regungslos dastehen.«
»Vielleicht liegt das an den Knochen. Vielleicht wissen sie, dass wir hier sind, können uns aber nicht finden, also bleiben sie stehen, um Ausschau zu halten.«
Sie zog ihren Umhang fester um sich. Der Gedanke ängstigte sie offenbar, trotzdem sagte sie nichts. Die Nacht war nicht mehr fern. Sie gingen dicht beieinander weiter und hingen beide den gleichen beunruhigenden Gedanken nach. Neben dem Pfad tauchte ein weiteres Schattenwesen auf. Kahlan klammerte sich an seinen Arm. Sie gingen langsam vorbei, leise, den Blick auf das Wesen geheftet. Es rührte sich nicht. Richard wäre fast in Panik ausgebrochen, doch das durfte nicht sein. Sie mussten auf dem Pfad bleiben, ihren Kopf gebrauchen. Vielleicht wollten die Schatten sie dazu bringen, davonzulaufen, den Pfad zu verlassen und aus Versehen in die Unterwelt überzutreten. Sie blickten sich im Gehen um. Kahlan sah gerade in die andere Richtung, als ihr ein Ast durchs Gesicht fuhr. Sie erschrak und stieß gegen Richard. Sie sah ihn an und entschuldigte sich. Richard versuchte, sie mit einem Lächeln zu beruhigen.

Tropfen von Regen und Nebel hingen an den Fichtennadeln, und sobald eine leichte Brise die Äste in Bewegung versetzte, regnete das Wasser von den Bäumen auf sie herab. In der fast völligen Dunkelheit war es äußerst schwierig, zu unterscheiden, ob sie von Schattenwesen umgeben waren oder ob es nur die dunklen Schatten der Baumstämme waren. Zweimal war es ganz deutlich. Die Schattenwesen standen ganz dicht neben dem Pfad, daran bestand kein Zweifel. Noch immer blieben die Schatten regungslos und folgten ihnen nicht. Sie standen da, als wollten sie sie beobachten. Und das, obwohl sie keine Augen hatten.

»Was tun wir, wenn sie auf uns losgehen?«, fragte Kahlan mit angespannt klingender Stimme.

Ihr Klammergriff wurde schmerzhaft. Er löste ihre Finger von seinem Arm und ergriff ihre Hand. Sie drückte seine Hand.
»Tut mir leid«, sagte sie mit einem unsicheren Lächeln.
»Wenn sie auf uns losgehen, wird das Schwert sie aufhalten«, antwortete er zuversichtlich.
»Was macht dich so sicher?«
»Es hat auch die Wesen aus der Grenze gestoppt.«
Die Antwort schien sie zufriedenzustellen – zumindest hoffte er das. Im Wald war es totenstill, bis auf ein leises Schaben, das er sich nicht erklären konnte. Die üblichen Geräusche der Nacht fehlten völlig. Dicht neben ihnen setzte eine Brise dunkles Geäst in Bewegung, ließ sein Herz rasen.
»Richard«, sagte Kahlan gefasst. »Lass sie nicht an dich ran. Wenn es Schattenwesen sind, bedeutet ihre Berührung den Tod. Selbst wenn es keine sein sollten, wissen wir nicht, was geschieht. Sie dürfen uns nicht berühren.«
Er drückte zur Beruhigung ihre Hand.
Richard widerstand der Versuchung, das Schwert zu ziehen. Möglicherweise waren es für das Schwert zu viele – wenn die Zauberkraft des Schwertes überhaupt gegen Schattenwesen wirksam war. Er wollte das Schwert benutzen, wenn er keine andere Wahl hatte. Im Augenblick jedoch sagte ihm sein Instinkt, es zu lassen.
Der Wald wurde noch finsterer. Baumstämme ragten wie Säulen in die Dunkelheit. Richard hatte das Gefühl, überall seien Augen, die sie beobachteten. Der Pfad führte einen Hang hinauf. Links sah er dunkle Felsbrocken aufragen. Regenwasser floss gurgelnd zwischen den Felsen hervor. Er hörte, wie es gluckste, tropfte und schäumte. Das Gelände fiel nach rechts ab. Als sie sich das nächste Mal umsahen, standen auf dem Pfad hinter ihnen, fast unsichtbar, drei Schatten. Die beiden liefen weiter. Richard hörte wieder das leise Schaben irgendwo tief im Wald, zu beiden Seiten. Das Geräusch war ihm unbekannt. Er spürte, mehr als er sah, wie zu beiden Seiten und hinter ihnen Schattenwesen schwebten. Einige von ihnen waren so dicht am Weg, dass an ihrer Identität kein Zweifel bestand. Nur nach vorn war der Weg noch frei.

»Richard«, flüsterte Kahlan, »meinst du, wir sollten den Stein der Nacht herausholen? Ich kann den Pfad kaum noch erkennen.« Sie klammerte sich an seine Hand. Richard zögerte. »Ich möchte warten, bis wir ihn unbedingt brauchen. Ich habe Angst, was passieren wird.«
»Wie meinst du das?«
»Na ja, bis jetzt sind die Schatten nicht auf uns losgegangen. Vielleicht, weil sie uns nicht sehen können, vielleicht wegen der Knochen.« Er hielt einen Augenblick inne. »Aber was ist, wenn sie das Licht vom Stein der Nacht sehen können?«
Kahlan biss sich voller Sorge auf die Unterlippe. Sie hatten Mühe, den Pfad zu erkennen, der sich zwischen Bäumen und Felsbrocken hindurchwand, über Steine und Wurzeln verlief und sich seinen Weg den Hang hinauf suchte. Das leise Schaben kam näher, war jetzt überall. Es hörte sich an wie... wie Krallen auf Felsen, dachte er.

Dicht vor ihnen tauchten zwei Schatten auf. Der Pfad ging zwischen ihnen hindurch. Kahlan presste sich an ihn. Mit angehaltenem Atem drückten sie sich vorbei. Als sie auf gleicher Höhe waren, verbarg sie das Gesicht an seiner Schulter. Richard legte den Arm um sie und zog sie an sich. Er wusste, wie ihr zumute war. Er hatte selbst Angst. Sein Herz pochte. Er sah hinter sich, doch in der Dunkelheit war nicht zu erkennen, ob die Schatten noch auf dem Pfad standen.

Plötzlich tauchte ein tintenschwarzer Schatten direkt vor ihnen auf. Er war groß wie ein Haus und in der Mitte gespalten. Der Schlund.

Sie drückten sich rücklings an den Felsen, zwängten sich in den Spalt. Es war zu dunkel, um den Pfad noch zu erkennen oder weitere Schattenwesen in der Nähe zu sehen. Ohne das Licht vom Stein der Nacht konnten sie dem Pfad nicht durch den Schlund folgen. Viel zu gefährlich. Ein falscher Schritt, und sie waren tot. In der Stille schien das Schaben näher, überall. Richard griff in seine Tasche und zog den Lederbeutel heraus. Er löste die Schnur, und ließ den Stein der Nacht in seine Hand fallen.

Ein warmes Licht loderte in die Nacht, beleuchtete ringsum

den Wald und warf gespenstische Schatten. Er hielt den Stein vor sich, um besser sehen zu können.

Kahlan stockte der Atem. In der gelblich warmen Beleuchtung konnten sie eine Wand aus Schattenwesen erkennen. Hunderte, kaum einen Zentimeter voneinander getrennt. Sie bildeten kaum fünf Meter entfernt einen Halbkreis. Auf dem Boden waren Dutzende und Aberdutzende buckliger Gestalten, die anfangs fast wie Felsen ausgesehen hatten. Aber es waren keine. Gräuliche Panzerstreifen zogen sich quer und ineinander verschachtelt über ihren Rücken, spitze Dornen stachen rings um den unteren Rand hervor.

Greifer.

Das war also das Geräusch gewesen, Krallen auf Stein. Die Greifer hatten einen seltsam watschelnden Gang, ihr Buckel schaukelte von rechts nach links, während sie sich abmühten, vorwärts zu kommen. Nicht schnell, aber stetig. Einige waren nur ein paar Meter entfernt.

Zum ersten Mal begannen die Schatten, sich zu bewegen, zu schweben, zu treiben, ihren Ring dichter zu ziehen.

Kahlan blieb wie erstarrt stehen, mit dem Rücken am Fels, die Augen aufgerissen. Richard streckte die Hand aus, packte sie an ihrem Hemd und zerrte sie in die Öffnung. Die Wände waren feucht und glitschig. In der Enge schlug ihm das Herz bis zum Hals. Rückwärts schoben sie sich hindurch, schauten sich gelegentlich um, suchten nach dem Weg. Er hielt den Stein der Nacht vor sich und beleuchtete die näher rückenden Schattenwesen. Die ersten Greifer krochen in den Spalt.

In der Enge des Spalts hörte Richard Kahlans hektischen Atem. Sie schoben sich rückwärts weiter, ihre Schultern scharrten an der Felswand entlang. Kalte, schleimige Feuchtigkeit durchnässte ihre Hemden. An einer Stelle mussten sie sich bücken und seitlich weitergehen. Der Pfad wurde hier enger, schloss sich fast, sodass man nur gebückt hindurchkam. In den Spalt gefallenes Laub und Geäst bildeten einen fauligen Bodensatz. Es stank nach Moder. Sie schoben sich weiter, bis sie endlich die andere Seite erreicht hatten. Die Schatten zögerten an der Öffnung im Felsen. Die Greifer nicht.

Richard trat nach einem, der zu nahe gekommen war, schickte ihn Hals über Kopf ins Laub und Geäst auf dem Boden des Spalts. Er landete auf dem Rücken, strampelte zischend um sich schnappend, sich windend und wankend ins Leere, bis er sich wieder umgedreht hatte. Anschließend richtete er sich auf und stieß ein klackerndes Knurren aus, bevor er erneut zum Angriff überging.

Die beiden drehten sich um und eilten den Pfad hinab. Richard hielt den Stein der Nacht vor sich, um den Pfad auszuleuchten.

Kahlan sog zischend den Atem ein.

Das warme Licht fiel auf den Hang, wo sich der Pfad durch den Schlund hätte befinden sollen. Vor ihnen, so weit das Auge reichte, breitete sich eine Trümmerlandschaft aus. Felsen, Baumstämme, zersplittertes Holz und Matsch, alles durcheinander. Ein Erdrutsch war vor Kurzem den Hang hinuntergekommen.

Der Pfad durch den Schlund war fortgeschwemmt worden. Sie traten ein Stück aus dem Felsen heraus, um besser sehen zu können.

Das grüne Licht der Grenze leuchtete auf und überraschte sie. Wie ein Mann fuhren sie zurück.

»Richard...«

Kahlan klammerte sich an seinen Arm. Die Greifer waren ihnen dicht auf den Fersen. Die Schattenwesen schwebten durch den Spalt heran.

19. Kapitel

ackeln in verzierten Goldhalterungen beleuchteten die Wände der Gruft mit ihrem flackernden Schein, der vom polierten rosafarbenen Granit des riesigen Gewölbes zurückgeworfen wurde, und fügten ihren Pechgestank in der abgestandenen, reglosen Luft dem Duft der Rosen hinzu. Weiße Rosen, seit drei Dekaden jeden Morgen neu gebracht, füllten jede der siebenundfünfzig Goldvasen, die unter jeder der siebenundfünfzig Fackeln in die Wand eingelassen waren. Jede Fackel stand für ein Jahr im Leben des Verstorbenen. Der Boden bestand aus weißem Marmor, damit die weißen Blütenblätter keine Blicke auf sich zogen, solange sie noch nicht fortgefegt worden waren. Eine große Dienerschaft sorgte dafür, dass keine Fackel länger als ein paar Augenblicke ausgebrannt blieb, und keine Rosenblätter lange auf dem Boden liegen blieben. Die Dienerschaft kümmerte sich voller Hingabe und Sorge um ihre Pflicht. Ein Versagen in dieser Hinsicht wurde mit sofortiger Enthauptung geahndet. Wachen hielten die Gruft Tag und Nacht im Auge, um sich zu vergewissern, dass die Fackeln brannten, die Blumen frisch waren und kein Rosenblatt zu lange auf dem Boden liegen blieb. Und natürlich, um die Hinrichtungen durchzuführen.

Freie Stellen in der Dienerschaft wurden aus dem umliegenden Land D'Hara rekrutiert. Ein Mitglied in der Grabmannschaft zu sein war kraft Gesetzes eine Ehre. Die Ehre beinhaltete auch die Zusicherung eines raschen Todes, sollte eine Hinrichtung angeordnet werden. In D'Hara war ein langsamer Tod ebenso gefürchtet wie überall. Neuen Rekruten schnitt man aus Sorge, sie könnten während ihres Aufenthaltes in der geheiligten Grabstätte schlecht über den toten König sprechen, die Zunge heraus.

Der Meister besuchte die Grabstätte an jenen Abenden, an denen er sich zu Hause im Volkspalast aufhielt. Während dieser Besuche waren weder Bedienstete noch Wachen zugelassen. Die Bediensteten waren am Nachmittag damit beschäftigt gewesen, abgebrannte Fackeln zu ersetzen und jede der Hunderte von Rosen zu überprüfen, indem sie sie sachte schüttelten, um sich so zu vergewissern, dass keines der Blätter lose war, denn jede ausgebrannte Fackel, jedes zu Boden fallende Rosenblatt würde eine Hinrichtung zur Folge haben.

Ein kurzer Pfeiler im Mittelpunkt des gewaltigen Raumes stützte den eigentlichen Sarg, wodurch der Eindruck erweckt wurde, als schwebe er in der Luft. Der mit Gold beschlagene Sarg erglühte im Schein der Fackeln. Eingravierte Symbole bedeckten die Seiten und setzten sich rings um den Raum fort, wo sie unterhalb der Goldvasen und Fackeln in den Granit eingemeißelt waren: Anweisungen eines Vaters an seinen Sohn in einer alten Sprache über das Betreten der Unterwelt und die Rückkehr aus ihr. Anweisungen in einer uralten Sprache, die außer dem Sohn nur eine Handvoll Menschen verstand. Bis auf den Sohn lebte keiner von ihnen in D'Hara. Alle anderen in D'Hara, die sie verstanden hatten, waren längst getötet worden. Der Rest würde eines Tages folgen.

Man hatte die Bediensteten der Gruft und die Wachen fortgeschickt. Der Meister besuchte das Grab seines Vaters. Zwei Männer seiner Leibwache waren bei ihm, jeweils einer auf jeder Seite der massiven, kunstvoll geschnitzten und polierten Tür. Ihre ärmellosen Leder- und Kettenuniformen unterstrichen ihre muskulösen Körper, die Riemen, die sie direkt über ihren Ellenbogen um die Arme trugen, die scharfen Konturen ihrer kräftigen Muskeln, Riemen mit zu tödlichen Spitzen gefeilten, vorstehenden Dornen, die im Nahkampf benutzt wurden, um den Gegner zu zerfetzen.

Darken Rahl strich mit seinen feingliedrigen Fingern über die eingravierten Symbole des Sarkophags seines Vaters. Eine makellos weiße Robe mit einer schmalen, güldenen Stickerei um den Hals und auf der Vorderseite bedeckte seinen schlanken Körper bis drei Zentimeter über dem Boden. Abgesehen von einem Krummdolch in einer goldenen Scheide mit eingeprägten Symbolen – welche die Seelen warnten, den Weg zu räumen –, trug er keinen Schmuck. Der Gürtel, in dem der Dolch steckte, war aus Golddraht geflochten. Das feine, glatte blonde Haar hing ihm fast bis auf die Schultern. Seine Augen waren von einem schmerzhaft schönen Blau. Und die Gesichtszüge brachten diese Augen perfekt zur Geltung.

Viele Frauen waren in sein Bett verschleppt worden. Wegen seines bemerkenswerten Aussehens und seiner Macht waren einige nur allzu willig. Trotz seines Aussehens und wegen seiner Macht fügten sich auch die anderen. Ob sie willig waren oder nicht, kümmerte ihn wenig. Waren sie so unklug, sich beim Anblick seiner Narben angeekelt zu fühlen, dienten sie seinem Vergnügen auf eine Weise, die sie unmöglich hätten vorhersehen können.

Wie auch schon sein Vater vor ihm betrachtete Darken Rahl Frauen nur als Empfänger für den Samen des Mannes, den Boden, in dem er heranwuchs –, Frauen waren jeder weiteren Anerkennung unwürdig. Wie auch schon sein Vater vor ihm wollte Darken Rahl kein Weib. Seine Mutter war nicht mehr gewesen als die Erste, in der der wundersame Samen seines Vaters aufgegangen war, dann hatte man sich ihrer entledigt, was nur rechtens war. Ob er Geschwister hatte, wusste er nicht. Es spielte auch keine Rolle. Er war der Erstgeborene, aller Ruhm gebührte ihm. Er war es, der mit der Gabe der Magie geboren worden war, und dem sein Vater das Wissen weitergegeben hatte. Sollte er Halbbrüder oder -schwestern haben, so waren sie lediglich Unkraut, das bei Entdeckung auszurotten war.

Darken Rahl sprach die Worte leise in Gedanken, während er mit den Fingern über die Symbole strich. Obwohl es von äußerster Wichtigkeit war, dass die Anweisungen aufs Genaueste befolgt wurden, hatte er keine Angst, einen Fehler zu begehen. Die Anweisungen waren in seine Erinnerung eingebrannt. Aber er genoss es, den Übergang erneut zu erleben. Jenen Schwebezustand zwischen Leben und Tod. Er genoss es, in die

Unterwelt hinabzusteigen, die Toten zu befehligen. Ungeduldig erwartete er die nächste Reise dorthin. Widerhallende Schritte kündigten an, dass sich jemand näherte. Darken Rahl war weder besorgt noch interessiert, seine Wachen dagegen schon. Sie zückten ihre Schwerter. Niemand durfte zusammen mit dem Meister in die Gruft. Das heißt, niemand außer Demmin Nass. Als sie ihn erkannten, traten sie zurück und steckten ihre Waffen wieder ein.

Demmin Nass, Darken Rahls rechte Hand, das Licht im Dunkel der Gedanken seines Meisters, war ein Mann von der Größe jener, die er befehligte. Als er, wobei er die Wachen übersah, hineinmarschierte, hob das Licht der Fackeln seine wie gemeißelten Muskeln deutlich hervor. Die Haut auf seiner Brust war glatt wie die der jungen Männer, für die er eine Schwäche hegte. In starkem Gegensatz dazu war sein Gesicht mit Pockennarben durchsetzt. Sein blondes Haar war so kurz gestutzt, dass es wie Stacheln in die Höhe stand. Inmitten seiner rechten Braue begann eine schwarze Strähne, die rechts von der Mitte über seinen Kopf verlief: Daran erkannte man ihn aus der Ferne, ein Umstand, den all jene zu schätzen wussten, die Grund hatten, ihn zu kennen.

Darken Rahl war in das Lesen der Symbole versunken und sah weder auf, als seine Wachen ihre Waffen zückten, noch als sie sie zurücksteckten. Obwohl die Wachen ausgezeichnet waren, so waren sie doch überflüssig, reine Staffage seiner Stellung. Er verfügte über ausreichend Macht, jeder Drohung Nachdruck zu verleihen. Demmin Nass wartete, bis der Meister fertig war. Als Darken Rahl sich schließlich umdrehte, bauschten sich sein blondes Haar und seine vollkommen weiße Robe um seinen Körper auf. Demmin neigte respektvoll den Kopf.

»Lord Rahl.« Seine Stimme klang tief und rau. Er hielt den Kopf auch weiterhin geneigt.

»Demmin, mein alter Freund, wie gut, dich wieder hier zu sehen.« Rahls Gelassenheit hatte etwas Klares, fast Flüssiges.

Demmin richtete sich auf, und auf seinem Gesicht stand Missfallen. »Lord Rahl, Königin Milena hat ihre Liste mit Forderungen überbracht.«

Darken Rahl starrte durch den Kommandeur hindurch, als wäre er nicht da, führte seine Zunge langsam an die Spitzen der ersten drei Finger seiner rechten Hand, leckte daran und befeuchtete dann mit ihnen sorgsam Lippe und Brauen.
»Hast du mir einen Jungen mitgebracht?«, fragte Rahl hoffnungsvoll.
»Ja, Lord Rahl. Er erwartet Euch im Garten des Lebens.«
»Gut.« Ein dünnes Lächeln huschte über Darken Rahls schönes Gesicht. »Gut. Und er ist nicht zu alt? Er ist immer noch ein Junge?«
»Ja, Lord Rahl. Er ist noch ein Junge.« Demmin wich Rahls blauen Augen aus.
Darken Rahls Lächeln wurde breiter. »Bist du sicher, Demmin? Hast du ihm seine Hosen selber runtergezogen und nachgesehen?«
Demmin verlagerte sein Gewicht. »Ja, Lord Rahl.«
Rahl suchte mit den Augen das Gesicht seines Gegenübers ab. »Du hast ihn doch nicht angefasst, oder?« Sein Lächeln verschwand. »Er muss unverdorben sein.«
»Nein, Lord Rahl!«, beharrte Demmin, und sah den Meister aus aufgerissenen Augen an. »Euren geistigen Führer würde ich nie anfassen! Ihr habt es verboten!«
Darken Rahl befeuchtete seine Finger, glättete erneut seine Augenbrauen und trat einen Schritt näher. »Ich weiß, dass du es wolltest, Demmin. Ist es dir schwergefallen? Hinzusehen, ohne anzufassen?« Er lächelte milder, stichelte, wurde wieder ernst. »Deine Schwäche hat mir schon früher Ärger bereitet.«
»Darum habe ich mich gekümmert!«, protestierte Demmin mit seiner tiefen Stimme, jedoch nicht zu vehement. »Ich habe diesen Händler, Brophy, für den Mord an diesem Jungen verhaften lassen.«
»Ja«, fuhr Darken Rahl ihn an, »und dann hat er sich einem Konfessor anvertraut, um seine Unschuld zu beweisen.«
Demmins Gesicht zerknitterte vor Enttäuschung. »Woher sollte ich wissen, was er tun würde? Wer konnte erwarten, dass jemand freiwillig so etwas tut?«
Rahl hob seine Hand. Demmin verstummte.

»Du hättest vorsichtiger sein und mit den Konfessoren rechnen müssen. Ist die Geschichte mittlerweile erledigt?«

»Bis auf einen«, räumte Demmin ein. »Das Quadron, das hinter Kahlan, der Mutter Konfessor, her war, hat versagt. Ich musste ein zweites losschicken.«

Darken Rahl runzelte die Stirn. »Konfessor Kahlan war es, die diesem Händler Brophy die Beichte abgenommen und ihn für unschuldig erklärt hat, oder?«

Demmin nickte langsam mit wutverzerrtem Gesicht. »Sie muss Hilfe gefunden haben, sonst hätte das Quadron nicht versagt.«

Rahl schwieg und betrachtete sein Gegenüber. Schließlich brach Demmin das Schweigen.

»Es handelt sich nur um eine unwesentliche Angelegenheit, Lord Rahl. Nichts, auf das Ihr Zeit oder Gedanken verschwenden müsstet.«

Darken Rahl hob eine Braue. »Worauf ich meine Gedanken verschwende, entscheide ich.« Seine Stimme klang sanft, fast freundlich.

»Natürlich, Lord Rahl. Bitte vergebt mir.« Auch ohne den drohenden Unterton wusste Demmin sofort, dass er sich auf gefährliches Gebiet gewagt hatte.

Rahl befeuchtete erneut seine Finger und rieb sich über die Lippen. Dann sah er seinem Gegenüber scharf in die Augen.

»Demmin«, flüsterte er. Seine blauen Augen wurden stechend.

»Ich weiß.« Demmin ballte die Fäuste. »Giller. Ihr braucht es nur zu sagen, Lord Rahl, und ich bringe Euch seinen Kopf.«

»Demmin, was meinst du, warum nimmt Königin Milena einen Zauberer in ihre Dienste auf?« Demmin zuckte bloß mit den Achseln, also beantwortete Rahl die Frage selbst. »Um das Kästchen zu schützen, deswegen. Sie glaubt, auch sie sei damit geschützt. Wenn wir sie oder den Zauberer umbringen, stellen wir vielleicht fest, dass er das Kästchen mit Zauberkraft versteckt hat, dann müssten wir Zeit darauf verschwenden, es zu finden. Warum also voreilig handeln? Im Augenblick ist es das einfachste, ihr beizupflichten. Wenn sie Ärger macht, werde ich mich um sie kümmern. Und um den Zauberer auch.« Er schritt langsam um den Sarg seines Vaters herum, strich mit den Fingern über die eingravierten Symbole und hielt seine blauen Augen auf Demmin gerichtet. »Außerdem werden ihre Forderungen bedeutungslos, sobald ich das letzte Kästchen habe.« Er ging zu dem großen Mann zurück und blieb vor ihm stehen. »Aber es gibt noch einen anderen Grund, mein Freund.«

Demmin legte den Kopf auf die Seite. »Einen anderen Grund?«

Darken Rahl nickte, beugte sich vor und senkte die Stimme. »Demmin, tötest du deinen kleinen Freund, bevor du... oder danach?«

Demmin wich ein kleines Stück zurück und hakte einen Daumen in seinen Gürtel. Er räusperte sich. »Danach.«

»Und wieso danach? Warum nicht vorher?«, fragte Rahl mit geheucheltem Interesse.

Demmin wich dem Blick des Meisters aus, sah auf den Boden und verlagerte das Gewicht auf den anderen Fuß. Darken Rahl blieb dran, beobachtete ihn, wartete. Demmin sprach so leise, dass ihn die Wächter nicht hören konnten.

»Ich mag es, wenn sie sich winden.«

Ein Lächeln zog auf Rahls Gesicht. »Das ist der andere Grund, mein Freund. Auch ich mag es sozusagen, wenn sie sich winden. Ich möchte mit Genuss verfolgen, wie sie sich windet, bevor ich sie töte.« Wieder befeuchtete er seine Fingerspitzen und strich sich damit über die Lippen.

Ein wissendes Grinsen huschte über das pockennarbige Gesicht. »Ich werde Königin Milena ausrichten, Vater Rahl habe ihren Bedingungen wohlwollend zugestimmt.«

Darken Rahl legte seine Hand auf Demmins muskulöse Schulter. »Sehr gut, mein Freund. Und jetzt zeig mir, was du mir für einen Jungen mitgebracht hast.«

Die beiden schritten, ein Lächeln auf dem Gesicht, zur Tür. Bevor sie sie erreicht hatten, blieb Darken Rahl plötzlich stehen. Er wirbelte auf dem Absatz herum, und seine Robe wehte um ihn herum.

»Was war das für ein Geräusch?«, verlangte er zu wissen.

Bis auf das Zischen der Fackeln war die Gruft so still wie der tote König. Demmin und die Wächter sahen sich langsam in der Grabkammer um.

»Da!« Rahl stieß seinen Arm vor.

Die drei anderen blickten in die angezeigte Richtung. Ein einzelnes Blütenblatt lag auf dem Boden. Darken Rahls Gesicht wurde rot, seine Augen wild. Zitternd ballte er seine Hände zu Fäusten, die Knöchel wurden weiß, seine Augen füllten sich mit Tränen der Wut. Er war zu sehr außer sich, um zu sprechen.

Er gewann seine Fassung zurück und zeigte mit der Hand auf die Stelle, wo das weiße Blütenblatt auf dem kalten Marmorboden lag. Als hätte eine Brise es erfasst, stieg es in die Luft, schwebte durch den Raum und ließ sich auf Rahls ausgestreckter Hand nieder. Er leckte das Blütenblatt an, drehte sich zu einem der Wächter um und klebte es dem Mann auf die Stirn.

Der muskelbepackte Wächter blickte ihn teilnahmslos an. Er wusste, was der Meister wollte, und nickte einmal kurz und grimmig, bevor er in einer einzigen, fließenden Bewegung durch die Tür schritt und dabei sein Schwert zog.

Darken Rahl richtete sich auf, und strich sich mit der Hand über Haare und Kleidung. Er atmete tief durch und ließ dabei seinen Ärger ab. Stirnrunzelnd sah er mit seinen blauen Augen an Demmin hoch, der ruhig neben ihm stand.

»Mehr verlange ich von ihnen nicht. Sie müssen sich nur um das Grab meines Vaters kümmern. Sie bekommen, was sie brauchen, zu essen, Kleidung, man kümmert sich um sie. Es ist ein einfacher Wunsch.« Er machte ein gekränktes Gesicht. »Warum verhöhnen sie mich mit ihrer Achtlosigkeit?« Er sah zum Sarg seines Vaters hinüber, dann wieder in das Gesicht seines Gegenübers. »Glaubst du, ich bin zu streng mit ihnen, Demmin?«

Der Kommandant erwiderte den finsteren Blick mit seinen harten Augen. »Nicht streng genug. Wärt Ihr nicht so einfühlsam, und würdet Ihr ihnen nicht eine rasche Bestrafung gewähren, vielleicht würden die anderen dann Euren Herzenswünschen mit mehr Eifer nachkommen. Ich wäre nicht so nachsichtig.«

Darken Rahl richtete seinen Blick in die Ferne, auf nichts Bestimmtes, und nickte geistesabwesend. Nach einer Weile atmete er tief durch und schritt mit Demmin an seiner Seite durch die Tür. Der verbliebene Wächter folgte in gebührendem Abstand. Sie gingen durch lange von Fackeln erleuchtete Korridore aus poliertem Granit, stiegen eine Wendeltreppe aus weißem Stein empor, durch weitere Korridore voller Fenster, die das Licht hinaus in die Dunkelheit warfen. Das Gestein roch feucht, muffig. Mehrere Stockwerke weiter oben wurde die Luft wieder frisch. Auf kleinen Tischen aus glänzendem Holz, in Abständen entlang der Flure postiert, standen Vasen mit frischen Blumensträußen, die die Räume mit zartem Duft erfüllten.

Als sie zu einer Doppeltür mit dem geschnitzten Relief einer waldigen Hügellandschaft kamen, stieß der zweite Wächter wieder zu ihnen. Sein Auftrag war erledigt. Demmin riss an den eisernen Ringen, und die schweren Türen öffneten sich leise und leicht. Dahinter befand sich ein in dunkler Eiche getäfelter Raum. Er erstrahlte im Licht der Kerzen und Lampen, die man auf den schweren Tischen verteilt hatte. Zwei Wände waren mit Büchern gesäumt, ein gewaltiger Kamin wärmte den zweistöckigen Raum. Rahl blieb einen kurzen Augenblick stehen, um ein altes, in Leder gebundenes Buch auf einem Pult zu Rate zu ziehen, dann gingen er und der Kommandant durch ein Labyrinth von Zimmern, von denen die meisten mit der gleichen warmen Holzvertäfelung ausgestattet waren. Einige Wände waren verputzt und mit Szenen aus den Landschaften, Wäldern und Feldern D'Haras bemalt, mit Tieren und Kindern. Die Wachen folgten mit Abstand und hatten ihre Augen überall. Wachsam, aber schweigend. Die Schatten des Meisters.

Scheite knisterten und knackten, und die Flammen loderten in einem Kamin aus Ziegelsteinen, der die einzige Lichtquelle in einem der kleineren Zimmer bildete, das sie jetzt betraten. An den Wänden hingen Jagdtrophäen, die Köpfe aller möglichen Wildtiere. Geweihe, vom Licht der Flammen beleuchtet, schienen sich in den Raum hineinzurecken. Darken Rahl blieb plötzlich mitten in der Bewegung stehen. Sein Gewand wirkte im Widerschein der Flammen rosa.

»Schon wieder«, flüsterte er.

Demmin war zusammen mit Rahl stehen geblieben und sah ihn jetzt mit fragenden Augen an.

»Sie kommt schon wieder in die Grenze. In die Unterwelt.« Er befeuchtete sich die Fingerspitzen, und fuhr sich bedachtsam über Lippen und Brauen, während sein Blick erstarrte.

»Wer?«, fragte Demmin.

»Mutter Konfessor. Kahlan. Sie hat Hilfe von einem Zauberer bekommen, verstehst du?«

»Giller ist bei der Königin«, beharrte Demmin, »nicht bei der Mutter Konfessor.«

Auf Darken Rahls Lippen breitete sich ein dünnes Lächeln aus. »Nicht Giller«, flüsterte er, »der Alte. Der, den ich suche. Der meinen Vater umgebracht hat. Sie hat ihn gefunden.«

Demmin richtete sich überrascht auf. Rahl drehte sich um und ging zum Fenster am Ende des Raumes. Es war aus kleinen Scheiben zusammengesetzt, hatte oben einen Rundbogen und war doppelt so hoch wie er. Der Widerschein der Flammen funkelte am Griff des geschwungenen Messers an seinem Gürtel. Er verschränkte die Hände hinter dem Rücken und starrte auf die dunkle Landschaft hinaus, in die Nacht, auf Dinge, die andere nicht sahen. Er drehte sich wieder zu Demmin um. Seine blonde Mähne wehte ihm über die Schultern.

»Deshalb ist sie nach Westland gegangen, musst du wissen. Nicht, weil sie vor dem Quadron fliehen wollte, wie du dachtest, sondern um den großen Zauberer zu finden.« Seine blauen Augen funkelten. »Sie hat mir einen großen Gefallen getan, mein Freund. Sie hat den Zauberer aufgetrieben. Es ist ein Glück, dass sie den Wesen der Unterwelt entgangen ist. Das Schicksal ist wahrlich auf unserer Seite. Begreifst du jetzt, Demmin, warum ich dir sage, du sollst dir nicht so viele Sorgen machen? Der Erfolg ist meine Bestimmung. Alles arbeitet mir in die Hand.«

Demmin runzelte nachdenklich die Stirn. »Nur weil ein

Quadron versagt hat, heißt das noch lange nicht, dass sie den Zauberer gefunden hat. Quadrone haben auch schon früher versagt.«

Rahl befeuchtete sich bedächtig die Fingerspitzen. Er trat näher an den großen Mann heran. »Der Alte hat einen Sucher ernannt«, flüsterte er.

Demmin löste überrascht seine verschränkten Hände. »Bist du sicher?«

Rahl nickte. »Der alte Zauberer hat geschworen, ihnen nie wieder zu helfen. Seit vielen Jahren hat ihn niemand mehr zu Gesicht bekommen. Niemand hat seinen Namen verraten können, nicht einmal um den Preis des eigenen Lebens. Und nun geht ein Konfessor hinüber nach Westland, das Quadron verschwindet, und ein Sucher wird ernannt.« Er lächelte vor sich hin. »Sie muss ihn berührt haben, damit er ihr hilft. Stell dir seine Überraschung vor, als er sie gesehen hat.« Rahls Lächeln verblasste, er ballte die Fäuste. »Fast hätte ich sie gehabt. Alle drei. Aber andere Dinge haben mich abgelenkt, und sie sind mir entwischt. Fürs Erste.« Er dachte schweigend einen Augenblick darüber nach und verkündete dann: »Auch das zweite Quadron wird versagen. Auf die Begegnung mit einem Zauberer sind sie nicht vorbereitet.«

»Ich werde ein drittes Quadron losschicken und ihnen von dem Zauberer erzählen«, versprach Demmin.

»Nein.« Rahl leckte sich die Fingerspitzen und dachte nach. »Noch nicht. Im Augenblick wollen wir abwarten und sehen, was passiert. Vielleicht ist sie dazu bestimmt, mir noch einmal zu helfen.« Er dachte einen Augenblick darüber nach. »Ist sie attraktiv? Diese Mutter Konfessor?«

Demmins Gesicht verfinsterte sich. »Ich selbst habe sie nie gesehen, aber einige meiner Männer. Sie haben darum gekämpft, wer für die Quadrone nominiert werden würde, wer sie bekommen sollte.«

»Schick ihr im Augenblick kein Quadron hinterher.« Darken Rahl lächelte. »Es wird Zeit, dass ich einen Erben bekomme.« Er nickte gedankenverloren. »Ich will sie für mich«, verkündete er.

»Sie ist verloren, wenn sie versucht, durch die Grenze zu gelangen«, gab Demmin zu bedenken.

Rahl zuckte mit den Achseln. »So dumm ist sie vielleicht nicht. Sie hat schon einmal bewiesen, wie gerissen sie ist. Wie auch immer, ich will sie haben.« Er sah zu Demmin hinüber. »Wie auch immer, sie wird sich vor mir winden.«

»Beide zusammen, die Mutter Konfessor und der Zauberer, sind gefährlich. Sie könnten uns Schwierigkeiten machen. Konfessoren können das Wort Rahls außer Kraft setzen, sie sind eine Plage. Ich glaube, wir sollten Euren ersten Plan durchführen und sie töten.«

Rahl winkte ab. »Du sorgst dich zu sehr, Demmin. Wie du gesagt hast, Konfessoren sind eine Plage, sonst nichts. Ich werde sie selber töten, sollte sie mir Ärger machen. Aber zuvor trägt sie meinen Sohn aus. Den Sohn einer Konfessorin. Der Zauberer kann mir nichts anhaben, im Gegensatz zu meinem Vater. Ich werde sehen, wie er vor mir im Dreck kriecht, und ihn dann töten. Langsam.«

»Und den Sucher?« Demmins Gesicht war vor gespannter Erwartung erstarrt.

Rahl zuckte mit den Achseln. »Er ist nicht mal eine Plage.«

»Lord Rahl, der Winter naht; daran muss ich Euch nicht erst erinnern.«

Der Meister zog eine Braue hoch. Das Licht der Flammen flackerte in seinen Augen. »Die Königin ist im Besitz des letzten Kästchens. Ich werde es schon bald haben. Es besteht kein Grund zur Sorge.«

Demmin schob sein hartes Gesicht näher. »Und das Buch?«

Rahl holte tief Luft. »Nach meiner Reise in die Unterwelt werde ich mich noch einmal auf die Suche nach diesem Jungen, diesem Cypher, begeben. Deswegen brauchst du nicht beunruhigt zu sein, mein Freund. Das Schicksal ist auf unserer Seite.«

Er wandte sich um und ging. Demmin folgte. Die Wachen huschten durch die Schatten hinter ihnen.

Der Garten des Lebens war ein höhlenartiger Raum in der Mitte des Palastes des Volkes. Bleiverglaste Fenster hoch oben ließen das Licht für den üppigen Pflanzenwuchs hinein. In dieser Nacht fiel das Mondlicht durch sie hinein. Außen, rings um den Raum, hatte man Blumen in Beeten angepflanzt, durch die sich kleine Wege wanden. Kleine Bäume hinter den Blumen, kurze Steinmauern, an denen sich Kletterpflanzen emporrankten, sowie sorgsam gepflegte Gewächse vervollständigten die Landschaftsgestaltung. Bis auf die Fenster oben glich er einem Freiluftgarten. Ein Ort voller Schönheit. Und des Friedens.

In der Mitte des weitläufigen Raumes gab es eine Rasenfläche, die sich fast zu einem vollen Kreis ausdehnte. Der Grasring wurde unterbrochen von einem Keil aus weißen Steinen, auf denen eine Granitplatte stand, die bis auf die Rillen dicht unterhalb des obersten Randes glatt war. Die Rillen führten zu einem kleinen Brunnen in der Ecke, der von zwei ausgekehlten Säulen getragen wurde. Hinter der Platte stand neben einer Feuerstelle ein polierter Steinklotz. Der Klotz trug eine uralte Eisenschüssel, die mit wilden Tieren verziert war, deren Beine die Stütze für den runden unteren Teil bildeten. Der Eisendeckel in der gleichen Halbkugelform trug nur ein einziges Tier – einen Shinga, ein Geschöpf der Unterwelt –, das, auf seinen zwei Hinterbeinen stehend, als Griff diente. Im Mittelpunkt der Rasenfläche gab es eine weiße, runde Fläche, Zauberersand, umringt von Fackeln, in denen flüssiges Feuer brannte. Den Sand durchzogen geometrische Symbole.

Mitten im Sand steckte der Junge. Man hatte ihn aufrecht stehend bis zum Hals eingegraben.

Darken Rahl hatte die Hände hinter dem Rücken verschränkt und trat langsam näher. Demmin wartete hinten bei den Bäumen, entfernt von der Rasenfläche. Der Meister blieb an der Grenze von Rasen und weißem Sand stehen und blickte auf den Jungen hinunter. Er lächelte.

»Wie heißt du, mein Sohn?«

Der Junge blickte mit bebender Unterlippe zu Rahl auf. Sein Blick schweifte zu dem großen Mann hinten bei den Bäumen. Es war ein Blick voller Angst. Rahl drehte sich um und sah zum Kommandanten hinüber.

»Lass uns allein. Und bitte nimm die Wachen mit. Ich möchte nicht gestört werden.«

Demmin verbeugte sich und ging. Die Wachen folgten. Darken Rahl drehte sich wieder um, betrachtete den Jungen und ließ sich dann auf den Rasen nieder. Er zog seine Kleider am Boden zurecht und lächelte den Jungen an.

»Besser?«

Der Junge nickte. Seine Lippe bebte noch immer.

»Fürchtest du dich vor dem großen Mann?« Der Junge nickte. »Hat er dir wehgetan? Hat er dich berührt, wo er es nicht hätte tun sollen?«

Der Junge schüttelte den Kopf. Die Augen blieben in einer Mischung aus Angst und Wut auf Rahl geheftet. Eine Ameise krabbelte vom weißen Sand auf seinen Hals.

»Wie heißt du?«, fragte Rahl noch einmal. Der Junge antwortete nicht. Der Meister sah ihm fest in die braunen Augen.

»Weißt du, wer ich bin?«

»Darken Rahl«, antwortete der Junge mit schwacher Stimme.

Rahl grinste genüsslich. »Vater Rahl«, verbesserte er.

Der Junge starrte ihn an. »Ich will nach Hause.« Die Ameise erforschte sein Kinn.

»Natürlich, das möchtest du«, sagte Rahl, in einem Ton voller Mitgefühl und Sorge. »Bitte glaube mir, ich werde dir nicht weh tun. Du bist lediglich hier, weil du mir bei einer wichtigen Zeremonie helfen sollst. Du bist ein Ehrengast, der die Unschuld und Kraft der Jugend repräsentieren soll. Man hat dich ausgewählt, weil Leute erzählt haben, was für ein feiner Junge du bist, was für ein sehr, sehr guter Junge. Alle hatten eine hohe Meinung von dir. Sie haben mir erzählt, wie klug und stark du bist. Haben sie die Wahrheit gesagt?«

Der Junge zögerte, seine schüchternen Augen sahen fort. »Ja, ich glaube schon.« Er sah Rahl wieder an. »Aber ich vermisse meine Mutter, und ich will nach Hause.« Die Ameise zog ihre Kreise auf seiner Wange.

Darken Rahl blickte sehnsüchtig in die Ferne und nickte. »Ich verstehe. Ich vermisse meine Mutter auch. Sie war eine so wunderbare Frau, und ich habe sie sehr geliebt. Sie hat gut für mich gesorgt. Wenn ich eine Aufgabe zu ihrer Zufriedenheit erledigt hatte, hat sie mir oft etwas besonders Leckeres zu essen gekocht, was immer ich wollte.«

Die Augen des Jungen wurden größer: »Das tut meine Mutter auch.«

»Mein Vater, meine Mutter und ich, wir hatten eine wunderbare Zeit zusammen. Wir alle haben uns geliebt, und wir hatten sehr viel Spaß zusammen. Meine Mutter hat immer so fröhlich gelacht. Sobald mein Vater anfing zu prahlen, machte sie sich über ihn lustig, und dann lachten wir alle drei. Manchmal bis uns die Tränen in die Augen traten.«

Die Augen des Jungen leuchteten auf, er lächelte ein wenig. »Warum vermisst du sie? Ist sie fortgegangen?«

»Nein«, Rahl seufzte. »Sie und mein Vater sind vor ein paar Jahren gestorben. Sie waren beide alt. Die beiden hatten ein gutes Leben zusammen. Trotzdem, ich vermisse sie. Ich verstehe also, wie du deine Eltern vermisst.«

Der Junge nickte vorsichtig. Seine Lippe hatte aufgehört zu beben. Die Ameise krabbelte ihm auf die Nase. Er verzog sein Gesicht, und versuchte, sie abzuschütteln.

»Wir wollen jetzt so viel Spaß haben wie möglich, dann bist du wieder bei ihnen, ehe du dich's versiehst.«

Der Junge nickte erneut. »Ich heiße Carl.«

Rahl lächelte. »Es ist mir eine Ehre, dich kennen zu lernen, Carl.« Er streckte die Hand aus und wischte die Ameise vom Gesicht des Jungen.

»Danke«, sagte Carl erleichtert.

»Deswegen bin ich hier, Carl. Ich will dein Freund sein und dir helfen, so gut ich kann.«

»Wenn du mein Freund bist, gräbst du mich dann aus und lässt mich nach Hause gehen?« Seine Augen glitzerten feucht.

»Schon bald, mein Sohn, schon bald. Ich wünschte, ich könnte es gleich jetzt tun, aber die Menschen erwarten, dass ich sie vor den bösen Menschen beschütze, die sie töten wollen. Also muss ich tun, was ich kann, um zu helfen. Du musst mir dabei helfen. Du wirst ein wichtiger Bestandteil der Zere-

monie sein, die deine Mutter und deinen Vater vor den bösen Menschen schützen werden, die sie töten wollen. Du möchtest doch verhindern, dass deiner Mutter oder deinem Vater etwas Schlimmes zustößt, oder?«
Die Fackeln flackerten und zischten. Carl dachte nach.
»Doch, schon. Aber ich will nach Hause.« Seine Lippe begann wieder zu beben.
Darken Rahl streckte die Hand aus und strich dem Jungen beruhigend übers Haar, kämmte es mit den Fingern, strich es wieder glatt. »Ich weiß, aber versuche, tapfer zu sein. Ich werde nicht zulassen, dass dir jemand etwas tut, das verspreche ich. Ich werde dich bewachen und beschützen.« Er lächelte Carl voller Wärme an. »Hast du Hunger? Möchtest du etwas essen?«
Carl schüttelte den Kopf.
»Also gut. Es ist spät. Ich werde dich jetzt ruhen lassen.« Er erhob sich, strich seine Kleider glatt, wischte das Gras ab.
»Vater Rahl?«
Rahl hielt inne und sah noch einmal nach unten. »Ja, Carl?«
Eine Träne rollte Carl über die Wange. »Ich habe Angst hier alleine. Kannst du nicht bei mir bleiben?«
Der Meister betrachtete den Jungen mit einem tröstlichen Blick. »Aber natürlich, mein Sohn.« Darken Rahl ließ sich wieder auf dem Rasen nieder. »Solange du willst. Die ganze Nacht, wenn du möchtest.«

20. Kapitel

ingsum erglühte grünes Licht, während sie sich vorsichtig und schleppend durch das Geröll am Hang arbeiteten, über oder unter Stämmen hindurch kletterten und Äste zur Seite traten, wenn es nötig war. Der schillernde, grüne Lichtschild der Grenzwälle bedrängte sie von beiden Seiten, während sie sich vorantasteten. Dunkelheit lag schwer über allem, bis auf die unheimliche Beleuchtung, die ihnen das Gefühl gab, sie seien im Innern einer Höhle.

Richard und Kahlan waren zur gleichen Zeit zum selben Entschluss gekommen. Die beiden hatten keine andere Wahl gehabt. Zurück konnten sie nicht, und am gespaltenen Felsen konnten sie auch nicht bleiben. Nicht, solange die Greifer und Schattenwesen Jagd auf sie machten. Also mussten sie weiter voran. In den Schlund.

Richard hatte den Stein der Nacht weggesteckt. Zum Auffinden des Pfades war er nutzlos, da kein Pfad vorhanden war, außerdem machte er es schwierig, die Stelle zu erkennen, wo das Licht der Grenze in den grünen Lichtschild überging. Für den Fall, dass er schnell wieder gebraucht wurde, hatte er ihn nicht in den Lederbeutel zurückgesteckt, sondern ihn einfach in seine Tasche fallen lassen.

»Wir lassen uns von den Wällen der Grenze den Weg zeigen«, hatte er gesagt. Seine ruhige Stimme hallte aus der Dunkelheit zurück. »Geh langsam, und mache keinen Schritt mehr, wenn ein Wall dunkler wird, sondern geh ein Stück zur Seite. So können wir zwischen ihnen bleiben und durch den Pass gelangen.«

Kahlan hatte keinen Augenblick gezögert. Die Greifer und die Schattenwesen bedeuteten den sicheren Tod. Sie hatte Richards Hand ergriffen, als sie in den grünen Lichtschein zurückgingen. Schulter an Schulter hatten sie den unsichtbaren Durchgang betreten. Richards Herz klopfte, er versuchte, nicht darüber nachzudenken, was sie jetzt taten: blind zwischen den Wällen der Grenze herumlaufen.

Zwischen den Wällen des Todes.

Wie die Grenze aussah, wusste er, weil Chase ihn ja in ihre Nähe gebracht hatte, und später hatte das finstere Monster versucht, Kahlan hineinzuziehen. Sobald er einen der dunklen Wälle betrat, gab es kein Zurück. Wenn sie jedoch im grünen Schimmer zwischen den Wällen blieben, dann hatten sie wenigstens eine Chance.

Kahlan blieb stehen und stieß ihn nach rechts. Sie befand sich dicht am Wall. Dann tauchte er auf der rechten Seite auf. Sie suchten die Mitte und gingen weiter. Wenn sie langsam und vorsichtig gingen, konnten sie zwischen den Wällen bleiben und auf einer dünnen Linie des Lebens wandeln, mit dem Tod auf jeder Seite. Seine Jahre als Führer waren ihm hier keine Hilfe. Richard gab es schließlich auf, Reste des Pfades zu entdecken und ließ sich stattdessen vom Druck des Walles zu beiden Seiten leiten. Der Druck wurde zu seinem Führer. Es ging langsam voran. Von dem Pfad war keine Spur zu sehen, ebenso wenig von den Hügeln ringsum, da war nur diese enge Welt aus leuchtend grünem Licht, wie eine Blase des Lebens, die hilflos durch ein uferloses Meer aus Finsternis und Tod trieb.

Schlamm machte seine Stiefel schwer, Angst belastete seine Gedanken. Jedes Hindernis, auf das sie stießen, musste überquert werden, umgehen war nicht möglich. Die Grenzwälle bestimmten ihren Weg. Manchmal ging es über umgestürzte Bäume, manchmal über Felsen, manchmal durch eine Unterspülung, wo sie sich nur an freigelegten Wurzeln festhalten und so auf die andere Seite ziehen konnten. Schweigend halfen sie einander, zur Aufmunterung gab es nicht mehr als einen Händedruck. Nirgendwo konnten sie mehr als ein oder zwei Schritte von ihrem Weg abweichen, ohne dass die dunklen

Wälle auftauchten. Das geschah bei jeder Biegung, manchmal auch mehrere Male hintereinander, bis sie endlich wussten, in welche Richtung der Weg weiterging. Jedes Mal zogen sie sich so schnell wie möglich zurück, und jedes Mal fuhr es ihm eiskalt in die Knochen.

Richards Schultern schmerzten. Er hatte vor Anspannung die Muskeln zusammengezogen, sein Atem war flach geworden. Er entspannte sich, atmete tief durch, ließ seine Arme herabhängen, schüttelte die Handgelenke, um der Anstrengung Herr zu werden. Dann ergriff er wieder Kahlans Hand. Er lächelte in ihr gespenstisch grünlich beschienenes Antlitz. Sie lächelte zurück, doch er sah ihren Augen an, wie schwer sie ihr Entsetzen beherrschen konnte. Wenigstens hielten ihnen die Knochen die Schattenwesen und die Monster vom Leib, und auch hinter den Wällen war nichts zu erkennen, wenn sie aus Versehen daranstießen.

Richard fühlte sich wie betäubt von dem Marsch, der einen Tag und eine halbe Nacht gedauert hatte, von den furchteinflößenden Dingen, die geschehen waren, vom Mangel an Schlaf und von den stundenlangen Reisen durch die unheimliche Welt zwischen den Grenzwällen, einer Welt, in der er fast spürte, wie ihm der Lebenswille mit jedem vorsichtigen Schritt aus der Seele gesogen wurde. Zeit wurde etwas Unwirkliches, barg keine feste Bedeutung mehr. Er hätte erst Stunden oder schon Tage im Schlund sein können, es fiel ihm schwer, das noch zu unterscheiden. Er hatte nur noch einen Wunsch, er sehnte sich nach Frieden, dass es vorbei und er wieder in Sicherheit sein möge. Die starke Anspannung, die ihn während ihres Vordringens erfasst hatte, begann seine Angst abzustumpfen. Kahlans Hand war alles, was ihn noch mit der Welt aus Licht und Leben verband.

Eine Bewegung erregte seine Aufmerksamkeit. Er sah sich um. Schattenwesen, jedes umgeben von einem grünen Lichtglanz, schwebten in einer Reihe dicht hinter ihnen zwischen den Grenzwällen. Sie folgten den beiden dicht über dem Boden fliegend den Pfad hinab und sprangen der Reihe nach über einen im Weg liegenden Stamm. Richard und Kahlan blieben wie erstarrt stehen und schauten zu. Die Schatten hielten allerdings nicht an.

»Geh voran«, flüsterte er, »und halte dich an meiner Hand fest. Ich behalte sie im Auge.«

Ihr Hemd war schweißnass, genau wie seins, dabei war es keine warme Nacht. Sie zog los, ohne auch nur zu nicken. Er lief rückwärts, mit dem Rücken zu ihr, heftete den Blick auf die Schatten, und sein Verstand befand sich in Aufruhr. Kahlan lief so schnell sie konnte. Manchmal musste sie stehen bleiben und die Richtung wechseln und zog ihn dann an der Hand hinter sich her. Wieder blieb sie stehen, tastete sich endlich nach rechts, wo der Pfad sich in scharfem Knick den Hügel hinabsenkte. Rückwärts hinabzugehen war schwierig. Er ging vorsichtig, um nicht zu fallen. Die Schatten folgten im Gänsemarsch, kamen um die Wegbiegung. Richard widerstand der Versuchung, Kahlan zu sagen, sie solle schneller gehen. Er wollte nicht, dass sie einen Fehler machte. Doch die Schatten kamen näher. Es war nur noch eine Frage von Minuten, bis sie sie eingeholt hätten und sich auf sie stürzen würden.

Mit angespannten Muskeln packte er das Heft seines Schwertes. In Gedanken wägte er noch ab, ob er es ziehen sollte. Er wusste nicht, ob es ihnen nutzen oder schaden würde. Selbst wenn es gegen die Schatten wirksam war, ein Kampf in der Enge dieser Stelle des Passes war in jedem Fall ein großes Risiko. Wenn er jedoch keine Wahl hatte, falls sie also zu dicht aufrückten, würde er das Schwert benutzen müssen.

Die Schatten schienen Gesichter angenommen zu haben. Richard versuchte, sich zu erinnern, ob sie schon vorher Gesichter gehabt hatten. Es gelang ihm nicht. Seine Finger fassten das Heft fester, während er rückwärts ging und Kahlans Hand warm und weich in seiner lag. Die Gesichter wirkten im grünen Schein traurig, sanft. Sie betrachteten ihn mit freundlich flehendem Gesichtsausdruck. Die erhabenen Buchstaben des Wortes WAHRHEIT auf dem Schwert schienen sich in seine Hand zu brennen. Er packte es noch fester. Zorn strömte aus dem Schwert, tastete sich vor bis in sein Hirn, suchte nach seiner eigenen Wut, fand jedoch nichts als Angst und Verwirrung. Der Zorn schwand dahin und erlosch. Die Gestalten kamen nicht länger näher, hielten nur noch den Abstand und leisteten ihm in der einsamen Finsternis Gesellschaft. Irgendwie nahmen sie ihm ein Stück der Angst und Anspannung. Ihr Geflüster beruhigte ihn. Richards Schwerthand entspannte sich. Er versuchte, ihre Worte zu verstehen. Ihr ruhiges, gelassenes Lächeln hatte etwas Beruhigendes, lockerte seine Vorsicht und erweckte in ihm den Wunsch, mehr zu hören, das Gemurmel zu verstehen. Das grüne Licht um die Formen leuchtete tröstlich. Sein Herz pochte vor Verlangen nach Ruhe, nach Frieden und ihrer Gesellschaft. Seine Gedanken schwebten dahin wie die Schatten, sanft, sacht und leise. Richard musste an seinen Vater denken, sehnte sich nach ihm. Voller Freude erinnerte er sich an die unbeschwerten Zeiten mit ihm, Zeiten voller Liebe, voller Gemeinsamkeiten und gegenseitiger Sorge, Zeiten der Sicherheit, in denen ihn nichts bedroht, geängstigt oder ihm Sorgen gemacht hatte. Nach diesen Zeiten sehnte er sich zurück. Das Geflüster versprach ihm genau das. Es könnte wieder so werden wie früher. Die Schattenwesen wollten ihm nur helfen, an diesen Ort zurückzukehren, das war alles.

Leise Warnungen regten sich in seinen Gedanken, welkten dahin und waren wieder verschwunden. Seine Hand glitt vom Schwert.

Wie hatte er sich getäuscht, wie blind war er gewesen, dass er es zuvor nicht erkannt hatte. Sie waren nicht hier, um ihm Schaden zuzufügen, sondern um ihm zu helfen, seinen Frieden zu finden. Es ging nicht darum, was sie wollten, sondern sein Wunsch zählte, und das boten sie ihm an. Sie wollten ihn nur aus seiner Einsamkeit befreien. Ein versöhnliches Lächeln trat auf seine Lippen. Wie hatte er das zuvor nur verkennen können? Wie süße Musik umbrandete ihn das Geflüster in sanften Wellen, nahm ihm die Angst und erleuchtete die dunklen Stellen seiner Gedanken mit warmem Licht. Er blieb stehen, damit er nicht aus dem wärmenden Bad ihres bezaubernden Gemurmels, dem Atem der Musik, heraustreten musste.

Heftig riss eine kalte Hand an seiner und versuchte, ihn weiterzuziehen. Also ließ er los. Sie ließ es widerspruchslos geschehen und störte nicht mehr.

Die Schatten schwebten näher. Richard erwartete sie, betrachtete ihre sanftmütigen Gesichter, lauschte auf ihr leises Flüstern. Als sie seinen Namen hauchten, bekam er vor Freude eine Gänsehaut. Er hieß sie willkommen, als sie ihn tröstlich umringten, immer näher schwebten und dabei die Hände nach ihm ausstreckten. Hände wollten nach seinem Gesicht greifen, berührten ihn fast, schienen ihn liebkosen zu wollen. Er blickte von einem Gesicht zum nächsten, sah seinen Rettern in die Augen, die seinen Blick erwiderten und ihm wunderbare Versprechungen zuflüsterten.

Fast hätte eine Hand sein Gesicht gestreift, und er glaubte einen brennenden Schmerz zu spüren. Sicher war er nicht. Der Besitzer der Hand versprach ihm, er würde nie wieder Schmerz verspüren, sobald er sich ihnen angeschlossen hätte. Er wollte sprechen, hatte so viele Fragen, doch plötzlich schien das unbedeutend, trivial. Er brauchte sich nur ihrer Obhut zu überlassen, und alles wäre in Ordnung. Er bot sich an, wollte aufgenommen werden.

Im Umdrehen hielt er nach Kahlan Ausschau. Er wollte sie mitnehmen, seinen Frieden mit ihr teilen. Die Erinnerung an sie loderte in seinen Gedanken. Es lenkte ihn ab, obwohl die Schatten ihn flüsternd bedrängten, nicht darauf zu achten. Er suchte den Hang ab, starrte in das finstere Geröll. Ein schwacher Lichtschein färbte den Himmel. Der Morgen brach an. Die schwarze Leere der Bäume vor ihm hob sich vor dem ersten Blassrosa des Himmels ab. Er hatte das Ende des Erdrutsches fast erreicht. Kahlan war nirgendwo zu sehen. Die Schatten flüsterten ihm eindringlich zu, riefen seinen Namen. Plötzlich flammte eine erstickende Angst in ihm auf, die das Flüstern in seinen Gedanken zu Asche verbrannte.

»Kahlan!«, schrie er.

Keine Antwort.

Dunkle Hände, die Hände von Toten, griffen nach ihm. Die Gesichter der Schatten flirrten wie Dämpfe über kochendem

Gift. Knarzende Stimmen riefen seinen Namen. Verwirrt trat er einen Schritt zurück, fort von ihnen.

»Kahlan!«, schrie er noch einmal.

Hände griffen nach ihm und verursachten brennende Schmerzen, obwohl sie ihn nicht einmal berührten. Wieder wich er einen Schritt vor ihnen zurück, aber jetzt plötzlich hatte er den dunklen Wall im Rücken. Die Hände reckten sich empor, wollten ihn stoßen. Bestürzt sah er sich nach Kahlan um. Jetzt brachte ihn der Schmerz zu vollem Bewusstsein. Entsetzen raste durch seinen Körper, als er merkte, wo er war und was geschah.

Und dann explodierte sein Zorn.

Die heiße Wut der Magie durchströmte ihn, als er das Schwert in weitem Bogen auf die Schatten zu schwang. Wer von der Klinge getroffen wurde, flammte auf und verschwand im Nichts. Der Rauch kreiste, als wäre er in einem Luftwirbel gefangen, bevor er mit einem Heulen zerriss. Weitere kamen. Das Schwert fetzte durch sie hindurch. Immer mehr tauchten auf, als hätte ihre Zahl kein Ende. Während er sie auf der einen Seite niedermähte, langten sie auf der anderen nach ihm. Der Schmerz der Beinaheberührungen brannte sich ein, bevor er sich mit dem Schwert umdrehen konnte. Einen kurzen Augenblick lang überlegte Richard, wie es wohl sein mochte, wenn sie ihn tatsächlich berührten, ob er den Schmerz spüren oder auf der Stelle tot zusammenbrechen würde. Er rückte mit dem Schwert um sich schlagend ab von der Wand. Noch ein Schritt nach vorn unter wüstem Gedresche. Die Klinge pfiff durch die Luft.

Richard stand breitbeinig da und vernichtete die Schatten, wie sie kamen. Seine Arme schmerzten, sein Rücken tat weh, der Schädel wummerte. Schweiß rann ihm übers Gesicht. Er war erschöpft. Er hatte keine Fluchtmöglichkeit und musste standhaft bleiben, doch er wusste, ewig konnte er das nicht durchhalten. Geheul und Schreie füllten die Nachtluft, als die Schatten gierig über sein Schwert herzufallen schienen. Ein Knäuel schoss vor und zuckte zurück, bevor er es durchtrennen konnte. Wieder spürte er die dunkle Wand im Rücken.

Schwarze Gestalten von der anderen Seite langten nach ihm und stießen gequälte Schreie aus. Zu viele Schatten griffen gleichzeitig an, als dass er von der Wand hätte abrücken können. Er konnte nichts tun, als seine Stellung zu behaupten. Der Schmerz der grabbelnden Hände machte ihn müde. Sie brauchten nur schnell genug und in ausreichender Zahl anzugreifen, dann konnten sie ihn mit Sicherheit durch die Wand und in die Unterwelt stoßen. Wie betäubt kämpfte er endlos weiter.

Sein Zorn wich Panik. Die Muskeln in seinen Armen brannten von der Anstrengung, das Schwert zu schwingen. Offenbar war es die Absicht der Schatten, ihn einfach durch ihre Zahl zu zermürben. Es war richtig gewesen war, das Schwert vorher nicht zu gebrauchen, es hätte nur geschadet. Aber jetzt hatte er keine Wahl. Er musste es benutzen, um sie beide zu retten.

Doch das ›sie‹ stimmte gar nicht mehr. Kahlan war nirgends zu entdecken. Er war allein. Das Schwert schwingend, fragte er sich, ob es für sie genauso gewesen war, ob die Schatten sie mit ihrem Flüstern verführt, sie berührt und durch die Wand gedrängt hatten. Sie besaß kein Schwert, um sich zu schützen, diese Aufgabe hatte er übernehmen wollen. Erneut brach die Wut in ihm aus. Die Vorstellung, Kahlan könnte von den Schatten der Unterwelt überwältigt worden sein, weckte abermals einen tosenden Zorn in ihm. Das Schwert der Wahrheit wurde seinen Anforderungen gerecht. Richard zerstückelte die Schatten mit neuem Mut. Hass loderte zwischen dem weißglühenden Verlangen auf, trieb ihn vor, zwischen die Gestalten, und ließ ihn das Schwert schneller schwingen, als sie angreifen konnten. Jetzt war er es, der auf sie losging. Ihr Geheul vermischte sich zu einem angstvollen Aufschrei. Richards Wut, sie könnten Kahlan etwas angetan haben, trieb ihn in wildgewalttätiger Raserei nach vorn.

Zuerst merkte er es nicht. Die Schatten hatten aufgehört, sich zu bewegen. Sie standen nur noch in der Luft, während Richard sich weiter den Pfad zwischen den Wällen hindurcharbeitete und auf sie eindrosch. Eine Weile machten sie keine Anstalten, seiner Klinge auszuweichen, sondern schwebten an einer Stelle. Dann begannen sie wie Rauchschwaden in fast stehender Luft wegzugleiten. Sie schwebten in die Grenzwälle, verloren auf dem Weg durch sie hindurch ihren grünlichen Schimmer und wurden zu den dunklen Wesen der anderen Seite. Endlich gelangte Richard keuchend zur Ruhe. Seine Arme pochten vor Erschöpfung.

Das waren sie also. Keine Schattenmenschen, sondern die Wesen von der anderen Seite des Grenzwalles. Jene Wesen, die entkommen waren und Menschen geraubt hatten, genau wie sie versucht hatten, ihn zu rauben.

Genau, wie sie Kahlan geraubt hatten.

Ein Schmerz stieg aus seinem tiefsten Innern empor, Tränen traten ihm in die Augen.

»Kahlan«, hauchte er in die kühle Morgenluft.

Der Schmerz über ihren möglichen Verlust schien ihm das Herz zu zerreißen. Es war sein Fehler gewesen, er war nicht wachsam genug gewesen, er hatte sie im Stich gelassen und sie nicht beschützt. Wie hatte das so schnell geschehen können? So leicht? Adie hatte ihn gewarnt, dass sie ihn rufen würden. Wieso war er nicht vorsichtiger gewesen? Warum hatte er sich ihre Warnung nicht mehr zu Herzen genommen? Immer wieder kreisten seine Gedanken um die Angst, die sie jetzt haben musste, ihre Verwirrung, warum er nicht bei ihr war, ihr Flehen, ihr zu helfen. Ihre Qual. Ihren Tod. Verzweifelt rasten seine Gedanken während er unter Tränen versuchte, die Zeit zurückzudrehen, es noch mal – anders – zu machen, die Stimmen zu ignorieren, ihre Hand festzuhalten und sie zu retten. Die Tränen liefen ihm übers Gesicht, als er die Schwertspitze senkte und über den Boden schleifen ließ. Er war zu erschöpft, es wegzustecken, und trottete wie im Tran vorwärts. Das Geröll hatte aufgehört. Das grüne Licht wurde schwächer und war verschwunden, als er in den Wald und auf den Pfad trat. Jemand flüsterte seinen Namen, die Stimme eines Mannes. Er blieb stehen und sah sich um.

Im Licht der Grenze stand Richards Vater.

»Sohn«, hauchte sein Vater, »lass mich dir helfen.«

Richard starrte ihn hölzern an. Der Morgen hellte den bedeckten Himmel auf und tauchte alles in ein graues Licht. Die

einzige Farbe war das leuchtende Grün um seinen Vater, der die Hände ausbreitete.
»Du kannst mir nicht helfen«, flüsterte Richard heiser zurück.
»Doch, ich kann. Sie ist bei uns. Sie ist in Sicherheit.«
Richard trat ein paar Schritte auf seinen Vater zu. »In Sicherheit?«
»Ja. Sie ist in Sicherheit. Komm, ich bringe dich zu ihr.«
Richard ging noch ein paar Schritte, schleppte das Schwert mit der Spitze über den Boden. Tränen liefen ihm über die Wangen. Seine Brust hob sich. »Du könntest mich wirklich zu ihr bringen?«
»Ja, mein Sohn«, sagte sein Vater sanft. »Komm. Sie wartet auf dich. Ich werde dich zu ihr bringen.«
Wie betäubt ging Richard zu seinem Vater. »Und ich kann bei ihr bleiben? Für immer?«
»Für immer«, erklang die Antwort in dem vertraut beruhigenden Ton.
Richard trottete zu seinem Vater ins grüne Licht zurück, der ihn voller Wärme anlächelte.
Als er ihn erreicht hatte, hob Richard das Schwert der Wahrheit und stieß es seinem Vater durchs Herz. Sein Vater riss die Augen auf und starrte ihn an, als er durchbohrt wurde.
»Wie viele Male, lieber Vater«, fragte Richard unter Tränen und mit zusammengebissenen Zähnen, »muss ich deinen Schatten noch niedermetzeln?«
Doch sein Vater schimmerte nur und löste sich in der trüben Morgenluft auf.
Ein Gefühl bitterer Befriedigung trat an die Stelle seines Zorns, dann war auch das verschwunden. Er wandte sich wieder dem Pfad zu. Tränen flossen in Strömen durch den Schmutz und Schweiß auf seinem Gesicht. Er wischte sie sich mit dem Ärmel seines Hemdes ab und schluckte den Kloß in seinem Hals hinunter. Der Wald schloss sich gleichgültig um ihn, als er wieder auf dem Weg war.
Schwerfällig steckte Richard das Schwert in die Scheide zurück. Dabei bemerkte er das Licht des Steins der Nacht, das

durch seine Tasche schien. Es war gerade noch dunkel genug, um das schwache Leuchten zu sehen. Er blieb stehen, nahm den glatten Stein noch einmal heraus, steckte ihn in den Lederbeutel und löschte so das blassgelbe Licht.

Mit grimmig entschlossener Miene stapfte er weiter und griff dabei nach dem Zahn unter seinem Hemd. Einsamkeit, tiefer als er sie je gekannt hatte, lastete auf seinen Schultern. Er hatte alle seine Freunde verloren. Jetzt wusste er, sein Leben gehörte nicht ihm. Er hatte es seiner Pflicht, seiner Aufgabe verschrieben. Er war der Sucher. Nicht mehr und nicht weniger. Er war nicht sein eigener Herr, sondern ein Bauer, der von anderen auf dem Spielbrett verschoben wurde. Ein Werkzeug, genau wie sein Schwert, das anderen helfen sollte, ein Leben zu führen, das er nur einen Lidschlag lang erahnt hatte.

Er unterschied sich durch nichts von den finsteren Wesen auf der anderen Seite der Grenze. Ein Bote des Todes.

Und ihm war bewusst, wem er den Tod bringen wollte.

Der Meister hockte mit geradem Rücken und verschränkten Beinen im Gras vor dem schlafenden Jungen. Seine Hände ruhten mit der Fläche nach oben auf seinen Knien, und ein Lächeln spielte über seine Lippen, als er daran dachte, was mit Konfessor Kahlan in der Grenze geschehen war. Morgendliches Sonnenlicht fiel schräg durch die Deckenfenster und brachte die Farben der Gartenblumen zum Leuchten. Langsam führte er die Finger seiner Rechten an die Lippen, befeuchtete die Spitzen und strich sich anschließend die Brauen glatt, bevor er sorgsam die Hand an ihren Ruheplatz zurücklegte. Die Überlegung, was er mit der Mutter Konfessor anstellen würde, hatte seinen Atem beschleunigt. Er brachte ihn wieder unter Kontrolle und kehrte in Gedanken zur anstehenden Aufgabe zurück. Er machte eine Bewegung mit den Fingern, und Carls Augen gingen auf.

»Guten Morgen, mein Sohn. Schön dich wiederzusehen«, sagte er mit freundlicher Stimme. Das Lächeln lag, wenn auch aus anderem Grund, immer noch auf seinen Lippen.

Carl blinzelte und kniff im grellen Licht die Augen zusam-

men. »Guten Morgen«, sagte er mit einem Stöhnen. Und fügte, während er sich umsah, hinzu: »Vater Rahl.«
»Du hast gut geschlafen«, versicherte Rahl dem Jungen.
»Du warst hier? Die ganze Nacht?«
»Die ganze Nacht. Wie ich es dir versprochen habe. Ich würde dich doch nicht anlügen, Carl.«
Carl lächelte. »Danke.« Er senkte scheu den Blick. »Ich glaube, es war ein bisschen dumm von mir, solche Angst zu haben.«
»Ich glaube, das war überhaupt nicht dumm. Ich bin froh, dass ich hier war, um dich zu beruhigen.«
»Mein Vater sagt, ich bin ein Narr, wenn ich vor der Dunkelheit Angst habe.«
»Es gibt Dinge in der Dunkelheit, die dich anfallen könnten«, sagte Rahl ernst. »Es ist klug, das zu wissen und vor ihnen auf der Hut zu sein. Dein Vater würde sich selbst einen Gefallen tun, wenn er auf das hörte, was du sagst.«
Carl strahlte. »Wirklich?« Rahl nickte. »Genau dasselbe habe ich auch immer gedacht.«
»Wenn man jemanden aufrichtig liebt, hört man ihm auch zu.«
»Mein Vater sagt immer zu mir, ich soll meine Zunge hüten.«
Rahl schüttelte missbilligend den Kopf. »Das überrascht mich. Ich hatte gedacht, sie hätten dich sehr lieb.«
»Na ja, tun sie auch. Meistens jedenfalls.«
»Ich bin sicher, du hast recht. Das weißt du bestimmt besser als ich.«
Das lange, blonde Haar des Meisters schimmerte im Morgenlicht, sein weißes Gewand leuchtete hell. Er wartete. Eine ganze Weile lang folgte beklommenes Schweigen.
»Aber ich bin es leid, dass sie mir immer sagen, was ich tun soll.«
Rahl hob die Brauen. »Ich glaube, du bist jetzt in dem Alter, in dem du selber denken und Entscheidungen treffen kannst. Ein netter Junge wie du, fast ein Mann, und sie sagen dir, was du tun sollst«, fügte er halb zu sich selbst hinzu und schüttelte erneut den Kopf. Als könnte er nicht glauben, was Carl ihm erzählte, fragte er: »Heißt das, sie behandeln dich wie ein kleines Kind?«

Carl nickte ernst, beschloss dann, den Eindruck zu berichtigen. »Meistens sind sie aber gut zu mir.«

Rahl nickte ein wenig argwöhnisch. »Gut, das zu wissen. Mir fällt ein Stein vom Herzen.«

Carl blickte hoch in die Sonne. »Aber eins kann ich dir sagen, meine Eltern werden wilder als Hornissen sein, wenn ich solange fortbleibe.«

»Sie werden mit Sicherheit sehr böse, wenn du spät nach Hause kommst?«

»Klar. Einmal war ich mit einem Freund spielen und bin spät nach Hause gekommen, da war meine Mutter richtig wütend. Mein Vater hat es mir mit seinem Gürtel gegeben. Er sagt, er hätte sich solche Sorgen um mich gemacht.«

»Mit einem Gürtel? Dein Vater hat dich mit seinem Gürtel geschlagen?«

Darken Rahl ließ den Kopf hängen, stand dann auf und kehrte dem Jungen den Rücken zu. »Tut mir leid, Carl. Ich hatte keine Ahnung, wie es bei euch zugeht.«

»Na ja, das ist doch nur, weil sie mich lieben«, fügte Carl hastig hinzu. »Das haben sie jedenfalls gesagt, sie lieben mich und ich hätte ihnen Sorgen gemacht.«

Rahl stand noch immer mit dem Rücken zu dem Jungen. Carl runzelte die Stirn. »Meinst du nicht, das zeigt, wie wichtig ich ihnen bin?«

Rahl befeuchtete sich die Finger und glättete Brauen und Lippen, bevor er sich zu dem Jungen umdrehte und wieder vor dem gespannten Gesicht des Jungen Platz nahm.

»Carl«, seine Stimme war leise, und der Junge musste sich anstrengen, um etwas zu verstehen, »hast du einen Hund?«

»Klar«, er nickte, »Tinker. Er ist toll. Ich habe ihn, seit er ein Welpe war.«

»Tinker«, Rahl ließ den Namen genüsslich auf der Zunge zergehen. »Und ist Tinker jemals verloren gegangen, oder hat er sich verlaufen?«

Carl legte nachdenklich die Stirn in Falten. »Ja, klar, ein paar Mal, bevor er groß war. Aber am nächsten Tag ist er zurückgekehrt.«

»Hast du dir Sorgen gemacht, als der Hund weg war? Als er nicht nach Hause gekommen ist?«
»Ja, klar.«
»Warum?«
»Weil ich ihn lieb habe.«
»Verstehe. Und als Tinker dann am nächsten Tag wieder da war, was hast du da getan?«
»Ich habe ihn in den Arm genommen und gedrückt.«
»Du hast Tinker nicht mit deinem Gürtel geschlagen?«
»Nein!«
»Warum nicht?«
»Weil ich ihn lieb habe!«
»Aber du hast dir Sorgen gemacht?«
»Ja.«
»Du hast Tinker also in den Arm genommen, als er zurückkam, weil du ihn lieb hast und du dir Sorgen gemacht hast.«
»Ja.«
Rahl lehnte sich ein Stück zurück. Seine blauen Augen wurden stechend. »Verstehe. Und was meinst du, hätte Tinker getan, wenn du ihn mit dem Gürtel geschlagen hättest?«
»Ich wette, beim nächsten Mal wäre er nicht mehr zurückgekommen. Er hätte keine Lust. Nur damit ich ihn wieder schlage? Er würde woanders hingehen, wo die Leute ihn lieb haben.«
»Verstehe«, sagte Rahl bedeutungsvoll.
Tränen liefen Carl über die Wange. Er wich Rahls Blick aus, während er weinte. Schließlich streckte Rahl die Hand aus und strich dem Jungen das Haar zurück.
»Es tut mir leid, Carl. Ich wollte dich nicht verletzen. Aber ich möchte, dass du weißt, wenn das alles hier vorbei ist und du wieder nach Hause gehst, wenn du jemals ein Zuhause brauchst, bist du hier immer willkommen. Du bist ein feiner Junge, ein netter junger Mann, und ich wäre stolz, wenn du hier bei mir bleiben würdest. Ihr beide, du und Tinker. Du sollst wissen, ich glaube, du kannst für dich selber denken und also auch kommen und gehen, wie es dir beliebt.«
Carl schaute mit feuchten Augen auf. »Danke, Vater Rahl.«

Rahl lächelte liebevoll und voller Wärme. »Wie wär's mit etwas zu essen?«

Carl nickte. Er war einverstanden.

»Was möchtest du? Wir haben alles, was du willst.«

Carl dachte einen Augenblick nach, und ein Lächeln überkam ihn. »Ich mag Blaubeerkuchen. Mein Lieblingsgericht.« Er senkte die Augen, das Lächeln erlosch. »Aber vor dem Frühstück kriege ich keinen.«

Ein Grinsen zog über Darken Rahls Gesicht. Er stand auf. »Blaubeerkuchen ... Ich gehe ihn holen und bin sofort zurück.«

Der Meister ging durch den Garten zu einer kleinen, mit Kletterpflanzen bewachsenen Tür an der Seite. Die Tür öffnete sich für ihn, als er sich näherte. Der kräftige Arm von Demmin Nass hielt sie auf, als Rahl hindurchging und in einem dunklen Raum verschwand. In einer kleinen Esse hing ein Kessel, in dem übel riechender Schleim vor sich hin brodelte. Die beiden Wachen standen an der gegenüberliegenden Wand. Sie waren mit einer Schweißschicht bedeckt.

»Meister Rahl.« Demmin verneigte sich. »Ich nehme an, der Junge findet Eure Zustimmung.«

Rahl leckte sich die Fingerspitzen. »Durchaus.« Er strich seine Brauen glatt. »Füll mir einen Teller von der Pampe ab, damit sie abkühlen kann.«

Demmin nahm eine Zinnschüssel und begann, mit dem Holzlöffel aus dem Kessel Haferschleim hineinzufüllen.

»Falls alles zum Besten steht«, ein verschlagenes Grinsen huschte über sein pockennarbiges Gesicht, »werde ich jetzt gehen und Königin Milena unseren Respekt bezeugen.«

»Schön. Mach auf dem Weg halt und sag der Drachendame, dass ich sie brauche.«

Demmin hörte auf zu löffeln. »Sie mag mich nicht.«

»Sie kann niemanden ausstehen«, sagte Rahl entschieden. »Aber keine Sorge, Demmin, sie wird dich nicht fressen. Sie weiß, was ich tue, wenn sie meine Geduld übermäßig beansprucht.«

Demmin löffelte weiter. »Sie wird fragen, wie bald Ihr sie braucht.«

Rahl sah ihn aus dem Augenwinkel an. »Das braucht sie nicht zu kümmern. Sag ihr, ich hätte das gesagt. Sie hat zu kommen, wenn ich es will, und zu warten, bis ich soweit bin.« Er drehte sich um und blickte durch einen kleinen Schlitz zwischen den Blättern hindurch seitlich auf den Kopf des Jungen. »Aber dich brauche ich hier wieder in zwei Wochen.«

»Zwei Wochen, in Ordnung.« Demmin stellte die Schüssel mit Haferschleim ab. »Aber muss das wirklich so lange dauern mit dem Jungen?«

»Muss es, wenn ich aus der Unterwelt zurückkehren will.« Rahl sah noch immer durch den Schlitz. »Vielleicht auch länger. Es dauert so lange, wie es eben dauert. Ich muss sein völliges Vertrauen erlangen, ich brauche seinen vollkommen freiwilligen Schwur bedingungsloser Ergebenheit.«

Demmin hakte einen Daumen in seinen Gürtel. »Wir haben noch ein anderes Problem.«

Rahl blickte über seine Schulter nach hinten. »Hast du nichts Besseres zu tun, Demmin, als herumzulaufen und nach Problemen zu suchen?«

»Dadurch bleibt mein Kopf auf meinen Schultern.«

Rahl grinste. »Das stimmt, mein Freund. Das stimmt.« Er seufzte. »Dann also raus damit.«

Demmin verlagerte sein Gewicht auf den anderen Fuß. »Ich habe gestern Abend Berichte erhalten, denen zufolge die Spürwolke verschwunden ist.«

»Verschwunden?«

»Nun vielleicht nicht gerade verschwunden, aber untergetaucht.« Er kratzte sich an der Wange. »Es hieß, andere Wolken seien aufgezogen und hätten sie verdeckt.«

Rahl musste lachen. Demmin runzelte verwirrt die Stirn.

»Unser Freund, der alte Zauberer. Klingt, als hätte er die Wolke gesehen und einen seiner alten Tricks angewandt, um mich zu ärgern. Das war zu erwarten. Dieser Kerl ist kein Problem, mein Freund. Die Sache ist ohne Bedeutung.«

»Meister Rahl, auf diese Weise wolltet Ihr das Buch finden. Abgesehen vom letzten Kästchen, was könnte bedeutender sein?«

»Ich habe nicht gesagt, dass das Buch unwichtig ist. Ich sagte, die Wolke sei unwichtig. Das Buch ist ausgesprochen wichtig, deshalb habe ich es auch nicht nur einer Spürwolke anvertraut. Was meinst du, Demmin, wie ich die Wolke dem jungen Cypher angehängt habe?«

»Meine Begabungen liegen auf anderen Gebieten als dem der Magie, Meister Rahl.«

»Wie wahr, mein Freund.« Rahl leckte sich die Fingerspitzen. »Vor vielen Jahren, bevor mein Vater von diesem miesen Zauberer getötet wurde, erzählte er mir von den Kästchen der Ordnung und dem Buch der Gezählten Schatten. Er hat selbst versucht, es wiederzufinden, aber dafür war er nicht gebildet genug. Er war zu sehr ein Mann der Tat, ein Mann des Schlachtfeldes.« Rahl schaute auf und sah Demmin in die Augen. »Ganz so wie du, mein großer Freund. Ihm fehlte das nötige Wissen. Er war jedoch klug genug, mir beizubringen, dass der Kopf wertvoller ist als das Schwert. Durch den Gebrauch deines Kopfes kannst du jede Zahl Männer besiegen. Er ließ mich von den besten Lehrern unterrichten. Dann wurde er ermordet.« Rahl hämmerte seine Faust auf den Tisch. Sein Gesicht wurde rot. Nach einer Weile beruhigte er sich wieder. »Also habe ich noch fleißiger gelernt. Viele Jahre lang, damit mir gelingen möge, woran mein Vater gescheitert war. Dem Hause Rahl wieder zu seiner rechtmäßigen Stellung als Herrscher aller Länder zu verhelfen.«

»Ihr habt die höchsten Erwartungen Eures Vaters übertroffen, Meister Rahl.«

Rahl lächelte kaum merklich. Nach einem weiteren Blick durch den Schlitz fuhr er fort: »Bei meinen Studien stieß ich auf das Versteck des Buchs der Gezählten Schatten. Es befand sich in den Midlands, auf der anderen Seite der Grenze. Doch ich war nicht in der Lage, durch die Unterwelt zu reisen, dorthin zu gehen und es zurückzuholen. Also entsandte ich ein Wachtier, das es für mich bewachen sollte bis zu dem Tag, an dem ich selber losziehen und es holen konnte.«

Er richtete sich auf und drehte sich mit finsterem Gesichtsausdruck zu Demmin um. »Bevor ich lernte, die Unterwelt zu bereisen, die Grenze zu durchqueren, bevor ich das Buch holen konnte, tötete ein Mann namens George Cypher das Wachtier und stahl das Buch. Mein Buch. Er hat dem Tier einen Zahn als Trophäe ausgebrochen. Ein sehr dummer Fehler, denn das Tier war durch Zauberkraft entsandt worden, durch meine Zauberkraft.« Er zog eine Braue hoch. »Und die kann ich überallhin verfolgen.«

Rahl leckte sich die Finger, strich sich über die Lippen und starrte gedankenverloren ins Leere. »Das erste Gesetz des Zauberers. Darauf ist immer Verlass«, sagte er fast tonlos zu sich selbst, bevor er fortfuhr. »Nachdem ich die Kästchen der Ordnung ins Spiel gebracht hatte, zog ich los, das Buch zu holen. Dabei fand ich heraus, dass man es gestohlen hatte. Es dauerte eine Weile, aber ich fand den Mann, der es gestohlen hatte. Unglücklicherweise hatte er das Buch nicht mehr und wollte mir auch nicht verraten, wo es war.« Rahl sah auf und lächelte Demmin an. »Er weigerte sich, mir zu helfen, und ich habe ihn dafür leiden lassen.« Demmin erwiderte das Lächeln. »Aber er hatte den Zahn seinem Sohn gegeben, wie ich herausfand.«

»Daher wisst Ihr also, dass der junge Cypher das Buch hat.«

»Richtig. Richard Cypher ist im Besitz des Buches der Gezählten Schatten. Außerdem trägt er den Zahn bei sich. Auf diese Weise habe ich ihm auch die Spürwolke angehängt, indem ich sie am Zahn festgemacht habe, dem Zahn mit meiner Zauberkraft. Ich hätte das Buch längst gefunden, es gab jedoch viele andere Dinge, um die ich mich hatte kümmern müssen. Die Wolke habe ich ihm nur angehängt, damit ich in der Zwischenzeit nicht seine Spur verliere. Das war reine Bequemlichkeit. Aber die Angelegenheit ist so gut wie erledigt. Ich kann das Buch haben, wann immer es mir beliebt. Die Wolke ist von geringer Bedeutung. Ich kann ihn durch den Zahn finden.«

Rahl nahm die Schale mit Haferschleim zur Hand und reichte sie Demmin. »Koste mal, ob es kalt genug ist.« Er zog eine Braue hoch. »Ich möchte dem Jungen nicht wehtun.«

Demmin schnupperte an der Schale und rümpfte angewidert die Nase. Er reichte die Schüssel einer der Wachen, der sie widerspruchslos entgegennahm und einen Löffel Haferschleim an die Lippen führte. Er nickte.

»Cypher könnte den Zahn verlieren oder ihn einfach wegwerfen. Dann könntet Ihr weder ihn noch das Buch finden.« Demmin senkte unterwürfig den Kopf, während er sprach. »Bitte vergebt mir, dass ich davon spreche, Meister Rahl, aber mir scheint, als überließet Ihr eine Menge dem Zufall.«

»Gelegentlich, Demmin, überlasse ich Dinge dem Schicksal, dem Zufall jedoch nie. Ich verfüge über andere Mittel, Richard Cypher zu finden.«

Demmin atmete tief durch und wurde ruhiger, als er über Rahls Worte nachdachte. »Jetzt begreife ich, warum Ihr nicht besorgt wart. Ich wusste das alles nicht.«

Rahl sah seinen treuen Kommandanten stirnrunzelnd an. »Wir haben nicht mal die Oberfläche dessen angekratzt, was du alles nicht weißt, Demmin. Aus diesem Grunde dienst du mir und nicht ich dir.« Sein Ausdruck wurde versöhnlicher. »Seit wir Jungen waren, warst du ein guter Freund, Demmin, also werde ich dir diesbezüglich deine Sorgen nehmen. Es gibt eine Reihe dringlicher Angelegenheiten, für die ich Zeit brauche, Angelegenheiten der Magie, die keinen Aufschub dulden. Wie dies zum Beispiel.« Er streckte den Arm aus und zeigte auf den Jungen. »Ich weiß, wo sich das Buch befindet, und ich kenne meine Fähigkeiten. Ich kann das Buch beschaffen, wann immer es mir beliebt. Im Augenblick verwahrt es Richard Cypher lediglich sicher für mich.« Rahl beugte sich weiter vor. »Zufrieden?«

Demmin senkte den Blick zum Boden. »Ja, Meister Rahl.« Er sah wieder auf. »Ihr sollt wissen, dass ich nur deshalb mit meinen Bedenken zu Euch komme, weil ich Euch den Erfolg wünsche. Ihr seid der rechtmäßige Herrscher aller Länder. Wir alle brauchen Euch, damit Ihr uns führt. Ich möchte nur zu Eurem Sieg beitragen. Ich fürchte nichts mehr, als Euch zu enttäuschen.«

Darken Rahl legte Demmin den Arm um seine breiten Schultern, schaute hinauf in das pockennarbige Gesicht, auf die schwarze Strähne im blonden Haar. »Hätte ich nur mehr wie dich, mein Freund.« Er zog seinen Arm zurück und ergriff die Schale. »Geh jetzt und berichte Königin Milena von unserem Bündnis. Vergiss nicht, den Drachen herbeizurufen.« Sein angedeutetes Lächeln erschien wieder auf seinen Lippen. »Und lass dich von deinen kleinen Zerstreuungen nicht dazu verleiten, zu spät zu kommen.«

Demmin verneigte sich. »Danke, Meister Rahl, für die Ehre, Euch dienen zu dürfen.«

Der große Mann ging durch die Hintertür, als Rahl durch die Gartenpforte hinaustrat.

Die beiden Wachen blieben in der kleinen, heißen Schmiede zurück.

Rahl nahm sein Fütterhorn und ging zu dem Jungen. Das Fütterhorn bestand aus einer langen Messingröhre, schmal am Mundstück, breit am anderen Ende.

Das breite Ende wurde in Schulterhöhe von zwei Beinen getragen. Rahl stellte es so auf, dass Carl das dünne Ende vor sich hatte.

»Was ist denn das für ein Ding?«, fragte Carl und sah es mit zusammengekniffenen Augen an. »Ein Horn?«

»Ja, ganz recht. Sehr gut, Carl. Es ist ein Fütterhorn. Es gehört zu der Zeremonie, an der du teilnehmen wirst. Die anderen jungen Männer, die dem Volk in der Vergangenheit geholfen haben, hielten es für eine höchst vergnügliche Art des Essens. Du stülpst deinen Mund über das Ende dort, und ich fütterte dich, indem ich das Essen oben ganz einfach in dich hineinschütte.«

Carl wirkte skeptisch. »Wirklich?«

»Ja.« Rahl lächelte beruhigend. »Und stell dir vor, ich habe dir einen frischen Blaubeerkuchen mitgebracht, noch warm, aus dem Backofen.«

Carls Augen begannen zu leuchten. »Prima!« Bereitwillig stülpte er den Mund über die Öffnung des Horns.

Rahl ließ seine Hand dreimal über der Schale kreisen, dann schaute er auf Carl hinunter. »Ich musste ihn zerstampfen, damit er durch das Fütterhorn passt. Ich hoffe, das ist in Ordnung.«

»Ich zerdrücke ihn immer mit meiner Gabel«, erwiderte Carl grinsend und stülpte den Mund wieder über das Horn.

Rahl kippte ein wenig Haferschleim in den Trichter des Horns. Als er Carls Mund erreichte, verschlang dieser ihn gierig.

»Ganz prima! Der beste, den ich je gegessen habe!«

»Das freut mich wirklich«, sagte Rahl mit einem scheuen Lächeln. »Das Rezept ist von mir. Ich hatte befürchtet, er wäre nicht so gut wie der von deiner Mutter.«

»Er ist sogar besser. Kann ich noch etwas bekommen?«

»Aber natürlich, mein Sohn. Bei Vater Rahl kannst du immer noch etwas bekommen.«

21. Kapitel

rschöpft suchte Richard den Boden ab, um die Stelle zu finden, wo der Pfad am Ende des Erdrutsches wieder anfing. Seine Hoffnung schwand. Dunkle Wolken jagten tief am Himmel dahin und ließen gelegentlich ein paar dicke, kalte Tropfen fallen, die ihm auf den Hinterkopf klatschten. Ihm war der Gedanke gekommen, dass Kahlan es vielleicht durch den Schlund geschafft hatte, nur von ihm getrennt worden und weitergegangen war. Sie hatte den Knochen bei sich, den Adie ihr gegeben hatte, und der hätte sie eigentlich schützen müssen. Eigentlich hätte sie durchkommen können. Doch er trug den Zahn bei sich, und laut Adie hätte er dadurch unsichtbar sein müssen. Die Schatten hatten sie trotzdem angegriffen. Irgendwie seltsam. Die Schatten hatten sich erst in der Dunkelheit, in der Nähe des gespaltenen Felsens bewegt. Wieso hatten sie nicht schon vorher angegriffen?

Spuren gab es nicht. Durch den Schlund war schon lange niemand mehr gegangen. Erschöpfung und Verzweiflung ergriffen ihn aufs Neue, als eisige Windböen ihm das Waldgewand um den Körper peitschten, ihn drängten weiterzugehen, fort vom Schlund. Bar jeder Hoffnung betrat er wieder den Pfad in Richtung Midlands.

Er hatte erst ein paar Schritte getan, als ein Gedanke ihn abrupt anhalten ließ. Wenn Kahlan von ihm getrennt worden war und sie annahm, die Unterwelt hätte sich seiner bemächtigt, wenn sie glaubte, sie hätte ihn verloren und sei nun allein, wäre sie dann weiter in die Midlands gegangen? Noch dazu allein?

Nein.

Er drehte sich um und blickte zum Schlund. Nein. Sie wäre zurückgegangen. Zurück zum Zauberer. Es hätte keinen Sinn, allein in die Midlands zu gehen. Sie brauchte Hilfe, deswegen war sie ja überhaupt erst nach Westland gereist. Und ohne den Sucher war der Zauberer die einzige Hilfe.

Richard wagte es nicht, diesem Gedanken allzu viel Glauben zu schenken, doch war es nicht allzu weit bis zu der Stelle, wo er die Schatten bekämpft und Kahlan verloren hatte. Er konnte unmöglich weitergehen, ohne nachzusehen, ohne Gewissheit zu haben. Die Erschöpfung war vergessen, als er sich aufmachte und wieder in den Schlund stürzte. Er verfolgte seine Spuren zurück und hatte in kurzer Zeit die Stelle wiedergefunden, wo er gegen die Schatten gekämpft hatte. Seine Fußabdrücke waren überall im Schlamm des Erdrutsches zu sehen und erzählten die Geschichte seines Kampfes. Er war überrascht, wie viel Boden er während des Kampfes abgedeckt hatte. Er konnte sich an all das Herumkreisen, das Hin und Her überhaupt nicht erinnern. Aber bis auf den Schluss wusste er ohnehin nicht mehr viel von dem Gemetzel.

Er fuhr zusammen, als er entdeckte, was er gesucht hatte. Die Spuren der beiden, zusammen, und dann ihre, allein. Klopfenden Herzens folgte er ihnen und hoffte dabei inständig, sie würden nicht in den Wall führen. Er ging in die Hocke, untersuchte sie, berührte sie. Ihre Spuren wanderten eine Weile herum, scheinbar wirr, dann hielten sie plötzlich an und kehrten. Dort, wo ihre beiden Spuren von der anderen Seite hereinführten, lief eine Spur wieder zurück.

Kahlan.

Richard war sofort wieder auf den Beinen. Sein Atem ging schnell, sein Puls raste. Der grüne Lichtschein umflirrte ihn entnervend. Er überlegte, wie weit sie gegangen sein mochte. Sie hatten den größten Teil der Nacht gebraucht, um unter Mühe durch den Schlund zu gelangen. Allerdings hatten sie nicht gewusst, wo der Pfad verlief. Er blickte auf die Fußspuren im Schlamm. Er wusste es.

Er musste sich beeilen. Ängstlichkeit beim Zurückverfolgen

des Weges konnte er sich nicht erlauben. Ihm fiel etwas ein, das Zedd ihm beim Überreichen des Schwertes gesagt hatte. Die Kraft des Zorns verleiht dir den Schwung, um trotz Unachtsamkeit zu obsiegen.

Das klare metallische Klirren füllte die Luft des trüben Morgens, als der Sucher sein Schwert zog. Zorn durchströmte ihn. Ohne einen weiteren Gedanken stürmte Richard den Pfad hinab, den Spuren folgend. Der Widerstand des Walls schüttelte ihn durch, als er durch die kühle Luft, den kühlen Dunst trabte. Auch an Biegungen und Serpentinen verlangsamte er sein Tempo nicht, sondern stemmte seinen Fuß mal zur einen, mal zur anderen Seite, um sein Gewicht in entgegengesetzter Richtung den Pfad hinabzuwerfen.

Ein stetes, gleichmäßiges Tempo beibehaltend, hatte er den Schlund bereits gegen Mitte des Vormittags durchquert. Zweimal war er einem Schatten begegnet, der auf der Stelle über dem Pfad schwebte. Sie bewegten sich nicht, schienen ihn nicht einmal zu bemerken. Richard stürmte, Schwert voran, hindurch. Selbst ohne Gesicht wirkten sie überrascht, als sie heulend auseinanderstoben.

Ohne das Tempo zu verlangsamen, durchquerte er den gespaltenen Felsen, trat dabei einen Greifer aus dem Weg. Auf der anderen Seite blieb er stehen, um Luft zu holen. Zu seiner überwältigenden Erleichterung stellte er fest, dass ihre Spuren hindurchführten. Ab jetzt, auf dem Pfad durch den Wald, wären ihre Spuren schwerer zu erkennen, aber das spielte keine Rolle. Er wusste, wohin sie wollte, und dass sie den Schlund sicher durchquert hatte. Am liebsten hätte er vor Freude geheult, weil Kahlan noch lebte.

Er holte auf. Der Nebel hatte die scharfen Kanten ihrer Fußspuren noch nicht aufgeweicht, wie am Anfang, als er sie entdeckt hatte. Seit Tagesanbruch musste sie zur Orientierung ihren Spuren gefolgt sein, statt sich von den Wällen den Weg zeigen zu lassen, sonst hätte er sie längst eingeholt. Gutes Mädchen, dachte er. Sie gebrauchte ihren Kopf. Er würde noch eine richtige Waldfrau aus ihr machen.

Richard trabte wieder los, den Pfad hinab, das Schwert gezückt und im Zorn hellwach. Er vergeudete keine Zeit darauf, nach ihren Spuren zu suchen. Sobald der Grund weich oder schlammig wurde, blickte er zu Boden, wurde etwas langsamer und nahm ihre Spur auf. Nachdem er laufend eine mit weichem Moos bewachsene Stelle überquert hatte, erreichte er eine kleine kahle Stelle mit Fußspuren. Er warf im Vorübergehen einen flüchtigen Blick darauf. Dann sah er etwas. Er blieb so abrupt stehen, dass er stürzte. Auf Händen und Knien starrte er auf die Spuren. Er riss die Augen auf.

Ein Teil ihres Abdrucks war von einem Männerstiefel überdeckt, der fast dreimal so groß war wie ihrer. Er wusste ohne den geringsten Zweifel, wem er gehörte – dem letzten Mann des Quadrons.

Wut verhalf ihm auf die Beine, und stolpernd rannte er blindlings drauflos. Äste und Felsen flogen verschwimmend vorbei. Auf dem Pfad zu bleiben und nicht aus Versehen in die Grenze hineinzurennen, war seine einzige Sorge. Nicht, weil er Angst um sich gehabt hätte, sondern weil er Kahlan schlecht helfen konnte, wenn er sich umbringen ließ. Seine Lungen brannten, seine Brust hob sich vor Anstrengung. Der Zorn der Magie ließ ihn seine Erschöpfung, seinen Schlafmangel vergessen.

Er erklomm den Gipfel eines kleinen Felsvorsprunges und erblickte sie unten, auf der anderen Seite. Einen Augenblick lang war er wie gelähmt. Kahlan stand links, die Füße leicht gespreizt, halb in der Hocke, mit dem Rücken zur Felswand. Der letzte Mann des Quadrons stand vor ihr, zu Richards rechter Seite. Panische Angst riss eine klaffende Wunde in seine Wut. Die Lederuniform des Mannes gleißte in der Feuchtigkeit. Die Kapuze des Kettenhemdes bedeckte seinen Blondschopf. Sein Schwert ragte zwischen massigen Fäusten empor, Muskeln wucherten knotig aus den Armen. Er stieß ein Kampfgeheul aus.

Er würde sie umbringen.

Eine Explosion von Wut füllte Richards Gedanken. »Nein!«, kreischte er in mörderischer Raserei und sprang vom Felsen hinab. Beidarmig riss er noch in der Luft das Schwert der Wahrheit in die Höhe. Auf dem Boden angelangt, rollte er ab und schwenkte es von hinten im Bogen herum. Das Schwert zerschnitt pfeifend die Luft. Der Mann hatte sich umgedreht, als Richard auf dem Boden gelandet war. Als er Richards Schwert kommen sah, riss er seins zur Verteidigung schnell wie das Licht in die Höhe, sodass die Sehnen in Hand und Gelenken knackten.

Wie im Traum verfolgte Richard, wie sein Schwert im Bogen kreiste.

Jedes Quäntchen seiner Kraft steckte er in den Versuch, schneller, genauer zu sein. Tödlicher. Der Zauber raste vor Gier. Richard wandte den Blick vom Schwert des Mannes ab und blickte ihm in die stahlblauen Augen. Das Schwert des Suchers folgte dem Weg seines Blickes. Er hörte sich immer noch brüllen. Der Mann hielt sein Schwert senkrecht in die Höhe, um den Schlag abzuwehren.

Rings um den Mann schien sich alles aufzulösen. Richards Zorn, der Zauber, wurde freigesetzt wie nie zuvor. Keine Macht der Welt konnte ihm das Blut des Mannes versagen. Richard war jenseits aller Vernunft. Jenseits aller anderen Bedürfnisse. Jenseits jeden anderen Lebenszwecks. Er war der Tod, zum Leben erwacht.

Richards gesamte Lebenskraft sammelte sich als tödlicher Hass im Schwung seines Schwertes.

Während eines einzigen Herzschlags, den er bis in die angespannten Muskeln seines Halses spürte, verfolgte Richard am Rande seines Gesichtsfeldes in erwartungsvoller Hochstimmung, wie sein Schwert in sattem Bogen das letzte Stück der quälenden Entfernung zurücklegte und endlich gegen das erhobene Schwert des Feindes prallte, sah in allen Einzelheiten, wie dieses unglaublich langsam inmitten einer Wolke heißer Bruchstücke zersplitterte, sah, wie das größte Stück der abgetrennten Klinge wirbelnd in die Luft gehoben wurde, wie die glatt polierte Oberfläche mit jeder der drei Umdrehungen, die es vor dem Schwert des Suchers vollbrachte, im Licht aufblitzte. Dann, mit all der Kraft seines Zornes und der Magie dahinter, erreichte Richards Schwert den Kopf des Mannes, berührte das Kettenhemd, lenkte den Kopf des Mannes nur ein winziges Stück ab, bevor es krachend durch die Stahlglieder des Kettenhemdes fetzte und die Luft mit einem Regen aus Stahlsplittern füllte. Plötzlich färbte sich der Morgendunst explosionsartig mit einem roten Nebel, der Richard ein kurzes Hochgefühl bereitete, als er mitansah, wie blondes Haar, Knochen und Hirn wie irre davontrudelten, während die Klinge ihren Schwung durch die scharlachrote Luft fortsetzte, sich aus den letzten zerfetzten Bruchstücken des feindlichen Schädels befreite und seine Reise fortsetzte, während der Körper nur noch mit Hals und Kiefer und wenig mehr Erkennbarem darüber langsam in sich zusammensackte, so als hätten sich sämtliche Knochen aufgelöst, so als existierte nichts mehr, was ihn hatte aufrecht halten können, bis er schließlich mit einem dumpfen Geräusch den Boden erreichte. Blut spritzte in hohem, befriedigendem Bogen durch die Luft, klatschte auf die Erde und auf Richard nieder, der als Sieger in den Genuss des heißen Geschmacks der Genugtuung kam, als einige Tropfen davon in seinen zu wütendem Brüllen aufgerissenen Mund trafen, während immer mehr davon zäh und satt in den Dreck sickerte, Splitter des Kettenhemdes und des Schwertes zu Boden regneten und weitere Brocken aus Knochen und Stahl über den Felsen hinter Richard hüpften und sprangen, bis endlich mehr und mehr Knochen, Hirn und Blut aus der Luft ringsum niedergingen und alles tiefrot färbten.

Der Todesbote stand siegreich über dem Objekt seines Hasses und seiner Wut, getränkt in Blut und Herrlichkeit, wie er es sich nie hätte träumen lassen. Seine Brust hob und senkte sich vor Verzückung. Er brachte das Schwert wieder vor den Körper und suchte nach einer weiteren Bedrohung. Die gab es nicht.

Und dann schlug die Welt über ihm zusammen.

Seine Umgebung war mit einem Schlag wieder da. Richard sah die aufgerissenen Augen, den Ausdruck des Schocks auf Kahlans Gesicht, bevor der Schmerz ihn in die Knie zwang, ihn zerriss, ihn sich krümmen ließ.

Das Schwert der Wahrheit fiel ihm aus der Hand.

Plötzlich wurde ihm bewusst, was er gerade getan hatte. Er

hatte einen Mann getötet. Schlimmer noch, er hatte einen Mann getötet, den er hatte töten wollen. Dass er das Leben eines anderen hatte schützen wollen, spielte keine Rolle, er hatte töten wollen. Er hatte sich daran ergötzt. Nichts hätte ihn am Töten hindern dürfen. Immer wieder blitzte das Bild des Schwertes, das den Kopf des Mannes wie in einer Explosion zerfetzte, vor seinem inneren Auge auf. Er konnte nichts dagegen tun. Zum Schutz gegen einen brennenden Schmerz, wie er ihn noch nie zuvor gekannt hatte, schlug er die Arme vor dem Unterleib zusammen. Sein Mund war aufgerissen, doch entwich ihm kein Schrei. Er versuchte, das Bewusstsein zu verlieren, damit der Schmerz aufhörte, doch es gelang ihm nicht. Nur der Schmerz existierte noch, so wie in seiner Gier zu töten nichts anderes als dieser Mann existiert hatte. Der Schmerz nahm ihm das Sehvermögen. Er war blind. Feuer brannte in jedem Muskel, Knochen und Organ seines Körpers, drohte ihn zu vernichten, raubte ihm die Luft aus den Lungen, erstickte ihn mit krampfartiger Qual. Er stürzte seitlich zu Boden, zog die Knie an die Brust. Schließlich schrie er vor Schmerz, so wie er vorher vor Wut geschrien hatte. Richard fühlte sich, als würde ihm das Leben aus dem Körper gesogen. Bei aller Qual und Pein wusste er, wenn dies noch lange anhielt, würde er seinen Verstand, oder schlimmer, sein Leben verlieren. Die Macht der Magie zermalmte ihn. Nie hätte er sich vorstellen können, dass es solche Schmerzen gab, jetzt glaubte er nicht mehr, es könnte je wieder aufhören. Er spürte, wie ihm der Schmerz den Verstand raubte. In Gedanken begann er, um seinen Tod zu bitten. Wenn sich nichts änderte, und zwar schnell, dann hätte er es hinter sich, so oder so.

In seinem qualvollen Dämmerzustand kam ihm eine Erkenntnis: Er kannte diesen Schmerz. Es war derselbe wie sein Zorn. Er durchströmte ihn genau wie der Zorn des Schwertes. Er kannte das Gefühl gut genug, es war die Magie. Nachdem er sie als Magie erkannt hatte, versuchte er, sie zu beherrschen, so wie er gelernt hatte, die Wut zu beherrschen. Er wusste, diesmal musste es gelingen, oder er würde sterben. Er versuchte, logisch zu denken, begriff die Unausweichlichkeit seiner Tat, so schrecklich sie war. Der Mann hatte sich mit seiner Absicht zu töten selbst zum Tode verurteilt.

Endlich gelang es ihm, den Schmerz zu verdrängen, so wie er gelernt hatte, den Zorn zu verdrängen. Ein Gefühl der Erleichterung überkam ihn. Er hatte beide Schlachten geschlagen. Der Schmerz ließ nach und verschwand.

Er lag keuchend auf dem Rücken, als die Welt zum zweiten Mal auf ihn einstürzte. Kahlan kniete neben ihm, wischte ihm mit einem kühlen, feuchten Lappen übers Gesicht. Wischte das Blut ab. Sie hatte die Stirn in Falten gelegt, Tränen liefen ihr die Wangen hinunter. Spritzer vom Blut des Mannes zogen sich in langen Streifen über ihr Gesicht.

Richard kam auf die Knie, nahm ihr den Lappen aus der Hand, um ihr das Gesicht abzuwischen, so als wollte er den Anblick seiner Tat aus ihrer Erinnerung löschen. Bevor er dazu kam, schlang sie die Arme um ihn und drückte ihn fester an sich, als er es für möglich gehalten hätte. Er erwiderte die Umarmung ebenso fest, während sie ihm in den Nacken griff, ins Haar und seinen weinenden Kopf an sich drückte. Unglaublich das Gefühl, sie gefunden zu haben. Er wollte sie nicht mehr loslassen, niemals.

»Es tut mir so leid, Richard«, schluchzte sie.

»Weshalb?«

»Dass du den Mann wegen mir töten musstest.«

Er wiegte sie sanft, strich ihr übers Haar. »Schon gut.«

Sie schüttelte den Kopf. »Ich wusste, welche Schmerzen dir die Magie zufügen würde. Deswegen solltest du auch nicht mit den Männern im Gasthaus kämpfen.«

»Zedd meinte, der Zorn würde mich vor den Schmerzen schützen. Kahlan, das begreife ich nicht. Wütender hätte ich unmöglich werden können.«

Sie löste sich von ihm, die Hände auf seinen Armen, und kniff sie, als wollte sie prüfen, ob sie wirklich seien. »Zedd hat gesagt, ich soll auf dich aufpassen, wenn du das Schwert benutzt, um einen Menschen zu töten. Er sagte, was er dir über den Zorn, der dich vor den Schmerzen schützt, gesagt hat, sei wahr, fügte jedoch hinzu, nur beim ersten Mal sei es anders. Die Magie stelle dich auf die Probe, messe den Sucher an seinem Schmerz, und nichts könne dich davor schützen. Er meinte, er könne es dir nicht sagen, denn wenn du es wüsstest, würde es dich behindern, du wärst vorsichtiger, und das könnte verheerende Folgen haben. Er meinte, die Magie müsse bei ihrer ersten Anwendung mit dem Sucher verschmelzen, damit sie seine Entschlossenheit beim Töten feststellen kann.« Sie drückte seine Arme. »Er meinte, die Magie könne Fürchterliches mit dir anstellen. Der Schmerz sei eine Prüfung, um herauszufinden, wer der Meister ist und wer der Beherrschte.«

Richard ging verblüfft in die Hocke. Adie hatte gesagt, der Zauberer enthalte ihm ein Geheimnis vor. Das musste es gewesen sein. Zedd musste sehr besorgt gewesen sein und Angst um ihn gehabt haben. Der alte Freund tat ihm leid.

Zum ersten Mal begriff Richard, was es hieß, ein Sucher zu sein, auf eine Art, wie es nur ein Sucher begreifen konnte. Der Todesbote. Jetzt verstand er. Verstand die Magie, wie man sie anwendete, wie sie ihn benutzte, wie sie jetzt miteinander verschmolzen und eins geworden waren. Was auch immer dabei herauskommen mochte, er würde nie wieder derselbe sein. Er hatte einen Geschmack von der Erfüllung seiner dunkelsten Sehnsüchte bekommen, das war erledigt. Unmöglich, zu seinem alten Selbst zurückzukehren.

Richard wischte Kahlan das Blut aus dem Gesicht.

»Ich verstehe. Jetzt weiß ich, was er gemeint hat. Du hattest recht, mir nichts davon zu sagen.« Er berührte ihre Wange, seine Stimme war sanft. »Ich hatte solche Angst, du könntest getötet werden.«

Sie legte ihre Hand auf seine. »Ich dachte, du wärst tot. Eben hielt ich noch deine Hand, dann merkte ich, dass ich sie verloren hatte.« Wieder traten ihr die Tränen in die Augen. »Ich konnte dich nicht finden. Ich wusste nicht, was ich tun sollte. Das Einzige, was mir einfiel, war zu Zedd zurückzugehen, zu warten, bis er aufwacht und ihn dazu zu bringen, mir zu helfen. Ich dachte, du wärst an die Unterwelt verloren.«

»Ich dachte, dir wäre das Gleiche passiert. Fast wäre ich allein weitergegangen.« Er grinste schelmisch. »Sieht so aus, als müsste ich dich immer wieder irgendwo heraushauen.«

Zum ersten Mal, seit er sie wiedergefunden hatte, lächelte sie. Dann schlang sie die Arme um ihn. Und ließ sofort wieder los.

»Richard, wir müssen fort von hier. Hier sind überall diese Untiere. Sie werden sich auf seine Leiche stürzen. Dann dürfen wir auf keinen Fall hier sein.«

Er nickte, drehte sich um, ergriff sein Schwert und stand auf. Er reichte ihr die Hand und half ihr auf.

Die Zauberkraft entlud sich in einem Wutausbruch und warnte ihren Meister.

Richard sah sie verblüfft an, schockiert. Die Zauberkraft war zum Leben erwacht, genau wie beim letzten Mal, als sie seine Hand berührt und er das Schwert gehalten hatte. Nur stärker diesmal. Sie lächelte und schien nichts zu spüren. Richard zwang sich, die Wut zu unterdrücken. Doch der Zorn ließ es nur widerwillig mit sich geschehen.

Sie nahm ihn in den Arm, drückte ihn kurz an sich. »Ich kann es immer noch nicht glauben, dass du lebst. Ich war so sicher, ich hätte dich verloren.«

»Wie bist du den Schatten entkommen?«

Kahlan schüttelte den Kopf. »Keine Ahnung. Sie haben uns verfolgt, und als wir getrennt wurden und ich zurückging, habe ich sie nicht mehr gesehen. Hast du welche gesehen?«

Richard nickte ernst. »Ja, das habe ich. Auch meinen Vater wieder. Sie haben mich angegriffen und versucht, mich in die Grenze zu holen.«

Kahlans Gesicht wurde besorgt. »Wieso nur dich? Warum nicht uns beide?«

»Ich weiß es nicht. Gestern Abend am gespaltenen Felsen und später, als sie uns verfolgt haben, müssen sie hinter mir und nicht dir hergewesen sein. Der Knochen hat dich beschützt.«

»Beim letzten Mal haben sie alle angegriffen, nur dich nicht«, sagte sie. »Was ist denn diesmal anders?«

Richard überlegte einen Augenblick. »Ich weiß es nicht. Auf jeden Fall müssen wir über den Pass. Wir sind zu müde, um uns diese Nacht noch einmal mit den Schatten rumzuschlagen. Wir müssen die Midlands vor Einbruch der Dunkelheit erreichen. Und ich verspreche dir, diesmal werde ich deine Hand nicht loslassen.«

Kahlan drückte lächelnd seine Hand. »Ich deine auch nicht.«

»Ich bin durch den Schlund zurückgelaufen. Es hat nicht lange gedauert. Meinst du, du schaffst das?«

Sie nickte, und die beiden trabten in einem lockeren Tempo los, das sie, wie er glaubte, halten konnten. Wie bei seiner letzten Durchquerung folgten auch diesmal keine Schatten, wenngleich einige über dem Pfad schwebten. Wie zuvor stürmte Richard mit dem Schwert voran hindurch, ohne abzuwarten, was sie tun würden. Ihr Geheul ließ Kahlan zusammenzucken. Er behielt im Laufen die Spuren im Auge, zog sie durch die Biegungen, sorgte dafür, dass sie auf dem Pfad blieben.

Als sie den Erdrutsch hinter sich und den Waldpfad am anderen Ende des Schlundes erreicht hatten, verlangsamten sie das Tempo zu einem flotten Marsch, um wieder zu Atem zu kommen. Nieselregen legte sich auf Haare und Gesichter. Die Freude darüber, Kahlan wiedergefunden zu haben, dämpfte seine Sorge über die Schwierigkeiten, die noch vor ihnen lagen. Im Gehen teilten sie sich Brot und Früchte. Obwohl sein Magen vor Hunger knurrte, wollte er nicht anhalten, um etwas Vernünftigeres zu essen.

Die Reaktion der Magie, als Kahlan seine Hand ergriffen hatte, bereitete Richard immer noch Sorgen. Spürte die Magie etwas in ihr, oder reagierte sie auf etwas, das sich in seinen Gedanken abspielte? Vielleicht weil er Angst vor ihrem Geheimnis hatte? Oder ging es um mehr, um etwas, das die Magie selbst in ihr erfühlte? Wenn Zedd nur da wäre und er ihn fragen könnte, was er darüber dachte. Allerdings war Zedd auch beim letzten Mal dabei gewesen, und da hatte er ihn auch nicht gefragt. Hatte er Angst vor dem, was Zedd ihm erzählen könnte?

Sie aßen ein wenig, und der Nachmittag schleppte sich dahin. Dann hörten sie ein Knurren tief im Wald. Kahlan meinte, es seien die Monster. Sie beschlossen, wieder zu laufen, um den

Pass so schnell wie möglich hinter sich zu bringen. Richard war vollkommen übermüdet. Wie betäubt rannte er zusammen mit ihr durch den dichten Wald. Der leichte Regen auf den Blättern übertönte das Geräusch ihrer Schritte.

Vor Einbruch der Dunkelheit erreichten sie den Rand eines langen Grats. Vor ihnen führte der Pfad in Serpentinen hinunter. Sie standen oben im Wald am Rand des Grats wie an der Öffnung einer gewaltigen Felsenhöhle, vor sich eine offene Prärie, über die der Regen hinwegfegte.

Kahlan hielt sich aufrecht, starr. »Ich kenne diese Gegend«, flüsterte sie.

»Und, wo sind wir?«

»Man nennt sie die Wildnis. Wir befinden uns in den Midlands.« Sie drehte sich zu ihm um. »Ich bin wieder zu Hause.«

Er zog eine Braue hoch. »So wild sieht mir diese Gegend nicht aus.«

»Man hat sie nicht nach dem Land benannt, sondern nach den Leuten, die hier leben.«

Nach dem steilen Abstieg entdeckte Richard eine kleine, geschützte Stelle unter einer Felsplatte. Sie war nicht tief genug, um den Regen völlig abzuhalten, daher schnitt er einige Fichtenäste und lehnte sie an den Felsvorsprung, und baute so einen kleinen, halbwegs trockenen Unterschlupf, in dem sie die Nacht verbringen konnten. Kahlan kroch hinein, Richard folgte und zog die Zweige vor den Eingang. Die beiden ließen sich durchnässt und erschöpft auf den Boden fallen.

Kahlan zog ihr Gewand aus und schüttelte das Wasser ab. »Ich habe noch nie so lange einen bedeckten Himmel oder so viel Regen gesehen. Ich weiß schon gar nicht mehr, wie die Sonne aussieht. Langsam bin ich es leid.«

»Ich nicht«, sagte er ruhig. Sie runzelte die Stirn, also erklärte er es ihr. »Erinnerst du dich noch an die Schlangenwolke, die mir gefolgt ist und die Rahl auf mich angesetzt hat?« Sie nickte. »Zedd hat ein magisches Netz ausgeworfen, damit andere Wolken kommen und sie verdecken. Solange es bedeckt ist und wir die Schlangenwolke nicht sehen können, kann Rahl es auch nicht. Der Regen ist mir lieber als Darken Rahl.«

Kahlan dachte darüber nach. »Ich werde mich von jetzt an mehr über die Wolken freuen. Könntest du ihn trotzdem bitten, dass er beim nächsten Mal Wolken nimmt, die nicht so nass sind?« Richard lächelte und nickte. »Möchtest du etwas zu essen?«, fragte sie. Er schüttelte den Kopf. »Ich bin zu müde. Ich will nur schlafen. Ist es hier sicher?«

»Ja. In der Wildnis nahe der Grenze lebt niemand. Adie meinte, wir seien vor den Monstern geschützt, also dürften uns die Herzhunde auch nicht behelligen.«

Das Geräusch des gleichmäßigen Regens machte ihn noch schläfriger. Bereits jetzt war die Nacht kühl, und sie hüllten sich in ihre Decken. Im schwachen Licht konnte Richard gerade noch Kahlans Gesicht erkennen, die aufrecht an der Felswand lehnte. Für ein Feuer war der Unterschlupf zu klein, außerdem war alles ohnehin zu feucht. Er griff in seine Tasche, tastete nach dem Beutel mit dem Stein der Nacht und überlegte, ob er ihn herausnehmen sollte, damit man besser sehen konnte, entschied sich aber schließlich dagegen.

Kahlan lächelte zu ihm hinüber. »Willkommen in den Midlands. Du hast erreicht, was du versprochen hast. Du hast uns hergebracht. Jetzt beginnt der schwierige Teil. Was sollen wir deiner Meinung nach tun?«

Richards Kopf pochte, er lehnte sich zurück, neben sie. »Wir brauchen jemanden mit Zauberkraft, der uns sagen kann, wo sich das letzte Kästchen befindet. Oder zumindest, wo wir suchen sollen. Wir können nicht einfach blind in der Gegend herumrennen. Wir brauchen jemanden, der uns den richtigen Weg weisen kann. Wer käme deiner Meinung nach in Frage?«

Kahlan warf ihm einen Seitenblick zu. »Hier gibt es weit und breit niemanden, der uns helfen will.«

Sie wollte ihm etwas verschweigen. Er wurde sofort gereizt. »Ich habe nicht gesagt, sie müssen uns helfen wollen, sie müssen es nur können. Bring mich einfach hin, um das Übrige kümmere ich mich!« Richard bereute seinen scharfen Ton sofort. Er legte den Kopf an die Felswand und schluckte den Ärger hinunter. »Tut mir leid, Kahlan.« Er drehte den Kopf von ihr fort. »Ich hatte einen harten Tag. Ich musste nicht nur diesen Mann töten, sondern auch wieder meinen Vater mit dem Schwert durchbohren. Aber das Schlimmste war, ich habe geglaubt, ich hätte meine beste Freundin an die Unterwelt verloren. Ich will nur eins: Rahl aufhalten, damit dieser Albtraum ein Ende hat.«

Er wandte sich zu ihr um, und sie schenkte ihm ihr besonderes, schmallippiges Lächeln. Kahlan sah ihm in fast völliger Dunkelheit ein paar Minuten in die Augen.

»Nicht leicht, Sucher zu sein«, sagte sie sanft.

Er erwiderte ihr Lächeln. »Allerdings«, gab er ihr recht.

»Die Schlamm-Menschen«, sagte sie schließlich. »Möglicherweise können sie uns sagen, wo wir suchen sollen. Aber es gibt keine Garantie dafür, dass sie uns helfen. Die Wildnis ist ein entlegenes Gebiet in den Midlands, und die Schlamm-Menschen sind Fremde nicht gewöhnt. Sie haben seltsame Bräuche. Die Probleme anderer interessieren sie nicht. Sie wollen nur in Ruhe gelassen werden.«

»Im Falle eines Erfolges wird Darken Rahl ihre Wünsche wohl kaum beherzigen«, erinnerte er sie.

Kahlan atmete tief durch. »Sie können gefährlich sein, Richard.«

»Hattest du schon mal mit ihnen zu tun?«

Sie nickte. »Ein paar Mal. Sie sprechen nicht unsere Sprache, aber ich ihre.«

»Vertrauen sie dir?«

Kahlan sah fort, als sie die Decke fester um sich raffte. »Ich denke schon.« Sie schaute zu ihm auf. »Auf jeden Fall haben sie Angst vor mir, und das könnte bei ihnen wichtiger sein als Vertrauen.«

Richard musste sich auf die Lippe beißen, um sie nicht zu fragen, wieso sie Angst vor ihr hatten. »Wie weit ist es?«

»Ich weiß nicht genau, wo in der Wildnis wir uns befinden. Ich habe nicht genug gesehen, um es mit Sicherheit sagen zu können. Ich bin aber sicher, dass sie nicht weiter entfernt sind als eine Woche Richtung Nordosten.«

»Also schön. Morgen früh brechen wir Richtung Nordosten auf.«

»Wenn wir dort sind, musst du mich vorgehen lassen und auf mich hören, wenn ich etwas sage. Schwert oder kein Schwert, du musst sie überzeugen, dir zu helfen.« Er nickte. Sie zog ihre Hand unter der Decke hervor und legte sie ihm auf den Arm. »Richard«, flüsterte sie, »danke, weil du wegen mir umgekehrt bist. Du hast meinetwegen einen solch hohen Preis zahlen müssen.«

»Was blieb mir anderes übrig? Was hätte ich ohne meine Führerin in den Midlands anfangen sollen?«

Kahlan schmunzelte. »Ich werde versuchen, deinen Erwartungen zu genügen.«

Er drückte ihre Hand, dann legten sie sich beide hin. Der Schlaf übermannte ihn, während er sich noch bei den guten Seelen dafür bedankte, dass sie sie beschützt hatten.

22. Kapitel

edd schlug die Augen auf. Der Duft von Gewürzsuppe lag in der Luft. Ohne sich zu bewegen, sah er sich vorsichtig um. Gleich neben ihm lag Chase, an den Wänden hingen Knochen. Draußen vor dem Fenster war es dunkel. Er sah an seinem Körper hinunter. Jemand hatte ihn mit Knochen überhäuft. Ohne sich zu bewegen, hob er sie langsam, vorsichtig in die Höhe, bis sie geräuschlos auf die Seite schwebten, wo er sie ablegte. Ohne ein Geräusch zu machen, stand er auf. Er befand sich in einem Haus voller Knochen. Monsterknochen. Er drehte sich um.

Zu seiner Überraschung blickte er in das Gesicht einer Frau, die sich ebenfalls gerade umgedreht hatte.

Beide schrien vor Schreck auf und warfen ihre dürren Arme in die Luft.

»Wer bist du?«, fragte er, beugte sich vor und linste in ihre weißen Augen.

Sie packte die Krücke gerade noch, bevor sie zu Boden fiel, und klemmte sie unter ihre Achsel. »Ich bin Adie«, antwortete sie mit schnarrender Stimme. »Hast du mich erschreckt! Du bist früher aufgewacht, als ich erwartet hatte.«

Zedd strich seine Kleider glatt. »Wie viele Mahlzeiten habe ich verpasst?«

Adie betrachtete ihn mit finsterer Miene von Kopf bis Fuß. »Zu viele, wie es scheint.«

Ein Grinsen schob Zedds faltige Wangen nach hinten. Jetzt betrachtete er Adie von Kopf bis Fuß. »Du bist eine gut aussehende Frau«, verkündete er. Er verneigte sich, ergriff ihre Hand und küsste sie zart, dann richtete er sich stolz auf und hielt

einen seiner knochigen Finger Richtung Himmel. »Zeddicus Zu'l Zorander, ganz zu Ihren Diensten, meine Liebe.« Er beugte sich vor. »Was ist mit deinem Bein?«
»Nichts. Es ist vollkommen in Ordnung.«
»Nein, nein«, sagte er stirnrunzelnd und zeigte hin. »Nicht das, das andere.«
Adie blickte nach unten auf den fehlenden Fuß, dann wieder hoch zu Zedd. »Er reicht bis auf den Boden. Ist was mit deinen Augen?«
»Nun, ich hoffe, du hast deine Lektion gelernt. Schließlich hast du jetzt nur noch einen übrig.« Zedds besorgtes Gesicht schmolz zu einem Schmunzeln. »Und was meine Augen anbetrifft«, sagte er mit seiner dünnen Stimme, »sie waren wie ausgehungert, aber jetzt können sie sich sattsehen.«
Adie lächelte dünn. »Möchtest du eine Schale Suppe, Zauberer?«
»Ich dachte schon, du würdest nie fragen, Hexenmeisterin.«
Er folgte ihr, als sie durch das Zimmer zum Kessel humpelte, der über der Feuerstelle hing. Dann füllte sie zwei Schalen und brachte sie zum Tisch. Sie lehnte die Krücke an die Wand, nahm ihm gegenüber Platz, schnitt eine dicke Scheibe Brot und Käse ab und schob sie ihm über den Tisch zu. Zedd beugte sich vor und fiel sofort über das Essen her, hielt jedoch nach einem Löffel inne, hob den Kopf und blickte in ihre weißen Augen.
»Diese Suppe hat Richard gekocht«, sagte er ruhig, während der zweite Löffel mitten zwischen Schale und Mund verharrte.
Adie brach ein Stück Brot ab, stippte es in die Suppe und beobachtete ihn. »Das ist wahr. Du hast Glück, meine wäre nicht so gut.«
Zedd legte den Löffel in die Schale und sah sich um. »Und wo steckt er?«
Adie biss ein Stück Brot ab, kaute, beobachtete Zedd. Sie schluckte hinunter und antwortete. »Er ist mit der Mutter Konfessor durch den Pass gegangen, in die Midlands. Er kennt sie allerdings nur als Kahlan. Sie verschweigt ihm immer noch, was sie wirklich ist.« Sie fuhr fort und erzählte dem Zauberer,

wie Richard und Kahlan sie aufgesucht und um Hilfe für ihre angeschlagenen Freunde gebeten hatten.

Zedd nahm den Käse in die eine, das Brot in die andere Hand, und biss abwechselnd ab, während er Adies Geschichte zuhörte. Innerlich zuckte er zusammen, als er erfuhr, dass man ihn mit Haferschleim durchgefüttert hatte.

»Er sagte, er könne nicht auf dich warten«, sagte sie, »aber er meinte, du würdest ihn verstehen. Der Sucher hat mir seine Anweisungen für Chase gegeben. Er soll umkehren und Vorkehrungen für den Fall der Grenze und den Angriff von Rahls Truppen treffen. Es tat ihm leid, weil er deinen Plan nicht kannte. Warten war ihm jedoch zu riskant.«

»Auch gut«, sagte der Zauberer fast tonlos, »mein Plan hat nichts mit ihm zu tun.«

Zedd machte sich wieder über das Essen her. Als er mit der Suppe fertig war, ging er zum Kessel und holte sich einen Nachschlag. Er bot sich an, Adie noch etwas zu holen, doch sie war noch nicht mit ihrer ersten Schale fertig, da sie die meiste Zeit nicht die Augen vom Zauberer hatte lassen können. Als er sich wieder hinsetzte, schob sie ihm noch etwas Brot und Käse rüber.

»Richard hat ein Geheimnis vor dir«, sagte sie mit gesenkter Stimme. »Wenn es nicht um die Geschichte mit Rahl ginge, würde ich nicht davon anfangen, aber ich dachte, du solltest es wissen.«

Das Licht der Lampe fiel auf sein schmales Gesicht und das weiße Haar und ließ ihn starr und in den harten Schatten noch dürrer wirken. Er nahm seinen Löffel, blickte einen Augenblick in die Suppe, bevor er Adie wieder ansah.

»Wie du sehr wohl weißt, haben wir alle unsere Geheimnisse, Zauberer noch mehr als die meisten anderen. Wüssten wir alle Geheimnisse der anderen, wäre dies eine sehr seltsame Welt. Außerdem ginge der Spaß verloren, sie weiterzuerzählen.« Er verzog die dünnen Lippen zu einem Lächeln, seine Augen funkelten. »Wenn ich jemandem vertraue, habe ich keine Angst vor seinen Geheimnissen, und er braucht keine Angst vor meinen zu haben. Das gehört zu einer Freundschaft dazu.«

Adie lehnte sich auf ihrem Stuhl zurück und starrte ihn aus leeren weißen Augen an. Sie schmunzelte. »Ich hoffe um seinetwillen, dass du ihm zu recht vertraust. Ich möchte keinem Zauberer Grund zum Ärgern geben.«
Zedd zuckte mit den Achseln. »Für einen Zauberer bin ich ziemlich harmlos.«
Sie betrachtete seine Augen im Schein der Lampe.
»Das ist gelogen«, schnarrte die Hexenmeisterin leise.
Zedd räusperte sich und beschloss, das Thema zu wechseln. »Sieht so aus, als müsste ich mich für deine Pflege bedanken, meine Liebe.«
»Das stimmt.«
»Und dafür, dass du Richard und Kahlan geholfen hast.« Er sah zu Chase hinüber und zeigte mit dem Löffel auf ihn. »Und auch dem Grenzposten. Ich stehe in deiner Schuld.«
Adies Schmunzeln wurde breiter. »Vielleicht kannst du es mir eines Tages zurückzahlen.«
Zedd machte sich wieder über seine Suppe her, wenn auch nicht ganz so eifrig wie zuvor. Er und die Hexenmeisterin beobachteten sich gegenseitig. Das Feuer im Kamin knackte, und draußen zirpten die Käfer der Nacht. Chase schlief noch immer.
»Wie lange sind sie fort?«, fragte Zedd schließlich.
»Es ist jetzt sieben Tage her, seit er dich und den Grenzposten in meiner Obhut zurückgelassen hat.«
Zedd beendete seine Mahlzeit, schob die Schale behutsam von sich. Er faltete seine dürren Hände auf dem Tisch, betrachtete sie und tippte mit den Daumen gegeneinander. Der Schein der Lampe flackerte und tanzte über sein dichtes, weißes Haar.
»Hat Richard gesagt, wie ich ihn finden soll?«
Adie antwortete eine Weile nicht. Der Zauberer wartete und tippte mit den Daumen aneinander, bis sie endlich sprach. »Ich habe ihm einen Stein der Nacht gegeben.«
Zedd sprang auf. »Du hast was getan?«
Adie sah in aller Ruhe zu ihm hoch. »Hätte ich ihn vielleicht nachts durch den Pass schicken sollen, ohne ihm eine Möglichkeit zu geben, etwas zu erkennen? Blind durch den Pass

zu laufen bedeutet den sicheren Tod. Er sollte es schaffen. Nur so konnte ich ihm helfen.«

Der Zauberer stemmte sich mit den Knöcheln auf den Tisch und beugte sich vor. Sein weißes Haar fiel wallend um sein Gesicht. »Und hast du ihn gewarnt?«

»Natürlich habe ich das.«

Er kniff die Augen zusammen. »Wie denn? Mit einem Hexenrätsel?«

Adie nahm zwei Äpfel zur Hand und warf Zedd einen zu. Er fing ihn mitten in der Luft mit einem Zauber auf. Der Apfel schwebte, sich in der Luft drehend, während Zedd die alte Frau immer noch wütend ansah.

»Setz dich, Zauberer, und hör auf mit der Angeberei.« Sie biss in ihren Apfel, kaute langsam. Zedd nahm eingeschnappt Platz. »Ich wollte ihm keine Angst einjagen. Er hatte schon so genug Angst. Hätte ich ihm gesagt, wozu der Stein der Nacht gut ist, hätte er vielleicht Angst gehabt, ihn zu benutzen. Das Ergebnis wäre, die Unterwelt hätte ihn mit Sicherheit bekommen. Ja, ich habe ihn gewarnt, doch mit einem Rätsel, damit er erst später darauf kommt, wenn er durch den Pass hindurch ist.«

Zedd schnappte den Apfel mit seinen hölzern wirkenden Fingern aus der Luft. »Verdammt, Adie, du verstehst nicht. Richard kann Rätsel nicht ausstehen, das konnte er noch nie. Er betrachtet sie als Beleidigung seines Ehrgefühls. Er duldet sie nicht und beachtet sie aus Prinzip nicht.« Er biss krachend in den Apfel.

»Er ist der Sucher, und das ist es, was Sucher tun. Sie lösen Rätsel.«

Zedd reckte einen knochigen Finger in die Höhe. »Rätsel des Lebens, keine Worträtsel. Das ist ein Unterschied.«

Adie legte den Apfel weg und beugte sich vor. Mit sorgenvoller Miene legte sie ihre Hände mitten auf den Tisch. »Zedd, ich habe versucht, dem Jungen zu helfen. Er soll Erfolg haben. Ich habe im Pass meinen Fuß verloren, aber er hätte sein Leben verloren. Wenn der Sucher sein Leben verliert, verlieren wir auch unseres. Ich wollte ihm nichts Böses.«

Zedd legte den Apfel weg und wischte seinen Ärger mit einer

Handbewegung fort. »Das weiß ich, Adie. Das habe ich auch nicht sagen wollen.« Er ergriff Adies Hand. »Es wird schon klappen.«

»Ich bin ein Narr«, sagte sie bitter. »Er hat mir gesagt, dass er keine Rätsel mag, aber ich habe nicht mehr daran gedacht. Zedd, suche ihn mit Hilfe des Steins der Nacht. Stelle fest, ob er es geschafft hat.«

Zedd nickte. Er schloss die Augen, ließ das Kinn auf die Brust sinken und atmete dreimal tief durch. Dann hörte er für lange Zeit auf zu atmen. In der Luft ringsum ertönte das leise, sanfte Säuseln eines fernen Windes, eines Windes über einer weiten Ebene, einsam, unheilvoll, gespenstisch. Endlich verschwand das Windgeräusch, und der Zauberer begann wieder zu atmen. Er hob den Kopf und öffnete die Augen.

»Er ist in den Midlands. Er hat es durch den Pass geschafft.«

Adie nickte erleichtert. »Ich werde dir einen Knochen mitgeben, damit du sicher durch den Pass kommst. Willst du ihm sofort nachgehen?«

Der Zauberer wich ihren weißen Augen aus und blickte auf den Tisch. »Nein«, sagte er ruhig. »Wie du gesagt hast, er ist der Sucher. Ich habe etwas Wichtiges zu erledigen, wenn wir Darken Rahl aufhalten wollen. Hoffentlich kann er inzwischen allen Ärger vermeiden.«

»Geheimnisse?«, fragte die Hexenmeisterin mit ihrem dünnen Lächeln.

»Geheimnisse«, bejahte der Zauberer mit einem Nicken. »Ich muss sofort aufbrechen.«

Sie zog eine Hand unter der seinen hervor und strich über seine lederne Haut.

»Draußen ist es dunkel.«

»Richtig«, gab er ihr recht.

»Warum bleibst du nicht über Nacht? Und brichst in der Dämmerung auf.«

Zedd riss die Augen auf und sah sie mit gesenktem Kopf an. »Ich soll über Nacht bleiben?«

Adie zuckte mit den Achseln und strich weiter über seine Hand. »Manchmal ist es hier recht einsam.«

»Also«, Zedd strahlte schelmisch übers ganze Gesicht – »du hast recht, es ist dunkel draußen. Und ich schätze, es macht auch mehr Sinn, morgens aufzubrechen.« Plötzlich runzelte er die Stirn. »Das ist doch nicht eines deiner Rätsel, oder?«
Sie schüttelte den Kopf, nein, das war es nicht. Und er strahlte wieder.
»Ich habe meinen Zaubererfelsen dabei. Hast du vielleicht Interesse?«
Adies Züge schmolzen zu einem schüchternen Lächeln.
»Sehr gerne.« Sie sah ihn an, lehnte sich zurück und biss von ihrem Apfel ab.
Zedd zog eine Braue hoch. »Nackt?«

Wind und Regen beugten das hohe Gras in weiten, gemächlichen Wogen, während sich die beiden ihren Weg über die offene, flache Ebene bahnten. Die wenigen Bäume, die es gab, standen weit auseinander. Meist waren es kleine Birken- und Erlengruppen längs der Bachläufe. Kahlan behielt das Gras ringsum im Auge. Sie befanden sich in der Nähe des Gebietes der Schlamm-Menschen. Richard folgte schweigend und hielt sein Auge wachsam auf Kahlan gerichtet, wie immer.

Der Gedanke, ihn zu den Schlamm-Menschen mitzunehmen, behagte ihr nicht, doch er hatte recht, sie mussten wissen, wo sie nach dem letzten Kästchen suchen sollten, und es gab niemanden sonst in der Nähe, der ihnen die richtige Richtung zeigen konnte. Der Herbst neigte sich dem Ende zu, die Zeit wurde knapp. Vielleicht halfen ihnen die Schlamm-Menschen aber auch nicht, dann wäre die Zeit vergeudet.

Schlimmer noch. Sie wusste zwar, sie würden es nicht wagen, einen Konfessor zu töten, noch dazu einen, der unter dem Schutz eines Zauberers reiste, ob sie sich aber trauen würden, den Sucher zu töten, wusste sie nicht. Nie war sie zuvor ohne einen Zauberer durch die Midlands gereist, das tat kein Konfessor. Es war zu gefährlich. Richard war ein besserer Schutz als Giller, der letzte Zauberer, den man ihr zugeteilt hatte, doch eigentlich sollte Richard nicht sie beschützen, sondern sie ihn. Sie durfte nicht zulassen, dass er sein Leben für sie aufs Spiel setzte. Er sollte schließlich Rahl aufhalten. Das vor allem zählte. Sie hatte geschworen, ihr Leben für den Sucher einzusetzen. Für Richard. Noch nie in ihrem Leben hatte sie etwas inbrünstiger gewollt. Sollte je der Zeitpunkt der Entscheidung kommen, dann wäre sie es, die sterben müsste.

Der Pfad durch die Steppe erreichte zwei mit getrockneten Häuten umspannte Pfähle, die mit roten Streifen eingefärbt waren, jeweils einer zu beiden Seiten des Pfades. Richard blieb bei den Pfählen stehen und betrachtete die Totenschädel, die oben auf ihnen befestigt waren.

»Soll uns das abschrecken?«, fragte er und strich mit der Hand über die Häute.

»Nein, das sind die Schädel der verehrten Ahnen. Sie sollen das Land bewachen. Nur den Geachtetsten wird diese Ehre zuteil. Anhand der Gebeine der Ehrwürdigsten sollen anderen sozusagen die Besten aus ihrer Mitte gezeigt werden.«

»Klingt nicht bedrohlich. Vielleicht sind sie gar nicht so abgeneigt, uns zu sehen.«

Kahlan drehte sich zu ihm um und zog eine Braue hoch. »Bei den Schlamm-Menschen verschafft man sich unter anderem dadurch Achtung, dass man Fremde tötet.« Sie sah wieder zu den Schädeln. »Trotzdem ist das nicht als Drohung für Fremde gedacht. Es handelt sich bei ihnen lediglich um eine traditionelle Ehrung.«

Erleichtert nahm Richard die Hand vom feuchten Pfahl. »Mal sehen, vielleicht können wir sie überreden, uns zu helfen, dann können sie wieder ihre Ahnen verehren und sich die Fremden vom Leib halten.«

»Denk daran, was ich dir gesagt habe«, warnte sie. »Vielleicht wollen sie uns nicht helfen. Die Entscheidung liegt bei ihnen, das musst du anerkennen. Sie gehören zu den Völkern, die ich versuche zu retten. Ich will ihnen nicht wehtun.«

»Kahlan, ich habe nicht die Absicht, ihnen etwas zu tun. Keine Sorge, sie werden uns helfen. Es liegt doch in ihrem eigenen Interesse.«

»Sie sehen es vielleicht nicht ganz so«, hakte sie nach. Der Regen hatte aufgehört und war einem kühlen Dunst gewichen,

den sie auf ihrem Gesicht spürte. Sie schob ihre Kapuze nach hinten. »Richard, versprich mir, dass du ihnen nichts tun wirst.«
Er schob seine Kapuze ebenfalls zurück, stemmte die Hände in die Hüften und überraschte sie mit einem kleinen, schiefen Lächeln. »Jetzt weiß ich endlich, wie sich das anfühlt.«
»Was?«, fragte sie mit leichtem Argwohn in der Stimme.
Er blickte an ihr hinunter, und sein Lächeln wurde breiter. »Weißt du noch, als ich das Fieber von der Schlingpflanze hatte und dich bat, Zedd nichts zu tun? Jetzt weiß ich, wie dir zumute war, als du dieses Versprechen nicht geben konntest.«
Kahlan sah in seine grauen Augen, dachte daran, wie sehr sie sich wünschte, Rahl aufzuhalten. Sie dachte auch an alle jene, die er getötet hatte, wie sie wusste.
»Und ich weiß jetzt, wie du dich gefühlt haben musst, als du mir das Versprechen nicht geben konntest.« Sie musste gegen ihren Willen lächeln. »Bist du dir auch so dumm vorgekommen, als du gefragt hast?«
Er nickte. »Ja, als ich gemerkt habe, was auf dem Spiel stand. Und vor allem nachdem ich wusste, was für ein Mensch du bist, und du niemandem etwas antun würdest, es sei denn, du hast keine andere Wahl. In dem Augenblick kam ich mir dumm vor, weil ich dir nicht vertraut habe.«
Ihr ging es genauso. Dabei wusste sie, wie sehr er ihr vertraute.
»Tut mir leid«, sagte sie, das Lächeln noch immer auf den Lippen. »Ich sollte dich eigentlich besser kennen.«
»Weißt du, wie wir sie dazu bringen können, uns zu helfen?« Sie war bereits mehrere Male im Dorf der Schlamm-Menschen gewesen, nie jedoch auf Einladung. Einen Konfessor lud man dort nicht ein. Es gehörte einfach zu den üblichen Aufgaben eines Konfessors, den verschiedenen Völkern der Midlands einen Besuch abzustatten. Sie hatten Angst gehabt und waren deswegen recht höflich gewesen, hatten ihr aber zu verstehen gegeben, dass sie ihre Angelegenheiten allein zu regeln pflegten und keine Einmischung von außen wünschten. Auf Drohungen reagierten sie nicht.
»Die Schlamm-Menschen halten eine Versammlung ab, die

man den Rat der Propheten nennt. Man hat mir nie erlaubt, teilzunehmen, sei es, weil ich eine Fremde bin, sei es, weil ich eine Frau bin, doch ich habe davon gehört. Irgendwie weissagen sie dabei die Antworten auf Fragen. Ich will damit nur sagen, Richard, sie werden keine Versammlung bei vorgehaltenem Schwert abhalten. Vielleicht hätten sie unter solchen Umständen nicht mal Erfolg. Wenn sie uns helfen, dann nur freiwillig. Du musst sie für dich gewinnen.«

Er sah ihr hart in die Augen. »Mit deiner Hilfe schaffen wir es. Es bleibt uns gar nichts anderes übrig.«

Sie nickte und wandte sich wieder dem Pfad zu. Mächtige Wolken hingen tief über der Steppe und schienen zu brodeln, während sie in endloser Prozession dahinzogen. Hier draußen über der Ebene schien es so viel mehr Himmel zu geben als überall sonst. Das Gefühl war übermächtig und ließ das abwechslungslose, flache Land winzig erscheinen.

Der Regen hatte die Bachläufe anschwellen lassen. Das gurgelnde, schlammige Wasser donnerte stampfend und schäumend unter den Baumstämmen hindurch, die als Steg dienten. Kahlan spürte die Kraft des Wassers, das die Stämme unter ihren Stiefeln zum Zittern brachte. Sie trat vorsichtig auf. Die Stämme waren glitschig, und es gab keine Halteseile, die das Überqueren erleichtert hätten. Richard bot ihr die Hand, um sie zu stützen, und sie war froh über den Vorwand, sie ergreifen zu können. Sie stellte fest, dass sie sich darauf freute, nur um seine Hand berühren zu können. Doch sosehr es auch schmerzte, sie durfte ihm keine Hoffnungen machen. Wie gerne wäre sie einfach nur eine Frau gewesen wie alle anderen. Aber das war sie nicht. Sie war Konfessor. Manchmal jedoch, für einen kurzen Augenblick, konnte sie es vergessen und so tun als ob.

Gerne hätte sie Richard an ihrer Seite gehabt, doch er blieb hinter ihr, suchte das Land ab und passte auf sie auf. Er befand sich in einem fremden Land, nahm nichts als selbstverständlich, sah in allem eine Bedrohung. In Westland hatte sie sich genauso gefühlt, sie kannte das also. Er riskierte sein Leben im Kampf gegen Rahl und gegen Dinge, denen er nie zuvor begegnet war, und er hatte die Pflicht, wachsam zu sein. Die Wachsamen starben schnell genug in den Midlands. Und die Unachtsamen noch viel schneller.

Sie hatten gerade einen weiteren Bach überquert und waren wieder in das feuchte Gras eingetaucht, als acht Männer vor ihnen aufsprangen. Kahlan und Richard blieben wie angewurzelt stehen. Die Männer hatten ihre Körper größtenteils in Felle gehüllt. Klebriger Schlamm, den selbst der Regen nicht herunterwaschen konnte, bedeckte den Rest der Haut und die Gesichter, glättete die Haare. An Armen und an verschiedenen Stellen der Haut sowie unter den Stirnbändern hatten sie Grasbüschel befestigt, sodass sie in ihrer Lauerstellung nicht zu sehen gewesen waren. Schweigend blieben sie vor den beiden stehen. Alle hatten eine finstere Miene aufgesetzt. Kahlan erkannte mehrere der Männer wieder. Es handelte sich um einen Jagdtrupp der Schlamm-Menschen.

Der Älteste, ein drahtiger Mann namens Savidlin, ging auf sie zu. Die anderen warteten, Speer und Bogen bei Fuß, aber bereit. Kahlan spürte Richard dicht hinter sich. Ohne sich umzudrehen, flüsterte sie ihm zu, er solle ruhig bleiben und das Gleiche tun wie sie. Savidlin blieb vor ihr stehen.

»*Kraft dem Konfessor Kahlan*«, sagte er.

»*Kraft dir, Savidlin, und dem Volk der Schlamm-Menschen*«, erwiderte sie in deren Sprache.

Savidlin schlug ihr fest ins Gesicht. Sie schlug ebenso fest zurück. Sofort hörte Kahlan, wie Richard klirrend sein Schwert zog. Sie wirbelte herum.

»Richard, nein!« Er hatte das Schwert erhoben. »Nein!« Sie packte seine Handgelenke. »Ich hab dir doch gesagt, du sollst ruhig bleiben und dasselbe tun wie ich.«

Sein Blick zuckte von Savidlins Augen zu ihren. Die enthemmte Wut stand in seinen Augen, die Magie war bereit zum tödlichen Schlag. Er biss die Zähne zusammen. »Wenn sie dir die Kehle aufschlitzen, soll ich sie mir dann vielleicht auch aufschlitzen lassen?«

»Das ist ihre Art der Begrüßung. Es soll den Respekt vor der Kraft des anderen bekunden.« Er runzelte die Stirn und zögerte.

»Tut mir leid, ich hätte dich warnen sollen. Steck das Schwert weg, Richard.«

Sein Blick schwankte zwischen den beiden hin und her, bevor er nachgab und das Schwert verärgert zurück in die Scheide schob. Erleichtert wandte sie sich den Schlamm-Menschen zu. Richard stellte sich schützend neben sie. Savidlin und die anderen hatten die Szene in aller Ruhe verfolgt. Die Worte verstanden sie nicht, doch schienen sie ihre Bedeutung zu ahnen. Savidlin wandte den Blick von Richard ab und sah Kahlan an.

»Wer ist dieser zornige Mann?«
»Sein Name ist Richard. Er ist der Sucher«

Unter den anderen Männern des Jagdtrupps erhob sich Gemurmel. Savidlin sah Richard in die Augen.

»Kraft dem Sucher Richard.«

Kahlan übersetzte ihm, was er gesagt hatte. Der Zorn stand ihm immer noch ins Gesicht geschrieben.

Savidlin trat vor und schlug Richard, jedoch nicht mit der flachen Hand wie Kahlan, sondern mit der Faust. Sofort antwortete Richard mit einem kräftigen Hieb, der Savidlin von den Füßen holte und ausgestreckt auf den Rücken warf. Benommen streckte er alle viere von sich. Die Waffen wurden fester gepackt. Richard richtete sich auf und warf den Männern einen warnenden Blick zu, der sie an Ort und Stelle festwachsen ließ.

Savidlin stützte sich auf eine Hand und rieb sich das Kinn mit der anderen. Er grinste über das ganze Gesicht. *»Noch nie hat jemand solchen Respekt vor meiner Kraft bekundet! Dies ist ein weiser Mann.«*

Die anderen brachen in Gelächter aus. Kahlan hielt sich die Hand vor den Mund, um ihr Lachen zu verbergen. Die Spannung verflog.

»Was hat er gesagt?«, wollte Richard wissen.

»Er meinte, du hättest großen Respekt vor ihm und seist ein weiser Mann. Ich glaube, du hast aus Versehen einen Freund gewonnen.«

Savidlin hielt Richard die Hand hin, er solle ihm aufhelfen.

Richard kam der Bitte nach. Als Savidlin auf den Beinen stand, legte er Richard einen Arm um seine muskulösen Schultern. »*Ich freue mich wirklich, dass du meine Kraft erkannt hast, doch hoffe ich, dass du mir keinen weiteren Respekt mehr zollst.*« Die Männer lachten. »*Bei den Schlamm-Menschen sollst du den Namen tragen ›Richard, der Mann mit dem Zorn‹.*«
Kahlan versuchte beim Übersetzen nicht loszuprusten. Die Männer kicherten noch immer. Savidlin wandte sich an sie. »*Vielleicht wollt ihr jetzt meinen kräftigen Freund begrüßen und ihm Gelegenheit geben, euch zu zeigen, welchen Respekt er vor eurer Kraft hat.*«
Alle streckten abwehrend die Arme von sich und schüttelten heftig den Kopf.
»*Nein*«, meinte einer zwischen Lachanfällen, »*der Respekt, den er dir gegenüber gezeigt hat, reicht für uns alle.*«
Er wandte sich wieder Kahlan zu. »*Konfessor Kahlan ist den Schlamm-Menschen wie immer willkommen.*« Ohne hinzusehen, deutete er mit einem Nicken auf Richard. »*Ist er dein Gatte?*«
»*Nein!*«
Savidlin verkrampfte sich. »*Dann bist du gekommen, um einen unserer Männer zu erwählen?*«
»*Nein*«, sagte sie und fand zu ihrer ruhigen Stimme zurück.
Savidlin zeigte sich überaus erleichtert. »*Der Konfessor hat einen gefährlichen Reisegefährten ausgesucht.*«
»*Für mich ist er nicht gefährlich, nur für die, die mir etwas antun wollen.*«
Savidlin nickte lächelnd und betrachtete Kahlan von Kopf bis Fuß. »*Du trägst seltsame Kleidung. Anders als sonst.*«
»*Darunter bin ich dieselbe wie immer*«, sagte Kahlan und beugte sich ein wenig vor, um das Gesagte zu unterstreichen. »*Mehr brauchst du nicht zu wissen.*«
Savidlin wich ein wenig zurück und nickte. Er kniff die Augen zusammen. »*Und warum bist du hier?*«
»*Vielleicht können wir uns gegenseitig helfen. Es gibt einen Mann, der euer Volk unterwerfen will. Der Sucher und ich möchten, dass ihr euch selbst regiert. Wir sind gekommen, die Kraft und*

Weisheit eures Volkes zu erbitten und um Unterstützung in unserem Kampf«
»Vater Rahl«, verkündete Savidlin wissend.
»Du hast von ihm gehört?«
Savidlin nickte. »Ein Mann kam vorbei. Er nannte sich Bekehrer und meinte, er wolle uns von der Güte eines gewissen Vater Rahl berichten. Drei Tage sprach er zu unserem Volk, bis wir ihn leid wurden.«
Jetzt war Kahlan an der Reihe zu erstarren. Sie sah zu den anderen Männern hinüber, die bei der Erwähnung des Bekehrers angefangen hatten zu grinsen. Sie sah dem Ältesten wieder ins schlammbeschmierte Gesicht. »Und was wurde nach den drei Tagen aus ihm?«
»Er war ein guter Mann.« Savidlin lächelte vielsagend.
Kahlan richtete sich auf. Richard beugte sich zu ihr.
»Worüber reden sie?«
»Sie wollen wissen, warum wir hier sind. Sie sagen, sie hätten von Darken Rahl gehört.«
»Sag ihnen, ich möchte zu ihrem Volk sprechen. Und an einer Versammlung teilnehmen.«
Sie sah ihn von unten her an. »Dazu komme ich noch. Adie hatte recht, du bist nicht gerade geduldig.«
Richard schmunzelte. »Nein, sie hatte unrecht. Ich bin sehr geduldig, nur nicht sehr tolerant. Das ist ein Unterschied.«
Kahlan lächelte Savidlin an, während sie mit Richard sprach. »Schön. Aber im Augenblick solltest du weder intolerant werden noch ihnen weiter deinen Respekt bekunden. Ich weiß, was ich tue; alles läuft gut. Lass es mich auf meine Art machen, einverstanden?«
Er gab nach, doch sie sah, wie unzufrieden er war. Wieder wandte sie sich dem Ältesten zu. Er blickte sie scharf an und stellte ihr eine Frage, die sie überraschte.
»Hat Richard mit dem Zorn uns den Regen gebracht?«
Kahlan runzelte die Stirn. »Na ja, ich nehme an, das könnte man sagen.« Die Frage verwirrte sie. Sie wusste nicht, was sie sagen sollte, also versuchte sie es mit der Wahrheit. »Die Wolken verfolgen ihn.«

Der Älteste betrachtete aufmerksam ihr Gesicht und nickte dann. Sie fühlte sich unter seinen musternden Blicken nicht wohl und hätte das Gespräch gern wieder auf die wichtigen Dinge gebracht.

»Savidlin, ich habe dem Sucher geraten, dein Volk aufzusuchen. Er ist nicht hier, um deinem Volk Schaden zuzufügen oder sich in dessen Angelegenheiten zu mischen. Du kennst mich. Ich bin schon bei euch gewesen. Du weißt, wie sehr ich die Schlamm-Menschen respektiere. Ich würde keinen anderen hierher bringen, wenn es nicht wichtig wäre. Im Augenblick läuft die Zeit gegen uns.«

Savidlin ließ sich das Gesagte eine Weile durch den Kopf gehen, dann endlich sprach er.

»Wie schon gesagt, du bist bei uns willkommen.« Schmunzelnd sah er den Sucher an, dann wieder zurück zu ihr. »Richard mit dem Zorn ist in unserem Dorf auch willkommen.«

Die Entscheidung stimmte die anderen sichtlich froh, sie schienen Richard zu mögen. Sie sammelten ihre Sachen zusammen, darunter zwei Rehe und ein Wildschwein, die jeweils an einen Tragebalken gebunden waren. Kahlan hatte ihre Beute zuvor nicht gesehen, sie hatte verborgen im hohen Gras gelegen. Beim Aufbruch scharte sich alles um Richard, berührte ihn vorsichtig und überschüttete ihn mit Fragen, die er nicht verstand. Savidlin schlug ihm aus Vorfreude auf die Schultern, mit seinem neuen, großen Freund im Dorf angeben zu können. Kahlan lief neben ihm und wurde von den meisten nicht beachtet. Sie war froh, dass Richard bis jetzt gern gelitten wurde. Was sie durchaus verstand. Es fiel schwer, ihn nicht zu mögen. Es gab aber auch noch einen anderen Grund, weshalb sie ihn bereitwillig anerkannten.

»Ich habe dir doch gesagt, ich könnte sie für uns gewinnen«, meinte Richard grinsend und blickte sie über ihre Köpfe hinweg an. »Ich hätte nur nicht gedacht, dass ich dazu einen von ihnen niederschlagen müsste.«

23. Kapitel

ühner flatterten ihnen um die Beine, als die Jagdgesellschaft mit Richard und Kahlan in der Mitte die beiden in das Dorf der Schlamm-Menschen geleitete. Das Dorf lag auf einer leichten Erhebung, die in der Steppenlandschaft der Wildnis als Hügel durchgehen konnte, und bestand aus einer Ansammlung von Gebäuden aus einer Art Lehmziegel mit hellbraunem Tonputz und Dächern aus Gras, die Löcher bekamen, sobald sie trocken wurden und ständig erneuert werden mussten, damit sie den Regen abhielten. Die Türen waren aus Holz, doch in den Fenstern der dicken Wände gab es kein Glas, und nur gelegentlich ein Tuch als Wetterschutz. Die Gebäude standen kreisähnlich um einen freien Platz. Meist waren es Häuser für Familien, die jedoch nur einen Raum hatten. Besonders im Süden drängten sie sich, und oft hatten sie mindestens eine Wand gemeinsam mit einem anderen Haus. Schmale Wege verliefen hier und dort zwischen den Häusern und den Gemeinschaftsgebäuden, die sich an der Nordseite gruppierten. Getrennt wurden sie von einer Anzahl unterschiedlicher, verstreuter Gebäude im Osten und Westen. Einige davon waren nicht viel mehr als Pfahlbauten mit Grasdächern, die als Essplätze benutzt wurden, als Schutz vor Regen und Sonne oder wo Waffen und Tongerät hergestellt wurden und Essen zubereitet und gekocht wurde. In trockenen Zeiten war das ganze Dorf in einen Staubdunst gehüllt, der sich in die Augen und Nase setzte und die Zunge verklebte, jetzt jedoch waren die Gebäude reingewaschen vom Regen, und auf dem Boden hatten sich unzählige Fußstapfen in kleine Pfützen verwandelt, in denen sich die trostlosen Gebäude spiegelten.

Frauen in einfachen Kleidern aus leuchtend buntem Stoff hockten in den Arbeitsbereichen und mahlten Tavawurzeln, aus denen sie ein Fladenbrot buken, das bei den Schlamm-Menschen als Grundnahrungsmittel diente. Süß duftender Rauch stieg über den Feuerstellen auf. Junge Mädchen mit kurzgeschorenem und mit klebrigem Schlamm geglättetem Haar saßen bei den Frauen und halfen ihnen. Kahlan spürte ihre scheuen Blicke. Von ihren vorherigen Besuchen wusste sie, wie neugierig die jungen Mädchen auf sie waren. Als Reisende war sie an vielen fremden Orten gewesen und hatte alles Mögliche gesehen. Sie war eine Frau, die von Männern geachtet und gefürchtet wurde. Die älteren Frauen duldeten die Ablenkung mit verständisvoller Nachsicht.

Kinder eilten aus allen Ecken des Dorfes heran, um zu sehen, was für seltsame Fremde Savidlins Jagdgesellschaft angeschleppt hatte. Sie scharten sich aufgeregt kreischend um die Jäger, stampften mit ihren nackten Füßen im Matsch und bespritzten die Männer. Normalerweise hätten sie sich für die Rehe oder das Wildschwein interessiert, jetzt jedoch ließen sie das Wild zugunsten der Fremden links liegen. Die Männer lächelten gut gelaunt und duldeten sie. Kleine Kinder schalt man nicht. Sobald sie älter wurden, erhielten sie sehr strengen Unterricht, in dem man ihnen die Arbeiten der Schlamm-Menschen beibrachte: die Jagd, das Holzsammeln und die Wege des Geistes. Im Augenblick jedoch durften sie einfach Kinder sein, denen man beim Spielen fast völlig freie Zügel ließ.

Aus dem Knäuel der Kinder wurden Essensbrocken gereicht, als Bestechung für eine Geschichte, wer denn diese Fremden seien. Die Männer lehnten die Angebote lachend ab, sie wollten sich die Erzählungen für die Dorfältesten aufheben. Die Kinder waren nur wenig enttäuscht und tanzten weiter umher, schließlich war dies das Aufregendste, was in ihrem jungen Leben geschehen war. Etwas vollkommen Außergewöhnliches mit einem Hauch von Gefahr.

Sechs Älteste standen unter dem lecken Schutzdach einer der luftigen Pfahlkonstruktionen und warteten darauf, dass Savidlin die Fremden zu ihnen brachte. Jeder trug eine Hose aus Rehleder, zeigte die nackte Brust und hatte ein Kojotenfell um die Schultern gelegt. Trotz der grimmigen Blicke waren sie freundlicher, als sie aussahen, wie Kahlan wusste. Kein Schlamm-Mensch lächelte einen Fremden an, bevor nicht eine Begrüßung stattgefunden hatte, da ansonsten seine Seele gestohlen wurde. Die Kinder blieben der Pfahlkonstruktion fern. Sie saßen im Matsch und verfolgten, wie die Jagdgesellschaft die Fremden zu den Ältesten hinaufführte. Die Frauen hatten ihre Arbeit an den Küchenfeuern unterbrochen, die Männer bei der Waffenherstellung ebenfalls, und alles wurde still, sogar die im Matsch hockenden Kinder. Die Geschäfte der Schlamm-Menschen fanden im Freien statt, und jeder hatte daran teil.

Kahlan trat auf die sechs Ältesten zu, Richard zu ihrer Rechten, doch einen Schritt zurück, Savidlin rechts neben ihm. Die sechs beäugten die beiden Fremden.

»*Kraft dem Konfessor Kahlan*«, sagte der Älteste.

»*Kraft dem Toffalar*«, antwortete sie.

Er gab ihr einen leichten Klaps ins Gesicht, kaum mehr als ein Tätscheln. Es war ihr Brauch, im Dorf selbst nur vorsichtige Schläge auszutauschen. Solche, wie Savidlin sie ausgeteilt hatte, waren zufälligen Begegnungen draußen in der Steppe vorbehalten, fern vom Dorf. Was sowohl der öffentlichen Ordnung als auch den Gebissen zugute kam. Surin, Caldus, Arbrin, Breginderin und Hajanlet begrüßten sie reihum und gaben ihr einen leichten Klaps. Kahlan erwiderte die Begrüßung und die Schläge. Sie wandten sich Richard zu. Savidlin trat vor und zog seinen neuen Freund hinter sich her. Stolz präsentierte er den Ältesten seine geschwollene Lippe.

Kahlan rief leise Richards Namen und hob gegen Ende warnend die Stimme. »Das sind wichtige Leute. Bitte schlag ihnen nicht die Zähne aus.«

Er warf ihr kurz einen Blick aus den Augenwinkeln zu und schnitt ein schelmisches Gesicht.

»*Das ist der Sucher Richard mit dem Zorn*«, sagte Savidlin voller Stolz über seine Aufgabe. Er beugte sich zu den Ältesten vor und meinte mit bedeutungsschwerer Stimme: »*Konfessor Kah-*

lan hat ihn zu uns geführt. Ihr habt von ihm gesprochen. Es ist der, der den Regen gebracht hat. Sie hat es mir bestätigt.«
Kahlan begann sich Sorgen zu machen, sie wusste nicht, was Savidlin meinte. Die Ältesten behielten ihre versteinerten Mienen bei. Nur Toffalar zog eine Braue hoch.
»Kraft dir, Richard mit dem Zorn«, sagte Toffalar. Er gab Richard einen leichten Klaps.
»Kraft dir, Toffalar«, antwortete er, da er seinen Namen rausgehört hatte, und erwiderte sofort den Klaps.
Kahlan atmete erleichtert auf, er war sacht. Savidlin strahlte und zeigte noch einmal auf seine dicke Lippe. Endlich lächelte auch Toffalar. Nachdem die anderen ebenfalls ihre Begrüßung ausgesprochen und empfangen hatten, lächelten auch sie.
Die sechs Ältesten und Savidlin sanken auf ein Knie und verneigten vor Richard den Kopf. Kahlan wurde sofort nervös.
»Was geht hier vor?«, fragte Richard leise. Ihre Unruhe hatte ihn sofort alarmiert.
»Ich weiß es nicht«, antwortete sie leise. »Vielleicht begrüßen sie so den Sucher. Ich habe sie das nie zuvor tun sehen.«
Die Männer erhoben sich und strahlten übers ganze Gesicht. Toffalar reckte die Hand in die Höhe und zeigte über ihre Köpfe hinweg auf die Frauen.
»Bitte«, sagte Toffalar zu den beiden, »setzt euch zu uns. Es ist uns eine Ehre, euch bei uns zu haben.«
Kahlan setzte sich im Schneidersitz auf den feuchten Holzboden und zog Richard mit sich hinunter. Die Ältesten warteten, bis sie Platz genommen hatten, bevor sie sich selbst setzten. Sie schenkten dem Umstand, dass Richard immer eine Hand am Schwert hatte, keinerlei Beachtung. Frauen kamen mit geflochtenen Tabletts, schwer beladen mit rundem Tavafladenbrot, von dem sie das erste Toffalar und den anderen Ältesten anboten, während sie ihre Augen lächelnd auf Richard geheftet hielten. Leise schwatzend unterhielten sie sich über Richards Größe und welch seltsame Kleidung er trug. Kahlan ignorierten sie fast völlig. Frauen in den Midlands mochten Konfessoren nicht besonders. Sie sahen in ihnen eine Bedrohung für ihre Männer und ihre Art zu leben. Unabhängige

Frauen waren verpönt. Kahlan achtete nicht auf ihre kühlen Blicke, sie war längst daran gewöhnt.

Toffalar nahm ein Brot und brach es in drei Stücke, von denen er erst Richard und dann Kahlan eines anbot. Lächelnd bot eine andere Frau eine Schale mit gerösteten Pfefferschoten an. Kahlan und Richard nahmen je eine und folgten dem Beispiel des Ältesten, indem sie sie in das Brot rollten. Gerade noch rechtzeitig bemerkte Kahlan, dass Richard seine Rechte immer noch am Schwert hatte und beabsichtigte, mit der Linken zu essen.

»Richard!«, zischte sie ihn warnend an. »Nicht mit der linken Hand essen.«

Er erstarrte. »Wieso nicht?«

»Weil sie glauben, dass nur böse Geister mit links essen.«

»Das ist doch Unsinn«, erwiderte er in leicht gereiztem Tonfall.

»Richard, bitte. Sie sind uns zahlenmäßig überlegen. Alle ihre Waffen sind vergiftet. Für theologische Streitereien ist dies der falsche Augenblick.«

Sie spürte seinen Blick, während sie die Ältesten anlächelte. Aus dem Augenwinkel sah sie erleichtert, wie er das Essen in die Rechte nahm.

»*Bitte vergebt uns, dass wir euch nur magere Kost anbieten können*«, sagte Toffalar. »*Für heute Abend werden wir ein Bankett ansetzen.*«

»Nein!«, platzte Kahlan heraus. »*Ich meine, wir wollen deinem Volk nicht zur Last fallen.*«

»*Wie du willst*«, meinte Toffalar achselzuckend und ein wenig enttäuscht.

»*Wir sind hier, weil unter anderem auch das Volk der Schlamm-Menschen in großer Gefahr ist.*«

Die Ältesten nickten alle und lächelten. »Stimmt«, meldete sich Surin zu Wort, »*aber jetzt, wo du Richard mit dem Zorn zu uns gebracht hast, ist alles gut. Wir danken dir, Konfessor Kahlan. Wir werden nicht vergessen, was du getan hast.*«

Kahlan sah sich um und blickte in glückliche, lachende Gesichter. Sie wusste nicht, was sie von dieser Entwicklung halten sollte, also biss sie ein Stück von dem fade schmeckenden Tava mit Pfefferschoten ab, um Zeit zum Nachdenken zu gewinnen. »Was sagen sie?«, fragte Richard, bevor er selber einen Bissen nahm.

»Aus irgendeinem Grund sind sie froh, weil ich dich hergebracht habe.«

Er sah zu ihr hinüber. »Frag sie nach dem Grund.«

Sie nickte und wandte sich an Toffalar. »Geehrter Ältester, ich fürchte, ich muss gestehen, dass ich nicht weiß, was du über Richard mit dem Zorn erfahren hast.«

Er lächelte wissend. »Tut mir leid, mein Kind. Ich vergaß, dass du nicht hier warst, als wir den Rat der Propheten einberufen haben. Du musst wissen, es war trocken, unsere Ernte welkte dahin, und unserem Volk drohte eine Hungersnot. Also haben wir eine Versammlung einberufen, um die Geister um Hilfe zu bitten. Sie versprachen uns, jemand würde erscheinen und den Regen mitbringen. Der Regen kam, und mit ihm Richard mit dem Zorn, genau wie sie es uns versprochen haben.«

»Und deswegen seid ihr froh, dass er hier ist, weil sich ihre Prophezeihung erfüllt hat?«

»Nein«, sagte Toffalar, die Augen vor Erregung aufgerissen, »wir sind glücklich, weil die Seele eines unserer Vorfahren sich entschlossen hat, uns aufzusuchen.« Er zeigte auf Richard. »Er ist ein Mann der Seele.«

Fast hätte Kahlan ihr Brot fallen gelassen. Überrascht lehnte sie sich zurück.

»Was ist?«, wollte Richard wissen.

Sie starrte ihm in die Augen. »Sie haben eine Versammlung abgehalten, damit Regen kommt. Die Seelen versprachen ihnen, jemand würde erscheinen und den Regen mitbringen. Richard, sie halten dich für die Seele eines ihrer Vorfahren. Einen Mann der Seele.«

Er betrachtete einen Augenblick lang ihr Gesicht. »Aber das bin ich nicht.«

»Sie glauben es aber. Richard, für eine Seele würden sie alles tun. Sie werden eine Versammlung der Propheten einberufen, wenn du sie darum bittest.«

Sie bat ihn nicht gerne darum, schließlich entsprach es nicht der Wahrheit. Außerdem war ihr unwohl dabei, die Schlamm-Menschen hinters Licht zu führen, aber sie mussten herausfinden, wo das Kästchen war. Richard ließ sich ihre Worte durch den Kopf gehen.
»Nein«, sagte er ruhig, ohne ihrem Blick auszuweichen.
»Richard, wir haben eine wichtige Aufgabe vor uns. Was macht das schon, wenn sie dich für eine Seele halten und uns das hilft, das letzte Kästchen zu finden?« Es fiel ihr schwer, so zu reden. Es war einfach nicht richtig.
»Es macht durchaus etwas, denn es ist eine Lüge. Ich werde es nicht tun.«
»Möchtest du lieber, dass Rahl gewinnt?«, fragte sie ruhig.
Er sah sie böse an. »Erst einmal tue ich es deswegen nicht, weil es falsch wäre, diese Menschen in einer so wichtigen Angelegenheit zu täuschen. Zum zweiten verfügen diese Menschen über eine besondere Kraft, und deswegen sind wir hier. Das haben sie mir bewiesen, indem sie sagten, es würde jemand kommen und den Regen mitbringen. Was ja auch stimmt. In ihrer Aufregung haben sie voreilig einen falschen Schluss daraus gezogen. Haben sie denn gesagt, wer kommt, muss es eine Seele sein?« Sie schüttelte den Kopf. »Manchmal glauben Menschen einfach etwas, weil sie es wollen.«
»Wenn es sowohl ihnen als auch uns zum Vorteil gereicht, was kann es dann schaden?«
»Der Schaden könnte durch ihre Kraft entstehen. Was, wenn sie die Versammlung einberufen und die Wahrheit herausfinden? Ich bin schließlich keine Seele. Glaubst du, sie werden sich darüber freuen, dass wir sie angelogen haben? Dann sind wir so gut wie tot, und Rahl gewinnt.«
Sie lehnte sich zurück und holte tief Luft. Der Zauberer hatte seinen Sucher gut gewählt.
»*Haben wir den Zorn der Seele erweckt?*«, fragte Toffalar mit einem besorgten Ausdruck auf seinem verwitterten Gesicht.
»Er möchte wissen, warum du so wütend bist«, erklärte sie.
»Was soll ich ihm erzählen?«

Richard betrachtete die Ältesten, dann sah er zu Kahlan. »Ich sage es ihnen selbst. Du übersetzt.«

Kahlan nickte. »Das Volk der Schlamm-Menschen ist weise und stark«, hob er an. »Aus diesem Grund sind wir gekommen. Die Seelen eurer Ahnen hatten recht, denn ich habe den Regen mitgebracht.« Sie alle schienen erfreut, als Kahlan ihnen die Worte übersetzte. Jeder andere im Dorf war mucksmäuschenstill und lauschte. »Aber sie haben euch nicht alles erzählt. Ihr wisst selbst, dies entspricht der Art der Seelen.« Die Ältesten nickten; das verstanden sie. »Sie haben es eurer Weisheit überlassen, den Rest der Wahrheit zu ergründen. Auf diese Weise bleibt ihr stark, wie auch eure Kinder deshalb stark werden, weil ihr sie führt und ihnen nicht alles gebt, was sie haben wollen. Alle Eltern hoffen, ihr Kind möge stark und klug werden und für sich selber denken.«

Einige nickten, aber nicht mehr so viele. »*Was willst du damit sagen, große Seele?*«, fragte Arbrin, einer der Stammesältesten.

Richard fuhr sich mit den Fingern durchs Haar, nachdem Kahlan übersetzt hatte. »Nun, ich habe zwar den Regen gebracht, aber das ist noch nicht alles. Vielleicht haben die Seelen eine noch größere Gefahr für euer Volk gesehen, und dies ist vielleicht der wichtigere Grund, weshalb ich hier bin. Es gibt einen sehr gefährlichen Mann, der euer Volk unterjochen und euch zu Sklaven machen will. Sein Name ist Darken Rahl.«

Unter den Dorfältesten entstand amüsiertes Getuschel. »*Dann schickt er uns einen Narren als Herrn*«, meinte Toffalar.

Richard blickte sie verärgert an, und das Lachen erstarb. »Es ist seine Art, euch in übergroßer Zuversicht zu wiegen. Lasst euch nicht täuschen. Er hat seine Macht und Magie missbraucht, um zahlenmäßig größere Völker als das eure zu unterwerfen. Er wird euch vernichten, wenn es ihm gefällt. Der Regen ist gekommen, weil er mir Wolken hinterher geschickt hat, damit er weiß, wo ich bin und mich töten kann, wann immer es ihm beliebt. Ich bin keine Seele, ich bin der Sucher. Nur ein Mensch. Ich will Darken Rahl deshalb stoppen, damit unter anderem auch euer Volk sein Leben so leben kann, wie es ihm gefällt.«

Toffalar kniff die Augen zusammen. »*Wenn das stimmt, was du sagst, dann hat dieser Rahl den Regen geschickt und unser Volk gerettet. Genau das hat uns dieser Bekehrer beizubringen versucht, dass Rahl uns retten wird.*«

»Nein. Rahl hat die Wolken geschickt, damit sie mir folgen und nicht, damit sie euch retten. Ich bin aus freien Stücken hergereist, genau wie es die Seelen euren Ahnen prophezeit haben. Sie haben gesagt, der Regen würde kommen, und mit ihm ein Mann. Sie haben nicht gesagt, ich sei eine Seele.«

»*Dann wollten uns die Seelen vielleicht vor diesem Mann warnen*«, meinte Surin.

»Und vielleicht wollten sie euch vor Rahl warnen«, gab Richard sofort zurück. »Ich spreche die Wahrheit. Gebraucht eure Weisheit, sie zu erkennen, sonst ist euer Volk verloren. Ich biete euch eine Möglichkeit, euch selbst zu retten.«

Die Dorfältesten dachten schweigend nach. »*Deine Worte scheinen wahr zu sein, Richard mit dem Zorn. Doch die Entscheidung ist noch nicht gefallen*«, sagte Toffalar endlich. »*Was sollen wir deiner Meinung nach tun?*«

Die Ältesten saßen schweigend da, die Freude war aus ihren Gesichtern gewichen. Der Rest des Dorfes verharrte in angstvollem Schweigen. Richard ließ den Blick über das Gesicht jedes einzelnen Dorfältesten schweifen, dann fuhr er ruhig fort.

»Darken Rahl ist auf der Suche nach einem Zauber, der ihm die Macht gibt, alle zu beherrschen, auch das Volk der Schlamm-Menschen. Ich bin ebenfalls auf der Suche nach diesem Zauber, damit ich ihm diese Macht versagen kann. Ich möchte, dass ihr eine Versammlung der Propheten einberuft, damit ihr mir sagen könnt, wo ich diesen Zauber finden kann, bevor es zu spät ist und ihn Rahl vielleicht als Erster findet.«

Toffalars Gesicht wurde härter. »*Für Fremde berufen wir keine Versammlungen ein.*«

Kahlan sah, wie Richard wütend wurde und Mühe hatte, sich zu beherrschen. Ohne den Kopf zu bewegen, ließ sie den

Blick in die Runde schweifen und schätzte ab, wo jeder saß, wo die Männer mit den Waffen waren, für den Fall, dass sie sich den Weg nach draußen freikämpfen mussten. Sie schätzte die Chance zu entkommen nicht besonders gut ein. Hätte sie ihn doch nie hierher gebracht.

Mit Feuer in den Augen betrachtete Richard die Dorfbevölkerung, dann wieder die Ältesten. »Als Gegenleistung für den Regen möchte ich euch nur bitten, nicht sofort zu entscheiden. Überlegt euch erst, wie ihr mich einschätzen wollt.« Er versuchte, ruhig zu bleiben, aber die Bedeutung seiner Worte war unmissverständlich. »Denkt sorgfältig darüber nach. Von eurer Entscheidung hängen viele Menschenleben ab. Meins. Kahlans. Und eure.«

Beim Übersetzen hatte Kahlan plötzlich den Eindruck, dass Richard nicht zu den Ältesten sprach. Er sprach zu jemand anderem. Plötzlich fühlte sie dessen Blicke. Sie ließ den Blick über die Menge schweifen. Die Augen aller waren auf die beiden gerichtet. Sie wusste nicht, welches Paar sie spürte.

»Schön«, verkündete Toffalar schließlich. »*Bis zu unserer Entscheidung könnt ihr beide euch frei unter unserem Volk bewegen. Erfreut euch an allem, was wir haben, teilt unsere Speisen und Häuser.*«

Es regnete leicht, als die Dorfältesten zu den Gemeinschaftsgebäuden aufbrachen. Die Menge machte sich wieder an die Arbeit, die Kinder wurden verscheucht. Savidlin blieb bis zuletzt. Lächelnd bot er an, ihnen zu helfen, sollten sie etwas brauchen. Sie bedankte sich, und er stapfte im Regen davon. Kahlan und Richard saßen allein auf dem nassen Holzboden, wichen dem Regen aus, der durch das Dach tröpfelte. Der geflochtene Teller mit Tavabrot und die Schale mit gerösteten Pfefferschoten standen noch da. Sie beugte sich vor und nahm von jedem eins und wickelte den Pfeffer in das Brot. Sie reichte es Richard und machte sich selbst auch eins.

»Bist du böse auf mich?«, fragte er.

»Nein«, gab sie lächelnd zu. »Ich bin stolz auf dich.«

Ein Kleinjungengrinsen zeigte sich auf seinem Gesicht. Er begann zu essen, mit rechts, stopfte das Brot in sich hinein. Als er den letzten Bissen hinuntergeschlungen hatte, redete er endlich weiter.

»Sieh über meine rechte Schulter. Dort lehnt ein Mann an einer Mauer. Langes graues Haar, die Arme über der Brust verschränkt. Weißt du, wer das ist?«

Kahlan biss ein Stück Brot und Pfeffer ab und warf kauend einen Blick über seine Schulter.

»Das ist der Vogelmann. Ich weiß nichts über ihn, außer dass er Vögel herbeirufen kann.«

Richard nahm das nächste Stück Brot, rollte es ein und biss ein Stück ab. »Ich glaube, wir sollten uns mal mit ihm unterhalten.«

»Warum?«

Richard sah sie von unten herauf an. »Weil er hier das Sagen hat.«

Kahlan runzelte die Stirn. »Das Sagen haben die Dorfältesten.«

Richard lächelte aus dem Mundwinkel. »Die wahre Macht wird nicht öffentlich verwaltet.« Er sah sie aus seinen stechend grauen Augen an. »Die Dorfältesten sind nur für den Schein. Sie werden verehrt, daher setzt man sie den anderen vor. Wie die Schädel auf den Pfählen, nur dass sie noch die Haut darauf haben. Sie haben Autorität, weil man sie schätzt, aber das Sagen haben sie nicht.« Mit einer raschen Bewegung seiner Augen deutete Richard auf den Vogelmann, der an der Wand hinter ihm lehnte. »Das hat er.«

»Warum hat er sich dann nicht zu erkennen gegeben?«

»Weil«, er grinste, »er herausfinden möchte, wie schlau wir sind.«

Richard stand auf und reichte ihr die Hand. Sie stopfte sich den Rest Brot in den Mund und wischte sich die Hände an der Hose ab. Als er Kahlan aufhalf, musste sie daran denken, wie sehr ihr diese kleine Geste gefiel. Das hatte noch niemand getan. Bei ihm schien alles so einfach.

Sie gingen durch Matsch und kalten Regen zum Vogelmann. Er lehnte noch immer an der Wand und verfolgte mit seinen stechenden, braunen Augen, wie sie näher kamen. Er hatte langes, meist silbergraues Haar. Es hing ihm über die Schultern und fiel auf das Wildlederhemd, das zu seinen Hosen passte. Seine Kleider waren schmucklos, doch um seinen Hals hing ein Lederriemen. Er war weder alt noch jung, sah noch recht gut aus und war ungefähr so groß wie sie. Die Haut seines wettergegerbten Gesichts wirkte ebenso zäh wie seine Wildlederkleidung.

Sie traten vor ihn. Noch immer lehnte er mit den Schultern an der Wand, stützte den einen Fuß gegen die verputzten Ziegel, reckte sein Knie vor. Mit verschränkten Armen betrachtete er ihre Gesichter.

Richard verschränkte ebenfalls die Arme. »Ich würde gerne mit dir sprechen, es sei denn, du hast Angst, ich könnte eine Seele sein.«

Der Vogelmann sah sie an, als sie übersetzte, dann sah er wieder zu Richard.

»Ich habe bereits Seelen gesehen«, sagte er mit ruhiger Stimme.

»Sie tragen keine Schwerter«

Kahlan übersetzte. Richard musste lachen. Ihm gefiel, wie locker er geantwortet hatte.

»Ich habe auch schon Seelen gesehen, und du hast recht, sie tragen tatsächlich keine Schwerter.«

Ein dünnes Lächeln verzog die Mundwinkel des Vogelmannes. Er löste seine Arme und richtete sich auf. »Kraft dem Sucher.« Er verpasste Richard einen Klaps.

»Kraft dem Vogelmann«, sagte der und erwiderte den Klaps.

Der Vogelmann ergriff den Gegenstand, der an der Lederschnur um seinen Hals hing und führte ihn an die Lippen. Seine Wangen blähten sich, und er blies, doch war kein Ton zu hören. Er ließ die Pfeife fallen und breitete die Arme aus, ohne Richards Blick auszuweichen. Nach einer Weile kam kreisend ein Habicht aus dem grauen Himmel und ließ sich auf seinem ausgestreckten Arm nieder. Er plusterte die Federn auf, glättete sie, blinzelte mit den schwarzen Augen und drehte dabei den Kopf in kurzen, ruckartigen Bewegungen.

»Kommt«, sagte der Vogelmensch. »Unterhalten wir uns.«

Er führte sie zwischen den großen Gemeinschaftsgebäuden

hindurch nach hinten zu einem kleineren Haus, das etwas abseits von den anderen stand. Kahlan kannte das Haus ohne Fenster, obwohl sie es noch nie betreten hatte. Es war das Haus der Seelen, in dem die Versammlungen abgehalten wurden. Der Habicht blieb auf dem Arm sitzen, als der Vogelmann die Tür aufstieß und sie bat, einzutreten. In einer Vertiefung am hinteren Ende brannte ein kleines Feuer und erhellte den ansonsten dunklen Raum ein wenig. Ein Loch in der Decke über dem Feuer ließ den Rauch abziehen, wenn auch nur schlecht, sodass es beißend rauchig stank. Überall auf dem Boden standen Tonschalen herum, die von einer früheren Mahlzeit übrig geblieben waren, und auf einem Bretterregal an einer Wand lag ein gutes Dutzend Ahnenschädel. Abgesehen davon war der Raum leer. Der Vogelmann fand eine Stelle fast in der Mitte des Raumes, wo kein Regen durchtropfte, und ließ sich auf dem Lehmboden nieder. Richard und Kahlan setzten sich Seite an Seite ihm gegenüber. Der Habicht verfolgte ihre Bewegungen.

Der Vogelmann sah Kahlan in die Augen. Offenbar war er es gewohnt, dass Menschen Angst hatten, wenn sie ihn ansahen, auch wenn es unberechtigt war. Sie wusste es, weil es ihr genauso ging. Diesmal entdeckte er keine Angst.

»*Mutter Konfessor, Ihr habt noch keinen Begleiter erwählt.*« Sanft strich er dem Habicht über den Kopf, während er sie beobachtete.

Kahlan gefiel sein Ton nicht. Er wollte sie auf die Probe stellen.

»*Nein. Wollt Ihr Euch selber anbieten?*«

Er lächelte dünn. »*Nein. Ich muss mich entschuldigen. Ich wollte Euch nicht beleidigen. Warum befindet Ihr euch nicht in Begleitung eines Zauberers?*«

»*Bis auf zwei sind alle Zauberer tot. Und von diesen zweien hat einer sich bei einer Königin verdingt. Der andere wurde von einem Monster aus der Unterwelt niedergeschlagen und liegt in tiefem Schlaf. Es gibt keinen mehr, der mich beschützen könnte. Alle anderen Konfessoren sind getötet worden. Wir leben in einer finsteren Zeit.*«

Seine Augen machten einen aufrichtig mitfühlenden Eindruck, seine Stimme dagegen noch immer nicht. »*Für einen Konfessor ist das Alleinsein gefährlich.*«

»Richtig. Und für einen Mann ist es gefährlich, mit einem Konfessor allein zu sein, der dringend etwas braucht. Meiner Ansicht nach schwebt Ihr in größerer Gefahr als ich.«

»Vielleicht«, sagte er und streichelte den Habicht. Er lächelte erneut dünn. »Vielleicht. Und dieser Mann hier ist ein echter Sucher? Von einem Zauberer ernannt?«

»Ja.«

Der Vogelmann nickte. »Es ist viele Jahre her, seit ich einen echten Sucher gesehen habe. Einmal ist hier ein Sucher aufgetaucht, der kein echter Sucher war. Er hat viele aus meinem Volk getötet, als wir ihm nicht geben wollten, was er verlangte.«

»Das tut mir leid«, sagte sie.

Er schüttelte langsam den Kopf. »Braucht es nicht. Sie sind sehr schnell gestorben. Der Sucher sollte dir leid tun, er starb nicht so schnell.« Der Habicht sah sie an und blinzelte.

»Ich habe noch keinen falschen Sucher gesehen, dafür aber diesen hier, wenn er in Wut gerät. Glaubt mir, Ihr und Euer Volk dürft ihm niemals einen Grund geben, sein Schwert aus Wut zu ziehen. Er weiß, wie man sich den Zauber zunutze macht, ich habe sogar gesehen, wie er böse Geister niederstreckt.«

Einen Augenblick lang betrachtete er ihre Augen, als wollte er prüfen, ob sie die Wahrheit sagte. »Danke für die Warnung. Ich werde an Eure Worte denken.«

Endlich meldete sich Richard zu Wort. »Seid ihr endlich fertig mit den Drohgebärden?«

Kahlan sah ihn überrascht an. »Ich dachte, du könntest ihre Sprache nicht verstehen?«

»Kann ich auch nicht. Aber ich sehe es an den Augen. Wenn Blicke Funken sprühen könnten, stände dieses Haus in Flammen.«

Kahlan drehte sich wieder zu dem Vogelmann um. »Der Sucher möchte wissen, ob wir mit den gegenseitigen Drohungen fertig sind.«

Er sah kurz zu Richard hinüber. »Er ist ungeduldig, hab ich recht?«

Sie nickte. »*Das habe ich ihm auch schon gesagt. Er streitet es ab.*«
»*Mit ihm zu reisen ist bestimmt anstrengend.*«
Kahlan musste lächeln. »*Überhaupt nicht.*«
Der Vogelmann erwiderte ihr Lächeln und richtete seinen Blick auf Richard. »*Und wenn wir beschließen, dir nicht zu helfen, wie viele von uns wirst du dann töten?*«
Kahlan übersetzte, während er sprach.
»Keinen.«
Der Vogelmann betrachtete den Habicht und fragte: »*Und wenn wir beschließen, Darken Rahl nicht zu helfen, wie viele wird er dann von uns töten?*«
»Sehr viele, früher oder später.«
Er ließ vom Habicht ab, und warf Richard einen stechenden Blick zu. »*Das klingt, als wolltest du uns überreden, Darken Rahl zu helfen.*«
Richard musste grinsen. »Solltest du dich entschließen, mir nicht zu helfen und neutral zu bleiben, so töricht das auch wäre, so ist das dein gutes Recht. Ich werde niemandem aus deinem Volk etwas tun. Rahl dagegen schon. Ich werde weiter gegen ihn kämpfen, bis zum letzten Atemzug, wenn es sein muss.« Sein Gesicht nahm einen bedrohlichen Ausdruck an. Er beugte sich vor. »Solltest du dich andererseits jedoch entschließen, Darken Rahl zu unterstützen, und ich gewinne, dann werde ich zurückkommen und…« Er fuhr sich mit dem Finger über die Kehle und machte eine Geste, die keiner Übersetzung bedurfte.
Der Vogelmann saß da mit versteinerter Miene. »*Wir wollen nur in Frieden gelassen werden*«, sagte er schließlich.
Richard zuckte mit den Achseln und senkte den Blick. »Das kann ich verstehen. Ich möchte auch gerne in Frieden gelassen werden.« Er hob den Kopf. »Darken Rahl schickt mir böse Geister, die aussehen wie mein Vater, den er umgebracht hat, und die mich verfolgen. Er schickt Männer aus, die Kahlan töten sollen. Er lässt die Grenze zusammenbrechen, um meine Heimat zu überfallen. Seine Diener haben zwei meiner ältesten Freunde niedergeschlagen. Sie liegen in tiefem Schlaf, dem Tode nahe, aber wenigstens werden sie überleben. Wenn er

nicht beim nächsten Mal mehr Erfolg hat. Kahlan hat mir erzählt, wie viele er auf dem Gewissen hat. Kinder. Die Geschichten würden dir das Herz brechen.« Er nickte, seine Stimme war leise, kaum mehr als ein Flüstern. »Ja, mein Freund, auch ich würde gerne in Frieden gelassen werden. Am ersten Tag des Winters, vorausgesetzt, Darken Rahl gelingt es, den Zauber zu finden, den er sucht, wird er über eine Macht verfügen, der sich niemand widersetzen kann. Dann ist es zu spät.« Er griff nach dem Schwert. Kahlan riss die Augen auf. »Säße er hier an meiner Stelle, er würde dieses Schwert ziehen und deine Hilfe oder deinen Kopf verlangen.« Er ließ das Schwert los. »Das ist der Grund, mein Freund, weshalb ich dir nichts tun kann, auch wenn du dich entscheidest, mir nicht zu helfen.«

Der Vogelmann saß eine Weile schweigend da und rührte sich nicht. »Eins begreife ich jetzt. Ich will weder Darken Rahl zum Feind noch dich.« Er stand auf und ging zur Tür, warf den Habicht in die Luft. Der Vogelmann nahm wieder Platz und atmete schwer unter der Last seiner Gedanken. »Deine Worte scheinen wahr zu sein, aber genau kann ich das noch nicht wissen. Du willst offenbar, dass wir dir helfen, gleichzeitig willst du uns helfen. Ich glaube, du meinst es ernst damit. Ein weiser Mann, wer Hilfe durch Hilfe zu gewinnen sucht, und nicht durch Drohungen oder Tricks.«

»Wenn ich deine Hilfe durch Tricks hätte gewinnen wollen, hätte ich dich in dem Glauben gelassen, ich sei eine Seele.«

Die Mundwinkel des Vogelmannes verzogen sich zu einem dünnen Lächeln. »Bei einer Versammlung hätten wir die Wahrheit herausgefunden. Ein weiser Mann hätte auch das geahnt. Aus welchem Grund erzählst du uns also die Wahrheit? Hast du uns nicht hereinlegen wollen, oder hattest du Angst davor?«

Richard lächelte ebenfalls. »Soll ich die Wahrheit sagen? Beides.«

Der Vogelmann nickte. »Du sprichst die Wahrheit, und ich danke dir dafür.«

Richard saß schweigend da und atmete erleichtert auf. »Jetzt habe ich dir also meine Geschichte erzählt. Ob sie wahr ist oder nicht, musst du entscheiden. Die Zeit läuft gegen mich. Wirst du mir helfen?«

»So einfach ist das nicht. Ich biete meinem Volk Orientierung. Sie bitten mich um Führung. Würdest du um Lebensmittel bitten, könnte ich sagen ›gebt ihm etwas zu essen‹, und sie würden es tun. Aber du hast um eine Versammlung gebeten. Das ist etwas anderes. Der Rat der Propheten besteht aus den sechs Dorfältesten, mit denen du gesprochen hast, und aus mir. Es sind alte Männer, sehr festgelegt in ihrer Meinung. Noch nie hat man einem Fremden eine Versammlung gewährt, noch nie ist zugelassen worden, dass jemand den Frieden unserer Ahnenseelen stört. Die sechs werden schon bald zu den Ahnenseelen gehören, und der Gedanke, aus der Welt der Seelen auf Wunsch eines Außenstehenden herbeizitiert zu werden, wird ihnen nicht gefallen. Brechen sie mit dieser Tradition, werden sie immer an dieser Last zu tragen haben. Ich kann ihnen nicht befehlen, das zu tun.«

»Es geht nicht nur um den Wunsch eines Fremden«, sagte Kahlan und übersetzte für beide, »es hilft auch den Schlamm-Menschen, wenn sie uns helfen.«

»Am Ende vielleicht«, meinte der Vogelmann, »am Anfang jedoch nicht.«

»Und wenn ich zum Volk der Schlamm-Menschen gehören würde?« fragte Richard. Er kniff die Augen zusammen.

»Dann werden sie die Versammlung für dich einberufen, ohne die Tradition verletzen zu müssen.«

»Könntest du mich zu einem Schlamm-Menschen machen?«

Das silbergraue Haar des Vogelmannes leuchtete im Schein der Flammen, während er es sich durch den Kopf gehen ließ.

»Du müsstest erst etwas tun, das für unser Volk von Nutzen ist, das ihm guttut und aus dem du keinen Vorteil für dich selber ziehst. Damit hättest du bewiesen, wie wohlgesonnen du uns bist. Wenn wir dir dann nicht versprechen müssten, dir zu helfen, und die Ältesten einverstanden sind, dann vielleicht.«

»Und sobald du mich zu einem der Schlamm-Menschen ernannt hast, könnte ich um eine Versammlung bitten?«

»Wenn du einer von uns wärst, wüssten sie, dass dir unser Wohl am Herzen liegt. Sie würden den Rat der Propheten einberufen, um dir zu helfen.«

»Und wenn sie den Rat einberiefen, könnten sie mir dann auch verraten, wo sich das befindet, was ich suche?«

»Das kann ich nicht beantworten. *Manchmal weigern sich die Seelen, unsere Fragen zu beantworten, manchmal wissen sie die Antworten nicht. Niemand kann dir unsere Hilfe versprechen, selbst wenn wir eine Versammlung einberufen. Ich kann dir nur zusagen, dass wir unser Bestes geben werden.*«

Richard blickte zu Boden und dachte nach. Mit dem Finger schob er ein wenig Erde in eine Pfütze, die sich dort gebildet hatte, wo der Regen durchtropfte.

»Kahlan«, sagte er ruhig, »kennst du sonst noch jemanden, der die Macht hat, uns zu sagen, wo das Kästchen ist?«

Kahlan hatte bereits den ganzen Tag darüber nachgedacht. »Ja. Ich weiß aber nicht, ob die, die ich kenne, dazu bereit wären, uns wie die Schlamm-Menschen zu helfen. Manche würden uns töten, nur weil wir fragen.«

»Nun, wie weit sind die entfernt, die uns nicht gleich deswegen töten würden?«

»Drei Wochen mindestens. Richtung Norden. Durch Gebiete, die Rahl in seiner Gewalt hat.«

»Drei Wochen«, wiederholte Richard schwer enttäuscht.

»Aber Richard, der Vogelmann kann uns herzlich wenig versprechen. Wenn du eine Möglichkeit findest, ihnen zu helfen, wenn die Dorfältesten einverstanden sind, wenn sie den Vogelmann bitten, dich zu einem Schlamm-Menschen zu ernennen, wenn der Rat der Propheten eine Antwort erhält, wenn die Seelen die Antwort überhaupt wissen... wenn, wenn, wenn. Viele Möglichkeiten, einen falschen Schritt zu tun.«

»Hast du nicht selbst gesagt, ich müsste sie für uns gewinnen?«, fragte er mit einem Lächeln.

»Stimmt.«

»Also, was meinst du? Glaubst du, wir sollten bleiben und versuchen, sie dazu zu bringen, uns zu helfen, oder sollen wir losziehen und die Antwort woanders suchen?«

Sie schüttelte langsam den Kopf. »Ich denke, du bist der Sucher, und du wirst entscheiden müssen.«

Er lächelte verschmitzt. »Wir sind Freunde. Ich könnte deinen Rat gebrauchen.«

Sie klemmte sich eine Haarsträhne hinters Ohr. »Ich weiß nicht, was ich sagen soll. Dabei hängt auch mein Leben von der Richtigkeit der Entscheidung ab. Als dein Freund vertraue ich dir; du wirst schon einen weisen Entschluss fällen.«

Grinsend meinte er: »Und wenn ich die falsche Entscheidung treffe, wirst du mich dann hassen?«

Sie blickte in seine grauen Augen, Augen, die in sie hineinsehen und sie vor Sehnsucht schwach werden lassen konnten. »Selbst wenn du dich falsch entscheidest und es mich das Leben kostet«, hauchte sie und würgte den Kloß im Hals hinunter, »selbst dann könnte ich dich niemals hassen.«

Er vermied es, sie anzusehen und starrte einen Augenblick lang in den Staub. Dann sah er wieder den Vogelmann an. »Mag dein Volk Dächer, die leck sind?«

Der Vogelmann sah ihn erstaunt an. »Wie würde es dir gefallen, wenn dir das Wasser im Schlaf ins Gesicht tropft?«

Richard lächelte und schüttelte den Kopf. »Warum baut ihr dann keine Dächer, die dicht sind?«

Der Vogelmann zuckte mit den Achseln. »*Weil es unmöglich ist. Wir haben nichts anderes. Lehmziegel sind zu schwer und würden herunterfallen. Holz ist zu selten, es muss über weite Strecken herangeschleppt werden. Gras ist alles, was wir haben, und das leckt eben.*«

Richard nahm eine der Tonschalen in die Hand und stellte sie verkehrt herum unter eines der Lecks. »Ihr habt den Ton, aus dem ihr die Töpferwaren macht.«

»*Unsere Öfen sind klein, eine so große Schale könnten wir nicht herstellen. Außerdem würde sie Risse bekommen und ebenfalls undicht werden. Es ist unmöglich.*«

»Es ist ein Fehler, zu meinen, etwas sei unmöglich, nur weil man nicht weiß, wie man es angehen soll. Ich wäre sonst nicht hier.« Er sagte es mit Bedacht, ohne jede Bosheit. »Dein Volk ist stark und klug. Ich würde mich geehrt fühlen, wenn der Vogelmann mir gestatten würde, seinem Volk beizubringen, wie man dichte Dächer herstellt, durch die gleichzeitig noch der Rauch abziehen könnte.«

Der Vogelmann ließ sich den Vorschlag durch den Kopf gehen, ohne irgendwelche Regungen zu zeigen. »Wenn dir das gelänge, wäre dies für mein Volk von großem Vorteil. Man wäre dir sehr dankbar. Aber darüber hinaus kann ich dir nichts versprechen.«
Richard zuckte mit den Achseln. »Ich habe auch nicht darum gebeten.«

»Die Antwort könnte dennoch ›nein‹ lauten, das musst du annehmen, ohne meinem Volk Schaden zuzufügen.«

»Ich werde für dein Volk mein Bestes geben und hoffe darauf, dass sie mich gerecht beurteilen.«

»Es steht dir frei, es zu versuchen. Trotzdem sehe ich nicht, wie du ein Lehmdach herstellen willst, das nicht leckt.«

»Ich werde ein Dach für euer Haus der Seelen machen, das tausend Risse hat und doch nicht leckt, und ich werde euch beibringen, wie ihr so etwas selber herstellen könnt.«

Der Vogelmann lächelte und nickte kurz.

24. Kapitel

ch hasse meine Mutter.«
Der Meister saß mit untergeschlagenen Beinen im Gras, blickte hinab in das verbitterte Gesicht des Jungen und wartete einen Augenblick, bevor er antwortete. »Das ist eine sehr heftige Äußerung, Carl. Du sollst nichts sagen, was du später bereust, wenn du darüber nachgedacht hast.«

»Ich habe reichlich darüber nachgedacht«, fuhr Carl auf. »Wir haben lange darüber geredet. Ich weiß jetzt, wie sie mich getäuscht haben. Wie sie nur an sich denken.« Er kniff die Augen zusammen. »Sie sind Feinde des Volkes.«

Rahl sah hoch zu den Fenstern, wo die letzten Strahlen des schwindenden Sonnenlichts die Wolkenfetzen wunderschön tiefrot verfärbten und mit einem Goldrand versahen. Heute. Heute, endlich, war der Abend gekommen, an dem er in die Unterwelt zurückkehren würde.

Die meisten langen Tage und Nächte hatte er den Jungen mit dem besonderen Haferschleim wach gehalten, ihm das Schlafen nur für kurze Zeit gestattet, ihn wach gehalten, um ihn zu bearbeiten, bis sein Kopf leer war und er geformt werden konnte. Endlos hatte er auf den Jungen eingeredet, ihn davon überzeugt, andere hätten ihn benutzt, missbraucht, angelogen. Gelegentlich hatte er den Jungen sich selbst überlassen, damit er darüber nachdenken konnte, was er ihm erzählt hatte, und die Entschuldigung dazu benutzt, das Grab seines Vaters aufzusuchen und noch einmal die geheimen Inschriften zu lesen oder etwas Ruhe zu schöpfen.

Und dann, gestern Abend, hatte er dieses Mädchen zu sich ins Bett genommen, um ein wenig zu entspannen: eine unbedeutende, vorübergehende Ablenkung. Ein zartes Zwischenspiel, das Gefühl des zarten Fleisches einer anderen auf seinem, um seine angestaute Erregung abzubauen. Eigentlich hätte sie sich geehrt fühlen müssen, besonders, nachdem er so zärtlich, so charmant um sie geworben hatte. Sie war versessen genug gewesen, mit ihm zusammen zu sein. Aber was hatte sie dann getan? Sie hatte gelacht. Sie hatte gelacht, als sie seine Narben sah. Rahl musste sich alle Mühe geben, um nicht die Beherrschung zu verlieren, als er jetzt daran dachte, musste sich zusammenreißen, um dem Jungen sein Lächeln zu zeigen und seine Ungeduld zu verbergen. Er dachte daran, was er dem Mädchen angetan hatte, an die Heiterkeit seiner ungehemmten Brutalität, an ihre herzzerreißenden Schreie, und schon fiel ihm das Lächeln leichter. Sie würde bestimmt nicht mehr über ihn lachen.

»Warum grinst du so?«, fragte Carl.

Rahl blickte in die großen, braunen Augen des Jungen. »Ich musste nur gerade daran denken, wie stolz ich auf dich bin.« Sein Grinsen wurde breiter, als er sich entsann, wie sie geschrien hatte. Wo war da ihr überhebliches Lachen geblieben?

»Auf mich?«, fragte Carl, schüchtern lächelnd.

Rahls Blondschopf nickte. »Ja, Carl. Auf dich. Nicht viele Jungen deines Alters wären schlau genug, die Welt so zu sehen, wie sie wirklich ist. Über ihr eigenes Dasein hinauszublicken und die größeren Gefahren und Wunder ringsum zu erkennen. Zu erkennen, wie hart ich für die Sicherheit und den Frieden meines Volkes kämpfe.« Er schüttelte traurig den Kopf. »Manchmal tut es mir von Herzen weh, wenn ich sehe, wie die, für die ich mich so unerbittlich einsetze, mir den Rücken zukehren, meine unermüdlichen Bemühungen ablehnen, oder, schlimmer noch, sich den Feinden des Volkes anschließen. Ich wollte dich nicht mit der Sorge um mich belasten, doch genau in diesem Augenblick, während ich mit dir spreche, schmieden böse Menschen Pläne, wie sie uns erobern und vernichten können. Sie haben die Grenze niedergerissen, die D'Hara geschützt hat, und jetzt auch schon die zweite Grenze. Ich fürchte, sie planen einen Angriff. Ich habe versucht, die Menschen vor der

Gefahr aus Westland zu warnen, damit sie etwas zu ihrem Schutz unternehmen. Doch die Menschen sind arm und einfach, sie erwarten, dass ich sie beschütze.«

Carl riss die Augen auf. »Vater Rahl, bist du in Gefahr?«

Rahl tat es mit einer Handbewegung ab. »Ich habe nicht um mich Angst, es geht nur um das Volk. Wer soll es beschützen, wenn ich sterbe?«

»Sterben? Du?« Carls Augen füllten sich mit Tränen. »Oh, Vater Rahl, wir brauchen dich doch! Bitte, sie sollen dich nicht kriegen! Lass mich an deiner Seite kämpfen. Ich will helfen, dich zu beschützen. Ich könnte es nicht ertragen, wenn dir etwas zustößt.«

Rahls Atem ging schneller, sein Herz raste. Bald war es soweit. Es würde nicht mehr lange dauern. Er blickte Carl warm lächelnd an und dachte dabei an die gellenden Schreie des Mädchens. »Ich könnte es nicht ertragen, wenn du dich für mich in Gefahr begeben würdest. Carl, ich habe dich in den letzten Tagen kennen gelernt. Du bist mehr für mich als einfach nur ein junger Mann, der auserwählt wurde, mir bei der Zeremonie zu helfen. Du bist mir ein Freund geworden. Ich habe meine tiefsten Sorgen mit dir geteilt, meine Hoffnungen, meine Träume. Das mache ich nicht mit vielen.«

Mit Tränen in den Augen blickte Carl zum Meister auf. »Vater Rahl«, flüsterte er, »ich würde alles für dich tun. Bitte, lass mich bleiben. Darf ich nach der Zeremonie bei dir bleiben? Ich werde alles tun, was du verlangst, das verspreche ich, wenn ich nur bei dir bleiben darf.«

»Carl, das klingt so ganz nach dir, so freundlich. Aber du hast dein eigenes Leben, deine Eltern, Freunde. Und Tinker, vergiss deinen Hund nicht. Du wirst bald zu ihnen zurückwollen.«

Carl schüttelte langsam den Kopf, ohne den Blick von Rahl abzuwenden. »Nein, das werde ich nicht. Ich will nur bei dir bleiben. Ich liebe dich, Vater Rahl. Ich würde alles für dich tun.«

Rahl ließ sich die Worte des Jungen mit ernster Miene durch den Kopf gehen. »Es wäre gefährlich für dich, wenn du bei mir bleiben würdest.« Rahl spürte, wie sein Herz klopfte.

»Das ist mir egal. Ich will dir dienen, es ist mir egal, ob ich dabei getötet werde. Ich will nur eins, dir helfen. Ich will nichts weiter, als dich im Kampf zu unterstützen. Vater Rahl, wenn ich dir helfe und dabei umkäme, es wäre die Sache wert. Bitte, lass mich bleiben, ich werde tun, was du verlangst. Für immer.«

Um sein hektisches Atmen zu beherrschen, holte Rahl tief Luft und sagte mit feierlichem Gesicht: »Weißt du, was du da sagst, Carl? Meinst du es auch ganz bestimmt ernst? Ich meine, würdest du wirklich dein Leben für mich opfern?«

»Ich schwöre es. Ich würde sterben, um dir zu helfen. Mein Leben gehört dir, wenn du es willst.«

Rahl lehnte sich ein wenig zurück, legte die Hände auf die Knie und heftete den Blick auf den Jungen.

»Ja, Carl, ich will dich.«

Carl lächelte nicht, sondern erbebte leicht vor Erregung, weil er aufgenommen war. Sein Gesicht war entschlossen.

»Wann können wir die Zeremonie durchführen? Ich will dir und deinem Volk helfen.«

»Bald«, sagte Rahl mit Bedacht und sich weitenden Augen. »Heute Abend, nachdem ich dir zu essen gegeben habe. Bist du bereit?«

»Ja.«

Rahl erhob sich und spürte, wie ihm das Blut durch die Adern schoss. Er musste sich beherrschen, um seine plötzlich erwachte Lust zurückzudrängen. Draußen war es dunkel. Die Fackeln gaben ein flackerndes Licht von sich, das in seinen blauen Augen tanzte, sein langes, blondes Haar zum Glänzen brachte und sein weißes Gewand zum Leuchten. Bevor er in die Kammer mit der Esse zurückkehrte, legte er das Fütterhorn neben Carls Mund ab.

Im Innern des finsteren Raumes warteten die Wachen, die die massigen Arme vor der Brust verschränkt hatten. Der Schweiß, der auf ihrer Haut perlte, hinterließ winzige Spuren in der feinen Rußschicht. Im Feuer der Esse stand ein Schmelztiegel, von dessen Schlacke ein beißender Gestank aufstieg.

Rahl wandte sich mit aufgerissenen Augen an die Wachen.

»Ist Demmin zurück?«

»Seit einigen Tagen, Meister.«

»Sagt ihm, er soll kommen und warten«, sagte Rahl, unfähig, mehr als ein Flüstern hervorzubringen. »Und dann lasst ihr zwei mich einen Augenblick allein.«

Sie verneigten sich und verließen den Raum durch die Hintertür. Rahl wischte mit der Hand über den Schmelztiegel, und der Geruch verwandelte sich in einen appetitlichen Duft. Er schloss die Augen und entbot der Seele seines Vaters ein paar stille Gebete. Sein Atem ging flach, keuchend. Er konnte ihn in der Glut seiner Gefühle nicht mehr kontrollieren. Er befeuchtete seine zitternden Fingerspitzen und rieb sich über die Lippen.

Er befestigte Holzgriffe am Tiegel, um sich nicht zu verbrennen, benutzte einen Zauber, um dessen Gewicht erträglicher zu machen, und verschwand mit ihm durch die Tür. Fackeln erleuchteten den Bereich rund um den Jungen, den weißen Sand, in den man die Symbole gezeichnet hatte, den Grasring, den auf einem weißen Steinkeil errichteten Altar. Das Licht der Fackeln spiegelte sich auf dem polierten Steinblock, der die Eisenschale mit dem Shinga auf dem Deckel trug. Rahl nahm alles mit seinen blauen Augen auf, als er sich dem Jungen näherte und vor ihm, am Mundstück des Fütterhornes, stehen blieb.

Mit glasigem Blick sah er in das nach oben gerichtete Gesicht des Jungen.

»Bist du ganz sicher, du willst das?«, fragte er mit belegter Stimme. »Kann ich dir mein Leben anvertrauen?«

»Ich gelobe dir meine Treue, Vater Rahl. Auf ewig.«

Rahl schloss die Augen und sog scharf den Atem ein. Schweiß perlte auf seiner Haut, klebte sein Gewand an den Körper. Er spürte, wie der Tiegel Hitzewellen verströmte. Er führte dem Gefäß die Glut seines Zaubers zu, damit der Inhalt weiter siedete und brodelte. Leise setzte er zu heiligen Gesängen in einer uralten Sprache an. Wie gehaucht verhallte der betörende Klang der Zaubersprüche in der Luft. Rahl krümmte den Rücken, als er spürte, wie die Kraft seinen Körper durchströmte und ihn mit ihrem heißen Versprechen fortriss. Er bebte beim Singen und entbot der Seele des Jungen seine Worte.

Er öffnete halb die Augen. In ihnen brannte die Maske zügellosen Verlangens. Sein Atem ging unregelmäßig, seine Hände zitterten leicht. Er blickte auf den Jungen hinab.
»Carl«, sagte er in heiserem Flüstern, »ich liebe dich.«
»Ich liebe dich, Vater Rahl.«
Rahl schloss langsam die Augen. »Lege deinen Mund an das Horn, mein Junge, und halte fest.«
Während Carl tat, wie ihm geheißen, intonierte Rahl klopfenden Herzens den letzten Spruch. Das Knistern und Zischen der Fackeln vermischte sich mit dem Klang des Zauberspruchs. Und dann schüttete er den Inhalt des Tiegels in das Horn.
Carl riss die Augen auf und schluckte gegen seinen Willen, als das geschmolzene Blei ihn erreichte und sich in seinen Körper fraß.
Darken Rahl zitterte vor Erregung. Er ließ den leeren Tiegel zu Boden gleiten.
Der Meister stimmte den nächsten Zauberspruch an, der die Seele des Jungen in die Unterwelt begleiten sollte. Er sprach die Worte, ein jedes in der angemessenen Reihenfolge, machte den Weg in die Unterwelt frei, in die Leere, ins dunkle Nichts. Dunkle Gestalten umwirbelten ihn mit in die Höhe gereckten Armen. Ihr entsetzliches Gebrüll füllte die Nachtluft. Darken Rahl trat vor den kalten Steinaltar, kniete nieder, breitete die Arme über ihm aus und legte sein Gesicht darauf. Er sprach Worte einer uralten Sprache, die die Seele des Jungen mit seiner verbinden würden. Das Aufsagen der nötigen Sprüche dauerte nicht lange. Als er fertig war, erhob er sich, die Fäuste an der Seite, sein Gesicht gerötet. Demmin Nass trat aus der Dunkelheit.
Rahl richtete den Blick auf seinen Freund. »Demmin«, flüsterte er mit heiserer Stimme.
»Meister Rahl«, erwiderte der zur Begrüßung und verneigte sich.
Rahl trat gesenkten Blickes und schweißtriefend auf Demmin zu. »Hol den Jungen aus dem Boden und lege ihn auf den Altar. Nimm einen Eimer Wasser und reinige ihn.« Sein Blick fiel auf das Kurzschwert, das Demmin trug. »Breche seinen

Schädel für mich auf, mehr nicht, und dann sei dir gestattet, zurückzutreten und zu warten.« Er fuhr mit der Hand über Demmins Kopf, und die Luft ringsum erbebte. »Dieser Zauber wird dich beschützen. Warte dann auf mich, bis ich kurz vor der Dämmerung zurückkehre. Ich brauche dich dann.« Er blickte gedankenverloren in die Ferne.

Demmin tat, was man von ihm verlangt hatte, und machte sich an seine grausige Aufgabe, während Rahl seinen Gesang in fremder Sprache fortsetzte und mit geschlossenen Augen wie in Trance hin und her pendelte. Demmin wischte das Schwert an seinem muskulösen Unterarm ab und steckte es in seine Scheide zurück. Er warf einen letzten Blick auf Rahl, der immer noch in Trance war. »Ich kann diesen Teil der Prozedur nicht ausstehen«, murmelte er vor sich hin. Er machte kehrt, trat wieder in den Schatten der Bäume und überließ den Meister seiner Arbeit.

Darken Rahl stellte sich hinter den Altar und atmete tief durch.

Plötzlich schleuderte er seine Hand nach der Feuergrube, und Flammen züngelten donnernd empor. Er streckte beide Hände mit verrenkten Fingern aus, und schon hob sich die Eisenschale, schwebte herbei und hängte sich über das Feuer. Rahl zog sein gekrümmtes Messer aus der Scheide und legte es auf den feuchten Bauch des Jungen. Dann ließ er sein Gewand von den Schultern gleiten und auf den Boden fallen und trat es aus dem Weg. Schweiß bedeckte seinen schlanken Körper, rann in Strömen seinen Hals herab.

Seine Haut spannte sich glatt und fest über seinen wohlproportionierten Muskeln, nur auf seinem linken Oberschenkel, über einen Teil seiner Hüfte und des Unterleibes und der linken Seite seines erigierten Geschlechtsteils nicht. Dort befand sich die Narbe. Wo die Flammen an ihm gezehrt hatten. Die Flammen des alten Zauberers. Die Flammen des Zaubererfeuers, die seinen Vater verschlungen hatten, während er an seiner rechten Seite gestanden hatte. Flammen, die auch an ihm geleckt und ihn den Schmerz des Zaubererfeuers hatten fühlen lassen. Ein Feuer wie kein anderes, brennend und versengend, ein Feuer, das man nicht abschütteln konnte. Er hatte geschrien, bis seine Stimme versagte.

Darken Rahl leckte die Finger an und fuhr sich damit über die knotigen Narben. Wie hatte er sich danach gesehnt, als er gebrannt hatte, wie hatte er sich danach gesehnt, das Grauen des unerbittlichen Schmerzes und Brennens zu unterbinden. Doch die Heiler hatten es ihm verboten. Sie sagten, er dürfe den Brand nicht berühren, und so banden sie ihm die Handgelenke, damit er nicht nach unten greifen konnte. Er hatte sich die Finger geleckt und sie stattdessen über die Lippen gerieben, während er sich schüttelte und versuchte, mit dem Weinen aufzuhören, und über seine Augen, um den Anblick seines Vaters fortzuwischen, der lebendig verbrannte. Monatelang hatte er gewinselt und geheult, darum gefleht, die Brandwunden berühren und lindern zu dürfen. Sie hatten ihn nicht gelassen.

Wie er den Zauberer hasste. Wie sehr er ihn töten wollte. Wie er dem Zauberer die Hand bei lebendigem Leib in den Körper rammen, ihm dabei in die Augen sehen und ihm das Herz herausreißen wollte.

Darken Rahl ließ von der Narbe ab, ergriff das Messer und verscheuchte die Gedanken an diese Zeit. Jetzt war er ein Mann. Er war der Meister. Er richtete sein Augenmerk auf die bevorstehende Aufgabe. Er flocht den passenden Zauber, dann stieß er dem Jungen das Messer in die Brust.

Sorgfältig entfernte er das Herz und legte es in die Eisenschale mit kochendem Wasser. Als Nächstes nahm er das Gehirn heraus und legte es ebenfalls in die Schale. Zuletzt nahm er die Hoden und legte auch sie dazu, dann erst legte er das Messer fort. Blut mischte sich mit dem Schweiß, der seinen Körper bedeckte. Er troff ihm in dicken Fäden vom Ellenbogen. Er legte seine Arme auf den Körper und bot den Seelen Gebete an. Dann hob er den Blick zu den Fenstern, schloss die Augen und fuhr mit den Gesängen fort, die ihm mühelos über die Lippen kamen, ohne dass er hätte nachzudenken brauchen. Eine Stunde lang fuhr er fort mit den Worten der Zeremonie, während der er sich im richtigen Augenblick das Blut über die Brust schmierte.

Als er mit den Runen auf dem Grab seines Vaters fertig war, ging er zum Sand des Hexenmeisters, wo der Junge während seiner Prüfung eingegraben gewesen war. Mit den Armen glättete er den Sand, der als weiße Kruste am Blut kleben blieb. Er hockte sich hin und begann, von der Mittelachse ausgehend, den Zauberbaum sorgfältig in den Sand zu zeichnen, die jahrelang erlernten, fein verzweigten Muster zu ziehen. Konzentriert arbeitete er bis in die Nacht hinein. Sein blondes, glattes Haar hing herab, er hatte die Stirn vor Anstrengung in Falten gelegt, während er Element um Element hinzufügte, ohne einen Strich oder einen Bogen auszulassen, denn das wäre tödlich.

Als er endlich fertig war, trat er zu der heiligen Schale. Das Wasser war fast verkocht, so wie es sein sollte. Mittels Zauberkraft ließ er die Schale zurück auf den polierten Steinblock schweben und ein wenig abkühlen, bevor er einen Steinmörser ergriff und zu mahlen begann. Der Schweiß lief ihm vom Gesicht, während er Herz, Hirn und Hoden zu einer Paste zerstampfte, unter die er Zauberpulver mischte, das er aus seinem abgelegten Gewand hervorholte.

Vor dem Altar stehend, hob er die Schale in die Höhe und sprach die Anrufungsformeln. Als er fertig war, senkte er die Schale und sah sich im Garten des Lebens um. Vor seinem Eintritt in die Unterwelt warf er gerne noch einen Blick auf schöne Dinge.

Er aß mit den Fingern aus der Schale. Den Geschmack von Fleisch fand er abstoßend. Er aß nie etwas anderes als Pflanzen. Jetzt jedoch hatte er keine Wahl – was getan werden musste, musste getan werden. Wenn er in die Unterwelt hinabsteigen wollte, musste er das Fleisch essen. Er ignorierte den Geschmack, aß alles auf, und versuchte sich vorzustellen, es sei Gemüsepaste. Zum Schluss leckte er sich die Finger, setzte die Schale ab und ging zum Gras vor dem weißen Sand, wo er sich mit untergeschlagenen Beinen niederließ. Sein blondes Haar war stellenweise mit Blut verklebt. Er legte die Handflächen auf die Knie, schloss die Augen, atmete tief durch und bereitete sich auf das Zusammentreffen mit der Seele des Jungen vor.

Als er endlich fertig war, alle Vorbereitungen getroffen, jeder Bann gesprochen und alle Formeln gesagt waren, hob er den Kopf. Die Augen des Meisters öffneten sich.

»*Komm zu mir, Carl*«, flüsterte er in der uralten Geheimsprache.

Einen Augenblick lang herrschte Totenstille, dann erschallte ein klagendes Röhren. Der Boden bebte. Aus der Mitte des Sandes, der Mitte des Zaubers erhob sich die Seele des Jungen in der Gestalt von Shinga, dem Monster der Unterwelt.

Anfangs noch durchsichtig wie Rauch, der aus dem Sand aufsteigt, schraubte Shinga sich aus dem weißen Sand, aus der Mitte der lockenden Zeichnung auf dem Boden. Sein Kopf bäumte sich auf, als er sich mühevoll durch die Zeichnung zerrte und Dampf aus seinen geblähten Nüstern schnaubte. Rahl verfolgte ruhig, wie sich das furchterregende Monster erhob und dabei feste Gestalt annahm, den Boden aufriss, den Sand mit in die Höhe hob, wie sich seine mächtigen Hinterpranken befreiten, als es sich schließlich mit einem klagenden Laut in den Himmel reckte. Ein schwarzes Loch tat sich auf. Der Sand am Rand versank in bodenloser Finsternis. Der Shinga schwebte darüber. Stechende, braune Augen blickten auf Rahl hinunter.

»Danke, dass du gekommen bist, Carl.«

Das Monster beugte sich vor und rieb seine Nüstern an der nackten Brust des Meisters. Rahl erhob sich, streichelte Shingas Kopf, als er sich sträubte, und nahm ihm so die Ungeduld, aufzubrechen. Als es schließlich beruhigt war, kletterte Rahl auf seinen Rücken und klammerte sich fest an seinen Hals.

Unter zuckenden Blitzen ringsum löste sich Shinga mit Rahl auf dem Rücken auf und verschmolz mit der schwarzen Leere und schraubte sich in die Tiefe. Beide verwandelten sich in Dampf. Der Boden bebte, und das schwarze Loch schloss sich mit einem Knirschen. Der Garten des Lebens blieb in der Stille der Nacht zurück.

Demmin Nass trat mit Schweißperlen auf der Stirn aus dem Schatten der Bäume. »Gute Reise, mein Freund«, flüsterte er, »gute Reise.«

25. Kapitel

er Regen war erst einmal ausgeblieben, doch blieb der Himmel weiterhin stark bedeckt, und das schon fast so lange sie zurückdenken konnte. Kahlan saß allein auf einer schmalen Bank vor der Mauer eines benachbarten Gebäudes und sah zu, wie Richard das Dach des Seelenhauses baute. Der Schweiß rann ihm über den nackten Rücken, über die Muskeln und die Narben, wo die Krallen des Gar seinen Rücken zerkratzt hatten.

Richard arbeitete zusammen mit Savidlin und einigen anderen Männern, denen er dabei gleichzeitig Unterricht erteilte. Er hatte Kahlan gesagt, er brauche sie nicht zum Übersetzen. Handarbeit war überall gleich, und wenn sie manchmal selbst überlegen mussten, dann würden sie es besser begreifen und wären stolzer auf ihr Werk.

Savidlin überschüttete Richard laufend mit irgendwelchen Fragen, doch Richard grinste bloß und erklärte Dinge in einer Sprache, die die anderen nicht verstanden. Darüber hinaus bediente er sich einer Zeichensprache, die er je nach Bedarf variierte. Gelegentlich fanden die anderen das äußerst komisch, und alle lachten. Für Männer, die sich nicht verstanden, hatten sie eine Menge zusammen erreicht.

Zuerst hatte Richard ihr nicht sagen wollen, was er vorhatte, sondern ihr nur schmunzelnd erklärt, sie müsse abwarten und sehen. Er hatte als erstes einen ungefähr ein mal zwei Fuß großen Lehmblock genommen und zu einer Art Welle geformt. Die Oberfläche des Blocks bestand zur einen Hälfte aus einer konkaven, abflussähnlichen Rinne, zur anderen aus einer gerundeten Erhebung. Er hatte die Frau, die die Töpferei betrieb, gebeten, dieses Ding zu brennen. Als es fertig war, hatte er es als Form benutzt, in weitere Lehmblöcke gedrückt und dabei den dicken Teil ausgehöhlt, damit er beim Hartwerden im Feuer keinen Sprung bekam. Dann befestigte er rechts und links zwei gleich starke Hölzer auf einem glatten Brett und platzierte einen weichen Lehmklumpen in der Mitte. Mit einer Holzrolle rollte er den Lehm aus, wobei er die beiden Holzstreifen als Maß für die Stärke benutzte. Nachdem er dann den Überhang oben und unten abgeschnitten hatte, erhielt er Lehmtafeln gleicher Größe und Stärke, die er über die Formen legte und glättete. Mit einem Stock stach er Löcher in die beiden oberen Ecken. Die Frauen verfolgten ihn auf Schritt und Tritt und sahen sich genau an, was er tat, also nahm er auch ihre Hilfe in Anspruch. Schon bald hatte er einen ganzen Trupp lächelnder, schwatzender Frauen, die die Tafeln formten und ihm zeigten, wie man es besser hinkriegte. Sobald die Tafeln trocken waren, konnte man sie aus den Formen ziehen. Während sie gebrannt wurden, stellten die vor Neugier völlig aufgedrehten Frauen weitere her. Sie wollten wissen, wie viele sie brennen sollten. Er meinte, sie sollten einfach weiterarbeiten.

Richard überließ sie ihrer neuen Aufgabe, betrat das Haus der Seelen und ging daran, aus Lehmziegeln eine Feuerstelle zu bauen.

Savidlin lief ihm die ganze Zeit hinterher und versuchte, alles zu lernen.

»Du stellst Dachziegel aus Lehm her, stimmt's?«, hatte Kahlan ihn gefragt.

»Ja«, hatte er lächelnd geantwortet.

»Ich habe auch schon Strohdächer gesehen, die nicht durchlässig sind.«

»Ich auch.«

»Und warum überholst du dann nicht einfach ihre Grasdächer, bis sie dicht sind?«

»Weißt du, wie man Strohdächer baut?«

»Nein.«

»Ich auch nicht. Aber ich weiß, wie man Ziegeldächer herstellt, also mache ich das.«

Während er die Feuerstelle baute und Savidlin zeigte, wie es gemacht wurde, ließ er das Grasdach abnehmen, bis ein Balkenskelett stehen blieb, das über die ganze Länge des Hauses reichte, und an dem zuvor die einzelnen Grasschichten befestigt gewesen waren. Jetzt sollten daran die Lehmziegel befestigt werden. Die Ziegel reichten von einer Balkenreihe bis zur nächsten, wobei das untere Ende auf dem ersten, das obere auf dem zweiten zu liegen kam und die Löcher zum Festzurren benutzt wurden. Die zweite Ziegelreihe wurde so angelegt, dass sich ihr unteres Ende mit dem oberen der ersten überlappte und so die Löcher zum Festzurren bedeckte. Dank ihrer wellenähnlichen Form griffen sie ineinander. Da die Lehmziegel schwerer waren als das Stroh, hatte Richard die Pfähle von unten mit Stützen parallel zur Dachschräge und mit Querbalken abgesichert.

Das halbe Dorf schien an dem Werk beteiligt zu sein. Von Zeit zu Zeit kam der Vogelmann, um den Fortgang zu begutachten und war erfreut über das, was er sah. Manchmal setzte er sich schweigend zu Kahlan, gelegentlich sprach er mit ihr, meist jedoch sah er einfach nur zu. Hin und wieder ließ er eine Frage über Richards Charakter einfließen.

Kahlan blieb die meiste Zeit allein, während Richard arbeitete. Die Frauen nahmen ihr Angebot zu helfen nicht an, die Männer blieben auf Distanz und beobachteten sie aus den Augenwinkeln, und die jungen Mädchen waren viel zu schüchtern, um es über sich zu bringen, sie anzusprechen. Gelegentlich sah sie, wie sie dastanden und sie anstarrten. Wenn sie sie nach ihren Namen fragte, lächelten sie bloß schüchtern und liefen davon. Die kleinen Kinder wollten zu ihr, doch ihre Mütter hielten sie in sicherer Entfernung. Sie durfte weder beim Kochen helfen noch bei der Herstellung der Ziegel. Ihre Annäherungsversuche wurden höflich mit der Entschuldigung zurückgewiesen, sie sei ein Ehrengast.

Sie wusste es besser. Sie war Konfessor. Sie hatten Angst vor ihr.

Kahlan war diese Haltung gewohnt, die Blicke und das Getuschel. Es berührte sie nicht mehr so wie früher, als sie jünger gewesen war. Sie musste daran denken, wie ihr ihre Mutter lächelnd versichert hatte, die Menschen seien eben so, davon dürfe sie sich nicht verbittern lassen, eines Tages würde sie darüberstehen. Sie hatte geglaubt, all dies würde sie kaltlassen, keine Rolle für sie spielen. So war sie nun einmal, so war das Leben, das ihr vieles versagte, was andere Menschen kannten. Doch das war gewesen, bevor sie Richard getroffen hatte. Bevor er ihr Freund geworden war, sie anerkannt hatte, mit ihr gesprochen und sie wie einen normalen Menschen behandelt hatte. Bevor er sie mochte.

Allerdings wusste Richard nicht, was es mit ihr auf sich hatte.

Wenigstens war Savidlin freundlich zu ihr gewesen. Er hatte sie und Richard in sein kleines Zuhause mit zu Weselan, seiner Frau und Siddin, ihrem kleinen Jungen, genommen und ihnen auf dem Boden einen Platz zum Schlafen angeboten. Savidlin hatte zwar sehr hartnäckig darauf bestehen müssen, doch dann hatte Weselan Kahlan sehr gastfreundlich in ihrem Haus aufgenommen, ohne ihr hinter dem Rücken ihres Mannes die kalte Schulter zu zeigen, sobald sich die Gelegenheit dazu bot. Abends, wenn es zum Arbeiten zu dunkel war, hockte Siddin mit großen Augen neben Kahlan auf dem Fußboden und lauschte ihren Geschichten über Könige und Burgen, über ferne Länder und wilde Tiere. Er krabbelte ihr dann auf den Schoß, bettelte um weitere Geschichten und drückte sie. Die Tränen traten ihr in die Augen, wenn sie daran dachte, wie Weselan dies einfach zuließ, ohne ihn wegzuziehen, und wie sie die Freundlichkeit besaß, ihre Furcht nicht zu zeigen. Wenn Siddin schlafen gegangen war, erzählten sie und Richard den beiden Geschichten über ihre Reise von Westland hierher. Savidlin wusste Erfolge im Kampf zu würdigen und lauschte mit fast ebenso staunenden Augen wie sein Sohn.

Sollte eines Tages einer der Dorfältesten sterben, würde Savidlin einer der sechs werden. Kahlan hätte das jetzt schon gerne gesehen. Einen starken Verbündeten bei den Ältesten hätten sie gut brauchen können. Der Vogelmann war mit dem neuen Dach offenbar zufrieden. Schmunzelnd hatte er langsam den Kopf geschüttelt, als er genug gesehen hatte und verstand, wie es funktionierte. Die sechs Ältesten jedoch waren weniger beeindruckt gewesen. Ein paar gelegentliche Regentropfen lohnten ihrer Ansicht nach den ganzen Aufwand nicht, und sie hatten etwas gegen einen Fremden, der einfach daherkam und ihnen zeigte, wie unwissend sie waren.

Kahlan dachte besorgt an die Zeit nach dem Bau des Daches. Was würde geschehen, wenn die Dorfältesten sich weigerten, Richard zu einem Schlamm-Menschen zu ernennen? Richard hatte versprochen, ihnen nichts zu tun. Auch wenn dies nicht seiner Art entsprach, er war der Sucher. Es stand viel mehr auf dem Spiel als das Leben von ein paar Menschen. Viel mehr. Das musste der Sucher bedenken. Und sie auch.

Kahlan wusste nicht genau, ob das Töten des letzten Mannes aus dem Quadron ihn verändert, härter gemacht hatte. Man veränderte sich, wenn man gelernt hatte zu töten, man gewichtete die Dinge anders. Es wurde leichter beim nächsten Mal. Das kannte sie selbst nur zu gut.

Wäre er ihr doch bloß nicht zu Hilfe gekommen. Und hätte er den Mann doch bloß nicht umgebracht. Sie brachte es nicht übers Herz, ihm zu sagen, wie unnötig seine Hilfe gewesen war. Sie wäre selber damit fertig geworden. Schließlich stellte ein Mann allein kaum eine tödliche Bedrohung für sie dar. Deswegen schickte Rahl Konfessoren auch immer vier Männer hinterher, einen, der sich von ihrer Macht berühren lassen musste, die drei anderen, um sie zu töten. Manchmal blieb nur einer übrig, doch der reichte, wenn ein Konfessor einmal seine Kraft aufgebraucht hatte. Aber einer ganz allein? Er hatte praktisch keine Chance. Selbst wenn er kräftig war, sie war schneller. Holte er mit dem Schwert aus, konnte sie einfach auf die Seite springen. Bevor er es erneut hätte hochreißen können, hätte sie ihn berührt. Er wäre ihr verfallen. Und das wäre sein Ende.

Kahlan konnte Richard unmöglich erzählen, dass er ihn nicht hätte umbringen müssen. Was es doppelt so schlimm machte: Er hatte für sie getötet und geglaubt, sie zu retten. Vermutlich war längst schon das nächste Quadron auf dem Weg. Sie waren unerbittlich. Der Mann, den Richard umgebracht hatte, wusste, er würde sterben. Allein hatte er gegen einen Konfessor keine Chance. Und doch war er gekommen. Sie würden nie nachgeben, der Gedanke war ihnen fremd. Sie dachten nie an etwas anderes als an ihr Ziel.

Außerdem hatten sie ihren Spaß daran.

Ohne es zu wollen, musste sie immer wieder an Dennee denken. Jedes Mal, wenn sie an die Quadrone dachte, fiel ihr ein, was sie Dennee angetan hatten.

Bevor Kahlan zur Frau geworden war, hatte eine fürchterliche Krankheit ihre Mutter befallen, und kein Heiler hatte etwas dagegen tun können. Viel zu rasch war sie an der grauenhaften, auszehrenden Krankheit gestorben. Konfessoren bildeten eine enge Schwesternschaft. Geriet eine in Schwierigkeiten, fühlten sich alle betroffen. Dennees Mutter hatte Kahlan aufgenommen und getröstet. Die beiden Mädchen, die besten Freundinnen, waren begeistert von der Aussicht, Schwestern zu werden, wie sie sich von da an nannten. Es hatte Kahlan geholfen, den Verlust ihrer Mutter zu verschmerzen.

Dennee war ein zartes Wesen, ebenso zart wie ihre Mutter. Sie verfügte nicht über Kahlans Macht, die während dieser Zeit zu ihrer Beschützerin, ihrer Wächterin wurde und sie vor allem beschützte, was mehr Kraft erforderte, als sie in ihrem Innern erzeugen konnte. Kahlan gewann ihre Macht nach ein oder zwei Stunden wieder zurück, Dennee jedoch benötigte manchmal mehrere Tage.

An jenem entsetzlichen Tag war Kahlan eine Weile fortgewesen und hatte einem Mörder, der gehängt werden sollte, die Beichte abgenommen. Ein Auftrag, den eigentlich Dennee hätte ausführen sollen. Kahlan hatte ihre Schwester vertreten, um Dennee diese Tortur zu ersparen. Dennee hasste es, Beichten abzunehmen. Hasste diesen Blick in den Augen. Manchmal weinte sie noch Tage danach. Nie bat sie Kahlan, an ihrer Stelle zu gehen, das kam ihr nicht in den Sinn, doch der erleichterte Blick, nachdem Kahlan sich bereit erklärt hatte, sprach Bände. Kahlan nahm auch nicht gerne die Beichte ab, aber sie war stärker, weiser, besonnener. Sie wusste, als Konfessor verfügte sie über Macht, daher tat es ihr nicht so weh wie

Dennee. Kahlan ging der Verstand immer vor dem Herzen. Sie hätte Dennee jede schmutzige Arbeit abgenommen.

Auf dem Heimweg hatte sie ein leises Winseln aus dem Unterholz neben dem Pfad gehört, das qualvolle Stöhnen tödlicher Schmerzen. Zu ihrem Entsetzen fand sie dort Dennee. Jemand hatte sie dort liegen gelassen.

»Ich wollte dich abholen und mit dir zurückgehen«, hatte Dennee gestammelt, als Kahlan ihren Kopf in den Schoß nahm. »Ein Quadron hat mich erwischt. Tut mir leid. Ich habe einen von ihnen erwischt, Kahlan. Ich habe ihn berührt. Ich habe einen erwischt. Du wärst stolz auf mich gewesen.«

Kahlan stand unter Schock, hielt Dennees Kopf, tröstete sie, und meinte, alles würde wieder gut werden.

»Bitte, Kahlan... kannst du mir das Kleid herunterreißen?« Ihre Stimme klang, als käme sie aus weiter Ferne. Rasselnd und schwach. »Meine Arme wollen nicht mehr.«

Trotz ihrer Panik hatte sie gesehen, warum. Man hatte Dennee die Arme brutal zertrümmert. Sie lagen nutzlos an ihrer Seite, an den unmöglichsten Stellen geknickt. Aus einem Ohr sickerte Blut. Kahlan zog ihrer Schwester die Überreste des blutgetränkten Kleides über den Kopf und bedeckte sie, so gut es eben ging. Ihr wurde schwindlig, als sie entsetzt erkannte, was die Männer getan hatten. Ihre Kehle war wie zugeschnürt, sie brachte kein Wort hervor. Sie hatte sich zusammennehmen müssen, um nicht zu schreien, aus Furcht, ihre Schwester noch mehr zu ängstigen. Sie wusste, ein letztes Mal musste sie jetzt noch stark sein.

Dennee hatte Kahlans Namen geflüstert und sie zu sich gewunken. »Das hat mir Darken Rahl angetan; er war nicht hier, dennoch hat er mir das angetan.«

»Ich weiß«, sagte Kahlan mit aller Zärtlichkeit, die sie aufbringen konnte. »Lieg still, alles wird gut. Ich bringe dich nach Hause.« Sie wusste, das war gelogen. Dennee würde nie wieder gesund werden.

»Bitte, Kahlan«, flüsterte sie, »bring ihn um. Mach Schluss mit diesem Wahnsinn. Ich wünschte, ich wäre stark genug. Bring ihn um, für mich.«

Wut war in ihr hochgekocht. Zum ersten Mal wollte Kahlan ihre Macht dazu benutzen, jemandem wehzutun, jemanden zu töten. Sie war in Bereiche vorgestoßen, die sie nie zuvor oder danach wieder gespürt hatte. Ein grauenhafter Zorn, eine Kraft tief aus ihrem Innern, ein fürchterliches Geburtsrecht. Mit zittrigen Fingern strich sie Dennee durch das blutige Haar.
»Das werde ich«, versprach sie.
Dennee ließ sich entspannt in ihre Arme sinken. Kahlan nahm das Knochenhalsband ab und legte es ihrer Schwester um.
»Hier, nimm das. Es wird dich beschützen und dir helfen.«
»Danke, Kahlan«, lächelte sie, während ihr die Tränen aus den großen Augen über die blasse Haut ihrer Wangen liefen. »Aber jetzt kann mich nichts mehr beschützen. Rette dich. Lass dich nicht von ihnen erwischen. Es bereitet ihnen Vergnügen. Sie haben mir so wehgetan... und hatten ihren Spaß dabei. Sie haben mich ausgelacht.«
Kahlan verschloss die Augen vor dem krank machenden Anblick der Qualen ihrer Schwester, wiegte sie in den Armen und gab ihr einen Kuss auf die Stirn.
»Denk an mich, Kahlan. Denk daran, wie viel Spaß wir hatten.«
»*Schlimme Erinnerungen?*«
Kahlan fuhr hoch, als man sie aus den Gedanken riss. Neben ihr stand der Vogelmann. Er war leise und unbemerkt zu ihr getreten. Sie nickte und wich seinem Blick aus.
»*Bitte vergib mir meine Schwäche*«, sagte sie, räusperte sich und wischte sich die Tränen aus den Augen.
Er betrachtete sie aus sanften braunen Augen und ließ sich einfach neben ihr auf der kurzen Bank nieder.
»*Opfer zu sein, mein Kind, ist keine Schwäche.*«
Sie wischte sich mit dem Handrücken über die Nase und schluckte den Kummer herunter, der sich Luft zu verschaffen versuchte. Sie fühlte sich so allein. Sie vermisste Dennee. Der Vogelmann legte ihr zärtlich den Arm um die Schulter und drückte sie kurz väterlich an sich.
»*Ich habe an meine Schwester denken müssen, an Dennee. Sie*

wurde auf Darken Rahls Befehl ermordet. Ich habe sie gefunden. Sie starb in meinen Armen ... Sie haben ihr so wehgetan. Rahl gibt sich nicht damit zufrieden, zu töten, er will, dass die Menschen leiden, bevor sie sterben.«

Er nickte verständig. »Wir stammen zwar aus unterschiedlichen Völkern, doch wir empfinden den gleichen Schmerz.« Mit dem Daumen wischte er ihr eine Träne von der Wange und griff in seine Tasche. »Halte die Hand auf.«

Sie tat ihm den Gefallen, und er schüttete ihr ein paar winzige Samen in die Hand. Den Blick in den Himmel gerichtet, blies er seine Pfeife ohne Ton, die er um den Hals hängen hatte, und kurz darauf ließ sich ein kleiner, leuchtend gelber Vogel flügelschlagend auf seinem Finger nieder. Er hielt die Hand neben ihre, damit er hinüberklettern und die Samenkörner aufpicken konnte. Kahlan spürte, wie sich die winzigen Krallen des Vogels um ihren Finger klammerten, während er sich über die Körner hermachte. Er war so bunt und so hübsch, dass sie lächeln musste. Auch der Vogelmann verzog sein gegerbtes Gesicht zu einem Schmunzeln. Als er fertig war, plusterte der Vogel sich auf und blieb zufrieden und ohne Furcht sitzen.

»Ich dachte, ein kleiner Blick auf die Schönheit zwischen all den hässlichen Dingen würde dir gefallen.«

»Danke«, sagte sie lächelnd.

»Möchtest du ihn behalten?«

Kahlan betrachtete den Vogel noch einen Augenblick lang, sein leuchtend gelbes Gefieder, wie er den Kopf auf die Seite legte, dann warf sie ihn in die Luft.

»Dazu habe ich kein Recht«, meinte sie und verfolgte, wie der Vogel von dannen flatterte. »Er gehört in die Freiheit.«

Ein Lächeln ließ das Gesicht des Vogelmannes erstrahlen. Er nickte einmal kurz. Dann beugte er sich vor, stützte die Unterarme auf die Knie und sah hinüber zum Haus der Seelen. Die Arbeit war fast getan, es dauerte vielleicht noch einen Tag. Langes, silbriggraues Haar glitt von seinen Schultern und fiel um sein Gesicht, sodass sie seinen Gesichtsausdruck nicht sehen konnte. Kahlan blieb eine Weile sitzen und sah zu, wie Richard an dem Dach arbeitete. Wie gerne hätte sie sich jetzt von ihm in den Arm nehmen lassen. Der Wunsch war um so quälender, als sie wusste, es durfte nicht sein.

»Du willst diesen Darken Rahl töten?«, fragte er, ohne sich umzudrehen.

»Ja.«

»Und reicht deine Macht dazu?«

»Nein«, musste sie eingestehen.

»Und verfügt die Klinge des Suchers über genügend Macht, ihn zu töten?«

»Nein. Warum fragst du?«

Der Abend zog herauf, und die Wolken färbten sich dunkler. Der leichte Regen setzte wieder ein, und die gedrückte Stimmung lag schwer zwischen den Häusern.

»Du hast selbst gesagt, es ist gefährlich, ein Konfessor zu sein, dem es an etwas Bestimmten sehr mangelt. Das Gleiche gilt für den Sucher, denke ich. Vielleicht sogar noch mehr.«

Sie zögerte einen Augenblick, dann antwortete sie leise: »Ich möchte nicht in Worte fassen, was Darken Rahl Richards Vater mit eigenen Händen angetan hat. Du würdest ihn nur umso mehr fürchten. Aber du sollst wissen, auch Richard hätte den Vogel fliegen lassen.«

Der Vogelmann schien stumm zu lachen. »Du bist zu klug für diese Wortspielereien. Lassen wir sie beiseite.« Er lehnte sich zurück und verschränkte die Arme. »Ich habe versucht, den Ältesten beizubringen, welch großartige Tat der Sucher für unser Volk getan hat. Wie gut es ist, dass er uns diese Dinge beibringt. Sie sind nicht überzeugt, denn sie können recht stur sein, manchmal mehr, als ich ertrage. Angst bereitet mir, was du und der Sucher meinem Volk antun könnten, wenn die Ältesten nein sagen.«

»Richard hat dir sein Wort gegeben, dass er deinem Volk nichts antun wird.«

»Worte sind nicht so bindend wie das Blut des eigenen Vaters. Oder wie das der eigenen Schwester.«

Kahlan lehnte sich gegen die Wand, zog ihren Umhang gegen die nasskalte Brise um sich. »Ich bin Konfessor, weil ich so geboren wurde. Ich habe nicht um diese Macht gebeten. Hätte ich die Wahl gehabt, ich wäre anders geworden, so wie andere Men-

schen. Jedoch, ich muss mit meiner Gabe leben und das Beste daraus machen. Ungeachtet dessen, was du über Konfessoren denkst, ungeachtet dessen, was die meisten Menschen über Konfessoren denken, sind wir hier, um den Menschen und der Wahrheit zu dienen. Ich liebe alle Völker der Midlands und würde mein Leben dafür geben, sie zu schützen, ihnen die Freiheit zu erhalten. Das ist alles, was ich will. Und doch steh' ich alleine.«
»Richard lässt dich nicht aus den Augen. Er passt auf dich auf, er mag dich.«
Sie sah ihn aus den Augenwinkeln an. »Richard ist aus dem Westland. Er weiß nicht, was ich bin. Wenn er es wüsste...«
Der Vogelmann zeigte ein erstauntes Gesicht, als er das hörte.
»Für jemanden, der der Wahrheit dienen will...«
»Bitte, sprich nicht davon. Es ist meine eigene Schuld. Ich muss die Folgen tragen – und fürchten. Was nur beweist, was ich gesagt habe. Die Schlamm-Menschen leben in einem Land, das sehr weit von anderen Völkern entfernt liegt. Dadurch konnten sie in der Vergangenheit sämtlichen Problemen aus dem Weg gehen – ein Luxus. Die jetzigen Probleme werden auch zu euch dringen. Die Ältesten können die Hilfe ablehnen, so lange sie wollen, sie werden der Wahrheit nicht entkommen. Dein ganzes Volk wird dafür bezahlen, wenn diese Wenigen ihren Stolz über die Weisheit stellen.«
Der Vogelmann hörte aufmerksam und voller Respekt zu, Kahlan sah ihn an.
»Wenn ich ehrlich bin, ich kann im Augenblick nicht sagen, was ich tun werde, wenn die Ältesten ›nein‹ sagen. Nur, dass es nicht mein Wunsch ist, deinem Volk Schaden zuzufügen. Ich möchte ihnen die Leiden ersparen, die ich gesehen habe. Ich habe gesehen, was Darken Rahl anderen Völkern angetan hat. Ich weiß, was er tun wird. Wenn ich Darken Rahl aufhalten könnte, indem ich Savidlins süßen kleinen Jungen töte, ich würde es ohne Zögern tun. Mit meinen eigenen Händen, wenn es sein muss. Denn ich weiß, sosehr es mir auch in der Seele wehtäte, ich würde dadurch all die anderen süßen Kleinen retten. Ich trage eine fürchterliche Last, die Last des Kriegers. Du hast auch schon Menschen getötet, um andere zu retten, und ich weiß, es hat dir keinen Spaß gemacht. Darken Rahl

macht es Spaß, glaube mir. Bitte, hilf mir, dein Volk zu retten, ohne dass jemand zu Schaden kommt.« Tränen liefen ihr über die Wangen. »Ich wünschte mir so sehr, niemanden verletzen zu müssen.«

Er zog sie zärtlich an sich, damit sie sich an seiner Schulter ausweinen konnte. »Die Völker der Midlands schätzen sich glücklich, dich auf ihrer Seite zu haben.«

»Wenn wir finden, was wir suchen, und es Darken Rahl bis zum ersten Tag des Winters vorenthalten können, wird er sterben. Niemand sonst braucht verletzt zu werden. Aber wir brauchen Hilfe, um es zu finden.«

»Der erste Tag des Winters. Kind, dann bleibt nicht viel Zeit. Diese Jahreszeit vergeht, die nächste wird bald hier sein.«

»Ich stelle die Regeln des Lebens nicht auf, verehrter Ältester. Wenn du das Geheimnis kennst, die Zeit aufzuhalten, bitte sag es mir, damit ich es tun kann.«

Er saß schweigend da, antwortete nicht. »Ich habe dich schon vorher bei unserem Volk beobachtet. Immer hast du unsere Wünsche geachtet. Niemals hast du etwas getan, was uns schaden könnte. Mit dem Sucher ist es dasselbe. Ich stehe auf deiner Seite, Kind, ich werde mein Bestes geben, um die anderen zu überzeugen. Hoffentlich reicht mein Einfluss. Ich möchte nicht, dass meinem Volk etwas zustößt.«

»Den Sucher brauchst du nicht zu fürchten, falls sie ›nein‹ sagen«, sagte sie, lehnte sich an seine Schulter und starrte ins Leere. »Sondern diesen Mann aus D'Hara. Wie ein Sturm wird er über euch herfallen und euch vernichten. Gegen ihn habt ihr keine Chance. Er wird euch niedermachen.«

Am selben Abend saß Kahlan in der Wärme von Savidlins Zuhause auf dem Boden und erzählte Siddin die Geschichte jenes Fischers, der sich in einen Fisch verwandelte und im See gelebt hatte, wo er gerissen den Köder von den Haken klaute, ohne je erwischt zu werden. Es war eine alte Geschichte. Ihre Mutter hatte sie ihr schon erzählt, als sie so klein war wie er. Das Staunen in seinem Gesicht erinnerte sie daran, wie aufgeregt sie selbst gewesen war, als sie sie zum ersten Mal gehört hatte. Als Weselan später Süßwurz kochte, deren angenehmer

Duft sich mit dem Rauch vermischte, und Savidlin Richard zeigte, wie man die richtigen Pfeilspitzen für verschiedene Tiere schnitzte, sie über der Glut des Küchenfeuers härtete und die Spitzen mit Gift versah, lag Kahlan auf einem Fell zusammen mit Siddin auf dem Boden. Er schmiegte sich an ihren Bauch, und sie strich ihm im Schlaf übers Haar. Sie musste schlucken, als sie daran dachte, wie sie dem Vogelmann erklärt hatte, mit welcher Bereitschaft sie diesen kleinen Jungen töten würde. Sie hätte es am liebsten zurückgenommen. Der Gedanke war abscheulich. Am liebsten hätte sie es gar nicht gesagt. Richard hatte nicht gesehen, dass sie mit dem Vogelmann gesprochen hatte, und sie hatte ihm nichts von ihrer Unterhaltung erzählt. Sie sah keinen Sinn darin, ihm Grund zur Sorge zu geben. Was geschehen würde, würde geschehen. Sie hoffte bloß auf die Vernunft der Ältesten.

Am nächsten Tag war es windig und außergewöhnlich warm, mit gelegentlichen Schauern. Am frühen Nachmittag hatte sich vor dem Haus der Seelen eine Menschenmenge versammelt, denn das Dach war fertig, und das Feuer in der neuen Feuerstelle wurde angezündet. Aufgeregte und erstaunte Rufe ertönten aus der Menge, als die ersten Rauchwölkchen aus dem Schornstein stiegen. Jeder warf einen Blick durch die Tür, um das Feuer zu sehen, das brannte, ohne den Raum mit Rauch zu füllen. Die Vorstellung, ohne Rauch in den Augen zu leben, war ebenso aufregend wie die, zu leben, ohne dass einem ständig Wasser auf den Kopf tropfte. Ein vom Wind getriebener Regen wie dieser war der schlimmste. Durch die Grasdächer ging er glatt hindurch. Alles sah voller Freude zu, wie das Wasser von den Ziegeln rann, ohne ins Haus zu laufen. Richard war bester Laune, als er herunterkletterte. Das Dach war fertig, es war dicht, der Schornstein zog gut, und alle waren froh darüber, was er für sie getan hatte. Seine Helfer waren stolz auf ihre Leistung und das, was sie gelernt hatten. Sie spielten Führer und erklärten aufgeregt die Einzelheiten des Bauwerks.

Richard schnallte sich das Schwert um und steuerte, ohne auf die Schaulustigen zu achten, geradewegs auf die Dorfmitte zu, wo die Ältesten unter einem der Pfahlbauten warteten. Fest

entschlossen, für ihn einzutreten, nahmen ihn Kahlan und Savidlin in die Mitte. Die Menge sah, wohin er gegangen war, schloss sich ihm an und verteilte sich lachend und rufend rings um die Gebäude. Richard machte ein entschlossenes Gesicht.
»Meinst du, du musst das Schwert mitnehmen?«, wollte sie wissen.

Er sah sie an, ohne seine schnellen Schritte zu verlangsamen, und verzog den Mundwinkel zu einem schiefen Lächeln. Der Regen lief ihm aus dem nassen, verfilzten Haar. »Ich bin der Sucher.«

Sie warf ihm einen missbilligenden Blick zu. »Keine Spielchen, Richard. Du weißt genau, was ich meine.«

Sein Lächeln wurde breiter. »Ich hoffe, es hilft ihnen, die richtige Entscheidung zu treffen.«

Kahlan verspürte ein unangenehmes Gefühl in der Magengrube. Die Dinge schienen ihr zu entgleiten. Möglicherweise tat Richard etwas Fürchterliches, wenn die Dorfältesten ihn ablehnten. In den letzten Wochen hatte er von früh bis spät hart gearbeitet und die ganze Zeit nur einen einzigen Gedanken im Kopf gehabt. Er wollte sie für sich gewinnen. Bei den meisten hatte er das auch geschafft, aber das waren nicht die Leute, die zählten. Sie befürchtete, er hätte sich nicht genau überlegt, was er tun wollte, wenn die Antwort ›nein‹ lautete.

Toffalar stand groß und stolz inmitten der undichten Pfahlkonstruktion. Der Regen drang überall durch und sammelte sich spritzend in kleinen Pfützen am Boden. Surin, Caldus, Arbrin, Breginderin und Hajanlet hatten sich neben ihn gestellt. Jeder trug sein Kojotenfell, was sie nur bei offiziellen Ereignissen taten, wie Kahlan erfahren hatte. Das ganze Dorf schien auf den Beinen. Man verteilte sich rings um das Freigelände, saß unter den Dächern der offenen Gebäude, hing in den Fenstern und sah zu. Die Arbeit ruhte, und alles wartete darauf, zu hören, was die Ältesten über ihre Zukunft zu sagen hatten.

Kahlan entdeckte den Vogelmann zwischen einigen Bewaffneten neben einem Pfahl, der das Dach über den Köpfen der Ältesten stützte. Als sich ihre Blicke trafen, verlor sie den Mut. Sie packte Richard am Hemdsärmel und beugte sich zu ihm.

»Vergiss nicht, egal, was die Männer sagen, wir müssen hier raus, wenn wir eine Chance haben wollen, Darken Rahl aufzuhalten. Schwert oder kein Schwert, wir sind zu zweit, und sie sind viele.«

Er hörte nicht zu. »Geehrte Älteste«, hob er mit lauter, klarer Stimme an. Sie übersetzte. »Ich habe die Ehre, euch mitzuteilen, dass das Haus der Seelen ein neues Dach bekommen hat, welches dicht ist. Es war mir eine Ehre, eurem Volk beizubringen, wie man solche Dächer baut, damit sie andere Gebäude des Dorfes ebenfalls ausbessern können. Ich habe dies aus Respekt vor eurem Volk getan und erwarte keine Gegenleistung. Ich hoffe nur, dass es euch gefällt.«

Die sechs lauschten Kahlans Übersetzung mit grimmiger Miene. Als sie fertig war, breitete sich Schweigen aus.

Endlich meldete sich Toffalar mit entschiedener Stimme zu Wort. »*Es gefällt uns nicht.*«

Richards Gesicht verdunkelte sich, als sie ihm Toffalars Worte übersetzte. »Warum nicht?«, wollte er wissen.

»*Ein bisschen Regen kann der Kraft der Schlamm-Menschen nichts anhaben. Vielleicht ist dein Dach dicht. Aber nur, weil es gerissen ist. Gerissen, wie Fremde nun mal sind. Wir sind anders. Wir würden damit lediglich Fremden gestatten, uns zu sagen, was wir zu tun haben. Wir wissen, was du willst. Du möchtest zu einem von uns ernannt werden, damit wir eine Versammlung für dich einberufen. Wieder einer dieser schlauen, fremden Tricks, damit du von uns bekommst, was dir nutzt. Du willst uns in deinen Kampf hineinziehen. Unsere Antwort lautet ›Nein!‹* Er wandte sich an Savidlin. »*Das Dach des Seelenhauses wird wieder in seinen alten Zustand zurückversetzt. So wie unsere geehrten Vorfahren es gewollt haben.*«

Savidlin war aschfahl geworden, rührte sich jedoch nicht. Mit einem dünnen Lächeln auf den zusammengekniffenen Lippen wandte sich der Älteste wieder an Richard.

»Jetzt, da deine Tricks versagt haben«, sagte er voller Verachtung, »denkst du jetzt daran, unserem Volk Schaden zuzufügen, Richard mit dem Zorn?« Der Spott sollte Richard in Verruf bringen.

Richard sah so gefährlich aus, wie sie ihn noch nie gesehen hatte. Sein wütender Blick streifte kurz den Vogelmann, dann sah er wieder die sechs Dorfältesten unter dem Schutzdach an. Kahlan stockte der Atem. In der Menge war es totenstill. Langsam drehte er sich zu den Leuten um.

»Ich werde eurem Volk keinen Schaden zufügen«, sagte er ruhig. Allgemeine Erleichterung machte sich breit, als Kahlan seine Worte übersetzte. Als es wieder ruhig war, fuhr er fort. »Aber ich werde um seine Zukunft trauern.« Ohne sich zu ihnen umzudrehen, hob er den Arm und zeigte auf die Dorfältesten. »Um diese sechs werde ich nicht trauern. Den Tod von Narren beklage ich nicht.« Seine Worte waren wie Gift. Der Menge stockte der Atem.

Toffalars Gesicht war vor Wut und Erbitterung erstarrt. Die Zuschauer begannen, ängstlich zu tuscheln. Kahlan sah hinüber zum Vogelmann. Er schien um Jahre gealtert. Sie sah seinen schwermütigen braunen Augen an, wie sehr ihm dies zusetzte. Einen Augenblick lang trafen sich die Blicke der beiden, und beide teilten das Leid, das, wie sie wussten, über ihr aller Leben kommen würde. Dann senkte der Vogelmann den Blick.

Mit einer blitzartigen Bewegung wirbelte Richard zu den Dorfältesten herum und zog dabei das Schwert der Wahrheit blank. Alles ging so schnell, und fast jeder, auch die Ältesten, wich erschrocken einen Schritt zurück und blieb dann wie angewurzelt stehen. Den Sechsen stand das lähmende Entsetzen ins Gesicht geschrieben. Die Menge wich langsam zurück, der Vogelmann hatte sich nicht gerührt. Kahlan fürchtete Richards Zorn, aber sie verstand ihn auch. Sie beschloss, sich nicht einzumischen, sondern alles zu tun, um den Sucher zu schützen, was immer er auch als Nächstes tat. Kein Flüstern war zu hören, das einzige Geräusch in der Totenstille war das Klirren von Stahl. Mit zusammengebissenen Zähnen richtete Richard das funkelnde Schwert auf die Ältesten, die Spitze nur Zentimeter von ihren Gesichtern entfernt.

»Habt den Mut, ein Letztes für euer Volk zu tun.« Richards Ton ließ ihr das Mark gefrieren. Kahlan übersetzte ohne nachzudenken, viel zu gebannt, etwas anderes zu tun. Dann geschah das Unfassbare. Er drehte das Schwert herum, hielt den Ältesten das Heft hin. »Nehmt mein Schwert«, befahl er, »nehmt es und tötet damit Frauen und Kinder. Es wäre barmherziger als das, was Darken Rahl mit ihnen anstellen wird. Habt den Mut, ihnen die Torturen zu ersparen, die sie sonst erleiden müssten. Gewährt ihnen die Gnade eines schnellen Todes.« Ihre Gesichter welkten unter seinem Blick dahin.

Kahlan hörte, wie Frauen ihre Kinder um sich scharten und leise zu weinen begannen. Die Ältesten, gepackt von einem ungeahnten Entsetzen, rührten sich nicht. Endlich wichen sie Richards wütendem Blick aus. Als allen klar war, dass sie nicht den Mut hatten, das Schwert zu nehmen, ließ Richard es in aller Ruhe zurück in die Scheide gleiten, so als wolle er damit langsam ihre letzte Hoffnung auf Erlösung zunichte machen – eine unmissverständliche Geste. Sie hatten auf ewig die Hilfe des Suchers eingebüßt. Die Endgültigkeit war erschreckend. Dann endlich ließ er wütenden Blicks von ihnen ab und drehte sich zu Kahlan um. Sein Ausdruck änderte sich. Als sie den Blick in seinen Augen sah, musste sie schlucken. Es war der schmerzliche Blick eines Mannes, der gekommen war, einem Volk zu helfen, es aber nicht konnte. Er ging zu ihr hin und nahm sie zärtlich beim Arm.

»Packen wir unsere Sachen zusammen und brechen wir auf«, sagte er leise. »Wir haben eine Menge Zeit vergeudet. Ich hoffe nur, es war nicht zu viel.« Seine grauen Augen wurden feucht. »Tut mir leid, Kahlan... weil ich mich falsch entschieden habe.«

»Du hast dich nicht falsch entschieden, Richard, sondern sie.« Auch ihre Wut auf die Ältesten hatte etwas Endgültiges, so als schlage sie diesen Menschen die Tür vor der Nase zu. Sie zog einen Schlussstrich unter ihr Mitgefühl für diese Menschen. Es waren lebende Tote. Man hatte ihnen eine Chance geboten, und sie hatten ihr Schicksal selbst gewählt.

Als sie an Savidlin vorbeikamen, hakten die beiden Männer kurz die Arme ineinander, ohne sich anzusehen. Sonst machte niemand Anstalten, zu gehen. Alles blieb und sah zu, wie die beiden Fremden rasch zwischen ihnen hindurchgingen. Einige streckten im Vorübergehen die Hände aus und berührten Richard. Er erwiderte ihr wortloses Mitgefühl durch ein kurzes Drücken ihrer Arme. Ihnen in die Augen sehen konnte er nicht. Sie holten ihre Sachen aus Savidlins Haus, stopften ihre Umhänge in ihre Taschen. Niemand sagte ein Wort. Kahlan fühlte sich leer, ausgehöhlt. Als sich endlich ihre Blicke trafen, fielen sie sich plötzlich wortlos in die Arme, Ausdruck ihrer gemeinsamen Sorge um ihre neuen Freunde, darüber, was ihnen mit Sicherheit zustoßen würde. Sie hatten das Einzige aufs Spiel gesetzt, was sie hatten – Zeit – und verloren.

Nachdem sie sich wieder getrennt hatten, packte Kahlan ihre letzten Sachen in die Tasche und schloss die Lasche. Richard zerrte seinen Umhang wieder heraus. Sie sah zu, wie er seine Hand hineinsteckte und herumsuchte. Sein Suchen hatte etwas Dringliches. Er trat wegen des Lichts an die Tür und sah hinein, wühlte hektisch in den Gegenständen herum. Er senkte den Arm, der die Tasche hielt, hob den Kopf und machte ein besorgtes Gesicht.

»Der Stein der Nacht ist verschwunden.«

Die Art, wie er es sagte, machte ihr Angst. »Vielleicht hast du ihn irgendwo draußen gelassen ...«

»Nein. Ich habe ihn gar nicht aus der Tasche genommen. Kein einziges Mal.«

Kahlan verstand nicht, warum er deswegen so nervös wurde. »Wir brauchen ihn doch jetzt nicht mehr, Richard. Wir haben den Pass hinter uns. Ich bin sicher, Adie wird dir verzeihen, dass du ihn verloren hast. Wir haben jetzt wichtigere Sorgen.«

Er kam einen Schritt näher. »Du verstehst nicht. Wir müssen ihn finden.«

»Warum?« Sie legte die Stirn in Falten.

»Weil ich glaube, dieses Ding kann die Toten wecken.« Ihr Unterkiefer klappte herunter. »Kahlan, ich habe darüber nachgedacht. Weißt du noch, wie nervös Adie war, als sie ihn uns gegeben hat? Wie sie sich immer umgeschaut hat, bis ich ihn weggesteckt hatte? Und wann haben uns die Schatten im Pass angegriffen? Nachdem ich ihn herausgeholt hatte. Erinnerst du dich?«

Sie machte große Augen. »Aber sie meinte doch, selbst wenn jemand anderes ihn benutzt, hilft er nur dir.«

»Da meinte sie das Licht. Das Wecken der Toten hat sie nicht erwähnt. Ich kann nicht glauben, dass Adie uns nicht gewarnt hat.«

Kahlan sah zur Seite und dachte nach. Sie schloss die Augen, als sie die Erkenntnis wie eine Woge überkam. »Doch, hat sie, Richard. Sie hat dich mit einem Hexenrätsel gewarnt. So machen Hexen das. Sie sagen nicht einfach, was sie wissen. Manchmal wird sogar eine Warnung in einem Rätsel verpackt.«

Kahlan sah, wie wütend Richard war. Er ging zur Tür und sah hinaus. »Nicht zu fassen. Die Welt wird ins Nichts gesogen, und diese Alte gibt uns Rätsel auf, die wir lösen sollen. Sie hätte es uns sagen müssen!« Er schlug mit der Faust gegen den Türrahmen.

»Vielleicht hatte sie ja einen Grund, Richard. Vielleicht ging es nicht anders.«

Er sah immer noch aus der Tür und dachte nach. »Wenn dein Wunsch groß genug ist. Das war es, was sie gesagt hat. Wie Wasser. Wertvoll ist es nur unter den richtigen Voraussetzungen. Für einen Ertrinkenden hat es geringen Nutzen und ist ein großes Problem. Damit wollte sie uns warnen. Ein großes Problem.« Er kehrte der Tür den Rücken zu, hob die Tasche auf und sah noch einmal hinein. »Gestern Abend war er noch da, ich habe ihn gesehen. Wo könnte er sein?«

Sie hoben beide den Kopf und sahen sich an.

»Siddin«, sagten beide wie aus einem Mund.

26. Kapitel

ie ließen die Taschen fallen und rannten zur Tür hinaus auf den weiten Platz, wo sie Savidlin zuletzt gesehen hatten. Zu zweit riefen sie Siddins Namen. Die Leute sprangen zur Seite, als sie durch den Matsch rannten. Als sie den weiten Platz erreicht hatten, war in der Menge bereits Panik ausgebrochen. Niemand wusste, was geschehen war, und alles strömte in den Schutz der Häuser. Die Dorfältesten zogen sich auf die Plattform zurück. Der Vogelmann richtete sich auf und versuchte, etwas zu erkennen. Der Jagdtrupp hinter ihm legte Pfeile in die Bögen.

Dann entdeckten sie Savidlin, der verängstigt und verwirrt war, weil sie den Namen seines Sohnes riefen.

»Savidlin!«, schrie Kahlan. »Du musst Siddin finden. Er darf auf keinen Fall den kleinen Beutel öffnen, den er bei sich hat!«

Savidlin wurde blass, als er sie schreien hörte, drehte sich suchend im Kreis, machte sich dann geduckt auf die Suche nach seinem Sohn. Sein Kopf schoss zwischen den durcheinanderlaufenden Menschen hindurch. Kahlan konnte Weselan nirgends entdecken. Richard und Kahlan trennten sich und weiteten die Suche aus. Die Menge verwandelte sich in eine verwirrte Masse, ständig mussten sie Menschen zur Seite schieben. Kahlan schlug das Herz bis zum Hals. Wenn Siddin den Beutel öffnete ...

Und dann sah sie ihn.

Als die Menge die Dorfmitte räumte, saß er plötzlich da, ohne auf die Panik ringsum zu achten, mitten im Matsch, und versuchte, den Stein aus dem ledernen Beutel in seiner Hand zu schütteln.

»*Siddin, nicht!*«, schrie sie immer wieder, während sie schnell zu ihm rannte.

Er hörte ihre Schreie nicht. Vielleicht bekam er ihn nicht heraus.

Er war doch nur ein schutzloser kleiner Junge, bitte, flehte sie in Gedanken, möge das Schicksal ihm gnädig sein.

Der Stein fiel aus dem Beutel und blieb im Matsch stecken. Lächelnd nahm Siddin ihn in die Hand. Kahlan spürte, wie ihr das Blut gefror.

Überall ringsum tauchten Schattenwesen auf. Wie Nebelschwaden wirbelten sie durch die feuchte Luft, so als wollten sie sich umsehen. Dann schwebten sie auf Siddin zu.

Richard stürmte los und rief Kahlan zu: »Nimm den Stein! Steck ihn zurück in den Beutel!«

Sein Schwert blitzte durch die Luft und durchtrennte die Schatten, während er auf kürzestem Weg zu Siddin rannte. Sie heulten gequält auf und stoben auseinander, als das Schwert sie durchschnitt. Siddin hob den Kopf, als er das fürchterliche Heulen hörte, und erstarrte mit weit aufgerissenen Augen. Kahlan schrie ihn an, er solle den Stein in den Beutel zurückstecken, doch er war wie gelähmt. Er hörte andere Stimmen. Sie rannte schneller, als sie je gerannt war, umkurvte die dichten Knäuel der Schatten, die auf den Jungen zuschwebten.

Etwas Dunkles und Kleines huschte an ihr vorbei. Ihr stockte der Atem. Dann noch eins, hinter ihr. Pfeile. Plötzlich war die Luft voller Pfeile. Der Vogelmann hatte seinen Leuten befohlen, die Schatten niederzustrecken. Ein jeder fand ins Ziel, doch die Pfeile passierten die Schatten, als flögen sie durch Rauch. Das Ergebnis war, dass überall Giftpfeile wild herumsirrten. Wenn einer davon Richard oder sie ritzte, waren sie tot. Jetzt musste sie nicht nur den Schatten ausweichen, sondern auch noch den Pfeilen. Sie konnte sich gerade in letzter Sekunde noch ducken, als sie wieder einen an ihrem Ohr vorbeizischen hörte. Einer prallte vom Matsch auf dem Boden ab und flog an ihrem Bein vorbei.

Richard hatte den Jungen erreicht, kam aber nicht dazu, den Stein zu packen. Er konnte nichts tun, als wie ein Rasender die vorrückenden Schatten niederzumetzeln. Für den Stein blieb keine Zeit. Kahlan war immer noch ein gutes Stück entfernt. Sie hatte nicht so zielstrebig laufen können wie Richard, der sich einfach den Weg freihackte. Wenn sie aus Versehen einen Schatten berührte, war sie tot. Um sie herum tauchten so viele auf, dass es zu einem Irrgarten in Grau wurde. Richard kämpfte einen Kreis um den Jungen frei, der ständig kleiner wurde. Er hielt das Schwert mit beiden Händen gepackt und schlug wild um sich. Keinen Augenblick durfte er langsamer werden, sonst würden sie ihn berühren. Die Schatten nahmen kein Ende.

Kahlan kam kein Stück mehr vorwärts. Die ringsum schwebenden Schatten, die vorbeizischenden Pfeile schnitten ihr bei jeder Drehung den Weg ab, zwangen sie zurückzuspringen, sobald sie glaubte, einen Durchschlupf gefunden zu haben. Richard konnte unmöglich länger durchhalten. Sosehr er auch kämpfte, der Kreis schloss sich immer enger um den Jungen. Ihre einzige Chance war Kahlan, und die war nicht einmal in der Nähe.

Wieder schoss ein Pfeil vorbei. Die Feder streifte ihr Haar.

»*Hört auf mit den Pfeilen!*«, brüllte sie wütend den Vogelmann an. »*Hört auf mit den Pfeilen! Ihr bringt uns um!*«

Gereizt bemerkte er ihre missliche Lage und gebot den Bogenschützen widerwillig Einhalt. Aber dann zückten sie alle ihre Messer und rückten rasch gegen die Schatten vor. Sie hatten keine Ahnung, was sie vor sich hatten. Sie würden bis auf den letzten Mann aufgerieben werden.

»*Nein!*«, kreischte sie. »*Wenn ihr sie berührt, seid ihr tot! Bleibt zurück!*«

Der Vogelmann hob den Arm und hielt seine Männer zurück. Sie wusste, wie hilflos er sich fühlen musste, wenn er sie jetzt zwischen den Schatten hindurchschießen sah, und sie sich immer näher an Siddin und Richard herankämpfte.

Dann hörte sie eine andere Stimme. Toffalar. Er brüllte irgendetwas.

»*Haltet sie auf! Sie vernichten die Seelen unserer Vorfahren! Schießt sie mit den Pfeilen nieder! Erschießt die Fremden!*«

Die Bogenschützen sahen sich an und luden zögernd nach.

Einem der Dorfältesten durften sie auf keinen Fall den Gehorsam verweigern.

»*Erschießt sie!*«, gellte er mit rotem Gesicht, die Faust schüttelnd. »*Ihr habt mich gehört! Erschießt sie!*«

Sie rissen ihre Bogen hoch. Kahlan ging in die Hocke und machte sich darauf gefasst, den Pfeilen aus dem Weg zu springen, sobald sie abgeschossen würden. Der Vogelmann trat vor seine Leute, breitete die Arme aus und zog den Befehl zurück. Zwischen ihm und Toffalar kam es zu einem Wortgefecht, das sie nicht verstand. Sie ergriff die Gelegenheit, sich unter den ausgestreckten Armen der schwebenden Schatten weiter vorzuarbeiten.

Aus den Augenwinkeln entdeckte sie Toffalar. Er stürmte mit einem Messer in der Hand auf sie zu. Egal. Früher oder später würde er in einen Schatten hineinlaufen und getötet werden. Gelegentlich blieb er stehen und flehte die Schatten an. Vor lauter Geheul verstand sie nicht, was er sagte. Als sie sich das nächste Mal umdrehte, hatte er sie fast erreicht. Unfassbar, dass er in keinen hineingelaufen war. Irgendwie schienen sich die Lücken vor ihm aufzutun, als er mit wutverzerrtem Gesicht acht- und kopflos auf sie zuraste. Sie machte sich immer noch keine Sorgen. Bald musste er in einen hineinlaufen und würde sterben.

Der Ring aus Schatten um Richard und Siddin erwies sich für Kahlan als undurchdringliche, graue Wand. Es gab keine Öffnung. Sie tauchte nach rechts, nach links, versuchte einen Eingang zu finden, konnte aber nicht durch. Sie war so dicht dran und doch so fern. Die Falle schien sich auch um sie zu schließen. Verschiedene Male entkam sie nur knapp durch einen Schritt zurück, bevor sich die Schatten zusammenschoben. Richard versuchte zu erkennen, wo sie steckte. Mehrere Male wollte er sich zu ihr durchkämpfen, musste sich aber dann jedes Mal wieder auf die andere Seite schlagen, um Siddin die Schatten vom Leib zu halten.

Mit Entsetzen sah sie, wie das Messer durch die Luft schnitt. Toffalar stand neben ihr. Blind vor Hass kreischte er etwas, das sie nicht verstand. Doch das Messer und seine Absicht waren eindeutig. Er wollte sie umbringen. Sie tauchte unter seinem Hieb weg. Ihre Eröffnung.

Und dann machte sie einen Fehler.

Sie wollte gerade nach Toffalar greifen, als sie merkte, wie Richard sie ansah. Der Gedanke, er könnte sehen, wie sie ihre Macht benutzte, ließ sie kurz zögern, und Toffalar erhielt den winzigen Augenblick, den er brauchte. Richard schrie ihren Namen, wollte sie warnen. Dann musste er sich umdrehen, um die Schatten hinter sich zurückzuschlagen.

Toffalar riss das Messer hoch, stach zu, traf sie am rechten Arm, und die Klinge glitt am Knochen ab.

Schock und Schmerz machten sie wie tollwütig. Über ihre eigene Dummheit. Das zweite Mal verpasste sie ihre Eröffnung nicht. Mit links packte sie Toffalar an der Kehle und spürte, wie ihr Griff ihm für einen Augenblick die Luft abquetschte. Sie brauchte ihn nur zu berühren. Dass sie ihn an der Kehle packte, war ein Reflex ihrer Wut, nicht ihrer Macht.

Trotz der entsetzten Schreie ringsum und des Geheuls der Schatten, die Richard massenhaft vernichtete, wurde sie plötzlich ruhig. In ihrem Kopf herrschte absolute Stille. Sonst nichts. Die Stille dessen, was folgen würde.

Im trägen Funken eines Augenblicks, der sich für sie zu einer Ewigkeit dehnte, erkannte sie den Ausdruck von Angst in Toffalars Blick, die Erkenntnis seines Schicksals, seines Endes. Sie las in seinen Augen, wie er sich diesem Ende widersetzen wollte, wie sich seine Muskeln anspannten, um sich gegen sie zu stemmen, wie seine Hände ebenso langsam wie aussichtslos nach den ihren um seine Kehle griffen. Er hatte keine Chance, nicht die geringste. Sie hatte die Oberhand. Die Zeit gehörte ihr. Er gehörte ihr. Sie spürte kein Mitleid. Keine Reue. Nur tödliche Ruhe.

Wie schon unzählige Male zuvor in dieser Ruhe, löste die Mutter Konfessor ihre Sperre. Endlich befreit, fuhr ihre Kraft Toffalar in die Knochen.

Die Luft ringsum bebte gewaltig. Donner ohne Hall. Das Wasser in den Pfützen tanzte und schleuderte schlammige Tropfen in die Luft.

Toffalar riss die Augen auf. Seine Gesichtsmuskeln erschlafften. Sein Unterkiefer klappte herunter.

»*Herrin!*«, stieß er ehrfürchtig flüsternd hervor.

Ihr ruhiger Gesichtsausdruck verzerrte sich vor Wut. Mit voller Kraft schleuderte sie Toffalar nach hinten in den Ring aus Schatten rings um Richard und Siddin. Er warf die Arme in die Luft, stürzte schreiend in die Schatten, bevor er im Matsch versank. Irgendwie hatte der Aufprall kurz eine winzige Lücke in den Ring der Schatten gerissen. Ohne Zögern stürzte sie sich hindurch, kurz bevor er sich hinter ihr wieder schloss. Kahlan warf sich über Siddin.

»Beeil dich!«, brüllte Richard.

Siddin sah sie nicht an. Er starrte wie versteinert mit offenem Mund auf die Schatten. Sie versuchte, ihm den Stein aus seiner kleinen, geballten Faust zu entwinden, doch er hielt ihn mit der ganzen Kraft seines Entsetzens umklammert. Sie riss ihm den Beutel aus der anderen Hand. Mit links packte sie den Beutel und sein Handgelenk, begann mit rechts seine kleinen Finger vom Stein zu lösen, während sie ihn die ganze Zeit anflehte, loszulassen. Er hörte sie nicht. Blut lief ihr über den Arm auf die zitternde Hand, vermischte sich mit dem Regen und machte ihre Finger glitschig. Eine Schattenhand griff nach ihrem Gesicht. Sie zuckte zurück. Das Schwert zischte an ihrem Gesicht vorbei, durch den Schatten hindurch. Das Geheul ging unter in dem der anderen. Siddin hatte den Blick auf die Schatten geheftet, seine Muskeln waren erstarrt. Richard war direkt über ihr und schwang das Schwert in alle Richtungen. Es gab kein Zurück. Die drei waren auf sich gestellt. Siddins glitschige Hand ließ sich nicht öffnen.

Mit zusammengebissenen Zähnen und einer Anstrengung, die in ihrem verwundeten Arm einen siedenden Schmerz verursachte, löste sie schließlich den Stein aus Siddins Hand. Im Blut und Matsch entglitt er ihren Fingern wie ein Melonenkern und versank beinahe neben ihrem Knie im Schlamm. Sie schob ihn in den Beutel und riss die Schnur zusammen. Keuchend hob sie den Kopf.

Die Schatten hielten inne. Sie hörte Richards schweren

Atem; der Sucher drosch immer noch auf sie ein. Zuerst langsam, dann schneller, zogen sich die Schatten zurück, ganz so, als wären sie verwirrt, verloren, auf der Suche nach irgendetwas. Nacheinander lösten sie sich in Luft auf, verschwanden in die Unterwelt, aus der sie aufgetaucht waren. Die drei befanden sich allein auf einer leeren, weiten Fläche aus Schlamm.
Kahlan lief der Regen übers Gesicht. Sie nahm Siddin in die Arme und drückte ihn fest an sich. Er begann zu weinen. Richard schloss erschöpft die Augen und sank auf Knie und Fersen. Er ließ den Kopf hängen und schnappte nach Luft.

»*Kahlan*«, jammerte Siddin, »*sie haben meinen Namen gerufen.*«

»*Ich weiß*«, flüsterte sie in sein Ohr und küsste es, »*jetzt ist alles gut. Du warst sehr tapfer. So tapfer wie ein Jäger.*«

Er schlang ihr die Arme um den Hals und ließ sich von ihr trösten. Sie fühlte sich schwach. Fast hätten sie ihr Leben verloren, nur um ein einziges zu retten. Sie hatte dem Sucher gesagt, so etwas dürfe er nicht tun, und doch hatte er es ohne jedes Zögern getan. Wie, hätten sie es nicht wenigstens versuchen sollen? Siddins Arme um ihren Hals waren die schönste Belohnung. Richard hielt das Schwert immer noch in beiden Händen, seine Spitze steckte im Schlamm. Sie legte ihm die Hand auf die Schulter.

Bei der Berührung riss er sofort den Kopf hoch und schwang das Schwert, das erst dicht vor ihrem Gesicht stoppte. Kahlan sprang überrascht auf. In Richards grauen Augen blitzte Wildheit.

»Richard«, sagte sie erschrocken, »ich bin's doch nur. Es ist vorbei. Ich wollte dich nicht erschrecken.«

Er löste seine verspannten Muskeln und ließ sich seitlich in den Matsch sinken.

»Tut mir leid«, brachte er hervor, immer noch um Atem ringend. »Als deine Hand mich berührt hat... ich dachte wohl, es wäre ein Schatten.«

Plötzlich waren überall Beine. Sie hob den Kopf. Der Vogelmann war da, Savidlin und Weselan auch. Weselan schluchzte laut. Kahlan stand auf und gab ihr ihren Sohn. Weselan gab

den Jungen weiter an ihren Mann, schlang ihre Arme um Kahlan und gab ihr einen Kuss.
»Danke, Mutter Konfessor, danke, dass du meinen Jungen gerettet hast«, sagte sie weinend. »Danke, Kahlan, danke.«
»Schon gut, schon gut.« Kahlan nahm sie in den Arm. »Es ist alles wieder gut.« Tränenüberströmt drehte Weselan sich um und nahm Siddin in die Arme. Kahlan entdeckte Toffalar, der in der Nähe lag, tot. Sie ließ sich erschöpft in den Schlamm sinken, zog die Knie hoch und schlang die Arme darum.
Sie legte das Gesicht auf die Knie, verlor die Beherrschung und fing an zu weinen. Nicht, weil sie Toffalar getötet hatte, sondern weil sie gezögert hatte. Fast hätte es sie das Leben gekostet. Und auch Richard und Siddin. Jeden. Fast hätte sie Rahl den Sieg überlassen, nur weil Richard nicht sehen sollte, was sie tat. Etwas Dümmeres hatte sie noch nie getan, sah man einmal davon ab, dass sie Richard nicht verraten hatte, dass sie Konfessor war. Niedergeschlagen ließ sie den Tränen freien Lauf, während sie schluchzend nach Luft rang.
Eine Hand griff unter ihren gesunden Arm und zog sie hoch. Der Vogelmann. Sie biss sich auf die bebenden Lippen und zwang sich, mit dem Geheule aufzuhören. Sie durfte vor diesen Menschen keine Schwäche zeigen. Sie war Konfessor.
»Gut gemacht, Mutter Konfessor«, sagte er und nahm von einem seiner Männer einen Stofffetzen entgegen, den er ihr um den verwundeten Arm wickelte.
Kahlan hob den Kopf. »Danke, geehrter Ältester.«
»Das wird genäht werden müssen. Ich werde unseren besten Heiler damit beauftragen.«
Wie betäubt ließ sie ihn den Verband anlegen. Ein stechender Schmerz schoss durch die tiefe Schnittwunde. Sie sah zu Richard, der zufrieden damit zu sein schien, auf dem Rücken im Matsch zu liegen, als wäre dies das bequemste Bett der Welt.
Der Vogelmann sah sie an, zog eine Braue hoch und deutete mit einem Nicken auf Richard. »Deine Warnung, ich sollte dem Sucher keinen Grund geben, sein Schwert im Zorn zu ziehen, war so treffend wie der Pfeil meines besten Schützen.« Er zwinkerte mit

den scharfen, braunen Augen, und die Mundwinkel verzogen sich zu einem Lächeln, als er den Sucher anblickte. »*Du hast uns ebenfalls eine gute Vorstellung geboten, Richard mit dem Zorn. Wenn man bedenkt, dass böse Geister noch nicht gelernt haben, dein Schwert zu fürchten.*«
»Was hat er gesagt?«, fragte Richard.
Sie sagte es ihm. Mit einem bitteren Lächeln über den Scherz rappelte er sich auf und steckte das Schwert weg. Er nahm ihr den Beutel aus der Hand. Sie hielt ihn immer noch umklammert, doch das hatte sie völlig vergessen. Richard steckte ihn ein. »Auf dass wir nie mit Schwertern bewaffneten Geistern begegnen.«
Der Vogelmann nickte. »*Es gibt einiges zu tun.*«
Er packte das Kojotenfell, in das Toffalar gehüllt war. Die Leiche rollte herum, als er an dem Fell zog. Er wandte sich an die Jäger.
»*Vergrabt den Toten.*« Sein Blick verengte sich. »*Und zwar vollständig.*«
Die Männer blickten sich unsicher an. »Ältester, du meinst vollständig, bis auf den Schädel?«
»*Ich meine, was ich gesagt habe. Alles. Wir bewahren nur die Schädel von ehrenvollen Ältesten auf, damit wir an ihre Weisheit erinnert werden. Die Schädel von Narren behalten wir nicht.*«
Ein Schauer ging durch die Menge. Das war ungefähr das Schlimmste, was man einem Ältesten antun konnte, eine Entehrung höchsten Grades. Sie bedeutete, dass sein Leben wertlos gewesen war. Die Männer nickten, Keiner ergriff das Wort für den toten Ältesten, auch nicht die fünf anderen, die ganz in der Nähe standen.
»*Uns fehlt ein Ältester*«, verkündete der Vogelmann. Er sah sich um, blickte in die Augen der Umstehenden, dann nahm er Haltung an und drückte Savidlin das Kojotenfell vor die Brust. »*Ich ernenne dich.*«
Savidlin legte die Hände mit einer Ehrfurcht um das schlammverschmutzte Fell, als sei es eine goldene Krone. Mit einem verhaltenen, stolzen Lächeln nickte er dem Vogelmann zu.

»Hast du als jüngster Dorfältester unserem Volk etwas zu sagen?«
Es war keine Frage, sondern ein Befehl.

Savidlin ging hinüber, machte kehrt und stellte sich zwischen Richard und Kahlan. Er legte sich das Fell um die Schultern, strahlte Weselan voller Stolz an und wandte sich an die versammelte Menge. Kahlan bemerkte, wie sie inzwischen von dem gesamten Dorf umringt wurden.

»Verehrtester von uns allen«, sprach er zum Vogelmann, »diese beiden Menschen haben sich selbstlos für die Verteidigung unseres Volkes eingesetzt. Ich habe in meinem Leben noch nichts Vergleichbares erlebt. Sie hätten uns uns selbst überlassen können, nachdem wir ihnen törichterweise den Rücken gekehrt hatten. Stattdessen haben sie uns gezeigt, welcher Sorte Mensch sie angehören. Sie sind ebenso gut wie die Besten von uns.« Fast jeder in der Menge nickte. »Nimm sie als Schlamm-Menschen auf und mache sie zu unsrigen.«

Der Vogelmann lächelte dünn. Er wandte sich an die fünf anderen Ältesten, und sein Lächeln verflüchtigte sich. Auch wenn er es gut verbarg, in den Augen des Vogelmannes blitzte immer noch Wut. »Tretet vor.« Sie warfen sich Seitenblicke zu, dann folgten sie dem Befehl. »Savidlin hat eine außergewöhnliche Forderung vorgebracht. Die Entscheidung muss einstimmig erfolgen. Stellt ihr die gleiche Forderung?«

Savidlin trat zu den Bogenschützen und riss einem von ihnen den Bogen aus der Hand. Geschickt legte er einen Pfeil auf, während er die Ältesten mit zusammengekniffenen Augen beobachtete. Er spannte die Sehne, brachte den Pfeil mit der Bogenhand in die richtige Stellung und trat vor die fünf. »Stellt die Forderung oder wir werden fünf andere Älteste haben, die es tun.«

Verbissen standen sie da und betrachteten Savidlin. Der Vogelmann machte keine Anstalten, einzugreifen. Lange herrschte Stille, während die Menge wie gebannt wartete. Endlich trat Caldus einen Schritt vor. Er legte die Hand auf Savidlins Bogen und drückte die Spitze sachte nach unten.

»Bitte, Savidlin, erlaube uns, aus dem Herzen zu sprechen, und nicht vor vorgehaltenem Bogen.«

»Sprich.«

Caldus ging zu Richard, blieb vor ihm stehen und sah ihm in die Augen. »*Das Allerschwerste, besonders für einen alten Mann*«, sagte er mit leiser Stimme und wartete ab, bis Kahlan übersetzt hatte, »*ist, wenn er zugeben muss, dass er töricht gehandelt hat. Du warst weder töricht noch eigennützig. Ihr zwei seid geeigneter als Vorbilder für unsere Kinder als ich selbst. Ich bitte den Vogelmann, euch zu Schlamm-Menschen zu ernennen. Bitte, Richard mit dem Zorn und Mutter Konfessor, unser Volk braucht euch.*« Er streckte die Handflächen zu einer Willkommensgeste aus. »*Solltet ihr mich nicht für würdig halten, diese Forderung in eurem Namen auszusprechen, dann streckt mich nieder, auf dass ein Besserer als ich die Forderung wiederhole.*«

Gesenkten Kopfes ließ er sich im Schlamm vor Richard und Kahlan auf die Knie fallen. Sie übersetzte alles wortgetreu, nur ihren Titel ließ sie aus. Die vier anderen Ältesten kamen hinzu und knieten neben ihm und unterstrichen Caldus' Forderung. Kahlan atmete erleichtert auf. Endlich hatten sie ihr Ziel erreicht. Es war auch an der Zeit gewesen.

Richard stand mit verschränkten Armen über den fünf Männern und blickte schweigend auf ihre Köpfe hinunter. Sie verstand nicht, warum er ihnen nicht sagte, es sei gut, sie könnten jetzt aufstehen.

Keiner rührte sich. Was hatte er vor? Worauf wartete er? Es war vorbei. Wieso erkannte er ihre Unterwerfung nicht an?

Kahlan sah, wie sich die Muskeln in seinem Kiefer anspannten und lösten. Sie erstarrte. Sie kannte den Blick in seinen Augen. Den Zorn. Diese Männer waren ihm gegenüber zu weit gegangen. Und ihr gegenüber auch. Sie musste daran denken, wie er noch an diesem Tag vor ihnen gestanden und sein Schwert weggesteckt hatte. Es war endgültig gewesen, und Richard hatte es auch so gemeint. Er dachte nicht einfach nach. Er dachte nach über ihren Tod.

Richard löste die Arme und griff zum Heft. Langsam, widerstandslos, glitt das Schwert heraus, wie beim letzten Mal. Beim hellen Klingen des Stahls, welches das Ziehen des Schwertes verkündete, fuhr ihr ein kalter Schauder den Rücken hoch.

Kahlan sah, wie Richards Brust sich hob und senkte. Sie warf dem Vogelmann einen verstohlenen Blick zu. Er bewegte sich nicht, hatte auch nicht die Absicht. Richard wusste es nicht, doch nach dem Gesetz der Schlamm-Menschen durfte er diese Männer töten, wenn er es wünschte. Ihr Angebot war ernst gemeint gewesen. Auch Savidlin hatte nicht geblufft, auch er hätte sie getötet. Ohne mit der Wimper zu zucken. Stärke, das war für die Schlamm-Menschen die Stärke, seinen Gegner zu töten. In den Augen des Dorfes waren diese Männer bereits tot, und nur Richard konnte ihnen das Leben zurückgeben.

Trotzdem war ihr Gesetz ohne Bedeutung, denn der Sucher war sich selbst Gesetz, und niemandem außer sich selbst Rechenschaft schuldig. Er hatte das Recht, sie nach ihren Vorstellungen und Gesetzen zu töten. Und nach seinen. Niemand hier hätte ihn daran hindern können.

Mit weißen Knöcheln hielt Richard das Schwert der Wahrheit gerade beidhändig über die Köpfe der fünf Ältesten. Kahlan sah, wie die Wut in ihm aufstieg, das heiße Verlangen, die Wildheit. Es war wie im Traum. Ein Traum, in dem sie nur tatenlos zusehen konnte. Kahlan musste an all jene denken, die bereits gestorben waren, Unschuldige, wie auch an jene, die ihr Leben im Kampf gegen Darken Rahl geopfert hatten. Dennee, all die anderen Konfessoren, die Zauberer, das Irrlicht Shar, und vielleicht sogar Zedd und Chase.

Sie verstand ihn.

Richard überlegte nicht etwa, ob er sie töten sollte, sondern ob er es riskieren konnte, sie am Leben zu lassen.

Die Ältesten hielten ihre Versammlung ab. Konnte er diesen Männern seine Chance anvertrauen, Darken Rahl aufzuhalten? Sein Leben? Oder sollte er einen neuen Ältestenrat einberufen lassen, einen, dem mehr an seinem Erfolg lag? Wenn er diesen Männern nicht trauen konnte, sich nicht darauf verlassen konnte, dass sie ihm den richtigen Weg im Kampf gegen Rahl wiesen, musste er sie töten und durch andere ersetzen, die auf seiner Seite standen. Nur der Erfolg zählte, Darken Rahl aufzuhalten. Das Leben dieser Männer musste geopfert werden, bestand auch nur die geringste Möglichkeit, dass sie den Erfolg gefährden konnten. Kahlan wusste, Richard würde das Richtige tun. Sie würde nicht anders handeln, und der Sucher durfte nicht anders handeln. Sie sah, wie er über den Ältesten stand. Der Regen hatte aufgehört. Schweiß rann über sein Gesicht. Sie musste an die Qualen denken, die er durchlitten hatte, nachdem er den letzten Mann des Quadrons getötet hatte. Sie hoffte, sie wäre stark genug zu verhindern, was er gerade imstande war, zu tun.

Kahlan verstand jetzt, warum ein Sucher so gefürchtet war. Dies war kein Spiel. Ihm war es ernst. Er verlor sich in sich selbst, in der Magie. Wollte irgendjemand versuchen, ihn jetzt zu bremsen, er würde ihn ebenfalls umbringen. Vorausgesetzt, derjenige kam an ihr vorbei.

Richard hob die Klinge vor sein Gesicht. Er warf den Kopf nach hinten. Er schloss die Augen. Er bebte vor Zorn. Die fünf rührten sich nicht, knieten noch immer vor dem Sucher.

Kahlan musste an den Mann denken, den Richard umgebracht hatte. Wie das Schwert durch seinen Kopf gekracht war. Das Blut überall. Richard hatte ihn getötet, weil er ihn unmittelbar bedroht hatte. Töten oder getötet werden. Auch wenn die Drohung ihr galt, und nicht ihm. Dies jedoch war eine indirekte Bedrohung. Eine andere Art des Tötens. Dies war eine Hinrichtung. Und Richard war gleichzeitig Richter und Henker.

Das Schwert senkte sich wieder. Richard funkelte die Ältesten wütend an, dann ballte er eine Faust und zog die Klinge in langsamem Bogen über die Innenseite seines linken Unterarms. Er drehte die Klinge, wälzte beide Seiten in seinem Blut, bis es herunterlief und von der Spitze tropfte.

Kahlan warf einen raschen Blick in die Runde. Alles stand wie gebannt da, ergriffen von dem tödlichen Drama, das sich vor ihren Augen abspielte. Niemand wollte hinsehen, doch den Blick abwenden war ebenso unmöglich. Keiner sagte etwas. Niemand rührte sich. Keiner zuckte auch nur mit der Wimper.

Alle Augen folgten Richard, als er das Schwert erneut hob und seine Stirn berührte.

»Klinge, tue Recht an diesem Tag«, flüsterte er.

Seine linke Hand glänzte vor Blut. Sie sah, dass er vor Gier erzitterte. Inmitten des Rot blitzte die Klinge auf. Er blickte auf die Männer hinunter.

»Sieh mich an«, sagte er zu Caldus. Der Älteste rührte sich nicht. »Sieh mich an, während ich dies tue!«, brüllte er. »Sieh mir in die Augen!« Caldus rührte sich noch immer nicht.

»Richard«, sagte sie. Er sah sie wütend an. Mit Augen wie aus einer anderen Welt. Die Magie tanzte in ihnen. »Er versteht dich nicht.«

»Dann sag du es ihm!«

»Caldus.« Sie sah in sein leeres Gesicht. »*Der Sucher möchte, dass du ihm in die Augen siehst, wenn er dies tut.*«

Er antwortete nicht, sondern sah Richard einfach an, hielt dessen wütendem Blick stand.

Richard sog scharf die Luft ein, und riss das Schwert in die Luft. Sie beobachtete die Spitze, die nur einen winzigen Augenblick zögerte. Einige Leute drehten sich um. Manche drehten ihre Kinder weg. Kahlan hielt den Atem an, drehte den Kopf zur Seite und machte sich auf die blutigen Fetzen gefasst.

Der Sucher schrie und brachte das Schwert mit aller Wucht nach unten. Die Spitze verursachte in der Luft ein pfeifendes Geräusch. Der Menge stockte der Atem. Caldus rührte sich nicht.

Mitten in der Luft vor seinem Gesicht hielt das Schwert plötzlich an, genau wie beim ersten Mal, als Richard es benutzt hatte, als Zedd wollte, dass er den Baum fällte.

Scheinbar eine Ewigkeit stand Richard regungslos da, die Muskeln in seinen Armen hart wie Stahl. Dann endlich entspannten sie sich, er zog die Klinge zurück und löste seinen brennenden Blick.

Ohne sich zu ihr umzudrehen, fragte er: »Wie sagt man in ihrer Sprache ›Ich gebe dir dein Leben und deine Ehre zurück‹?«

Sie sagte es ihm leise.

»*Caldus, Surin, Arbrin, Breginderin, Hajanlet*«, verkündete er laut genug, dass alle es hören konnten, »*ich gebe euch euer Leben und eure Ehre zurück.*«

Für einen Moment war es still, dann brachen die Schlamm-Menschen in lautes Jubeln aus. Richard ließ das Schwert zurück in die Scheide gleiten und half den Ältesten auf die Beine. Sie lächelten ihn blass an, froh über das, was er getan hatte, und ohne Zweifel auch über das Ergebnis. Sie wandten sich an den Vogelmann.

»Wir bitten dich einstimmig, verehrtester Ältester. Was willst du uns sagen?«

Der Vogelmann stand mit verschränkten Armen da. Er sah von den Ältesten zu Richard, zu Kahlan. Sein Blick spiegelte die Anstrengung der schweren Prüfung wider, deren Zeuge er gerade geworden war. Er senkte die Arme und kam näher. Richard wirkte verbraucht, erschöpft. Der Vogelmann legte den beiden einen Arm um die Schultern, so als wollte er sie zu ihrem Mut beglückwünschen, anschließend legte er den Ältesten die Hand auf die Schulter, zum Zeichen, dass alles gerichtet sei. Er wandte sich um und gab den anderen einen Wink, sie sollten ihm folgen. Kahlan und Richard gingen hinter ihm. Savidlin und die anderen Ältesten folgten als königliche Eskorte.

»Richard«, fragte sie leise, »hast du erwartet, das Schwert würde anhalten?«

Er ging weiter, starrte nach vorn und seufzte tief. »Nein.«

Das hatte sie sich gedacht. Sie versuchte, sich vorzustellen, was dies in seinem Innenleben anrichtete. Er hatte die Ältesten zwar nicht hingerichtet, war aber fest dazu entschlossen gewesen. Mit der Tat brauchte er nicht zu leben, aber mit der Absicht. Sie fragte sich, ob er richtig gehandelt hatte, sie nicht umzubringen. Was sie an seiner Stelle getan hätte, wusste sie. Die Möglichkeit der Gnade hätte sie nicht zugelassen. Es stand zu viel auf dem Spiel. Andererseits hatte sie mehr gesehen als er. Vielleicht zu viel, vielleicht war sie zu sehr bereit, zu töten. Man konnte nicht jedes Mal töten, wenn es ein Risiko gab. Das Risiko gab es immer. Irgendwann musste Schluss sein.

»Wie geht es deinem Arm?« fragte er.

»Er schmerzt wie verrückt«, gab sie zu. »Der Vogelmann meint, er müsse genäht werden.«

Richard sah angestrengt geradeaus, als er neben ihr ging. »Ich brauche meinen Führer«, sagte er ruhig, ohne jedes Gefühl. »Du hast mir einen Schrecken eingejagt.«

Einen schärferen Vorwurf würde er ihr nie machen. Ihr Gesicht glühte. Sie war froh, dass er es nicht bemerkte. Er hatte keine Ahnung, zu was sie fähig war, aber er wusste, sie hatte gezögert. Er wusste auch, beinahe hätte sie einen tödlichen Fehler begangen und sie alle in Gefahr gebracht, nur weil sie nicht wollte, dass er es sah. Er hatte sie nie gedrängt, obwohl er die Gelegenheit und das Recht gehabt hatte. Sie glaubte, ihr würde das Herz brechen.

Die kleine Gruppe trat auf die Plattform des Pfahlbaus. Die Ältesten hielten sich im Hintergrund. Der Vogelmann stand zwischen den beiden, als sie sich zur Menge umdrehten.

Der Vogelmann betrachtete sie aufmerksam. »*Bist du bereit?*«

»*Wie meinst du das?*« fragte sie argwöhnisch.

»*Ich meine, wenn ihr beide Schlamm-Menschen werden wollt, dann müsst ihr tun, was von Schlamm-Menschen verlangt wird. Ihr müsst unsere Gesetze beachten. Unsere Sitten.*«

»*Ich allein weiß, was uns bevorsteht, und ich erwarte, dabei zu sterben.*« Sie ließ ihre Stimme absichtlich hart klingen. »*Ich bin dem Tod schon häufiger entkommen, als es jemandem ansteht. Wir wollen euer Volk retten. Das haben wir bei unserem Leben geschworen. Was kann man mehr verlangen?*«

Der Vogelmann bemerkte, wie sie auswich und hatte nicht die Absicht, sie damit durchkommen zu lassen. »*Das fällt mir gewiss nicht leicht. Ich tue es, weil ich weiß, dass euer Kampf ehrlich ist, dass ihr mein Volk vor dem Sturm schützen könnt, der aufzieht. Trotzdem, ihr müsst euch unseren Sitten beugen. Nicht um meinetwillen, sondern aus Respekt vor meinem Volk. Die Menschen erwarten es.*«

Ihr Mund fühlte sich trocken an, sie konnte kaum schlucken. »*Ich esse kein Fleisch. Das weißt du von meinem letzten Besuch.*«

»*Obwohl du ein Krieger bist, bist du auch eine Frau, es mag dir also verziehen sein. Dazu bin ich ermächtigt. Als Konfessor hast du mit dem anderen nichts zu tun.*« Zu weiteren Eingeständnissen war er nicht bereit, das sah man seinen Augen an. »*Der Sucher aber doch. Er muss es tun.*«

»Aber...«

»*Du hast gesagt, du willst ihn nicht zu deinem Gatten machen. Er will eine Versammlung einberufen, also muss er es tun wie einer von uns.*«

Kahlan fühlte sich in der Falle. Wenn sie ihn jetzt abwies, wäre Richard wütend, und das aus gutem Grund. Sie würden gegen Rahl verlieren. Richard stammte aus dem Westland und kannte daher die Sitten anderer Völker nicht. Vielleicht war er nicht bereit mitzumachen. Möglicherweise wurde er zornig. Das durfte sie nicht wagen. Zu viel stand auf dem Spiel. Der Vogelmann sah sie wartend an.

»*Wir werden tun, was euer Gesetz verlangt*«, sagte sie und versuchte, sich ihre wirklichen Gefühle nicht anmerken zu lassen.

»*Möchtest du nicht wissen, wie der Sucher über diese Dinge denkt?*«

Sie sah zur Seite, über die Köpfe der Menge hinweg. »*Nein.*«

Er nahm ihr Kinn in die Hand und drehte ihr Gesicht zurück.

»*Dann bist du dafür verantwortlich, dass er tut, was man von ihm verlangt. Mit deinem Wort.*«

Sie spürte, wie die Wut in ihr aufstieg. Richard sah hinter dem Vogelmann hervor.

»Kahlan, was ist? Stimmt etwas nicht?«

Sie richtete ihren Blick wieder auf den Vogelmann und nickte. »Nichts. Alles in Ordnung.«

Der Vogelmann ließ ihr Kinn los, wandte sich an sein Volk und blies in die lautlose Pfeife, die er um seinen Hals trug. Er begann, über ihre Geschichte zu sprechen, ihre Sitten, warum sie den Einfluss von Fremden vermieden, wieso sie das Recht hatten, ein stolzes Volk zu sein. Während seiner Ansprache flogen Tauben heran und landeten zwischen den Menschen.

Kahlan hörte zu, ohne etwas zu verstehen. Sie stand regungslos auf der Plattform und fühlte sich wie ein gefangenes Tier. Sie hatte geglaubt, sie könnten die Schlamm-Menschen für sich gewinnen und sich zu einer der ihren ernennen lassen, und hatte dabei vergessen, dass sie diesen Dingen würde zustimmen müssen. Sie hatte geglaubt, es sei eine reine Formalität, bevor Richard um eine Versammlung bitten konnte. Eine solche Entwicklung hatte sie nicht erwartet. Vielleicht brauchte sie ihm nicht alles zu erzählen. Er würde es einfach nicht erfahren. Schließlich sprach nur sie ihre Sprache. Sie würde einfach schweigen. Das wäre nur zu seinem Besten.

Andere Dinge dagegen, dachte sie verzweifelt, wären allerdings nur zu offensichtlich. Sie würden in einer Sprache stattfinden, die er nur zu gut kannte. Sie spürte, wie ihre Ohren rot wurden, fühlte sich, als würde sich ihr der Magen umdrehen.

Richard spürte, dass die Worte des Vogelmannes von Dingen handelten, die er noch nicht zu verstehen brauchte, und bat nicht um eine Übersetzung. Der Vogelmann war am Ende seiner Vorrede angelangt und kam zum wichtigen Teil.

»*Als diese zwei uns aufsuchten, waren sie Fremde. In mehrfacher Hinsicht, und durch ihre Taten haben sie bewiesen, dass sie unser Volk mögen und sich seiner würdig erwiesen. Von diesem Tag an sollen Richard mit dem Zorn und Konfessor Kahlan zu den Schlamm-Menschen gehören.*«

Kahlan übersetzte, ließ aber ihren Titel aus. Die Menge johlte. Richard hob lächelnd die Hand, und die Leute jubelten noch mehr. Savidlin versetzte ihm einen freundschaftlichen Klaps auf den Rücken. Der Vogelmann legte ihr eine Hand auf die Schulter, drückte sie voller Mitgefühl und versuchte, vergessen zu machen, dass er sie zu der Übereinkunft gezwungen hatte. Sie atmete tief durch und fügte sich in das Unvermeidliche. Bald war es ohnehin vorbei, dann waren sie wieder unterwegs, um Rahl aufzuhalten. Das allein zählte. Außerdem hatte ausgerechnet sie keinen Grund, sich deswegen gekränkt zu fühlen.

»*Noch etwas*«, fuhr der Vogelmann fort. »*Diese beiden wurden nicht als Schlamm-Menschen geboren. Kahlan wurde als Konfessor geboren, es war eine Frage des Blutes, nicht der persönlichen Entscheidung. Richard mit dem Zorn ist ein Kind des Westlands jenseits der Grenze und einer Lebensweise, die für uns ein Rätsel darstellt. Beide haben zugestimmt, Schlamm-Menschen zu werden und vom heutigen Tage an unsere Gesetze und Sitten zu achten, doch müssen wir anerkennen, wie rätselhaft sie ihnen vielleicht manchmal erscheinen. Wir müssen Geduld mit ihnen haben und begreifen, dass sie zum ersten Mal versuchen, Schlamm-Menschen zu sein. Wir haben unser ganzes Leben als Schlamm-Menschen gelebt, doch für sie ist dies ihr erster Tag. Sie sind für uns wie neu geborene Kinder. Bringt für sie das gleiche Verständnis auf wie für Neugeborene, und sie werden ihr Bestes geben.«*

Dies wurde überall in der Menge besprochen, und Köpfe nickten. Man hielt den Vogelmann für weise. Kahlan stieß einen Seufzer aus. Der Vogelmann hatte sich selbst und den beiden ein klein wenig Spielraum gelassen, für den Fall, dass etwas schiefging. Er war tatsächlich weise. Er drückte ihre Schulter noch einmal, und sie legte ihre Hand auf seine und erwiderte den Druck voller Anerkennung.

Richard verschwendete keinen Augenblick. Er wandte sich an die Dorfältesten.

»Ich fühle mich geehrt, zu den Schlamm-Menschen zu gehören. Wo immer mich meine Reisen hinführen, werde ich die Ehre eures Volkes verteidigen, damit ihr stolz auf mich sein könnt. Im Augenblick jedoch ist euer Volk in Gefahr. Ich brauche Hilfe, um es beschützen zu können. Ich bitte um einen Rat der Propheten. Ich bitte um eine Versammlung.«

Kahlan übersetzte, und die Ältesten gaben einmütig nickend ihr Einverständnis.

»*Es sei dir gewährt*«, sagte der Vogelmann. »*Die Vorbereitung für die Versammlung wird drei Tage in Anspruch nehmen.*«

»Geehrter Ältester«, sagte Richard, der sich nur mit Mühe beherrschen konnte. »Die Gefahr ist groß. Ich achte eure Sitten. Doch gibt es keine Möglichkeit, sie schneller einzuberufen? Das Überleben eures Volkes hängt davon ab.«

Der Vogelmann atmete tief durch, sein langes Silberhaar spiegelte das trübe Licht. »*Unter diesen besonderen Umständen werden wir alles tun, um euch zu helfen. Heute Abend werden wir das Festmahl abhalten, und morgen Abend die Versammlung. Schneller geht es einfach nicht. Es müssen Vorbereitungen getroffen werden, damit die Ältesten die Kluft zu den Seelen überbrücken können.*«

Richard atmete sehr tief durch. »Also dann morgen Abend.«
Der Vogelmann blies erneut auf der Pfeife, und die Tauben stiegen in den Himmel. Kahlan hatte das Gefühl, als bekämen ihre Hoffnungen, so töricht und unwahrscheinlich sie gewesen waren, mit ihnen Flügel.

Die Vorbereitungen wurden rasch in Angriff genommen. Savidlin nahm Richard mit in sein Haus, um seine Schnittwunden zu versorgen, und der Vogelmann brachte Kahlan zum Heiler, wo ihre Wunde genäht werden sollte. Der Verband war vollkommen durchgeblutet, und der Schnitt tat ernstlich weh. Der Vogelmann führte sie durch die engen Gassen, den Arm schützend um ihre Schulter gelegt. Sie war dankbar, dass er nicht vom Festmahl sprach.

Er gab seine Anweisungen zu Kahlans Versorgung, als wäre sie seine Tochter, und überließ sie einer gebeugten Frau namens Nissel. Nissel lächelte selten, und wenn, dann zu den seltsamsten Gelegenheiten und gab bis auf Anweisungen wenig von sich. Stell dich dorthin, halte den Arm hoch, nimm ihn runter, atme, halte die Luft an, trink dies, leg dich hierhin, sage das Candra auf. Kahlan wusste nicht, was das Candra war. Nissel zuckte mit den Achseln und ließ sie stattdessen flache Steine auf dem Nabel balancieren, während sie die Wunde untersuchte. Wenn es schmerzte und die Steine zu rutschen begannen, ermahnte sie Kahlan, sich mehr Mühe zu geben. Man verabreichte ihr bittere Blätter, die sie kauen sollte, während Nissel ihr die Kleider auszog und sie badete.

Das Bad war für sie besser als die Blätter. Sie konnte sich an kein Bad erinnern, das ihr je so gutgetan hätte. Sie versuchte, ihre Niedergeschlagenheit mit dem Schlamm abzustreifen. Sie gab sich alle Mühe. Während man sie einweichen ließ, wusch Nissel ihre Kleider und hängte sie ans Feuer, wo ein kleiner Topf mit bräunlicher, nach Fichtenharz riechender Paste köchelte. Nissel trocknete Kahlan ab, hüllte sie in warme Felle und setzte sie auf eine in die Wand neben der erhöhten Feuerstelle eingelassene Bank. Der Geschmack der Blätter wurde besser, je länger sie sie kaute. Ihr Kopf begann sich zu drehen.

»Nissel, zu was sind die Blätter gut?«

Nissel ließ von Kahlans Hemd ab, das sie begutachtet hatte und sehr seltsam fand. »*Sie werden dich entspannen, damit du nicht spürst, was ich mache. Kau weiter und sorge dich nicht, mein Kind. Du wirst so entspannt sein und nicht spüren, wenn ich dich nähe.*«

Kahlan spie die bitteren Blätter sofort aus. Die alte Frau betrachtete sie auf dem Boden, sah Kahlan an und zog eine Augenbraue hoch.

»*Nissel, ich bin Konfessor. Wenn ich mich auf diese Weise entspanne, kann ich vielleicht meine Kraft nicht zurückhalten. Wenn du mich berührst, könnte ich sie freisetzen, ohne es zu wollen.*«

Nissel runzelte neugierig die Stirn. »*Aber du wirst schlafen, mein Kind. Dann bist du entspannt.*«

»*Das ist etwas anderes. Ich habe von Geburt an geschlafen, bevor die Kraft in mir heranwuchs. Wenn ich auf eine Weise, die ich nicht kenne, zu sehr entspanne oder abgelenkt werde, könnte ich dich damit berühren, ohne es zu wollen.*«

Nissel nickte vorwurfsvoll. Dann runzelte sie die Stirn. Sie beugte sich vor. »*Wie willst du dann...*«

Kahlan sah sie ausdruckslos an, sagte nichts und doch alles. Plötzlich erhellte sich Nissels Gesicht. Sie richtete sich auf.

»*Oh, jetzt verstehe ich.*«

Sie strich Kahlan mitfühlend übers Haar, verschwand in der gegenüberliegenden Ecke und kam mit einem Stück Leder in der Hand zurückgeschlurft. »*Klemm dir das zwischen die Zähne.*« Sie tätschelte Kahlans gesunde Schulter. »*Solltest du dich jemals wieder verletzen, lass dich auf jeden Fall zu Nissel bringen. Ich werde mich an dich erinnern und weiß, was ich nicht tun darf. Als Heiler ist es manchmal wichtiger, zu wissen, was man nicht tun darf. Als Konfessor vielleicht auch, ja?*« Kahlan nickte mit einem Lächeln. »*Und nun, mein Kind, mache mir einen Zahnabdruck in dieses Stück Leder.*«

Als sie fertig war, wischte Nissel Kahlan den Schweiß mit einem feuchten Tuch vom Gesicht. Kahlan war schwindlig und übel, sie konnte nicht einmal aufrecht sitzen. Nissel bestand darauf, dass sie liegen blieb, während sie die braune Paste verabreichte und den Arm mit sauberen Bandagen umwickelte.

»*Du solltest eine Weile schlafen. Ich wecke dich auf jeden Fall vor dem Festmahl.*« Kahlan legte der alten Frau die Hand auf den Arm und zwang sich zu einem Lächeln. »*Danke, Nissel.*«

Sie wachte auf, als sie spürte, wie jemand ihr Haar bürstete. Es war getrocknet, während sie schlief. Nissel lächelte sie an. »*Es wird dir schwerfallen, deine hübschen Haare zu bürsten, bis dein Arm besser ist. Es gibt nicht viele, die mit solchem Haar beschenkt werden. Ich dachte, du möchtest es vielleicht vor dem Festmahl gebürstet bekommen. Es fängt bald an. Draußen wartet ein gut aussehender junger Mann.*«

Kahlan setzte sich auf. »*Wie lange wartet er schon da?*«

»*Fast die ganze Zeit. Ich habe versucht, ihn mit einem Besen zu verscheuchen.*« Nissel runzelte die Stirn. »*Aber er wollte nicht gehen. Er ist ziemlich hartnäckig, ja?*«

»*Ja.*« Kahlan schmunzelte.

Nissel half ihr dabei, frische Kleider anzuziehen. Ihr Arm tat nicht mehr so sehr weh. Vermutlich die braune Paste. Richard lehnte voller Ungeduld draußen an der Hauswand und stand sofort auf, als sie herauskam. Er hatte gebadet und sah sauber und frisch aus, der Schlamm war völlig verschwunden, und er trug eine einfache Wildlederhose, eine Jacke und natürlich sein Schwert. Nissel hatte recht, er sah wirklich gut aus.

»Wie fühlst du dich? Wie geht es deinem Arm? Alles in Ordnung?«

»Mir geht's gut.« Sie lächelte. »Nissel hat mich gesund gepflegt.«

Richard gab der alten Frau einen Kuss auf die Stirn. »Ich danke dir, Nissel. Der Besen sei dir verziehen.«

Nissel schmunzelte, als sie die Übersetzung hörte, beugte sich vor und sah ihn so durchdringend an, dass ihm unbehaglich wurde.

»*Soll ich ihm einen Trank geben*«, fragte Nissel und drehte sich zu Kahlan um, »*für sein Stehvermögen?*«

»*Nein.*« Kahlan wurde böse. »*Ich bin sicher, er kommt auch so durchaus zurecht.*«

27. Kapitel

Gelächter und der Klang von Trommeln klangen ihnen aus der Dorfmitte entgegen, als Kahlan und Richard durch das Gewirr der dunklen Häuser spazierten. Der schwarze Himmel hob sich seinen Regen für später auf, und mit der feuchtwarmen Luft gelangte der Duft der feuchten Gräser ringsum ins Dorf. Die Plattformen der Pfahlkonstruktionen wurden von Fackeln beleuchtet, und die über die freie Fläche verteilten großen Feuer knisterten und knackten und warfen zuckende Schatten. Kahlan wusste, wie viel Arbeit es bereitete, das Holz für Kochstellen und Brennöfen herbeizuschaffen. Man hatte die meisten Feuer klein gehalten. Dies war ein Luxus, den die Schlamm-Menschen nur selten genossen. Von den Kochstellen wehten mit der Nachtluft wundervolle Düfte herüber, doch ihren Appetit entfachten sie nicht. Überall eilten Frauen in ihren buntesten Kleidern mit ihren Töchtern an der Seite umher, kümmerten sich um dies und jenes und sorgten dafür, dass alles gut lief. Die Männer trugen ihre besten Felle, die für besondere Anlässe; rituelle Dolche hingen an ihren Hüften, und ihr Haar hatten sie auf traditionelle Weise mit klebrigem Schlamm glatt gelegt. Überall wurde gekocht, während die Menschen vorbeischlenderten, die Speisen kosteten, sich unterhielten und Geschichten erzählten. Die meisten, so schien es, aßen entweder, oder sie kochten. Überall liefen lachende und spielende Kinder herum, überschäumend vor Aufregung angesichts des unerwarteten Ereignisses, der späten Stunde und der Versammlung im Feuerschein.

Unter den Grasdächern hockten Musiker, die ihre Trommeln bearbeiteten und mit schaufelähnlichen Schlegeln über geriffelte Boldas, lange glockenförmige Röhren, schabten. Die gespenstischen Klänge wurden weit in die Steppe hinausgetragen. Die Musik sollte die Seelen der Vorfahren zum Festmahl rufen. Auf der gegenüberliegenden Seite der freien Fläche saßen andere Musiker, deren Klänge sich manchmal mit denen der anderen Gruppe vermischten, manchmal von ihnen abhoben, und die sich gegenseitig in quälenden und manchmal wilden Rhythmen und Schlägen antworteten. Männer in Kostümen, einige als Tiere verkleidet, andere stilisiert als Jäger bemalt, stellten springend und tanzend Szenen aus den Legenden der Schlamm-Menschen dar. Ausgelassene Kinder umringten die Tänzer, äfften sie nach und stampften mit den Füßen im Rhythmus der Trommler. Junge Pärchen, die sich in die dunkleren Ecken zurückgezogen hatten, verfolgten die Vorgänge eng umschlungen. Kahlan hatte sich nie so einsam gefühlt.

Savidlin, der sich sein frisch gereinigtes Kojotenfell über die Schultern gelegt hatte, entdeckte die beiden, zog sie fort und schlug Richard die ganze Zeit freundschaftlich auf den Rücken. Sie sollten sich zu den Ältesten unter deren Schutzdach setzen. Der Vogelmann trug seine gewohnte Wildlederkleidung. Ein Mann von seiner Bedeutung hatte es nicht nötig, sich herauszuputzen. Weselan war ebenfalls anwesend, wie auch die Frauen der anderen Ältesten. Sie setzten sich neben Kahlan, ergriffen ihre Hand und erkundigten sich aufrichtig besorgt, wie es ihrem Arm gehe. Kahlan war es nicht gewöhnt, dass sich jemand um sie kümmerte. Zu den Schlamm-Menschen zu gehören, war ein angenehmes Gefühl, auch wenn es nur geheuchelt war. Geheuchelt deswegen, weil sie Konfessor war, und sosehr sie sich auch etwas anderes wünschte, nichts konnte etwas daran ändern. Sie tat, was sie in jungen Jahren gelernt hatte. Sie stellte ihre Gefühle zurück und dachte an die bevorstehende Aufgabe. Sie dachte an Darken Rahl und daran, wie wenig Zeit ihnen blieb. Sie dachte an Dennee.

Richard hatte sich damit abgefunden, dass sie noch einen weiteren Tag auf die Versammlung warten mussten, und versuchte, das Beste daraus zu machen. Lächelnd und nickend nahm er Ratschläge entgegen, die er nicht verstand. Menschen strömten in einer nicht enden wollenden Prozession an der Hütte der Ältesten vorbei, um die neuen Schlamm-Menschen mit einem leichten Klaps zu begrüßen. Kahlan musste eingestehen, dass sie ihr ebenso viel Aufmerksamkeit schenkten wie Richard.

Geflochtene Tabletts und Tonschalen mit den unterschiedlichsten Speisen standen vor ihnen auf dem Boden, wo sie sich mit untergeschlagenen Beinen niedergelassen hatten und Leute begrüßten, von denen sich manche einen Augenblick zu ihnen setzten. Richard kostete die meisten Speisen und vergaß auch nicht, dazu die rechte Hand zu benutzen. Kahlan knabberte an einem Stück Tavabrot herum, um nicht unhöflich zu wirken.

»Schmeckt ausgezeichnet«, meinte Richard und griff sich das nächste Rippchen. »Schweinefleisch, glaube ich.«

»Wildschwein«, sagte sie mit einem Blick auf die Tänzer.

»Das Wild ist auch gut. Hier, probier mal.« Er reichte ihr einen Streifen.

»Nein, danke.«

»Geht's dir gut?«

»Prima. Ich hab einfach keinen Hunger.«

»Seit wir bei den Schlamm-Menschen sind, hast du kein Fleisch mehr gegessen.«

»Ich habe einfach keinen Hunger, das ist alles.«

Achselzuckend machte er sich über das Wild her.

Nach einer Weile ebbte der Menschenstrom ab, der sie begrüßte, und man wandte sich anderen Dingen zu. Aus den Augenwinkeln verfolgte Kahlan, wie der Vogelmann jemandem weit weg ein Zeichen gab. Kahlan drängte ihre Empfindungen noch weiter zurück und ließ sich nichts anmerken. Das Gesicht eines Konfessors. Wie ihre Mutter es ihr beigebracht hatte.

Vier junge Frauen mit schüchternem Lächeln und mit von Schlamm geglätteten Haaren näherten sich zaghaft. Richard begrüßte sie freundlich nickend und mit einem leichten Klaps, wie auch die anderen Gratulanten. Sie blieben kichernd stehen, stupsten sich gegenseitig an und tuschelten, wie gut er doch wirklich aussähe. Kahlan sah sich zum Vogelmann um. Er nickte einmal.

»Warum verschwinden sie nicht wieder? Was wollen sie?«, fragte Richard aus dem Mundwinkel.

»Die sind für dich«, sagte sie beiläufig.

Der flackernde Schein der Flammen erhellte sein Gesicht, als er die vier Frauen entgeistert anstarrte. »Für mich? Und was soll ich mit ihnen anfangen?«

Kahlan holte tief Luft und sah einen Augenblick hinüber zu den Feuern. »Ich bin nur dein Führer, Richard. Wenn du hierin Unterweisung brauchst, musst du sie dir woanders holen.«

Einen Augenblick lang herrschte Stille.

»Alle vier? Für mich?«

Sie drehte ihm den Rücken zu, während sich auf seinem Gesicht ein schelmisches Grinsen ausbreitete. Sie war ziemlich gereizt.

»Nein. Du sollst dir eine aussuchen.«

»Eine aussuchen?«, wiederholte er, immer noch mit dem dämlichen Grinsen auf dem Gesicht.

Sie tröstete sich damit, dass er in diesem Punkt wenigstens keinen Ärger machen würde. Er betrachtete die Mädchen der Reihe nach.

»Ich soll also eine aussuchen. Das wird schwierig. Wie lange habe ich dafür Zeit?«

Sie sah zu den Feuern hinüber und schloss für einen Augenblick die Augen, dann wandte sie sich an den Vogelmann. »*Der Sucher möchte wissen, wann er sich für eine der Frauen entscheiden muss.*«

Der Vogelmann war ein wenig überrascht. »*Bis er zu Bett geht. Dann muss er eine auswählen und unserem Volk sein Kind schenken. Auf diese Weise ist er durch das Blut mit uns verbunden.*«

Sie erklärte ihm, was der Vogelmann gesagt hatte.

Richard überlegte sorgfältig, was man ihm gerade erklärt hatte. »Sehr weise.« Er sah den Vogelmann schmunzelnd an und nickte. »Der Vogelmann ist sehr weise.«

»*Der Sucher sagt, du seist sehr weise*«, erklärte sie ihm. Sie hatte Mühe, ihr Stimme zu beherrschen.

Der Vogelmann und die anderen Ältesten schienen erfreut. Alles lief wie gewünscht.

»Die Entscheidung wird schwierig. Ich werde darüber nachdenken müssen. Ich will nichts übereilen.«

Kahlan schob sich ein paar Strähnen aus dem Gesicht und wandte sich an die Mädchen. »*Der Sucher hat Schwierigkeiten, sich zu entscheiden.*«

Er blickte die vier breit grinsend an und winkte sie eifrig auf die Plattform. Zwei setzten sich ihm gegenüber, die anderen beiden quetschten sich zwischen ihn und Kahlan, und zwangen sie, ein Stück zu rücken. Sie lehnten sich an ihn, legten ihm die Hände auf die Arme und prüften kichernd seine Muskeln. Kahlan gegenüber machten sie Bemerkungen darüber, wie groß er sei, genau wie sie, und wie groß seine Kinder werden würden. Sie wollten wissen, ob er sie hübsch fand. Kahlan erklärte, das wisse sie nicht. Sie baten sie, ihn zu fragen.

Sie musste wieder tief durchatmen. »Sie wollen wissen, ob du sie hübsch findest.«

»Natürlich! Sie sind wunderschön! Alle vier. Deswegen kann ich mich ja nicht entscheiden. Findest du sie nicht auch wunderschön?«

Sie ließ seine Frage unbeantwortet, stattdessen versicherte sie dem Quartett, der Sucher fände sie reizend. Sie fingen wieder mit ihrem schüchternen Gekicher an. Der Vogelmann und die Ältesten schienen zufrieden zu sein. Sie strahlten noch immer über das ganze Gesicht. Wie betäubt starrte sie die Menschen an, betrachtete die Tänzer, ohne sie wirklich zu sehen. Die vier jungen Frauen fütterten Richard mit den Fingern und kicherten dabei. Er meinte zu Kahlan, dies sei das beste Festmahl, an dem er je teilgenommen hatte, und wollte wissen, ob sie ebenso dachte. Kahlan schluckte den Kloß in ihrem Hals herunter, stimmte ihm zu, es sei wundervoll, und starrte wieder in die Flammen, aus denen die Funken in die Dunkelheit stoben.

Nach einer Weile, sie wusste nicht wie lange, ihr kam es vor wie Stunden, näherte sich eine alte Frau mit gesenktem Kopf, die ein großes, rundes geflochtenes Tablett vor ihrem Körper trug. Streifen dunklen Fleisches waren darauf säuberlich zurechtgelegt.

Kahlan wurde aus ihren Gedanken gerissen.

Immer noch mit gesenktem Kopf trat die Frau respektvoll zu den Ältesten und bot jedem das Tablett an. Der Vogelmann bediente sich als erster, und riss mit den Zähnen ein Stück Fleisch ab, während die anderen jeweils einen Streifen nahmen. Weselan, die neben ihrem Gatten saß, lehnte ab.

Die Frau hielt Kahlan das Tablett hin. Sie lehnte höflich ab. Die Frau bot Richard das Tablett an. Er nahm einen Streifen. Die vier jungen Frauen schüttelten ihre gesenkten Köpfe und lehnten ab. Sie beobachteten Richard. Kahlan wartete, bis er einen Bissen genommen hatte, blickte dem Vogelmann kurz in die Augen und starrte wieder in die Flammen.

»Es fällt mir wirklich schwer, zu entscheiden, welche ich von diesen vier feinen jungen Frauen aussuchen soll«, meinte Richard, nachdem er den ersten Bissen geschluckt hatte. »Meinst du, du könntest mir helfen, Kahlan? Welche soll ich nehmen? Was meinst du?«

Sie hatte Mühe, ihren Atem zu beherrschen, und blickte in sein grinsendes Gesicht. »Du hast recht. Die Wahl ist schwierig. Ich glaube, das überlasse ich lieber dir.«

Er aß noch etwas von dem Fleisch, während sie die Zähne zusammenbiss und schluckte.

»Seltsam, etwas Ähnliches habe ich noch nie gegessen.« Er zögerte, seine Stimme veränderte sich. »Was ist das?« Die Frage klang besorgt, machte ihr Angst. Fast wäre sie aufgesprungen. Sein Blick bekam etwas Hartes, Bedrohliches. Sie hatte vorgehabt, es ihm nicht zu verraten, aber die Art wie er sie ansah, ließ sie ihr Gelübde vergessen.

Sie fragte den Vogelmann, dann drehte sie sich wieder zu ihm. »Er sagt, es sei ein Feuerkämpfer.«

»Ein Feuerkämpfer.« Richard beugte sich vor. »Was ist das für ein Tier, ein Feuerkämpfer?«

Kahlan sah ihm in seine stechenden grauen Augen. Leise antwortete sie. »Einer von Darken Rahls Männern.«

»Verstehe.« Er lehnte sich zurück.

Er hatte es gewusst. Sie hatte gesehen, dass er es wusste, noch ehe er die Frage gestellt hatte. Er hatte sehen wollen, ob sie ihn anlog.
»Wer sind diese Feuerkämpfer?«
Sie erkundigte sich bei den Ältesten, wie sie von den Feuerkämpfern erfahren hatten, und Savidlin war nur zu bereit, ihr die Geschichte zu erzählen. Als er fertig war, sah sie Richard an.
»Feuerkämpfer bereisen das Land, um Darken Rahls Erlass durchzusetzen, demzufolge die Menschen kein Feuer benutzen dürfen. Dabei gehen sie oft recht brutal vor. Savidlin erzählt, vor ein paar Wochen seien zwei von ihnen hier erschienen, hätten gemeint, Feuer sei gegen das Gesetz, und äußerten schließlich Drohungen, als die Schlamm-Menschen das neue Gesetz nicht befolgen wollten. Sie hatten Angst, die beiden würden umkehren und mit mehr Männern zurückkommen. Also haben sie sie umgebracht. Die Schlamm-Menschen glauben, sie könnten die Weisheit ihrer Feinde erlangen, indem sie sie essen. Wenn du als Mann zu den Schlamm-Menschen gehören willst, musst du sie auch essen, damit du die Weisheit deiner Feinde erlangst. Darin liegt der Hauptzweck dieses Festmahls. Darin, und in dem Herbeirufen der Seelen der Vorfahren.«
»Und, habe ich genug davon gegessen, um die Ältesten zufriedenzustellen?«
Sein Blick schnitt glatt durch sie hindurch.
Am liebsten wäre sie fortgerannt. »Ja.«
Richard legte das Stück Fleisch sorgfältig zurück. Das Lächeln erschien wieder auf seinen Lippen. Er sah die vier jungen Frauen an und legte die Arme um die beiden, die ihm am nächsten saßen, während er mit ihr sprach.
»Tu mir einen Gefallen, Kahlan. Geh und hole einen Apfel aus meinem Gepäck. Ich glaube, ich brauche etwas Vertrautes, um den Geschmack aus meinem Mund loszuwerden.«
»Du hast doch selber Beine«, fauchte sie ihn an.
»Ja. Aber ich brauche ein wenig Zeit, um mich der Frage zu widmen, bei welcher dieser wunderschönen jungen Frauen ich heute Nacht liegen möchte.«

Sie erhob sich und warf dem Vogelmann einen wütenden Blick zu, dann stapfte sie zu Savidlins Haus davon. Sie war froh, Richard nicht mehr sehen zu müssen, nicht mehr mitansehen zu müssen, wie diese Mädchen ihn betasteten. Sie grub die Fingernägel in die Handflächen, doch das merkte sie nicht. All diese glücklichen Menschen. Die Tänzer tanzten, die Trommler trommelten, Kinder lachten. Leute wünschten ihr im Vorbeigehen alles Gute. Sie wollte, dass jemand ihr etwas Gemeines sagte, damit sie Grund hatte, ihn zu schlagen.

Als sie Savidlins Haus erreicht hatte, ging sie hinein, warf sich auf das auf dem Boden liegende Fell und versuchte vergeblich, nicht zu weinen. Nur ein paar Minuten, redete sie sich ein, mehr brauchte sie nicht, um sich wieder zu fassen. Richard tat doch bloß, was die Schlamm-Menschen von ihm verlangten, was sie dem Vogelmann versprochen hatte. Sie hatte kein Recht, wütend zu sein, überhaupt keins. Richard gehörte ihr nicht. Sie weinte; der Schmerz saß tief. Sie hatte kein Recht, so zu empfinden. Kein Recht, wütend auf ihn zu sein. Trotzdem war sie es. Sie war außer sich.

Sie musste daran denken, was sie dem Vogelmann erzählt hatte – all den Ärger, den sie selber verschuldet hatte, die Folgen, die sie tragen musste, und wurde von Angst befallen.

Richard tat, was er tun musste, um eine Versammlung zusammenzurufen, das Kästchen zu finden und Rahl Einhalt zu gebieten. Kahlan wischte sich die Tränen aus den Augen.

Aber wenigstens brauchte er nicht entzückt zu sein darüber. Er könnte es doch tun, ohne sich zu benehmen wie …

Wütend holte sie den Apfel aus seinem Gepäck. Was spielte es für eine Rolle. Sie konnte nichts daran ändern. Aber sie brauchte auch nicht glücklich darüber zu sein. Sie biss sich auf die Lippe, stapfte zur Tür hinaus und versuchte, sich nichts anmerken zu lassen. Wenigstens war es dunkel.

Den unangenehmen Teil der Zeremonie hatte sie hinter sich. Sie fand Richard mit nacktem Oberkörper vor. Die Mädchen bemalten ihn mit den Symbolen der Schlamm-Menschen. Den Symbolen des Jägers. Mit den Fingern malten sie ihm mit schwarzem und weißem Schlamm zackige Linien auf seine Brust und Ringe auf seine Oberarme. Sie zögerten, als Kahlan mit Wut in den Augen bei ihnen auftauchte.

»Hier.« Sie drückte ihm den dämlichen Apfel in die Hand und setzte sich verärgert wieder hin.

»Ich habe mich immer noch nicht entscheiden können«, sagte er, während er den Apfel an seinem Hosenbein blankputzte und dabei von einem Mädchen zum anderen sah. »Kahlan, ziehst du ganz bestimmt kein Mädchen vor? Ich könnte deine Hilfe brauchen.« Er senkte bedeutungsschwer die Stimme, seine Gereiztheit kehrte zurück. »Ich bin überrascht, weil du mir keine ausgesucht hast.«

Sie sah ihn verblüfft an. Er wusste Bescheid. Er wusste, dass sie dieses Zugeständnis seinetwegen gemacht hatte. »Nein. Wie du dich auch entscheidest, es wird richtig sein. Bestimmt.« Sie sah wieder fort.

»Kahlan«, fragte er und wartete, bis sie sich wieder zu ihm umgedreht hatte, »ist eines der Mädchen mit einem der Ältesten verwandt?«

Sie besah sich noch einmal ihre Gesichter. »Die rechts von dir. Der Vogelmann ist ihr Onkel.«

»Ihr Onkel!« Sein Lächeln wurde breiter. Er polierte noch immer den Apfel an seinem Hosenbein. »Ich denke, dann werde ich sie auswählen. Für die Ältesten wird es ein Zeichen der Achtung sein, dass ich die Nichte des Vogelmannes wähle.«

Er nahm den Kopf des Mädchens in beide Hände und küsste sie auf die Stirn. Sie strahlte. Der Vogelmann strahlte. Die Ältesten strahlten ebenfalls. Die anderen Mädchen verschwanden.

Kahlan drehte sich kurz zum Vogelmann um, der sie voller Mitgefühl ansah, als wolle er sagen, wie leid es ihm tue. Sie drehte sich um, starrte gedankenverloren und gequält in die Nacht. Richard hatte also eine Wahl getroffen. Jetzt also, dachte sie düster, würden die Ältesten eine Zeremonie durchführen, und das glückliche Paar würde irgendwohin verschwinden und ein Kind zeugen. Sie beobachtete andere Paare, die Hand in Hand vorbeispazierten und glücklich waren, zusammen zu sein.

Kahlan schluckte den Kloß in ihrem Hals, die Tränen hinunter. Sie hörte, wie Richard krachend in seinen blöden, dämlichen Apfel biss.

Und dann hörte sie, wie allen gemeinsam, den Ältesten und ihren Frauen, der Atem stockte. Und die ersten Schreie. Der Apfel! In den Midlands galten rote Früchte als Gift. Sie kannten keine Äpfel! Sie mussten denken, Richard äße Gift! Sie wirbelte herum.

Richard hatte den Arm gehoben und wollte, dass alle ruhig sitzen blieben. Dabei sah er ihr genau in die Augen.

»Sag ihnen, sie sollen sich setzen«, sagte er ruhig.

Mit aufgerissenen Augen wandte sie sich den Ältesten zu und teilte ihnen mit, was Richard gesagt hatte. Unsicher ließen sie sich wieder auf ihre Plätze nieder. Richard lehnte sich zurück und drehte sich beiläufig mit unschuldigem Gesichtsausdruck zu ihr um.

»Ihr müsst wissen, in Kernland, in Westland, wo ich geboren bin, essen wir diese Dinge oft.« Er biss noch ein paar Mal ab. Sie staunten. »Und das schon solange jeder zurückdenken kann. Männer und auch Frauen. Wir haben gesunde Kinder.« Er biss ein weiteres Stück heraus, drehte sich um und sah zu, wie sie übersetzte. Er warf einen Blick über die Schulter auf den Vogelmann. »Es könnte natürlich sein, dass dadurch der Samen des Mannes für jede Frau, die nicht von uns ist, zu Gift wird. Soweit ich weiß, ist das nie ausprobiert worden.«

Er ließ seinen Blick auf Kahlan ruhen, während er den nächsten Bissen nahm und die Worte wirken ließ, nachdem sie sie übersetzt hatte. Das Mädchen neben ihm wurde nervös. Die Ältesten wurden nervös. Der Vogelmann zeigte keine Regung. Richard hatte seine Arme halb verschränkt, stützte den Ellenbogen mit der freien Hand, sodass er den Apfel immer in der Nähe seines Mundes hatte. Wo ihn jeder sehen konnte. Er wollte gerade wieder abbeißen, zögerte aber und bot der Nichte des Vogelmannes ein Stück an. Sie drehte den Kopf zur Seite. Er sah wieder zu den Ältesten hinüber.

»Ich finde sie recht lecker. Wirklich.« Er zuckte mit den Achseln. »Andererseits verwandeln sie meinen Samen vielleicht in Gift. Aber ich möchte nicht, dass ihr glaubt, ich sei nicht bereit, es zu versuchen. Ich dachte nur, ihr solltet es wissen, das ist alles. Es soll hinterher nicht heißen, ich hätte meine Pflichten für die Aufnahme bei den Schlamm-Menschen nicht erfüllen wollen. Ich bin bereit. Ich bin mehr als bereit.« Er strich dem Mädchen mit dem Handrücken über die Wange. »Ich versichere euch, es wäre mir eine Ehre. Diese prächtige junge Frau würde eine gute Mutter für mein Kind abgeben.« Richard stieß einen Seufzer aus. »Vorausgesetzt, sie überlebt es, natürlich.« Er nahm den nächsten Bissen.

Die Ältesten sahen sich besorgt an. Niemand sagte etwas. Die Stimmung auf der Plattform hatte sich entscheidend geändert. Sie hatten die Dinge nicht mehr in der Hand. Das hatte Richard übernommen, und jetzt trauten sie sich kaum noch, außer den Augen irgendetwas zu bewegen. Ohne sie anzusehen, fuhr Richard fort.

»Die Entscheidung liegt natürlich bei euch. Ich bin bereit, es zu versuchen, ich dachte nur, ihr solltet die Sitten meiner Heimat kennen. Ich hielt es nicht für anständig, sie euch vorzuenthalten.« Jetzt drehte sich Richard zu ihnen um, die Stirn bedrohlich gerunzelt, mit einem Hauch von Drohung in der Stimme. »Sollten mich also die Ältesten in ihrer Weisheit bitten, dieser Pflicht nicht nachzukommen, so habe ich Verständnis dafür und werde mich, wenn auch bedauernd, ihren Wünschen beugen.«

Er bedachte sie mit einem strengen Blick. Savidlin konnte sich ein Grinsen nicht verkneifen. Den anderen stand nicht der Sinn danach, Richard herauszufordern. Sie wandten sich Hilfe suchend an den Vogelmann. Er saß wie versteinert da. Ein Schweißtropfen perlte über seinen ledrigen Hals, das silbrige Haar hing schlaff auf den Wildlederschultern seiner Jacke. Zum ersten Mal sah er Richard für einen kurzen Augenblick in die Augen. Sein Mund verzog sich zu einem Lächeln. Er nickte schweigend vor sich hin.

»Richard mit dem Zorn.« Seine Stimme war voller Gleichmut und Kraft, denn nicht nur die Ältesten hörten zu, sondern auch die Menschenmenge, die sich um die Plattform versammelt hatte. »*Du stammst aus einem fremden Land, daher könnte dein Samen für diese junge Frau*«, er runzelte die Stirn und beugte sich ein winziges Stück vor, »*meine Nichte, giftig sein.*« Er sah erst sie an, dann wieder zu Richard. »*Wir bitten dich also, uns nicht zur Einhaltung dieser Tradition zu zwingen, und sie nicht zur Frau zu nehmen. Es tut mir leid, dich darum bitten zu müssen. Ich weiß, wie sehr du dich darauf gefreut hast, uns dein Kind zu schenken.*«

Richard nickte ernst. »Ja, das stimmt. Doch ich werde mit meinem Scheitern leben und dafür sorgen müssen, dass die Schlamm-Menschen, mein Volk, aus anderem Grunde stolz auf mich sein können.« Er schloss das Geschäft mit einer von ihm zu bestimmenden Bedingung ab; er gab ihnen keine Chance, sich aus der Sache herauszumogeln. Er war ein Schlamm-Mensch, und daran würde diese Geschichte nichts ändern.

Die Ältesten atmeten auf. Alle nickten. Sie waren überglücklich, die Angelegenheit zu seiner Zufriedenheit geregelt zu haben. Die junge Frau lächelte ihren Onkel an und ging. Richard wandte sich an Kahlan. Sein Gesicht zeigte keinerlei Regung.

»Gibt es noch andere Bedingungen, von denen ich nichts weiß?«

»Nein.« Kahlan war verwirrt. Sie wusste nicht, ob sie glücklich sein sollte, weil es Richard gelungen war, sich um die Wahl einer Frau zu drücken, oder untröstlich, weil sie sich von ihm betrogen fühlte.

Er wandte sich an die Ältesten. »Ist meine Anwesenheit heute Abend noch länger erforderlich?«

Die fünf waren nur zu einverstanden, ihm seinen Wunsch zu erfüllen und ihn gehen zu lassen. Savidlin schien ein wenig enttäuscht. Der Vogelmann erklärte, der Sucher sei ein großer Wohltäter seines Volkes und hätte seine Pflichten ehrenvoll erfüllt, und sollte er jetzt von den Mühen des Tages erschöpft sein, so sei er entschuldigt.

Richard erhob sich langsam, ragte turmhoch über ihr auf. Seine Stiefel standen genau vor ihr. Kahlan wusste, dass er auf sie herabblickte, hielt den Blick aber auf den Boden gesenkt.

»Ein guter Rat«, sagte er mit einer Stimme, die sie wegen ihrer Sanftheit überraschte. »Schließlich hattest du noch nie einen Freund. Freunde feilschen nicht miteinander um ihre Rechte. Auch nicht um ihre Herzen.«

Sie brachte es nicht fertig, zu ihm aufzusehen.

Er ließ das Kerngehäuse in ihren Schoß fallen und verschwand in der Menge.

Kahlan saß einsam auf der Plattform für die Dorfältesten und starrte auf ihre zitternden Finger. Die anderen sahen den Tänzern zu. Unter größter Mühe zählte sie die Trommelschläge, um ihren Atem wieder unter Kontrolle zu bekommen und nicht loszuheulen. Der Vogelmann ließ sich neben ihr nieder. Seine Gesellschaft heiterte sie überraschenderweise auf.

Er sah sie an, zog eine Braue hoch und beugte sich ein Stück vor.

»Irgendwann möchte ich gerne den Zauberer kennenlernen, der diesen Mann ernannt hat. Ich würde zu gern wissen, wo man solche Sucher findet.«

Kahlan war überrascht, weil sie darüber lachen konnte.

»Irgendwann«, meinte sie, *»wenn ich überlebe und wir gewinnen, werde ich ihn herbringen, damit er dich kennenlernt, das verspreche ich. Er ist in vielerlei Hinsicht ebenso bemerkenswert wie Richard.«*

Er machte ein erstauntes Gesicht. *»Ich werde meinen Geist schärfen, um auf das Treffen vorbereitet zu sein.«*

Sie lehnte ihren Kopf an ihn und lachte, bis ihr die Tränen kamen. Er legte ihr den Arm schützend um die Schulter.

»Ich hätte auf dich hören sollen«, schluchzte sie. *»Ich hätte ihn nach seinen Wünschen fragen sollen. Ich hatte kein Recht, mich so zu verhalten.«*

»Du hast getan, was du für nötig gehalten hast, weil du Darken Rahl aufhalten willst. Manchmal ist es besser, sich falsch zu entscheiden als gar nicht. Du hast den Mut, nach vorne zu gehen, das ist selten... Wer am Scheideweg steht und sich nicht entschließen kann, wird niemals weiterkommen.«

»Aber es tut so weh, ihn verärgert zu haben«, jammerte sie.

»Ich werde dir ein Geheimnis verraten, das du sonst vielleicht erst erfahren würdest, wenn du zu alt bist, um noch etwas davon zu haben.« Sie sah ihm mit feuchten Augen in sein lächelndes Gesicht.
»Dass er sich über dich ärgern muss, schmerzt ihn ebenso sehr wie dich die Tatsache, dass er sich überhaupt ärgert.«
»Wirklich?«
Er lachte stumm und nickte. »Glaub es mir, mein Kind.«
»Ich hatte kein Recht dazu. Ich hätte es vorhersehen müssen. Es tut mir so leid.«
»Sag das nicht mir, sondern ihm.«
Sie schob ihn fort und sah ihm in sein wettergegerbtes Gesicht. »Ich denke, das werde ich tun. Vielen Dank, geehrter Ältester.«
»Wo du gerade dabei bist, ich möchte mich auch entschuldigen.«
Kahlan runzelte die Stirn. »Wofür?«
Er seufzte. »Das Alter, oder ein Ältester zu sein, hindert einen nicht daran, törichte Gedanken mit sich herumzutragen. Ich habe heute auch einen Fehler gemacht. Richard, aber auch meiner Nichte gegenüber. Ich hatte auch kein Recht dazu. Bedanke dich für mich bei ihm, dass er mich daran gehindert hat, jemandem ungefragt etwas aufzubürden.« Er nahm die Pfeife von seinem Hals. »Gib ihm dieses Geschenk, als Dank dafür, dass er mir die Augen geöffnet hat. Möge es ihm gute Dienste leisten. Morgen werde ich ihm zeigen, wie man sie benutzt.«
»Aber du brauchst sie doch, um die Vögel zu rufen.«
Er lächelte. »Ich habe noch andere. Geh jetzt.«
Kahlan nahm die Pfeife in die Hand. Sie wischte sich die Tränen aus dem Gesicht. »Ich habe in meinem Leben fast nie geweint. Seit die Grenze nach D'Hara gefallen ist, tue ich anscheinend nichts anderes mehr«
»Das geht uns allen so, Kind. Geh jetzt.«
Sie gab ihm schnell einen Kuss und ging. Sie fand keine Spur von Richard, als sie den weiten Platz absuchte. Wen sie auch fragte, niemand hatte ihn gesehen. Suchend lief sie im Kreis herum. Wo steckte er? Kinder forderten sie zum Mittanzen auf, Leute boten ihr etwas zu essen an, andere wollten sich mit ihr

unterhalten. Sie wies sie alle höflich ab. Schließlich bog sie zu Savidlins Haus ab. Dort musste er wohl sein. Doch das Haus war verlassen. Sie setzte sich auf das Fell und überlegte. Würde er ohne sie aufbrechen? Ihr Herz raste vor Panik. Sie suchte den Boden mit den Augen ab. Nein. Sein Gepäck war noch da, wo sie es hingelegt hatte, als sie den Apfel geholt hatte. Außerdem würde er nicht vor der Versammlung aufbrechen.

Dann dämmerte es ihr. Sie wusste, wo er war. Sie musste lächeln, nahm einen Apfel aus seinem Gepäck und rannte durch die dunklen Gassen zwischen den Häusern des Dorfes der Schlamm-Menschen zum Haus der Seelen.

Plötzlich schimmerte ein Lichtschein in der Dunkelheit. Ringsum leuchteten die Mauern auf. Erst wusste sie nicht, was es war. Dann blickte sie zwischen den Häusern hindurch und sah das Wetterleuchten. Blitze am Horizont, in allen Richtungen, ringsum. Sie reckten ihre Finger wütend in den Himmel und die schwarzen Wolken, und ließen sie von innen in brodelnden Farben erstrahlen. Es gab keinen Donner. Und dann war es vorbei, und es herrschte wieder Dunkelheit. Hatte dieses Wetter denn nie ein Ende? Würde sie jemals wieder die Sterne sehen, oder die Sonne? Zauberer und ihre Wolken, grübelte sie und schüttelte den Kopf. Sie fragte sich, ob sie Zedd je wiedersehen würde. Wenigstens schützten die Wolken Richard vor Darken Rahl.

Das Haus der Seelen lag im Dunkeln, fernab vom Lärm und Trubel des Festmahls. Vorsichtig drückte Kahlan die Tür auf. Richard saß vor dem Feuer auf dem Boden, das Schwert in der Scheide neben sich. Er drehte sich nicht um, als er das Geräusch hörte.

»Deine Führerin möchte mit dir reden«, sagte sie unterwürfig.

Quietschend schloss sich die Tür hinter ihr, und sie kniete sich hin und hockte sich klopfenden Herzens auf den Fersen neben ihm nieder.

»Und was möchte meine Führerin mir sagen?« Wenigstens lächelt er, dachte sie, ohne es zu wollen.

»Dass sie einen Fehler gemacht hat«, sagte sie leise und

bohrte dabei am Zug ihrer Hose, »und dass es ihr leid tut. Sehr, sehr leid. Nicht nur, was sie getan hat, sondern auch, weil sie dir nicht vertraut hat.«

Er hatte die Arme um die Knie geschlungen. Er sah sie an. Der warme rötliche Schein des Feuers spiegelte sich in seinen gütigen Augen.

»Ich hatte mir eine ganze Rede zurechtgelegt, und jetzt fällt mir kein einziges Wort davon ein. Daran bist du schuld.« Er lächelte.

»Die Entschuldigung ist angenommen.«

Eine Woge der Erleichterung überkam sie. Ihr war, als würde ihr Herz wieder zu einem Ganzen. Sie blickte ihn von unten herauf an. »War die Rede gut?«

Sein Grinsen wurde breiter. »Anfangs schien es so, aber jetzt bin ich nicht mehr so sicher.«

»Im Reden bist du recht gut. Fast hättest du die Ältesten um den Verstand gebracht, den Vogelmann eingeschlossen.« Sie streckte die Arme aus und hänge ihm die Pfeife um den Hals.

Er löste seine Hände und betastete sie. »Wozu soll das gut sein?«

»Ein Geschenk des Vogelmannes, als Entschuldigung, weil er dich zu etwas zwingen wollte. Er meinte, er hätte kein Recht dazu, und möchte dir mit diesem Geschenk dafür danken, dass du ihm die Augen des Herzens geöffnet hast. Morgen will er dir zeigen, wie man sie benutzt.« Kahlan drehte sich um und setzte sich ihm gegenüber mit dem Rücken zum Feuer, ganz dicht bei ihm. Die Nacht war warm. Richard glänzte in der Hitze vor Schweiß. Die Symbole auf seiner Brust und seinen Oberarmen verliehen ihm etwas Wildes, Unbändiges. »Wie du den Menschen die Augen öffnest«, sagte sie ehrfürchtig. »Ich glaube, das war Magie.«

»Vielleicht. Zedd hat gesagt, manchmal sei ein Trick die beste Magie.«

Der Klang seiner Stimme brachte etwas ganz tief in ihrem Innern zum Klingen. Sie fühlte sich schwach. »Und Adie meinte, du besäßest die Magie der Zunge«, flüsterte sie.

Er sah sie aus seinen grauen Augen durchdringend an, erdrückte sie mit seiner Macht. Ihr Atem ging schneller. Die quälenden Klänge der Boldas wurden aus der Ferne hereingetragen und vermischten sich mit dem Knistern des Feuers, mit seinem Atem. Nie hatte sie sich so geborgen gefühlt, so entspannt und gleichzeitig so aufgeregt. Es war verwirrend. Ihr Blick wanderte von seinen Augen zu anderen Stellen seines Gesichts, der Form seiner Nase, seinen Wangenknochen, seinem Kinn. Ihr Blick heftete sich auf seine Lippen. Plötzlich wurde ihr bewusst, wie heiß es im Haus der Seelen war. Ihr wurde schwindlig.

Ohne den Blick von ihm zu wenden, nahm sie den Apfel aus ihrer Tasche und biss langsam genussvoll in das saftige Fleisch. Sein eiserner Blick geriet keinen Augenblick ins Schwanken. Einer Eingebung folgend, hielt sie ihm plötzlich den Apfel hin und hielt ihn fest, als er ein großes, saftiges Stück herausbiss. Wenn er sie nur ebenso mit seinen Lippen berühren könnte.

Warum eigentlich nicht? Sollte sie auf dieser Suche sterben, ohne je die Gelegenheit erhalten zu haben, zur Frau zu werden? Durfte sie nur als Kriegerin auftreten? Um für jedermanns Glück zu kämpfen, nur nicht für ihr eigenes? Selbst in den besten Zeiten starben Sucher viel zu schnell, und diese Zeiten waren alles andere als gut.

Dies war das Ende aller Zeit.

Der Gedanke, er könnte sterben, war qualvoll.

Sie blickte ihm in die Augen und presste den Apfel fester gegen seine Zähne. Selbst, wenn sie ihn erwählte, überlegte sie, könnte er immer noch an ihrer Seite weiterkämpfen, vielleicht sogar noch entschlossener als jetzt. Aus anderen Gründen vielleicht, doch ebenso tödlich, vielleicht sogar noch tödlicher. Er würde sich jedoch verändern, er wäre nicht mehr der Gleiche wie jetzt. Diese Person würde für immer verschwunden sein.

Aber wenigstens würde er ihr gehören. Sie sehnte sich so sehr nach ihm, auf eine Art, wie sie noch nie etwas gewollt hatte, auf eine Art, die quälend war. Sollten sie beide sterben, ohne die Chance gehabt zu haben, zu leben? Die Sehnsucht nach ihm wurde zu einer prickelnden Schwäche.

Sie nahm ihm neckisch den Apfel vom Mund. Der Saft rann ihm übers Kinn. Langsam und voller Bedacht beugte sie sich vor und leckte ihm den süßen Saft vom Kinn. Ihre Gesichter waren nur Zentimeter voneinander entfernt, sie atmete seinen schnellen, warmen Atem. Sie war so nah, dass sie seine Augen kaum noch klar erkennen konnte. Sie musste schlucken.

Jegliche Vernunft verschwand und wurde durch Empfindungen ersetzt, die sie erwartungsvoll hinhielten und mit heißem Verlangen packten.

Sie ließ den Apfel fallen und berührte mit ihren nassen Fingern seine Lippen. Sie befeuchtete sich die Oberlippe und sah, wie er jeden ihrer Finger nacheinander in den Mund gleiten ließ und den Saft ableckte. Das Gefühl im Innern seines Mundes, warm und feucht, ließ sie erschaudern. Ohne es zu wollen, stöhnte sie leise. Ihr Herz schlug wie wild. Ihre Brust hob sich. Mit den nassen Fingern fuhr sie ihm übers Kinn, den Hals, bis auf seine Brust und ließ sie leise über die aufgemalten Symbole gleiten, spürte ihnen mit den Fingern nach, ertastete seine Erhebungen und Senken.

Über ihm kniend ließ sie ihre Fingerspitzen über seiner erregten Brust kreisen, streichelte ihn fest mit ganzer Hand, während sie die Augen für einen Moment schloss und den Kopf in den Nacken warf. Mit sanfter Gewalt drückte sie ihn auf den Rücken. Er ließ es widerstandslos mit sich geschehen. Die Hand noch immer auf seine Brust gestützt, beugte sie sich über ihn. Sie war überrascht, wie er sich anfühlte, wie fest seine Muskeln unter der nachgebenden, samtweichen Haut waren, sie fühlte den nassen Schweiß, die Drahtigkeit seiner Haare, die Hitze. Seine Brust hob und senkte sich, sein Atem ging schwer, das Leben erwachte in ihm.

Ein Knie neben seinem Körper, stemmte sie das andere zwischen seine Schenkel, sah ihm in die Augen, während ihr Haar um sein Gesicht fiel und sie sich noch immer mit der Hand auf seiner Brust abstützte. Sie wollte nicht loslassen, brauchte den Kontakt zu seinem schweißnassen Körper. Der Kontakt ließ den Funken überspringen. Er spannte die Muskeln zwischen ihren Knien, und ihr Puls raste noch schneller. Sie musste den Mund öffnen, um genug Luft zu bekommen. Dann verlor sie sich in seinen Augen. Augen, die ihre Seele zu durchdringen und sie bloßzulegen schienen. Ein Feuersturm durchtoste sie.

Mit der anderen Hand knöpfte sie flink ihr Hemd auf und zerrte es sich aus der Hose.

Immer noch auf seine Brust gestützt, legte sie ihm eine Hand unter seinen kräftigen Nacken. Ihre Finger glitten durch sein feuchtes Haar, ballten sich zur Faust und rissen seinen Kopf zu Boden.

Seine große, kräftige Hand schob sich unter ihr Hemd, glitt kreisend nach unten, um dann langsam ihre Wirbelsäule hinaufzuklettern, ließ sie erschaudern und machte endlich zwischen ihren Schulterblättern halt. Mit halb geschlossenen Augen presste sie den Rücken gegen seine Hand, wollte, dass er sie an sich zog. Ihr Atem ging schnell. Sie keuchte fast.

Sie zog ihr Knie hoch, so weit es ging. Mit dem Atem entwichen ihr leise Laute. Seine Brust drückte sich gegen ihre Hand. Er war ihr noch nie so groß vorgekommen wie jetzt, als er unter ihr lag.

»Ich will dich«, keuchte sie in atemlosem Flüstern.

Sie senkte den Kopf. Und berührte mit ihren Lippen leicht seinen Mund.

Sein Blick bekam etwas Gequältes. »Nur, wenn du mir zuerst verrätst, was du bist.«

Die Worte waren scharf wie ein Messer. Sie riss die Augen auf und hob den Kopf ein wenig. Aber sie berührte ihn, er konnte sie nicht aufhalten, und sie wollte es auch nicht. Im Augenblick konnte sie ihre Kraft kaum noch beherrschen, sie entglitt ihr zusehends. Kahlan spürte es. Sie presste ihm wieder die Lippen auf den Mund, und wieder entwich mit ihrem Atem ein leises Geräusch.

Die Hand unter ihrem Hemd schob sich nach oben, packte ihr in die Haare und riss ihren Kopf zurück.

»Kahlan, ich habe es ernst gemeint. Nur, wenn du es mir vorher verrätst.«

Vernunft strömte kalt zurück in ihre Gedanken und ertränkte ihre Leidenschaft. Noch nie hatte sie jemanden so gemocht. Wie konnte sie ihn mit ihrer geheimen Kraft berühren?

Sie stieß sich fort. Was tat sie hier? Was hatte sie sich bloß gedacht?

Sie setzte sich auf ihre Hacken, nahm die Hand von seiner Brust und schlug sie sich vor den Mund. Die Welt um sie herum stürzte ein. Wo war sie, was hatte sie beinahe getan? Wie konnte sie es ihm erklären? Er würde sie hassen, und sie würde ihn verlieren. Alles drehte sich und ihr wurde übel.

Richard setzte sich auf und legte ihr zart die Hand auf die Schulter. »Kahlan«, sagte er leise und zog ihre angsterfüllten Blicke auf sich, »du brauchst es mir nicht zu erzählen, wenn du nicht magst. Nur, wenn du willst.«

Sie legte die Stirn in Falten, um nicht in Tränen auszubrechen.

»Bitte.« Fast bekam sie die Worte nicht heraus. »Halt mich einfach fest, ja?«

Er zog sie zärtlich an sich, drückte ihren Kopf an seine Schulter. Mit eiskalten Fingern krallte sich der Schmerz ihres Daseins in ihr fest. Er legte schützend den Arm um sie, hielt sie fest und wiegte sie sanft hin und her.

»Dazu sind Freunde da«, flüsterte er ihr ins Ohr.

Sie war so erledigt, dass sie nicht einmal weinen konnte.

»Ich verspreche es dir, Richard, ich werde es dir sagen. Aber nicht heute Abend. Heute Abend halte mich einfach fest. Bitte.«

Er legte sich langsam wieder hin und drückte sie mit seinen kräftigen Armen fest an sich, während sie auf ihren Knöchel biss und sich mit der anderen Hand an ihn klammerte.

»Wann du willst. Vorher nicht«, versprach er ihr.

Das Entsetzen über ihr eigenes Dasein umgab sie mit seiner ganzen Kälte. Sie fröstelte. Lange Zeit wollte sie die Augen nicht schließen, bis sie schließlich doch einschlief. Ihr letzter Gedanke galt ihm.

28. Kapitel

ersuch es noch einmal«, meinte der Vogelmann. »*Und denke dabei an den Vogel, den du rufst.*« Dabei tippte er Richard mit den Knöcheln an den Kopf. »*Aber nicht hiermit, sondern*«, er rammte ihm den Finger in den Bauch, »*damit.*«

Richard nickte. Während Kahlan übersetzte, führte er die Pfeife an die Lippen. Wie gewöhnlich war nichts zu hören. Der Vogelmann, Richard und Kahlan blickten über das ebene Land. Die Jäger, die sie hinaus in die Steppe begleitet hatten, lehnten auf ihren Speeren, die sie mit der Spitze nach oben auf den grasigen Boden gestellt hatten. Ihre Köpfe gingen nervös hin und her.

Scheinbar aus dem Nichts stießen Stare, Spatzen und kleine Feldvögel auf die die kleine Gruppe von Menschen herab. Lachend, wie schon den ganzen Tag, zogen die Jäger die Köpfe ein. Die Luft war voller kleiner Vögel, die wild umeinander kreisten. Der Himmel war schwarz von ihnen. Hysterisch lachend warfen sich die Jäger zu Boden und hielten die Hände über den Kopf. Richard verdrehte die Augen. Kahlan wandte sich lachend ab. Völlig außer sich hob der Vogelmann seine eigene Pfeife an die Lippen, blies immer wieder mit wehender Silbermähne hinein, und versuchte verzweifelt, die Vögel zu verscheuchen. Endlich befolgten sie sein Pfeifen und verschwanden wieder. Stille senkte sich über das Grasland. Natürlich bis auf die Jäger, die sich immer noch vor Lachen auf dem Boden wälzten.

Der Vogelmann atmete tief durch und stemmte die Hände in die Hüfte. »*Ich geb's auf. Den ganzen Tag haben wir es jetzt ver-*

sucht, und es ist immer noch dasselbe wie am Anfang. *Richard mit dem Zorn*«, verkündete er, »*du bist der schlimmste Vogelrufer, den ich je gesehen habe. Ein Kind lernt es mit drei Versuchen, doch du wirst bis zum Ende deines Lebens nicht genug Atem haben, um es zu kapieren. Es ist hoffnungslos. Deine Pfeife gibt nichts anderes von sich als ›Kommt, hier gibt es was zu fressen.‹*«

»Aber ich habe ›Habicht‹ gedacht, ganz bestimmt. Welchen Vogel du auch genannt hast, ich habe ihn mir so fest vorgestellt, wie ich konnte, ehrlich.«

Nach Kahlans Übersetzung lachten die Jäger nur noch heftiger. Richard warf ihnen einen finsteren Blick zu, doch das änderte nichts. Der Vogelmann verschränkte seufzend die Arme.

»*Es hat keinen Zweck. Der Tag geht zu Ende, bald findet die Versammlung statt.*« Er legte dem frustrierten Sucher den Arm um die Schultern. »*Behalte die Pfeife trotzdem als Geschenk. Sie wird dir zwar nie etwas nutzen, aber vielleicht erinnert sie dich daran, dass du zwar in vielen Dingen besser bist als die meisten Menschen, hierin jedoch unfähiger als ein kleines Kind.*«

Die Jäger grölten. Richard gab sich geschlagen. Alle sammelten ihre Sachen zusammen und machten sich auf den Weg zurück ins Dorf.

Richard beugte sich zu Kahlan hinüber. »Ich habe mein Bestes gegeben. Wirklich. Ich begreife es nicht.«

Schmunzelnd nahm sie seine Hand. »Davon bin ich überzeugt.«

Der wolkenverhangene Tag war strahlender als die vorhergehenden gewesen – selbst jetzt noch, als die Dämmerung anbrach, und das hatte ihre Laune erheblich aufgebessert. Größtenteils lag das daran, wie Richard sie behandelte. Er hatte keine Fragen gestellt und ihr Zeit gelassen, sich vom vorigen Abend zu erholen. Er hatte sie einfach in den Arm genommen und in Ruhe gelassen. Obwohl nichts geschehen war, fühlte sie sich ihm näher als je zuvor, gleichzeitig wusste sie, dass dies nichts Gutes verhieß. Es verschlimmerte nur ihr Dilemma. Fast hätte sie gestern Abend einen großen Fehler begangen. Den größten Fehler ihres Lebens. Sie war erleichtert, weil er sie noch rechtzeitig daran gehindert hatte. Ein Teil von ihr wünschte jedoch, er hätte es nicht getan.

Als sie an diesem Morgen aufgewacht war, hatte sie nicht gewusst, wie er ihr gegenüber empfand, ob er verletzt war, wütend, oder ob er sie vielleicht hasste. Sie hatte sich zwar die ganze Nacht über mit nackter Brust an ihn geschmiegt, doch als sie sich das Hemd zuknöpfte, hatte sie ihm schamhaft den Rücken zugekehrt und ihm erklärt, dass kein Mensch je einen so geduldigen Freund gehabt hätte. Sie hoffte nur, ihm das eines Tages zurückzahlen zu können.

»Das hast du bereits. Du hast dein ganzes Vertrauen, dein Leben in meine Hände gelegt. Du hast geschworen, mich bei deinem Leben zu verteidigen. Welchen Beweis könnte ich sonst noch wollen?«

Daraufhin hatte sie sich umgedreht, mit Macht dem Wunsch widerstanden, ihn zu küssen, und hatte sich bedankt, dass er sich mit ihr abgab.

»Ich muss allerdings zugeben«, hatte er mit einem Schmunzeln gemeint, »Äpfel werde ich von jetzt an mit anderen Augen betrachten.«

Sie hatte gelacht, teils aus Verlegenheit. Anschließend hatten sie sich lange zusammen darüber amüsiert. Irgendwie war ihr danach besser, und was ein Stachel hätte werden können, war ihr gezogen worden.

Plötzlich hielt Richard an. Sie blieb ebenfalls stehen und betrachtete ihn, während die anderen weitergingen.

»Richard, was ist?«

»Die Sonne.« Er wirkte blass. »Einen Augenblick lang hatte ich einen Sonnenstrahl auf meinem Gesicht.«

Sie drehte sich nach Westen. »Ich sehe nur Wolken.«

»Aber es stimmt. Eine winzige Öffnung. Jetzt sehe ich sie allerdings auch nicht mehr.«

»Glaubst du, das hat was zu bedeuten?«

Er schüttelte den Kopf. »Ich weiß es nicht. Aber es ist der erste Riss in den Wolken, den ich gesehen habe, seit Zedd sie dort hingesetzt hat. Vielleicht bedeutet es nichts.«

Sie gingen weiter. Der gespenstische Klang der Boldas schlug ihnen über das windgepeitschte, flache Grasland entgegen. Das Festmahl war noch immer in Gang, wie auch schon die ganze vergangene Nacht. Es würde bis zum Abend dauern, bis die Versammlung vorüber war. Alle waren bester Dinge, bis auf die Kinder, von denen viele übermüdet herumliefen oder zufrieden hier und dort in einer Ecke schliefen.

Die sechs Dorfältesten saßen jetzt ohne ihre Frauen auf der Plattform. Sie aßen ein kleines Mahl, das ihnen von besonderen Frauen serviert wurde: Köchinnen, denen allein es vorbehalten war, das Festmahl der Versammlung vorzubereiten. Kahlan sah zu, wie sie den Ältesten einen Trank einschenkten. Er war rot, anders als alles andere, was man anlässlich des Festmahls trank. Die Augen der sechs waren glasig, abwesend, so als sähen sie Dinge, die andere nicht sahen. Kahlan fröstelte. Die Seelen ihrer Vorfahren waren bei ihnen.

Der Vogelmann unterhielt sich mit ihnen. Als er mit ihrer Antwort zufrieden war, nickte er, und sie erhoben sich und gingen im Gänsemarsch zum Haus der Seelen. Der Klang der Trommeln und Boldas veränderte sich auf eine Weise, die ihr eine Gänsehaut machte. Der Vogelmann kehrte gemächlich zu ihnen zurück. Seine Augen waren so stechend und intensiv wie immer.

»Es ist so weit«, meinte er zu ihr. »Richard und ich müssen jetzt gehen.«

»Was soll das heißen, ›Richard und ich‹? Ich komme mit.«

»Ausgeschlossen.«

»Ich bin die Führerin des Suchers. Ich werde zum Übersetzen gebraucht.«

Der Vogelmann blickte sich verlegen um. »Aber eine Versammlung besteht nur aus Männern«, wiederholte er. Offenbar fiel ihm nichts Besseres ein.

Sie verschränkte die Arme. »Nun, bei dieser wird eine Frau dabei sein.«

Richards Blick ging zwischen ihr und dem Vogelmann hin und her. An ihrer Stimme merkte er, dass etwas in der Luft lag, beschloss aber, sich nicht einzumischen. Der Vogelmann beugte sich ein wenig näher zu ihr, senkte die Stimme.

»Wenn wir die Seelen treffen, müssen wir so sein wie sie«, sagte er bestimmt.

Sie kniff die Augen zusammen. »Soll das heißen, wir dürfen keine Kleider tragen?«

Er atmete durch und nickte. »Und man muss mit Schlamm bedeckt sein.«

»Also schön«, sagte sie. »Ich habe nichts dagegen.«

Er lehnte sich ein Stück zurück. »Und was ist mit dem Sucher? Vielleicht möchtest du ihn fragen, was er davon hält?«

Sie wich seinem Blick eine ganze Weile nicht aus, dann wandte sie sich an Richard. »Ich muss dir etwas erklären. Wenn jemand eine Versammlung einberuft, werden ihm manchmal durch die Ältesten Fragen der Seelen gestellt, um sicherzustellen, dass er in nobler Absicht handelt. Sollten die Seelenvorfahren eine Antwort für unehrenhaft oder unehrlich halten, könnten sie dich töten. Nicht die Ältesten, die Seelen.«

»Ich habe das Schwert«, erinnerte er sie.

»Nein, hast du nicht. Wenn du eine Versammlung willst, musst du es machen wie die Ältesten und darfst den Seelen nur mit dir selbst gegenübertreten. Du darfst weder Schwert noch Kleider tragen, und du musst mit Schlamm bemalt sein.« Sie holte Luft und warf eine Haarsträhne über die Schulter. »Wenn ich nicht dabei bin, um zu übersetzen, könntest du getötet werden, weil du eine Frage nicht beantwortest, die du einfach nicht verstanden hast. Ich muss zum Übersetzen dabei sein. Auch ich darf keine Kleider tragen. Der Vogelmann ist verstimmt und möchte wissen, was du davon hältst. Er hofft darauf, du würdest es mir verbieten.«

Richard musterte sie. »Ich denke, du bist so oder so entschlossen, die Kleider im Haus der Seelen abzulegen.«

Er fing an zu lächeln, und seine Augen funkelten. Kahlan musste sich auf die Lippe beißen, um nicht loszuprusten. Der Vogelmann blickte verwirrt von einem zum anderen.

»Richard!« Sie hob warnend die Stimme. »Die Sache ist ernst. Und mach dir nicht zu viele Hoffnungen. Es wird dunkel sein.« Trotzdem konnte sie sich das Lachen kaum verkneifen.

Richard wandte sich mit wieder ernstem Gesicht an den Vogelmann. »Ich habe die Versammlung einberufen. Ich brauche Kahlan dabei.«

Sie sah förmlich, wie er beim Übersetzen zusammenzuckte. »Ihr zwei habt meine Geduld auf die Probe gestellt, seit ihr hier seid.« Er seufzte laut. »Warum sollte sich das ausgerechnet jetzt ändern? Gehen wir.«

Kahlan und Richard gingen nebeneinander und folgten dem Vogelmann, der sie durch die dunklen Gassen des Dorfes führte, mehrmals rechts, dann wieder links abbog. Kahlan war sehr viel nervöser, als sie es sich anmerken ließ. Auch wenn sie dafür nackt unter acht Männern sitzen musste, sie wollte Richard auf keinen Fall allein in die Versammlung gehen lassen. Dies war nicht der rechte Zeitpunkt, alles aus den Händen gleiten zu lassen, dafür hatten sie zu hart gearbeitet. Die Zeit war zu knapp.

Sie setzte ihre Konfessormiene auf.

Als sie das Haus der Seelen erreicht hatten, führte der Vogelmann sie durch einen schmalen Durchgang in ein kleines Gebäude gleich nebenan. Die anderen Ältesten waren bereits da, saßen im Schneidersitz auf dem Boden und starrten geistesabwesend ins Leere. Sie lächelte Savidlin an, doch der reagierte nicht. Der Vogelmann nahm eine kleine Bank und zwei Tontöpfe zur Hand.

»Wenn ich eure Namen nenne, kommt ihr heraus. Bis dahin wartet ihr«

Sie erklärte Richard, was der Vogelmann gesagt hatte, während der sich mitsamt seiner Bank und den zwei Töpfen seitlich durch die Tür drückte. Nach einer Weile rief er Caldus' Namen, danach in gewissen Abständen nacheinander die der anderen, Savidlin zuletzt. Savidlin sagte kein Wort, schien nicht einmal zu bemerken, dass sie überhaupt da waren. In seinen Augen sah man die Seelen. Kahlan und Richard hockten allein in dem leeren, dunklen Raum und warteten. Sie bohrte am Absatz ihres Stiefels herum und versuchte, nicht daran zu denken, auf was sie sich eingelassen hatte, dennoch kam ihr nichts anderes in den Sinn. Richard würde unbewaffnet sein, ohne Schwert, ohne Schutz. Aber sie würde nicht ohne ihre Kräfte sein. Sie konnte ihn schützen. Sie hatte zwar nicht davon gesprochen, aber dies war der andere Grund, warum sie dort drinnen sein musste. Wenn etwas schiefging, wäre sie es, die sterben würde, und nicht er, so viel stand für sie fest. Dafür würde sie schon sorgen. Sie stählte sich, ging in sich. Dann hörte sie den Vogelmann Richards Namen rufen. Er stand auf.

»Hoffentlich klappt alles. Wenn nicht, haben wir jede Menge Ärger. Ich bin froh, dass du dabei bist.« Es war eine Warnung, damit sie wachsam bliebe.

Sie nickte. »Vergiss nicht, Richard, das ist jetzt unser Volk, wir gehören zu ihnen. Sie wollen uns helfen und werden ihr Bestes tun.«

Kahlan hockte mit umschlungenen Knien da und wartete, bis ihr Name aufgerufen wurde, dann ging sie hinaus in die kühle, dunkle Nacht. Der Vogelmann saß an die Wand des Hauses der Seelen gelehnt auf der kleinen Bank. Trotz der Dunkelheit konnte sie erkennen, dass er nackt und mit zackigen Symbolen bemalt war. Sein ganzer Körper war mit Streifen und Kringeln bedeckt, seine silbrige Mähne fiel ihm über die nackten Schultern. Ganz in der Nähe hockten Hühner auf einer kleinen Mauer und sahen zu. Neben dem Vogelmann stand ein Jäger. Zu seinen Füßen lagen Kojotenfelle, Kleider und Richards Schwert.

»*Zieh deine Kleider aus*«, befahl der Vogelmann.

»*Was soll das?*«, fragte sie und zeigte auf den Jäger.

»*Er ist hier, um die Kleider entgegenzunehmen. Sie werden zur Plattform der Ältesten gebracht, damit die Menschen sehen können, dass wir uns bei einer Versammlung befinden. Er wird sie vor Tagesanbruch zurückbringen, damit die Menschen wissen, dass die Versammlung beendet ist.*«

»*Schön. Bitte ihn, sich umzudrehen.*«

Der Vogelmann tat es. Der Jäger drehte sich um. Sie griff nach ihrem Gürtel und zerrte ihn aus der Schnalle. Dann hielt sie inne und sah den Vogelmann an.

»*Kind*«, sagte er leise, »*heute Abend bist du weder Mann noch*

Frau. Du bist ein Schlamm-Mensch. Und ich bin heute Abend weder Mann noch Frau. Ich bin ein Führer der Seelen.«

Sie nickte, zog sich aus, stellte sich vor ihn und spürte die kühle Nachtluft auf der Haut. Er schöpfte eine Handvoll weißen Schlamms aus einem der Töpfe. Seine Hand zögerte. Sie wartete. Trotz seiner Worte war es ihm etwas unangenehm. Sie zu sehen war eins, sie zu berühren etwas anderes.

Kahlan ergriff seine Hand, drückte sie fest gegen ihren Bauch und spürte, wie der kalte Schlamm an ihren Körper klatschte.

»Fang an«, befahl sie.

Als er fertig war, stießen sie die Tür auf und gingen nach drinnen. Er setzte sich in den Kreis der bemalten Ältesten, sie gegenüber, gleich neben Richard. Ein dramatisches Geflecht aus schwarzen und weißen Linien zog sich schwungvoll schräg über sein Gesicht, eine Maske, die sie alle für die Seelen angelegt hatten. Die Schädel aus dem Regal waren in der Mitte zu einem Kreis angeordnet, in der Feuerstelle hinter ihr schwelte eine kleine Flamme, die einen seltsam beißenden Rauch von sich gab. Die Ältesten starrten wie gebannt geradeaus und intonierten einen rhythmischen Gesang, dessen Worte sie nicht verstand. Der Vogelmann hob seinen abwesenden Blick. Wie von selbst schloss sich die Tür.

»Von jetzt an darf, bis wir fertig sind, niemand herein und niemand hinaus. Die Tür ist durch die Seelen verriegelt.«

Kahlan ließ den Blick durch den Raum schweifen und sah nichts. Ein Frösteln kroch ihr den Rücken hinauf. Der Vogelmann griff in einen geflochtenen Korb neben sich. Er zog einen winzigen Frosch heraus, es war zu dunkel, um zu erkennen, welche Farbe er hatte, dann reichte er den Korb an den nächsten Ältesten weiter. Jeder nahm sich einen Frosch und rieb sich dessen Rücken gegen die Brust. Der Korb kam zu ihr. Sie hielt ihn mit beiden Händen und sah den Vogelmann an.

»Warum tun wir das?«

»Das sind rote Seelenfrösche, sehr schwer zu finden. Auf ihrem Rücken haben sie eine Substanz, die uns diese Welt vergessen lässt und es uns erlaubt, die Seelen zu sehen.«

»Geehrter Ältester, ich bin vielleicht ein Schlamm-Mensch, aber

ich bin auch Konfessor. Ich darf meine Kraft nicht offen zeigen. Wenn ich diese Welt vergesse, kann ich das vielleicht nicht.«

»Zum Umkehren ist es jetzt zu spät. Die Seelen sind bereits unter uns. Sie haben dich gesehen und die Symbole, die ihnen die Augen öffnen. Du darfst nicht fort. Wenn jemand hier ist, der sie nicht erkennen kann, werden sie ihn töten und ihm seine Seele rauben. Ich verstehe dein Problem, aber ich kann dir nicht helfen. Du wirst einfach dein Bestes tun müssen, um deine Kraft zurückzuhalten. Gelingt es dir nicht, ist einer von uns verloren. Das müssen wir in Kauf nehmen. Wenn du sterben willst, lass den Frosch im Korb. Willst du Darken Rahl aufhalten, nimm ihn heraus.«

Sie starrte mit großen Augen in sein hartes Gesicht. Und griff in den Korb. Der Frosch zappelte und trat um sich, als sie den Korb an Richard weiterreichte und ihm sagte, was er zu tun hatte. Es kostete sie einige Überwindung, den kalten, glitschigen Froschrücken zwischen ihre Brüste zu drücken, der einzigen Stelle an ihrem Körper, die nicht mit Symbolen bemalt war. Sie verrieb ihn wie die anderen mit einer kreisförmigen Bewegung. Wo der Schleim ihre Haut berührte, fing sie an zu kribbeln und spannte sich. Das Gefühl verbreitete sich über den ganzen Körper. Der Klang der Boldas und der Trommeln schwoll an, bis er das Einzige auf der ganzen Welt zu sein schien. Ihr ganzer Körper vibrierte in diesem Rhythmus. In Gedanken versuchte sie, ihre Kraft zurückzuhalten, und hoffte noch, es würde reichen, als sie spürte, wie sie abzudriften begann.

Man ergriff sich bei den Händen. Die Wände des Raumes verschwammen. Ihr Bewusstsein begann in Wellen zu fließen wie das Kräuseln an der Oberfläche eines Teiches, treibend, tanzend, sprunghaft. Sie spürte, wie sie mit den anderen zu kreisen begann, rings um die Schädel in ihrer Mitte. Die Schädel begannen zu leuchten und erhellten den Kreis aus Gesichtern. Sie wurden von einer weißen Leere aus Nichts verschluckt. Lichtstrahlen aus der Mitte wirbelten mit ihnen herum.

Von allen Seiten näherten sich Gestalten. Entsetzt erkannte sie, was sie waren.

Schattenwesen.

Sie wollte schreien, doch der Laut blieb ihr in der Kehle stecken. Sie quetschte Richards Hand. Sie musste ihn beschützen. Sie versuchte, auf die Beine zu kommen, sich über ihn zu werfen, damit sie ihn nicht berühren konnten. Doch ihr Körper wollte nicht. Mit Erschrecken stellte sie fest, dass es an den Händen lag, und den Händen der Schattenwesen auf ihr. Sie kämpfte, wollte unbedingt auf die Beine, um Richard zu beschützen. Ihr Verstand raste vor Panik. Hatten sie bereits versucht, sie zu töten? War sie längst nicht mehr als eine Seele? Unfähig, sich zu bewegen?

Die Schattenwesen starrten auf sie herab. Schattenwesen hatten keine Gesichter. Diese schon. Die Gesichter der Schlamm-Menschen.

Das waren keine Schattenwesen, stellte sie erleichtert fest, es waren die Seelen der Vorfahren. Sie hielt den Atem an. Bremste ihre Panik. Entspannte sich.

»Wer beruft diese Versammlung ein?«

Die Seelen sprachen. Alle. Zusammen. Der Klang, hohl, flach und tot, raubte ihr fast den Atem. Doch nur der Mund des Vogelmannes bewegte sich.

»Wer beruft diese Versammlung ein?«, wiederholten sie.

»Dieser Mann hier«, sagte sie. »Der Mann neben mir. Richard mit dem Zorn.«

Sie schwebten zwischen den Ältesten hindurch und sammelten sich in der Mitte des Kreises.

»Befreit seine Hände.«

Kahlan und Savidlin ließen Richards Hände los. Die Seelen kreisten in der Mitte, bildeten plötzlich eine Reihe und durchquerten Richards Körper.

Er sog scharf die Luft ein, warf den Kopf nach hinten und schrie vor Schmerz.

Kahlan fuhr auf. Die Seelen schwebten alle hinter ihm. Die Ältesten schlossen die Augen.

»Richard!«

Er senkte den Kopf. »Schon gut. Alles in Ordnung«, brachte er heiser krächzend hervor. Er hatte deutlich sichtbar Schmerzen.

Die Seelen bewegten sich hinter dem Kreis, hinter den Ältesten und ließen sich in ihren Körpern nieder, Seele und Mann am selben Ort, zur selben Zeit. Die Umrisse der Ältesten verschwammen.

»Warum hast du uns herbeigerufen?«, wollte der Vogelmann mit den hohlen, harmonischen Stimmen der Seelen wissen.

Sie beugte sich ein wenig zu Richard, ohne den Vogelmann aus den Augen zu lassen. »Sie möchten, dass du sagst, warum du diese Versammlung einberufen hast.«

Richard atmete ein paar Mal tief durch, um sich zu erholen.

»Ich habe diese Versammlung einberufen, weil ich einen magischen Gegenstand finden muss, bevor Darken Rahl ihn findet. Bevor er ihn sich zunutze machen kann.«

Kahlan übersetzte, sobald die Seelen durch die Ältesten mit Richard sprachen.

»Wie viele hast du getötet?«, fragte Savidlin mit der Stimme der Seelen.

Richard antwortete ohne Zögern. »Zwei.«

»Warum?« fragte Hajanlet in ihrem gespenstischen Tonfall.

»Damit sie nicht mich töten.«

»Beide?«

Er dachte einen Augenblick lang nach. »Den Ersten habe ich aus Notwehr getötet. Den Zweiten, um eine Freundin zu verteidigen.«

»Glaubst du, die Verteidigung einer Freundin gibt dir das Recht zu töten?« Diesmal bewegten sich Arbrins Lippen.

»Ja.«

»Angenommen, dieser Jemand wollte deine Freundin nur töten, um selbst einem Freund zu helfen?«

Richard musste tief Luft holen. »Was soll die Frage?«

»Die Sache ist die: Deiner Meinung nach hat man das Recht zu töten, wenn man einen Freund verteidigt. Doch das gilt auch für den anderen, vorausgesetzt, er wollte töten, um einen Freund zu verteidigen. Er wäre im Recht. Wenn er im Recht war, dann würde das dein Recht aufheben, richtig?«

»Es gibt nicht auf jede Frage eine Antwort.«

»Vielleicht nur eine, die dir nicht gefällt.«

»Vielleicht.«

Kahlan spürte an seinem Ton, dass Richard langsam ungeduldig wurde. Die Augen sämtlicher Ältester und Seelen ruhten auf ihm.

»Hat es dir Spaß gemacht, diesen Mann zu töten?«

»Welchen?«

»Den ersten.«

»Nein.«

»Den zweiten?«

Richards Kiefermuskeln spannten sich. »Was haben diese Fragen für einen Sinn?«

»Jede Frage hat einen anderen Sinn.«

»Und manchmal hat der Sinn nichts mit der Frage zu tun?«

»Beantworte die Frage.«

»Nur, wenn ihr mir erst den Grund dafür mitteilt.«

»Du bist gekommen, um uns Fragen zu stellen. Möchtest du, dass wir nach deinen Gründen fragen?«

»Das tut ihr doch bereits.«

»Beantworte unsere Fragen, sonst beantworten wir deine nicht.«

»Wenn ich eure beantworte, werdet ihr mir dann versprechen, meine zu beantworten?«

»Wir sind nicht zum Feilschen gekommen, sondern weil man uns gerufen hat. Beantworte die Fragen, oder die Versammlung ist vorbei.«

Richard holte tief Luft, atmete langsam aus und starrte nach oben in die Leere. »Ja. Es hat mir Spaß gemacht, ihn zu töten. Der Grund ist die Magie des Schwertes der Wahrheit. Die funktioniert eben so. Hätte ich ihn auf andere Weise getötet, ohne das Schwert, hätte es mir keinen Spaß gemacht.«

»Das ist nicht von Bedeutung.«

»Was?«

»Das ›hätte‹ ist nicht von Bedeutung. Das ›hat‹ dagegen schon. So, jetzt hast du uns also zwei Gründe für die Tötung des zweiten Mannes gegeben. Um einen Freund zu verteidigen. Weil es dir Spaß gemacht hat. Welches ist der wahre Grund?«

»Sie sind beide wahr. Ich habe ihn getötet, um das Leben einer Freundin zu schützen, und Spaß hat es mir gemacht wegen des Schwertes.«

»Und wenn du nicht hättest töten müssen, um deine Freundin zu schützen? Wenn du dich in deiner Einschätzung geirrt hättest? Das Leben deiner Freundin gar nicht in Gefahr gewesen wäre?«
Kahlan reagierte nervös auf die Frage. Sie zögerte einen Augenblick mit der Übersetzung.
»Nach meinem Verständnis ist die Tat nicht so entscheidend wie die Absicht. Ich war der ehrlichen Überzeugung, das Leben meiner Freundin sei in Gefahr, daher fühlte ich mich berechtigt zu töten, um sie zu beschützen. Ich hatte nur einen Augenblick, um mich zu entscheiden. Unentschlossenheit hätte meiner Ansicht nach ihren Tod bedeutet. Wenn die Seelen glauben, ich hätte kein Recht gehabt zu töten, oder dass der, den ich umgebracht habe, dieses Recht besaß und meines dadurch aufgehoben worden wäre, dann sind wir eben nicht einer Meinung. Manche Probleme haben keine eindeutigen Lösungen. Manchmal hat man auch nicht die Zeit, sie genau zu überdenken. Ich musste aus dem Herzen heraus handeln. Ein weiser Mann hat mir einmal gesagt, jeder Mörder sei überzeugt, sein Töten wäre gerechtfertigt. Ich werde töten, um mich, einen Freund oder einen Unschuldigen davor zu bewahren, getötet zu werden. Wenn ihr der Meinung seid, das ist falsch, dann sagt es mir, damit wir mit der quälenden Fragerei aufhören können und ich mich endlich auf die Suche nach den wirklich drängenden Antworten machen kann.«

»Wie gesagt, wir sind nicht zum Feilschen hergekommen. Du hast gesagt, deiner Ansicht nach ist die Tat nicht so wichtig wie die Absicht. Gibt es jemanden, den du hast töten wollen, ohne es jedoch zu tun?«

Der Klang ihrer Stimmen war schmerzhaft. Sie brannten Kahlan auf der Haut.

»Ihr deutet die Zusammenhänge falsch. Ich habe gesagt, ich hätte getötet, weil ich annehmen musste, er wollte sie umbringen. Ich musste etwas unternehmen, sonst wäre sie gestorben. Nicht, dass meine Absicht meine Tat rechtfertigt. Es gibt vermutlich eine lange Liste mit Menschen, die ich zu irgendeiner Zeit mal hatte töten wollen.«

»Wenn du es wolltest, warum hast du es nicht getan?«

»Aus vielen Gründen. Bei einigen hatte ich keinen echten Grund, es war nur ein Gedankenspiel, ein Traum, um den Stachel einer Ungerechtigkeit zu entfernen. Bei anderen fühlte ich mich im Recht, doch ich bin davongekommen, ohne töten zu müssen. Bei wieder anderen habe ich es einfach nicht getan.«
»*Du meinst die fünf Ältesten?*«
Richard seufzte. »Ja.«
»*Aber du hattest es vor*«
Richard antwortete nicht.
»*Ist dies ein Fall, bei dem die Absicht der Tat gleichkommt?*«
Richard musste schlucken. »In meinem Herzen, ja. Die Absicht, sie zu töten, hat mich fast so getroffen, als hätte ich es tatsächlich getan.«
»*Dann haben wir deine Worte offenbar doch nicht völlig aus dem Zusammenhang gerissen?*«
Kahlan sah, wie Richard die Tränen in die Augen traten.
»Warum stellt ihr mir diese Fragen?«
»*Warum suchst du diesen magischen Gegenstand?*«
»Um Darken Rahl aufzuhalten!«
»*Und wie willst du ihn mit diesem Gegenstand aufhalten, wenn du ihn gefunden hast?*«
Richard lehnte sich zurück. Er riss die Augen weit auf. Er begriff. Eine Träne lief seine Wange hinab. »Wenn ich diesen Gegenstand in meinen Besitz bringe und verhindere, dass er ihn bekommt«, flüsterte er, »dann wird er sterben, deswegen. Auf diese Weise werde ich ihn töten.«
»*In Wirklichkeit sollen wir euch also helfen, euch gegenseitig umzubringen.*« Ihre Stimmen hallten durch die Dunkelheit.
Richard nickte bloß.
»*Aus diesem Grund haben wir dir diese Fragen gestellt. Du bittest um Hilfe zum Töten. Findest du es nicht gerecht, dass wir den Menschen kennen sollten, den wir bei seinem Versuch zu töten unterstützen?*«
Richards Gesicht war heiß. »Ich denke schon.«
»*Warum willst du diesen Mann töten?*«
»Aus vielen Gründen.«
»*Warum willst du diesen Mann töten?*«

»Weil er meinen Vater gefoltert und getötet hat. Weil er viele andere gefoltert und getötet hat. Weil er mich töten wird, wenn ich nicht ihn töte. Weil er noch viele andere foltern und töten wird, wenn ich ihn nicht töte. Es ist der einzige Weg, ihn aufzuhalten. Mit Worten ist er nicht zur Vernunft zu bringen. Ich habe keine Wahl, ich muss ihn töten.«

»*Bedenke die nächste Frage sorgfältig. Antworte mit der Wahrheit oder diese Versammlung ist zu Ende.*«

Richard nickte.

»*Was ist der wichtigste Grund von allen, weswegen du diesen Mann töten willst?*«

Richard senkte den Blick und schloss die Augen. »Weil er«, flüsterte er endlich mit tränenverschmiertem Gesicht, »wenn ich ihn nicht töte, Kahlan umbringen wird.«

Kahlan fühlte sich, als hätte ihr jemand in den Magen geschlagen.

Sie brachte es kaum über sich, die Worte zu übersetzen. Richard war entblößt, und das auf mehr als eine Weise. Sie war erbost über die Seelen, die ihm etwas derartig Schlimmes antaten. Und sie war tief beunruhigt über das, was sie ihm antat. Shar hatte recht gehabt.

»*Angenommen, Kahlan spielte keine Rolle, würdest du diesen Mann trotzdem töten?*«

»Auf jeden Fall. Ihr habt mich nach dem vornehmlichen Grund gefragt. Ich habe ihn euch verraten.«

»*Welchen magischen Gegenstand suchst du?*«, wollten sie auf einmal wissen.

»Heißt das, ihr seid mit den Gründen einverstanden, weswegen ich ihn töten will?«

»*Nein. Das heißt, wir haben unsere eigenen Gründe, weshalb wir beschlossen haben, deine Frage zu beantworten. Vorausgesetzt, wir können es. Welchen magischen Gegenstand suchst du?*«

»Eines der Kästchen der Ordnung.«

Als Kahlan die Worte ruhig übersetzte, heulten die Seelen gequält auf. »*Diese Frage dürfen wir nicht beantworten. Die Kästchen der Ordnung sind bereits im Spiel. Die Versammlung ist vorüber.*«

Die Ältesten schlossen die Augen. Richard sprang auf. »Ihr lasst zu, dass Darken Rahl all diese Menschen umbringt, obwohl es in eurer Macht steht, zu helfen?«

»Ja.«

»Ihr lasst zu, dass er eure Nachkommen tötet? Euer Fleisch und Blut? Ihr seid nicht die Seelen der Vorfahren, ihr seid Seelen von Verrätern.«

»Das ist nicht wahr«

»Dann sagt mir, warum!«

»Das ist nicht erlaubt.«

»Bitte! Lasst uns nicht im Stich. Darf ich euch noch eine Frage stellen?«

»Es ist uns nicht erlaubt, zu enthüllen, wo sich die Kästchen der Ordnung befinden. Das ist verboten. Denke nach und stelle uns eine andere Frage.«

Richard setzte sich und zog die Knie an. Rieb sich die Augen mit den Fingerspitzen. Mit all den auf seinen Körper gemalten Symbolen sah er aus wie ein Wilder. Er legte das Gesicht in die Hände und dachte nach. Sein Kopf fuhr hoch.

»Ihr könnte mir nicht sagen, wo die Kästchen sind. Gibt es noch andere Einschränkungen?«

»Ja.«

»Wie viele Kästchen hat Rahl bereits?«

»Zwei.«

Er betrachtete die Ältesten ruhig. »Ihr habt damit gerade enthüllt, wo zwei der Kästchen sich befinden. Das ist verboten«, erinnerte er sie. »Oder handelt es sich vielleicht um eine Art Grauzone des Vorsatzes?«

Schweigen.

»Dieses Wissen unterliegt keinen Einschränkungen. Deine Frage?«

Richard beugte sich vor wie ein Spürhund, der eine Fährte wittert. »Könnt ihr mir verraten, wer weiß, wo sich das letzte Kästchen befindet?«

Kahlan vermutete, dass Richard die Antwort auf die Frage bereits wusste. Sie kannte seine Art, das Pferd von hinten aufzuzäumen.

»Wir kennen den Namen dessen, der das Kästchen besitzt, sowie auch die Namen verschiedener anderer ganz in seiner Nähe, können sie dir aber nicht nennen, weil es das Gleiche wäre, wie dir zu sagen, wo es ist. Das ist verboten.«

»Könnt ihr mir dann den Namen einer Person außer Rahl nennen, der das letzte Kästchen nicht in seinem Besitz hat, aber weiß, wo es ist?«

»Es gibt jemanden, den wir dir nennen können. Sie weiß, wo sich das Kästchen befindet. Das ist erlaubt. Es läge an dir und nicht an uns, dir das entsprechende Wissen zu verschaffen.«

»Das wäre dann meine Frage. Wer ist es? Nennt sie mir.«

Als sie den Namen aussprachen, fuhr Kahlan erschrocken zusammen. Sie übersetzte nicht. Die Ältesten erzitterten bereits bei der bloßen Nennung des Namens.

»Wer ist es? Wie heißt sie?«, wollte Richard von ihr wissen.

Kahlan sah ihn an.

»Wir sind so gut wie tot«, flüsterte sie.

»Wieso? Wer ist es denn?«

Kahlan ließ sich mutlos zurücksinken. »Es ist die Hexe Shota.«

»Und du weißt, wo sie sich aufhält?«

Kahlan nickte mit vor Entsetzen gerunzelter Stirn. »In der Weite Agaden.« Sie hauchte den Namen, als sei seine Erwähnung bereits reines Gift. »Nach Agaden würde sich nicht einmal ein Zauberer trauen.«

Richard betrachtete ihr entsetztes Gesicht, betrachtete die Ältesten, die sich schüttelten.

»Dann müssen wir eben nach Agaden gehen, zu dieser Hexe Shota«, sagte er sachlich, »und herausfinden, wo sich das Kästchen befindet.«

»Möge das Schicksal dir wohlgesonnen sein«, sagten die Seelen durch den Vogelmann. »Das Leben unserer Nachfahren liegt in deiner Hand.«

»Vielen Dank für eure Hilfe, geehrte Vorfahren«, sagte Richard. »Ich werde mein Bestes tun, um Darken Rahl aufzuhalten. Und eurem Volk zu helfen.«

»Gebrauche deinen Kopf. Das tut Darken Rahl auch. Wenn du

dich auf seine Art einlässt, wirst du verlieren. Leicht wird es nicht werden. Du wirst leiden müssen, wie auch unser Volk und andere Völker, bevor du auch nur die Gelegenheit bekommst, zu siegen. Aller Wahrscheinlichkeit nach wirst du trotzdem scheitern. Hör auf unsere Warnung, Richard mit dem Zorn.«

»Ich werde nichts von dem vergessen, was ihr gesagt habt, und gelobe, mein Bestes zu geben.«

»Dann werden wir dein Gelöbnis auf seine Echtheit hin überprüfen. Es gibt noch etwas, was wir dir sagen möchten.« Sie schwiegen einen Augenblick lang. »Darken Rahl ist hier. Er sucht nach dir«

Kahlan übersetzte hastig und sprang auf. Richard stand sofort neben ihr.

»Was? Er ist hier, in diesem Augenblick? Wo steckt er, was tut er gerade?«

»Er befindet sich mitten im Dorf und bringt Menschen um.«

Eine Woge von Angst tobte durch Kahlan. Richard trat einen Schritt vor. »Ich muss hier raus. Ich muss mein Schwert holen. Ich versuche, ihn aufzuhalten!«

»Wie du willst. Aber hör uns zuerst an. Setz dich«, befahlen sie.

Richard und Kahlan ließen sich zurücksinken, sahen sich mit großen Augen an, fassten sich an den Händen. »Macht schon«, drängte Richard.

»Darken Rahl will dich. Dein Schwert kann ihn nicht töten. Heute Abend ist das Übergewicht der Macht auf seiner Seite. Du hast keine Chance. Keine. Um zu gewinnen, musst du das Gleichgewicht der Macht verschieben, und das kannst du heute Abend nicht. Die Menschen, die er heute Abend tötet, werden sterben, ob du gegen ihn kämpfst oder nicht. Gehst du trotzdem hinaus, werden am Ende noch mehr sterben. Viel mehr. Wenn du Erfolg haben willst, musst du den Mut aufbringen, diese Menschen heute Abend sterben zu lassen. Du musst dich selber retten, damit du bei anderer Gelegenheit kämpfen kannst. Diese Qual musst du ertragen. Dein Kopf muss über dem Schwert stehen, wenn du eine Chance haben willst, zu gewinnen.«

»Aber früher oder später muss ich hier raus!«

»Darken Rahl hat viele finstere Albträume freigesetzt. Er muss viele Dinge abwägen, darunter auch seine Zeit. Er hat nicht die Zeit, die ganze Nacht zu warten. Er ist aus gutem Grund sehr zuversichtlich, dich jederzeit, wann immer er will, auslöschen zu können. Er hat keinen Grund, zu warten. Er wird bald verschwunden sein, um sich anderen finsteren Machenschaften zu widmen, und wird sich an einem anderen Tag um dich kümmern. Die Symbole auf dir öffnen uns die Augen für dich, daher können wir dich erkennen. Ihm schließen sie die Augen für dich, er kann dich nicht sehen. Es sei denn, du ziehst dein Schwert. Das kann er sehen, und dann hat er dich. Solange die Symbole auf dir bleiben und der Zauber des Schwertes in der Scheide steckt, kann er dich auf dem Gebiet der Schlamm-Menschen unmöglich finden.«

»Aber ich kann doch nicht hier bleiben!«

»Du musst, wenn du ihn aufhalten willst. Sobald du unser Gebiet verlässt, verlieren die Symbole ihre Kraft, und er kann dich wieder sehen.«

Richards Atem ging schwer, er stand kurz vor der Panik. Seine Hände zitterten. Kahlan sah ihm am Gesicht an, wie sehr er drauf und dran war, die Warnung in den Wind zu schlagen, hinauszugehen und loszuschlagen.

»Die Entscheidung liegt bei dir«, sagten die Seelen. »Entweder du wartest hier, während er einige unserer Leute umbringt, und begibst dich, sobald er wieder verschwunden ist, auf die Suche nach dem Kästchen und tötest ihn. Oder du gehst jetzt hinaus und erreichst nichts.«

Richard presste die Augen zusammen und musste schlucken. Er rang nach Atem.

»Ich warte«, meinte er so schwach, dass sie ihn kaum verstand.

Kahlan schlang ihm die Arme um den Hals und schmiegte ihren Kopf an ihn. Sie mussten beide weinen. Der Ring der Dorfältesten begann wieder zu kreisen.

Das war das Letzte, an was sie sich erinnerte, bis der Vogelmann sie wach rüttelte. Sie fühlte sich, als erwachte sie aus einem Albtraum: die Worte der Seelen, die Ermordung der Schlamm-Menschen, dass sie in die Weite Agaden zu Shota ziehen mussten, um das Kästchen zu finden. Der Gedanke an die Hexe ließ sie innerlich zusammenzucken. Die anderen Ältesten standen über sie gebeugt und halfen ihnen auf die Beine. Alle machten grimmige Gesichter. Die Tränen standen ihr wieder in den Augen. Sie unterdrückte sie.

Der Vogelmann stieß die Tür auf. Die Nachtluft draußen war kalt, der Sternenhimmel klar.

Die Wolken waren verschwunden. Sogar die Schlangenwolke.

Bis Tagesanbruch war es weniger als eine halbe Stunde, und bereits jetzt hatte der Himmel im Osten einen Hauch von Farbe. Ein Jäger mit ernstem Gesicht reichte ihnen die Kleider und Richard sein Schwert. Sie zogen sich wortlos an und gingen nach draußen.

Eine Phalanx aus Jägern und Bogenschützen hatte sich zum Schutz um das Haus der Seelen gestellt. Viele von ihnen waren blutverschmiert. Richard drängte sich vor den Vogelmann.

»Sagt mir, was geschehen ist«, sagte er mit ruhiger Stimme.

Ein Speerträger trat vor. Kahlan blieb an Richards Seite, um zu übersetzen. Dem Mann stand die Wut ins Gesicht geschrieben.

»*Der rote Dämon ist aus dem Himmel herabgestiegen. Er trug einen Mann. Er wollte dich.*« Mit einem Funkeln in den Augen drückte er Richard die Speerspitze vor die Brust. Mit versteinerter Miene legte der Vogelmann seine Hand auf den Speer und drückte die Spitze fort von Richard. »*Als er nur deine Kleider fand, hat er begonnen, Menschen umzubringen. Kinder!*« Seine Brust hob sich vor Zorn. »*Unsere Pfeile konnten ihm nichts anhaben. Unsere Speere konnten ihm nichts anhaben. Und unsere Hände ebenso wenig. Viele von denen, die es versucht haben, wurden von magischem Feuer vernichtet. Dann wurde er noch wütender, als er sah, dass wir Feuer benutzen. Er hat sie alle gelöscht. Anschließend bestieg er wieder den roten Dämon und drohte damit, alle Kinder im Dorf zu töten, sollten wir wieder ein Feuer entzünden. Mittels Zauberkraft ließ er Siddin durch die Lüfte schweben und klemmte ihn sich unter den Arm. Als Geschenk für einen Freund, wie er sagte. Und dann flog er fort. Und wo waren du und dein Schwert?*«

Savidlin hatte Tränen in den Augen. Kahlan presste gegen den reißenden Schmerz in ihrem Herzen die Hand an die Brust. Sie wusste, für wen das Geschenk bestimmt war.

Der Mann spuckte Richard an. Savidlin wollte auf ihn losgehen, doch Richard hielt ihn mit einer Handbewegung zurück.

»Ich habe die Stimmen der Seelen eurer Vorfahren gehört«, erklärte Savidlin. »Er kann nichts dafür!«

Kahlan legte den Arm um Savidlin und tröstete ihn. »Sei stark. Wir haben ihn einmal gerettet, als er verloren schien. Wir werden ihn wieder retten.«

Er nickte tapfer. Sie zog sich zurück. Richard erkundigte sich leise, was sie Savidlin erzählt hatte.

»Eine Lüge«, antwortete sie. »Um seinen Schmerz zu lindern.«

Richard nickte. Er hatte verstanden. Er wandte sich an den Mann mit dem Speer.

»Zeige mir die Toten«, sagte er emotionslos.

»Wozu?«, wollte der Mann wissen.

»Damit ich nie vergesse, warum ich den töten werde, der dies getan hat.«

Der Mann sah kurz wütend zu den Ältesten hinüber, dann führte er sie alle in die Mitte des Dorfes. Kahlan setzte ihren leeren Gesichtsausdruck auf. Sie hatte solche Anblicke bereits viel zu oft gesehen, in anderen Dörfern, an anderen Orten. Wie erwartet war es das Gleiche wie immer. Aufgereiht vor einer Wand lagen die zerfetzten und zerstückelten Leichen von Kindern, die verkohlten Leichen der Männer, die toten Frauen, einige ohne Arme, ohne Kiefer. Die Nichte des Vogelmannes war unter ihnen. Richard zeigte keine Regung, als er durch das Chaos aus kreischenden und klagenden Menschen schritt, vorbei an den Toten, die er betrachtete wie die Ruhe im Auge eines Wirbelsturmes. Oder ein Blitz kurz vor dem Einschlag, dachte Kahlan.

»Sieh an, was du uns beschert hast«, zischte der Mann. »Das ist deine Schuld!«

Richard sah, wie einige nickten, und blickte dem Mann mit dem Speer in die Augen. Seine Stimme war sanft.

»Gib mir ruhig die Schuld, wenn dieser Gedanke deinen Schmerz lindert. Ich ziehe es vor, die Schuld dem zu geben, an dessen Händen noch das Blut klebt.« Er sprach zum Vogelmann und den anderen Dorfältesten. »Benutzt kein Feuer, bis das hier vorbei ist. Das würde ihn nur zu weiterem Gemetzel reizen. Ich schwöre, ich werde diesen Mann aufhalten oder bei dem Versuch ums Leben kommen. Vielen Dank für eure Hilfe, meine Freunde.«

Er warf Kahlan einen stechenden Blick zu. In seinen Augen spiegelte sich die Wut über das gerade Gesehene. Er biss die Zähne zusammen. »Suchen wir diese Hexe.«

Sie hatten keine Wahl. Aber sie hatte schon von Shota gehört.

Sie würden sterben.

Ebenso gut konnten sie Darken Rahl bitten, ihnen zu sagen, wo das Kästchen zu finden war.

Kahlan ging zum Vogelmann und schlang ihm plötzlich die Arme um den Hals.

»*Vergiss mich nicht*«, flüsterte sie.

Als sie sich trennten, ließ der Vogelmann den Blick über die Menge schweifen. Er wirkte abgespannt. »*Die beiden brauchen jemanden, der sie sicher an den Rand unseres Gebietes bringt.*«

Savidlin trat sofort vor. Ohne Zögern stellte sich eine Gruppe von zehn seiner besten Jäger hinter ihn.

29. Kapitel

lötzlich drehte sich Prinzessin Violet um und schlug Rachel ins Gesicht. Natürlich hatte Rachel nichts falsch gemacht. Es gefiel der Prinzessin einfach, sie zu schlagen, wenn sie es am wenigsten erwartete. Sie fand das komisch. Rachel versuchte nicht, zu verbergen, wie weh es tat; war der Schmerz nicht groß genug, würde die Prinzessin noch einmal zuschlagen. Rachel legte die Hand auf die brennende Stelle, ihre Oberlippe zitterte, Tränen traten ihr in die Augen. Doch sie sagte nichts.

Prinzessin Violet wandte sich wieder der glänzenden, polierten Wand aus winzigen Holzschubladen zu, schob ihren dicklichen Finger durch einen Goldring, riss die nächste Lade auf und zog ein funkelndes, mit großen, blauen Steinen besetztes Silbergeschmeide hervor.

»Das hier ist hübsch. Halte mir die Haare hoch.«

Sie stellte sich vor den hohen, holzgerahmten Spiegel und bewunderte sich, während sie den Verschluss hinter ihrem feisten Hals einhakte und Rachel ihr stumpfes, langes, braunes Haar zur Seite hielt. Rachel betrachtete sich im Spiegel und untersuchte den roten Fleck auf ihrem Gesicht. Sie fand ihr Bild im Spiegel widerwärtig, hasste ihr Haar, das die Prinzessin ständig stutzte. Natürlich war ihr nicht gestattet, die Haare wachsen zu lassen, sie war schließlich ein Niemand. Doch wie gerne hätte sie es sich wenigstens gleichmäßig geschnitten. Zwar trug fast jeder das Haar kurz geschoren, aber wenigstens gleichmäßig. Die Prinzessin liebte es, ihr die Haare zu schneiden und sie völlig zu verfransen. Prinzessin Violet fand es schön, wenn andere Rachel hässlich fanden.

Rachel verlagerte das Gewicht auf den anderen Fuß und bewegte den Knöchel, um die Steifheit zu vertreiben. Sie hatten den gesamten Nachmittag im Juwelenzimmer der Königin verbracht. Die Prinzessin hatte ein Schmuckstück nach dem anderen anprobiert und sich dann vor dem großen Spiegel geziert hin und her gedreht. Es war ihre Lieblingsbeschäftigung, den Schmuck der Königin anzuprobieren und sich dann im Spiegel zu bewundern. Als ihre Gespielin war Rachel gezwungen, ihr Gesellschaft zu leisten, damit sich die Prinzessin auch ganz bestimmt amüsierte. Dutzende winziger Laden standen offen, einige mehr, andere weniger. Halsketten und Armreifen hingen halb heraus wie glitzernde Zungen. Weitere lagen auf dem Boden zwischen Broschen, Diademen und Ringen verstreut.

Die Prinzessin rümpfte die Nase und zeigte auf einen Ring mit einem blauen Stein, der auf dem Boden lag. »Gib mir den da.«

Rachel schob ihn über den Finger, den sie ihr vors Gesicht hielt, anschließend betrachtete sich die Prinzessin im Spiegel und drehte die Hand mal hier-, mal dorthin. Sie strich mit der Hand über das hübsche hellblaue Seidenkleid und bewunderte den Ring. Mit einem langen, gelangweilten Seufzer schritt sie hinüber zu dem ausgefallenen weißen Marmorpodest, das allein in der gegenüberliegenden Ecke des Juwelenzimmers stand, und betrachtete das Lieblingsobjekt ihrer Mutter, um das sie zu jeder Gelegenheit herumscharwenzelte.

Prinzessin Violet streckte die dicklichen Finger aus und nahm das mit Gold und Juwelen überzogene Kästchen von seinem Ehrenplatz.

»Prinzessin Violet!«, platzte Rachel heraus, bevor sie Zeit hatte, nachzudenken. »Eure Mutter hat gesagt, das dürft Ihr auf keinen Fall anfassen!«

Die Prinzessin setzte eine Unschuldsmiene auf, drehte sich um und schmiss ihr das Kästchen zu. Rachel stockte der Atem. Sie fing das Kästchen, aus Angst, es könnte gegen die Wand prallen. Entsetzt hielt sie es in den Händen und setzte es ab wie ein glühendes Stück Kohle. Sie wich zurück, aus Angst, man könnte sie allein deswegen züchtigen, weil sie in der Nähe des Schatzkästchens der Königin gesehen worden war.

»Was soll die Aufregung?«, fuhr Prinzessin Violet sie an. »Magie verhindert, dass es aus diesem Raum entfernt werden kann. Das klaut doch keiner.«
Von der Magie wusste Rachel nichts, sie wusste nur, dass sie nicht in der Nähe des Kästchens der Königin erwischt werden wollte.
»Ich gehe runter in den Speisesaal«, sagte die Prinzessin und reckte die Nase in die Höhe. »Ich will sehen, wie die Gäste eintreffen und auf das Abendessen warten. Räum hier auf, und dann geh in die Küche und sag den Köchen, dass ich meinen Braten nicht zäh wie Leder wünsche wie beim letzten Mal, oder ich sage meiner Mutter, sie soll sie auspeitschen lassen.«
»Natürlich, Prinzessin Violet.« Rachel machte einen Knicks.
Die Prinzessin hielt die Nase in die Höhe gereckt. »Und weiter?«
»Und… vielen Dank, Prinzessin Violet, dass Ihr mich mitgenommen habt und ich sehen durfte, wie hübsch Ihr mit dem Schmuck ausschaut.«
»Nun, das ist das Mindeste, was ich tun kann. Du musst es doch leid sein, dein hässliches Gesicht im Spiegel anzustieren. Meine Mutter sagt immer, wir müssen nett sein zu den weniger Glücklichen.« Sie griff in ihre Tasche und holte etwas heraus. »Hier. Nimm den Schlüssel, und schließ die Tür ab, wenn du mit dem Aufräumen fertig bist.«
Rachel machte wieder einen Knicks. »Ja, Prinzessin Violet.«
Während sich der Schlüssel noch in ihre ausgestreckte Hand senkte, flog die andere Hand der Prinzessin aus dem Nichts und schlug Rachel unerwartet hart ins Gesicht. Wie gelähmt stand sie da, während Prinzessin Violet das Zimmer verließ und dabei schrill und verächtlich lachte. Prinzession Violets Lachen schmerzte fast so wie die Ohrfeige.
Tränen kullerten ihr aus den Augen, während sie auf Händen und Knien über den Boden kroch und ganze Hände voller Ringe vom Teppich klaubte. Sie hielt kurz inne, setzte sich auf und berührte mit den Fingerspitzen vorsichtig die Stelle, wo sie geschlagen worden war. Es tat höllisch weh.
Rachel vermied es, in der Nähe des Kästchens der Königin

zu arbeiten, betrachtete es aus den Augenwinkeln, hatte Angst, es zu berühren und wusste doch, dass sie es musste. Sie musste es zurückstellen. Sie ließ sich Zeit, legte den Schmuck sorgfältig an seinen Platz zurück, drückte die Laden bedachtsam zu und hoffte, nie zum Ende zu kommen, damit sie das Kästchen nicht aufzuheben brauchte, der Königin ein und alles in dieser Welt. Die Königin wäre alles andere als amüsiert, wenn sie erfuhr, dass irgendein Niemand es berührt hatte. Rachel wusste, die Königin ließ ständig jemandem den Kopf abschlagen. Manchmal zwang die Prinzessin Rachel, mitzugehen und zuzuschauen, doch Rachel schloss immer die Augen. Die Prinzessin nicht.

Als aller Schmuck verstaut war, die letzte Lade geschlossen, riskierte sie aus den Augenwinkeln einen Blick auf das am Boden liegende Kästchen. Sie fühlte sich von ihm beobachtet, so als könne es sie bei der Königin verpetzen. Schließlich hockte sie nieder und packte es mit aufgerissenen Augen. Die Arme von sich gestreckt, schob sie die Füße vorsichtig über die Teppichkanten, aus Angst, sie könnte es irgendwie fallen lassen. Sie stellte das Kästchen so langsam es ging an seinen Ort zurück, vorsichtig, ganz vorsichtig, so als fürchtete sie, ein Stein oder sonst was könnte herausfallen. Dann zog sie schnell die Finger zurück und war erleichtert.

Das Erste was sie sah, als sie sich umdrehte, war der Saum eines silbernen Umhanges, der den Boden berührte. Die Luft blieb ihr weg. Sie hatte keine Schritte gehört. Langsam, fast widerwillig, hob sie den Blick bis zu den Händen, dann weiter bis zu dem langen, weißen, spitzen Bart, dem knochigen Gesicht, der Hakennase, dem kahlen Schädel und den finsteren Augen, die auf ihr entsetztes Gesicht herabblickten.

Der Zauberer.

»Zauberer Giller«, greinte sie in der sicheren Erwartung, jeden Augenblick totgeschlagen zu werden. »Ich wollte es nur zurückstellen. Ich schwöre es. Bitte, bitte, töte mich nicht.« Sie verzog vor Anstrengung das Gesicht, wollte zurückweichen, doch ihre Füße weigerten sich. »Bitte.« Sie stopfte sich den Saum ihres Kleides in den Mund und kaute jammernd darauf herum.

Rachel kniff die Augen zusammen und schüttelte sich, als der Zauberer sich auf den Boden herabließ.

»Kind«, meinte er mit sanfter Stimme. Rachel öffnete vorsichtig ein Auge, und stellte überrascht fest, dass er auf dem Boden hockte, sein Gesicht auf gleicher Höhe mit ihrem. »Ich werde dir nichts tun.«

Sie öffnete das andere Auge, genauso vorsichtig. »Wirklich nicht?« Sie glaubte ihm nicht. Mit Schrecken stellte sie fest, dass die große, schwere Tür verschlossen, ihr einziger Fluchtweg versperrt war.

»Nein«, lächelte er. »Wer hat das Kästchen heruntergenommen?«

»Wir haben gespielt. Das ist alles. Einfach nur gespielt. Ich habe es für die Prinzessin zurückgestellt. Sie ist so gut zu mir, so gut, ich wollte ihr helfen, sie ist ein wunderbarer Mensch, ich liebe sie, sie ist so gut zu mir...«

Er legte ihr seinen langen Finger auf die Lippen, um sie sachte zum Schweigen zu bringen. »Ich habe verstanden, mein Kind. Du bist also die Gespielin der Prinzessin?«

Sie nickte ernst. »Rachel.«

Sein Grinsen wurde breiter. »Ein hübscher Name. Freut mich, dich kennenzulernen, Rachel. Tut mir leid, dass ich dir einen Schrecken eingejagt habe. Ich wollte nur nach dem Kästchen der Königin sehen.«

Noch nie hatte ihr jemand gesagt, ihr Name sei hübsch. Andererseits hatte er die große Tür zugemacht. »Du wirst mich nicht totschlagen? Oder mich in irgendetwas Schreckliches verwandeln?«

»Lieber Himmel, nein«, er lachte. Er drehte den Kopf und linste sie aus einem Auge an. »Wieso hast du diese roten Flecken auf deinen Wangen?«

Sie antwortete nicht, hatte zu viel Angst. Langsam, behutsam, streckte er die Hand aus, berührte mit den Fingern erst die eine, dann die andere Wange. Sie riss die Augen auf. Das Brennen war verschwunden.

»Besser?«

Sie nickte. Er hatte so gute Augen, als er sie jetzt von ganz nah ansah. Deswegen glaubte sie, es ihm erzählen zu können. Sie tat es. »Die Prinzessin schlägt mich immer«, gestand sie verschämt.

»So? Sie ist also doch nicht nett zu dir?«

Sie schüttelte den Kopf und senkte den Blick. Dann tat der Zauberer etwas, das sie verblüffte. Er legte ihr den Arm um die Schulter und drückte sie sacht. Einen Augenblick lang stand sie wie angewurzelt da, dann schlang sie ihm die Arme um den Hals und erwiderte die Umarmung. Seine Barthaare kribbelten ihr auf Wange und Hals, es gefiel ihr trotzdem.

Er sah sie traurig an. »Tut mir leid, mein Kind. Die Prinzessin und die Königin können recht grausam sein.«

Seine Stimme klang so freundlich, wie die von Brophy. Unter seiner Hakennase zeigte sich ein breites Grinsen.

»Weißt du was? Ich habe hier etwas, das dir vielleicht hilft.« Er griff mit seiner dürren Hand unter sein Gewand und sah in die Luft, während er herumsuchte. Dann hatte er das Gesuchte gefunden. Mit großen Augen verfolgte sie, wie er eine Puppe hervorholte, eine Puppe mit blonden, kurzen Haaren wie sie. Er tätschelte den Bauch der Puppe. »Hier, eine Kummerpuppe.«

»Eine Kummerpuppe?«, hauchte sie.

»Ja.« Er nickte. In seinen Wangen bildeten sich tiefe Lachfalten. »Wenn du Kummer hast, erzählst du ihn der Puppe, und sie nimmt ihn dir ab. Sie verfügt über Magie. Hier. Versuch es mal.«

Rachel verschlug es fast den Atem, als sie beide Hände ausstreckte und die Finger vorsichtig um die Puppe schloss. Sie drückte sie vorsichtig an sich. Dann hielt sie sie langsam, zaghaft von sich und betrachtete ihr Gesicht. Ihre Augen wurden ganz feucht.

»Prinzessin Violet meint, ich sei hässlich«, vertraute sie der Puppe an.

Das Gesicht der Puppe lächelte. Rachels Unterkiefer klappte herunter.

»Ich liebe dich, Rachel«, sagte sie mit ihrem winzigen Stimmchen.

Rachel stockte überrascht der Atem. Sie strahlte vor Freude und drückte die Puppe so fest sie konnte. Lachend drückte sie die Puppe an sich und schaukelte hin und her.
Dann fiel es ihr wieder ein. Sie schob die Puppe dem Zauberer hin und wandte das Gesicht ab.
»Ich darf keine Puppe haben. Das hat die Prinzessin gesagt. Sie schmeißt sie ins Feuer, hat sie gesagt. Wenn ich eine Puppe hätte, würde sie sie ins Feuer schmeißen.« Sie konnte kaum sprechen, so groß war der Klumpen in ihrer Kehle.
»Nun, lass mich nachdenken«, sagte der Zauberer und rieb sich das Kinn. »Wo schläfst du?«
»Meistens schlafe ich im Schlafzimmer der Prinzessin. Nachts schließt sie mich im Kasten ein. Ich finde das gemein. Manchmal, wenn sie sagt, ich sei böse gewesen, zwingt sie mich, die Nacht über das Schloss zu verlassen. Dann muss ich draußen schlafen. Sie glaubt, das sei noch gemeiner, aber mir gefällt es eigentlich, denn ich habe einen geheimen Platz in einer Launenfichte, wo ich schlafen kann. Launenfichten haben keine Schlösser. Ich kann auf den Topf, wann immer ich muss. Manchmal ist es ziemlich kalt, aber ich habe einen Strohhaufen, unter den ich krieche, um mich warm zu halten. Morgens muss ich zurück, bevor sie Wachen schickt, um mich zu suchen. Ich will nicht, dass sie meinen Platz finden. Sie würden ihn der Prinzessin verraten, und sie würde mich nicht mehr nach draußen schicken.«
Der Zauberer legte ihr zärtlich die Hand auf den Mund. Sie kam sich vor wie etwas Besonderes. »Mein liebes Kind«, flüsterte er, »dass ich das erfahren durfte.« Seine Augen waren feucht. Rachel wusste nicht, dass Zauberer weinen konnten. Dann war sein breites Schmunzeln wieder da. Er hielt einen Finger in die Höhe. »Ich habe eine Idee. Kennst du die Gärten? Die Ziergärten?«
Rachel nickte. »Dort komme ich auf dem Weg zu meinem Platz durch, wenn ich nachts ausgesetzt werde. Die Prinzessin zwingt mich, durch das Gartentor in der Außenmauer zu gehen. Sie will nicht, dass ich vorne rausgehe, an den Läden und den Menschen vorbei. Sie hat Angst, jemand könnte mich für

die Nacht aufnehmen. Sie hat mir eingebläut, ich dürfte nicht in den Ort oder auf das Bauernland gehen. Als Strafe muss ich in die Wälder.«
»Nun, wenn du über den Mittelweg des Gartens gehst, dann stehen dort auf beiden Seiten kleine gelbe Vasen mit gelben Blumen.« Rachel nickte, sie wusste, wo sie standen. »Ich werde deine Puppe rechts in der dritten Vase verstecken. Ich werde ein magisches Netz darüberwerfen, das ist Zauberei, damit niemand außer dir sie findet.« Er nahm die Puppe und versteckte sie vorsichtig unter seinem Gewand. Sie folgte ihr mit den Augen. »Wenn du das nächste Mal des Nachts ausgesetzt wirst, dann gehst du dorthin. Du wirst deine Puppe finden und kannst sie an deinem Platz, in deiner Launenfichte, aufbewahren, wo niemand sie finden oder dir wegnehmen wird. Ich werde dir außerdem einen magischen Feuerstab dort lassen. Stell einfach einen kleinen Haufen Äste zusammen, nicht zu groß, lege Steine darum und halte den magischen Feuerstab darunter und sage: ›Brenne für mich!‹, und er wird brennen, und du kannst dich wärmen.«

Rachel warf die Arme um ihn und drückte ihn immer wieder, während er ihr den Rücken tätschelte. »Vielen Dank, Zauberer Giller.«

»Du kannst mich Giller nennen, wenn wir allein sind, Kind. Einfach nur Giller. So nennen mich alle meine Freunde.«

»Vielen Dank für die Puppe, Giller. Mir hat noch nie jemand etwas so Schönes geschenkt. Ich werde sie hüten wie meinen Augapfel. Ich muss jetzt gehen. Die Prinzessin hat mir aufgetragen, die Köche zu schelten. Anschließend muss ich ihr beim Essen zusehen.«

Sie grinste. »Und dann muss ich mir etwas Schlimmes ausdenken, damit sie mich heute Nacht aussetzt.«

Der Zauberer lachte dröhnend. Seine Augen funkelten. Er fuhr ihr mit seiner großen Hand durchs Haar und erhob sich. Giller half ihr mit der schweren Tür und verschloss sie für sie, dann gab er ihr den Schlüssel zurück.

»Ich wünschte, wir könnten uns bald mal wieder unterhalten«, sagte sie und sah ihn an.

Er lächelte. »Das werden wir, Rachel. Ganz bestimmt. Ich bin ganz sicher.«

Sie winkte ihm nach und rannte den langen, leeren Flur entlang – glücklicher, als sie je seit ihrer Ankunft im Schloss gewesen war. Der Weg war weit. Durch das Schloss hindurch, hinunter zur Küche, durch die riesigen Räume mit den hohen, von goldenen und roten Vorhängen verhangenen Fenstern und Stühlen aus rotem Samt mit goldenen Füßen, mit langen Teppichen, auf denen kämpfende Männer auf Pferden abgebildet waren, vorbei an Wachen, die regungslos wie aus Stein vor reich verzierten Türen standen oder zu zweit einhermarschierten, vorbei an eiligen Dienern, mit Leinen beladen, Tabletts oder Besen und Eimern voller Seifenwasser. Obwohl sie rannte, schenkte ihr keiner der Diener oder Wachen einen zweiten Blick; sie wussten, dass sie die Gespielin von Prinzessin Violet war, und hatten sie schon viele Male im Auftrag der Prinzessin durch das Schloss laufen sehen.

Außer Atem erreichte sie schließlich die Küche. Dort war es voller Dampf, rauchig und laut. Helfer schleppten hastig schwere Säcke, große Töpfe oder heiße Pfannen, und jeder war bestrebt, dem anderen auszuweichen. Andere zerhackten auf den hohen Tischen oder Hackklötzen Dinge, die sie nicht erkennen konnte. Töpfe schepperten, Köche brüllte Befehle, Helfer rissen Töpfe und Schalen aus Metall von den hoch hängenden Haken und hängten andere zurück, überall klapperten rührende, schlagende Löffel, zischten Öl, Knoblauch, Butter, Zwiebeln und Gewürz in heißen Pfannen, und alles schien durcheinanderzuschreien. Es roch so gut, dass ihr fast schwindelig wurde.

Sie zupfte einen der Chefköche am Ärmel, um ihm zu sagen, sie hätte eine Nachricht von der Prinzessin, doch er stritt sich gerade mit einem anderen Koch und meinte, sie solle sich setzen und warten, bis er fertig wäre. Sie setzte sich auf einen kleinen Hocker neben den Herden und lehnte sich an die warmen Ziegel. In der Küche duftete es so gut, und sie hatte solchen Hunger. Aber sie wusste, wenn sie um etwas zu essen bat, würde sie Ärger bekommen.

Die beiden Köche arbeiteten über einem großen Steintopf

und schrien sich, mit den Armen herumfuchtelnd, an. Schließlich fiel der Steintopf mit einem dumpfen Knall zu Boden, zerbrach in zwei Teile und verteilte überall seine hellbraune Flüssigkeit. Rachel sprang auf den Hocker, damit sie es nicht über ihre nackten Füße bekam. Die Köche standen wie versteinert da, ihre Gesichter so weiß wie ihre Jacken.

»Was machen wir jetzt?«, fragte der Kleine. »Wir haben nichts mehr von den Zutaten, die Vater Rahl geschickt hat.«

»Augenblick mal«, sagte der Große und legte sich die Hand auf die Stirn. »Lass mich nachdenken.«

Er schlug beide Hände vors Gesicht, als wollte er es zerdrücken. Dann warf er beide Arme in die Luft.

»Also schön. Also schön. Ich habe eine Idee. Hol mir einen anderen Steintopf und halt vor allen Dingen die Klappe. Vielleicht können wir unseren Kopf behalten. Hol mir irgendwelche anderen Zutaten.«

»Was für Zutaten!«, kreischte der Kleine mit rotem Gesicht. Der große Koch beugte sich über ihn. »Braune Zutaten!«

Rachel verfolgte, wie die beiden herumhasteten, irgendwelche Dinge griffen, Flaschen in den Topf leerten, Zutaten hinzugaben, rührten, kosteten. Zu guter Letzt lächelten beide.

»Schön, schön. Es wird schon klappen, denke ich. Überlass das Reden bloß mir«, meinte der Große.

Rachel stakste auf Zehenspitzen über den nassen Boden und zupfte ihn erneut am Ärmel.

»Du? Bist du immer noch da! Was willst du?«, fuhr er sie an.

»Prinzessin Violet hat gesagt, ihr sollt ihren Braten nicht wieder so trocken werden lassen, oder sie sagt der Königin, dass sie euch von den Männern schlagen lassen soll.« Sie blickte zum Boden. »Das hat sie mir aufgetragen.«

Er betrachtete sie einen Moment lang, dann wandte er sich an den kleinen Koch und drohte ihm. »Ich hab's dir doch gesagt. Hab ich dir's nicht gesagt? Schneide ihr Stück aus der Mitte, und vertausche nicht die Teller, sonst kostet uns beide das noch den Kopf!« Er starrte auf sie hinunter. »Und du hast nichts gesehen«, sagte er und deutete mit einer kreisenden Handbewegung auf den Topf.

»Kochen? Ich soll also niemandem erzählen, dass ich euch kochen gesehen habe? Also gut«, sagte sie ein wenig verwirrt und wollte wieder auf Zehenspitzen über den nassen Boden zurückschleichen. »Ich werde es niemandem erzählen, das verspreche ich. Ich finde es scheußlich, wenn Leute von den Männern mit den Peitschen geschlagen werden. Ich verrate nichts.«

»Warte mal!«, rief er ihr hinterher. »Rachel, richtig?«

Sie drehte sich um und nickte.

»Komm mal her.«

Sie wollte nicht, trotzdem schlich sie zurück. Er holte ein großes Messer heraus, das ihr erst mal einen Schrecken einjagte, dann machte er sich an einer Platte auf dem Tisch hinter sich zu schaffen und schnitt ihr ein großes, saftiges Stück Fleisch ab. Ein solches Stück Fleisch, ganz ohne Fett und Sehnen, hatte sie noch nie gesehen, jedenfalls nicht aus der Nähe. Es war ein Stück Fleisch, wie es die Königin oder die Prinzessin aßen. Er gab es ihr. Legte es ihr einfach in die Hand.

»Tut mir leid, dass ich dich angeschrien habe, Rachel. Setz dich auf den Hocker da drüben, und lass es dir schmecken, und dann sorgen wir dafür, dass du wieder sauber wirst, damit keiner was merkt. Einverstanden?«

Sie nickte und rannte mit ihrer Beute zum Hocker. Diesmal vergaß sie, auf Zehenspitzen zu gehen. Es war das Beste und Köstlichste, was sie je gegessen hatte. Sie versuchte, sich Zeit zu lassen und beim Essen die Leute zu beobachten, die herumliefen, mit Töpfen schepperten und Gegenstände herumtrugen, aber es gelang ihr nicht. Der Saft lief ihr die Arme herunter und tropfte ihr von den Ellenbogen. Als sie fertig war, kam der kleine Koch und wischte ihr Hände, Arme und Gesicht mit einem Handtuch ab. Dann schenkte er ihr ein Stück Zitronenkuchen, drückte es ihr einfach in die Hand, wie es der große Koch mit dem Fleisch getan hatte. Er meinte, er hätte ihn selbst gebacken und wollte gerne wissen, ob er gut sei. Sie sagte, ganz der Wahrheit entsprechend, dass es so ziemlich das Allerbeste sei, was sie je gegessen hatte. Er grinste.

Dies war ungefähr der schönste Tag gewesen, so weit sie zurückdenken konnte. Zwei schöne Erlebnisse am selben Tag, erst die Kummerpuppe und jetzt das Essen. Sie fühlte sich wie die Königin höchstpersönlich.

Als sie später im großen Speisesaal auf ihrem kleinen Stuhl hinter der Prinzessin saß, war sie zum allerersten Mal nicht ausgehungert, und deshalb knurrte auch ihr Magen nicht, während all die wichtigen Leute speisten. Die Haupttafel, an der sie saßen, stand drei Stufen höher als alle anderen Tische, daher konnte sie den ganzen Raum sogar von ihrem niedrigen Stuhl aus überblicken, wenn sie sich aufrecht hinsetzte. Tischdiener eilten überall durch den Saal, schleppten Speisen heran, räumten Teller ab, auf denen noch Essen lag, schenkten Wein ein und tauschten halb volle Platten auf den Tischen gegen volle aus. Sie beobachtete die feinen Damen und Herren in hübschen Kleidern und bunt verzierten Jacken, die an den langen Tischen saßen und von den überladenen Tellern speisten, und zum ersten Mal wusste sie, wie das Essen schmeckte. Allerdings verstand sie nicht, warum sie so viele Gabeln und Löffel zum Essen brauchten. Als sie die Prinzessin einmal gefragt hatte, warum es so viele Gabeln, Löffel und dergleichen gab, hatte die Prinzessin geantwortet, ein Niemand wie sie brauche so etwas nicht zu wissen.

Beim Bankett wurde Rachel meist nicht beachtet. Nur die Prinzessin drehte sich gelegentlich zu ihr um, sie war nur dort, weil sie die Gespielin der Prinzessin war, zur Dekoration, wie sie vermutete. Auch die Königin hatte Leute, die beim Essen hinter ihr standen oder saßen. Sie meinte, Rachel sei für die Prinzessin zum Üben, zum Üben von Herrschaft, da.

Prinzessin Violet warf einen Blick über die Schulter; Soße troff ihr vom Kinn. »Es ist gerade gut genug, um sie nicht auspeitschen zu müssen. Und du hattest recht, sie sollten nicht so gemein zu mir sein. Wird Zeit, dass sie das begreifen.«

Die Königin saß, wie immer mit ihrem kleinen Hund im Arm, am Tisch. Ständig bohrte er zappelnd seine dürren, kleinen Streichholzbeine in ihre feisten Arme und hinterließ mit seinen Pfoten kleine Dellen. Die Königin fütterte ihn mit Fleischstückchen, die besser waren als alles, was man Rachel je gegeben hatte. Bis zum heutigen Tag jedenfalls, wie Rachel mit einem Lächeln überlegte. Rachel mochte den kleinen Köter nicht. Er kläffte viel, und manchmal, wenn die Königin ihn auf den Boden ließ, rannte er zu ihr und verbiss sich mit seinen winzigen, scharfen Zähnen in ihrem Bein, und sie traute sich nicht, etwas zu sagen. Wenn der Hund sie biss, meinte die Königin immer, er solle vorsichtig sein und sich nicht verletzen. Mit dem Hund redete sie immer in einer komisch hohen, süßlichen Stimme.

Während die Königin und ihre Minister über irgendein Bündnis sprachen, saß Rachel zappelnd dabei, schlug die Knie zusammen und dachte an ihre Kummerpuppe. Der Zauberer stand ein Stück rechts hinter der Königin und erteilte Ratschläge, wenn man ihn darum bat. Er sah in seinem silbrigen Umhang großartig aus. Auf Giller hatte sie bislang nie besonders geachtet, er war einfach einer der wichtigsten Leute im Gefolge der Königin, immer dabei, genau wie ihr kleiner Köter. Die Leute fürchteten sich vor ihm ebenso wie sie vor dem Hund. Als sie ihn jetzt jedoch beobachtete, schien er ihr einer der nettesten Männer zu sein, denen sie je begegnet war. Er beachtete sie während des gesamten Abendessens nicht ein einziges Mal und sah nicht in ihre Richtung. Rachel nahm an, er wollte keine Aufmerksamkeit auf sie lenken, um die Prinzessin nicht zu verärgern. Eine gute Idee. Prinzessin Violet wäre böse, wenn sie wüsste, dass Giller gesagt hatte, er fände Rachels Namen hübsch. Der Königin langes Haar hing hinter ihrem reich geschnitzten Stuhl herab und wogte wellenförmig, wenn sie sich mit den wichtigen Leuten unterhielt und nickte.

Als das Mahl beendet war, rollten Tischdiener einen Wagen mit dem Steintopf herein, bei dessen Zubereitung sie die Köche beobachtet hatte. Mit einer Kelle wurden Kelche gefüllt und an alle Gäste verteilt. Jeder schien es ziemlich wichtig zu nehmen.

Die Königin erhob sich, reckte ihren Kelch in die Höhe, den kleinen Hund immer noch auf dem Arm. »Lords und Ladys, ich überreiche Euch nun den Trank der Erleuchtung, auf dass wir die Wahrheit erkennen. Dies ist ein sehr wertvoller Trank, nur wenige erhalten die Gelegenheit zur Erleuchtung.

Ich persönlich habe selbstverständlich schon viele Male davon Gebrauch gemacht, um die Wahrheit und die Wege Vater Rahls zu erkennen und so mein Volk ins Wohl zu führen. Trinkt jetzt.«

Einige schienen nicht recht zu wollen, doch nur einen Augenblick lang. Dann tranken alle. Die Königin trank, nachdem sie gesehen hatte, dass alle anderen getrunken hatten, dann setzte sie sich wieder, mit einem komischen Ausdruck auf dem Gesicht. Sie beugte sich zu einem Tischdiener, flüsterte ihm etwas zu. Rachel begann, sich Sorgen zu machen. Die Königin legte die Stirn in Falten. Wenn die Königin die Stirn in Falten legte, rollten Köpfe.

Der große Koch erschien, ein Lächeln auf dem Gesicht. Mit dem gebogenen Finger gab sie ihm das Zeichen, sich weiter vorzubeugen. Schweiß stand auf seiner Stirn. Weil es in der Küche so heiß war, wie Rachel annahm. Sie saß hinter der Prinzessin, die links neben der Königin saß, sie konnte also hören, was sie sagten.

»Er schmeckt nicht wie sonst«, sagte sie mit ihrer fiesen Stimme. Sie sprach nicht immer mit ihrer fiesen Stimme, doch wenn sie es tat, bekamen es die Leute mit der Angst.

»Nun ja, Eure Majestät, wisst Ihr, die Wahrheit ist die, äh, das ist er auch nicht. Wie sonst, meine ich.« Sie zog eine Braue hoch, und er begann, schneller zu reden. »Ihr müsst wissen, äh, die Wahrheit ist, ich wusste, wie wichtig dieses Abendessen ist. Ja, ich wusste, Ihr wolltet auf jeden Fall vermeiden, dass irgendetwas schiefgeht. Seht, ich wollte nicht, dass jemand vielleicht nicht aufgeklärt wird, jemand vielleicht Eure, äh, Brillanz in dieser Angelegenheit nicht erkennt. Also habe ich«, und damit beugte er sich ein Stück weiter vor, »also habe ich mir die Freiheit herausgenommen, den Trank der Erleuchtung stärker zu machen. Viel stärker, um genau zu sein. Ich versichere Euch, Majestät, er ist sehr stark, und somit muss es sich bei jedem, der nicht erleuchtet wird und sich Euch nach dem Trank widersetzt, nun, eigentlich um einen Verräter handeln.«

»Wirklich«, hauchte die Königin überrascht. »Ich dachte tatsächlich, er sei stärker.«

»Ausgezeichnet beobachtet, Eure Majestät, ausgezeichnet beobachtet. Ihr besitzt einen feinen Gaumen. Ich wusste, Euch würde ich unmöglich täuschen können.«

»Allerdings. Aber bist du sicher, dass er nicht zu stark ist? Ich spüre bereits jetzt, wie die Erleuchtung mich durchdringt.«

»Eure Majestät«, sein Blick huschte von Gast zu Gast. »Es ging um Euer Mandat, und ich hatte Angst, ihn schwächer zu machen.« Er zog eine Braue hoch. »Damit kein Verräter unentdeckt bleibt.«

Endlich lächelte sie und nickte. »Du bist ein kluger und loyaler Koch. Von nun an werde ich ausschließlich dich mit dem Trank der Erleuchtung beauftragen.«

»Vielen Dank, Eure Majestät.«

Er zog sich unter vielfachen Verbeugungen zurück. Rachel war froh, dass er keinen Ärger bekommen hatte.

»Lords und Ladys, eine besondere Überraschung. Ich habe meinen Koch angewiesen, den Trank der Erleuchtung heute Abend besonders stark auszusetzen, damit jeder, der loyal zu seiner Königin steht, die Weisheit Vater Rahls erkennt.«

Alles gab nickend und lächelnd zu verstehen, wie erfreut man darüber war. Manche behaupteten bereits, die besonderen Einsichten zu spüren, die der Trank ihnen vermittelte.

»Und noch eine besondere Überraschung, Lords und Ladys, zu eurer Unterhaltung.« Sie schnippte mit den Fingern. »Bringt den Narren herein.«

Wachen schleppten einen Mann herein und zwangen ihn, sich in die Mitte des Raumes zu stellen, vor die Königin, umringt von sämtlichen Tischen. Er sah groß und kräftig aus, man hatte ihn jedoch in Ketten gelegt. Die Königin beugte sich vor.

»Wir waren alle einer Meinung, dass ein Bündnis mit Darken Rahl für alle unsere Völker von großem Nutzen sein wird. Alle werden gemeinsam davon profitieren. Am meisten die kleinen Leute, die Arbeiter und Farmer. Sie sollen von der Unterdrückung durch jene befreit werden, die sie nur aus Gier nach Profit und Gold ausbeuten. Von nun an wollten wir für das Allgemeinwohl und nicht für die Ziele einzelner kämpfen.«

Die Königin runzelte die Stirn. »Bitte teile all diesen unwissenden Lords und Ladys mit«, mit einer Handbewegung erfasste sie den ganzen Raum, »wie es kommt, dass du klüger bist als sie, und weshalb dir gestattet sei, nur für dich selbst zu arbeiten statt für deine Mitmenschen.«

Das Gesicht des Mannes hatte einen irren Ausdruck angenommen. Rachel wünschte, sie könnte es ändern, bevor er Ärger bekam.

»Das Allgemeinwohl«, fuhr er mit derselben Geste fort wie die Königin, nur dass seine Hände in Ketten lagen, »das nennt ihr das Allgemeinwohl? Ihr feinen Leute lasst es euch schmecken, ihr erfreut euch des warmen Feuers. Meine Kinder werden heute hungrig zu Bett gehen, weil uns der größte Teil unserer Ernte zum Wohle der Allgemeinheit genommen wurde, zum Wohle jener, die beschlossen haben, nicht zu arbeiten und stattdessen die Früchte meiner Arbeit zu verzehren.«

Alle lachten. »Und ihnen willst du die Nahrung vorenthalten, nur weil ihr Glück habt und eure Ernten besser geworden sind?«, fragte die Königin. »Du denkst nur an dich selbst.«

»Ihre Ernten würden besser werden, wenn sie zuerst säen würden.«

»Und du hegst so wenig Mitgefühl für deine Mitmenschen, dass du sie deshalb zum Hungern verdammst?«

»Meine Familie verhungert! Weil sie andere ernähren muss, Darken Rahls Armee, Euch feine Herrschaften, die nichts anderes tun, als darüber zu reden, was sie mit meiner Ernte anfangen sollen, wie sie die Früchte meiner Arbeit an andere verteilen sollen.«

Rachel wünschte, der Mann würde den Mund halten. Er redete sich um Kopf und Kragen. Die Leute und die Königin schienen ihn jedoch komisch zu finden.

»Und meine Familie friert«, sagte er, wobei sein Gesicht noch wütender wurde, »weil wir kein Feuer haben dürfen.« Er zeigte auf einige der Kamine. »Hier jedoch gibt es Feuer, das all jene wärmt, die mir einreden, wir seien jetzt alle gleich, und niemand würde mehr dem anderen vorgezogen. Deshalb darf ich nichts mehr für mich behalten, was mir gehört. Ist das nicht seltsam, dass dieselben Leute, die mir einreden, wir seien im

Bündnis mit Darken Rahl alle gleich – und doch nichts anderes tun, als die Früchte meiner Arbeit unter sich aufzuteilen –, alle wohlgenährt sind, es warm haben und feine Kleider tragen? Und meine Familie friert und hungert!«

Alle lachten. Rachel nicht. Sie wusste, was es hieß, zu frieren und zu hungern.

»Lords und Ladys«, die Königin kicherte, »hatte ich euch nicht königliches Amüsement versprochen? Der Trank der Erleuchtung ermöglicht es uns zu erkennen, welch selbstsüchtiger Narr dieser Mann in Wahrheit ist. Stellt euch nur vor, er glaubt, es sei in Ordnung, am Hunger anderer zu gewinnen. Er will seinen Nutzen über das Leben seiner Mitmenschen stellen. Aus Gier würde er die Hungernden ermorden.«

Alle lachten mit der Königin.

Die Königin schlug mit der Hand auf den Tisch. Teller hüpften und einige Gläser stürzten um, sodass sich rote Flecken auf der weißen Tischdecke ausbreiteten. Alle verstummten, nur der kleine Köter blaffte den Mann an. »Genau dieser Art von Gier wird mit Hilfe der Volksarmee des Friedens ein Ende bereitet werden, sobald sie einrückt, um uns von den Blutsaugern zu befreien, die uns allen das Blut aus den Adern saugen!« Das feiste Gesicht war so rot wie die Flecken auf dem Tischtuch.

Alle johlten und applaudierten lange. Die Königin lehnte sich zurück. Schließlich lächelte sie.

Das Gesicht des Mannes war so gerötet wie ihres. »Es ist doch seltsam. Jetzt, da alle Höfe und die Arbeiter in der Stadt für das Allgemeinwohl arbeiten, gibt es weder genügend Waren wie früher noch genug zu essen.«

Die Königin sprang auf. »Natürlich nicht!«, kreischte sie. »Wegen dieses gierigen Packs wie dir!« Sie musste ein paar Mal tief durchatmen, bis ihr Gesicht nicht mehr ganz so rot war, dann wandte sie sich an die Prinzessin. »Violet, Liebes, früher oder später musst du die Staatsgeschäfte lernen. Du musst lernen, wie man dem Allgemeinwohl des ganzen Volkes dient, also werde ich diese Angelegenheit in deine Hände legen, damit du Erfahrungen sammeln kannst. Was würdest du mit diesem Verräter an seinen Mitbürgern machen? Entscheide du, Liebes, und es wird geschehen.«

Prinzessin Violet stand auf. Lächelnd sah sie sich um.

»Mein Urteil«, sagte sie, beugte sich ein wenig vor, über den Tisch und betrachtete den großen Mann in Ketten, »mein Urteil lautet, runter mit seinem Kopf!«

Wieder johlten und applaudierten alle. Wachen schleiften den Mann fort, der die Leute mit Beschimpfungen bedachte, die Rachel nicht verstand. Er tat ihr leid – und seine Familie auch.

Nachdem sich die Leute lange unterhalten hatten, beschlossen sie, sich gemeinsam die Enthauptung des Mannes anzusehen. Als die Königin aufbrach und Prinzessin Violet sich zu ihr umdrehte und meinte, es sei Zeit, zu gehen und zuzuschauen, baute Rachel sich mit geballten Fäusten an der Seite vor ihr auf.

»Ihr seid wirklich gemein. Das war wirklich gemein, den Mann köpfen zu lassen.«

Die Prinzessin stemmte die Hände in die Hüften. »Ach, wirklich? Na schön, dann kannst du die Nacht heute im Freien verbringen!«

»Aber Prinzessin Violet, heute Nacht ist es draußen so kalt!«

»Während du frierst, kannst du darüber nachdenken, dass du es gewagt hast, mit mir in diesem Ton zu sprechen! Damit du beim nächsten Mal daran denkst, bleibst du auch noch morgen den ganzen Tag und die ganze Nacht draußen!« Ihr Gesicht war fies, genau wie manchmal das der Königin. »Das sollte dir etwas Respekt beibringen.«

Rachel wollte noch etwas sagen, aber dann fiel ihr die Kummerpuppe ein, und sie wollte gehen. Die Prinzessin zeigte auf den Bogen, der zur Tür führte.

»Geh schon. Sofort, ohne Abendessen.« Sie stampfte mit dem Fuß auf.

Rachel sah zu Boden und tat, als wäre sie traurig. »Ja, Prinzessin Violet.« Sie machte einen Knicks.

Mit gesenktem Kopf ging sie durch den Bogen und den breiten Flur entlang mit all den Teppichen an den Wänden. Sie sah sich die Bilder auf den Teppichen gerne an, doch diesmal hielt sie den Kopf gesenkt, für den Fall, dass die Prinzessin sie beobachtete. Sie wollte ihr nicht zeigen, wie glücklich sie war, rausgeschmissen worden zu sein. Wachen in glänzenden Brustpanzern mit Schwertern und Lanzen öffneten die riesigen, hohen Eisentore ohne ein Wort. Sie sagten nie etwas zu ihr, wenn sie sie hinaus- oder hereinließen. Sie wussten, sie war die Gespielin der Prinzessin, ein Niemand.

Als sie draußen war, versuchte sie, nicht allzu schnell zu gehen – falls jemand sie beobachtete. Der Stein unter ihren nackten Füßen war kalt wie Eis. Vorsichtig, beide Hände unter die Achseln geklemmt, um die Finger warm zu halten, stieg sie die breiten Stufen und Terrassen hinab, eine nach der anderen, um nicht hinzufallen, und erreichte schließlich den gepflasterten Weg am unteren Ende. Draußen patrouillierten weitere Wachen, doch die beachteten sie nicht. Je näher sie den Gärten kam, desto schneller lief sie.

Auf dem Hauptweg im Garten wurde Rachel langsamer und wartete, bis die Wachen ihr den Rücken zukehrten. Die Kummerpuppe war genau da, wo Giller gesagt hatte. Sie steckte den Feuerstab ein und drückte die Puppe, so fest sie konnte, bevor sie sie hinter ihrem Rücken versteckte. Ganz leise sagte sie ihr, sie solle still sein. Sie konnte es nicht erwarten, zu ihrer Launenfichte zu kommen, damit sie der Puppe erzählen konnte, wie gemein Prinzessin Violet war, weil sie den Mann hatte enthaupten lassen. Sie sah sich in der Dunkelheit um. Niemand beobachtete sie, niemand war in Sicht, der ihr die Puppe wegnehmen wollte. An der Außenmauer patrouillierten weitere Männer auf den Wehrgängen, und am Tor standen die Wachen der Königin steif in ihren reich verzierten Uniformen, ärmellosen, roten Hemden über ihrem Panzer, mit einem schwarzen Wolfskopf, dem Wahrzeichen der Königin, in der Mitte. Sie interessierten sich nicht einmal für das, was sie hinter dem Rücken hatte, als sie den schweren Eisenriegel anhoben und zwei von ihnen die ächzende Tür für sie aufzogen. Als sie hörte, wie der schwere Riegel wieder donnernd an seinen Platz fiel und sie sah, dass ihr die Wachen auf der Mauer die starken Rücken zukehrten, da endlich fing sie strahlend an, zu rennen. Es war ein weiter, weiter Weg.

Aus einem hohen, finsteren Turm sah er zu, wie sie ging. Er sah, wie sie durch die schwere Bewachung gelangte, ohne auch nur den geringsten Verdacht, das geringste Interesse zu erwecken. Wie ein Atemzug zwischen Reißzähnen. Hinaus durch das Gartentor der Außenmauer, die zu allem entschlossene Armeen draußen und Verräter drinnen hielt, weiter über die Brücke, auf der Hunderte von Feinden in der Schlacht gefallen waren, ohne sie einnehmen zu können, sah er zu, wie sie über die Felder lief, barfuß, unbewaffnet, unschuldig, hinein in den Wald. Zu ihrem Versteck.

Rasend vor Wut klatschte Zedd seine Hände gegen die kalte Metallplatte. Die massive Steintür schloss sich langsam mit einem Knirschen. Auf dem Weg zu der niedrigen Mauer musste er über die Leichen der D'Hara-Posten steigen. Seine Finger legten sich auf den vertrauten, glatten Stein. Er beugte sich vor und blickte unten auf die schlafende Stadt.

Von dieser hohen Mauer an der Bergflanke aus betrachtet, sah die Stadt durchaus friedlich aus. Er war jedoch bereits durch die Straßen geschlichen und hatte überall die Truppen gesehen. Truppen, die um den Preis vieler Menschenleben hier waren, auf beiden Seiten.

Aber das war nicht das Schlimmste.

Darken Rahl musste hier gewesen sein. Zedd trommelte mit der Faust auf den Stein. Darken Rahl muss es gewesen sein, der sie eingenommen hatte.

Das feine Netz aus Schutzschirmen hätte halten müssen, aber das hatte es nicht. Er war zu viele Jahre fort gewesen. Und ein Narr.

»Nichts ist jemals einfach«, flüsterte der Zauberer.

Terry Goodkind

Das Schwert der Wahrheit

Das große Fantasy-Epos vom archaischen Kampf des Guten gegen das Böse: „Terry Goodkind zieht die Leser in seinen Bann und lässt sie nie wieder los!"

Publishers Weekly

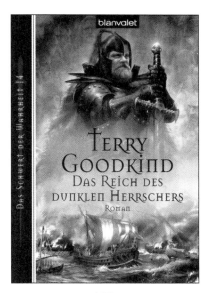

24374

www.blanvalet-verlag.de